全元散曲

上册

隋樹森 編

中華書局

圖書在版編目(CIP)數據

全元散曲/隋樹森編. —北京:中華書局,2018. 11
(2019.5 重印)
ISBN 978-7-101-13459-9

Ⅰ. 全… Ⅱ. 隋… Ⅲ. 散曲-作品集-中國-元代

Ⅳ. I222.9

中國版本圖書館 CIP 數據核字(2018)第 222446 號

責任編輯:李若彬 朱兆虎

全 元 散 曲

(全三册)

隋樹森 編

*

中 華 書 局 出 版 發 行

(北京市豐臺區太平橋西里 38 號 100073)

http://www.zhbc.com.cn

E-mail:zhbc@zhbc.com.cn

北京瑞古冠中印刷廠印刷

*

850×1168 毫米 1/32 · 69 印張 · 6 插頁 · 1280 千字

2018 年 11 月北京第 1 版 2019 年 5 月北京第 2 次印刷

印數:3001-6000 册 定價:298.00 元

ISBN 978-7-101-13459-9

出版説明

《全元散曲》，隋樹森編。隋樹森先生（一九〇六—一九八九），字育楠，山東招遠人，生於北京。一九三二年畢業於國立北平師範大學，一九四九年後歷任中央人民政府出版總署編輯，人民教育出版社編輯、特約編審。另編撰有《古詩十九首集釋》《元曲選外編》等。

隋先生有感於元人散曲罕見難得、較爲零散，且乏精刊精鈔本，閱讀不便，決心編成一部元代散曲全集，一九四七年開始搜集編校工作，歷時十七年，編成《全元散曲》。該書搜集元明兩代的散曲總集、別集、選本、曲譜，還從詞集、筆記、道藏等文獻中廣爲輯佚，是目前較爲詳備的元代散曲總集。每曲對不同版本的著録情況作簡明提要，詳列異文，有重要的參考價值。

《全元散曲》一九六四年出版，成書時卷末附有補遺，收「雲龕子」條及無名氏小令若干。一九八〇年重印時，隋先生對原書進行訂補並撰寫《訂補説明》，改正了初版的訛誤，爲部分曲目補寫了案語。同時增加了唐圭璋、盧潤祥二先生鈔示的篇目和原書失收的無名氏小令若干，是爲《補遺》。羅振玉舊藏本《陽春白雪》發現後，隋先生又據以作《續補遺》，補全及新增了若干曲目。這裏對補遺所涉篇目略作説明：

一、謝應芳小令二首，係唐圭璋鈔示。

二、張雨小令雙調《水仙子》（歸來重整舊生涯），趙秉文小令小石調《青杏兒》（風雨替花愁），無名氏小令中吕《滿庭芳》（風塵艷娃）、中吕《紅繡鞋》（手腕兒白似鵝翅）、雙調《撥不斷》（老書生）五首，係盧潤祥鈔示。

三、一九八〇年，遼寧省圖書館發現了一種元曲家楊朝英編選的《陽春白雪》，殘存六卷，係明鈔本，羅振玉舊藏（本書簡稱「羅本《陽春白雪》」）。隋先生根據這個本子，補全了八套殘曲，並新輯出套數十一套。所涉篇目及内容均見各曲校語，兹不詳列。

限於當時條件，以上歷次修訂均附於書後。

此次重排新版，爲了集中體現隋先生數十年研究成果，也爲讀者提供一個較爲便利的讀本，我們根據隋先生撰寫的《訂補説明》，對正文作了相應修訂。歷次補遺的内容，按原書編次體例，補入正文相應位置。作家姓名别號索引和作品曲牌索引，則據增訂後的内容重新編製，附於書後。

謹以此書，向隋樹森先生在元曲研究領域作出的傑出貢獻，致以崇高的敬意與深切的緬懷。

中華書局編輯部

二〇一八年十月

自序

散曲是金、元兩代新興的一種歌曲，是當時人民羣衆和文人學士雅俗共賞喜聞樂見的一種通俗文學。在元代文學史上，散曲奪得了「詞」的地位，成爲當時最活躍最有生命力的詩體。自從元代以來，就有不少文學批評家認爲散曲和雜劇——即所謂「元曲」——是有元一代的絶藝，認爲元曲可以和唐詩、宋詞相媲美。我們應該承認，元曲的産生的確豐富了我國的古典韻文，無論在思想性或藝術性上，元曲都有一些特點。元代如果没有流傳下來的這些散曲和雜劇，那麽談到文學史上的元代文學，就難免會使人感到相當的寥落和寂寞了。當然，元曲是封建社會的産物，裏面也有許多糟粕。

研究我國的古典文學，尤其研究我國古代文學史，總要看看元人散曲的。但是現在研究元人散曲，只就找材料來説，就有三種比較大的困難：第一，現存的曲集，無論是元人别集或元、明選本，其中都有一些罕見的本子，有幾種還是海内孤本，想要找到這些書，不是很容易的。第二，元代的散曲作家，有别集流傳下來的只有張養浩、喬吉、張可久、湯式四人，其餘作家的作品，都是零碎地分散在若干種曲選、曲譜、詞集以及不屬於詞曲類的書裏面。想要知道元代都有哪些散曲作家，每位散曲作家各寫過哪些作品，這也不是很容易的。尤其元代散曲作家流傳下來的作品數量一般比較少，即使是一位比較重要的作家，往往也未必有幾十首甚至未必有十幾首曲子，研究這些作家，更有看到他們現存全部作品的必要。第三，元曲是一種通俗文學，曲集的精刊本和精鈔本比較少，如果不經過一番整理和校勘，讀起來往往很不方便。

因爲有以上這三種情況，我覺得把現存所有的元人散曲加以搜集和整理，編成一部元代散曲全集，使專門研究古典文學的人們可以很方便地看到元人散曲的全貌，這一工作不是没有意義的。因此，在一九四七年我就開始進行編校《全元散曲》的工作。

當時我粗略地先把現存最重要的幾種元、明散曲總集和元人散曲别集，如《陽春白雪》《太平樂府》《梨園樂府》（一名《樂府新聲》）《樂府羣玉》《雍熙樂府》《北宫詞紀》《雲莊樂府》《喬夢符小令》《張小山北曲聯樂府》等書中的元人散曲，做了斷句。又利用南京圖書館、南京國學圖書館和北京圖書館的一些善本曲書，進行輯佚和校勘。爲了輯佚，曲書以外的書也翻閲了不少，可是找到的材料很有限。自己那時認爲這部書很快地就可以編成。但是時間一天天地過去，書始終編不好。解放以後，我繼續編這部書。再一次地利用各方面的書，其中也有相當重要或很重要的，如鈔本《樂府陽春白雪》、天一閣本《小山樂府》、稿本《南北詞廣韻選》、殘本《北宮詞紀外集》等，於是又增輯佚曲，補作校勘。經過了較長的時間，才把全書編成。清朝嚴可均校輯《全上古三代秦漢三國六朝文》，他説：「肆力九年，草創粗定。又肆力十八年，拾遺補闕，抽換之，整齊之，畫一之。已，于事而竣。」（見嚴書的《總序》）經過這次的工作，我深深地體會到校輯一部總集，排比整理材料和拾遺補闕，那是加倍費時間的事。

現在談談校輯《全元散曲》這部書的大概情況。

先談關於材料的收集。編一部元人散曲全集，最重要的當然是儘量搜集元人的散曲别集和元、明、清的曲選。但是這類書流傳下來的實在有限。清朝初年有名淹博的學者朱彝尊收集材料編《詞綜》的時候，想從曲選裏找一些混進去的詞，就已經感覺到曲選流傳之少和難得。他在《詞綜》的《發凡》裏説：「……又如《百一選曲》《太平樂府》《詩酒餘音》《仙音妙選》《樂府新聲》《樂府羣珠》《樂府羣玉》，曲海之内，定有詞章可採，惜俱未之見也。」現在離朱彝尊編《詞綜》的時間又將近三百年，古代書籍隨着人世的變化，毫無疑問地又有一些亡佚。儘管《太平樂府》《樂府新聲》《樂府羣玉》《樂府羣珠》這四種長時間不易見到的曲選，因爲有了新印本已經隨時可得，可是他所説的《百一選曲》《詩酒餘音》《仙音妙選》這些書，直到現在還没有出現。就别集來説，元代散曲作家有别集流傳到現在的，僅有張養浩、喬吉、張可久、湯式四人。湯式是元末明初人，一直活到永樂年間。如果把他作爲明人，那就只有三位作家。現存元人散曲别集和選本的數量實在太少，不僅不能與元人詩文集的數量相比，就是與元人詞集相比，也差得很遠。如果只從現存元人散曲别集和元、明、清人的曲選中找材料輯成一部《全元散曲》，那工作比較容易做，意義也就比較小。所以元人散曲别集和元、明、清人的曲選，固然是編元人散曲全集的頭等重要材料，但是同時也還必須另找零碎的材料，必須費極大的精力做輯佚的工作。

從曲别集、曲選以外的書中輯元人散曲，我主要是利用曲譜、詞集、筆記一類的書。《太和正音譜》和《北詞廣正譜》是輯元人散曲最重要的兩種曲譜。《九宫大成南北詞宫譜》裏面的材料便很有限了。元人詞集也是輯元人散曲的一塊園地。由於詞牌的名稱和曲牌相似，甚至有的完全相同，詞曲又都是長短句，詞和曲中的小令有時就會互相混淆。朱彝尊想從曲選裏找詞，而詞集之内，也往往有小令可輯。例如王惲的《秋澗樂府》裏就有不少小令。元好問的《遺山樂府》、張弘範的《淮陽樂府》、沈禧的《竹窗詞》，以及其他元人的詞集，也偶然有夾雜着散曲的。元、明人的筆記雜書裏，也能發現少量的小令和套數。可惜的是往往費很多時間，而得不到什麽材料。

這裏特別談一談我在輯元人散曲時利用《雍熙樂府》的情形。《雍熙樂府》裏面，收集了不少元、明人的散曲和戲曲曲文，應該是輯佚的一大寶庫。遺憾的是這部書有一個大缺點，那就是書裏面有百分之九十幾的曲子，都不注作者姓名，因此從裏面找材料就相當困難。儘管這樣，它仍然是輯元、明佚曲必不可少的一部書，輯戲曲要用它，輯散曲也要用它。以《録鬼簿》《太和正音譜》《北詞廣正譜》這些書裏所引的元人散曲的隻句、單支作線索，有時就可以從《雍熙樂府》中找到完整的曲子。例如《録鬼簿》説蘇彦文有「『地冷天寒』越調及諸樂府極佳」，現存的曲選裏，都没有明題蘇彦文作的曲子；《雍熙樂府》卷十三有越調鬬鵪鶉「地冷天寒」套數，可是没有注作者。以《録鬼簿》作根據，就可以從《雍熙樂府》中輯得蘇彦文的一套曲子。又如《太和正音譜》引《月上海棠》（塵蒙金鎖閑朱幌）一支，注云「李唐賓散套」。這套完整的曲子，在《雍熙樂府》中也是有的，即卷十二之雙調《風入松》（落花輕惹暖絲香）套，但《雍熙樂府》未注作者。《北詞廣正譜》引有《刮地風犯》（則爲他撇正龐甜）和《四門子》（步花陰幾度臨池沼）兩支曲子，注云湯舜民撰「銀甲挑燈」套。這套曲子現存湯舜民的《筆花集》裏沒有，而在《雍熙樂府》卷一黄鍾《醉花陰》裏是有的，但也没有注明作者。又如《南曲九宮正始》第一册黄鍾《降黄龍》（宦勢門楣）曲後引有劉時中北調《一枝花》「着小生怎生來有福消任」一句，從《雍熙樂府》裏也可以找到它的全套（在卷九，首句是「偷傳袖裏情」，不注作者）。《盛世新聲》和《彩筆情辭》也收有此套，同《雍熙樂府》一樣，都没有注劉時中作。爲了縝密地利用《雍熙樂府》輯佚和作校勘，我曾把《雍熙樂府》裏每一支曲子的首句都制成索引。《全元散曲》裏還有一些散曲殘文，有的是片言隻句，有的是套數裏的整支，這些曲子的全文，我都在《雍熙樂府》裏找過，但是没有找到。

再談關於校勘。《全元散曲》所收的散曲，對於曲子作者的異説、題目的差異、字句的不同等等，都附有比較詳細的校勘記。元人曲書大部分刊刻不精，脱字脱句，誤字衍文，所在多有。同一首曲子，在不同的選本裏，文字上常有很大的出入，題目和作者也往往不一致。就文字來説，例如馬致遠有八首描繪八景的《落梅風》小令，見《陽春白雪》，而《梨園樂府》中也有這八首小令，未注作者。兩書的文字異同很大，其中《遠浦帆歸》《平沙落雁》《漁村夕照》三首，僅末句全同，前四句皆異。《瀟湘夜雨》《江天暮雪》兩首，竟然完全不同。如果因此便説兩本書裏的這八首曲子根本不是一個人作的，那又不一定對。明人編的《盛世新聲》《詞林摘艷》《雍熙樂府》等曲選裏所收的元人散曲，往往與元人曲書裏的同一作品文字上有很大的差異。一套元人的套數，如果同時見於幾種明人的曲選，撰寫關於它的校勘記，所用的字數往往比原來的曲文還要多，個别的長套，有時用一天的時間不能把它校完。例如關漢卿的二十换頭雙調《新水令》（玉驄絲鞚錦鞍韉），原曲共約八百字，最早見於《梨園樂府》，明人的選本《盛世新聲》《詞林摘艷》《雍熙樂府》《北宮詞紀》也都選了它，《太和正音譜》等曲譜也徵引了其中一些零支的曲子。根據這些資料，寫詳細的校勘記，至少也要寫兩千多字。就元人現存的曲别集來看，只有《張小山北曲聯樂府》與各種選本的文字差異較少；至於像張養浩的《雲莊樂府》和湯舜民的《筆花集》裏的曲子，與選入《雍熙樂府》裏的同一首曲子相比，文字上往往有不少的出入。校勘元人散曲是很費時間的工作，《全元散曲》的校勘記可能失於瑣碎，但對專門研究者也許有些方便。

再談關於編排。《全元散曲》的編排，是以作家的時代先後爲次序。元代散曲作家，有些是當時的「公卿大夫居要路者」，他們的生卒年代容易考得，次序很好排列。有些作家雖然不是當時的顯貴，但在鍾嗣成的《録鬼簿》裏有名字。《録鬼簿》裏的作家，大體是根據他們的世次、存歿排列的。這一部分作家，也比較不難處理。還有若干作家，近人做過考證，有的可供編次時的參考。此外也有一些作家，他們的生平還没有查考出來，很難排列得恰當。這只有等待將來發現了新材料再作調整。

再談關於所收作品的出處。總集中所收的作品如果不注出處，對讀者是非常不方便的。《全元散曲》在每首曲子的末尾，不僅注出它最早見於何書，並且把其他選有這首曲子的書名，也不厭其詳地一一寫出。套數裏面的一支或幾支曲子，有被《太和正音譜》《北詞廣正譜》《九宮大成》等曲譜徵引的，也注在該套的末尾。這對讀者至少有這些方便：一，把材料來源向讀者作了交代，讀者如果覺得有什麽問題，可以覆檢原書。二，讀者看了書名，就很容易知道某一首曲子都有哪些選本選過它，因此也就知道哪些曲子以往比較爲人們所喜愛。三，專家們根據所注的書名，可以判斷把這首曲子歸某一作家，其可信的程度如何。譬如《全元散曲》在關漢卿名下收了一套南曲套數仙吕《桂枝香》（因他别後懨懨消瘦），曲末注明見《詞林白雪》和《南宫詞紀》，校勘記中注明《詞林白雪》屬關漢卿，《南宮詞紀》屬無名氏。讀者想到《詞林白雪》是明末的書，而且這部選本中所注的作者姓名不盡可信，這套套數又是南曲，那就會知道這套《桂枝香》究竟是否爲關漢卿作不無可疑。至於《全元散曲》之所以收這套曲子，因爲我覺得編纂一代文學作品的全集，既然交代了出處，不妨略持「寧濫勿缺」的態度，在找不出堅强有力的反證的時候，可疑的作品，還是不妨輯録。對於那些確實可以不輯録的曲子，也分別在各家曲後説明在某一部書裏還有他的什麼曲子，爲什麼没有收。

《全元散曲》共輯得元人小令三千八百八十五首，套數四百七十八套，殘曲在外。《全唐詩》共收詩四萬八千餘首，《全宋詞》共收詞約二萬餘首，都是蔚然巨帙。元人散曲流傳下來的數量，相形之下遠比唐詩、宋詞爲少。這可能有三種原因：一，詞和曲最初都是民間文學，在早期不爲正統文人所承認。朱彝尊《詞綜》的《發凡》説：「唐、宋以來，作者長短句每别爲一編，不入集中，是以散佚最易。」詞爲什麼「不入集中」？很明顯，那就是因爲正統文人認爲詞没有資格與詩文並列。詞尚如此，那麼元代新興的散曲，當然連詞也不如了。事實也正是這樣，宋、元人的詩文集，畢竟還有把詞編成卷次，附在詩文之後的，而元代詩文集裏附成卷散曲的，那就一種也没有。至於民間的作家，在當時没有社會地位，他們所作的曲子，更根本就編不成集子。二，元代當時編刻的散曲選本是有一些的，現在流傳下來的就有四種。至於散曲别集，也許根本不多。就現存的幾種來看，《張小山北曲聯樂府》在元朝是刊刻過的。天一閣鈔本《小山樂府》是否刊刻過很難説。現行的《雲莊樂府》的祖本，是明朝成化年間刻的；它還有更早的本子，元刻明刻不得而知。喬吉的《文湖州集詞》，元朝未必有刻本，而且這個書名很奇怪——宋朝的文學家兼畫家文同做過湖州太守，所以人們稱他文湖州，元人喬吉的散曲集怎麽會是《文湖州集詞》呢？《喬夢符小令》《張小山小令》都是明中葉以後的輯本。《筆花集》最早是明朝永樂年間編成的。元人散曲别集流傳到今天的固然寥寥可數，就是在元朝，也未必能像詞集那麽多。三，元代立國僅九十餘年，而唐代却有二百九十年，兩宋共三百二十年。唐、宋兩朝的時間，比元朝多兩倍、三倍以上。有前兩種情形，於是有些元人散曲就會自生自滅；有第三種情形，元人散曲的數量，也就越發難以和唐詩、宋詞相比了。

編任何全集的人，總想把材料網羅得十分完全。我也迫切地希望能看到更多的元人散曲。儘管想要在現存的元人散曲選本和别集之外再發現幾種，那也許是過大的奢望，但是直到今天還没有出現的明人編的散曲選本，可能是有的，我還没有看到的散見於羣書中的元人小令或套數，肯定是有的。同志們如果不吝以珍貴的資料見示，增補拙輯的掛漏，那不僅編者要衷心地感謝，對本書的讀者也是有益的。是爲序。

凡例

一　本書旨在彙輯所有現存之元代散曲，供給古典文學研究者廣泛的資料，輯録標準從寬，與嚴別真僞專取精英之選本不同。

一　本書以作者爲經，以時代爲緯。生卒年代可知之作者，及生卒年代雖不可知而其姓名猶見於《録鬼簿》者，皆約略據其時代先後排列之。《陽春白雪》《太平樂府》所收之曲，其作者時代難考者，概置選集者楊朝英之前。

一　作家小傳主要根據《録鬼簿》《録鬼簿續編》《元史》及《元詩選》，兼採近人可信之考證。生平不詳者則闕如。

一　每家之曲，先列小令，後列套數。宫調曲牌次第，北曲皆依李玉《北詞廣正譜》，附録南曲皆依沈璟《南曲譜》。張養浩、張可久、湯式三家別集猶傳，編次一仍其舊；輯補之曲，則斟酌情形置於卷中或卷末，並注明其出處。喬吉別集今存《文湖州集詞》及《喬夢符小令》二種，前者甚不完備，後者所輯較富而編次爲晚，兹重輯之。

一　各曲曲末皆詳注該曲見於何書。重要曲書全注，展轉鈔引之書則不盡注。近人所輯元人曲别集以及自他書中抽印之選本如《萬花集》《南北小令》等，則一概不注。全據曲别集者，别集中之曲不再注並見何書。所注書名次序，略依成書年代。曲譜徵引套數多爲隻曲，故套數之末所注書名，曲總集在前，曲譜在後；對其他徵引隻曲之書亦然。

一　本書曲文一般皆從曲末所注書名最前之一種，據曲别集編次者以曲别集爲準。如有校改之字，則書於校勘記。

一　本書校勘記旨在詳記元人散曲在各書中之異同，不論其文字是否出於明人臆改，亦不論各本文意之短長。散曲題目出於明人追撰者，亦概入校記。校記之關於作家、題目，以及説明曲文出處等事者在前，關於曲牌校正以及文字異同者在後，中間加〇以分隔之。

一　校勘記一般只記其與本書異者，不記其與本書同者。例如一曲見兩書，曲文下注有甲乙兩書名，校勘記云甲書撰人作某，題目作某，而本書之撰人及題目又與甲書異，則本書所從者自爲乙書；云乙書某字作某，則本書所從者自爲甲書，一般不再明注今從某書。

一　近人所輯元人曲别集以及最近數十年依元明舊本刊刻或排印之曲選等，因其所據之祖本俱在，故本書校記於新印本僅間引其比較有關之異文，一般皆不互校。又如胡莘皞鈔本《小山樂府》實爲李開先輯《張小山小令》之過録本，其與李輯《小令》同者，本書校記則但稱李輯《小令》，不兼及《小山樂府》；與李輯《小令》異者，則擇其有關者撰爲校記。又如明程明善之《嘯餘譜》、清康熙敕撰之《曲譜》，對輯佚及校勘功用殊微，本書於前者僅偶有徵引，於後者概未引用。

一　《九宫大成》《中原音韻·定格》於所引隻曲皆不注撰人，本書校記引及此二書之曲，一般不再説明原未注撰人。《盛世新聲》於所收之曲皆未注撰人，但因引《盛世新聲》時幾皆涉及《詞林摘艷》，而《詞林摘艷》因版本不同，有注撰人者，有不注撰人者，故校記中同時説明《盛世新聲》未注撰人。

一　曲書中之通俗語辭，各書文字每不相同，如「付能」之與「甫能」，「捱到」之與「睚到」，「唱道」之與「暢道」，「則索」之與「子索」等，本書不作統一。元代曲家用字與今略異者，如以「它」爲「他」之類，以及元明曲書中之一般簡體字，則皆改爲現在習用之字。

一　曲牌多有異名，本書一般不作統一，其誤標者則正之，並記於校勘記。

一　一曲有二主名，其難以斷定爲何人所作者，則或兩處互見（僅限小令），或置於一處而於另一處之校勘記中作説明；其確可斷定主名誤注者，亦於其人小傳後或曲末附校語，以便讀者尋檢。

一　元人曲書類聚起調相同之套數於一處，一般僅於第一套之前以大字標出宮調及起調之曲牌，以下各套，首曲不重標宮調曲牌，本書亦如之。散曲有有題目者，有無題目者；元人曲書類聚同一牌調之曲於一處，其有題目者，一般不注明屬於此題之曲共爲幾首，此下緊接之曲如無題目，一般不標失題，本書亦然。讀者審之。

一　元人散曲絶大部分爲北曲。本書於北曲無論其爲全闋或逸句，概行網羅。無名氏南曲則僅輯其完整者附於書末，只注曲之來源及題目等，不作文字的校勘。見於《九宮正始》之南曲套數零隻則捨之。

一　本書冀得元代散曲之全，編者末學，見聞不廣，如有掛漏，敬希讀者惠示，以便增補。

引用書目 附簡稱

樂府新編陽春白雪前集五卷後集五卷（簡稱陽春白雪或白雪） 元楊朝英輯 元刊本（最早見於陽春白雪之曲文，本書多依此本。） 清南陵徐氏影元刊本 任訥散曲叢刊校本

樂府陽春白雪前集四卷後集五卷 元楊朝英輯 明鈔本（曲數較前書爲多，有編者校本，書名新校九卷本陽春白雪。）

樂府新編陽春白雪殘存前集二卷 元楊朝英輯 元刊本（簡稱殘元本）

朝野新聲太平樂府九卷（簡稱太平樂府或太平） 元楊朝英輯 元刊本（或謂此本實爲明刊。一般據黄丕烈跋稱之爲元刊，本書從黄跋。曲文最早見於太平樂府者，本書多依此本。此本即四部叢刊本之祖本。） 民國陶珙影元刊本 瞿氏鐵琴銅劍樓藏明刊本（簡稱瞿本） 清何夢華鈔本（簡稱何鈔本）

朝野新聲太平樂府八卷（僅前八卷） 元楊朝英輯 元刊本（簡稱元刊八卷本） 明大字本（據鄭騫校記引用，稱明大字本。）

梨園按試樂府新聲三卷（簡稱梨園樂府或梨園） 元無名氏輯 元刊本 四部叢刊影元刊本

類聚名賢樂府羣玉五卷（簡稱樂府羣玉或羣玉）　元無名氏輯　吴梅校新過録本　任訥散曲叢刊校本　上虞羅氏心井盦鈔本

自然集　元無名氏輯　明正統本道藏同字號

鳴鶴餘音九卷　元彭致中輯　明正統本道藏隨字號

盛世新聲十二卷（簡稱盛世）　明無名氏輯　明正德刊本　文學古籍刊行社影印本

詞林摘艷十卷（簡稱摘艷）　明張禄輯　原刊本（有文學古籍刊行社影印本）　徽藩本　重刊增益本（有惜餘軒寫印本）　萬曆内府本（詞林摘艷卷一有陳乃乾印單行本，名南北小令。）

萬花集　明無名氏輯　今人黄緣芳校本（即盛世新聲最後二卷，惟各曲多注作者。）

詞謔　李開先撰　盧前校本（與一笑散（有文學古籍刊行社影印本）爲一書。全元散曲校輯曲文據詞謔，必要時始引一笑散。）

樂府羣珠四卷（簡稱羣珠）　明無名氏輯　明鈔本

雍熙樂府二十卷（簡稱雍熙）　明郭勛輯　四部叢刊影明嘉靖本

新編南九宫詞八卷（簡稱南九宫詞）　明三徑草堂編刊　鄭振鐸影印本

南北詞廣韻選（簡稱廣韻選）　明徐復祚撰　稿本

新鐫古今大雅南宫詞紀六卷、北宫詞紀六卷、北宫詞紀外集殘存四、五、六卷（簡稱南宫詞紀或詞紀、北宫詞紀或詞紀、詞紀外集） 明陳所聞輯 明萬曆刊本（外集爲吴曉鈴藏鈔本，最近有中華書局排印本，附於南北宫詞紀校補一書之後，卷次改爲卷一、二、三。）

新鐫出相詞林白雪八卷（簡稱詞林白雪） 明竇彦斌輯 影鈔明刊本

吴騷集 明王穉登輯 上海雜誌公司排印本

吴歈萃雅四卷（簡稱萃雅） 明周之標輯 明萬曆刊本

詞林逸響四卷（簡稱逸響） 明許宇輯 明天啓刊本

彩筆情辭十二卷（簡稱情辭） 明張栩輯 明天啓刊本 （坊賈改名青樓韻語廣集）

白雪齋選訂樂府吴騷合編四卷（簡稱吴騷合編） 明張楚叔輯 四部叢刊影明崇禎刊本

新鐫出像點板怡春錦曲六卷（簡稱怡春錦） 明沖和居士輯 明刊本（此書原名新鐫出像點板纏頭百練，怡春錦曲係坊賈改名。）

新刻出像點板增訂樂府珊珊集四卷（簡稱樂府珊珊集或珊珊集） 明周之標輯 明崇禎刊本

太平清調迦陵音（簡稱迦陵音） 明葉華輯 故宫博物院影明刊本

北曲拾遺（簡稱拾遺） 明無名氏輯 任訥盧前校印本

元明小令鈔（簡稱小令鈔）　清孔廣林編　稿本

天籟集附摭遺　元白樸撰　清楊希洛刊本

東籬樂府一卷　元馬致遠撰　任訥散曲叢刊輯本

雲莊休居自適小樂府（簡稱雲莊樂府）　元張養浩撰　孔德圖書館石印本

文湖州集詞一卷（簡稱集詞）　元喬吉撰　明無名氏輯　丁丙藏明藍格鈔本　何夢華藏清鈔本

喬夢符小令一卷（簡稱小令）　元喬吉撰　明李開先編　明隆慶刊本　清厲鶚刊本

夢符散曲二卷　元喬吉撰　任訥散曲叢刊輯本

張小山北曲聯樂府三卷外集一卷（簡稱北曲聯樂府或聯樂府）　元張可久撰　汲古閣鈔本　清勞平甫鈔校本

小山樂府（稱天一閣本小山樂府）　元張可久撰　天一閣舊藏明影元鈔本

張小山小令二卷（簡稱李輯小令或小令）　元張可久撰　明李開先編　明嘉靖刊本

小山樂府六卷（簡稱胡本小山樂府）　元張可久撰（序末僞署天池山人徐渭序）　北京圖書館藏清人胡莘皞鈔本

小山樂府六卷　元張可久撰　任訥散曲叢刊校本

酸甜樂府二卷　元貫雲石徐再思撰　任訥散曲叢刊輯本
筆花集　元湯舜民撰　明鈔本
元人散曲三種　任訥輯　上海中原書局排印本
中原音韻（簡稱音韻）　元周德清撰　民國影印明鈔本
太和正音譜二卷（簡稱正音譜）　明朱權撰　民國影印明鈔本
舊編南九宫譜（簡稱南九宫譜）　明蔣孝撰　明嘉靖刊本
南九宫十三調曲譜（簡稱南曲譜）　明沈璟撰　明刊本
廣緝詞隱先生增定南九宫詞譜（簡稱南詞新譜）　明沈自晉撰　北京大學影印本
嘯餘譜十卷　明程明善輯　清坊刻本
南曲九宫正始（簡稱九宫正始或正始）　清徐子室鈕少雅編訂　民國影印朱墨鈔本
北詞廣正譜（簡稱廣正譜）　清李玉撰　北京大學影摹石印本
納書楹曲譜　清葉堂撰　坊刻本
九宫大成南北詞宫譜（簡稱九宫大成或大成）　清莊親王撰　古書流通處影印内府本
金史　元脱脱等撰　同文書局本

元史　明宋濂等撰　同文書局本

新元史　民國柯劭忞撰　開明書店二十五史本

録鬼簿　元鍾嗣成撰　中華書局影印天一閣藏明藍格鈔本　孟稱舜本　楝亭十二種本　王國維校注本

録鬼簿續編　明無名氏撰　中華書局影印天一閣藏明藍格鈔本

天下同文集　元周南瑞撰　文津閣本

宋元戲曲史　民國王國維撰　商務印書館排印本

元曲家考略　孫楷第撰　上雜出版社排印本（此書續編部分陸續發表於文學研究期刊中）

方諸館曲律四卷（簡稱曲律）　明王驥德撰　清康熙緑蔭堂刊本

曲藻　明王世貞撰　新曲苑本

雨村曲話　清李調元撰　函海本

顧曲麈談　民國吴梅撰　商務印書館排印本

遺山樂府　元元遺山撰　雙照樓影明弘治高麗晉州刊本

遺山先生新樂府　元元遺山撰　鉏月山房校本

淮陽樂府　元張弘範撰　宋元三十一家詞、王氏家塾本

樵庵詞　元劉因撰　宋元三十一家詞本

秋澗樂府　元王惲撰　彊村叢書本

中庵集　元劉敏中撰　文津閣本

中庵詩餘　元劉敏中撰　彊村叢書本

中庵樂府　元劉敏中撰　校輯宋金元人詞本

松雪齋樂府　元趙孟頫撰　續刊景宋金元明詞本

趙待制詞　元趙雍撰　彊村叢書本

貞居詞　元張雨撰　彊村叢書本

竹窗詞　元沈禧撰　誦芬室鈔本

梅花道人詞　元吴鎮撰　彊村叢書本

順齋樂府　元蒲道源撰　彊村叢書本

益齋長短句　元李齊賢撰　彊村叢書本

蟻術詞選　元邵亨貞撰　清光緒第一生修梅華館叢書本

石門詞　元梁寅撰　彊村叢書本

貞素齋詩餘　元舒頔撰　彊村叢書本

龜巢集　元謝應芳撰　善本書室鈔本

花草粹編　明陳耀文纂　國學圖書館影明萬曆刊本

詞林萬選　明楊慎撰　汲古閣本

詞品　明楊慎撰　叢書集成影天都閣藏書本

詞品拾遺　同右

詞苑　歷代詩餘引

詞綜　清朱彝尊撰　清坊刻本

歷代詩餘　清沈辰垣等編　蟫隱廬影殿版本

詞律　清萬樹撰　四部備要本

詞律拾遺　清徐本立撰　四部備要本（與詞律合刊）

詞律補遺　清杜文瀾撰　四部備要本（與詞律合刊）

静修先生文集　元劉因撰　四部叢刊本

秋澗先生大全文集　元王惲撰　四部叢刊本

梧溪集　元王逢撰　知不足齋叢書本

倪雲林先生詩集　元倪瓚撰　四部叢刊影明本

崔公入藥鏡注解　元王玠（混然子）注　明正統本道藏成字號

還真集　元王玠撰　明正統本道藏夫字號

元詩選　清顧嗣立輯　清康熙秀野草堂刊本

古今詩話　歷代詩餘引

歸田詩話　明瞿佑撰　叢書集成本

静齋至正直記　元孔齊撰　舊鈔本

青樓集　元夏伯和撰　古今説海本　明鈔説集本

輟耕録　元陶宗儀撰　四部叢刊影元刊本　津逮祕書本

庶齋老學叢談（簡稱老學叢談）　元盛如梓撰　舊鈔本

珊瑚木難　明朱存理撰　適園叢書本

留青日札　明田藝衡撰　明刊本

草木子　明葉子奇撰　明刊本

見只編　明姚士麟撰　鹽邑志林本

堯山堂外紀(簡稱外紀)　明蔣一葵撰　明刊本

瓠里子筆談　明姜南撰　藝海珠塵本

徐氏筆精　明徐𤊹撰　清康熙龕峯汗竹齋刊本

珊瑚網　明汪砢玉撰　清刊本

孫氏書畫鈔　明孫鳳撰　涵芬樓祕笈本

梨雲寄傲　明陳鐸撰　坐隱先生精訂陳大聲樂府全集本

月香亭稿　同右

秋碧樂府　明陳鐸撰　飲虹簃所刻曲本

列朝詩集　清錢謙益輯　清刊本

浙江通志　清嵇曾筠等撰　商務印書館影印本

堅瓠集　清褚人穫撰　通行本

宸垣識餘　清吴長元撰　昭代叢書本

永樂大典第一四三八一寄字韻、二〇三五三席字韻　明解縉等編　中華書局影印本

古今圖書集成（文學典詞曲部）　清蔣廷錫等編　中華書局影印本

附注：作者小傳重要參考書亦列入本書目。

目録

【以上中册】

【以上下册】

元好問

好問字裕之。號遺山。太原秀容人。七歲能詩。有神童之目。年十四。從郝天挺學。六年而業成。下太行。渡大河。爲箕山琴臺等詩。禮部趙秉文見之。以爲近代無此作也。於是名震京師。謂之元才子。金宣宗興定間登進士第。不就選。往來箕潁者數年。除南陽令。調内鄉。歷尚書省掾。左司都事員外郎。天興初。入翰林知制誥。金亡不仕。元世祖在藩邸聞其名。將以館閣處之。未用而卒。年六十八。其詩以五言爲雅正。而出奇於長句雜言。樂府不用古題。新意特出。晚年尤以著作自任。謂金源氏實録。在順天張萬户家。國亡史作。己所當任。乃言於張。願爲撰述。既而爲人所沮而止。乃構亭於家。名曰野史。采摭所聞。輒爲記録。至百餘萬言。自汴京覆亡。故老都盡。遺山蔚爲一代宗工。以文章獨步者幾三十年。有遺山集。中州集。壬辰雜編等。

小令

〔黄鍾〕人月圓

卜居外家東園

重岡已隔紅塵斷。村落更年豐。移居要就。窗中遠岫。舍後長松。十年種木。一年種穀。都付兒童。老夫惟有。醒來明月。醉後清風。遺山樂府下

玄都觀裏桃千樹。花落水空流。憑君莫問。清涇濁渭。去馬來牛。謝公扶病。羊曇揮涕。一醉都休。古今幾度。生存華屋。零落山丘。遺山樂府下　花草粹編四

〔仙呂〕後庭花破子

玉樹後庭前。瑶華粧鏡邊。去年花不老。今年月又圓。莫教偏。和花和月。大家長少年。遺山樂府下

夜夜璧月圓。朝朝瓊樹新。貴人三閣上。羅衣拂繡茵。後庭人。和花和月。共分今夜春。遺山樂府下

〔中吕〕喜春來

春宴

春盤宜剪三生菜。春燕斜簪七寶釵。春風春醞透人懷。春宴排。齊唱喜春來。太平樂府四 樂府羣珠一

梅殘玉靨香猶在。柳破金梢眼未開。東風和氣滿樓臺。桃杏折。宜唱喜春來。太平樂府四 樂府羣珠一

元刊太平樂府柳破作柳吱。他本及樂府羣珠俱作柳破。

梅擎殘雪芳心奈。柳倚東風望眼開。温柔樽俎小樓臺。紅袖繞。低唱喜春來。太平樂府四 樂府羣珠一

此曲及次曲樂府羣珠題作陵陽客舍偶書。屬盧摯。曲上注玉太二字。知亦見舊本樂府羣玉。○羣珠繞作客。

攜將玉友尋花寨。看褪梅粧等杏腮。休隨劉阮到天台。仙洞窄。且唱喜春來。太平樂府四 樂府羣珠一

元刊太平樂府友作反。茲從明大字本何鈔本及羣珠。羣珠到天台作訪天台。

〔雙調〕驟雨打新荷

緑葉陰濃。遍池塘水閣。偏趁涼多。海榴初綻。妖艷噴香羅。老燕攜雛弄語。有高柳鳴蟬相和。驟雨過。珍珠亂糝。打遍新荷。　人生有幾。念良辰美景。一夢初過。窮通前定。何用苦張羅。命友邀賓翫賞。對芳樽淺酌低歌。且酩酊。任他兩輪日月。來往如梭。太平樂府二　輟耕録九　太和正音譜下　花草粹編九　堯山堂外紀七〇　古今詞話　北詞廣正譜　歷代詩餘五九　遺山先生新樂府補遺　九宫大成六六　元明小令鈔　詞律拾遺三

元刊八卷本瞿本太平樂府任他俱作任從。輟耕録池塘作池亭。五句作朵朵蹙紅羅。老燕攜雛作乳燕雛鶯。有高柳作對高柳。珍珠亂糝作似瓊珠亂撒。人生作人生百年。一夢初過作休放虛過。窮通作富貧。翫賞作宴賞。對芳樽淺酌作飲芳醑淺斟。任他兩輪日月作從教二輪。花草粹編歷代詩餘並同輟耕録。堯山堂外紀古今詞話北詞廣正譜遺山先生新樂府九宫大成元明小令鈔詞律拾遺亦同輟耕録。惟外紀詞律拾遺窮通俱作富貴。詞話遺山先生新樂府人生俱作人世百年。窮通俱作富貴。新樂府蹙作蔟。羅作螺。廣正譜小令鈔念良辰作會良辰。大成張羅作奔波。

殘曲

〔雙調〕新水令

一聲啼鳥落花中。惜花心又還無用。深院宇。小簾櫳。點檢春工。夕陽外緑陰重。北詞廣正譜

〔喬牌兒〕病將愁斷送。愁把病搬弄。春山兩葉愁眉縱。斷腸詩和泪封。北詞廣正譜

孫　梁

梁字正卿。中山人。

小令

〔仙吕〕後庭花破子

柳葉黛眉愁。菱花粧鏡羞。夜夜長門月。天寒獨上樓。水東流。新詩誰寄。相思紅葉秋。遺山樂府下

楊果

果字正卿。號西庵。祁州蒲陰人。幼失怙恃。以章句授徒爲業。金正大初登進士第。爲偃師令。到官以廉幹稱。元初楊奂徵河南課稅。起正卿爲經歷。史天澤經略河南。正卿爲參議。中統元年。拜北京宣撫使。明年拜參知政事。至元六年。出爲懷孟路總管。以老致政。卒於家。年七十五。謚文獻。正卿性聰敏。美風姿。善諧謔。聞者絶倒。文采風流。照映一世。工文章。尤長於樂府。著有西庵集。

小令

〔越調〕小桃紅

碧湖湖上採芙蓉。人影隨波動。涼露沾衣翠綃重。月明中。畫船不載凌波夢。都來一段。紅幢翠蓋。香盡滿城風。陽春白雪前集五

滿城烟水月微茫。人倚蘭舟唱。常記相逢若耶上。隔三湘。碧雲望斷空惆悵。美人笑道。蓮花相似。情短藕絲長。陽春白雪前集五

採蓮人和採蓮歌。柳外蘭舟過。不管鴛鴦夢驚破。夜如何。有人獨上江樓臥。傷心莫唱。南朝舊曲。司馬泪痕多。陽春白雪前集五

碧湖湖上柳陰陰。人影澄波浸。常記年時對花飲。到如今。西風吹斷回文錦。羨他一對。鴛鴦飛去。殘夢蓼花深。陽春白雪前集五

玉簫聲斷鳳凰樓。憔悴人別後。留得啼痕滿羅袖。去來休。樓前風景渾依舊。當初只恨。無情烟柳。不解繫行舟。陽春白雪前集五

芡花菱葉滿秋塘。水調誰家唱。簾捲南樓日初上。採秋香。畫船穩去無風浪。爲郎偏愛。蓮花顏色。留作鏡中粧。陽春白雪前集五

錦城何處是西湖。楊柳樓前路。一曲蓮歌碧雲暮。可憐渠。畫船不載離愁去。幾番曾過。鴛鴦汀下。笑煞月兒孤。陽春白雪前集五

採蓮湖上棹船迴。風約湘裙翠。一曲琵琶數行泪。望君歸。芙蓉開盡無消息。晚涼多少。紅鴛白鷺。何處不雙飛。陽春白雪前集五

採蓮女

採蓮湖上採蓮嬌。新月凌波小。記得相逢對花酌。那妖嬈。殢人一笑千金少。羞花閉月。沉魚落雁。不恁也魂消。太平樂府三

採蓮人唱採蓮詞。洛浦神仙似。若比蓮花更强似。那些兒。多情解怕風流事。淡粧濃抹。輕顰微笑。端的勝西施。太平樂府三

採蓮湖上採蓮人。悶倚蘭舟問。此去長安路相近。恨劉晨。自從别後無音信。人間好處。詩籌酒令。不管翠眉顰。太平樂府三

套數

〔仙吕〕賞花時

秋水粼粼古岸蒼。蕭索疎籬偎短岡。山色日微茫。黄花綻也。粧點馬蹄香。

〔勝葫蘆〕見一簇人家入屏帳。竹籬折補苔牆。破設設柴門上張着破網。幾間茅屋。一竿風旆。摇曳掛長江。

〔賺尾〕晚風林。蕭蕭響。一弄兒淒涼旅況。見壁指一似桑榆侵着道旁。草橋崩柱摧梁。唱道向紅蓼灘頭。見箇黑足呂的漁翁鬢似霜。靠着那駝腰拗樁。瘦纍垂脖項。一鈎香餌釣斜陽。陽春白雪後集二　雍熙樂府五　北宮詞紀四

北宮詞紀題作旅況。○〔賞花時〕元刊陽春白雪粼粼作粼粼上。鈔本與雍熙樂府詞紀皆作粼粼。〔勝葫蘆〕元刊白雪屏帳作𢃇帳。茲從鈔本。雍熙詞紀俱作屏障。詞紀折作拆。〔賺尾〕元刊白雪瘦作瘦。鈔本作瘦。雍熙柱摧梁作搖催舵。見箇作見一箇。足呂作出律。駝腰作舵腰。纍作嗓。脖作膊。詞紀四五句作。無數桑榆侵道旁。草橋崩蕩漾孤航。以下同雍熙。

水到湍頭燕尾分。橋据河梁龍背穩。流水繞孤村。殘霞隱隱。天際褪殘雲。

〔么〕客況淒淒又一春。十載區區已四旬。猶自在紅塵。愁眉鎮鎖。白髮又添新。

〔煞尾〕腹中愁。心間悶。九曲柔腸悶損。白日傷神猶自輕。到晚來更關情。唱道則聽得玉漏聲頻。搭伏定鮫綃枕頭兒盹。客窗夜永。有誰人存問。二三更睡不得被兒温。陽春白雪後集二　雍熙樂府五

陽春白雪失注撰人。雍熙樂府同。北詞廣正譜仙呂賺煞附注屬楊西庵。茲從之。○〔賞花時〕雍熙橋据作艢抵。天際作天氣。〔么〕白雪猶自作由自。茲改正。元刊白雪十作上。茲從舊校及鈔本。雍熙十載作年紀。猶自作日日。〔煞尾〕雍熙心間悶作心間闊。枕頭兒作枕頭上。人存問作

瞅問。睡不得作捱不得。

花點蒼苔綉不勻。鶯喚垂楊語未真。簾幕絮紛紛。日長人困。風暖獸烟噴。

〔么〕一自檀郎共錦衾。再不曾暗擲金錢卜遠人。香臉笑生春。舊時衣褙。寬放出二三分。

〔賺煞尾〕調養就舊精神。粧點出嬌風韻。將息劃損苔牆玉筍。拂掉了香冷粧奩寶鑑塵。舒開繫東風兩葉眉顰。曉粧新。高綰起烏雲。再不管暖日朱簾鵲噪頻。從今聽鵶鳴不嗔。燈花誰信。一任教子規聲啼破海棠魂。陽春白雪後集二　詞謔　雍熙樂府五　北宮詞紀六　北詞廣正譜引賞花時

陽春白雪失注撰人。雍熙樂府同。詞謔北宮詞紀北詞廣正譜俱屬楊西庵。茲從之。詞紀題作春情。○(賞花時)雍熙詞紀簾幕俱作簾外。(么)元刊白雪褙作䙡。字畫譌誤。詞謔首二句作沾得香醪自近鄰。卜小金錢盼遠人。香臉作粉臉。放出作放。(賺煞尾)元刊白雪劃作到。茲從鈔本及詞謔詞紀。元刊白雪今聽作今新。茲從鈔本。詞謔寶鑑作鏡臺。誰信作難信。雍熙劃作到。牆作垣。鑑作鏡。舒作舒展。朱作珠。嗔作聽。任教作任他。詞紀鑑作鏡。舒作舒展。朱作珠。詞謔雍熙詞紀今聽俱作今後。

麗人春風三月天。準備西園賞禁烟。院宇立秋千。桃花噴火。楊柳綠如烟。

〔么〕倚定門兒語笑喧。來往星眸厮顧戀。彼各正當年。花陰柳影。月底共星前。

〔尾〕口兒咕。心兒怨。時急難尋輕便。天也似閒愁無處展。蘸霜毫寫滿雲箋。唱道各辦心堅。休教萬里關山靠夢傳。不是雙生自專。小卿緊勸。只休教花殘鶯老了麗春園。陽春白雪後集二　雍熙樂府五　彩筆情辭四

陽春白雪失注撰人。雍熙樂府同。彩筆情辭注元人辭。題作春情。北詞廣正譜屬楊西庵。茲從之。○（賞花時）雍熙麗人春風作麗日和風。如烟作垂烟。情辭俱同。廣正譜麗人作麗日。（么）白雪彼各作比各。茲改。雍熙情辭俱作彼此。雍熙末句無共字。（尾）白雪展作着。雍熙首二句兒下各襯裏字。時急作急切裏。輕便作空便。寫滿作寫。萬里作千里。靠作勞。末句無了字。情辭唱道作暢道是。餘同雍熙。

〔仙吕〕翠裙腰

鶯穿細柳翻金翅。遷上最高枝。海棠零亂飄階址。墮胭脂。共誰同唱送春詞。

〔金盞兒〕減容姿。瘦腰肢。綉牀塵滿慵針指。眉懶畫。粉羞施。憔悴死。無盡閑愁將甚比。恰如梅子雨絲絲。

〔緑窗愁〕有客持書至。還喜却嗟咨。未委歸期約幾時。先拆破鴛鴦字。原來則是賣

弄他風流浪子。誇翰墨。顯文詞。枉用了身心空費了紙。

〔賺尾〕總虚脾。無實事。喬問候的言辭怎使。復別了花箋重作念。偏自家少負你相思。唱道再展放重讀。讀罷也無言暗切齒。沉吟了數次。罵你箇負心賊堪恨。把一封寄來書都扯做紙條兒。陽春白雪後集二　雍熙樂府五　太和正音譜引緑窗愁　北詞廣正譜引金盞兒緑窗愁　九宫大成六引全套

元刊陽春白雪失注撰人。雍熙樂府同。鈔本陽春白雪及太和正音譜北詞廣正譜俱屬楊西庵。

〇（翠裙腰）元刊白雪雍熙九宫大成翻俱作開。兹從鈔本白雪。（緑窗愁）白雪雍熙拆破俱作折破。兹從正音譜廣正譜及大成。（賺尾）雍熙花箋作花箋錦字。無偏字。負作欠。沉吟下無了字。堪恨作忒字。大成俱同。

劉秉忠

秉忠字仲晦。初名侃。拜官後更名秉忠。邢州人。年十七。爲邢臺節度使府令史。尋棄去。隱武安山中爲僧。名子聰。後遊雲中。元世祖在潛邸。海雪禪師被召。過雲中。聞其博學多才藝。邀與俱行。既入見。應對稱旨。遂留侍左右。至元初。拜光禄大夫。位太保。參預中書省事。卒年五十九。贈太傅。封趙國公。謚文貞。成宗時。加贈太師。謚文正。仁宗時。進封常山王。秉忠自幼好學。至老不衰。齋居蔬食。終日澹然。自號藏春散人。每以吟咏自適。有藏春散人集。

小令

〔南吕〕乾荷葉

乾荷葉。色蒼蒼。老柄風摇蕩。減了清香。越添黄。都因昨夜一場霜。寂寞在秋江上。陽春白雪後集一　太和正音譜下　樂府羣珠二　雍熙樂府二〇　堯山堂外紀六九　詞品一　詞綜二七　歷代詩餘二　九宫大成五二　元明小令鈔樂府羣珠此八曲題作即名漫興。〇堯山堂外紀末句無在字。詞品詞綜歷代詩餘九宮大成四句俱無了字。一場俱作一番。末句俱無在字。

乾荷葉。映着枯蒲。折柄難擎露。藕絲無。倩風扶。待擎無力不乘珠。難宿灘頭鷺。

陽春白雪後集一　樂府羣珠二　雍熙樂府二〇

樂府羣珠四句無下有力字。雍熙樂府次句無着字。折柄作柄折。四句作藕絲蕪。乘珠作成珠。難宿作難蓋宿。

根摧折。柄欹斜。翠減清香謝。恁時節。萬絲絶。紅鴛白鷺不能遮。憔悴損乾荷葉。

陽春白雪後集一　樂府羣珠二　雍熙樂府二〇　九宮大成五二

乾荷葉。色無多。不奈風霜剉。貼秋波。倒枝柯。宮娃齊唱採蓮歌。夢裏繁華過。陽春白雪後集一　樂府羣珠二　雍熙樂府二〇

樂府羣珠不奈作不禁。雍熙作不耐。

南高峯。北高峯。慘淡烟霞洞。宋高宗。一場空。吴山依舊酒旗風。兩度江南夢。陽春白雪後集一　樂府羣珠二　雍熙樂府二〇　堯山堂外紀六九　詞品一　北詞廣正譜　元明小令鈔

夜來箇。醉如酡。不記花前過。醒來呵。二更過。春衫惹定茨蘼科。拌倒花抓破。陽春白雪後集一　樂府羣珠二　雍熙樂府二〇

雍熙醉如作醉顔。四句呵作何。

乾荷葉。水上浮。漸漸浮將去。跟將你去。隨將去。你問當家中有媳婦。問着不言語。陽春白雪後集一　樂府羣珠二　雍熙樂府二〇

白雪羣珠四句跟作根。雍熙六句無中字。

脚兒尖。手兒纖。雲髻梳兒露半邊。臉兒甜。話兒粘。更宜煩惱更宜忺。直恁風流倩。陽春白雪後集一　樂府羣珠二　雍熙樂府二〇

鈔本陽春白雪忺作歡。雍熙末字作茜。

〔雙調〕蟾宫曲

盼和風春雨如膏。花發南枝。北岸冰銷。夭桃似火。楊柳如烟。穰穰桑條。初出谷黄鶯弄巧。乍銜泥燕子尋巢。宴賞東郊。杜甫遊春。散誕逍遥。陽春白雪前集二　樂府羣珠三　雍熙樂府一七

樂府羣珠題作四時遊賞聯珠四曲。雍熙樂府題作四季。○元刊陽春白雪桑條作柔條。散誕作散但。下同。此從鈔本。樂府羣珠六句作裊裊柔條。雍熙盼作看。次句作南枝花發。如烟作垂烟。六句作風擺柔條。鶯弄作鸝囀。燕子作紫燕。宴賞作待上。末句作只落得散淡逍遥。下三首同。

炎天地熱如燒。散髮披襟。紈扇輕摇。積雪敲冰。沉李浮瓜。不用百尺樓高。避暑

涼亭静掃。樹陰稠緑波池沼。流水溪橋。右軍觀鵝。散誕逍遥。陽春白雪前集二　樂府羣珠三　雍熙樂府一七

樂府羣珠首句作炎天地酷熱如燒。積雪敲冰作敲冰浸酒。避暑下有愛字。雍熙首句作避炎天四野如燒。輕摇作頻摇。四句作敲冰浸酒。百尺上無不用二字。避暑三句作。祛暑在涼泉最好。緑樹濃綫柳隨橋。待上池沼。

梧桐一葉初彫。菊綻東籬。佳節登高。金風颯颯。寒雁呀呀。促織叨叨。滿目黄花衰草。一川紅葉飄飄。秋景蕭蕭。賞菊陶潛。散誕逍遥。陽春白雪前集二　樂府羣珠三　雍熙樂府一七

雍熙梧桐上有見字。次句作時逢盛世。佳節作節至。颯颯作飄飄。寒雁句作寒鴉聲噪。滿目四句作。滿園槐黄花瑞草。風颯颯秋景蕭蕭。待上東籬。陶潛賞菊。

朔風瑞雪飄飄。煖閣紅爐。酒泛羊羔。如飛柳絮。似舞胡蝶。亂剪鵝毛。銀砌就樓臺殿閣。粉粧成野外荒郊。冬景寂寥。浩然踏雪。散誕逍遥。陽春白雪前集二　樂府羣珠三　雍熙樂府一七

雍熙朔風作促梅開。如飛三句作。風擺林梢。亂剪鵝毛。遍滿荒郊。銀砌就作玉粧成。粉粧成二句作。銀罩就園圃池沼。待上名岩。

商衟

衟字正叔。或作政叔。曹州濟陰人。其先本姓殷氏。避宋宣祖趙弘殷諱。改姓商。兄衡。字平叔。金崇慶進士。正大末充秦藍總帥府經歷。元兵劫之使降。不屈死。衟滑稽豪爽。有古人風。曾編雙漸小卿諸宮調。今不傳。官至學士。與元好問輩遊。好問有商正叔隴山行役圖詩。兄衡之子挺。亦有曲傳於世。

小令

〔越調〕天净沙

寒梅清秀誰知。霜禽翠羽同期。瀟灑寒塘月淡。暗香幽意。一枝雪里偏宜。陽春白雪前集五

剡溪媚壓羣芳。玉容偏稱宮粧。暗惹詩人斷腸。月明江上。一枝弄影飄香。陽春白雪前集五

野橋當日誰栽。前村昨夜先開。雪散珍珠亂篩。多情嬌態。一枝風送香來。陽春白雪前集五

雪飛柳絮梨花。梅開玉蕊瓊葩。雲淡簾篩月華。玲瓏堪畫。一枝瘦影窗紗。陽春白雪前集五

套數

〔正宮〕月照庭

問花

萬木争榮。各逞嬌紅嫩紫。呈濃淡。鬭妍蚩。爲誰開。爲誰落。何苦孜孜。吾來問。汝有私。

〔么〕雲幕高張。捧出天然艷質。顔如玉。體凝脂。緑羅裳。紅錦帔。貌勝西施。蒙君問。盡妾詞。

〔最高樓〕發生各自隨時。艷冶非人所使。鉛華滿樹添粧次。遠勝梨園弟子。

〔喜春來〕清香引客眠花市。艷色迷人殢酒巵。東風舞困瘦腰肢。猶未止。零落暮

春時。

［六么遍］聽花言。巧才思。直待伴落絮遊絲。披離滿徑點胭脂。乾忙煞燕子鶯兒。芳苞折盡誰掛齒。道杏花不看開時。早尋人做主遮護你。煞强如花貌參差。憑誰賦斷腸詩。

［么］妾斟量。自三思。正芳年不甚心慈。仗聰明國色兩件兒。覷五陵英俊因而。漸消香減玉剥幽姿。但温存誰敢推辭。想遊蜂戲蝶有正事。向眼前面配了雄雌。閃下我害相思。

［尾］先生教妾感承。妾身言君試思。如今羅紈錦故人何似。闌珊了春事。惜花人誰肯折殘枝。太平樂府六　雍熙樂府二　北詞廣正譜引月照庭六么遍尾

雍熙樂府不注撰人。○（六么遍）雍熙芳苞折作方苞折。杏花作好花。煞强作索强。明大字本太平樂府北詞廣正譜披離俱作離披。（么）元刊太平樂府幽姿作幾咨。明大字本作姿幾。雍熙面配作匹配。

［南吕］一枝花

遠寄

粘花惹草心。招攬風流事。都不似今日箇這嬌姿。伶變知音。雅有林泉志。合歡連理枝。兩意相投。美滿夫妻相似。

〔梁州第七〕甘不過輕狂子弟。難禁受極紂勤兒。撞聲打怕無淹潤。倚强壓弱。滴溜着官司。轟盆打甑。走踢飛拳。查核相萬般街市。待勉强過從枉費神思。是他慣追陪濟楚高人。見不得村沙謊廝。欽不定冷笑孜孜。可人。舉止。爲他十分吃盡不肯隨時。變除此外没瑕玼。聚少離多信有之。古今如此。

〔賺煞〕好姻緣眼見得無終始。一載恩情似彈指。别離怨草次。感恨無言謾搔耳。後會何時。唱道痛泪連灑。花箋悶寫相思字。托魚雁寄傳示。我志誠心一點無辭。無辭憚去伊身上死。梨園樂府上　雍熙樂府一〇　北詞廣正譜引全

雍熙樂府題作離情。不注撰人。〇（一枝花）雍熙三句作。生前同帶綰。今世遇嬌姿。伶變二句作。伶便容儀。知音有林泉志。合歡上有恰字。兩意上有喜孜孜三字。美滿作美甘甘。廣正譜不似作不是。伶變作靈變。（梁州第七）梨園樂府舉止作舉指。雍熙極紂作村紂。查核作查胡。濟楚作沛楚。欽作臉。孜孜作咨咨。吃盡作吃静。瑕玼作投玷。（賺煞）雍熙痛泪連灑作無限風

流。脱末句。廣正譜三句怨作恨。

嘆秀英

釵橫金鳳偏。鬢亂香雲嚲。早是身是名染沉痾。自想前緣。結下何因果。今生遭折磨。流落在娼門。一旦把身軀點汚。

〔梁州第七〕生把俺殃及做頂老。爲妓路剗地波波。忍耻包羞排場上坐。念詩執板。打和開呵。隨高逐下。送故迎新。身心受盡摧挫。奈惡業姻緣好家風俏無些箇。紂撅丁走踢飛拳。老妖精縛手纏脚。揀掙勤到下鍬钁。甚娘。過活。每朝分外説不盡無廉耻。顛狂相愛左。應有的私房貼了漢子。恣意淫訛。

〔賺煞〕禽唇撮口由閑可。毆面梟頭甚罪過。聖長里廝摋抹。倒把人看舌頭廝繳絡。氣殺人呵。唱道曉夜評薄。待嫁人時要財定囫圇課。驚心碎謊膽破。只爲你没情腸五奴虔婆。毒害相扶持得殘病了我。梨園樂府上

〔南吕〕梁州第七

戲三英

暖律回春過臘。融和布滿天涯。禁城元夜生和氣。況金吾不禁。良宵歡洽。九衢三市。萬户千門。重重綉簾高掛。列銀燭熒煌家家鬬騁奢華。玉簾燈細撚瓊絲。金蓮燈匀排艷葩。梔子燈碎剪紅紗。壁燈兒。巧畫。過街燈照映紗燈戲燈機關妙。滚燈轉甗燈耍。月燈高懸水燈戲。將天地酬答。

〔么〕綵結鰲山對聳。簫韶鼓吹喧譁。仕女王孫知多少。寶鞍錦轎。來往交叉。酒豪詩俊。謝館秦樓。會傳杯笑飲流霞。見游女行歌盡落梅花。向杜郎家酒館裏開樽。王廚家食店裏飯罷。張胡家茗肆裏分茶。玉人。嬌奼。愛雲英辨利絳英天然俊。共聯臂同把。偶過平康賞茗妭。越女吴姬。

〔賺煞〕綺羅珠翠金釵插。蘭麝風生異香撒。絃管相煎聲咿啞。民物熙熙。誰道太平無象。聽歌舞見風化。酩酊歸來。控玉驄不記得還家。唱道玉漏沉沉。樓頭彷彿三更打。燈影伴月明下。醉醺醺婉英扶下馬。梨園樂府上

(梁州第七)紗燈原作沙燈。(么)么字原作○。吴姬失韻。疑應作吴娃。

〔雙調〕新水令

彩雲聲斷紫鸞簫。夜深沉綉幃中冷落。愁轉增。不相饒。粉悴烟憔。雲鬟亂倦梳掠。

〔喬牌兒〕自從他去了。無一日不啮道。眼皮兒不住了梭梭跳。料應他作念着。

〔雁兒落〕愁聞砧杵敲。倦聽賓鴻叫。懶將烟粉施。羞對菱花照。

〔掛玉鈎〕這些時針線慵拈懶綉作。愁悶的人顛倒。想着燕爾新婚那一宵。怎下得把奴抛調。意似癡。肌如削。只望他步步相隨。誰承望拆散鸞交。

〔亂柳葉〕爲他爲他曾把香燒。怎下的將咱將咱抛調。慘可可曾對神明道。也不索。和他和他叫。緊交。誓約。天開眼自然報。

〔太平令〕駡你箇短命薄情才料。小可的無福怎生難消。想着咱月下星前期約。受了些無打算凄涼煩惱。我呵。你想着。記着。夢着。又被這雨打紗窗驚覺。

〔豆葉黄〕不覺的地北天南。抵多少水遠山遥。一箇粉臉兒。他身上何曾忘却。鍾送黄昏雞報曉。昏曉相催。斷送了愁人。多多少少。

〔七弟兄〕懊惱。這宵。受煎熬。被凄涼一弄兒相刮躁。晝簷間鐵馬兒晚風敲。紗窗外促織兒頻頻叫。

〔梅花酒〕孤幃兒静悄悄。燭滅烟消。枕剩衾薄。撲簌簌泪點抛。急煎煎眼難交。睡不着。更那堪雨瀟瀟。

〔收江南〕淅零零和泪上芭蕉。孤眠獨枕最難熬。絳綃裙褪小蠻腰。急煎煎瘦了。相思滿腹對誰學。

〔尾〕急煎煎每夜傷懷抱。撲簌簌泪點腮邊落。唱道是廢寢忘飡。玉減香消。小院深沉。孤幃里静悄。瘦影兒緊相隨。一盞孤燈照。好教我急煎煎心痒難揉。則教我幾聲長吁到的曉。梨園樂府上　盛世新聲午集　詞林摘艷五　雍熙樂府一一　太和正音譜下引亂柳葉豆葉黄

北詞廣正譜引雁兒落掛玉鈎亂柳葉豆葉黄

原刊本徽藩本詞林摘艷題作閨怨十段錦。與梨園樂府俱注商政叔作。他本摘艷無題。與盛世新聲雍熙樂府俱不注撰人。雍熙樂府題作別恨。○〔新水令〕盛世摘艷雍熙轉增俱作悶添。粉悴上俱有折倒的三字。盛世重增本摘艷綉緯上俱有則在這三字。〔喬牌兒〕盛世次句作好着我無一日不顛倒。三句了作的。末句他作來。摘艷俱同。雍熙次句作無一日不顛倒。餘同盛世。〔雁兒落〕盛世各本摘艷北詞廣正譜起俱襯這些時三字。盛世重增本内府本摘艷賓鴻上俱有那字。盛世重增本摘艷烟粉上俱有我這二字。原刻本徽藩本摘艷羞對作羞把。盛世重增本摘艷俱作羞對

把。雍熙愁聞作這些時愁聞的。賓鴻上有的字。烟粉上有那字。菱花上有這字。（掛玉鈎）盛世次句作煩惱的人無顛倒。想着下有俺字。七句作指望待步步兒相隨。折散下有了字。摘艷俱同。盛世重增本摘艷針線上有這些時三字。他本摘艷無。內府本摘艷怎下得句作今口共別人歡笑。指望上有當初二字。雍熙次句作煩惱的無顛倒。想着下有那字。五句作好着意似癡。末二句同盛世。惟七句起襯當初二字。廣正譜次句同盛世。想着下有喒字。把奴作將奴。上多到如今無消耗一句。末二句同盛世。惟待作他。（亂柳葉）梨園樂府報作招。太和正音譜慘作磣。神明二字叠。四句無也字。緊交作儘教。報作照。嘯餘譜並同。惟四句有也字。盛世首句作爲才郎曾把那香燒。將咱將咱作把奴。神明道作着神靈告。四句以下作。也不索和他鬧。枉惹的傍人笑。儘交。失約。有一日天開眼自然報。摘艷俱同。內府本摘艷天開眼三字叠。雍熙首句作爲才郎曾把曾把香燒。慘作磣。四句以下作。也不索和他和他鬧。空惹的傍人傍人笑。儘教。勢要。天開眼三字叠。餘俱同盛世。廣正譜同雍熙。惟把奴二字叠。神靈作神明神明。空作枉。二字句作。怎消。誓約。（太平令）盛世罵作我罵。薄情作薄倖。無怎生二字。咱作俺。受了上有爲你呵三字。淒涼作淒淒涼涼。我呵至夢着作。我心兒裏想着。口兒裏念着。夢兒裏夢着。何曾道是忘了。摘艷俱同。雍熙罵你箇作我罵你。咱作那。我呵句作。我呵心兒裏想着。夢兒裏夢着。末句無這字。餘同盛世。惟受了上無爲你呵三字。（豆葉黄）正音譜一箇作將箇。盛世不覺的作忽剌巴。三句作將一箇粉臉兒何曾忘了。愁人作離人知他是。摘艷俱同。內府本摘艷何曾忘上有他身上三字。雍熙鍾送上有怕的是三字。餘同盛世。惟巴作八。何曾上有他身上三字。廣正譜同雍熙。惟怕的作愁的。（七弟兄）盛世首二句作。一會家懊惱。自憔。相刮躁作閑聒噪。鐵馬下無兒字。摘艷俱同。雍熙起襯一會家三字。相刮躁作閑聒噪。（梅花酒）梨園樂府枕剩作枕盛。瀟瀟作簫簫。茲改正。盛世摘艷此支俱作。呀。羅幃中静悄悄。燭滅的烟消。枕冷衾薄。夢斷魂消。撲簌簌淚點兒抛。呀。敢急煎煎眼難熬。百般的睡不着。更那堪雨瀟瀟。雨瀟瀟夜迢迢。夜迢迢最難熬。最難熬晚風敲。内府本摘艷燭滅的作燭滅。眼難熬作眼難交。雍熙首句作羅幃中静也悄悄。烟作香。剩作冷。下多呀。夢斷魂勞一句。淚點下有兒字。眼難交以下全同盛世。（收江南）盛世首句作呀。則聽的淅零零細雨兒灑芭蕉。裙褪作裙寬掩過。下句作即漸的瘦了。摘艷俱同。雍熙首句同盛世。惟則聽作驀聽。裙褪作裙寬褪了。下句作疾漸的瘦了。相思上有自俺這三字。（尾）盛世摘艷俱缺。雍熙淚點下有兒字。唱道下無是字。瘦影下無兒緊二字。教我作教人。末句作則教我千萬聲長吁到不的曉。

〔雙調〕夜行船

風裏楊花水上萍。踪跡自來無定。席上温存。枕邊僥倖。嫁字兒把人來領。

〔么〕花底潛潛月下等。幾度柳影花陰。錦機情詞。石鐫心事。半句兒幾時曾應。

〔風入松〕都是些鈔兒根底假恩情。那裏有倘買的真誠。鬼胡由眼下唵光陰。終不是久遠前程。自從少箇蘇卿。閑煞豫章城。

〔阿那忽〕合下手合平。先負心先贏。休只待學那人薄倖。往和他急竟。

〔尾聲〕俏家風。説與那小後生。識破這酒愁花病。再不留情。分開寶鏡。既曾經。只被紅粉香中賺得醒。梨園樂府上　北詞廣正譜引尾聲

（么）陰字失韻。疑應與上影字易位。（尾聲）梨園樂府説與那作兑那與。茲從北詞廣正譜。

〔雙調〕風入松

嫩橙初破酒微温。銀燭照黄昏。玉人座上嬌如許。低低唱白雪陽春。誰管狂風過處。那知瑞雪屯門。

〔喬牌兒〕畫堂更漏冷。金爐篆烟盡。廝偎廝抱心兒順。百年姻兩意肯。

〔新水令〕曉雞三唱鳳離羣。空回首楚臺雲褪。枕上歡。雲兒恩。漏永更長。怎支持許多悶。

〔攪箏琶〕縈方寸。兩葉翠眉顰。萬想千思。行眠立盹。半世買風流。費盡精神。呆心兒掩然容易親。喫不過温存。

〔離亭燕煞〕客窗夜永愁成陣。冷清清有誰存問。漢宮中金閨夢斷。秦臺上玉簫聲盡。昨夜歡。今宵恨。都只爲風風韻韻。相見話偏多。孤眠睡不穩。梨園樂府上　雍熙樂府一二

北詞廣正譜引風入松離亭燕煞

雍熙樂府題作佳配。不注撰人。○〔新水令〕雍熙霎兒作霎時。支持作支吾。〔攪箏琶〕雍熙掩作闇。

暮雲樓閣景蕭疎。秋水泛萍湖。幾雙鳴鷺蒹葭浦。昏鴉噪爭宿林木。鎖閑愁朱扉半掩。約西風綉簾低簌。

〔喬牌兒〕倦將鴛被舒。愁把黛眉蹙。戍樓寒角聲凄楚。引初更催禁鼓。

〔新水令〕夜深香燼冷金爐。對銀釭甚娘情緒。和泪看。寄來書。訴不盡相思。盡寫做斷腸句。

〔攪箏琶〕心忡忬。剛道不思慮。除飲香醪。醉時節睡足。但合眼見他來。欲語從初。言不盡受過無限苦。恰欲待歡娛。

〔離亭宴煞〕秋聲兒也是無情物。忽驚回楚臺人去。酒醒時鸞孤鳳隻。夢回時枕剩衾餘。塞雁哀。寒蛩絮。會把離人對付。翠竹響西風。蒼梧戰秋雨。梨園樂府上　盛世新聲

午集　詞林摘艷五　詞謔　雍熙樂府一二　北宮詞紀六　南北詞廣韻選引離亭宴煞　九宮大成六七

梨園樂府此套列商政叔新水令彩雲聲斷套之後。失注撰人。盛世新聲無題。不注撰人。原刊本徽藩本詞林摘艷題作秋思。注侯正卿作。重增本内府本無題。不注撰人。詞謔云商政叔作。南北詞廣韻選同。雍熙樂府題作秋夢。不注撰人。北宮詞紀題作憶别。注高政叔作。高當係商之譌。玆從詞謔廣韻選詞紀屬政叔。○(風入松)梨園低簌作伭籟。盛世摘艷幾雙鳴鷺俱作幾行鷗鷺。原刊本徽藩本摘艷昏鴉噪俱作噪昏鴉。詞謔無秋水二字。争宿作争。雍熙萍湖作萍蕪。幾雙鳴鷺作幾行鷗鷺。詞紀秋水作無緒。昏鴉句作昏鴉向林木喧呼。九宫大成俱同詞紀。(喬牌兒)盛世摘艷首句俱起襯這些時三字。戍樓下有中字。詞紀九宫大成戍樓俱作城樓。(新水令)盛世燼作盡。看作開。盡寫做作都寫在。摘艷俱同。詞謔詞紀大成末句俱無盡字。雍熙燼作盡。看作開。盡寫作都寫。大成甚娘作甚般。(攪箏琶)盛世怞忬作惆⿰忄廚。道作不道。言不盡上有想起俺那當初六字。末句無欲字。摘艷俱同。内府本摘艷首句不道仍作道。雍熙怞忬作躊躇。言不盡上有想起當時四字。末句無欲字。詞紀大成時節俱作時。(離亭宴煞)盛世也是作本是。酒醒作覺來。塞雁上有呀呀的三字。會把作你可便會把俺。摘艷俱同。雍熙首句作這秋聲兒本是無情物。酒醒作覺來。夢回作酒醒。雁哀作雁來。詞紀三句作酒醒時鳳孤凰隻。大成也是作本是。酒醒作覺來。夢回作酒醒。

殘曲

〔商調〕玉抱肚

渭城客舍。微雨過陌塵輕浥。絲絲嫩柳揺金。情裊爲誰牽惹。海棠影裏啼子規。落花香亂迷胡蝶。物華表。景色凄。芳菲歇。正值暮春時節。雲歸楚岫。鸞孤鳳隻。釵分鑑破。瓶墜簪折。北詞廣正譜商調　九宫大成五九

〔么〕好風光又逢花謝。美姻緣又遭離缺。似無情一派長波。聲聲漸替人嗚咽。這一聲保重言未絶。珠泪痛流雙頰。怨滿懷。恨萬叠。愁千結。兩情牽惹。玉纖捧盃。星眸擎泪。羞蛾蹙損。檀口咨嗟。北詞廣正譜商調　九宫大成五九

〔三煞〕只有今宵無明夜。都因自家緣分拙。更做道走馬兒恩情。甚前時聚會。昨宵飲宴。今朝祖送。來日離別。北詞廣正譜般涉調

〔么〕千種恩情對誰説。酒醒時半窗殘月。哭啼啼遠送人來。怎下得教他回去。欲留無計。欲辭難捨。北詞廣正譜般涉調

〔隨調煞〕陽關曲莫謳徹。酒休斟寧奈些。只恐怕歌罷酒闌人散也。北詞廣正譜商調　九宫大成五九

王修甫

東平人。王惲有送王修甫東還水調歌頭。又有贈王修甫。挽王修甫詩。俱見秋澗文集。

套數

〔仙吕〕八聲甘州

春閨夢好。奈覺來心情。向人難學。錦屏斜靠。尚離魂脈脈難招。遊絲萬丈天外飛。落絮千團風裏飄。似恁這般愁。着甚相熬。

〔六么遍〕自春來到春衰老。簾垂白晝。門掩清宵。閑庭杳杳。空堂悄悄。此情除是春知道。寂寥。唾窗紗縷兩三條。

〔後庭花煞〕無心綉作。空閑却金剪刀。眉蹙吴山翠。眼横秋水嬌。正心焦。梅香低報。報道晚粧樓外月兒高。陽春白雪後集二　雍熙樂府五

（八聲甘州）元刊陽春白雪招作拈。字畫譌誤。兹從鈔本及雍熙樂府。鈔本白雪萬丈作十丈。雍

熙脈脈作默默。似下無恁字。（六么遍）元刊白雪及雍熙清宵俱作青宵。兹從鈔本白雪。雍熙春知道作天知道。唾窗紗縷作唾絨縷。（後庭花煞）元刊白雪梅香作梅花。兹從鈔本及雍熙。雍熙蹙作變。眼横秋水嬌作恨横秋水高。下有想多嬌三字。

〔越調〕鬬鵪鶉

鬬蓋荷枯。辭柯葉舞。敗葉蒼蒼。殘花簌簌。露滴梧桐。霜欺翠竹。景消疎。人凄楚。心上離愁。腮邊泪珠。

〔小桃紅〕半簾花影也扶疎。冷落了迎風户。噪晚寒蟬斷腸處。謾惆㥘。西風夜送簾纖雨。清燈一點。知人瀟灑。相伴影兒孤。

〔醉中天〕彩扇空題句。錦紙謾修書。海角天涯魚雁疎。千里雲山阻。寂寞閑庭院宇。芳心一寸。愁眉兩葉難舒。

〔天净沙〕正歡娱阻隔歡娱。道心毒果是心毒。生拆散吹簫伴侣。不堪言處。痛傷懷鳳隻鸞孤。

〔金蕉葉〕没緣受似水如魚。有分受些枕冷衾寒。地獄海誓山盟。肺腑對何人告訴。

〔眉兒彎煞〕難由緒。没是處。吃緊有統鏝的姨夫。果必是箇風流俊人物。又不敢道

間阻。間阻。免得那些月底星前悄受苦。梨園樂府上　北詞廣正譜引眉兒彎煞

（眉兒彎煞）梨園樂府俏作俏。茲從北詞廣正譜。

杜仁傑

仁傑字仲梁。號止軒。原名之元。字善夫。濟南長清人。金正大中。嘗偕麻革信之。張澄仲經隱内鄉山中。以詩篇倡和。名聲相埒。元至元中。屢徵不起。子元素仕元。任福建閩海道廉訪使。仁傑以子貴。贈翰林承旨。資善大夫。卒謚文穆。仁傑性善謔。才宏學博。氣鋭而筆健。業專而心精。平生與李獻能欽叔。冀禹錫京父二人最爲友善。元好問送仲梁出山詩有云。平生得意欽與京。青眼高歌望君久。其相契之深。可知也。詩集有善夫先生集一卷。見元詩選三集甲集。

小令

〔雙調〕雁兒落過得勝令

美色

他生得柳似眉蓮似腮。櫻桃口芙蓉額。不將朱粉施。自有天然態。半折慢弓鞋。一搦俏形骸。粉腕黄金釧。烏雲白玉釵。歡諧。笑解香羅帶。疑猜。莫不是陽臺夢

裏來。太平樂府三

套數

〔般涉調〕耍孩兒

莊家不識构闌

風調雨順民安樂。都不似俺莊家快活。桑蠶五穀十分收。官司無甚差科。當村許下還心願。來到城中買些紙火。正打街頭過。見吊箇花碌碌紙榜。不似那答兒鬧穰穰人多。

〔六煞〕見一箇人手撑着椽做的門。高聲的叫請請。道遲來的滿了無處停坐。說道前截兒院本調風月。背後么末敷演劉耍和。高聲叫。趕散易得。難得的粧哈。

〔五〕要了二百錢放過咱。入得門上箇木坡。見層層疊疊團團坐。擡頭覷是箇鍾樓模樣。往下覷却是人旋窩。見幾箇婦女向臺兒上坐。又不是迎神賽社。不住的擂鼓篩鑼。

〔四〕一箇女孩兒轉了幾遭。不多時引出一夥。中間裏一箇央人貨。裹着枚皂頭巾頂門上插一管筆。滿臉石灰更着些黑道兒抹。知他待是如何過。渾身上下。則穿領花布直裰。

〔三〕念了會詩共詞。說了會賦與歌。無差錯。唇天口地無高下。巧語花言記許多。臨絕末。道了低頭撮脚。爨罷將么撥。

〔二〕一箇粧做張太公。他改做小二哥。行行行說向城中過。見箇年少的婦女向簾兒下立。那老子用意鋪謀待取做老婆。教小二哥相說合。但要的豆穀米麥。問甚布絹紗羅。

〔一〕教太公往前那不敢往後那。擡左脚不敢擡右脚。翻來復去由他一箇。太公心下實焦懆。把一箇皮棒槌則一下打做兩半箇。我則道腦袋天靈破。則道興詞告狀。剗地大笑呵呵。

〔尾〕則被一胞尿。爆的我没奈何。剛捱剛忍更待看些兒箇。枉被這驢頽笑殺我。太平樂府九　雍熙樂府七

雍熙樂府不注撰人。〇(耍孩兒)雍熙吊作吊着。(六煞)何鈔太平樂府哈作合。雍熙劉作留。(五)太平樂府疊疊作壘壘。元刊太平向臺作面臺。陶刻太平作向臺。兹俱從雍熙。瞿本太平是

箇上有將字。（四）太平夥作火。待作〇。（三）太平撮脚作撮却。（二）雍熙末句甚作甚麽。（一）元刊太平及雍熙俱脱則道腦袋天靈破七字。兹從瞿本太平。雍熙懆作躁。詞作詞訟。（尾）瞿本太平則被上有我字。雍熙爆作暴。

喻情

我當初不合鬼擘口和你言盟誓。惹得你鬼病厭厭掛體。鬼相撲不曾使甚養家錢。鬼廝赴刁蹬的心灰。若是攜得歌妓家中去。便是袖得春風馬上歸。司獄司蹬弩斧神力。望梅止渴。畫餅充飢。

〔哨遍〕鐵毬兒漾在江心内。實指望團圓到底。失羣孤雁往南飛。比目魚永不分離。王屠倒臟牽腸肚。毛寶心毒不放龜。老母狗跳牆做得箇抰勢。把我做撲燈蛾相戲。掠水燕雙飛。

〔五煞〕臘月裏桑採甚的。肚臍裏爆豆實心兒退。木猫兒守窟瞧他甚。泥狗兒看家守甚黑。天長觀裏看水庵相識。濟元廟裏口願把我抛持。

〔四〕唐三藏立墓銘空費了碑。閑槽枋裏趓酒無巴避。悲田院裏下象無錢遞。左右司蒸糕省做媒。蓼兒洼裏太廟乾不濟。鄭元和在曲江邊擔土。閑話兒把咱支持。

〔三〕泥捏的山不信是石。相撲漢賣藥干陪了擂。鏡臺前照面你是你。警巡院倒了牆賊見賊。大蟲窩裏蒿草無人刈。看山瞎漢。不辨高低。

〔二〕小蠻婆看染紅擔是非。張果老切鱠先施鯉。布博士踏鬼隨機而變。囊大姐傳神反了面皮。沙三燒肉牛心兒炙。没梁的水桶。掛口休提。

〔一〕秦始皇鞋無道履。綿帶子拴腿無繩繫。開花仙藏撅過瞞得你。街道司衙門謊得過誰。尉遲恭搗米胡支對。蜂窩兒呵欠。口口是虛脾。

〔尾〕楮樹下梯要摘梨。葬瓶中灰骨是箇不自由的鬼。縠地裏瓜兒單單的記着你。太平樂府九　雍熙樂府七

雍熙樂府不注撰人。〇（要孩兒）雍熙厭厭作懨懨。（哨遍）元刊太平樂府及雍熙掠俱作掉。茲從瞿本太平樂府。雍熙抰勢作樣勢。無燈字。（五煞）元刊太平樂府及雍熙黑俱作嘿。茲從何鈔太平樂府。太平樂府末句口下之字似願字。陶刻本作頭。茲從雍熙作願。（四）太平樂府悲田作悲天。支持作埴持。雍熙巴避作巴壁。太廟作太廣。（一）雍熙繩作條。（尾）太平樂府葬作藏。

〔商調〕集賢賓 北

七夕

暑纔消大火即漸西。斗柄往坎宮移。一葉梧桐飄墜。萬方秋意皆知。暮雲閑聒聒蟬鳴。晚風輕點點螢飛。天階夜涼清似水。鵲橋圖高掛偏宜。金盆内種五生。瓊樓上設筵席。

〔集賢賓南〕今宵兩星相會期。正乞巧投機。沉李浮瓜餚饌美。把幾箇摩訶羅兒擺起。齊拜禮。端的是塑得來可嬉。

〔鳳鸞吟北〕月色輝。夜將闌銀漢低。鬭穿針逞艷質。喜蛛兒奇。一絲絲往下垂。結羅成巧樣勢。酒斟着緑蟻。香焚着麝臍。引杯觴大家沉醉。櫻桃妬水底紅。葱指剖冰瓜脆。更勝似愛月夜眠遲。

〔鬭雙雞南〕金釵墜金釵墜玳瑁整齊。蟠桃宴蟠桃宴衆仙聚會。彩衣彩衣輕紗織翠。禁步摇綉帶垂。但願得同歡宴團圓到底。

〔節節高北〕玉葱纖細。粉腮嬌膩。争妍鬭巧。笑聲舉。歡天喜地。我則見管絃齊動。商音夷則。遥天外斗漸移。喜陰晴今宵七夕。

〔耍鮑老南〕團圞笑令心盡喜。食品愈稀奇。新摘的葡萄紫。旋剥的雞頭美。珍珠般嫩實。歡坐間夜涼人静已。笑聲接青霄内。風淅淅。雨霏霏。露濕了弓鞋底。紗籠罩仕女隨。燈影下人扶起。尚留戀懶心回。

〔四門子北〕畫堂深寂寂重門閉。照金荷紅蠟輝。斗柄又横。月色又西。醉鄉中不知更漏遲。士庶每安。烽燧又息。願吾皇萬歲。

〔尾〕人生願得同歡會。把四季良辰須記。乞巧年年慶七夕。盛世新聲申集　詞林摘艷七　雍熙樂府一四　北詞廣正譜引鳳鸞吟　九宫大成五九引鳳鸞吟七三引節節高

盛世新聲重增本内府本詞林摘艷俱無題。與雍熙樂府俱不注撰人。原刊本徽藩本詞林摘艷題作七夕。注杜善夫作。雍熙題作慶七夕。北詞廣正譜雙調套數分題及鳳鸞吟注。亦云杜善夫作。〇（集賢賓北）雍熙閑作軒。盆作盤。（集賢賓南）内府本摘艷把幾個上有勝蓬萊圖畫裏堪遊戲。一處處拜月瞻星齊贊禮。是看二十一字。雍熙齊拜禮三字疊。（鳳鸞吟北）盛世摘艷斟着俱作斟酌。内府本摘艷妬水底紅作柘水滴紅。雍熙輝作又輝。引作飲。妬作突。廣正譜九宫大成俱同雍熙。雍熙廣正譜底紅俱作低紅。大成作菱紅。（鬬雙雞南）盛世重增本摘艷蟠桃宴三字不疊。雍熙彩衣二字不疊。（節節高北）盛世摘艷争妍俱作争雲。雍熙齊動作齊奏。遥天作見瑶天。末句上有呀字。大成六句作則聽得管絃齊奏。遥天作見瑶天。（耍鮑老南）内府本摘艷疊末句。雍

熙三四句俱無的字。五句無般字。接作直接。（四門子北）雍熙紅作絳。烽燧作兵燹。末句作願豐年稔歲。

〔雙調〕蝶戀花

鷗鷺同盟曾自許。怕見山英。怪我來何暮。風度翛然林下去。琴書共作烟霞侶。

〔喬牌兒〕去絶心上苦。參透静中趣。春潮盡日舟横渡。風波無賴阻。

〔金娥神曲〕世俗。看取。花樣巧番機杼。乾坤腐儒。天地逆旅。自嘆難合時務。

〔一〕仕途。文物。冠蓋擁青雲得路。恩詔寵金門平步。出入裏雕輪綉轂。坐卧處銀屏金屋。

〔三〕是非。榮辱。功名運前生天注。風雲會一時相遇。雷霆震一朝天怒。榮華似風中秉燭。品秩似花梢露。

〔四〕至如。有些官禄。辨甚麽賢共愚。更那。有些金玉。識甚麽親共疏。命福。有些乘除。問甚麽有共無。

〔離亭宴帶歇指煞〕天公教富須還富。人心待足何時足。叮嚀寄語玉堂臣。休作抱官囚金谷。民謾作貪才漢。銅山客枉教看錢虜。脱塵緣隱華山。遠市朝歸盤谷。雲林杜曲。種青門數畝邵平瓜。釀白酒五斗劉伶祿。賞黄花三逕淵明菊。誦漆園秋水篇。讀屈原離騷賦。一任番雲覆雨。看烏兔走東西。聽漁樵話今古。羅本陽春白雪後集卷二

殘曲

〔雙調〕喬牌兒

世途人易老。幻化自空鬧。蜂衙蟻陣黄粱覺。人間歸去好。太和正音譜下　九宫大成六五

太和正音譜注謂此係杜善夫散套。北詞廣正譜又謂馬致遠有世途人易老散套。羅本陽春白雪全套署馬致遠作，兹列馬曲中。

張子益

字里不詳。官平章。

殘曲

〔大石調〕鷓鴣天

蝶懶鶯慵。北詞廣正譜

〔卜金錢〕清曉樓臺。黄昏庭院。綉簾窄地無人捲。蕊珠宫。藍橋殿。綵雲遮斷春風面。北詞廣正譜

〔喜秋風〕解珮情。于飛願。自從别似天遠。鳳簫聲斷人不見。望中芳草碧連天。北詞廣正譜　九宫大成四五

〔催花樂〕錦箋寫恨仗誰傳。青鳥不來。芳音難遣。不念春歸離恨牽。自嘆今生緣分淺。北詞廣正譜

〔好觀音〕北詞廣正譜

〔隨煞〕北詞廣正譜

全套套式見北詞廣正譜大石調套數分題。今鷓鴣天殘。好觀音隨煞二曲闕。〇（喜秋風）九宮大成三句作自從一别似天遠。

王和卿

和卿大名人。與關漢卿同時而先卒。滑稽佻達。傳播四方。常譏謔漢卿。漢卿雖極意還答。終不能敗。中統初。燕市有一胡蝶。其大異常。王賦醉中天小令挣破莊周夢云云。由是其名益著。見輟耕録。今人或以和卿即汴梁通許縣尹王鼎。恐未必確。

小令

〔仙吕〕醉扶歸

我嘴揾着他油鬏髻。他背靠着我胸皮。早難道香腮左右偎。則索項窩裏長吁氣。一夜何曾見他面皮。則是看一宿牙梳背。陽春白雪後集一　雍熙樂府二〇　北宫詞紀外集六　彩筆情辭六

陽春白雪此首之前爲吕止軒醉扶歸三首。雍熙樂府併此首於前三首之末。仍注止軒作。彩筆情辭因其誤。兹從陽春白雪。北宫詞紀外集題作風情。注元人作。○鈔本陽春白雪二句無着字。元刊本與雍熙情辭合。白雪鬏髻作特髻。雍熙窩作窩兒。見他作見。末句作眼覷着牙梳背。詞

紀外集胸皮作軟胸皮。窩作窩兒。末二句作。比及你意轉心回。咱也須推着睡。情辭俱同雍熙。

〔仙吕〕醉中天

别情

瘦了重加瘦。愁上更添愁。沈瘦潘愁何日休。削減風流舊。一自巫娥去後。雲平楚岫。玉簫聲斷南樓。太平樂府五

瞿本舊校削減作清減。

詠大胡蝶

蟬破莊周夢。兩翅架東風。三百座名園一採箇空。難道風流種。謔殺尋芳的蜜蜂。輕輕的飛動。把賣花人搧過橋東。太平樂府五　輟耕録二三　徐氏筆精六　堯山堂外紀六八　方諸館曲律三　北宫詞紀外集五

明大字本太平樂府蟬作彈。徐氏筆精同。何鈔太平樂府輟耕録堯山堂外紀方諸館曲律蟬俱作掙。北宫詞紀外集作囉。輟耕録堯山堂外紀座俱作處。尋芳下俱無的字。末句俱無把字。箇俱作一

箇。筆精曲律難道俱作誰道。輕輕下俱無的字。曲律箇作一箇。

詠俊妓

裙繫鴛鴦錦。釵插鳳凰金。俊的是龐兒俏的是心。更待褒彈甚。摻土也似姨夫鬬侵。交他一任。知音的則是知音。太平樂府五

繫原作糸。當係系之譌。元刊本褒彈作保彈。兹從明大字本。

〔仙吕〕一半兒

題情

鴉翎般水鬢似刀裁。小顆顆芙蓉花額兒窄。待不梳粧怕娘左猜。不免插金釵。一半兒鬅鬆一半兒歪。太平樂府五　梨園樂府中　堯山堂外紀六八

元刊太平樂府一半兒歪作一樣兒歪。兹從明大字本及梨園樂府堯山堂外紀。梨園樂府般水作雲。二句作淡掃蛾眉宮樣窄。待不梳粧作不梳粧又。不免插作插隻短。

書來和泪怕開緘。又不歸來空再三。這樣病兒誰慣躭。越恁瘦巖巖。一半兒增添一

半兒減。太平樂府五

一半原俱作一樣。茲改。

將來書信手拈着。燈下姿姿觀覷了。兩三行字真帶草。提起來越心焦。一半兒絲挦一半兒燒。太平樂府五

元刊本拈作粘。茲從瞿本及明大字本。

別來寬褪縷金衣。粉悴烟憔減玉肌。淚點兒只除衫袖知。盼佳期。一半兒才乾一半兒濕。太平樂府五　堯山堂外紀六八

〔中呂〕陽春曲

春思

柳梢淡淡鵝黃染。波面澄澄鴨綠添。及時膏雨細廉纖。門半掩。春睡殢人甜。太平樂府四　樂府羣珠一

題情

情粘骨髓難揩洗。病在膏肓怎療治。相思何日會佳期。我共你。相見一般醫。太平樂府四　樂府羣珠一　雍熙樂府一九

雍熙樂府不注撰人。○雍熙情粘作情傳。二三句作。愁灌肌膚怎受持。相思離苦總成疾。一般作一時。

〔商調〕百字知秋令

絳蠟殘半明不滅寒灰看時看節落。沉煙燼細里末里微分間即里漸里消。碧紗窗外風弄雨昔留昔零打芭蕉。惱碎芳心近砌下啾啾唧唧寒蛩鬧。驚回幽夢丁丁當當簷間鐵馬敲。半欹單枕乞留乞良捱徹今宵。只被這一弄兒淒涼斷送的愁人登時間病了。太平樂府五　北詞廣正譜　九宮大成五九　元明小令鈔

九宮大成殘作燒。微分間作微分。近砌下作砌下。簷間二字在丁丁當當上。單枕下有教我二字。

〔越調〕小桃紅

胖妓

夜深交頸効鴛鴦。錦被翻紅浪。雨歇雲收那情況。難當。一翻翻在人身上。偌長偌大。偌粗偌胖。壓匾沈東陽。太平樂府三　北宮詞紀外集五　北詞廣正譜　九宮大成二七　元明小令鈔太平樂府雨下無歇字。瞿本太平樂府舊校於難當上補一最字。北宮詞紀外集雨歇作雨散。四句作最難當。

春寒

春風料峭透香閨。柳眼開還閉。南陌蓑針不全翠。恨芳菲。上林花瘦鶯聲未。雲兜香冷。烏衣何處。寒勒海棠遲。太平樂府三元刊本恨芳菲作眼芳菲。茲從瞿本及何鈔本。

〔越調〕天净沙

詠秃

笠兒深掩過雙肩。頭巾牢抹到眉邊。款款的把笠簷兒試掀。連荒道一句。君子人不

見頭面。太平樂府三　堯山堂外紀六八

〔雙調〕撥不斷

大魚

勝神鰲。夯風濤。脊梁上輕負着蓬萊島。萬里夕陽錦背高。翻身猶恨東洋小。太公怎釣。太平樂府二

元刊本夯作券。兹從元刊八卷本及瞿本。明大字本及何鈔本作卷。

緑毛龜

緑毛稠。繞池遊。口中氣吐香烟透。賣卦的先生把你脊骨彫。十長生裏伴定箇仙鶴走。白大夫的行頭。太平樂府二

長毛小狗

醜如驢。小如猪。山海經檢遍了無尋處。遍體渾身都是毛。我道你有似箇成精物。

咬人的笤箒。太平樂府二

元刊八卷本瞿本三句俱無了字。

自嘆

恰春朝。又秋宵。春花秋月何時了。花到三春顔色消。月過十五光明少。月殘花落。

太平樂府二

王大姐浴房内吃打

假胡伶。聘聰明。你本待洗腌臢倒惹得不乾浄。精尻上匀排七道青。扇圈大膏藥剛糊定。早難道外宣無病。太平樂府二　堯山堂外紀六八

偷情爲獲

雞兒啼。月兒西。偷情方暫出羅幃。兢兢業業心兒裏。誰知又被人拿起。含羞忍恥。

何鈔本太平樂府二

胖妻夫

一箇胖雙郎。就了箇胖蘇娘。兩口兒便似熊模樣。成就了風流喘豫章。綉幃中一對兒鴛鴦象。交肚皮廝撞。太平樂府二

明大字本便似作便是。

套數

〔南吕〕一枝花

爲打毬子作

夭桃綻錦囊。嫩柳垂金線。梨花噴白雪。芳草緑鋪茵。春日郊園。出鳳城閑游玩。選高原勝地面。就華屋芳妍。將步踘家風習演。

〔梁州〕列俊逸五陵少年。簇豪家一代英賢。把人間得失踏遍。輸贏勝敗則要敬愛相憐。忘機乘興。花逕斜穿。高場上觟處盤旋。要高名天下人傳。頭捧急鑽徹雲烟。

二六緊巧妙兩全。高場中扶輥能眠。非是過口身不到。三斗聲名顯。論出遠更休選。折抹待占。事畫團樂莫施展。占鎮中原。

〔三煞〕四周濃緑圍屏甸。一簇深紅罩短垣。習行打遠樂霞川。據那義讓謙和。有仁德高低無怨。要知左右識髏面。擔捧籠叫鬟奴趁圈。盡日連年。

〔二〕輕輪月杖驚花片。慢輥星丸蕩柳線。一行步從緊相連。諸傳戲都難。唯搖丸元無酬獻。自古與流傳。想常勝尋思意非淺。但犯着死處休言。

〔一〕舊作杖結束得都虬健。絨約手扎拴的彩色鮮。錦衣拋勝各争先。得勝的欣然。畫方基荷茵庭院。安員王將袖梢先卷。覷上下。觀高低。望遠近。料得周正無偏。

〔尾〕唱道引臂員搧。棒過處飛星如箭。茂林中法頭不善。指覷窩落在花柳場邊。不吊上也無一步遠。羅本陽春白雪後集卷二

（尾）北詞廣正譜牌名作隨煞。林中作林惡。覷作親。末句一作三。

〔大石調〕蓦山溪

閨情

冬天易晚。又早黄昏後。修竹小闌干。空倚遍寒生翠袖。蕭郎寳馬。何處也恣狂遊。

〔么篇〕人已静。夜將闌。不承望今番又。大抵爲人圖甚麽。況彼各青春年幼。似恁的廝禁持。尋思來白了人頭。

〔女冠子〕過一朝。勝九秋。强拈針線。把一扇鞋兒綉。驀聽的馬嘶人語。不甫能盼的他來到。他却又早醺醺的帶酒。

〔好觀音〕枉了教人深閨候。疎狂性慣縱的來自由。不承望今番做的漏斗。衣紐兒尚然不曾扣。等的他酒醒時將他來都明透。

〔雁過南樓煞〕問着時節只辦的擺手。罵着時節永不開口。我將你耳朵兒揪。你可也共誰人兩個歡偶。我將你錦片也似前程。花朵兒身軀。遥望着梅梢上月牙兒兕。

盛世新聲寅集　詞林摘艷九　詞謔　北宫詞紀六　太和正音譜上引驀山溪么篇　北詞廣正譜引好觀音以外四支　九宫大成引驀山溪么篇女冠子

盛世新聲無題。不注撰人。題從詞林摘艷。詞謔無題。北宫詞紀作冬閨。○（驀山溪）盛世摘艷闌干俱作琅玕。太和正音譜蕭郎作瀟瀟。末句無也恣二字。詞謔易晚作易曉。餘同正音譜。詞紀北詞廣正譜九宮大成蕭郎俱作蕭蕭。末句俱同正音譜。（么篇）盛世摘艷俱脱牌名。正音譜三句作不信今宵又。五句無況字。尋思來作兀的不。詞謔詞紀廣正譜大成俱同正音譜。正音譜大抵作待得。廣正譜彼作比。（女冠子）盛世摘艷牌名俱誤作好觀音。詞謔一朝作一宵。强拈作且將。末二句作甫能來到。却又早十分殢酒。詞紀廣正譜大成俱同詞謔。（好觀音）自此至篇末。盛世曲牌誤作雁過南樓。摘艷曲牌誤作雁過南樓帶浄瓶煞。兹從詞謔詞紀等分爲好觀音及雁過南樓煞。詞謔此支作。枉了教人深閨裏候。疎狂性奄然依舊。不成器喬公事做的泄漏。衣紐不曾扣。待伊酒醒明白究。詞紀同詞謔。（雁過南樓煞）盛世摘艷身軀俱作身奇。原刊本摘艷錦片也似作那錦片似。重增摘艷錦片上有那字。朵兒下有般字。詞謔此支作。問着時只辦着擺手。罵着時悄不開口。放伊不過耳朵兒扭。你道不曾共外人歡偶。把你愛惜前程。遥指定梅梢月兒咒。詞紀同詞謔。惟二句無時字。廣正譜俱同詞謔。

殘曲

〔黄鍾〕文如錦

病懨懨。柔腸九曲閒愁占。精神絶盡。情緒不忺。茶飯減。悶愁添。寶釧鬆。羅裙掩。翠淡柳眉。紅銷杏臉。愁在眼底。人在心上。恨在眉尖。對粧奩。新來瘦却。

舊時嬌艷。

〔么〕空攧金蓮搓玉纖。販茶客船。做了搬愁旅店。誰人不道。何人不啮。娘意慳。恩情險。兩行痛淚。千點萬點。讀書人窘。販茶客富。愛錢娘嚴。不中粘。准了書箱。當了琴劍。

〔願成雙〕我待甘心守秀士捱虀鹽。忍寒受飢無厭。娘愛他三五文業錢。把女送入萬丈坑塹。

〔么〕想才郎於俺話兒甜。意懸懸一心常欠。這廝影兒般不離左右。罪人也似鎮常拘鉗。

〔掛金索〕

〔隨煞〕推眼痛悄悄泪偷淹。佯咳嗽袖兒裏作念。則被你思量殺小卿也雙漸。太和正音譜

上引前四支　北詞廣正譜及九宫大成七九俱引五支

據北詞廣正譜黄鍾宫套數分題。此套尚有掛金索一支。今未輯得。○（文如錦）廣正譜忺作歡。九宫大成柳眉作蛾眉。（願成雙）太和正音譜將願成雙與文如錦混爲一闋。廣正譜以願成雙爲文如錦之三四么篇。均誤。九宫大成將其分清。兹從之。大成受飢作忍饑。（么）大成一心作一點心。影兒上無這廝二字。

盍志學

官學士。見録鬼簿。太和正音譜有盍西村。又有闞志學。不知是否即一人。兹將其曲分輯之。

小令

〔雙調〕蟾宫曲

陶淵明自不合時。採菊東籬。爲賦新詩。獨對南山。泛秋香有酒盈巵。一箇小顆顆彭澤縣兒。五斗米懶折腰肢。樂以琴詩。暢會尋思。萬古流傳。賦歸去來辭。陽春白雪前集二　樂府羣珠三

樂府羣珠題作詠淵明。

盍西村

西村盱眙人。

小令

〔越調〕小桃紅

臨川八景

東城早春

暮雲樓閣畫橋東。漸覺花心動。蘭麝香中看鸞鳳。笑融融。半醒不醉相陪奉。佳賓興濃。主人情重。合和小桃紅。太平樂府三　梨園樂府下

元刊太平樂府題作臨川八景。瞿本太平樂府及梨園樂府俱作鯨川八景。梨園於此四字下。有長蘆二小字。早春作春早。○元刊太平樂府梨園樂府陪奉俱作倍奉。兹從明大字本太平樂府。

西園秋暮

玉簪金菊露凝秋。釀出西園秀。烟柳新來爲誰瘦。暢風流。醉歸不記黄昏後。小糟

細酒。錦堂晴晝。拚却再扶頭。太平樂府三　梨園樂府下

梨園露凝作露華。再扶作在扶。

江岸水燈

萬家燈火鬧春橋。十里光相照。舞鳳翔鸞勢絶妙。可憐宵。波間湧出蓬萊島。香烟亂飄。笙歌喧鬧。飛上玉樓腰。太平樂府三　梨園樂府下

元刊太平樂府江岸作紅岸。兹從明大字本。梨園樂府作冰岸。○梨園相照作相映。樓腰兩字誤倒。

金堤風柳

落花飛絮舞晴沙。不似都門下。暮折朝攀夢中怕。最堪誇。牧童漁叟偏宜夏。清風睡煞。淡烟難畫。掩映兩三家。太平樂府三　梨園樂府下

梨園晴沙作清沙。

客船晚烟

緑雲冉冉鎖清灣。香徹東西岸。官課今年九分辦。廝追攀。渡頭買得新魚雁。杯盤不乾。歡欣無限。忘了大家難。太平樂府三　梨園樂府下

太平樂府題作客船晚期。○元刊太平及梨園辦俱作辨。兹從元刊八卷本及瞿本太平。太平官課

作客課。梨園清灣作秋彎。

戍樓殘霞

戍樓殘照斷霞紅。只有青山送。梨葉新來帶霜重。望歸鴻。歸鴻也被西風弄。閑愁萬種。舊遊雲夢。回首月明中。太平樂府三　梨園樂府下

元刊太平樂府月明作明月。兹從明大字本及梨園。

市橋月色

玉龍高臥一天秋。寶鏡青光透。星斗闌干雨晴後。緑悠悠。軟風吹動玻璃皺。烟波順流。乾坤如畫。半夜有行舟。太平樂府三　梨園樂府下

梨園青光作清光。順流作須流。

蓮塘雨聲

忽聞疎雨打新荷。有夢都驚破。頭上閑雲片時過。泛清波。蘭舟飽載風流貨。諸般小可。齊聲高和。唱徹採蓮歌。太平樂府三　梨園樂府下

太平樂府忽聞作急聞。

雜詠

市朝名利少相關。成敗經來慣。莫道無人識真贋。這其間。急流勇退誰能辨。一雙俊眼。一條好漢。不見富春山。梨園樂府下

古今榮辱轉頭空。都是相般弄。我道虛名不中用。勸英雄。眼前禍患休多種。秦宮漢塚。烏江雲夢。依舊起秋風。梨園樂府下

杏花開候不曾晴。敗盡遊人興。紅雪飛來滿芳徑。問春鶯。春鶯無語風方定。小蠻有情。夜涼人静。唱徹醉翁亭。梨園樂府下

人静原作人情。

海棠開過到薔薇。春色無多味。争奈新來越憔悴。教他誰。小環也似知人意。疎簾捲起。重門不閉。要看燕雙飛。梨園樂府下

淡烟微雨鎖横塘。且看無風浪。一葉輕舟任飄蕩。芰荷香。漁歌雖美休高唱。些兒晚涼。金沙灘上。多有睡鴛鴦。梨園樂府下

緑楊堤畔蓼花洲。可愛溪山秀。烟水茫茫晚涼後。捕魚舟。衝開萬頃玻璃皺。亂雲不收。殘霞粧就。一片洞庭秋。梨園樂府下

晚來羣雀噪茅簷。漸漸雲收斂。但覺新涼入藤簟。喜幽潛。佳人學得皆勤儉。閑情幽怨。新愁舊恨。不許上眉尖。梨園樂府下

閑情原作閑清。

淡黄楊柳月中疎。今古横塘路。爲問蕭郎在何處。近來書。一帆又下瀟湘去。試問别後。軟綃紅泪。多似露荷珠。梨園樂府下

〔雙調〕快活年

閑來乘興訪漁樵。尋林泉故交。開懷暢飲兩三瓢。只願身安樂。笑了重還笑。沉醉倒。梨園樂府下　太和正音譜下　北詞廣正譜　九宫大成六六

梨園樂府不注撰人。兹從太和正音譜北詞廣正譜。○九宫大成閑來下有時字。

套數

〔正宫〕脱布衫

春讌

柳花風微蕩香埃。梨花雪亂點蒼苔。錦綉雲紅窗縹緲。麝蘭烟翠簾靉靆。〔小梁州〕珠箔銀屏次第開。十二瑶階。薔薇洞側牡丹臺。神仙界。何必到天台。〔么〕金籠鸚鵡舌頭快。向人前説的明白。翠檻邊。雕欄外。金溝一派。只許燕鶯來。〔醉太平〕梁園賦客。金谷英才。吴歌楚舞玳筵排。有猩唇豹胎。珊瑚樹拂珍珠蓋。鴛鴦衫束麒麟帶。芙蓉鬟嚲鳳凰釵。千金怎買。雍熙樂府二　北宫詞紀一

雍熙樂府無題。不注撰人。

闞志學

生平不詳。

套數

〔仙吕〕賞花時

香徑泥融燕語喧。綵檻風微蝶影翩。飛絮擘香綿。嬌鶯時囀。驚起緑窗眠。

〔煞尾〕惜花愁。傷春怨。縈繫殺多情少年。何處狂遊裊玉鞭。謾教人暗卜金錢。空寫遍翠濤箋。魚雁難傳。似這般白日黄昏怎過遣。青鸞信遠。紫簫聲轉。畫樓中閑殺月明天。陽春白雪後集二　雍熙樂府五　北宫詞紀六

陽春白雪失注撰人。雍熙樂府同。北宫詞紀屬闞志學。玆從之。詞紀題作春怨。○〔賞花時〕鈔本白雪翩作翻。元刊白雪香作秀。雍熙詞紀影俱作翅。擘俱作舞。〔煞尾〕雍熙詞紀轉俱作斷。雍熙濤作詩。詞紀作雲。

張弘範

弘範字仲疇。河内人。蔡國公柔之第九子。中統初。授行軍總管。至元元年。進順天路管民總管。二年。移守大名。尋授益都淄萊等路行軍萬户。攻宋襄陽。拔之。元兵渡江南侵。弘範爲前鋒。直至建康。以功改亳州萬户。後賜名拔都。宋降。師還。授鎮國上將軍江東道宣慰使。宋張世傑立廣王昺於海上。弘範爲蒙古漢軍都元帥。督兵往攻之。執宋丞相文天祥於五坡嶺。破張世傑陸秀夫於崖山。因以亡宋。勒石紀功而還。未幾瘴癘疾作。端坐而卒。年四十三。封淮陽王。謚獻武。弘範善馬槊。頗能爲歌詩。幼嘗學於郝經。天資甚高。雖觀書大略。率意吐辭。往往踔厲奇偉。有淮陽集及淮陽樂府等。

小令

〔中吕〕喜春來

金妝寶劍藏龍口。玉帶紅絨掛虎頭。旌旗影裏驟驊騮。得志秋。喧滿鳳凰樓。淮陽樂府

梨園樂府中　草木子四　樂府羣珠一　堯山堂外紀六九

梨園樂府樂府羣珠俱不注撰人。羣珠題作讚武功。○堯山堂外紀金妝作金裝。旌旗作緑楊。喧作名。

〔越調〕天净沙

梅梢月

黄昏低映梅枝。照人兩處相思。那的是愁腸斷時。彎彎何似。渾如宫様眉兒。淮陽樂府

〔雙調〕殿前歡

西風落葉長安。夕陽老雁關山。今古别離最難。故人何處。玉簫明月空閑。淮陽樂府

襄陽戰

鬼門關。朝中宰相五更寒。錦衣綉襖兵十萬。枝劍摇環。定輸贏此陣間。無辭憚。捨性命争功汗。將軍戰敵。宰相清閑。淮陽樂府

商挺

挺字孟卿。一作夢卿。衢之姪。年二十四。汴京破。北走依趙天錫。與元好問楊奐游。元初爲行臺幕官。入事世祖於潛邸。爲京兆宣撫司郎中。就遷副使。中統元年。改宣撫司爲行中書省。遂僉行省事。明年。進參知政事。坐言事罷。起爲四川行樞密院事。至元元年。入拜參知政事。六年。同僉樞密院事。累遷樞密副使。後以疾免。二十五年卒。年八十。贈太師開府儀同三司上柱國魯國公。謚文定。孟卿善隸書。自號左山老人。著詩千餘篇。惜多散佚。幼子琦。字德符。官至秘書卿。善畫山水。墨竹自成一家。

小令

〔雙調〕潘妃曲

綠柳青青和風蕩。桃李争先放。紫燕忙。隊隊銜泥戲雕梁。柳絲黄。堪畫在幃屏上。

陽春白雪前集四

悶向危樓凝眸望。翠蓋紅蓮放。夏日長。萱草榴花競芬芳。碧紗窗。堪畫在幃屏上。

陽春白雪前集四

敗柳殘荷金風蕩。寒雁聲嘹喨。閑盼望。紅葉皆因昨夜霜。菊金黃。堪畫在幃屏上。陽春白雪前集四

元刊本金作今。茲從鈔本。

暖閣偏宜低低唱。共飲羊羔釀。宜醉賞。宜醉賞蠟梅香。雪飛揚。堪畫在幃屏上。陽春白雪前集四

小小鞋兒連根綉。纏得幫兒瘦。腰似柳。款撒金蓮懶擡頭。那孩兒見人羞。推把裙兒扣。陽春白雪前集四　梨園樂府下　雍熙樂府二〇　北詞廣正譜　九宫大成六五　元明小令鈔

梨園樂府雍熙樂府俱不注撰人。〇梨園樂府幫兒作尖尖。三句作孩兒温更柔。末句作低頭推捲衫兒袖。雍熙樂府首句少一小字。幫兒作脚兒。三句作俏寃家温共柔。款撒作款步。末二句作。見人呵臉兒差。推捲衫兒袖。

小小鞋兒白脚帶。纏得堪人愛。疾快來。瞞着爹娘做些兒怪。你駡喫敲才。百忙裏解花裙兒帶。陽春白雪前集四　北詞廣正譜　元明小令鈔

元刊陽春白雪做些作佐些。茲從殘元本鈔本及北詞廣正譜。廣正譜解花作解脱。元明小令鈔俱同廣正譜。

冷冷清清人寂静。斜把鮫綃憑。和泪聽。驀聽得門外地皮兒鳴。則道是多情。却原來翠竹把紗窗映。陽春白雪前集四

帶月披星擔驚怕。久立紗窗下。等候他。驀聽得門外地皮兒踏。則道是寃家。原來風動荼蘼架。陽春白雪前集四　梨園樂府下　雍熙樂府二〇

梨園樂府雍熙樂府俱不注撰人。〇雍熙樂府帶月作戴月。白雪雍熙擔俱作躭。梨園全首作。帶月披星擔驚怕。獨立在花陰下。等待他。撒撒地鞋尖將地皮踏。我只道是劣寃家。却元來是風擺動荼蘼架。雍熙久立以下三句作。獨立花陰下。真心兒等他。猛聽得響撒撒。風動作是風擺動。

月缺花殘人憔悴。冷落了鴛鴦被。望天涯人未歸。滿目殘霞景凄凄。塞鴻希。有信憑誰寄。陽春白雪前集四

元刊本塞鴻作寒鴻。兹從鈔本。

早是離愁添秋興。那堪鏡破金釵另。懶將雲鬢整。哭啼啼泪盈盈。照得鏡兒明。羞覩我臉上相思病。陽春白雪前集四　北詞廣正譜　九宮大成六五　元明小令鈔

腸斷關山傳情字。無限傷春事。因他憔悴死。只怕傍人問着時。口兒裏强推辭。怎瞞得唐裙衽。陽春白雪前集四

元刊本强作不。兹從鈔本。

目斷粧樓夕陽外。鬼病懨懨害。恨不該。止不過泪滿旱蓮腮。駡你箇不良才。莫不少下你相思債。陽春白雪前集四

不該原作萬該。兹從任校。

可意娘龐兒誰曾見。臉襯桃花片。貼金鈿。似月裏嫦娥墜雲軒。玉天仙。醉離了蟠桃宴。陽春白雪前集四

元刊本玉作二。兹從鈔本。

悶酒將來剛剛嚥。欲飲先澆奠。頻祝願。普天下心廝愛早團圓。謝神天。教俺也頻頻的勤相見。陽春白雪前集四

金縷唐裙鴛鴦結。偏趁些娘撇。包髻金釵翠荷葉。玉梳斜。似雲吐初生月。陽春白雪前集四

一點青燈人千里。錦字憑誰寄。雁來稀。花落東君也憔悴。投至望君回。滴盡多少關山泪。陽春白雪前集四

寶髻高盤堆雲霧。釵插荆山玉。離洛浦。天仙美貌出塵俗。更通疏。没半點兒包彈處。陽春白雪前集四

煞是你箇寃家勞合重。今夜裏效鸞鳳。多情可意種。緊把纖腰貼酥胸。正是兩情濃。笑吟吟舌吐丁香送。陽春白雪前集四

只恐怕窗間人瞧見。短命休寒賤。直恁地肐膝軟。禁不過敲才廝熬煎。你且覷門前。等的無人呵旋轉。陽春白雪前集四　梨園樂府下　雍熙樂府二〇

梨園樂府雍熙樂府俱不注撰人。〇元刊陽春白雪無轉字。玆從鈔本。梨園短命作死勢兒。恁地肐膝作恁般膝蓋。禁不過敲才作吃不過牢成。末二句作。望門前。覷得没人時旋。雍熙全首作。怕窗間人瞧見。死勢兒休寒賤。直恁膝蓋兒軟。喫不過熱廝煎。且去覷門前。没人呵疾忙轉。

胡祗遹

祗遹字紹開。號紫山。磁州武安人。少孤。既長讀書。見知於名流。中統初。張文謙宣撫大名。辟員外郎。入爲中書詳定官。至元元年。授應奉翰林文字。尋兼太常博士。累轉左右司員外郎。時阿合馬當國。進用羣小。官冗事煩。祗遹建言省官莫如省吏。省吏莫如省事。以是忤權奸。出爲太原路治中兼提舉本路鐵冶。以最聞。改河東山西道提刑按察副使。元滅宋後。爲荆湖北道宣慰副使。十九年。爲濟寧路總管。升山東東西道提刑按察使。所至抑豪右。扶寡弱。以敦教化。以厲士風。召拜翰林學士。不赴。改江南浙西道提刑按察使。未幾以疾歸。二十九年。徵耆德者十人。祗遹爲之首。以疾辭。三十年卒。年六十七。贈禮部尚書。謚文靖。有紫山大全集。

小令

〔仙呂〕一半兒

四景

輕衫短帽七香車。九十春光如畫圖。明日落紅誰是主。漫躊躇。一半兒因風一半兒

雨。太平樂府五

紗幮睡足酒微醒。玉骨冰肌涼自生。驟雨滴殘才住聲。閃出些月兒明。一半兒陰一半兒晴。太平樂府五

末句原脱一字。

荷盤減翠菊花黄。楓葉飄紅梧榦蒼。鴛被不禁昨夜涼。釀秋光。一半兒西風一半兒霜。太平樂府五　梨園樂府中

梨園樂府不注撰人。〇元刊太平樂府西風上脱兒字。梨園樂府荷盤作敗荷。花作添。二句作梨葉翻紅梧葉蒼。鴛作綉。

孤眠嫌煞月兒明。風力禁持酒力醒。窗兒上一枝梅弄影。被兒底夢難成。一半兒温和一半兒冷。太平樂府五

温和上脱兒字。茲按格律補。

〔中吕〕陽春曲

春景

幾枝紅雪牆頭杏。數點青山屋上屏。一春能得幾晴明。三月景。宜醉不宜醒。太平樂府

四　樂府羣珠一

殘花醞釀蜂兒蜜。細雨調和燕子泥。緑窗春睡覺來遲。誰喚起。窗外曉鶯啼。太平樂府四　中原音韻　樂府羣珠一

中原音韻題作春思。○音韻殘花作閑花。樂府羣珠同。音韻春睡作蝶夢。窗外作簾外。

一簾紅雨桃花謝。十里清陰柳影斜。洛陽花酒一時别。春去也。閑煞舊蜂蝶。太平樂府四　樂府羣珠一

〔中呂〕快活三過朝天子

賞春

梨花白雪飄。杏艷紫霞消。柳絲舞困小蠻腰。顯得東風惡。野橋。路迢。一弄兒春光鬧。夜來微雨灑芳郊。緑遍江南草。蹇驢山翁。輕衫烏帽。醉模糊歸去好。杖藜頭酒挑。花梢上月高。任拍手兒童笑。太平樂府四　樂府羣珠一　太和正音譜引快活三　北詞廣正譜同　九宮大成同

明大字本太平樂府驢作衛。瞿本作驢。太和正音譜北詞廣正譜九宮大成杏艷俱作杏蕚。

〔雙調〕沉醉東風

月底花間酒壺。水邊林下茅廬。避虎狼。盟鷗鷺。是箇識字的漁夫。蓑笠綸竿釣今古。一任他斜風細雨。陽春白雪前集三

漁得魚心滿願足。樵得樵眼笑眉舒。一箇罷了釣竿。一箇收了斤斧。林泉下偶然相遇。是兩箇不識字漁樵士大夫。他兩箇笑加加的談今論古。陽春白雪前集三　梨園樂府中

梨園樂府不注撰人。○元刊陽春白雪及梨園樂府得魚俱作得漁。玆從鈔本陽春白雪。鈔本白雪林泉下作泉石。梨園心滿作平生。釣竿作釣鈎。林泉作林葉。漁樵作吾官。吾疑無之謁。末句作笑呷呷談今論古。

贈妓朱簾秀

錦織江邊翠竹。絨穿海上明珠。月淡時。風清處。都隔斷落紅塵土。一片閒情任卷舒。掛盡朝雲暮雨。輟耕録二〇　青樓集　堯山堂外紀七〇　彩筆情辭二　詞品拾遺

彩筆情辭掛盡作掛盡了。

嚴忠濟

忠濟一名忠翰。字紫芝。長清人。嚴實之子。儀觀雄偉。善騎射。襲東平路行軍萬户。治爲諸道最。世祖攻宋。詔率師。所向多捷。大臣有言其威權太盛者。遂召還。命其弟忠範代之。忠濟治東平日。借貸於人代部民納逋賦。及謝事。債家執文券來徵。帝聞之。悉命發内藏代償。至元二十三年。特授資德大夫中書左丞行江浙省事。以老辭。三十年卒。謚莊孝。

小令

〔越調〕天浄沙

寧可少活十年。休得一日無權。大丈夫時乖命蹇。有朝一日天隨人願。賽田文養客三千。陽春白雪前集五

寧可原作能可。兹從任校。元刊本殘元本鈔本田文俱作常君。兹從元刊本舊校及徐本。

〔雙調〕壽陽曲

三閭些。伍子歌。利名場幾人參破。算來都不如藍采和。被這幾文錢把這小兒瞞過。

陽春白雪前集三

元刊本殘元本兒下俱有人字。兹從鈔本。

劉因

因字夢吉。保定容城人。將生之夕。其父夢神人以馬載一兒至其家。故名之曰駰。字夢驥。後改名因。字夢吉。因天資絶人。三歲識書。六歲能詩。長而深究周程張邵朱吕之學。杜門深居。不爲苟合。不妄交接。公卿使者過之。多遜避不與相見。人或以爲傲。弗恤也。愛諸葛孔明静以修身之語。表所居曰静修。嘗遊郎山雷溪間。號雷溪真隱。又號樵庵。至元十九年。徵拜右贊善大夫。以母疾辭歸。二十八年。召爲集賢學士。以疾固辭。越二年卒。年四十五。延祐中。贈翰林學士。追封容城郡公。謚文靖。所著有静修集。四書精要等。

小令

〔黄鍾〕人月圓

自從謝病修花史。天意不容閒。今年新授。平章風月。檢校雲山。門前報道。麴生來謁。子墨相看。先生正爾。天張翠幕。山擁雲鬟。静修先生文集一五　樵庵詞　歷代詩餘一八樵庵詞翠幕作翠蓋。

茫茫大塊洪鑪裏。何物不寒灰。古今多少。荒烟廢壘。老樹遺臺。太行如礪。黄河如帶。等是塵埃。不須更嘆。花開花落。春去春來。静修先生文集一五　樵庵詞　花草粹編四

樵庵詞太行作太山。

伯顔

伯顔姓八鄰氏。蒙古部人。父曉古台。從宗王旭烈兀居西域。至元初。伯顔奉使於朝。世祖見其貌偉。聽其言厲。遂留之。尋拜中書左丞相。七年。遷同知樞密院事。十一年。復拜中書左丞相。總兵攻宋。十二年秋入覲。進中書右丞相。受命還軍。明年春。宋亡。第功增食邑六千户。復拜同知樞密院事。二十六年。進金紫光禄大夫。知樞密院事。出鎮和林。成宗立。加太傅録軍國重事。是歲卒。年五十九。贈太師開府儀同三司。追封淮安王。謚忠武。伯顔文質高厚。風神英偉。其攻宋也。將二十萬衆猶將一人。畢事還朝。囊惟衣被。口不言功。詩文乃其餘事。王惲玉堂嘉話云。初。宋未下時。江南謡云。江南若破。百雁來過。當時莫喻其意。及宋亡。蓋知指伯顔也。

小令

〔中吕〕喜春來

金魚玉帶羅襴扣。皂蓋朱幡列五侯。山河判斷在俺筆尖頭。得意秋。分破帝王憂。太

平樂府四　草木子四　樂府羣珠一　堯山堂外紀六九

此曲草木子及堯山堂外紀云伯顏作。太平樂府及樂府羣珠屬姚牧庵。兹互見兩家曲中。參閲姚曲校記。

不忽木

不忽木一名時用。字用臣。世爲康里部大人。康里即漢高車國也。父燕真。從元世祖征戰有功。未及大用而卒。不忽木姿稟英特。進止詳雅。世祖奇之。命給事東宫。師事贊善王恂祭酒許衡。至元十四年。授利用少監。十五年。出爲燕南河北道提刑按察副使。二十一年。召參議中書省事。擢吏工刑三部尚書。以疾免。二十七年。拜翰林學士承旨知制誥。兼修國史。欲用爲丞相。固辭。拜平章政事。成宗即位。拜昭文館大學士平章軍國事。大德二年。特命行中丞事兼領侍儀司事。四年疾作。引觴滿飲而卒。年四十六。武宗時贈太傅開府儀同三司上柱國魯國公。謚文貞。

套數

〔仙吕〕點絳唇

辭朝

寧可身臥糟丘。賽强如命懸君手。尋幾箇知心友。樂以忘憂。願作林泉叟。

〔混江龍〕布袍寬袖。樂然何處謁王侯。但樽中有酒。身外無愁。數着殘棋江月曉。一聲長嘯海門秋。山間深住。林下隱居。清泉濯足。强如閑事縈心。淡生涯一味誰參透。草衣木食。勝如肥馬輕裘。

〔油葫蘆〕雖住在洗耳溪邊不飲牛。貧自守。樂閑身翻作抱官囚。布袍寬褪拿雲手。玉簫占斷談天口。吹簫仿伍員。棄瓢學許由。野雲不斷深山岫。誰肯官路裏半途休。

〔天下樂〕明放着伏事君王不到頭。休休。難措手。遊魚兒見食不見鈎。都只爲半紙功名一筆勾。急回頭兩鬢秋。

〔那吒令〕誰待似落花般鶯朋燕友。誰待似轉燈般龍争虎鬬。你看這迅指間烏飛兔走。假若名利成。至如田園就。都是些去馬來牛。

〔鵲踏枝〕臣則待醉江樓。臥山丘。一任教談笑虚名。小子封侯。臣向這仕路上爲官倦首。枉塵埋了錦帶吴鈎。

〔寄生草〕但得黄雞嫩。白酒熟。一任教疎籬牆缺茅庵漏。則要窗明炕暖蒲團厚。問甚身寒腹飽麻衣舊。飲仙家水酒兩三甌。强如看翰林風月三千首。

〔村裏迓鼓〕臣離了九重宫闕。來到這八方宇宙。尋幾箇詩朋酒友。向塵世外消磨白晝。臣則待領着紫猿。攜白鹿。跨蒼虬。觀着山色。聽着水聲。飲着玉甌。倒大來省氣力如誠惶頓首。

〔元和令〕臣向山林得自由。比朝市内不生受。玉堂金馬問瓊樓。控珠簾十二鈎。臣向草庵門外見瀛洲。看白雲天盡頭。

〔上馬嬌〕但得箇月滿舟。酒滿甌。則待雄飲醉時休。紫簫吹斷三更後。暢好是休。孤鶴唳一聲秋。

〔遊四門〕世間閑事掛心頭。唯酒可忘憂。非是微臣常戀酒。嘆古今榮辱。看興亡成敗。則待一醉解千愁。

〔後庭花〕揀溪山好處遊。向仙家酒旋篘。會三島十洲客。强如宴公卿萬户侯。不索你問緣由。把玄關泄漏。這簫聲世間無。天上有。非微臣説强口。酒葫蘆掛樹頭。打魚船纜渡口。

〔柳葉兒〕則待看山明水秀。不戀您市曹中物穰人稠。想高官重職難消受。學耕耨。種田疇。倒大來無慮無憂。

〔賺尾〕既把世情疎。感謝君恩厚。臣怕飲的是黄封御酒。竹杖芒鞋任意留。揀溪山好處追遊。就着這曉雲收。冷落了深秋。飲遍金山月滿舟。那其間潮來的正悠。船開在當溜。臥吹簫管到揚州。陽春白雪後集二　雍熙樂府四　太和正音譜下引鵲踏枝　北詞廣正譜引那吒令鵲踏枝柳葉兒　九宮大成五引鵲踏枝

雍熙樂府誤割此曲爲兩套。前段至寄生草爲一套。後段自村裏迓鼓起爲又一套。前套題作退休。後套無題。俱不注撰人。○(點絳唇)雍熙賽强作索强。(混江龍)雍熙無愁作無憂。深住作深處。隱居作幽居。誰參透作都參透。勝如作勝强如。(油葫蘆)元刊陽春白雪玉簫作玉霄。茲從鈔本及雍熙。白雪仿作訪。雍熙抱官作抱關。吹簫棄瓢下俱有的字。誰肯下有向字。(天下樂)元刊白雪名上脱功字。鈔本與雍熙俱作功名。雍熙伏事作扶侍。(那吒令)雍熙無這字。至如作至如俺。(鵲踏枝)陽春白雪錦帶作錦袋。太和正音譜臣向下無這字。倦首作倦守。塵埋作沈埋。雍熙小子作拜相。向這作向那。首作手。末句作枉沉埋錦帶吴鈎。北詞廣正譜首作手。塵作沉。帶作袋。九宮大成向這作向。首作手。塵作沉。(寄生草)元刊白雪炕作坑。鈔本炕作杌。看作着。雍熙但下有願字。問甚作問甚麽。腹飽作腹暖。强如下無看字。(村裏迓鼓)元刊白雪玉甌作巨甌。茲從鈔本及舊校與徐本。雍熙來到下無這字。塵世作塵。領着作要引着。攜下跨下俱有着字。玉甌作巨甌。(元和令)鈔本白雪珠簾作朱簾。白雪自由作自遊。雍熙首句無臣字。朝市内作市朝中。控作掛。天盡作天際。(上馬嬌)白雪暢好是下無休字。雍熙三句無則待二字。醉時作醉方。吹斷作吹轍(徹)。(遊四門)雍熙掛作惱。興亡上無看字。則待上有臣

字。（後庭花）元刊白雪公卿作功臣。雍熙作公臣。兹從鈔本白雪。雍熙向作飲。强如下有你字。玄關作機關。强口上無説字。（柳葉兒）雍熙則待下有要字。市曹作市廛。山明與物穰各叠二字。雍熙廣正譜穰俱作攘。（賺尾）雍熙君恩作君王。六句作趁着這晚霞收。當溜作當流。

徐琰

琰字子方。號容齋。一號養齋。又自號汶叟。東平人。嚴實領東平行臺。招諸生肄進士業。迎元好問試校其文。預選者四人。閻復爲首。徐琰。李謙。孟祺次之。世名四傑。翰林承旨王磐薦子方才。至元初爲陝西行省郎中。二十三年。拜嶺北湖南道提刑按察使。二十五年。以侍御中丞董文用薦。拜南臺中丞。建臺揚州。日與荀宗道。程鉅夫。胡長儒等互相唱和。極一時之盛。二十八年。遷江南浙西肅政廉訪使。召拜翰林學士承旨。大德五年卒。謚文獻。子方人物魁岸。襟度寬洪。有文學重望。嘗與侯克中。姚燧。王惲等遊。東南人士翕然歸之。有愛蘭軒詩集。

小令

〔雙調〕沉醉東風

贈歌者吹簫

金鳳小斜簪髻雲。似櫻桃一點朱唇。秋水清。春山恨。引青鸞玉簫聲韻。莫不是另

得東君一種春。既不呵紫竹上重生玉筍。陽春白雪前集三
元刊本殘元本似櫻桃俱作注櫻桃。兹從鈔本。

御食飽清茶漱口。錦衣穿翠袖梳頭。有幾箇省部交。朝廷友。樽席上玉盞金甌。封却公男伯子侯。也强如不識字烟波釣叟。陽春白雪前集三
元刊本漱口作嫩口。兹從殘元本及鈔本。

〔雙調〕蟾宫曲

青樓十詠

一　初見

會嬌娥羅綺叢中。兩意相投。一笑情通。傍柳隨花。偎香倚玉。弄月搏風。堪描畫喜孜孜鸞凰妒寵。没褒彈立亭亭花月争鋒。嬌滴滴鴨緑鴛紅。顫巍巍雨跡雲踪。夙世上未了姻緣。今生則邂逅相逢。雍熙樂府一七　彩筆情辭四
雍熙樂府不注撰人。每首之前有小題。彩筆情辭注徐子方作。前有總題作青樓十詠。小題與雍熙同。但在每首之末。○情辭今生則作今生裏。

二　小酌

聚殷勤開宴紅樓。香噴金猊。簾上銀鈎。象板輕敲。瓊杯滿酌。艷曲低謳。結夙世鸞交鳳友。盡今生燕侶鶯儔。語話相投。情意綢繆。拚醉花前。多少風流。雍熙樂府一七　彩筆情辭四

情辭聚作叙。語話相投作色笑優游。

三　沐浴

酒初醒褪却殘粧。炎暑侵肌。粉汗生香。旋摘花枝。輕除蹀躞。慢解香囊。移蘭步行出畫堂。浣冰肌初試蘭湯。回到閨房。換了羅裳。笑引才郎。同納新涼。雍熙樂府一七　彩筆情辭四

情辭侵肌作侵膚。香囊作羅囊。七八兩句位置互易。移蘭步句作移蓮步款出華堂。九十兩句作。綃袂餘芳。紈扇徐揚。才郎作多才。

四　納涼

納新涼紈扇輕搖。金井梧桐。丹桂香飄。笑指嫦娥。戲將織女。比并妖嬈。坐未久風光正好。夜將深暑氣潛消。語話相嘲。道與多嬌。莫待俄延。誤了良宵。雍熙樂府一七　彩筆情辭四

情辭首句作納新涼颭颭輕颸。道與作悄向。莫待作莫恁。

五　臨床

並香肩素手相攜。行入蘭房。拴上朱扉。香裊龍涎。簟舒寒玉。枕並玻璃。相會在綉芙蓉青紗帳裏。抵多少泛桃花流水橋西。困倚屏幃。慢解羅衣。受用些雨怯雲嬌。煞强如月約星期。雍熙樂府一七　彩筆情辭四

情辭拴上作慢掩。帳裏作幕裏。慢解作笑解。

六　並枕

殢人嬌蘭麝生香。風月瀰漫。雲雨相將。綉幕低低。銀屏曲曲。鳳枕雙雙。賽閬苑和鳴鳳凰。比瑤池交頸鴛鴦。月射紗窗。燈滅銀釭。才子佳人。同赴高唐。雍熙樂府一七　彩筆情辭四

情辭綉幕作綉幄。

七　交歡

向珊瑚枕上交歡。握雨攜雲。倒鳳顛鸞。簌簌心驚。陰陰春透。隱隱肩攢。柳腰擺東風款款。櫻唇噴香霧漫漫。鳳翥龍蟠。巧弄嬌摶。恩愛無休。受用千般。雍熙樂府一七　彩筆情辭四

情辭肩攢作眉攢。腰擺作腰欹。鳳翥作虎踞。

八　言盟

結同心盡了今生。琴瑟和諧。鸞鳳和鳴。同枕同衾。同生同死。同坐同行。休似那短恩情沒下梢王魁桂英。要比那好姻緣有前程雙漸蘇卿。你既留心。俺索真誠。負德辜恩。上有神明。雍熙樂府一七　彩筆情辭四

情辭盡了作盡老。無沒下梢及有前程六字。

九　曉起

恨無端報曉何忙。喚却金烏。飛上扶桑。正好歡娱。不防分散。漸覺淒凉。好良宵添數刻争甚短長。喜時節閏一更差甚陰陽。驚却鴛鴦。拆散鸞凰。尤戀香衾。懶下牙床。雍熙樂府一七　彩筆情辭四

情辭報曉作唱曉。喚却作喚起。

十　敘别

惠青樓興却闌珊。僕整行裝。馬鞴雕鞍。嘆聚會難親。想恩愛怎捨。奈心意相關。是則是難留戀休掩泪眼。去則去好將惜善保台顔。便休道鳳隻鸞單。枕冷衾寒。他日來時。不似今番。雍熙樂府一七　彩筆情辭四

情辭首句作玓青樓興早瓓珊。難親作難常。恩愛作恩情。休掩作休淹。台顔作朱顔。便休作却休。

套數

〔南吕〕一枝花

間阻

風吹散楚岫雲。水渰斷藍橋路。死分開鶯燕友。生拆散鳳鸞雛。想起當初。指望待常相聚。誰承望好姻緣遭間阻。月初圓忽被陰雲。花正發頻遭驟雨。

〔梁州〕他爲我畫閣中倦拈針指。我因他在緑窗前懶看詩書。這些時不由我心憂慮。這些時琴閑了雁足。歌歇驪珠。則我這身心恍惚。鬼病揶揄。望夕陽對景嗟吁。倚危樓朝夜躊躕。我我我覷不的小池中一來一往交頸鴛鴦。聽不的踈林外一遞一聲啼紅杜宇。看不的畫簷間一上一下鬬巧蜘蛛。景物。態度。蜘蛛絲一絲絲又被風吹去。杜宇聲一聲聲喚不住。鴛鴦對一對對分飛不趁逐。感起我一弄兒嗟吁。

〔尾聲〕再幾時能够那柔條兒再接上連枝樹。再幾時能够那暖水兒重温活比目魚。那的是着人斷腸處。窗兒外夜雨。枕邊廂泪珠。和我這一點芳心做不的主。盛世新聲巳集　詞林摘艷八　雍熙樂府九　北宫詞紀六　詞林白雪一　北曲拾遺　南北詞廣韻選五引梁州尾聲

盛世新聲無題。不注撰人。原刊本徽藩本詞林摘艷題作間阻。注明侯正夫作。他本摘艷無題。不注撰人。雍熙樂府題作間阻。不注撰人。南北詞廣韻選謂元人不知作者。北宫詞紀題作怨別。詞林白雪屬閨情類。兩書並注徐子方作。兹據以屬徐氏。北曲拾遺無題。不注撰人。○（一枝花）原刊本内府本摘艷死分作硬分。雍熙詞紀同。雍熙指望作止望。頻遭下有着字。詞紀想起作暗想。指望待作實指望。誰承望作怎知道。遭間阻作成間阻。正發頻作正放頓。詞林白雪俱同詞紀。北曲拾遺岫雲作雲岫。待常相作常完。陰雲作雲遮。（梁州）雍熙爲我下有在字。這些時作近新來。閑了作閑。則我這身作我神。鬼病上有更和這三字。朝夜作朝夕。聽不的看不的上俱有我我我三字。態度作太毒。又被作又被那。不趁逐作各趁逐。末句作不由我感嘆嗟吁。廣韻選他爲我作我爲他。我因他在作他爲我。懶看作懶誦。三四句作。過時不見心憂慮。琴閑雁足。身心上無則我這三字。朝夜作朝暮。覷不的上無我我我三字。簷間作簷前。景物態度作事虚望孤。詞紀詞林白雪俱同廣韻選。廣韻選緑窗作曉窗。小池作水池。北曲拾遺中倦作内慵。我因他在作我爲他。三四句作。近新來不由的心憂慮。這幾日琴閑雁足。無則我這三字。八九句作。倚雕欄晝夜尋思。望斜陽對景嗟吁。我我我覷不的作看不上。聽不的疎林作疎簾。畫簷

上無看不的三字。態度作太毒。一絲絲又作忽。此句以下作。錦鴛鴦不完聚。杜宇聲聲喚不如。感嘆嗟吁。(尾聲)雍熙幾時上無再字。再接作栽接。二句作暖水重温比目魚。斷腸作腸斷。和我作知我。廣韻選詞紀首句再幾時能够那俱作幾時得。二句俱無再幾時能够那六字。末句和我俱作則我。廣韻選那的是作那些兒。詞林白雪同詞紀。北曲拾遺首三句作。幾時得柔條兒再接上連理枝樹。暖水重温比目魚。一樁樁一件件都是動人情處。窗兒作紗窗。和我這作好教我。陽春白雪有徐容齋蟾宫曲贈千金奴小令一首。樂府羣珠録之。亦注徐作。惟静齋至正直記云。此曲是孔退之代作。其説應可信。參閲孔曲校記。兹不重出。

鮮于樞

樞字伯機。漁陽郡人。至元間以材選爲浙東宣慰司經歷。改江浙行省都事。意氣雄豪。每晨出。則載筆櫝。與其長廷爭是非。一語不合。輒飄飄然欲置章綬去。漁獵山澤間而後爲快。軒騎所過。父老環聚。指目曰。此我鮮于公也。及日晏歸。焚香弄翰。取數十百年古鼎彝器。陳諸階除。搜抉斷文廢款。若明日急有所須而爲之者。賓至。則相對吟諷林竹之間。或命觴徑醉。醉極作放歌怪字。亦足自悦。見者以爲世外奇崛不凡人也。公卿以詞翰屢薦入館閣。不果用。遷太常典簿。晚年懶不耐事。閉門謝客。營一室。名曰困學之齋。自號困學民。又號直寄老人。大德六年卒。伯機居錢塘時。吴興趙子昂常貌其神。蜀郡虞伯生贊之曰。斂風沙裘劍之豪。爲湖山圖史之樂。翰墨軼米薛而有餘。風流擬晉宋而無怍。當時伯機文望。亦與子昂相伯仲云。有困學齋集。

套數

〔仙吕〕八聲甘州

江天暮雪。最可愛青帘摇曳長杠。生涯閑散。占斷水國漁邦。烟浮草屋梅近砌。水繞柴扉山對窗。時復竹籬旁。吠犬汪汪。

〔幺〕向滿目夕陽影裏。見遠浦歸舟。帆力風降。山城欲閉。時聽戍鼓韸韸。羣鴉噪晚千萬點。寒雁書空三四行。畫向小屏間。夜夜停釭。

〔大安樂〕從人笑我愚和戇。瀟湘影裏且粧呆。不談劉項與孫龐。近小窗。誰羨碧油幢。

〔元和令〕粳米炊長腰。鯿魚煮縮項。悶攜村酒飲空缸。是非一任講。恣情拍手棹漁歌。高低不論腔。

〔尾〕浪滂滂。水茫茫。小舟斜纜壞橋樁。綸竿蓑笠。落梅風裏釣寒江。陽春白雪後集二　雍熙樂府五　北宮詞紀三　太和正音譜下引八聲甘州大安樂　北詞廣正譜引八聲甘州大安樂尾　九宮大成五引幺大安樂尾

〔八聲甘州〕元刊陽春白雪近砌之近字模糊。茲從鈔本及雍熙樂府等。元刊白雪水繞上有溪字。應是衍。茲據鈔本白雪等删去。元刊白雪吠犬汪汪作吠吠旺旺。茲從鈔本白雪。太和正音譜雍熙樂府北宮詞紀等俱作犬吠汪汪。雍熙詞紀長杠俱作長江。北詞廣正譜從元刊白雪衍溪字。

〔幺〕元刊白雪韸韸作䣕䣕。雍熙詞紀並作逢逢。茲從鈔本白雪及正音譜廣正譜九宮大成。元刊白雪釭作鉦。正音譜雍熙等作缸。茲從鈔本白雪及大成。廣正譜夕陽作斜陽。〔大安樂〕正音譜

粧呆作徜徉。詞紀大成同。雍熙首句和作癡。粧呆作粧憨。廣正譜小窗作日窗。(元和令)元刊白雪棹作嘽。雍熙詞紀棹漁歌俱作唱山歌。(尾)元刊白雪茫茫作床床。玆從鈔本白雪。雍熙詞紀廣正譜大成俱作淙淙。雍熙詞紀纜俱作鎖。詞紀首句作雪茫茫。大成風裏作風坐。

彭壽之

生平不詳。

套數

〔仙吕〕八聲甘州

平生放蕩。俏倬聲名。喧滿平康。少年場上。只恐舌劍唇槍。機謀主仗風月景。局斷經營旖旎鄉。回首數年間。多少疎狂。

〔混江龍〕知音幸遇。不由人重上欠排場。花朝月夜。酒肆茶坊。相見十分相敬重。廝看承無半點廝隄防。風流事賛之雙美。悔則俱傷。

〔元和令〕合着兩會家。相逢一合相。憐新棄舊短姻緣。强中更有强。偷方覓便俏家風。當行識當行。

〔賺尾〕一片志誠心。萬種風流相。非是俺着迷過獎。燕子鶯兒知幾許。據風流不類尋常。唱道好處難忘。花有幽情月有香。想着樽前伎倆。枕邊模樣。不思量除是鐵

心腸。陽春白雪後集二　雍熙樂府五　北詞廣正譜引賺尾

（八聲甘州）元刊陽春白雪主仗作主杖。兹從鈔本。雍熙樂府俏倬作俏綽。只恐作只。主仗作主張。局下無斷字。（賺尾）鈔本白雪志作至。雍熙俺作我。

魏初

初字太初。順聖人。魏璠從孫。璠無子。以初爲後。初好讀書。尤長於春秋。爲文簡而有法。比冠有聲。中統初。始爲中書省掾史。兼長書記。未幾。以祖母老辭歸。隱居教授。復起爲國史院編修官。尋拜監察御史。疏陳時政。多見采納。累官至南臺御史中丞。卒年六十一。有青崖集。

小令

〔黄鍾〕人月圓

爲細君壽

冷雲凍雪褒斜路。泥滑似登天。年來又到。吴頭楚尾。風雨江船。但教康健。心頭過得。莫論無錢。從今只望。兒婚女嫁。鷄犬山田。青崖詞

王嘉甫

生平不詳。王惲秋澗文集有送王嘉父及寄贈王嘉父詩。疑即此人。雍熙樂府北宮詞紀作王嘉用。係字畫漫漶。

套數

〔仙吕〕八聲甘州

鶯花伴侣。效卓氏彈琴。司馬題橋。情深意遠。争奈分淺緣薄。香箋寄恨紅錦囊。聲斷傳情碧玉簫。都爲可憎他。夢斷魂勞。

〔六么遍〕更身兒倬。龐兒俏。傾城傾國。難畫難描。窄弓弓撇道。溜刀刀渌老。稱霞腮一點朱櫻小。妖嬈。更那堪楊柳小蠻腰。

〔穿窗月〕憶雙雙鳳友鸞交。料應咱没分消。真真彼此都相樂。花星兒照。彩雲兒飄。不隄防壞美衆生攪。

〔元和令〕謾贏得自已羞。空惹得外人笑。多情却是不多情。好模樣歹做作。相逢争似不相逢。有上梢没下梢。

〔賺尾〕那回期。今番約。花木瓜兒看好。舊路高高築起界牆。盡今生永不踏着。唱道言許心違。説的誓尋思暢好脱卯。待裝些氣高。難禁脚拗。不由人又走了兩三遭。

陽春白雪後集二　雍熙樂府五　北宮詞紀六　彩筆情辭九　九宮大成五引穿窗月

雍熙樂府北宮詞紀彩筆情辭撰人並誤作王嘉用。詞紀題作怨别。情辭題作懷美。○〔八聲甘州〕元刊陽春白雪囊作裹。兹從鈔本及雍熙詞紀等。雍熙詞紀情辭彈琴俱作聽琴。可憎他俱作可憎才。詞紀情辭香箋俱作香殘。〔六么遍〕各本淥作六。兹改。元刊白雪倬作車。朱作珠。兹俱從鈔本白雪。雍熙倬作單。撇道作撇刀。溜刀刀作光溜溜。朱櫻作朱唇。詞紀情辭身兒倬俱作心兒聰。餘同雍熙。〔穿窗月〕雍熙詞紀没分俱作無分。雍熙都作俱。詞紀三句作風前月下同歡樂。末五字作好處成煩惱。情辭九宮大成俱同詞紀。〔元和令〕白雪歹作反。雍熙詞紀情辭外人俱作傍人。〔賺尾〕詞紀情辭舊路高高俱作錦綉窩巢。情辭三句作花木瓜誰教看好。築起作築。唱道作暢道是。下句作盟誓尋思已脱卯。

王惲

惲字仲謀。別號秋澗。衛輝汲人。仕中統大德間。歷官國史編修監察御史。出判平陽路。遷燕南河北按察副使。福建按察使。授翰林學士。大德五年求退。得請歸。八年卒。贈翰林學士承旨資善大夫。追封太原郡公。謚文定。秋澗在省院則有經綸黼黻之才。任臺察則有彈擊平反之譽。作爲文章。不蹈襲前人。操觚染翰。經旨之義理。史傳之鋪陳。子集之英華。古今體制。間見叠出。雄深雅健。辭古而意不晦。綰持文柄。獨步一時。字畫遒婉。以魯公爲正。所書卷帖。爲世珍玩。自少至老。未嘗一日不學。易簀方停筆。著有秋澗先生大全文集。

小令

〔正宮〕雙鴛鴦

柳圈辭 六首

暖烟飄。緑楊橋。旋結柔圈折細條。都把發春閑懊惱。碧波深處一時拋。秋澗先生大全

文集七七　秋澗樂府四

秋澗樂府朱孝臧校記云。原闕調名。按此即下合歡曲。亦即正宫之雙鴛鴦。兹從之。

野溪邊。麗人天。金縷歌聲碧玉圈。解袚不祥隨水去。盡回春色到樽前。秋澗先生大全文集七七　秋澗樂府四

問春工。二分空。流水桃花颺曉風。欲送春愁何處去。一環清影到湘東。秋澗先生大全文集七七　秋澗樂府四

步春溪。喜追陪。相與臨流酹一杯。説似碧茵羅襪客。遠將愁去莫徘徊。秋澗先生大全文集七七　秋澗樂府四

秉蘭芳。俯銀塘。迎致新祥袚舊殃。不似漢皋空解珮。歸時襟袖有餘香。秋澗先生大全文集七七　秋澗樂府四

醉留連。賞春妍。一曲清歌酒十千。説與琵琶紅袖客。好將新事曲中傳。秋澗先生大全文集七七　秋澗樂府四

樂府合歡曲

讀開元遺事去取唐人詩而爲之。一名百衲錦。因覩任南麓所畫華清宫圖而作。

驛塵紅。荔枝風。吹斷繁華一夢空。玉輦不來宮殿閉。青山依舊御牆中。秋澗先生大全文集七七　秋澗樂府四

案樂府合歡曲即雙鴛鴦。詳前校語。

亂横戈。奈君何。扈從人稀北去多。塵土已消紅粉艷。荔枝猶到馬嵬坡。秋澗先生大全文集七七　秋澗樂府四

歲東巡。洛陽城。天樂宮中夜徹明。不憶李謨偷曲去。酒樓吹笛有新聲。秋澗先生大全文集七七　秋澗樂府四

雨霖鈴。却歸秦。猶是張徽一曲新。長記上皇和泪聽。月明南内更無人。秋澗先生大全文集七七　秋澗樂府四

憶開元。掌中仙。入侍深宮二十年。長記承天門上宴。百官樓下拾金錢。秋澗先生大全文集七七　秋澗樂府四

秋澗大全集四句宴作燕。

錦城頭。錦江流。回望長安帝儘愁。那更血魂來夢裏。杜鵑聲在散花樓。秋澗先生大全文集七七　秋澗樂府四

驛坡前。掩嬋娟。慘亂旌旗指望賢。無復一生私語事。柘黃袍袖泪潸然。秋澗先生大全文集七七　秋澗樂府四

九龍池。百花時。樂按梁州愛急吹。揭手便拈金椀舞。上皇驚笑勃挐兒。秋澗先生大全文集七七　秋澗樂府四

信音沉。泪沾襟。秋雨鈴聲閣道深。人到愁來無會處。不關情處也傷心。秋澗先生大全文集七七　秋澗樂府四

〔正宫〕黑漆弩

遊金山寺　并序

鄰曲子嚴伯昌嘗以黑漆弩侑酒。省郎仲先謂余曰。詞雖佳。曲名似未雅。若就以江南烟雨目之。何如。予曰。昔東坡作念奴曲。後人愛之。易其名曰酹江月。其誰曰不然。仲先因請余效顰。遂追賦游金山寺一闋。倚其聲而歌之。昔漢儒家畜聲妓。唐人例有音學。而今之樂府。用力多而難爲工。縱使有成。未免筆墨勸淫爲俠耳。渠輩年少氣鋭。淵源正學。不致費日力於此也。其詞曰。

秋澗樂府無并序二字。序末於此下有可字。朱孝臧秋澗樂府校記云。音學學疑樂誤。爲俠耳俠亦疑誤。案任訥曲諧卷二改俠作狹。或是。

蒼波萬頃孤岑矗。是一片水面上天竺。金鰲頭滿嚥三杯。吸盡江山濃緑。蛟龍慮恐下燃犀。風起浪翻如屋。任夕陽歸棹縱橫。待償我平生不足。秋澗先生大全文集七六　秋澗樂府三

曲山亦作言懷一詞遂繼韻戲贈

休官彭澤居閑久。縱清苦愛吾子能守。幸年來所事消磨。只有苦吟甘酒。平生學道在初心。富貴浮雲何有。恐此身未許投閑。又待看鳳麟飛走。秋澗先生大全文集七六　秋澗樂府三

〔仙吕〕後庭花

晚眺臨武堂

緑樹連遠洲。青山壓樹頭。落日高城望。烟霏翠滿樓。木蘭舟。彼汾一曲。春風佳可遊。秋澗先生大全文集七七　秋澗樂府四　詞綜二七　歷代詩餘二　詞律補遺二

首句連遠從秋澗大全集。他書俱作遠連。

〔越調〕平湖樂

平湖雲錦碧蓮秋。香浥蘭舟透。一曲菱歌滿樽酒。暫消憂。人生安得長如舊。醉時記得。花枝仍好。却羞上老人頭。秋澗先生大全文集七七　秋澗樂府四

曲牌原作平湖樂。即小桃紅。秋澗樂府歷代詩餘詞綜詞律補遺皆於第四句之三字句下留一空格。案小桃紅無换頭。秋澗先生大全集是。

鑑湖秋水碧於藍。心賞隨年淡。柳外蘭舟莫空攬。典春衫。觥船一棹汾西岸。人間萬事。暫時放下。一笑付醺酣。秋澗先生大全文集七七　秋澗樂府四

秋澗樂府攬作纜。醺酣大全集原缺。兹從秋澗樂府。

平陽好處是汾西。水秀山揺翠。誰道微官淡無味。錦障泥。路人争笑山翁醉。西山殘照。關卿何事。險忙殺暮鴉啼。秋澗先生大全文集七七　秋澗樂府四

秋風嫋嫋白雲飛。人在平湖醉。雲影湖光淡無際。錦屏圍。故人遠在千山外。百年心事。一樽濁酒。長使此心違。秋澗先生大全文集七七　秋澗樂府四　詞綜二七　歷代詩餘八

採菱人語隔秋烟。波静如横練。入手風光莫流轉。共留連。畫船一笑春風面。江山信美。終非吾土。問何日是歸年。秋澗先生大全文集七七　秋澗樂府四　詞林萬選四　詞綜二七　歷

代詩餘八

詞林萬選詞綜歷代詩餘採菱俱作採蓮。

秋風湖上水增波。水底雲陰過。憔悴湘纍莫輕和。且高歌。凌波幽夢誰驚破。佳人望斷。碧雲暮合。道別後意如何。秋澗先生大全文集七七　秋澗樂府四　詞林萬選四　詞綜二七　歷代詩餘八

綠荷相背倚西風。涼露烟霏重。翠蓋銀瓶醉時捧。使君公。徑須傾倒玻璃甕。青山城郭。暮雲樓閣。高下一重重。秋澗先生大全文集七七　秋澗樂府四　詞林萬選四

詞林萬選銀瓶作銀屏。

安仁雙鬢已驚秋。更甚眉頭皺。一笑相逢且開口。玉爲舟。新詞淡似鵝黃酒。醉歸扶路。竹西歌吹。人道似揚州。秋澗先生大全文集七七　秋澗樂府四　詞林萬選四　詞綜二七　歷代詩餘八　詞律補遺二

歷代詩餘詞律補遺似揚州俱作是揚州。補遺歸扶作扶歸。

水邊楊柳綠絲垂。倒影奇峯墜。萬疊蒼山洞庭水。碧玻璃。一川烟景涵珠媚。會須滿載。百壺春酒。撾鼓蕩風猗。秋澗先生大全文集七七　秋澗樂府四

朱校記云。鈔本蒼山作君山。秋澗樂府猗作漪。

黄雲罷亞捲秋風。社甕春來重。父老持杯十分送。使君公。秋成不似今年痛。太平天子。將何爲報。萬壽與天同。秋澗先生大全文集七七 秋澗樂府四

朱校記云。今年痛痛疑誤。

乙亥三月七日宴湖上賦

春風吹水漲平湖。翠擁秋千柱。兩葉蘭橈鬬來去。萬人呼。紅衣出没波深處。鰲頭遊賞。浣花風物。好箇暮春初。秋澗先生大全文集七七 秋澗樂府四

秋澗樂府鰲頭作遨頭。

山陰修禊説蘭亭。似覺平湖勝。春服初成靚粧瑩。玉雙瓶。興來徑入無何境。使君高宴。年年此日。歌舞樂昇平。秋澗先生大全文集七七 秋澗樂府四

秋澗大全集高宴作高燕。次首平湖宴作平湖讌。

柳邊飛蓋簇晴烟。人在平湖宴。碧瀲瑶翻映歌扇。綺羅筵。人生幾度春風面。江山畫裏。一時人物。斜日重留連。秋澗先生大全文集七七 秋澗樂府四

堯廟秋社

社壇烟淡散林鴉。把酒觀多稼。霹靂絃聲鬬高下。笑喧譁。壤歌亭外山如畫。朝來致有。西山爽氣。不羨日夕佳。秋澗先生大全文集七七　秋澗樂府四

自此首起。曲牌原作絳桃春。朱校記云絳桃春即平湖樂而異其名。案平湖樂即小桃紅。見前。

○秋澗樂府秋社作春社。以曲文證之。誤。

壽李夫人　六首

眼明欣見太平人。環佩嬰香潤。洞裏瑤華自高韻。八千春。裊烟已報長生信。一杯更買。麻姑蒼海。安坐看揚塵。秋澗先生大全文集七七　秋澗樂府四

謝林高韻本蕭然。百歲春風面。白髮兒孫羡康健。誥鸞鮮。彩雲扶下長生殿。鄉閭盛說。一家榮養。初不羡魚軒。秋澗先生大全文集七七　秋澗樂府四

秋澗大全集鮮作解。失韻。

南枝消息小春初。香滿閑庭户。見說仙家舊風度。壽星圖。瑞光浮動雲衢婺。綉筵開處。散花傳琖。彩袖不曾扶。秋澗先生大全文集七七　秋澗樂府四

小園不惜買花錢。粧點蟠桃宴。傳語風光莫流轉。百來年。人生幾度春風面。細思誰似。君家阿媽。康健地行仙。秋澗先生大全文集七七　秋澗樂府四

秋澗大全集宴作燕。

牙牙長憶點粧紅。曾得含飴弄。此日筵前一杯捧。白頭翁。紫簫吹斷繁華夢。百年留在。故都瓊樹。依舊動春風。秋澗先生大全文集七七　秋澗樂府四

慈親康健説誰家。李氏人難亞。鏘鳳筵中見多暇。醉簪花。肩輿勝似宮門畫。從今看取。君家餘慶。門户爛生華。秋澗先生大全文集七七　秋澗樂府四

壽府僚

錦貂千騎朔方豪。瀚海淵波浩。畫戟清香看傾倒。醉仙桃。秋光雖晚人難老。煙花紫禁。玉魚金帶。新寵照朝袍。秋澗先生大全文集七七　秋澗樂府四

辛卯九月二十五日夜解衣欲睡適有飲興顧樽湛餘醁燈綴玉蟲而樂之然酒味頗酷乃以少蜜漬之浮大白者再覺胸中浩浩殊酣適也仍以樂府絳桃春歌之

少年鯨吸酒如川。甘苦從人勸。老大含飴最深戀。要中邊。一甜掩盡黄柑釃。更憐中有。百花風味。一笑爲君妍。秋澗先生大全文集七七　秋澗樂府四

笑分花露出粧奩。香軟金杯瀲。滿着華池潤吾咽。展眉尖。坡仙釀法真堪羡。却憐蜜課。蜂兒官府。辛苦爲誰甜。秋澗先生大全文集七七　秋澗樂府四

盧摯

摯字處道。一字莘老。號疎齋。又號嵩翁。涿郡人。至元五年進士。博洽有文思。累遷少中大夫河南路總管。大德初。授集賢學士大中大夫。出持憲湖南。遷江東道廉訪使。復入爲翰林學士。遷承旨卒。著有疎齋集。元初中州文獻。東人往往稱李閻徐。推能文辭有風致者。曰姚盧。蓋謂李謙受益。閻復子靖。徐琰子方。姚燧端父。及疎齋也。而推詩專家。必以劉因静修與疎齋爲首。疎齋嘗著文章宗旨云。大凡作詩。須用三百篇與離騷。言不關於世教。義不存於比興。詩亦徒作。又云。清廟茅屋謂之古。朱門大廈。謂之華屋可。謂之古不可。太羹玄酒謂之古。八珍謂之美味可。謂之古不可。知此。可與言古文之妙。其散曲今存者盡爲小令。貫雲石序陽春白雪。謂疎齋之詞媚嫵。如仙女尋春。自然笑傲。

小令

〔黄鍾〕節節高

題洞庭鹿角廟壁

雨晴雲散。滿江明月。風微浪息。扁舟一葉。半夜心。三生夢。萬里别。悶倚篷窗

睡些。太平樂府五　太和正音譜上　北詞廣正譜　九宫大成七三　元明小令鈔

〔正宫〕黑漆弩

晚泊采石醉歌田不伐黑漆弩因次其韻寄蔣長卿僉司劉蕪湖巨川

湘南長憶崧南住。只怕失約了巢父。艤歸舟喚醒湖光。聽我篷窗春雨。故人傾倒襟期。我亦載愁東去。記朝來黯别江濱。又弭棹蛾眉晚處。永樂大典一萬四千三百八十一寄字韻引盧疎齋集

〔南吕〕金字經

崧南秋晚

謝公東山臥。有時攜妓遊。老我崧南畫滿樓。樓外頭。亂峯雲錦秋。誰爲壽。緑鬟雙玉舟。陽春白雪後集一　樂府羣珠二　雍熙樂府一九

此首及次首陽春白雪列於吴仁卿金字經十一首之内。樂府羣珠以此二首屬疎齋。並依次全收吴

仁卿之其餘九首。而於應列此二首處。作空白。似確有所據。始將此二首剔除者。又。白雪及雍熙樂府俱無題。題據羣珠。○白雪崧南畫作松南書。雍熙作江南書。雍熙樓外頭僅作一樓字。亂峯作諸峯。

宿邯鄲驛

夢中邯鄲道。又來走這遭。須不是山人索價高。時自嘲。虛名無處逃。誰驚覺。曉霜侵鬢毛。陽春白雪後集一　樂府羣珠二　雍熙樂府一九

陽春白雪雍熙樂府俱無題。題據羣珠。○白雪時自嘲僅作一嘲字。雍熙來走作來是。不是上無須字。時自嘲僅作一囂字。

〔中呂〕朱履曲

訪立軒上人於廣教精舍作此命佐樽者歌之阿嬌楊氏也

相約下禪林閑士。更尋將樂府嬌兒。鶴唳松雲雨催詩。你聽疎老子。剗地勸分司。他只道人生行樂耳。樂府羣珠四

恰數點空林雨後。笑多情逸叟風流。俊語歌聲互相酬。且不如攜翠袖。撞烟樓。都是些醉鄉中方外友。樂府羣珠四

這一等烟霞滋味。敬亭山索甚玄暉。玉頰霜髯笑相攜。快教歌宛轉。直待要酒淋漓。都道快遊山誰似爾。樂府羣珠四

雪中黎正卿招飲賦此五章命楊氏歌之

數艤後兜回吟興。六花飛惹起歌聲。東道西鄰富才情。這其間聽鶴唳。再索甚趁鷗盟。不强如孟襄陽乾受冷。樂府羣珠四

恰才見同雲旋磨。便相邀老子婆娑。似臺榭楊花點青蛾。那些是風流處。這纔是雪兒歌。便有竹間茶也不用他。樂府羣珠四

雖不至撏綿扯絮。是誰教剪玉跳珠。是誰把溪山粉粧梳。且圖待添些酒興。管甚凍了吟鬚。看乘風滕六舞。樂府羣珠四

又没甚金吾呵夜。剩尋將玉女來也。一曲陽春助清絶。便章臺街閒信馬。曲江岸誤隨車。且不如竹窗深閒聽雪。樂府羣珠四

泛公子樽中雲液。倩佳人掌上金杯。淺酌清歌翠顰眉。直喫到銀燭暗。玉繩低。雪晴時人未歸。樂府羣珠四

天寧北山禪老招飲於雙松精舍

春意滿禪林葱蒨。艷歌聽倚竹嬋娟。掩映雲龕敞風軒。頓醫回摩詰病。强半是散花仙。原來這醉鄉離朝市遠。樂府羣珠四

脂粉態前生緣業。笑渠儂一剗心邪。纔誦罷楞嚴禮釋伽。管甚空色夢。你且近前些。與這老雙松作個嬌侍者。樂府羣珠四

〔中吕〕普天樂

湘陽道中

岳陽來。湘陽路。望炊烟田舍。掩映溝渠。山遠近。雲來去。溪上招提烟中樹。看時見三兩樵漁。憑誰畫出。行人得句。不用前驅。樂府羣珠四

〔中呂〕喜春來

贈伶婦楊氏嬌嬌

香添索笑梅花韻。嬌殢傳杯竹葉春。歌珠圓轉翠眉顰。山隱隱。留下九皋雲。樂府羣珠一

陵陽客舍偶書

梅擎殘雪芳心耐。柳倚東風望眼開。温柔樽俎小樓臺。紅袖客。低唱喜春來。太平樂府四　樂府羣珠一

此首及次首太平樂府屬元好問。爲春宴四首之後二首。樂府羣珠屬盧疎齋。兹互見兩家曲中。參閱元好問曲校記。

攜將玉友尋花寨。看褪梅粧等杏腮。休隨劉阮訪天台。仙洞窄。別處喜春來。太平樂府四　樂府羣珠一

和則明韻

騷壇坐遍詩魔退。步障行看肉陣迷。海棠開後燕飛迴。□暫息。愛月夜眠遲。樂府羣珠一

暫息上原脱一字。

春雲巧似山翁帽。古柳横爲獨木橋。風微塵軟落紅飄。沙岸好。草色上羅袍。樂府羣珠一

春來南國花如綉。雨過西湖水似油。小瀛洲外小紅樓。人病酒。料自下簾鈎。樂府羣珠一

〔商調〕梧葉兒

贈歌妓

紅綃皺。眉黛愁。明艷信清秋。文章守。令素俟。最風流。送花與踈齋病叟。梨園樂府下　雍熙樂府一七

梨園樂府紅綃作紅銷。雍熙樂府信清秋作倚清秋。下三句作。文章客。恬澹守。金紫侯。送花

與作花送。

席間戲作四章

花間坐。竹外歌。顰翠黛轉秋波。你自在空躊躇。我如何肯恁麽。却又可信着他。没倒斷癡心兒爲我。梨園樂府下

梨園樂府此四曲前未明注撰人。然其前一曲爲盧疎齋贈歌妓。且此四曲之第二首見北詞廣正譜。第三首見雍熙樂府。俱明注疎齋作。梨園樂府既題爲席間戲作四章。則應全屬疎齋矣。

低聲語。嬌唱歌。韻遠更情多。筵席上。疑怪他。怎生呵。眼挫裏頻頻地覷我。梨園樂府下　北詞廣正譜　元明小令鈔

北詞廣正譜首句作低攀話。末句挫作搓。頻頻下無地字。元明小令鈔俱同。

新來瘦。忒悶過。非酒病爲詩魔。纖腰舞。皓齒歌。便俏些箇。待有甚風流罪過。梨園樂府下　雍熙樂府一七

雍熙樂府忒作時。病爲作被。纖腰舞作柳腰細。便俏作消。末句無待字。

全不見白髭鬢。纔四十整。有家珍無半點兒心腸硬。醇一味。龐道兒。□錦片也似好前程。到健如青春後生。梨園樂府下

錦片上一字原本模糊不可識。左旁爲木字。原本整字亦模糊。姑從四部叢刊影印本。此曲似有譌奪。

邯鄲道。不再遊。豪氣傲王侯。琴三弄。酒數甌。醉時休。緘口抽頭袖手。雍熙樂府

一七

平安過。無事居。金紫待何如。低簷屋。粗布裾。黍禾熟。是我平生願足。雍熙樂府

一七

〔越調〕小桃紅

壽筵添上小桃紅。粧點壺天供。茜蕊冰痕半浮動。彩雲中。生香喚醒羅浮夢。銀杯緑蟻。瓊枝清唱。金勝醉鼇峯。北詞廣正譜　元明小令鈔

〔雙調〕沉醉東風

秋景

掛絶壁松枯倒倚。落殘霞孤鶩齊飛。四圍不盡山。一望無窮水。散西風滿天秋意。

夜靜雲帆月影低。載我在瀟湘畫裏。太平樂府二

對酒

對酒問人生幾何。被無情日月消磨。煉成腹内丹。潑煞心頭火。葫蘆提醉中閒過。萬里雲山入浩歌。一任傍人笑我。太平樂府二

避暑

避炎君頻移竹榻。趁新涼懶裹烏紗。柳影中。槐陰下。旋敲冰沉李浮瓜。會受用文章處士家。午夢醒披襟散髮。太平樂府二　梨園樂府中　太和正音譜下　九宮大成六五　元明小令鈔

梨園樂府炎君作暑。柳影中作柳影邊。文章作清閑。太和正音譜炎君作炎暑。夢醒作夢回。九宮大成元明小令鈔俱同正音譜。

舉子

辭辛苦桑樞甕牖。誇榮華鳳閣龍樓。脱布衣。披羅綬。跳龍門獨占鰲頭。今日男兒得志秋。會受用宮花御酒。太平樂府二

嘆世

拂塵土麻絛布袍。助江山酒聖詩豪。乾坤水上萍。日月籠中鳥。嘆浮生幾回年少。破屋春深雪未消。白髮催人易老。太平樂府二

適興

舞低簇春風絳紗。歌輕敲夜月紅牙。金橙泛緑醽。銀鴨燒紅蠟。煞强如冷齋閑話。沉醉也更深恰到家。不記的誰扶上馬。太平樂府二　梨園樂府中

元刊太平樂府記作計。茲從元刊八卷本瞿本明大字本太平樂府及梨園樂府。元刊八卷本瞿本太平樂府末句俱無的字。醽俱作醅。梨園簇作簌。醽作醑。鴨作燭。六句作酒醉更深却到家。

七夕

銀燭冷秋光畫屏。碧天晴夜静閑亭。蛛絲度綉針。龍麝焚金鼎。慶人間七夕佳令。臥看牽牛織女星。月轉過梧桐樹影。太平樂府二　梨園樂府中

太平樂府五句作度人間佳令。此從梨園樂府。梨園樂府二句作碧天涼清夜閑庭。焚作噴。看上

無臥字。

重九

題紅葉清流御溝。賞黃花人醉歌樓。天長雁影稀。月落山容瘦。冷清清暮秋時候。衰柳寒蟬一片愁。誰肯教白衣送酒。太平樂府二

瞿本舊校改清流爲情流。瞿本賞黃花作宴黃花。元刊八卷本宴字模糊。

退步

南柯夢清香畫戟。北邙山壞塚殘碑。風雲變古今。日月搬興廢。爲功名枉爭閑氣。相位顯官高待則甚底。也不入麒麟畫裏。太平樂府二

明大字本官高作高官。

閑居

雨過分畦種瓜。旱時引水澆麻。共幾箇田舍翁。説幾句莊家話。瓦盆邊濁酒生涯。醉裏乾坤大。任他高柳清風睡煞。太平樂府二

恰離了綠水青山那答。早來到竹籬茅舍人家。野花路畔開。村酒槽頭榨。直喫的欠欠答答。醉了山童不勸咱。白髮上黃花亂插。太平樂府二

學邵平坡前種瓜。學淵明籬下栽花。旋鑿開菡萏池。高豎起荼蘼架。悶來時石鼎烹茶。無是無非快活煞。鎖住了心猿意馬。太平樂府二

春情

殘花釀蜂兒蜜脾。細雨和燕子香泥。白雪柳絮飛。紅雨桃花墜。杜鵑聲又是春歸。縱有新詩贈別離。醫不可相思病體。太平樂府二

〔雙調〕蟾宮曲

碧波中范蠡乘舟。殢酒簪花。樂以忘憂。蕩蕩悠悠。點秋江白鷺沙鷗。急棹不過黃蘆岸白蘋渡口。且灣在綠楊隄紅蓼灘頭。醉時方休。醒時扶頭。傲煞人間。伯子公侯。陽春白雪前集二　樂府羣珠三

羣珠題作樂隱。○羣珠點作粧點。六句無急字。

想人生七十猶稀。百歲光陰。先過了三十。七十年間。十歲頑童。十載尫羸。五十

歲除分晝黑。剛分得一半兒白日。風雨相催。兔走烏飛。子細沉吟。都不如快活了便宜。陽春白雪前集二　樂府羣珠三

羣珠題作勸世。〇羣珠十載作十歲。除分作平分。相催作相隨。兔走烏飛作白髮相催。沉吟作思量。

奴耕婢織生涯。門前栽柳。院後桑麻。有客來。汲清泉。自煮茶芽。稚子謙和禮法。山妻軟弱賢達。守着些實善鄰家。無是無非。問甚麽富貴榮華。陽春白雪前集二　樂府羣珠三　北詞廣正譜　九宫大成六五　元明小令鈔

羣珠題作田家。〇鈔本陽春白雪茶芽作芽茶。羣珠客來作客來時。汲作汲取。北詞廣正譜九宫大成元明小令鈔自煮俱作自煎。實善俱作寶善。

沙三伴哥來嗏。兩腿青泥。只爲撈蝦。太公莊上。楊柳陰中。磕破西瓜。小二哥昔涎刺塔。碌軸上渰着箇琵琶。看蕎麥開花。緑豆生芽。無是無非。快活煞莊家。陽春白雪前集二　樂府羣珠三

鈔本陽春白雪昔涎作音涎。

海棠

恰西園錦樹花開。便是春滿東風。燕子樓臺。幾處門牆。誰家桃李。自芬塵埃。記

銀燭紅粧夜來。洞房深掩映閑齋。醉眼吟懷。林下風流。海上蓬萊。梨園樂府中　樂府羣珠三

白蓮

映橫塘烟柳風蒲。自一種仙家。玉雪肌膚。凈洗炎埃。輕搖羽扇。瓊立冰壺。又猜是耶溪越女。怕紅裙不稱情姝。香動詩臞。鷗鷺同盟。雲水深居。太平樂府一　梨園樂府中　樂府羣珠三

太平樂府瓊立作瓊注。元刊太平樂府情姝作清姝。元刊八卷本瞿本太平樂府俱作青姝。

丹桂

說秋英媚嫵嫦娥。共金粟如來。示現維摩。月下幽叢。淮南勝韻。招隱誰呵。管因爲清香太多。這些時學我婆娑。縱覽巖阿。撫節高歌。時到無何。太平樂府一　梨園樂府中　樂府羣珠三

梨園樂府樂府羣珠題目俱作木犀。〇又。媚嫵嫦娥俱作嫵媚姮娥。元刊八卷本瞿本太平樂府勝韻俱作勝句。何鈔太平樂府三句示字旁有朱校筆果字。梨園樂府巖阿作巖峒。

紅梅

綴冰痕數點胭脂。莫猜做人間。繁杏枯枝。天竺丹成。山茶茜染。照映參差。共倚竹佳人看時。索饒他風韻些兒。脈脈奇姿。應解癡翁。鑑賞妍媸。太平樂府一　梨園樂府中　樂府羣珠三　北詞廣正譜　九宮大成六五　元明小令鈔

太平樂府莫猜做作猜是。無天竺丹成四字。共倚作若倚。北詞廣正譜九宮大成元明小令鈔俱同。梨園樂府四句作天豈丹城。

橙杯

摘將來猶帶吴酸。綉縠輕紋。顏色深黄。纖手佳人。用并刀剖出甘穰。波瀲灩宜斟玉漿。樣團圞雅稱金觴。酒入詩腸。醉夢醒來。齒頰猶香。太平樂府一　樂府羣珠三

明大字本太平樂府題作黄橙。○羣珠用并刀作却用并刀。句斷。

詠別

離人易水橋東。萬里相思。幾度征鴻。引逗淒涼。滴溜溜葉落秋風。但合眼鴛鴦帳

中。急温存雲雨無踪。夜半衾空。想像寃家。夢裏相逢。太平樂府一　樂府羣珠三

明大字本太平樂府引逗作引起。羣珠溜溜下有的字。秋下脱風字。

記相逢二八芳華。心事年來。付與琵琶。密約深情。便如夢裏。春鏡攀花。空恁底狐靈笑耍。劣心腸作弄難拿。到了偏咱。到底虧他。不信情雜。忘了人那。太平樂府一　樂府羣珠三

瞿本太平樂府狐靈作狐狸。明大字本作孤靈。羣珠作狐疑。

麗華

嘆南朝六代傾危。結綺臨春。今已成灰。惟有臺城。掛殘陽水繞山圍。胭脂井金陵草萋。後庭空玉樹花飛。燕舞鶯啼。王謝堂前。待得春歸。太平樂府一　樂府羣珠三

元刊太平樂府及樂府羣珠題目並作酈華。他本太平樂府不誤。

蕭娥

梵王宮深鎖嬌娥。一曲離笳。百二山河。煬帝荒淫。樂淘淘鳳舞鸞歌。瓊花綻春生畫舸。錦帆飛兵動干戈。社稷消磨。汴水東流。千丈洪波。太平樂府一　樂府羣珠三

羣珠梵王作晉王。元刊八卷本瞿本太平樂府及羣珠錦帆飛俱作錦帆歸。明大字本太平樂府淘淘作陶陶。

楊妃

玉環乍出蘭湯。舞按盤中。一曲霓裳。羯鼓聲催。鬧垓垓士馬漁陽。梧桐雨彫零了海棠。荔枝塵埋没了香囊。痛殺明皇。蜀道艱辛。唐室荒涼。太平樂府一　樂府羣珠三

羣珠垓垓下有的的二字。彫零作彫殘。

西施

建姑蘇百尺高臺。貪看西施。杏臉桃腮。月暗錢塘。不隄防越國兵來。吴王塚殘陽暮靄。伍員墳老樹蒼苔。范蠡賢哉。社稷功成。烟水船開。太平樂府一　樂府羣珠三

羣珠不隄防上有並字。

緑珠

後堂深翠錦重重。緑軟紅嬌。留住春風。萬劫情緣。想人生樂事難終。寶鑑破香消

玉容。鳳樓空酒冷金鍾。金谷成空。過了繁華。洛水流東。太平樂府一　樂府羣珠三

羣珠想作料想。寶鑑作寶鏡。

小卿

暮雲遮野寺山城。渡口風來。一葉帆輕。宿雁驚飛。冷清清敗葦寒汀。吴江闊澄波萬頃。楚天遥明月三更。金斗蘇卿。一首新詩。萬古離情。太平樂府一　樂府羣珠三

元刊太平樂府暮雲作驀雲。兹從元刊八卷本瞿本。羣珠暮雲作春雲。冷作冷冷。

巫娥

想巫山仙子風流。不念襄王。多病多愁。夢斷陽臺。冷清清玉殿珠樓。會暮雨燈昏緑牖。望朝雲簾捲金鈎。離恨悠悠。舊約新盟。往事難酬。太平樂府一　樂府羣珠三

羣珠冷作冷冷。

商女

水籠烟明月籠沙。淅瀝秋風。哽咽鳴笳。悶倚篷窗。動江天兩岸蘆花。飛鶩鳥青山

落霞。宿鴛鴦錦浪淘沙。一曲琵琶。泪濕青衫。恨滿天涯。太平樂府一　樂府羣珠三

羣珠動上有擺字。

洛陽懷古　河南

杜鵑聲啼破南柯。恨流盡繁華。洛水寒波。金谷花飛。天津老樹。幾被消磨。向司馬家兒問他。怎直教荆棘銅駝。老子婆娑。放着行窩。不醉如何。梨園樂府中　樂府羣珠三

梨園放着作故着。

夷門懷古　汴梁

想鄒枚千古才名。覺苑文辭。氣壓西京。汴水煙波。隋隄困柳。枉共春爭。恰鼓板聲中太平。鷓鴣啼驚破青城。河岳丹青。臨眺枯榮。陶冶襟塵。梨園樂府中　樂府羣珠三

咸陽懷古　京兆

對關河今古蒼茫。甚一笑驪山。一炬阿房。竹帛烟消。風雲日月。夢寐隋唐。快尋

趁王家醉鄉。見終南捷徑休忙。茅宇松窗。儘可棲遲。大好徜徉。梨園樂府中　樂府羣珠三

鄴下懷古　彰德

笑征衣伏櫪悲吟。才鼎足功成。銅爵春深。輭動歌殘。無愁夢斷。明月西沉。算只有韓家晝錦。對家山輝映來今。喬木空林。幾度西風。憾慨登臨。梨園樂府中　樂府羣珠三

羣珠征衣作征西。銅原作相。茲改。

潁川懷古　潁州

笑邯鄲奇貨難居。似帷幄功成。身退誰歟。潁水東流。崧丘西去。臨眺躊躇。記遊宦三川故都。儘龍門風物何如。吾愛吾廬。欲倩林泉。納下樵漁。梨園樂府中　樂府羣珠三

汝南懷古 蔡州今汝寧

記元戎洄曲奇勳。被雪鵝池。驚倒騾軍。誰雜聲沉。無端世故。幾度兵塵。有客子經過汝墳。望飛來遼海愁雲。奄冉西昏。倚遍幽軒。吟斷蘭生。梨園樂府中 樂府羣珠三

羣珠西昏作西曛。奄冉原作掩冉。兹改。

廣陵懷古 揚州

對平山懶賦蕪城。笑荳蔻枝頭。惹住歌行。風調才情。青樓一夢。杜牧三生。更誰看橋邊月明。是誰留花裏飛瓊。欲問承平。牛李賓朋。懷斷江聲。梨園樂府中 樂府羣珠三

梨園惹住作惹狂。

京口懷古 鎮江

道南宅豈識樓桑。何許英雄。驚倒孫郎。漢鼎才分。流延晉宋。彈指蕭梁。昭代車書四方。北溟魚浮海吞江。臨眺蒼茫。醉倚歌鬟。吟斷寒窗。梨園樂府中 樂府羣珠三

梨園南宅作宅南。鬟作環。羣珠何許上有問字。流延作流涎。七句按譜應七字。原脱一字。

吳門懷古 平江

倚夕陽麋鹿荒臺。對平楚江空。老樹蒼崖。季子風高。閶門陳迹。撫事興懷。誰種下吳宮禍胎。苧蘿山華鳥飛來。伏節英才。傾國佳人。幾度塵埃。梨園樂府中 樂府羣珠三

羣珠伏節作仗節。

錢塘懷古 杭州

問錢塘佳麗誰邊。且莫説詩家。白傅坡仙。勝會華筵。江潮鼓吹。天竺雲烟。那柳外青樓畫船。在西湖蘇小門前。歌舞留連。棲越吞吳。付與忘言。梨園樂府中 樂府羣珠三

金陵懷古 建康

記當年六代豪誇。甚江令歸來。玉樹無花。商女歌聲。臺城暢望。淮水烟沙。問江

左風流故家。但夕陽衰草寒鴉。隱映殘霞。寥落歸帆。嗚咽鳴笳。梨園樂府中　樂府羣珠三

宣城懷古　寧國

對江山吟斷高齋。想甲第名園。棠棣花開。曉夢歌鍾。高城草木。廢沼荒臺。快吹盡陵峯暮靄。等麻姑空翠飛來。渺渺予懷。天淡雲閑。萬事浮埃。梨園樂府中　樂府羣珠三

羣珠棠棣作棠柳。

潯陽懷古　江州

笑元規塵涴清談。便儘自風流。用世何堪。陶謝醺酣。香消蓮社。禪悅誰參。琵琶冷江空月慘。泪痕淹司馬青衫。惱亂雲龕。我欲尋林。結箇茅庵。梨園樂府中　樂府羣珠三

梨園笑作唤。梨園羣珠涴俱誤作婉。兹改正。

武昌懷古 舊鄂州

問黄鶴驚動白鷗。甚鸜鵒能言。埋恨芳洲。歲晚江空。雲飛風起。興滿清秋。有越女吴姬楚酒。莫虚負老子南樓。身世虚舟。千載悠悠。一笑休休。梨園樂府中　樂府羣珠三

江陵懷古 古荆州

慨星槎兩度南遊。想神女朝雲。宋玉清秋。漢魏名流。臨風吹笛。作賦登樓。誰學下宫腰種柳。又添些眉黛新愁。漁父回舟。應笑湘纍。不近糟丘。梨園樂府中　樂府羣珠三

梨園星槎作星樓。梨園羣珠宋玉俱作宋女。兹改正。

長沙懷古 潭州

朝瀛洲暮艤湖濱。向衡麓尋詩。湘水尋春。澤國紉蘭。汀洲搴若。誰與招魂。空目斷蒼梧暮雲。黯黄陵寶瑟凝塵。世態紛紛。千古長沙。幾度詞臣。梨園樂府中　樂府羣

珠三

梨園湖濱作潮濱。

襄陽懷古

鹿門山儘好幽棲。且聽甚羣兒。争唱銅鞮。撫節懷予。平生傳癖。須曰書癡。誰醉著花間接籬。更誰家日暮習池。憾慨興衰。欲問沙鷗。正自忘機。梨園樂府中 樂府羣珠三

羣珠於予字旁注一賢字。於須曰旁注頃日二字。

箕山感懷

巢由後隱者誰何。試屈指高人。却也無多。漁父嚴陵。農夫陶令。儘會婆娑。五柳莊甆甌瓦鉢。七里灘雨笠烟蓑。好處如何。三徑秋香。萬古蒼波。梨園樂府中 樂府羣珠三

揚州汪右丞席上即事

江城歌吹風流。雨過平山。月滿西樓。幾許華年。三生醉夢。六月涼秋。按錦瑟佳

人勸酒。捲朱簾齊按涼州。客去還留。雲樹蕭蕭。河漢悠悠。梨園樂府中　樂府羣珠三

羣珠錦瑟上一字模糊。似按字。梨園作快。

廣帥餞別席上贈歌者江雲

問江雲何處飛來。全不似尋常。舞榭歌臺。溟海星槎。清秋月窟。流水天台。準備下新愁送客。强教他眉黛舒開。楚楚離懷。香動羅襦。夢繞金釵。梨園樂府中　樂府羣珠三

寒食新野道中

柳濛烟梨雪參差。犬吠柴荆。燕語茅茨。老瓦盆邊。田家翁媪。鬢髮如絲。桑柘外秋千女兒。髻雙鴉斜插花枝。轉眄移時。應嘆行人。馬上哦詩。梨園樂府中　樂府羣珠三

雲臺醉歸

灝靈宫畔雲臺。日落秦川。半醉歸來。古道西風。荒叢細水。老樹蒼苔。萬古潼關過客。儘清狂得似疎齋。翠壁丹崖。題罷新詩。玉井蓮開。樂府羣珠三

醉贈樂府珠簾秀

繫行舟誰遣卿卿。愛林下風姿。雲外歌聲。寶髻堆雲。冰弦散雨。總是才情。恰緑樹南薰晚晴。險些兒羞殺啼鶯。客散郵亭。楚調將成。醉夢初醒。樂府羣珠三

贈歌者蕙蓮劉氏

問何人樹蕙芳洲。便春滿詞林。香滿歌樓。紈扇微風。羅裙纖月。作弄新秋。好客呵風流太守。怎生般玉樹維舟。樽酒遲留。醉墨烏絲。當得纏頭。樂府羣珠三

贈歌者劉氏

白沙翠竹柴門。弭節山家。已待黄昏。林下瓊枝。燈前金縷。滿意芳樽。誰恁地教人斷魂。是東風吹墮行雲。寶靨羅裙。淺笑輕顰。不枉留春。樂府羣珠三

陽翟道中田家即事

潁川南望襄城。邂逅田家。春滿柴荆。翁媪真淳。杯盤羅列。儘意將迎。似鷄犬樵漁武陵。被東君畫出昇平。桃李欣榮。蘭蕙芳馨。林野高情。樂府羣珠三

濛江舟中值雨

雨霏霏畫舫亭亭。誰唤起江妃。驚動山靈。萬壑千巖。空濛霧帳。掩映雲屏。想猜是孤槎客星。待温存湖海飄零。且向南溟。應笑虚名。不負平生。樂府羣珠三

六月望西湖夜歸

看西湖休比誰呵。纔説到西施。便似了東坡。寶瑟鳴泉。烟鬟翠領。玉鏡晴波。數十處芙蓉畫舸。對三山樓觀嵯峨。問夜如何。月下婆娑。恰似姮娥。樂府羣珠三

冬夜宿丞天善利軒

聽星簪送響雲林。是江上學仙。方外知音。飲瀣餐松。含宫嚼羽。戛玉鍾金。向方丈蓬萊夜深。莫吹笙不用鳴琴。思滿冲襟。一曲將終。萬籟俱沉。樂府羣珠三

敬亭贈别丁太初憲使

映蒼崖磊砢孤松。待樹蕙滋蘭。分付春工。夢短歌殘。霜寒木落。歲晚江空。且莫説邯鄲道中。聽吾詩目送飛鴻。歸棹春容。政爾孫劉。未害爲公。樂府羣珠三

太初次韻見寄復和以答

論詩家剪取吴淞。與衆鳥孤雲。琢句誰工。一笑齋名。三生舊夢。思滿春空。算今日東風座中。寄新詞兩度鱗鴻。驚動山容。唤起江聲。誰更如公。樂府羣珠三

正月十四日嵇秋山生日

記春星初度今朝。甚却在秋山。梅陣松巢。笑掩蒙莊。金紗霧散。玉友神交。飛瓊唱偏宜洞簫。似麻姑癢處能搔。有客超搖。一刻千金。最是燈宵。樂府羣珠三

羣珠能搔原作能抓。失韻。兹改正。

賈皓庵樓居即事

這先生會與雲閑。偏獨自樓居。攬斷溪山。客子尋真。林端税駕。雪意憑闌。想竹葉知人病懶。共梅花笑倒春寒。蕭散襟顔。辦下新聲。少箇仙鬟。樂府羣珠三

正卿壽席

問東君借得春來。早雲緑歌鬟。香動梅腮。初度筵開。金蘭賓友。玉樹庭階。恰侵曉交暉香靄。壽星明相近三台。林壑襟懷。文采風流。瓊映霜臺。樂府羣珠三

肅政黎公庚戌除夜得孫翌日見招作此以賀

映梅林修竹高鄰。恰今旦開年。昨晚生孫。撫節邀賓。銀釭照夜。寶篆留春。快傳語江東縉紳。賸歌謡天上麒麟。昭代人門。準備詩書。等候風雲。樂府羣珠三

辛亥正月十日遊胡仲勉家園

辦烏絲準備揮毫。倩昨暮東風。照綴今朝。吟斷蘭陔。香浮竹葉。玉綻梅梢。唱白雪新聲阿嬌。萬兩金一刻春宵。歸路休教。燈月光中。踏破瓊瑶。樂府羣珠三

〔雙調〕壽陽曲

銀臺燭。金獸烟。夜方闌畫堂開宴。管絃停玉杯斟較淺。聽春風遏雲歌遍。陽春白雪前集三

金蕉葉。銀葶花。捲長江酒杯低亞。醉書生且休扶上馬。聽春風玉簫吹罷。陽春白雪前集三

詩難詠。畫怎描。欠漁翁玉蓑獨釣。低唱淺斟金帳曉。勝烹茶党家風調。陽春白雪前

集三

殘元本首句作詩誰詠。

攢江酒。味轉佳。刻春宵古今無價。約尋盟緑楊中閑繫馬。醉春風碧紗窗下。陽春白雪前集三

任校本改首句江作缸。

別珠簾秀

纔歡悦。早間別。痛煞煞好難割捨。畫船兒載將春去也。空留下半江明月。太平樂府二

堯山堂外紀六九

堯山堂外紀痛煞煞作痛殺俺。

夜憶

窗間月。簷外鐵。這淒涼對誰分説。剔銀燈欲將心事寫。長吁氣把燈吹滅。雍熙樂府二

○彩筆情辭一二

雍熙樂府題作夜憶。共四首。不注撰人。彩筆情辭亦收此四曲。題作寄妓珠簾秀。注盧疎齋作。

惟首曲與陽春白雪前集卷三馬致遠雲籠月一首大半相同。彩筆情辭屬疎齋。未知何據。茲姑録之。

燈將殘。人睡也。空留得半窗明月。孤眠心硬熬渾似鐵。這淒涼怎捱今夜。雍熙樂府二

○彩筆情辭一二

燈將滅。人睡些。照離愁半窗殘月。多情直恁的心似鐵。辜負了好天良夜。雍熙樂府二

○彩筆情辭一二

情辭直恁的作的直恁。

燈下詞。寄與伊。都道是二人心事。是必你來會一遭兒。抵多少夢中景致。雍熙樂府二

○彩筆情辭一二

雍熙會一遭作會＝遭。茲據情辭改。情辭會一遭作會一宵。景致作情致。

〔雙調〕湘妃怨

西湖

湖山佳處那些兒。恰到輕寒微雨時。東風懶倦催春事。嗔垂楊裊緑絲。海棠花偷抹胭脂。任吴岫眉尖恨。厭錢塘江上詞。是箇妒色的西施。陽春白雪前集二

朱簾畫舫那人兒。林影荷香雨霽時。樽前歌舞多才思。紫雲英瓊樹枝。對波光山色參差。切香脆江瑶膾。擘輕紅新荔枝。是箇好客的西施。陽春白雪前集二

蘇隄鞭影半痕兒。常記吴山月上時。閑尋靈鷲西巖寺。冷泉亭偏費詩。看烟鬟塵外丰姿。染絳綃裁霜葉。釀清香飄桂子。是箇百巧的西施。陽春白雪前集二

梅梢雪霽月芽兒。點破湖烟雪落時。朝來亭樹瓊瑶似。笑漁蓑學鷺鶿。照歌臺玉鏡冰姿。誰僝僽鴟夷子。也新添兩鬢絲。是箇淡浄的西施。陽春白雪前集二

〔雙調〕殿前歡

壽陽粧。更何須蘭被借温芳。玉妃不臥鮫綃帳。月户雲窗。前村遠驛路長。空惆悵。憑誰問花無恙。被春愁曉夢。瘦損何郎。殘元本陽春白雪二　鈔本陽春白雪前集三

萬花叢。殢韶光肯放彩雲空。癡騃騃未解三生夢。嬌滴滴一捻春風。歌喉邊笑語中。殘元本綃作梢。恙作志。鈔本借作俏。

秋波送。依約見芳心動。被啼鶯戀住。江上歸鴻。殘元本陽春白雪二　鈔本陽春白雪前集三

殘元本喉作疾。

海棠庭。這紅粧也見主人情。被東風吹軟新歌詠。都爲花卿。黄鵠飛白鹿鳴。山林

興。佳麗相輝映。是烟霞翠袖。錦帳雲屏。殘元本陽春白雪二　鈔本陽春白雪前集三

小樓紅。隔紗窗斜照月朦朧。綉衾薄不耐春寒凍。簾幕無風。篆烟消寶鼎空。難成夢。孤負了鸞和鳳。山長水遠。何日相逢。殘元本陽春白雪二　鈔本陽春白雪前集三　梨園樂府中

殘元本闕詠字。鈔本是作足。

梨園樂府不注撰人。○殘元本陽春白雪凍作東。難作誰。梨園樂府首二句作。畫樓東。印紗窗斜月淡朦朧。凍作重。幕無作捲東。鸞和作丹山。山長水遠作千山萬水。

作閑人。向滄波濯盡利名塵。回頭不覩長安近。守分清貧。足不襪髮不巾。誰嗔問。無事縈方寸。烟霞伴侶。風月比鄰。殘元本陽春白雪二　鈔本陽春白雪前集三

殘元本向作白。

壽陽人。玉溪先占一枝春。紅塵驛使傳芳信。深雪前村。冰梢上月一痕。雲初褪。瘦影向紗窗上印。香來夢裏。寂寞黄昏。殘元本陽春白雪二　鈔本陽春白雪前集三

殘元本壽作弄。占作古。

酒杯濃。一葫蘆春色醉山翁。一葫蘆酒壓花梢重。隨我奚童。葫蘆乾興不窮。誰人共。一帶青山送。乘風列子。列子乘風。殘元本陽春白雪二　鈔本陽春白雪前集三　雍熙樂府一九

殘元本陽春白雪翁上之山字模糊。

酒頻沽。正花間山鳥喚提壺。一葫蘆提在花深處。任意狂疎。一葫蘆够也無。臨時覷。不够時重沽去。任三間笑我。我笑三閭。殘元本陽春白雪二　鈔本陽春白雪前集三　雍熙樂府一九　北宫詞紀外集五

鈔本陽春白雪間作開。此曲雍熙樂府北宫詞紀外集俱作。酒頻沽。一葫蘆山鳥喚醍醐。一葫蘆醒也問有無。擎樽凝覷。道飲徹還沽去。疎狂趣。枕琴臥在花深處。三閭笑我。我笑三閭。案雍熙樂府卷十九北宫詞紀外集卷五皆有殿前歡四首。雍熙題作八葫蘆。不注撰人。詞紀外集題作詠八葫蘆。注元人作。兩書之第三第四兩首。即前列之酒杯濃。酒頻沽二首。據題目及句式觀之。第一二兩首亦必疎齋作。兹輯録於次。

酒新篘。一葫蘆春醉海棠洲。一葫蘆未飲香先透。俯仰糟丘。傲人間萬户侯。重酣後。夢景皆虛謬。莊周化蝶。蝶化莊周。雍熙樂府一九　北宫詞紀外集五

雍熙樂府重酣作重甘。

酒頻傾。一葫蘆風味扶詩興。一葫蘆杖挑相隨定。荷插銀瓶。愛詩家阮步兵。寬沽興。身世都休競。螟蛉蜾蠃。蜾蠃螟蛉。雍熙樂府一九　北宫詞紀外集五

詞紀外集風味扶詩作詩思勃然。銀瓶作劉伶。

殘曲

〔中吕〕朱履曲

雖不至維摩居士。但將覩楊氏嬌姿。恰如親見早梅枝。……樂府羣珠四

楊氏上原有一嬌字。應是衍。兹删去。

孔文昇

文昇字退之。曲阜聖裔。居溧陽。幼從戴表元游。至元末。補建康書吏。非其志也。盧疎齋雅相推重。一游一讌。莫不與退之同處。或賦詩詞。必先書見示。一日。廉使徐容齋云。書中有女顔如玉。戲謂退之曰。試爲我屬一對。俗語尤佳。退之即應曰。路上行人口似碑。容齋大喜。又嘗以律詩呈容齋。容齋喜而書於後曰。退之天資穎異。筆力過人。擅江淮之英。本鄒魯之氣云云。

小令

〔雙調〕折桂令

贈千金奴

杏桃腮楊柳纖腰。占斷他風月排場。鸞鳳窩巢。宜笑宜顰。傾國傾城。百媚千嬌。一箇可喜娘身材兒是小。便做天來大福也難消。檀板輕敲。銀燭高燒。萬兩黄金。

一刻春宵。陽春白雪前集二　樂府羣珠三

此曲陽春白雪注徐容齋作。樂府羣珠從之。唯據孔齊静齋至正直記應是孔文昇作。静齋至正直記云。一日。有歌妓千金奴者。請贈樂府。容齋屬之先君。即席賦折桂令一闋。容齋大喜。舉杯度曲。盡興而醉。由是得名。亦由是幾至被劾。而以容齋人品高。且尚文物之時。偶免此患。其曲今書坊中已刊行。見於陽春白雪内。但題作徐容齋贈云。案子叙其父事。且又指明陽春白雪誤題。當可信也。〇羣珠傾國傾城作傾城傾國。是小作最小。

趙巖

巖字魯瞻。長沙人。居溧陽。宋丞相趙葵之裔。遭遇魯王。嘗在太長公主宮中應旨。立賦八首七言律詩。公主賞賜甚盛。出門。凡金銀器皿皆碎爲分。惠宮中從者及寒士。後遭謗。遂退居江南。魯瞻醉後可頃刻賦詩百篇。時人皆雅慕之。因不得志。日飲酒。醉病而死。遺骨歸長沙。

小令

〔中吕〕喜春來過普天樂

琉璃殿暖香浮細。翡翠簾深捲燕遲。夕陽芳草小亭西。間納履。見十二箇粉蝶兒飛。一箇戀花心。一箇攙春意。一箇翩翻粉翅。一箇亂點羅衣。一箇掠草飛。一箇穿簾戲。一箇趕過楊花西園裏睡。一箇與遊人步步相隨。一箇拍散晚烟。一箇貪歡嫩蕊。那一箇與祝英臺夢裏爲期。静齋至正直記一

荆幹臣

幹臣家世東營。雖生長豪族。能折節讀書。自幼遊學於燕。後官參軍。王惲秋澗文集有送荆書記幹臣北還詩并序。謂幹臣素能詩。東征日本。曾參戎機。軍中書檄。有出其手者。陽春白雪選中古今姓氏。有京幹臣。當即一人也。

套數

〔黄鍾〕醉花陰北

閨情

鴛鴦浦蓮開並蒂長。桃源洞春光艷陽。花解語玉生香。月户雲窗。忽被風飄蕩。分鶯燕。拆鸞凰。總是離人苦斷腸。

〔畫眉序南〕虚度了好時光。枕剩衾餘怎不淒涼。腸拴萬結。泪滴千行。愁戚戚恨在眉尖。意懸懸人來心上。暗傷。何日同鴛帳。難捱地久天長。

〔喜遷鶯北〕自別來模樣。瘦懨懨病在膏肓。難當。越添惆悵。恰便似柳絮隨風上下狂。心勞意攘。一會家情牽恨惹。一會家腹熱腸荒。

〔畫眉序南〕欲待要不思量。若不思量都是謊。要相逢除是夢裏成雙。冰上人不許歡娛。月下老難爲主張。暗傷。何日同鴛帳。難捱地久天長。

〔出隊子北〕心懷悒怏。無一時不盼望。塵蒙了錦瑟助淒涼。香盡了金爐空念想。絃斷了瑶琴魂蕩漾。

〔神仗兒南〕人離畫堂。人離畫堂。枕剩鴛鴦。釵分鳳凰。想當初樽前席上共雙雙。偎紅倚翠。淺斟低唱。歌金縷韻悠揚。依腔調按宫商。

〔刮地風北〕當初啜賺我的言詞都是謊。害的人倒枕垂牀。鸞臺上塵鎖無心傍。有似風狂。寂寞了緑窗朱幌。空閒了綉榻蘭房。行時思坐時想甚時撇漾。你比那題橋的少一行。閃的我獨自孤孀。望禹門三汲桃花浪。你爲功名紙半張。

〔耍鮑老南〕手抵着牙兒自思想。意躊躕魂蕩漾。玉減香消怎不悲傷。幾番欲待不思量。醫相思無藥方。

〔四門子北〕玉容寂寞嬌模樣。飯不拈。茶不湯。一會家思。一會家想。你莫不流落在帝京旅店上。一會家思。一會家想。你莫不名標在虎榜。

〔鬪樊樓南〕錦被堆堆空閒了半牀。怎揉我心上癢。越越添惆悵。共誰人相傍。最難捱苦夜長。

〔古水仙子北〕我我我自忖量。他他他儀表非俗真棟梁。傅粉勝何郎。畫眉欺張敞。他他風流處有萬椿。端的是世上無雙。論聰明俊俏人讚揚。更温柔典雅多謙讓。他他衠一片俏心腸。

〔尾聲南〕攀蟾折桂爲卿相。成就了風流情況。永遠團圓晝錦堂。盛世新聲丑集　詞林摘艷九　雍熙樂府一　北宫詞紀六　詞林白雪一　北詞廣正譜引醉花陰喜遷鶯

盛世新聲重增本内府本詞林摘艷俱無題。與雍熙樂府皆不注撰人。雍熙題作盼郎貴顯。原刊本詞林摘艷題作閨情。注明唐以初作。北宫詞紀題作春怨。詞林白雪屬閨情類。俱注荆幹臣作。兹從之。北詞廣正譜注唐以初作。同摘艷。○（醉花陰北）重增本摘艷鸞凰作鸞鳳。雍熙末句苦作也。廣正譜末句作正是離人愁斷腸。（畫眉序南）内府本摘艷暗傷上有合字。雍熙詞紀詞林白雪戚戚恨俱作蹙蹙悶。雍熙人來作又來。（喜遷鶯北）雍熙詞紀詞林白雪恨惹俱作意惹。廣正譜自别來模樣作這愁懷悒快。瘦作悶。便似作便是。（畫眉序南）内府本摘艷暗傷上有合字。雍熙二句無若字。除是作除非是。詞紀詞林白雪俱同雍熙。（出隊子北）詞紀詞林白雪一時俱作一

日。塵蒙作塵埋。（神仗兒南）雍熙詞紀詞林白雪首句俱不疊。雍熙金縷作音呂。（刮地風北）雍熙詞紀詞林白雪當初上俱有想字。望俱作止望。雍熙蘭房作蘭牀。甚時作甚日。閃的我作閃的俺。（耍鮑老南）盛世摘艷曲牌俱作神仗兒。兹據雍熙詞紀詞林白雪改正。雍熙魂作神。詞紀詞林白雪同。（四門子北）内府本摘艷後二家字俱無。（鬪樊樓南）内府本摘艷捱作熬。雍熙三句作越越的添悲愴。詞紀詞林白雪俱作越越的添悽愴（古水仙子北）雍熙五句及末句他字皆不疊（尾聲南）雍熙攀作扳。

〔中吕〕醉春風

紅袖霞飄彩。翠裙香散靄。都將竊玉偷香心。改。改。改。半夜星前。五更月下。九霄雲外。

〔么篇〕旖旎金釵客。相蓮花陣側。歡娱一笑拚千金。買。買。買。珊枕濃歡。綺窗幽夢。錦堂深愛。

〔喜春來〕玉鞭楊柳春風陌。綉轂梨花夜月街。楚雲湘雨夢陽臺。休分外。花柳暗塵埃。

〔雙鴛鴦〕玉簫哀。立閒階。彩鳳人歸更不來。隱隱遥山行雲礙。萋萋芳草遠烟埋。

〔喜春來〕茶不茶飯不飯懨懨害。死不死活不活強強捱。相思何日得明白。愁似海。煩惱早安排。

〔賣花聲煞〕俺疑他指不過走智兒猜。他只俺除將罷字兒揣。廝等待心腸各寧奈。女貌郎才怎難摘。志誠心看誰先敗。梨園樂府上　梨園樂府中引喜春來前一支　太和正音譜上引雙鴛鴦　樂府羣珠一及雍熙樂府一九引喜春來兩支　北詞廣正譜引醉春風前篇及雙鴛鴦　九宮大成三三引雙鴛鴦

案此套中喜春來玉鞭楊柳一支。又以小令收於梨園樂府卷中。樂府羣珠及雍熙樂府則兩支喜春來並收。三書俱不注撰人。當係摘套數爲小令者。〇（醉春風）北詞廣正譜只一個改字。（喜春來）梨園卷中四句脱外字。又與雍熙街俱作階。（喜春來）羣珠強強作病強。雍熙首二句作。不茶不飯懨懨害。不死不活強挣捱。

陳草庵

官中丞。

小令

〔中呂〕山坡羊

伏低伏弱。裝呆裝落。是非猶自來着莫。任從他。待如何。天公尚有妨農過。蠶怕雨寒苗怕火。陰。也是錯。晴。也是錯。梨園樂府中　樂府羣珠一　雍熙樂府二〇

樂府羣珠有山坡羊二十五首。題作嘆世。注謂梨園樂府云陳草庵。案此二十五首見於梨園樂府者。實僅十五首。梨園樂府共收草庵山坡羊十六首。餘一首亦見羣珠。惟另列於一處。雍熙樂府有山坡羊三十九首。題作嘆世。不注撰人。其最前之二十三首。據梨園樂府及羣珠。知俱爲草庵作。〇羣珠弱落易位。雍熙同。羣珠待作得。雍熙三四句作。是非多由自家招。一任他。

身無所幹。心無所患。一生不到風波岸。禄休干。貴休攀。功名縱得皆虛幻。浮世

落花空過眼。官。也夢間。私。也夢間。梨園樂府中　樂府羣珠一　雍熙樂府二〇

雍熙浮世作浮生。官作公。

林泉高攀。虀鹽貧過。官囚身慮皆參破。富如何。貴如何。閒中自有閒中樂。天地一壺寬又闊。東。也在我。西。也在我。梨園樂府中　樂府羣珠一　雍熙樂府二〇

羣珠攀作臥。雍熙首句作當休高歌。官囚身慮作皮囚身膚。

青霄有路。黃金無數。勸君萬事從寬恕。富之餘。貴也餘。望將後代兒孫護。富貴不依公道取。兒。也受苦。孫。也受苦。梨園樂府中　樂府羣珠一　雍熙樂府二〇

羣珠五句作貴之餘。雍熙同。雍熙望將作枉將。

繁華般弄。豪傑陪奉。一杯未盡笙歌送。恰成功。早無踪。似昨宵一枕南柯夢。人世枉將花月寵。春。也是空。秋。也是空。梨園樂府中　樂府羣珠一　雍熙樂府二〇

梨園繁華作繁花。陪奉作倍俸。羣珠雍熙南柯俱作遊仙。雍熙般作搬。無似字。

有錢有物。無憂無慮。賞心樂事休辜負。百年虛。七旬疎。饒君更比石崇富。合眼一朝天數足。金。也換主。銀。也換主。梨園樂府中　樂府羣珠一　雍熙樂府二〇

風波實怕。唇舌休掛。鶴長鳧短天生下。勸漁家。共樵家。從今莫講賢愚話。得道多助失道寡。賢。也在他。愚。也在他。梨園樂府中　樂府羣珠一　雍熙樂府二〇

羣珠皃作龜。講作説。多助作助時。雍熙實怕作慣怕。莫講作休説。多助作多兮。

陰隨陰報。陽隨陽報。不以其道成家道。枉劬勞。不堅牢。錢財人口皆凶兆。一旦禍生福怎消。人。也散了。財。也散了。梨園樂府中　樂府羣珠一　雍熙樂府二〇

羣珠錢財人口作錢物今日。雍熙作錢物算來。兩書怎消俱作漸消。

須教人倦。須教人怨。臨危不與人方便。喫腥膻。着新鮮。一朝報應天公變。行止不依他在先。飢。也怨天。寒。也怨天。梨園樂府中　樂府羣珠一　雍熙樂府二〇

雍熙人怨作人寃。三句作立心不好爲方便。依作似。

休爭閒氣。休生不義。終身孝悌心休退。去他疑。掩人非。得官休倚官之勢。家富莫驕貧莫恥。天。也順你。人。也順你。梨園樂府中　樂府羣珠一　雍熙樂府二〇

羣珠雍熙四五句俱作。掩人非。去人疑。羣珠家富作富貴。雍熙倚官之作仗官人。家富作富而。

官資新受。功名將就。折腰爲在兒曹彀。賦歸休。便抽頭。黄花恰正開時候。籬下自教巾漉酒。功。也罷手。名。也罷手。梨園樂府中　樂府羣珠一　雍熙樂府二〇

羣珠受作授。將就作相就。曹彀作孫勾。下二句作。便抽頭。好歸休。教作將。雍熙俱同。

三閭當日。一身辭世。此心倒大無縈繫。淈其泥。啜其醨。何須自苦風波際。泉下子房和范蠡。清。也笑你。醒。也笑你。梨園樂府中　樂府羣珠一　雍熙樂府二〇

梨園涸作曲。此從雍熙。羣珠作録。羣珠三句與六句易位。泉下作若見。清作醉。雍熙俱同。

争誇聰慧。争誇手藝。乾坤一渾清濁氣。察其實。不能知。時間難辨魚龍輩。只到禹門三月里。龍。也認得。魚。也認得。 梨園樂府中　樂府羣珠一　雍熙樂府二〇

梨園慧作惠。羣珠手作才。渾作混。難辨作鷄鶴。雍熙首句争作譁。其實作虚實。難辨作難識。曲末龍魚易位。餘同羣珠。

生涯雖舊。衣食足够。區區自要尋生受。一身憂。一心愁。身心常在他人彀。天道若能隨分守。身。也自由。心。也自由。 梨園樂府中　樂府羣珠一　雍熙樂府二〇

梨園此首脱落區區至人彀二十字。兹據羣珠及雍熙補。梨園首句作生須依舊。雍熙人彀作人後。

天於人樂。天於人禍。不知此箇心何若。嘆蕭何。反調唆。未央宫罷惹韓侯過。千古史書難改抹。成。也是他。敗。也是他。 梨園樂府中　樂府羣珠一　雍熙樂府二〇

梨園反作及。罷作羅。羣珠雍熙史書俱作文書。雍熙罷惹作賺。

晨雞初叫。昏鴉争噪。那箇不去紅塵鬧。路迢遥。水迢迢。功名盡在長安道。今日少年明日老。山。依舊好。人。憔悴了。 梨園樂府中　樂府羣珠一

羣珠不去作不出。迢遥作遥遥。

愁眉緊皺。仙方可救。劉伶對面親傳授。滿懷憂。一時愁。錦封未拆香先透。物换

不如人世有。朝。也媚酒。昏。也媚酒。樂府羣珠一　雍熙樂府二〇

雍熙昏作暮。

風流人坐。玻璃盞大。採蓮學舞新曲破。飲時歌。醉時魔。眼前多少秋毫末。人世是非將就我。高。也亦可。低。也亦可。樂府羣珠一　雍熙樂府二〇

新修宅院。多開門面。要圖久遠兒孫佃。恣專權。橫堆錢。更臨危不與人方便。一日過深業貫滿。天。也降愆。人。也做冤。樂府羣珠一　雍熙樂府二〇

羣珠貫原作罐。茲據雍熙改。雍熙此句作一日惡深夜貫滿。宅作田。堆作鳩。臨上無更字。

江山如畫。茅簷低廈。婦蠶繅婢織紅奴耕稼。務桑麻。捕魚蝦。漁樵見了無別話。

三國鼎分牛繼馬。興。休羨他。亡。休羨他。樂府羣珠一　雍熙樂府二〇

羣珠二句原作茅洨低廈。於洨旁又書一簷字。茲從簷字。無別作無則。茲從雍熙。雍熙二三句作。茅茨低凹。妻蠶女織兒耕稼。見了作來訪。繼作易。休羨俱作也任。

風波時候。休教遥受。少年場上堪馳驟。酒盈甌。錦纏頭。休令人老花殘候。花退落紅人皓首。花。也自羞。人。也自羞。樂府羣珠一　雍熙樂府二〇

雍熙次句休作俱。堪作逞。候作後。

淵明圖醉。陳摶貪睡。此時人不解當時意。志相違。事難隨。不由他醉了齁睡。今

日世途非向日。賢。誰問你。愚。誰問你。樂府羣珠一　雍熙樂府二〇

羣珠此作比。玆從雍熙。雍熙自六句起作。由他醉者由他睡。今朝世態非昨日。賢。也任你。愚。也任你。

花開花謝。燈明燈滅。百年夢覺莊周蝶。興時節。快活些。明朝緑鬢添霜雪。石氏鄧通今謾說。人。不見也。錢。不見也。樂府羣珠一　雍熙樂府二〇

雍熙夢覺作勢似。霜作白。石氏作石崇。不見也俱作也散者。

堯民堪訝。朱陳婚嫁。柴門斜搭葫蘆架。沸池蛙。噪林鴉。牧笛聲裏牛羊下。茅舍竹籬三兩家。民。田種多。官。差稅寡。樂府羣珠一　雍熙樂府二〇

羣珠葫蘆架作葫蘆深。雍熙訝作畫。沸作吠。末三句作。竹籬茅舍兩三家。民。也種瓜。官。也種瓜。

紅塵千丈。風波一樣。利名人一似風魔障。恰餘杭。又燉煌。雲南蜀海黄茅瘴。暮宿曉行一世粧。錢。金數兩。名。紙半張。樂府羣珠一　雍熙樂府二〇

雍熙有山坡羊八首。題作警戒。不注撰人。此首及次首。爲其第五第六首。〇雍熙一似作似。錢作利。數作半。

塵心撇下。虛名不掛。種園桑棗團茅廈。笑諠譁。醉麻查。悶來閒訪漁樵話。高臥

綠陰清味雅。栽。三徑花。看。一段瓜。樂府羣珠一　雍熙樂府二〇

羣珠高臥作高似。茲從雍熙。雍熙團作圜。查作花。看作種。

馬彥良

彥良。名天驥。磁州人。至元間官都事。

套數

〔南吕〕一枝花

春雨

潤夭桃灼灼紅。洗芳草茸茸翠。蝶愁搧香粉翅。鶯怕展縷金衣。堪恨堪宜。躭閣釀蜂兒蜜。喜調和燕子泥。遊春客怎把芳尋。鬬巧女難將翠拾。

〔梁州〕看了些二一陣陣鎖層巒行雲嶺北。一片片泛桃花流水橋西。我醉來時怎臥蓑茵地。難登紫陌。怎着羅衣。圜苑岑寂。每日家陰雨霏霏。幾曾見麗日遲遲。辛苦殺老樹頭增巧鳴鳩。淒涼也古墓上催春子鴂。闌散了緑陰中弄巧黄鸝。酒盃。食壘。可憐不見春明媚。正合着襄陽小兒輩。笑殺山翁醉似泥。四野雲迷。

〔尾〕叮嚀這雨聲莫打梨花墜。風力休吹柳絮飛。留待晴明好天氣。穿一領布衣。着一對草履。訪柳尋春萬事喜。

盛世新聲巳集　詞林摘艷八　雍熙樂府八　南北詞廣韻選四　北宮詞紀四　詞林白雪四

此套盛世新聲無題。不注撰人。原刻本詞林摘艷題作春景行樂。注無名氏。雍熙樂府南北詞廣韻選題俱作雨。雍熙不注撰人。廣韻選注元人。北宮詞紀詞林白雪俱注馬彦良作。詞紀題作春雨。詞林白雪屬詠物類。〇（一枝花）雍熙鬬巧作閑巧。廣韻選同。（梁州）雍熙廣韻選北宮詞紀看了些作看。蓑作莎。增巧作憎婦。子鴂作子規。北宮詞紀怎着羅衣下有乾坤慘淡句。圜作園。廣韻選三句無我字。六七八句作園鳥岑寂。花卉離披。每日家簷溜垂垂。闌散作闌珊。盃作杯。雍熙廣韻選弄巧作舌巧。罍作壘。北宮詞紀弄巧作巧舌。罍作櫑。（尾）廣韻選這雨聲作恁雨師。風力作風伯。末句作隨柳依花印香跡。

奥敦周卿

周卿元初人。白樸天籟集有木蘭花慢詞。題作覃懷北賞梅同參政西庵楊丈和奥敦周卿府判韻。張之翰西巖集。有贈奥屯僉事周卿詩。

小令

〔雙調〕蟾宫曲

西山雨退雲收。縹緲樓臺。隱隱汀洲。湖水湖烟。畫船款棹。妙舞輕謳。野猿搦丹青畫手。沙鷗看皓齒明眸。閬苑神州。謝安曾遊。更比東山。倒大風流。陽春白雪前集二　樂府羣珠三

樂府羣珠題作詠西湖。次首同。○羣珠雨退作雨過。

西湖烟水茫茫。百頃風潭。十里荷香。宜雨宜晴。宜西施淡抹濃粧。尾尾相銜畫舫。儘歡聲無日不笙簧。春暖花香。歲稔時康。真乃上有天堂。下有蘇杭。陽春白雪前集二　樂府羣珠三　北詞廣正譜　九宫大成六五　元明小令鈔

殘元本元刊本陽春白雪笙簧俱作笙篁。鈔本作笙簧。樂府羣珠等同。羣珠宜西施作宜比西施。無日不作日日。鈔本陽春白雪北詞廣正譜九宫大成元明小令鈔西施上俱無宜字。

套數

〔南吕〕一枝花

遠歸

年深馬骨高。塵慘貂裘敝。夜長鴛夢短。天闊雁書遲。急覓歸期。不索尋名利。歸心緊歸去疾。恨不得梟斷鞭梢。豈避千山萬水。

〔梁州〕龜卦何須再卜。料燈花已報先知。并程途不甫能來到家内。見庭閒小院。門掩昏閨。碧紗窗悄。斑竹簾垂。將箇櫳門兒款款輕推。把一箇可喜娘臉兒班回。急驚列半晌荒唐。慢朦騰十分認得。呆答孩似醉如癡。又嗔。又喜。共攜素手歸蘭舍。半含笑半擎泪。些兒春情雲雨罷。各訴别離。

〔尾〕我道因思翠袖寬了衣袂。你道是爲盼雕鞍減了玉肌。不索教梅香鑑憔悴。向碧

紗幮帳底。翠幃屏影裏。廝揾着香腮去鏡兒比。鈔本陽春白雪後集三

鈔本陽春白雪曲前撰人僅題奥敦二字。目録同。案陽春白雪選中古今姓氏表中有奥敦周卿。今所知元曲作家姓奥敦者又僅一人。應列於此。

平林暮靄收。遠樹殘霞斂。疏星明碧漢。新月轉虛簷。院宇深嚴。人寂静門初掩。控金鈎垂綉簾。噴寶獸香篆初殘。近綉榻燈光乍閃。〔梁州〕一會客上心來煩煩惱惱。恨不得没人處等等潛潛。想俺悶鄉中直恁歡娛儉。本是連枝芳樹。比翼鳴鶼。尺緊他遭坎坷。俺受拘箝。致欠得萬種愁添。不離了兩葉眉尖。自攬場不成不就姻緣。自把些不死不活病染。自擔着不明不暗淹煎。情思不歡。這相思多敢是前生欠。憔悴損杏桃臉。一任教梅香冷句兒呫。苦痛淹淹。〔尾〕藍橋平地風浪險。祆廟騰空烈火炎。不由我意兒想。心兒思。口兒念。央及煞玉纖纖。纖纖。不住的偷彈淚珠點。羅本陽春白雪後集卷二

關漢卿

號己齋叟。漢卿其字也。大都人。或云祁州人。曾爲太醫院尹。然不知時在金世抑元世。元初。大名王和卿滑稽佻達。傳播四方。漢卿與之善。王嘗以譏謔加之。漢卿雖極意還答。終不能勝。王忽坐逝。而鼻垂雙涕尺餘。人皆嘆駭。漢卿來弔唁。詢其由。或曰。此釋家所謂坐化也。復問鼻懸何物。又對曰。此玉筯也。漢卿曰。我道你不識。不是玉筯。是嗓。咸發一笑。或戲漢卿云。你被王和卿輕侮半世。死後方還得一籌。凡六畜勞傷。則鼻中常流膿水。謂之嗓。又愛訐人之過者。亦謂之嗓。故云爾。漢卿爲元代曲家巨擘。並時作者楊顯之。梁退之。費君祥等。皆與之交。著雜劇六十餘種。今存十八種。調風月。哭存孝。胡蝶夢。單刀會。救風塵。拜月亭。金線池。雙赴夢。切鱠旦。玉鏡臺。緋衣夢。竇娥冤。謝天香。陳母教子。張君瑞慶團圓(即西廂記第五本)。裴度還帶。五侯宴。魯齋郎。惟裴度還帶或據録鬼簿續編屬賈仲名。張君瑞慶團圓或以爲仍爲王德信作。五侯宴或以爲非元人作。散曲亦富。貫雲石序陽春白雪。謂漢卿庾吉甫造語妖嬌。却如小女臨杯。使人不忍對殢。近人對於漢卿之時代。或認爲其應生於金宣宗興定年間。卒於元成宗大德初年云。

小令

〔正宫〕白鶴子

四時春富貴。萬物酒風流。澄澄水如藍。灼灼花如綉。太平樂府三

花邊停駿馬。柳外纜輕舟。湖内畫船交。湖上驊騮驟。太平樂府三

鳥啼花影裏。人立粉牆頭。春意兩絲牽。秋水雙波溜。太平樂府三

香焚金鴨鼎。閑傍小紅樓。月在柳梢頭。人約黄昏後。太平樂府三

〔仙吕〕醉扶歸

秃指甲

十指如枯笋。和袖捧金樽。搊殺銀筝字不真。揉癢天生鈍。縱有相思泪痕。索把拳頭揾。中原音韻　詞林摘艷一　堯山堂外紀六八　留青日札二一　方諸館曲律三　北宫詞紀外集五

題從中原音韻及詞林摘艷。北宫詞紀外集題作嘲妓秃指甲。音韻不注撰人。摘艷注無名氏。留

青日札方諸館曲律詞紀外集俱謂元人作。未書姓名。堯山堂外紀屬關漢卿。兹從外紀。○日札揉癢作搔癢。外紀同。

〔仙呂〕一半兒

題情

雲鬟霧鬢勝堆鴉。淺露金蓮簌絳紗。不比等閑牆外花。罵你箇俏冤家。一半兒難當一半兒耍。太平樂府五　堯山堂外紀六八

碧紗窗外静無人。跪在牀前忙要親。罵了箇負心回轉身。雖是我話兒嗔。一半兒推辭一半兒肯。太平樂府五　堯山堂外紀六八　北宫詞紀外集六

銀臺燈滅篆烟殘。獨入羅幃淹泪眼。乍孤眠好教人情興懶。薄設設被兒單。一半兒温和一半兒寒。太平樂府五

多情多緒小冤家。迤逗得人來憔悴煞。説來的話先瞞過咱。怎知他。一半兒真實一半兒假。太平樂府五

〔南吕〕四塊玉

别情

自送别。心難捨。一點相思幾時絶。凭闌袖拂楊花雪。溪又斜。山又遮。人去也。太平樂府五　樂府羣珠二

閑適

適意行。安心坐。渴時飲飢時餐醉時歌。困來時就向莎茵卧。日月長。天地闊。閑快活。太平樂府五　樂府羣珠二　太和正音譜下　九宫大成五二

太和正音譜三句作渴時飲呵醉時歌。九宫大成分爲兩句。作。渴時飲。醉時歌。

舊酒投。新醅潑。老瓦盆邊笑呵呵。共山僧野叟閑吟和。他出一對雞。我出一箇鵝。閑快活。太平樂府五　樂府羣珠二

何鈔本太平樂府投作没。

意馬收。心猿鎖。跳出紅塵惡風波。槐陰午夢誰驚破。離了利名場。鑽入安樂窩。

閑快活。太平樂府五　樂府羣珠二

元刊太平樂府意馬下脱一字。元刊八卷本瞿本太平樂府及樂府羣珠俱作意馬收。茲從之。明大字本太平樂府作意馬拴。

南畝耕。東山臥。世態人情經歷多。閑將往事思量過。賢的是他。愚的是我。爭甚麽。太平樂府五　樂府羣珠二

〔中吕〕朝天子

從嫁媵婢

鬢鴉。臉霞。屈殺了將陪嫁。規模全是大人家。不在紅娘下。巧笑迎人。文談回話。真如解語花。若咱。得他。倒了葡萄架。太平樂府四　詞林摘艷一　詞品一　堯山堂外紀六八

詞品堯山堂外紀俱謂此曲漢卿作。太平樂府詞林摘艷俱屬周德清。茲互見兩家曲中。校記參閱周曲。

〔中吕〕普天樂

崔張十六事

普救姻緣

西洛客説姻緣。普救寺尋方便。佳人才子。一見情牽。餓眼望將穿。饞口涎空嚥。門掩梨花閑庭院。粉牆兒高似青天。顛不剌見了萬千。似這般可喜娘罕見。引動人意馬心猿。

西廂寄寓

嬌滴滴小紅娘。惡狠狠唐三藏。消磨災障。眼抹張郎。便將小姐央。説起風流況。母親呵怕女孩兒春心蕩。百般巧計關防。倒賺他鴛鴦比翼。黄鶯作對。粉蝶成雙。

酬和情詩

玉宇浄無塵。寶月圓如鏡。風生翠袖。花落閑庭。五言詩句語清。兩下裏爲媒證。遇着風流知音性。惺惺的偏惜惺惺。若得來心肝兒敬重。眼皮兒上供養。手掌兒裏高擎。

隨分好事

梵王宫月輪高。枯木堂香烟罩。法聰來報。好事通宵。似神仙離碧霄。可意種來清醮。猛見了傾國傾城貌。將一箇發慈悲臉兒朦着。葫蘆提到曉。酩子裏家去。只落得兩下裏獲鐸。

封書退賊

不念法華經。不理梁皇懺。賊人來至。情理何堪。法聰待向前。便把賊來探。險把佳人遭坑陷。消不得小書生一紙書緘。杜將軍風威勇敢。張秀才能書妙染。孫飛虎好是羞慚。

虛意謝誠

東閣玳筵開。不强如西廂和月等。紅娘來請。萬福先生。請字兒未出聲。去字兒連忙應。下工夫將額顱十分掙。酸溜溜螫得牙疼。茶飯未成。陳倉老米。滿甕蔓菁。

母親變卦

若不是張解元識人多。怎生救咱全家禍。你則合有恩便報。倒教我拜做哥哥。母親你忒慮過。怕我陪錢貨。眼睁睁把比目魚分破。知他是命福如何。我這裏軟攤做一垜。咫尺間如同間闊。其實都伸不起我這肩窩。

隔牆聽琴

月明中。琴三弄。閒愁萬種。自訴情衷。要知音耳朵。聽得他芳心動。司馬文君情偏重。他每也曾理結絲桐。又不是黃鶴醉翁。又不是泣麟悲鳳。又不是清夜聞鐘。

開書染病

寄簡帖又無成。相思病今番甚。只爲你倚門待月。側耳聽琴。便有那扁鵲來。委實難醫恁。止把酸醋當歸浸。這方兒到處難尋。要知是知母未寢。紅娘心沁。使君子難禁。

鶯花配偶

春意透酥胸。春色横眉黛。新婚燕爾。苦盡甘來。也不索將琴操彈。也不索西廂和月待。盡老今生同歡愛。恰便似劉阮天台。只恐怕母親做猜。侍妾假乖。小姐難捱。

花惜風情

小娘子説因由。老夫人索窮究。我只道神針法灸。却原來燕侶鶯儔。紅娘先自行。小姐權落後。我在這窗兒外幾曾敢咳嗽。這般勤着甚來由。夫人你得休便休。也不索出乖弄醜。自古來女大難留。

張生赴選

碧雲天。黄花地。西風緊。北雁南飛。恨相見難。又早别離易。久已後雖然成佳配。

奈時間怎不悲啼。我則廝守得一時半刻。早鬆了金釧。減了香肌。

北雁原作白雁。玆據西廂記雜劇改。

旅館夢魂

爲功名。傷離別。可憐見關山萬里。獨自跋涉。楚陽臺朝暮雲。楊柳岸朦朧月。冷清清怎地捱今夜。夢魂兒這場抛撇。人去也。去時節遠也。遠時節幾日來也。

喜得家書

久客在京師。甚的是閑傳示。心頭眼底。横倘鶯兒。趁西風折桂枝。已遂了青雲志。盼得他一紙音書。却是斷腸詩詞。堪爲字史。顔筋柳骨。獻之羲之。

遠寄寒衣

想張郎。空僝僽。緘書在手。寫不盡綢繆。修時節和泪修。囑付休忘舊。寄去衣服牢收授。三般兒都有箇因由。這襪兒管束你胡行亂走。這衫兒穿的着皮肉。這裹肚常繫在心頭。

夫婦團圓

爲風流。成姻眷。恩情美滿。夫婦團圓。却忘了間阻情。遂了平生願。鄭恒枉自胡來纏。空落得惹禍招愆。一箇賣風流的志堅。一箇逞嬌姿的意堅。一箇調風月的心

堅。樂府羣珠四

右普天樂崔張十六事。往往隱括西廂記雜劇語。題關漢卿作。殊可疑。兹姑輯之。

〔商調〕梧葉兒

別情

別離易。相見難。何處鎖雕鞍。春將去。人未還。這其間。殃及殺愁眉泪眼。中原音韻　堯山堂外紀六八

中原音韻不注撰人。

〔雙調〕沉醉東風

咫尺的天南地北。霎時間月缺花飛。手執着餞行杯。眼閣着別離泪。剛道得聲保重將息。痛煞煞教人捨不得。好去者望前程萬里。陽春白雪前集三

鈔本剛道作剛則道。痛煞煞作痛煞。

憂則憂鸞孤鳳單。愁則愁月缺花殘。爲則爲俏寃家。害則害誰曾慣。瘦則瘦不似今

番。恨則恨孤幃綉衾寒。怕則怕黄昏到晚。陽春白雪前集三

伴夜月銀箏鳳閑。暖東風綉被常慳。信沉了魚。書絶了雁。盼雕鞍萬水千山。本利對相思若不還。則告與那能索債愁眉泪眼。陽春白雪前集三

夜月青樓鳳簫。春風翠髻金翹。雨雲濃。心腸俏。俊龐兒玉軟香嬌。六幅湘裙一搦腰。間别來十分瘦了。陽春白雪前集三

面比花枝解語。眉横柳葉長疎。想着雨和雲。朝還暮。但開口只是長吁。紙鷂兒休將人廝應付。肯不肯懷兒裏便許。陽春白雪前集三

〔雙調〕碧玉簫

黄召風虔。蓋下麗春園。員外心堅。使了販茶船。金山寺心事傳。豫章城人月圓。蘇氏賢。嫁了雙知縣。天。稱了他風流願。陽春白雪前集四　北詞廣正譜　九宫大成六六　北詞廣正譜九宫大成黄召俱作黄肇。

怕見春歸。枝上柳綿飛。静掩香閨。簾外曉鶯啼。恨天涯錦字稀。夢才郎翠被知。寬盡衣。一搦腰肢細。癡。暗暗的添憔悴。陽春白雪前集四　鈔本暗暗的作暗地的。

盼斷歸期。劃損短金篦。一搦腰圍。寬褪素羅衣。知他是甚病疾。好教人没理會。揀口兒食。陡恁的無滋味。醫。越恁的難調理。陽春白雪前集四

元刊本陡作陟。兹從鈔本。

簾外風篩。涼月滿閑階。燭滅銀臺。寶鼎篆烟埋。醉魂兒難掙挫。精彩兒强打捱。那裏每來。你取閑論詩才。台。定當的人來賽。陽春白雪前集四

你性隨邪。迷戀不來也。我心癡呆。等到月兒斜。你歡娛受用別。我淒涼爲甚迭。休謊説。不索尋吴越。喈。負心的教天滅。陽春白雪前集四

元刊本教天滅作教天識者。兹從鈔本。

席上樽前。衾枕奈無緣。柳底花邊。詩曲已多年。向人前未敢言。自心中禱告天。情意堅。每日空相見。天。甚時節成姻眷。陽春白雪前集四

膝上琴横。哀愁動離情。指下風生。瀟灑弄清聲。鎖窗前月色明。雕闌外夜氣清。指法輕。助起騷人興。聽。正漏斷人初静。陽春白雪前集四

紅袖輕揎。玉筍挽秋千。畫板高懸。仙子墜雲軒。額殘了翡翠鈿。髻鬆了荷葉偏。花徑邊。笑撚春羅扇。搧。玉腕鳴黄金釧。陽春白雪前集四

秋景堪題。紅葉滿山溪。松徑偏宜。黄菊繞東籬。正清樽斟潑醅。有白衣勸酒杯。

官品極。到底成何濟。歸。學取他淵明醉。陽春白雪前集四

笑語喧嘩。牆内甚人家。度柳穿花。院後那嬌娃。媚孜孜整絳紗。顫巍巍插翠花。可喜煞。巧筆難描畫。他。困倚在秋千架。陽春白雪前集四

〔雙調〕大德歌

春

子規啼。不如歸。道是春歸人未歸。幾日添憔悴。虚飄飄柳絮飛。一春魚雁無消息。則見雙燕鬭銜泥。陽春白雪前集四　雍熙樂府一六

雍熙樂府有河西六娘子套數一套。題作翫賞。内羼入此曲。該套係拼輳而成。其小梁州一支。爲貫酸齋作。○雍熙五句作撲簌簌淚點兒垂。末句作正是燕子鬭銜泥。

夏

俏寃家。在天涯。偏那裏緑楊堪繫馬。困坐南窗下。數對清風想念他。蛾眉淡了教誰畫。瘦巖巖羞帶石榴花。陽春白雪前集四

元刊本數對作教對。兹從鈔本。

秋

風飄飄。雨瀟瀟。便做陳摶睡不着。懊惱傷懷抱。撲簌簌泪點抛。秋蟬兒噪罷寒蛩兒叫。淅零零細雨打芭蕉。陽春白雪前集四　北詞廣正譜

冬

雪紛紛。掩重門。不由人不斷魂。瘦損江梅韻。那裏是清江江上村。香閨裏冷落誰睬問。好一箇憔悴的凭闌人。陽春白雪前集四

元刊本睬問作秋問。兹從鈔本。

粉牆低。景凄凄。正是那西廂月上時。會得琴中意。我是箇香閨裏鍾子期。好教人暗想張君瑞。敢則是愛月夜眠遲。陽春白雪前集四

元刊本粉牆作粉兒。兹從鈔本。

緑楊隄。畫船兒。正撞着一帆風趕上水。馮魁喫的醺醺醉。怎想着金山寺壁上詩。醒來不見多姝麗。冷清清空載月明歸。陽春白雪前集四

鈔本水作小。

鄭元和。受寂寞。道是你無錢怎奈何。哥哥家緣破。誰着你摇銅鈴唱挽歌。因打亞仙門前過。恰便是司馬泪痕多。陽春白雪前集四

元刊本挽作晚。兹從殘元本及鈔本。元刊本殘元本因打俱作因把。兹從鈔本。

謝家村。賞芳春。疑怪他桃花冷笑人。着誰傳芳信。强題詩也斷魂。花陰下等待無人問。則聽得黄犬吠柴門。陽春白雪前集四

雪粉華。舞梨花。再不見烟村四五家。密灑堪圖畫。看疎林噪晚鴉。黄蘆掩映清江下。斜攬着釣魚艖。陽春白雪前集四　太和正音譜下　九宫大成三九　元明小令鈔

元刊陽春白雪艖作叉。兹從鈔本陽春白雪及太和正音譜。九宫大成作槎。九宫大成元明小令鈔末句俱無着字。

吹一箇。彈一箇。唱新行大德歌。快活休張羅。想人生能幾何。十分淡薄隨緣過。得磨陀處且磨陀。陽春白雪前集四

套數

〔黄鍾〕侍香金童

春閨院宇。柳絮飄香雪。簾幕輕寒雨乍歇。東風落花迷粉蝶。芍藥初開。海棠才謝。

〔么〕柔腸脈脈。新愁千萬疊。偶記年前人乍別。秦臺玉簫聲斷絶。雁底關河。馬頭明月。

〔降黄龍衮〕鱗鴻無箇。錦箋慵寫。腕鬆金。肌削玉。羅衣寬徹。泪痕淹破。胭脂雙頰。寶鑑愁臨。翠鈿羞貼。

〔么〕等閑辜負。好天良夜。玉爐中。銀臺上。香消燭滅。鳳幃冷落。鴛衾虚設。玉筍頻搓。綉鞋重攧。

〔出隊子〕聽子規啼血。又西樓角韻咽。半簾花影自横斜。畫簷間丁當風弄鐵。紗窗外琅玕敲瘦節。

〔么〕銅壺玉漏催凄切。正更闌人静也。金閨瀟灑轉傷嗟。蓮步輕移呼侍妾。把香桌兒安排打快些。

〔神仗兒煞〕深沉院舍。蟾光皎潔。整頓了霓裳。把名香謹爇。伽伽拜罷。頻頻禱祝。

不求富貴豪奢。只願得夫妻每早早圓備者。陽春白雪後集五　太和正音譜上引侍香金童降黄龍衮北詞廣正譜引侍香金童前篇降黄龍衮前篇神仗兒煞　九宫大成七三引侍香金童神仗兒煞

（侍香金童）北詞廣正譜目録院宇作夜雨。疑偶誤。（降黄龍衮）太和正音譜九宫大成無箇俱作無便。廣正譜愁臨作慵臨。（神仗兒煞）廣正譜院舍作院宇。伽伽作深深。九宫大成俱同。

〔仙吕〕翠裙腰

閨怨

曉來雨過山横秀。野水漲汀洲。闌干倚偏空回首。下危樓。一天風物暮傷秋。

〔六幺遍〕乍涼時候。西風透。碧梧脱葉。餘暑纔收。香生鳳口。簾垂玉鈎。小院深閑清晝。清幽。聽聲聲蟬噪柳梢頭。

〔寄生草〕爲甚憂。爲甚愁。爲蕭郎一去經今久。玉臺寶鑑生塵垢。緑窗冷落閑針綉。豈知人玉腕釧兒鬆。豈知人兩葉眉兒皺。

〔上京馬〕他何處。共誰人攜手。小閣銀瓶殢歌酒。早忘了呪。不記得低低耨。

〔後庭花煞〕掩袖暗含羞。開樽越釀愁。悶把苔牆畫。慵將錦字修。最風流。真真恩

愛。等閑分付等間休。太平樂府六　雍熙樂府四　北宮詞紀六　詞林白雪一　太和正音譜下引翠裙腰六么遍上京馬　北詞廣正譜引翠裙腰六么遍上京馬後庭花煞　九宮大成五引翠裙腰六么遍

雍熙樂府不注撰人。詞林白雪屬閨情類。○（翠裙腰）太平樂府山横秀作山横綉。茲從雍熙樂府北宮詞紀等。雍熙九宮大成風物俱作風霧（六么遍）北詞廣正譜鳳口作鳳嘴。九宮大成閑清晝作閑閉清晝。（寄生草）雍熙大成經今俱作今經。北宮詞紀詞林白雪俱作經年。（上京馬）太和正音譜詞紀詞林白雪廣正譜大成銀瓶俱作銀屏。

〔南呂〕一枝花

贈朱簾秀

輕裁蝦萬鬚。巧織珠千串。金鉤光錯落。綉帶舞蹁躚。似霧非烟。粧點就深閨院。不許那等閒人取次展。摇四壁翡翠濃陰。射萬瓦琉璃色淺。

〔梁州〕富貴似侯家紫帳。風流如謝府紅蓮。鎖春愁不放雙飛燕。綺窗相近。翠户相連。雕櫳相映。綉幕相牽。拂苔痕滿砌榆錢。惹楊花飛點如綿。愁的是抹回廊暮雨蕭蕭。恨的是篩曲檻西風剪剪。愛的是透長門夜月娟娟。凌波殿前。碧玲瓏掩映湘

妃面。没福怎能够見。十里揚州風物妍。出落着神仙。〔尾〕恰便似一池秋水通宵展。一片朝雲盡日懸。你箇守户的先生肯相戀。煞是可憐。則要你手掌兒裏奇擎着耐心兒捲。鈔本陽春白雪後集三

北詞廣正譜引一枝花首句及梁州凌波殿前。亦注關漢卿作。○(一枝花)末二句應對。濃陰疑應作陰濃。(梁州)十里原作千里。杜牧贈别詩云。春風十里揚州路。玆改千爲十。(尾)懸原作縣。

杭州景

普天下錦綉鄉。寰海内風流地。大元朝新附國。亡宋家舊華夷。水秀山奇。一到處堪遊戲。這答兒忒富貴。滿城中綉幕風簾。一鬨地人烟湊集。〔梁州〕百十里街衢整齊。萬餘家樓閣參差。並無半答兒閑田地。松軒竹徑。藥圃花蹊。茶園稻陌。竹塢梅溪。一陀兒一句詩題。行一步扇面屏幃。西鹽場便似一帶瓊瑶。吴山色千疊翡翠。兀良望錢塘江萬頃玻璃。更有清溪。緑水。畫船兒來往閑遊戲。浙江亭緊相對。相對着險嶺高峯長怪石。堪羡堪題。〔尾〕家家掩映渠流水。樓閣峥嶸出翠微。遥望西湖暮山勢。看了這壁。覷了那壁。

縱有丹青下不得筆。太平樂府八　雍熙樂府一〇

雍熙樂府不注撰人。〇（一枝花）雍熙寰海作寰宇。宋家作宋代。一到處作一處處。這答兒作一答答。凑作輳。（梁州）明大字本太平樂府行一步扇面作一步兒一扇。雍熙整齊作齊整。並無作並無那。花蹊作蔬畦。竹塢作花塢。行一步作一步步。便似作恰便似。兀良作兀的。更有作更有那。（尾）雍熙末句下不得作難下。

不伏老

攀出牆朵朵花。折臨路枝枝柳。花攀紅蕊嫩。柳折翠條柔。浪子風流。憑着我折柳攀花手。直煞得花殘柳敗休。半生來折柳攀花。一世裏眠花臥柳。

〔梁州〕我是箇普天下郎君領袖。蓋世界浪子班頭。願朱顏不改常依舊。花中消遣。酒内忘憂。分茶攧竹。打馬藏鬮。通五音六律滑熟。甚閑愁到我心頭。伴的是銀箏女銀臺前理銀箏笑倚銀屏。伴的是玉天仙攜玉手並玉肩同登玉樓。伴的是金釵客歌金縷捧金樽滿泛金甌。你道我老也。暫休。占排場風月功名首。更玲瓏又剔透。我是箇錦陣花營都帥頭。曾翫府遊州。

〔隔尾〕子弟每是箇茅草崗沙土窩初生的兔羔兒乍向圍場上走。我是箇經籠罩受索網

蒼翎毛老野雞蹅踏的陣馬兒熟。經了些窩弓冷箭蠟鎗頭。不曾落人後。恰不道人到中年萬事休　我怎肯虛度了春秋。

〔尾〕我是箇蒸不爛煮不熟搥不匾炒不爆響璫璫一粒銅豌豆。恁子弟每誰教你鑽入他鋤不斷斫不下解不開頓不脫慢騰騰千層錦套頭。我翫的是梁園月。飲的是東京酒。賞的是洛陽花。攀的是章臺柳。我也會圍棋會蹴踘會打圍會插科。會歌舞會吹彈會嚥作會吟詩會雙陸。你便是落了我牙歪了我嘴瘸了我腿折了我手。天賜與我這幾般兒歹症候。尚兀自不肯休。則除是閻王親自喚。神鬼自來勾。三魂歸地府。七魄喪冥幽。天哪。那其間纔不向烟花路兒上走。　雍熙樂府一〇　彩筆情辭五　北詞廣正譜引一枝花隔尾尾

雍熙樂府於一枝花下注漢卿不伏老。彩筆情辭北詞廣正譜俱注關漢卿作。〇（一枝花）雍熙直煞得作直熬得。情辭折柳攀花作弄柳拈花。北詞廣正譜首二句攀作攀盡。折作折盡。紅蕊作香蕊。折柳攀花作折桂攀蟾。柳敗作將敗。折柳攀花作倚翠偎紅。（梁州）情辭錦陣花營上無我是箇三字。末句作四海遨遊。（隔尾）廣正譜作三煞。注謂雍熙改作隔尾。盡失本來。全支曲文作。他是箇初出窩嫩雛兒怎敢向我圍場上走。我是箇經籠罩受網索花翎毛老野雞端的是戰馬熟。怕什麽窩弓弩箭鐵鎗頭。我也曾南北東西走。我正是錦營中花叢内都帥首。我也曾翫府遊州。（尾）

情辭我是箇作我却是。子弟下無每字。誰教下無你字。攀作扳。此句以下作。我也會吟詩。會篆籀。會彈絲。會品竹。我也會唱鷓鴣舞垂手。會打圍會蹴踘。會圍棋會雙陸。我嘴作我口。天賜與作天與。親自作親令。末句無天哪二字。廣正譜作收尾云。我正是箇蒸不熟煮不爛炒不爆搥不碎打不破響當當一粒銅莵豆。你是箇揪不折拽不斷推不轉揉不碎扯不開慢騰騰千層錦套頭。我曾玩梁園月飲渭城酒。簪洛陽花插章臺柳。會吟詩會射柳。琴又會操箏又會搊。會圍棋會雙了頭折了手。那其間尚兀自未肯休。又尾聲云。直等待閻王親自喚。神鬼自來勾。三魂歸地府。七魄赴冥州。那其間收了箏籃罷了斗。又注云。此章雍熙與收尾混作一章。羣珠截出。

〔中吕〕古調石榴花

怨别

顛狂柳絮撲簾飛。綠暗紅稀。垂楊影裏杜鵑啼。一弄兒斷送了春歸。牡丹亭畔人寂静。惱芳心似醉如癡。懨懨爲他成病也。鬆金釧褪羅衣。

〔酥棗兒〕一自相逢。將人來縈繫。樽前席上。眼約心期。比及道是配合了。受了些閑是閑非。咱各辦着箇堅心。要撥箇終緣之計。

〔催鮑老〕當初指望成家計。誰想瓊簪碎。當初指望無拋棄。誰想銀瓶墜。煩煩惱惱。哀哀怨怨。哭哭啼啼。回黄倒皂。長吁短嘆。自跌自堆。

〔鮑老三台滚〕俺也自知。鸞臺懶傍塵土迷。俺也自知。金釵環彈雲鬢堆。俺也自知。絶鱗翼。斷信息。幾時回。乍别來肌如削。早是我多病多愁。正值着困人的天氣。

〔牆頭花〕守香閨。鎮日情如醉。悶懊惱離愁空教我訴與誰。愁聞的是紫燕關關。倦聽的黄鶯嚦嚦。

〔賣花聲煞〕愁山悶海不許當敵。好着我無箇刮劃。奈心兒多陪下些恓惶淚。呼使婢將綉簾低窣。把重門深閉。怕鶯花笑人憔悴。　盛世新聲辰集　詞林摘艷三　雍熙樂府七　北詞廣正譜引全套　九宫大成一三引酥棗兒催鮑老鮑老三台滚賣花聲煞

盛世新聲重增本内府本詞林摘艷俱無題。不注撰人。題據原刊本徽藩本摘艷。後二書及北詞廣正譜俱注關漢卿作。雍熙樂府題作閨思。不注撰人。〇(古調石榴花)北詞廣正譜引樂府羣珠。成病也作成病矣。雍熙寂静作寂寞。褪羅衣句以下尚有數句。爲羣珠盛世摘艷所無。曲云。拆散燕鶯期。總是傷情别離。則這魚書雁信冷清清杳無踪跡。更有誰知。到何時共我成連理。乍離别玉減香消。俊龐兒亦憔悴。(酥棗兒)重增本摘艷咱各作咱却。廣正譜引樂府羣珠是配合了作配合了時。受了些作受了多少。咱各作各。末句作要卜箇終身之計。雍熙七八句作。咱各辦

一箇堅心。要博個終緣活計。以下尚有十句。云。想佳期夢斷魂勞。衾寒枕冷。寂寞羅幃。瘦損香肌。悶懨懨鬼病誰知。同歡會。不隄防半路裏簪折瓶墜。兩下相抛棄。把腰肢瘦損。廢寢忘食。九宮大成同廣正譜。（催鮑老）廣正譜引樂府羣珠五句作早則不煩煩惱惱。自堆作自推。雍熙大成回黄倒皂俱作悲悲切切。自堆俱作自摧。雍熙又於此支後。多鮑老兒一支。曲云。故人何處。冷清清染病疾。相思證轉添。受淒涼。捱朝夕。細濛濛雨兒。淅淅颯颯晚風窗兒外吹。撲簌簌的鼓聲。滴滴點點玉漏不住催。添愁悶。獨自知。子這心自悔。再團圓幾時。一處共相隨。（鮑老三台滚）廣正譜引樂府羣珠無三四句。五句作道是俺也自知。早是我作早是俺。末句無的字。雍熙環彈作款彈。末句無的字。大成俱同雍熙。（牆頭花）盛世摘艷雍熙俱以次曲賣花聲煞之首三句列此曲之末。詳次曲校記。廣正譜引樂府羣珠悶作漫。空作卻。聽的作聽的是。雍熙三句無空字。（賣花聲煞）廣正譜析前三句爲隨煞。後三句爲賣花聲。盛世摘艷雍熙皆誤以前三句屬牆頭花。後三句則盛世摘艷俱標作賣花聲尾聲。雍熙標作尾聲。兹從廣正譜所引羣珠改正。廣正譜引羣珠不許作怎教人。低窣作低放。把重門作任重門。内府本摘艷奈心上有我則索三字。低窣作低簇。末句怕上有則是二字。雍熙不許作卻怎。着我無箇作教我無一箇。陪下作垂下。使婢作侍婢。低窣作低放。大成俱同雍熙。

〔大石調〕青杏子

離情

殘月下西樓。覺微寒輕透衾裯。華胥一枕蹭蹬覺。藍橋路遠。吴峯烟漲。銀漢雲收。

〔么〕天付兩風流。番成南北悠悠。落花流水人何處。相思一點。離愁幾許。撮上心頭。

〔荼蘼香〕記得初相守。偶爾間因循成就。美滿効綢繆。花朝月夜同宴賞。佳節須酬。到今一旦休。常言道好事天慳。美姻緣他娘間阻。生拆散鸞交鳳友。

〔么〕坐想行思。傷懷感舊。各辜負了星前月下深深呪。願不損。愁不煞。神天還祐。他有日不測相逢。話別離情取一場消瘦。

〔好觀音煞〕與怪友狂朋尋花柳。時復間和哄消愁。對着浪蕊浮花懶回首。怏怏歸來。原不飲杯中酒。

〔尾〕對着盞半明不滅的孤燈雙眉皺。冷清清没箇人瞅。誰解春衫紐兒扣。太平樂府七

雍熙樂府一五　北宫詞紀六　彩筆情辭九　太和正音譜上引荼蘼香　北詞廣正譜引荼蘼香尾　九宫大成三九引青杏子二〇引荼蘼香

雍熙樂府題作思情。不注撰人。彩筆情辭題作夜懷。○〔青杏子〕雍熙蹭蹬覺作蹭蹬後。路遠作

路阻。吴峯作玉峯。情辭九宫大成俱同。（么篇）雍熙人何處作知何處。情辭大成俱同。（荼蘼香）元刊太平樂府爾作耳。兹從明大字本太平樂府及雍熙等。太和正音譜北宫詞紀情辭到今俱作到今日。北詞廣正譜大成月夜俱作月下。（么篇）正音譜北宫詞紀情辭三句俱無各字。（尾）明大字本太平樂府及廣正譜首句俱無的字。

〔越調〕鬬鵪鶉

女校尉

换步那踪。趨前退後。側脚傍行。垂肩嚲袖。若説過論搽頭。膁答板摟。入來的掩。出去的兜。子要論道兒着人。不要無拽樣順紐。

〔紫花兒〕打的箇桶子膁特順。暗足窩粧腰不揪。拐回頭。不要那看的每側面。子弟每凝眸。非是我胡謅。上下泛前後左右瞅。過從的圓就。三鮑敲失落。五花氣從頭。

〔天净沙〕平生肥馬輕裘。何須錦帶吴鈎。百歲光陰轉首。休閑生受。嘆功名似水上浮漚。

〔寨兒令〕得自由。莫剛求。茶餘飯飽邀故友。謝館秦樓。散悶消愁。惟蹴踘最風流。

演習得踢打温柔。施逞得解數滑熟。引脚躡龍斬眼。擔槍拐鳳摇頭。一左一右。折疊鶻勝遊。

〔尾〕錦纏腕葉底桃鴛鴦扣。入脚面帶黄河逆流。白打賽官場。三場兒盡皆有。太平樂府七　雍熙樂府一三

雍熙樂府不注撰人。○（鬭鵪鶉）雍熙若説作若説着。搽作茶。板作扳。出去下無的字。子要下有你字。順紐作嫩紐。（紫花兒）元刊太平樂府謅作鄒。兹從明大字本太平樂府及雍熙。雍熙特順作忒順。腰作么。揪作秋。八九句作。過論的將就。三抱巧失落。（天浄沙）明大字本太平樂府無似字。雍熙閑作嫌。無似字。任校云。此曲與本題無涉。應是他套羼入者。（寨兒令）明大字本太平樂府消愁作消憂。雍熙施逞作施呈。末二句作。一左右。摺疊拐鶻膝遊。（尾）太平樂府扣作叩。何鈔太平樂府桃作挑。雍熙次句無帶字。白打上有鬭字。末句兒作踢。

又

蹴踘場中。鳴珂巷裏。南北馳名。寰中可意。夾縫堪誇。胞聲盡喜。那唤活。煞整齊。款側金蓮。微那玉體。唐裙輕蕩。綉帶斜飄。舞袖低垂。

〔紫花兒〕打得箇桶子膁特硬。合扇拐偏疾。有一千來揭拾。上下泛匀匀的論道兒。

直使得箇插肩來可戲。板老巢雜。足窩兒零利。

〔小桃紅〕裝蹺委實用心機。不枉了誇强會。女輩叢中最爲貴。煞曾習。沾身那取着田地。趕起了白踢。諸餘裏快收拾。

〔調笑令〕噴鼻。異香吹。羅襪長粘見色泥。天生藝性諸般兒會。折末你轉花枝勘賺當對。鴛鴦扣體樣如畫的。到啜賺得校尉每疑惑。

〔禿厮兒〕粉汗濕珍珠亂滴。寶髻偏鴉玉斜堆。虛蹬落實拾躡起。側身動。柳腰脆。丸惜。

〔聖藥王〕甚旖旎。解數兒希。左盤右折煞曾習。甚整齊。省氣力。旁行側脚步頻移。來往似粉蝶兒飛。

〔尾〕不離了花畔柳影閒田地。鬭白打官場小踢。竿網下世無雙。全場兒佔了第一。太平樂府七　雍熙樂府一三　北詞廣正譜引禿厮兒　九宮大成二七引小桃紅

雍熙樂府題作蹴踘。不注撰人。〇〔鬭鵪鶉〕雍熙胞作拋。微那作微舒。〔紫花兒〕元刊太平樂府搊作鄒。匀匀作云云。兹從明大字本及雍熙。雍熙戲作喜。板老巢雜作扳摟抄雜。零利作伶俐。〔調笑令〕瞿本太平樂府及雍熙末句俱無啜字。雍熙粘見作沾現。〔禿厮兒〕元刊八卷本及瞿本太平樂府脆俱作桅。何鈔太平樂府身動作動身。北詞廣正譜脆作桅。丸惜作丸膝。〔聖藥王〕太平

樂府旁行作勞行。雍熙希作稀。（尾）元刊太平樂府畔作半。茲從明大字本。雍熙畔作前。關作鬭。場兒作場兒上。

〔雙調〕新水令

楚臺雲雨會巫峽。赴昨宵約來的期話。樓頭棲燕子。庭院已聞鴉。料想他家。收針指晚粧罷。

〔喬牌兒〕款將花徑踏。獨立在紗窗下。顫欽欽把不定心頭怕。不敢將小名呼咱。則索等候他。

〔雁兒落〕怕別人瞧見咱。掩映在酴醿架。等多時不見來。則索獨立在花陰下。

〔掛搭鈎〕等候多時不見他。這的是約下佳期話。莫不是貪睡人兒忘了那。伏塚在藍橋下。意懊惱却待將他罵。聽得呀的門開。驀見如花。

〔豆葉黄〕髻挽烏雲。蟬鬢堆鴉。粉膩酥胸。臉襯紅霞。裊娜腰肢更喜恰。堪講堪誇。比月裏嫦娥。媚媚孜孜。那更掙達。

〔七弟兄〕我這裏覓他。喚他。哎。女孩兒。果然道色膽天來大。懷兒裏摟抱着俏寃家。揾香腮悄語低低話。

〔梅花酒〕兩情濃。興轉佳。地權爲牀榻。月高燒銀蠟。夜深沉。人靜悄。低低的問如花。終是箇女兒家。

〔收江南〕好風吹綻牡丹花。半合兒揉損絳裙紗。冷丁丁舌尖上送香茶。都不到半霎。森森一向遍身麻。

〔尾〕整烏雲欲把金蓮屧。紐回身再説些兒話。你明夜箇早些兒來。我專聽着紗窗外芭蕉葉兒上打。陽春白雪後集五　雍熙樂府一二　北詞廣正譜引豆葉黃　九宮大成六六引豆葉黃六五引梅花酒

元刊陽春白雪此套撰人僅題漢卿。未書姓氏。兹從鈔本白雪雍熙樂府及北詞廣正譜屬關漢卿。

○〔新水令〕雍熙次句無的字。料想他家作料應伊家。〔喬牌兒〕雍熙次句無在字。三句作戰兢兢把不住心頭怕。小名下有兒字。〔雁兒落〕白雪瞧見作照見。雍熙末二句作。等候多時不見他。獨影在花陰下。〔掛搭鈎〕雍熙卻待作恰待。驀見作早見。〔豆葉黃〕元刊白雪掙誤作淨。兹改。鈔本白雪及雍熙等作撑。雍熙次句作鬅鬙烏鴉。堪講作堪羨。九宮大成俱同雍熙。〔七弟兄〕雍熙無哎字。以下二句作。他是個女孩兒家。雖道我色膽有天來大。悄語作笑語。〔梅花酒〕白雪蠟作燭。雍熙興轉佳作意轉加。燒作點。低低的作低低。女兒作女孩兒。九宮大成俱同雍熙。〔收江南〕雍熙花作芽。舌尖上作舌上。〔尾〕元刊白雪我專作我等。兹從鈔本白雪及雍熙。雍熙

屧作靸。三句無箇字。

〔二十換頭〕〔雙調〕新水令

玉驄絲鞚錦鞍鞊。繫垂楊小庭深院。明媚景。艷陽天。急管繁絃。東樓上恣歡宴。

〔慶東原〕或向幽窗下。或向曲檻前。春纖相對摇紈扇。閒憑着玉肩。雙歌採蓮。鬭撫冰絃。遂却少年心。稱了于飛願。

〔早鄉詞〕九秋天。三徑邊。綻黄花遍撒金錢。露春纖把花笑撚。捧金杯酒頻勸。暢好是風流如五柳莊前。

〔掛打沽〕淺淺江梅驛使傳。亂剪碎鵝毛片。旋剖温橙列着玳筵。玉液着金瓶旋。酒暈紅。新粧面。人道是窮冬。我道是虚言。

〔石竹子〕夜夜嬉遊賽上元。朝朝宴樂賞禁烟。密愛幽歡不能戀。無奈被名韁利鎖牽。

〔山石榴〕阻鸞凰。分鶯燕。馬頭咫尺天涯遠。易去難相見。

〔么〕心間愁萬千。不能言。當時月枕歌眷戀。到如今番作陽關怨。

〔醉也摩挲〕真箇索去也麽天。真箇索去也麽天。再要團圓。動是經年。思量殺俺也麽天。

〔相公愛〕晚宿在孤村悶怎生眠。伴人離愁月當軒。月圓。人幾時圓。不似他南樓上鬬嬋娟。

〔胡十八〕天配合俏姻眷。分拆開並頭蓮。思量席上與樽前。天生的自然。那些兒體面。也是俺心上有。常常的夢中見。

〔一錠銀〕心友每相邀列着管絃。却子待勸解動淒然。十分酒十分悲怨。却不道怎生般消遣。

〔阿那忽〕酒勸到根前。只辦的推延。桃花去年人面。偏怎生冷落了今年。

〔不拜門〕酒入愁腸悶怎生言。踈竹蕭蕭西風戰。如年。如年似長夜天。正是恰黄昏庭院。

〔金盞子〕咱無緣。風流十全。儘可憐。芙蓉面。腕鬆着金釧。鬢貼着翠鈿。臉朵着秋蓮。眼去眉來相思戀。春山摇。秋波轉。

〔大拜門〕玉兔鶻牌懸。懷揣着帝宣。稱了俺男兒深願。忙加玉鞭。急催駿騗。恨不乘到俺那佳人家門前。

〔也不羅〕只聽得樂聲喧。列着華筵。聚集諸親眷。首先一盞攔門勸。走馬身勞倦。

〔喜人心〕人叢裏遥見。半遮着羅扇。可喜的風流業寃。兩葉眉兒未展。百般的陪告。一剗的求和。只管裏熬煎。他越將箇龎兒變。咱百般的難分辨。

〔風流體〕胡猜咱。胡猜咱居帝輦。和别人。和别人相留戀。上放着。上放着賜福天。你不知。你不知神明見。

〔忽都白〕我半載來孤眠。信口胡言。枉了把我寃也麽寃。打聽的真實。有人曾見。母親根前。恁兒情願。一任當刑憲。死而心無怨。

〔唐兀歹〕不付能告求的綉幃裏頭眠。痛惜輕憐。斬眼不覺得緑窗兒外月明却又早轉。暢好是疾明也麽天。

〔尾〕腰肢困擺垂楊軟。舌尖笑吐丁香喘。綉帳裏無人。並枕低言。暢道美滿姻緣。風流繾綣。天若肯爲人。爲人是今生願。盡老同眠。也者也强如雁底關河路兒遠。梨園樂府上　盛世新聲午集　詞林摘艷五　雍熙樂府一一　北宫詞紀六　太和正音譜下引早鄉詞至唐兀歹共十六曲胡十八未引　北詞廣正譜引早鄉詞石竹子醉也摩挲相公愛不拜門金盞子大拜門喜人心忽都白　九宫大成六七引全套

梨園樂府無題。盛世新聲無題。不注撰人。原刊本徽藩本詞林摘艷題作題情。重增本内府本摘艷無題。不注撰人。雍熙樂府題作駙馬還朝。不注撰人。北宫詞紀題作憶别。○〔新水令〕梨園

首句絲作系。錦作金。盛世摘艷黏俱作韉。東樓上俱有我向二字。雍熙首句作玉驄絲控金鞍韉。小庭作小亭。三句起襯欣逢。四句起襯喜遇。五句起襯擺列著。六句起襯在這。詞紀九宫大成俱同雍熙。惟金仍作錦。（慶東原）盛世首二句俱無或向二字。檻前作檻邊。相對下有著字。閒憑作閒並。雙歌下有著字。鬬撫作對撫着。遂卻上有赤緊的三字。稱了作如今早稱了俺。摘艷俱同。内府本摘艷四句起襯往常我三字。雍熙首二句同盛世。四句起襯往常時。雙歌作雙和着。以下二句同盛世。末句稱了作如今便稱了。詞紀俱同雍熙。大成雙歌作雙歌着。餘同雍熙。（早鄉詞）盛世首句作正值着九秋天。遍撒作亂撒。捧作我這裏捧。摘艷俱同。雍熙綻作則這綻。把花作將花。捧作我這捧着。末句暢好是下有那字。餘同盛世。詞紀首句同盛世。綻作則這綻。捧作我這裏捧着。北詞廣正譜俱同盛世。惟我這裏作我見他。大成首句同盛世。綻作則這綻。捧作我這裏捧。（掛打沽）太和正音譜次句無碎字。温橙列着作香橙列。着金瓶作金壺。盛世淺淺上有我則見三字。亂剪上有雪也二字。三句作我與你旋剖金橙列玳筵。玉液作玉液向。虚言作豐年。摘艷雍熙俱同盛世。惟雍熙三句列作列著。詞紀俱同雍熙。惟二句無碎字。金瓶作金壺。大成二句作亂剪鵝毛片。金瓶作金壺。餘同盛世。（石竹子）正音譜不能作不能够。無無奈二字。盛世摘艷密愛俱作則俺那美愛。雍熙密愛作則俺這美愛的。詞紀三句起襯則俺這。不能作不能够。廣正譜二句賞作勝。三句密愛作則我這美愛。大成密愛作則俺這美愛。不能作不能够。（山石榴）盛世摘艷末句俱作今日箇意去也難留戀。雍熙馬頭下有前字。末句同盛世。詞紀同雍熙。惟末句意作易。留戀仍作相見。大成俱同雍熙(么)盛世摘艷牌名俱誤作醉娘子。梨園首句心字誤作陰文。混於牌名中。眷戀作眷變。兹從任校。正音譜歌眷戀作歌聲轉。盛世摘艷三四句俱作。當初月枕歌聲轉。今日箇生扭做陽關怨。雍熙首句起襯你字。三四句同盛世。惟月枕作月底。詞紀三句同雍熙。末句番作作生扭做。大成俱同雍熙。(醉也摩挲)梨園首句既叠。而於首句之天字下。復有一く。疑衍。兹删去く。正音譜首二句真箇上俱有莫不二字。盛世摘艷起俱作你莫不真家待要去也波天。又。再要喒團圓。又。疑又示各叠全句。動是俱作動歲。雍熙俱同盛世。惟於前一又處叠第一句。於後一又處僅叠咱團圓三字。詞紀首二句起俱有你莫不三字。再要作再要咱。動是作動歲。廣正譜首二句真箇索俱作你莫不真箇待要。下二句同詞紀。思量作兀的不思量。大成同廣正譜。惟末句同此。(相公愛)正音譜伴作照。四句作知他是人幾時圓。不似他作不能够。盛世及各本摘艷首句缺怎字。惟内府本摘艷不缺。盛世伴作照。不似他作不覺的。上作外。摘艷俱同。内府本摘艷人幾時圓作月圓人未圓。雍熙伴人作照人的。末句同盛世。詞紀伴人作照人的。餘同正音譜。廣正譜伴作照。四句作月圓人幾時圓。不似他作不似那。大成作照人的。末二句作。月圓人幾時圓。不覺南樓外鬪嬋娟。(胡十八)盛世首句作天配合一對兒俏姻緣。分拆作生拆。四五兩句易位。以下作。哎。也是心上有也者。常常的在夢中見。摘艷俱同。惟原刊本摘艷姻緣作姻嫸。内府本摘艷的在作則在。雍熙俱同盛世。惟姻緣作姻眷。次句開作散。末二句無也者及的在四字。詞紀大成俱同雍熙。

(一錠銀)梨園勸解作歡解。玆據正音譜等改。正音譜首句無着字。次句作望解勸淒然。悲作哀。末句無般字。盛世首句無着字。次句作特的來歡娛一齊欣然。悲怨作家哀勸。末句作端的是怎生來消遣。摘艷俱同盛世。雍熙同正音譜。惟末句同盛世。詞紀大成俱同雍熙。(阿那忽)正音譜推延作俄延。桃花上有不見二字。盛世摘艷次句俱作你怎生只辦的俄㑌。桃花上俱有想字。重增本摘艷末句無生字。雍熙勸到下有你字。次句作你可也只管的俄延。三句同盛世。詞紀大成俱同雍熙。(不拜門)盛世摘艷首句言俱作眠。正是恰俱作這早晚恰。雍熙酒入作酒解。(金盞子)正音譜臉朵句作臉襯秋蓮。裙拖素練。思戀作留戀。摇作遠。盛世三句儘作願。鬆著作鬆了這。下二句作三句。云。裙拖着素練。臉襯着秋蓮。鬢貼着翠鈿。思戀作留戀。春山作春衫。摘艷俱同盛世。惟内府本摘艷三句儘作天。曲末仍作春山。雍熙三句作願天可憐。鬆着作鬆了這。朵作襯。秋蓮下有裙拖着素練五字。思戀作留戀。詞紀自七句起同雍熙。惟摇作遥。廣正譜首句起襯都則爲。二句起襯想着他。三句作楊柳腰。腕鬆作腕鳴。以下二句作三句。云。裙拖着素練。臉襯着秋蓮。額貼着花鈿。思戀作留戀。春山上有則這二字。大成摇作遥。餘同雍熙。(大拜門)梨園乘到作聖到。玆從正音譜。正音譜深願作心願。盛世三句作今日箇稱了俺男兒每心願。忙加玉鞭下有く。示重一句。急催作急催着。末句作恨不的行來到俺佳人的門前。摘艷俱同盛世。雍熙首句作玉兔鶻上牌懸。三句作今日箇稱了俺這男兒的心願。忙加急催下俱有着字。末句作恨不的行到俺那佳人的這門前。詞紀俱同雍熙。惟首句無上字。廣正譜三句作今日箇早稱了俺男兒的心願。四五兩句同雍熙。乘到作的飛到。家門作的門。大成同詞紀。惟行到作飛到。佳人作家人。（也不羅）正音譜只聽作驀聽。二句無著字。末句作道是走馬也身勞倦。盛世只聽作我則聽。次句無著字。末句走馬上有他道是三字。摘艷俱同盛世。雍熙只聽作驀聽。一盞作一杯。次句末句俱同盛世。詞紀大成俱同雍熙。惟走馬下有也字。詞紀一杯仍作一盞。（喜人心）正音譜可喜的作正是那。未展作不展。一扨作只管。越將箇作越把。盛世首句作我去那人叢裏瞧見。三句作正是俺可嬉娘風流的業寃。未展作微展。陪告作哀告。一扨的作一盞。越將箇作越把。摘艷俱同盛世。雍熙首句同盛世。可喜的作正是俺。未展作不展。陪告作哀告。一扨作只管。越將箇作越把。詞紀同雍熙。惟瞧仍作遥。廣正譜首句作我在那人叢裏瞧見。三句作正是俺可喜娘的風流業寃。展作舒展。下句作我將他百般的哀告。一扨作半晌。越將箇作越把那。咱作空着我。大成前三句同盛世。惟無的字。未展作不展。陪告作哀告。一扨作半晌。越將箇作越把。（風流體）正音譜起作你則麽胡猜咱。賜福作陽福。神明作須有神靈。盛世起作你可要胡猜咱。和別人上有你道我三字。賜作陽。明作靈。摘艷俱同盛世。惟内府本摘艷你可要作你休要。賜作仰。雍熙前半同盛世。惟你可要作你可休。胡猜俱作疑猜。以下賜福天作陽府青天。神明作自有神靈。詞紀首句作你怎麽胡猜咱。神明作須有神靈。餘俱同盛世。大成首句作你休要疑猜咱。二句胡猜作疑猜。三句作你道我和別人。末三字作自有神靈見。（忽都白）正音譜首句無我字。次句作受了些熬煎。三句無了字。母親作妳妳。盛世首四句作。我受了半載也那孤眠。信口也那胡言。你便枉了把我寃也波寃。你若是打聽的真實。母親作妳妳。摘艷雍熙俱同盛世。惟雍熙二句無也那二字。三句無便枉了三字。末句無怨作不怨。詞紀首句我作我受了。二句作受了些熬煎。三句無了字。麽作波。以下俱同盛世。廣正譜首二句作。我受了半載孤眠。你如今信口胡言。四句以下同盛世。大成俱同雍熙。（唐兀歹）梨園三句無覺字。兹據正音譜詞紀補。正音譜告求作求和。裹頭作裹。三句作不覺得紗窗外月兒轉。盛世首句作不付能哀告的在綉幃裏眠。三句作嘶眼觀紗窗外月明又早轉。末作叠句。摘艷俱同盛世。惟内府本摘艷嘶眼作轉眼。雍熙首句作不付能求和的他綉幃裏眠。三句作展眼窗兒外明月轉。詞紀首句同雍熙。三句作不覺的紗窗外月兒轉。大成俱同雍熙。（尾）盛世摘艷俱作。銀臺畫燭輕風剪。戍樓殘角聲音轉。錦帳羅幃。情語多言。唱道美滿夫妻。風流繾綣。天若肯隨人隨人今生願。儘老團圓。索强似雁底關河路兒遠。雍熙俱同。惟四句作悄語低言。詞紀大成俱同雍熙。

〔雙調〕喬牌兒

世情推物理。人生貴適意。想人間造物搬興廢。吉藏凶凶暗吉。

〔夜行船〕富貴那能長富貴。日盈昃月滿虧蝕。地下東南。天高西北。天地尚無完體。

〔慶宣和〕算到天明走到黑。赤緊的是衣食。鳧短鶴長不能齊。且休題。誰是非。

〔錦上花〕展放愁眉。休爭閒氣。今日容顔。老如昨日。古往今來。恁須盡知。賢的愚的。貧的和富的。

〔么〕到頭這一身。難逃那一日。受用了一朝。一朝便宜。百歲光陰。七十者稀。急急流年。滔滔逝水。

〔清江引〕落花滿院春又歸。晚景成何濟。車塵馬足中。蟻穴蜂衙内。尋取個穩便處閒坐地。

〔碧玉簫〕烏兔相催。日月走東西。人生别離。白髮故人稀。不停閒歲月疾。光陰似駒過隙。君莫癡。休爭名利。幸有幾杯。且不如花前醉。

〔歇拍煞〕恁則待閒熬煎閒煩惱閒縈繫。閒追歡閒落魄閒遊戲。金鷄觸禍機。得時間早棄迷途。繁華重念簫韶歇。急流勇退尋歸計。采蕨薇洗是非。夷齊等巢由輩。這兩箇誰人似得。松菊晉陶潛。江湖越范蠡。鈔本陽春白雪後集四　梨園樂府上收錦上花清江引碧玉簫　太和正音譜下引錦上花碧玉簫　北詞廣正譜引慶宣和　九宫大成六五引慶宣和六六引錦上花碧玉簫

鈔本陽春白雪此曲之前失注撰人。但於該書目録明注關漢卿作。太和正音譜引錦上花碧玉簫二支。北詞廣正譜引慶宣和一支。又於雙調套數分題列舉此套牌名次第。亦俱注關漢卿作。似此

當係關作無疑。梨園樂府僅收錦上花清江引碧玉簫三支。且緊接於馬致遠行香子無也閑愁套之下。當係曲文譌脱。○（慶宣和）鈔本陽春白雪次句脱赤字。（錦上花）梨園恁須作你。末句無和字。正音譜九宫大成和俱作共。（么）梨園三句起作。受用了一日是便宜。人活百歲七十稀。急急光陰。淘淘如逝水。正音譜九宫大成便宜上俱有是字。逝水上俱有如字。（清江引）鈔本陽春白雪閒坐地作坐閒地。梨園三四兩句作。馬足車塵間。蟻陣蜂衙裏。（碧玉簫）梨園烏兔作昏晚。人生作最苦。五句起作。歲月催。光陰如過隙。君且莫催。休争閒氣。則不如花前醉。

〔仙吕〕桂枝香

因他別後。懨懨消瘦。粉褪了雨後桃花。帶寬了風前楊柳。這相思怎休。這相思怎休。害得我天長地久。難禁難受。泪痕流。滴破芙蓉面。却似珍珠斷線頭。

〔不是路〕萬種風流。今日番成一段愁。泪盈眸。雲山滿目恨悠悠。謾追求。情如柳絮風前鬬。性似桃花逐水流。沉吟久。因他數盡殘更漏。恁般僝僽。恁般僝僽。

〔木丫叉〕霧鎖秦樓。霧鎖秦樓。雲迷楚岫。御溝紅葉空流。偷香韓壽。錦帳中枉自綢繆。蹙破兩眉頭。小蠻腰瘦如楊柳。淺淡櫻桃樊素口。空教人目斷去時舟。又不知風流浪子。何處温柔。

〔么篇〕月下砧聲幽。月下砧聲幽。風前笛奏。斷腸聲無了無休。搗碎我心頭。又加上一場症候。頓使我愁人不寐。襄王夢雨散雲收。

〔餘文〕薄情忘却神前呪。一度思量一度愁。把往日恩情付水流。南宫詞紀三　詞林白雪一

南宫詞紀題作秋懷。注亡名氏作。詞林白雪屬閨情類。注關漢卿作。然此爲南曲。殊可疑。兹姑輯之。○（桂枝香）詞紀斷作脱。（木丫叉）詞紀温柔作淹留。（么篇）詞紀砧聲幽俱作砧敲。（餘文）詞紀恩情作相思。

殘曲

〔大石調〕失牌名

律管灰飛。

〔歸塞北〕人鬧處。忽見一多嬌。一點櫻桃樊素口。半圍楊柳小蠻腰。雲鬢嚲金翹。

〔催拍子〕碧天上斗柄回杓。牆角畔臘雪纔消。漸日長天道。聽唱賣春燕春雞。雪柳玉梅插好。稔色輕妙。向晚來碧天外。萬里無雲。月明風渺。畫竿相照。青紅碧緑。刻玉雕金。像生燈兒。排門兒吊。轉燈兒巧。壁燈兒笑。最□□京水燈紗窗。燈衮

燈鬧。六街上綺羅香飄。

〔隨煞〕怏怏歸來情如悄。燈火闌珊寂寞。高樓上住却笙簫。月轉梅梢天漸曉。北詞廣正譜

〔般涉調〕哨遍

百歲……

〔么篇〕……月爲燭。雲爲幔。北詞廣正譜

彩筆情辭卷五收青杏子花月酒家樓套。注關漢卿作。惟太平樂府太和正音譜及北詞廣正譜等皆以此曲屬曾瑞。疑情辭編者因太平樂府此曲之前有關漢卿青杏子殘月下西樓套。遂致偶誤。曲及校記俱列曾瑞卷。茲不重出。據鈔本陽春白雪目録。陽春白雪後集卷五新水令套數閑争奪鼎沸了麗春園。攪閑風吹散楚臺雲。寨兒中風月早經諳。鳳凰臺上憶吹簫四套。皆關漢卿作。茲因書内曲前未明注撰人。又無他證。仍輯入無名氏曲中。

白樸

樸字太素。一字仁甫。號蘭谷。隩州人。後居真定。故又爲真定人。祖元遺山爲作墓表。所謂善人白公是也。父華。字文舉。號寓齋。仕金貴顯。爲樞密院判。仁甫爲寓齋仲子。於遺山爲通家姪。甫七歲。遭壬辰之難。寓齋以事遠適。明年春。京城變。遺山遂挈以北渡。自是不茹葷血。人問其故。曰。俟見吾親則如初。數年。寓齋北歸。以詩謝遺山云。顧我真成喪家狗。賴君曾護落巢兒。居無何。父子卜築於滹陽。律賦爲專門之學。而仁甫有能聲。爲後進翹楚。遺山每遇之。必問爲學次第。嘗贈之詩曰。元白通家舊。諸郎獨汝賢。仁甫學問博覽。然自幼經喪亂。倉皇失母。便有滿目山川之嘆。逮亡國。恒鬱鬱不樂。以故放浪形骸。期於適意。中統初。史天澤將以所業薦之於朝。再三遜謝。棲遲衡門。視榮利蔑如也。至元一統後。徙家金陵。從諸遺老放情山水間。日以詩酒優游。用示雅志。詩詞篇翰。在在有之。後以子貴。贈嘉議大夫。掌禮儀院太卿。仁甫尤工於曲。與關漢卿。馬致遠。鄭光祖稱四大家。有詞集天籟集。清初楊友敬掇拾其散曲附於集後。曰摭遺。著雜劇十六種。今存三種。梧桐雨。牆頭馬上。東牆記。所作散曲雜劇。以綺麗婉約見長。與王德信爲一派。梧桐雨一劇。尤爲有名。

小令

〔仙吕〕寄生草

饮

長醉後方何礙。不醒時有甚思。糟醃兩箇功名字。醅渰千古興亡事。麯埋萬丈虹蜺志。不達時皆笑屈原非。但知音盡説陶潛是。中原音韻　雍熙樂府一九　堯山堂外紀六八　北宫詞紀外集六　天籟集摭遺

題從中原音韻。堯山堂外紀以此曲爲白樸作。天籟集摭遺從之。中原音韻雍熙樂府俱不注撰人。北宫詞紀外集注范子安作。而於此首之後尚有花尚有重開日。緑珠嬌人無比。形影隨紅塵化三首。今案四曲分詠酒色財氣。詞紀外集范作説似可信。此首姑重出於此。李調元雨村曲話謂馬致遠作。不足據。雍熙亦四首連列。題作道情。○雍熙外紀等不醒俱作不醉。兹從中原音韻。雍熙詞紀外集長醉俱作常醉。

〔仙吕〕醉中天

佳人臉上黑痣

疑是楊妃在。怎脱馬嵬災。曾與明皇捧硯來。美臉風流殺。叵奈揮毫李白。覷着嬌態。灑松烟點破桃腮。太平樂府五　中原音韻　堯山堂外紀六八　天籟集摭遺

太平樂府以此曲屬杜遵禮。中原音韻不注撰人。堯山堂外紀屬白樸。又云。或以爲杜遵禮作。天籟集摭遺從外紀。兹互見兩家曲中。校記參閲杜曲。

〔中吕〕陽春曲

知幾

知榮知辱牢緘口。誰是誰非暗點頭。詩書叢裏且淹留。閑袖手。貧煞也風流。太平樂府四　樂府羣珠一

今朝有酒今朝醉。且盡樽前有限杯。回頭滄海又塵飛。日月疾。白髮故人稀。太平樂府四　樂府羣珠一　雍熙樂府一九

雍熙樂府不注撰人。下二首同。○雍熙又塵飛作盡塵飛。

不因酒困因詩困。常被吟魂惱醉魂。四時風月一閑身。無用人。詩酒樂天真。太平樂府四　樂府羣珠一　雍熙樂府一九

雍熙風月作風景。無用人作雖無甚。

張良辭漢全身計。范蠡歸湖遠害機。樂山樂水總相宜。君細推。今古幾人知。太平樂府四　樂府羣珠一　雍熙樂府一九

元刊太平樂府辭漢作辭道。茲從元刊八卷本瞿本何鈔本太平樂府及羣珠雍熙。雍熙總作兩。君細推作消息兒。

題情

輕拈斑管書心事。細摺銀箋寫恨詞。可憐不慣害相思。則被你個肯字兒。迤逗我許多時。太平樂府四　樂府羣珠一

鬢雲懶理鬆金鳳。烟粉慵施減玉容。傷情經歲綉幃空。心緒冗。悶倚翠屏風。太平樂府四　樂府羣珠一

慵拈粉扇閑金縷。懶酌瓊漿冷玉壺。才郎一去信音疎。長嘆吁。香臉泪如珠。太平樂府

四　樂府羣珠一

從來好事天生儉。自古瓜兒苦後甜。妳娘催逼緊拘鉗。甚是嚴。越間阻越情忺。太平樂府四　樂府羣珠一

笑將紅袖遮銀燭。不放才郎夜看書。相偎相抱取歡娛。止不過迭應舉。及第待何如。太平樂府甚是作苗是。兹從羣珠。

太平樂府四　梨園樂府中　樂府羣珠一　堯山堂外紀六八　北宫詞紀外集六　天籟集摭遺

百忙裏鉸甚鞋兒樣。寂寞羅幃冷篆香。向前摟定可憎娘。止不過趕嫁粧。誤了又何妨。梨園樂府不注撰人。○梨園三句作一更纔盡二更初。及第上有不字。北宫詞紀外集迭作的。摭遺迭作趕。

太平樂府四　樂府羣珠一　堯山堂外紀六八　北宫詞紀外集六　天籟集摭遺

〔越調〕小桃紅

歌姬趙氏常爲友人賈子正所親攜之江上有數月留後予過鄧徑來侑觴感而賦此俾即席歌之

雲鬟風鬢淺梳粧。取次樽前唱。比著當時□江上。減容光。故人別後應無恙。傷心

留得。軟金羅袖。猶帶賈充香。天籟集下

〔越調〕天浄沙

春

春山暖日和風。闌干樓閣簾櫳。楊柳秋千院中。啼鶯舞燕。小橋流水飛紅。陽春白雪前集五　天籟集摭遺

夏

雲收雨過波添。樓高水冷瓜甜。緑樹陰垂畫簷。紗幮藤簟。玉人羅扇輕縑。陽春白雪前集五　天籟集摭遺

秋

孤村落日殘霞。輕烟老樹寒鴉。一點飛鴻影下。青山緑水。白草紅葉黄花。陽春白雪前集五　天籟集摭遺

冬

一聲畫角樵門。半庭新月黄昏。雪裏山前水濱。竹籬茅舍。淡烟衰草孤村。陽春白雪前集五　天籟集摭遺

元刊陽春白雪庭作亭。摭遺同。兹從鈔本白雪。

春

暖風遲日春天。朱顔緑鬢芳年。挈榼攜童跨蹇。溪山佳處。好將春事留連。陽春白雪前集五　太平樂府三　天籟集摭遺

此首及以下三首太平樂府屬朱庭玉。疑澹齋初選陽春白雪誤屬仁甫。後選太平樂府乃改正。今姑與朱曲互見。校記見朱曲。

夏

參差竹筍抽簪。纍垂楊柳攢金。旋趁庭槐緑陰。南風解愠。快哉消我煩襟。陽春白雪前集五　太平樂府三　天籟集摭遺

秋

庭前落盡梧桐。水邊開徹芙蓉。解與詩人意同。辭柯霜葉。飛來就我題紅。陽春白雪前集五　太平樂府三　梨園樂府中　天籟集摭遺

冬

門前六出花飛。樽前萬事休提。爲問東君消息。急教人探。小梅江上先知。陽春白雪前集五　太平樂府三　梨園樂府中　天籟集摭遺

〔雙調〕駐馬聽

吹

裂石穿雲。玉管宜横清更潔。霜天沙漠。鷓鴣風裏欲偏斜。鳳凰臺上暮雲遮。梅花驚作黄昏雪。人静也。一聲吹落江樓月。陽春白雪前集三　天籟集摭遺

鈔本陽春白雪霜天作雪天。

彈

雪調冰絃。十指纖纖温更柔。林鶯山溜。夜深風雨落絃頭。蘆花岸上對蘭舟。哀絃恰似愁人消瘦。泪盈眸。江州司馬別離後。陽春白雪前集三　天籟集摭遺

元刊陽春白雪温作搵。茲從鈔本及摭遺。

歌

白雪陽春。一曲西風幾斷腸。花朝月夜。箇中唯有杜韋娘。前聲起徹繞危梁。後聲並至銀河上。韻悠揚。小樓一夜雲來往。陽春白雪前集三　天籟集摭遺

舞

鳳髻蟠空。嬝娜腰肢温更柔。輕衫蓮步。漢宮飛燕舊風流。謾催鼉鼓品梁州。鷓鴣飛起春羅袖。錦纏頭。劉郎錯認風前柳。陽春白雪前集三　天籟集摭遺

元刊陽春白雪衫蓮作移遠。茲從鈔本白雪及摭遺。

〔雙調〕沉醉東風

漁夫

黄蘆岸白蘋渡口。緑楊隄紅蓼灘頭。雖無刎頸交。却有忘機友。點秋江白鷺沙鷗。傲殺人間萬户侯。不識字烟波釣叟。中原音韻　盛世新聲午集新水令越王臺無道似摘星樓套　詞林摘艷五同　詞謔同　堯山堂外紀六八　天籟集摭遺

中原音韻不注撰人。堯山堂外紀屬白樸。盛世新聲詞林摘艷詞謔所收新水令越王臺無道似摘星樓套中皆有此曲。摘艷謂此套爲趙明道范蠡歸湖雜劇第四折。詞謔云范子安所作。○盛世首句起襯棹不過三字。次句起襯且彎在那四字。雖無作雖無那。却有作有幾箇。末句起襯我是箇三字。摘艷俱同。

〔雙調〕慶東原

忘憂草。含笑花。勸君聞早冠宜掛。那裏也能言陸賈。那裏也良謀子牙。那裏也豪氣張華。千古是非心。一夕漁樵話。陽春白雪前集三　天籟集摭遺

鈔本陽春白雪鬨早作及早。

黄金縷。碧玉簫。温柔鄉裏尋常到。青春過了。朱顔漸老。白髮彫騷。則待强簪花。又恐傍人笑。陽春白雪前集三　天籟集摭遺

暖日宜乘轎。春風宜訊馬。恰寒食有二百處秋千架。對人嬌杏花。撲人飛柳花。迎人笑桃花。來往畫船邊。招颭青旗掛。陽春白雪前集三　梨園樂府上新水令四時湖水鏡無瑕套　天籟集摭遺　九宫大成六五

此曲又見馬致遠新水令四時湖水鏡無瑕套數中。參閲本書馬曲校記。

〔雙調〕得勝樂

春

麗日遲。和風習。共王孫公子遊戲。醉酒淹衫袖濕。簪花壓帽簷低。殘元本陽春白雪二　鈔本陽春白雪前集三　天籟集摭遺

太和正音譜北詞廣正譜俱以得勝樂入雙調。九宫大成據兩世姻緣齣中之將羅袖捲曲。以之入仙吕。○摭遺簪花作筵花。

夏

酷暑天。葵榴發。噴鼻香十里荷花。蘭舟斜纜垂楊下。只宜鋪枕簟向涼亭披襟散髮。

殘元本陽春白雪二　鈔本陽春白雪前集三　天籟集摭遺

秋

玉露冷。蛩吟砌。聽落葉西風渭水。寒雁兒長空嘹唳。陶元亮醉在東籬。殘元本陽春白雪二　鈔本陽春白雪前集三　太和正音譜下　北詞廣正譜　天籟集摭遺　九宮大成五

太和正音譜起作玉露泠泠蛩吟砌。落葉西風渭水。北詞廣正譜九宮大成俱同。

冬

密布雲。初交臘。偏宜去掃雪烹茶。羊羔酒添價。膽瓶内温水浸梅花。殘元本陽春白雪二

鈔本陽春白雪前集三　天籟集摭遺

又四首

獨自寢。難成夢。睡覺來懷兒裏抱空。六幅羅裙寬褪。玉腕上釧兒鬆。殘元本陽春白雪二　鈔本陽春白雪前集三　天籟集摭遺

獨自走。踏成道。空走了千遭萬遭。肯不肯疾些兒通報。休直到教擔閣得天明了。殘元本陽春白雪二　鈔本陽春白雪前集三　天籟集摭遺

殘元本陽春白雪天明作大明。

紅日晚。遥天暮。老樹寒鴉幾簇。咱爲甚粧粧頻覷。怕有那新雁兒寄來書。殘元本陽春白雪二　鈔本陽春白雪前集三　天籟集摭遺

粧粧疑應作樁樁。殘元本陽春白雪寄作既。摭遺寄作飛。

紅日晚。殘霞在。秋水共長天一色。寒雁兒呀呀的天外。怎生不捎帶箇字兒來。殘元本陽春白雪二　鈔本陽春白雪前集三　天籟集摭遺　九宮大成五

鈔本陽春白雪雁作鴉。箇作金。摭遺寒雁作塞雁。九宮大成全曲作。紅日晚夕陽猶在。碧水共長天一色。雁兒嗄。呀呀雲外。雁兒嗄。却怎生不帶將一箇價字兒來。

套數

〔仙吕〕點絳脣

金鳳釵分。玉京人去。秋蕭灑。晚來閑暇。針線收拾罷。

〔么〕獨倚危樓。十二珠簾掛。風蕭颯。雨晴雲乍。極目山如畫。

〔混江龍〕斷人腸處。天邊殘照水邊霞。枯荷宿鷺。遠樹棲鴉。敗葉紛紛擁砌石。修竹珊珊掃窗紗。黄昏近。愁生砧杵。怨入琵琶。

〔穿窗月〕憶疎狂阻隔天涯。怎知人埋怨他。吟鞭醉裊青驄馬。莫喫秦樓酒。謝家茶。不思量執手臨岐話。

〔寄生草〕憑闌久。歸綉幃。下危樓强把金蓮撒。深沉院宇朱扉亞。立蒼苔冷透凌波襪。數歸期空畫短瓊簪。揾啼痕頻濕香羅帕。

〔元和令〕自從絶雁書。幾度結龜卦。翠眉長是鎖離愁。玉容憔悴煞。自元宵等待過重陽。甚猶然不到家。

〔上馬嬌煞〕歡會少。煩惱多。心緒亂如麻。偶然行至東籬下。自嗟自呀。冷清清和

月對黃花。梨園樂府上　太和正音譜下引穿窗月　北詞廣正譜引穿窗月上馬嬌煞　九宮大成五引穿窗月七四引上馬嬌煞

（點絳唇）梨園樂府原脱么字。茲補。（穿窗月）梨園樂府青驄作青駿。莫喫作莫知。北詞廣正譜阻隔作遠隔。九宮大成青驄作青駿。（寄生草）蓮原作運。（元和令）從上原脱一字。茲臆補自字。（上馬嬌煞）梨園樂府冷清清作冷清一。一當係＝之譌。即清字。

〔大石調〕青杏子

詠雪

空外六花翻。被大風灑落千山。窮冬節物偏宜晚。凍凝沼沚。寒侵帳幕。冷濕闌干。

〔歸塞北〕貂裘客。嘉慶捲簾看。好景畫圖收不盡。好題詩句詠尤難。疑在玉壺間。

〔好觀音〕富貴人家應須慣。紅爐暖不畏初寒。開宴邀賓列翠鬟。拚酡顔。暢飲休辭憚。

〔么〕勸酒佳人擎金盞。當歌者款撒香檀。歌罷喧喧笑語繁。夜將闌。畫燭銀光燦。

〔結音〕似覺筵間香風散。香風散非麝非蘭。醉眼朦騰問小蠻。多管是南軒蠟梅綻。太

平樂府七　盛世新聲寅集　雍熙樂府一五　天籟集摭遺　太和正音譜上引好觀音　北詞廣正譜引好觀音上闋

盛世新聲雍熙樂府俱不注撰人。盛世無題。○（青杏子）明大字本太平樂府侵作浸。雍熙灑作撒。（好觀音）太和正音譜北詞廣正譜初寒俱作嚴寒。（么）元刊太平樂府佳人作家人。茲從明大字本太平及正音譜等。正音譜三句作羅綺交雜笑語繁。（結音）盛世首句散作細。失韻。雍熙朦騰作朦朧。

〔小石調〕惱煞人

又是紅輪西墜。殘霞照萬頃銀波。江上晚景寒烟。霧濛濛。風細細。阻隔離人蕭索。

〔么篇〕宋玉悲秋愁悶。江淹夢筆寂寞。人間豈無成與破。想別離情緒。世界裏只有俺一箇。

〔伊州遍〕爲憶小卿。牽腸割肚。悽惶悄然無底末。受盡平生苦。天涯海角。身心無箇歸着。恨馮魁。趨恩奪愛。狗行狼心。全然不怕天折挫。到如今剗地吃躭閣。禁不過。更那堪晚來暮雲深鎖。

〔么篇〕故人杳杳。長江風送。聽胡笳嚦嚦聲韻聒。一輪皓月朗。幾處鳴榔。時復唱和漁歌。轉無那。沙汀蓼岸。一點漁燈相照。寂寞古渡停畫舸。雙生無語淚珠落。

呼僕隸指潑水手。在意扶柁。

〔尾聲〕蘭舟定把蘆花過。櫓聲省可裹高聲和。恐驚散宿鴛鴦。兩分飛也似我。太和正音譜上引全套　北詞廣正譜同　天籟集摭遺　九宫大成三九引全套

此套天籟集摭遺謂見陽春白雪後集第六卷。案今所見兩種陽春白雪俱無第六卷。摭遺所據當係別本。○(惱煞人么)摭遺豈無作豈有。(伊州遍)太和正音譜摭遺九宫大成狗行俱作狗倖。兹從廣正譜。(么篇)正音譜嚦嚦作瀝瀝。摭遺同。大成作歷歷。

〔雙調〕喬木查

對景

海棠初雨歇。楊柳輕烟惹。碧草茸茸鋪四野。俄然回首處。亂紅堆雪。

〔么〕恰春光也。梅子黄時節。映日榴花紅似血。胡葵開滿院。碎剪宫纈。

〔掛搭沽序〕倏忽早庭梧墜。荷蓋缺。院宇砧韻切。蟬聲咽。露白霜結。水冷風高。長天雁字斜。秋香次第開徹。

〔么〕不覺的冰澌結。彤雲布朔風凜冽。亂撲吟窗。謝女堪題。柳絮飛。玉砌長郊萬

里。粉污遥山千疊。去路賒。漁叟散。披蓑去。江上清絶。幽悄閑庭。舞榭歌樓酒力怯。人在水晶宮闕。

〔幺〕歲華如流水。消磨盡自古豪傑。蓋世功名總是空。方信花開易謝。始知人生多別。憶故園。謾嘆嗟。舊遊池館。翻做了狐踪兔穴。休癡休呆。蝸角蠅頭。名親共利切。富貴似花上蝶。春宵夢説。

〔尾〕少年枕上歡。杯中酒。好天良夜。休辜負了錦堂風月。太平樂府六　天籟集摭遺　太和正音譜下引喬木查　北詞廣正譜引喬木查掛搭沽序　九宮大成六五同

（喬木查幺）嘯餘譜末二句作蜀葵開滿院。剪碎宮纈。九宮大成胡葵作葵花。宮纈作香纈。（掛搭沽序）太平樂府牌名只一序字。兹據北詞廣正譜及九宮大成補全。（幺）摭遺冰澌作冰廝。

姚燧

燧字端甫。號牧庵。河南人。姚樞之從子也。少孤。隨樞學於蘇門。及長。以所作就正於許衡。衡賞其辭。至元間。提舉陝西四川中興等路學校。除陝西漢中道提刑按察司副使。調山南湖北道。入爲翰林直學士。遷大司農丞。元貞元年。以翰林學士與侍讀高道凝總裁世祖實録。大德五年。出爲江東廉訪使。移病太平。九年。拜江西行省參知政事。至大元年。入爲太子賓客。進承旨學士。尋拜太子少傅。明年授榮禄大夫翰林學士承旨知制誥兼修國史。四年得告歸。皇慶二年卒。年七十六。謚曰文。所著有牧庵集。元史稱其文閎肆該洽。豪而不宕。剛而不厲。春容盛大。有西漢風。宋末弊習。爲之一變。濟南張養浩序其集曰。公才驅氣駕。縱横開闔。紀律惟意。約要於繁。出奇於腐。江海駛而蛟龍拏。風霆薄而元氣溢。時元宅天下已百餘年。倡嗚古文。羣推牧庵一人。擬諸唐之昌黎。宋之廬陵云。

小令

〔中吕〕滿庭芳

天風海濤。昔人曾此。酒聖詩豪。我到此閑登眺。日遠天高。山接水茫茫渺渺。水

連天隱隱迢迢。供吟笑。功名事了。不待老僧招。陽春白雪前集五

任校本改吟笑爲吟嘯。

帆收釣浦。烟籠淺沙。水滿平湖。晚來盡灘頭聚。笑語相呼。魚有剩和烟旋煮。酒無多帶月須沽。盤中物。山肴野蔌。且盡葫蘆。陽春白雪前集五

元刊本須作影。兹從鈔本。鈔本盡作畫。

〔中呂〕普天樂

浙江秋。吴山夜。愁隨潮去。恨與山疊。塞雁來。芙蓉謝。冷雨青燈讀書舍。待離别怎忍離别。今宵醉也。明朝去也。寧奈些些。陽春白雪前集五 中原音韻 詞林摘艷一

陽春白雪誤以此曲作滿庭芳。中原音韻不誤。音韻題作别友。不注撰人。詞林摘艷題同音韻。作無名氏撰。〇元刊白雪青燈作清燈。兹從鈔本白雪及音韻摘艷。音韻塞雁作鴻雁。八句作怕離别又早離别。寧奈作留戀。摘艷俱同音韻。

〔中呂〕醉高歌

感懷

十年燕月歌聲。幾點吴霜鬢影。西風吹起鱸魚興。已在桑榆暮景。太平樂府四　中原音韻

詞品　堯山堂外紀六九　花草粹編四　詞律拾遺一

中原音韻燕月作燕市。吹起作吹老。已在作晚節。案醉高歌每闋四句。花草粹編等以此闋及次闋總爲一闋。如詞之雙叠。殊誤。

榮枯枕上三更。傀儡場頭四并。人生幻化如泡影。那箇臨危自省。太平樂府四　詞品　堯山堂外紀六九　花草粹編四　詞律拾遺一

詞品堯山堂外紀花草粹編詞律拾遺場頭俱作場中。那箇俱作幾箇。歷代詩餘一一九引詞品臨危作當機。天都閣本詞品仍作臨危。

岸邊烟柳蒼蒼。江上寒波漾漾。陽關舊曲低低唱。只恐行人斷腸。太平樂府四

十年書劍長吁。一曲琵琶暗許。月明江上别湓浦。愁聽蘭舟夜雨。太平樂府四

〔中吕〕陽春曲

墨磨北海烏龍角。筆蘸南山紫兔毫。花箋鋪展硯臺高。詩氣豪。憑换紫羅袍。太平樂府

四　樂府羣珠一

樂府羣珠題作志氣。

石榴子露顏回齒。菡萏花含月女姿。不知張敞畫眉時。甚意思。墨點了那些兒。太平樂府四　樂府羣珠一

樂府羣珠題作面容黑痣。〇元刊八卷本太平樂府及羣珠花含月俱作顏回美。瞿本太平樂府舊校改月女爲美女。

金魚玉帶羅袍就。皂蓋朱幡賽五侯。山河判斷筆尖頭。得志秋。分破帝王憂。太平樂府四　草木子四　樂府羣珠一　堯山堂外紀六九

此曲據草木子爲伯顏作。堯山堂外紀從之。太平樂府屬牧庵。樂府羣珠從之。羣珠題作得志。玆互見兩家曲中。〇草木子袍就作襴扣。賽作列。筆尖作在俺筆尖。得志作得意。外紀俱同。

筆頭風月時時過。眼底兒曹漸漸多。有人問我事如何。人海闊。無日不風波。太平樂府四

〔越調〕凭闌人

博帶峨冠年少郎。高髻雲鬟窈窕娘。我文章你艷粧。你一斤咱十六兩。陽春白雪前集五

馬上牆頭瞥見他。眼角眉尖拖逗咱。論文章他愛咱。睹妖嬈咱愛他。陽春白雪前集五

元刊本拖逗作它逗。兹從鈔本。

織就回文停玉梭。獨守銀燈思念他。夢兒裏休呵。覺來時愁越多。陽春白雪前集五

宮髻高盤鋪緑雲。仙袂輕飄蘭麝薰。粉香羅帕新。未曾淹泪痕。陽春白雪前集五

徐本陽春白雪改淹作添。

羞對鸞臺梳緑雲。兩葉春山眉黛顰。强將脂粉匀。幾回塡泪痕。陽春白雪前集五

寄與多情王子高。今夜佳期休誤了。等夫人熟睡着。悄聲兒窗外敲。陽春白雪前集五

鈔本高作喬。

兩處相思無計留。君上孤舟妾倚樓。這些蘭葉舟。怎裝如許愁。陽春白雪前集五

寄征衣

欲寄君衣君不還。不寄君衣君又寒。寄與不寄間。妾身千萬難。太平樂府三　堯山堂外紀

六九

〔雙調〕蟾宮曲

博山銅細裊香風。兩行紗籠。燭影揺紅。翠袖殷勤捧金鍾。半露春葱。唱好是會受用文章巨公。綺羅叢醉眼朦朧。夜宴將終。十二簾櫳。月轉梧桐。陽春白雪前集二　樂府羣珠三

案録鬼簿劉唐卿條。謂唐卿在王彦博左丞席上。賦博山銅細裊香風。陽春白雪於此曲注牧庵作。樂府羣珠從之。未知孰是。兹互見兩家曲中。羣珠題作夜宴。

〔雙調〕壽陽曲

酒可紅雙頰。愁能白二毛。對樽前儘可開懷抱。天若有情天亦老。且休教少年知道。陽春白雪前集三　梨園樂府中　雍熙樂府二〇　北宫詞紀外集六

梨園樂府雍熙樂府俱不注撰人。北宫詞紀外集注元人。雍熙題作隨緣。詞紀外集題作自警。〇梨園頗有異文。全曲作。有酒紅雙臉。愁多染二毛。向樽前且開懷抱。天若有情天也老。消磨了五陵年少。雍熙首二句作酒紅臉。愁白毛。以下同梨園。詞紀外集俱同雍熙。

紅顔褪。緑鬢凋。酒席上漸疎了歡笑。風流近來都忘了。誰信道也曾年少。陽春白雪前

集三

襄王夢。神女情。多般兒釀成愁病。琵琶慢調絃上聲。相思字越彈着不應。陽春白雪前集三

詠李白

貴妃親擎硯。力士與脱靴。御調羹就飧不謝。醉模糊將嚇蠻書便寫。寫着甚楊柳岸曉風殘月。陽春白雪前集三

元刊本便寫作使寫。茲從鈔本。

〔雙調〕撥不斷

四景

草萋萋。日遲遲。王孫士女春遊戲。宮殿風微燕雀飛。池塘沙暖鴛鴦睡。正值着養花天氣。太平樂府二

芰荷香。露華涼。若耶溪上蓮舟放。岸上誰家白面郎。舟中越女紅裙唱。逞嬌羞模

樣。太平樂府二

楚天秋。好追遊。龍山風物全依舊。破帽多情却戀頭。白衣有意能攜酒。好風流重九。太平樂府二

雪漫漫。擁藍關。長安遠客心偏憚。淪玉甌中冰雪寒。銷金帳裏羊羔鏇。這兩般任揀。太平樂府二

元刊本冰雪作雪冰。茲從明大字本。

〔正宮〕黑漆弩

吴子壽席上賦

丁亥中秋遐觀堂對月。客有歌黑漆弩者。余嫌其與月不相涉。故改賦呈雪崖使君。

青冥風露乘鸞女。似怪我白髮如許。問姮娥不嫁空留。好在朱顏千古。〔么〕笑停雲老子人豪。過信少陵詩語。更何消斫桂婆娑。早已有吴剛揮斧。永樂大典二萬零三百五十三席字韻引姚牧庵集

套數

〔雙調〕新水令

冬怨

梅花一夜漏春工。隔紗窗暗香時送。篆消金睡鴨。簾捲綉蟠龍。去鳳聲中。又題覺半衾夢。

〔駐馬聽〕心事匆匆。斜倚雲屏愁萬種。襟懷冗冗。半欹鴛枕恨千重。金釵翦燭曉猶紅。膽瓶盛水寒偏凍。冷清清。掩流蘇帳暖和誰共。

〔喬牌兒〕悶懷雙泪湧。恨鎖兩眉縱。自從執手河梁送。離愁天地永。

〔雁兒落〕琴閑吴爨桐。簫歇秦臺鳳。歌停天上謡。曲罷江南弄。

〔得勝令〕書信寄封封。烟水隔重重。夜月巴陵下。秋風渭水東。相逢。枕上歡娱夢。飄蓬。天涯悵望中。

〔沽美酒〕龍濤傾白玉鍾。羊羔泛紫金觥。獸炭添煤火正紅。業身軀自擁。聽門外雪花風。

〔太平令〕悔當日東牆窺宋。有心教夫壻乘龍。見如今天寒地凍。知他共何人陪奉。想這廝指空。話空。脱空。巧舌頭將人搬弄。

〔水仙子〕朔風掀倒楚王宫。凍雨埋藏神女峯。雪雹打碎桃源洞。冷丁丁總是空。歎湘簾翠靄重重。寫幽恨題殘春扇。敲鬱悶聽絶暮鐘。數歸期曲損春葱。

〔折桂令〕數歸期曲損春葱。魚深潛鴨頭緑寒波。雁唳殘羊角轉旋風。碎寒金照腕徒黄。收香烏藏烟近黑。守宫砂點臂猶紅。雪一番霰一陣時間驟擁。雲一攜雨一握何處行踪。途路西東。烟霧溟濛。魂也難通。夢也難通。

〔尾聲〕這寃讎懷恨千鈞重。見時節心頭氣擁。想盼的我腸斷眼睛兒穿。直摑的他腮頰臉兒腫。雍熙樂府一一　北宫詞紀六

雍熙樂府無題。不注撰人。○〔駐馬聽〕詞紀曉猶作燒猶。冷清清作離思擁。〔雁兒落〕詞紀江南作江東。〔得勝令〕詞紀起處有呀字。夜月作夜色。〔太平令〕詞紀脱空作一步步脱空。〔尾聲〕詞紀腮頰臉作臉皮。

劉敏中

敏中字端甫。濟南章丘人。幼卓異不凡。鄉先生杜仁傑愛其文。亟稱之。至元中。拜監察御史。劾桑哥奸邪不報。遂辭職歸。既而起爲御史臺都事。出爲燕南肅政廉訪副使。入爲國子司業。遷翰林直學士兼國子祭酒。大德間。宣撫遼東山北。除東平路總管。擢陝西行臺治書侍御史。召爲集賢學士。商議中書省事。武宗立。授太子贊善。拜河南行省參知政事。改治書侍御史。出爲淮西肅政廉訪使。轉山東宣慰使。召爲翰林學士承旨。以疾還鄉里。延祐五年卒。年七十六。贈光禄大夫柱國。追封齊國公。謚文簡。端甫援據今古。雍容不迫。爲文辭理備辭明。有中庵集。

小令

〔正宮〕黑漆弩

村居遣興

長巾闊領深村住。不識我唤作傖父。掩白沙翠竹柴門。聽徹秋來夜雨。閒將得失

思量。往事水流東去。便宜教畫却淩烟。甚是功名了處。中庵集　中庵詩餘　中庵樂府

中庵樂府長作高。宜教作直教。

吾廬却近江鷗住。更幾箇好事農父。對青山枕上詩成。一陣沙頭風雨。酒旗只隔橫塘。自過小橋沽去。儘疎狂不怕人嫌。是我生平喜處。中庵集　中庵詩餘　中庵樂府

中庵樂府却作恰。陣作障。

高文秀

文秀東平府學生員。早卒。都下人號小漢卿。爲元初雜劇大家。著雜劇三十四種。今僅存五種。趙元遇上皇。雙獻頭。須賈誶范叔。襄陽會。保成公徑赴澠池會。惟澠池會或云非元人作。

套數

〔雙調〕行香子

丫髻鐶縧。草履麻袍。翠巖前蓋座團標。塊石作枕。獨木爲橋。摘藤花。挑竹笋。採茶苗。

〔喬木查〕掩柴扉静悄。不許紅塵到。皓月清風爲故交。肩將藜杖挑。閑訪漁樵。

〔撥不斷〕景瀟瀟。性飄飄。龍中自有真修妙。黄葉成堆任俺燒。白雲滿地無人掃。嘆人間長笑。

〔攪箏琶〕嫌喧花。不掛許由瓢。玉兔金烏。從昏至曉。時復飲濁醪。且吃的沉醉陶陶。把人間萬事都忘。到大來散誕逍遥。

〔離亭宴煞〕醉時節獨把青松靠。醒時節自取瑶琴操。操的是鶴鳴九皋。聽水聲觀山色掀髯笑。也不指望歸閬苑超蓬島。直恁的清閑到老。堦説得利名輕。消磨得是非少。羅本陽春白雪後集卷三

〔南吕〕一枝花

詠惜花春起早

花間杜宇啼。柳外黄鶯囀。銀河清耿耿。玉露滴涓涓。潛入花園。露濕殘粧面。風吹雲髻偏。畫閣内綉幕猶垂。錦堂上珠簾未捲。

〔梁州〕恰行過開爛熳梨花樹底。早來到噴清香芍藥欄邊。海棠顔色堪人羨。桃紅噴火。柳緑拖烟。蜂飛颭颭。蝶舞翩翩。驚起些宿平沙對對紅鴛。出新巢燕子喧喧。怕的是罩花叢玉露濛濛。愁的是透羅衣輕風剪剪。盼的是照紗窗紅日淹淹。近前。怕遠。蹴金蓮懶把香塵踐。忒堅心。忒心戀。休辜負美景良辰三月天。堪賞堪憐。

〔尾聲〕則爲這惜花懶入鞦韆院。因早起空閑鴛枕眠。廢寢忘餐把花戀。將花枝笑撚。

斜插在鬢邊。手執着菱花鏡兒裏顯。盛世新聲巳集　詞林摘艷八　雍熙樂府九　北宮詞紀五　詞林白雪四

盛世新聲無題。不注撰人。原刊本徽藩本詞林摘艷題作詠惜花春起早。注明王舜耕散套。重增本内府本摘艷無題。與雍熙樂府俱不注撰人。雍熙題作惜花春起早。此套之後。尚有一枝花愛月夜眠遲。掬水月在手。弄香花滿衣三套。不知是否並爲一人作。北宮詞紀此套注高文秀作。題同雍熙。詞林白雪此套屬美麗類。注康進之作。兹姑列爲文秀作。○（一枝花）盛世濳入作踐入。濕作滴濕。未捲作半捲。重增本摘艷俱同。雍熙清作迴。濳入作暫入。綉幕作羅幕。詞紀俱同雍熙。（梁州）盛世顏色作嬌艷。桃紅上有你看那三字。是照作是那照。淹淹作炎炎。近前作進前。忒心戀作不心戀。重增本摘艷俱同。雍熙顏色作嬌艷。桃紅作桃花。柳緑作楊柳。出新巢作又見出新巢。玉露作曉霧。愁的作避的。盼的作耀的。淹淹作懨懨。近前作進前。香塵作殘紅。忒堅至辜負作。忒心堅。怕心倦。怎肯辜負了。詞紀詞林白雪颭颭作閃閃。餘俱同雍熙。（尾聲）盛世重增本摘艷鏡上俱有則在這三字。雍熙首二句作。爲惜花不入鞦韆院。因早起致將鴛枕閑。把花作把他。手執作猶自古手執。鏡兒裏作鏡兒。詞紀詞林白雪俱同雍熙。

〔黄鍾〕啄木兒

朦朧睡巧夢成。偶一佳人伴瘦形。正温存雲雨將興。被黄鸝弄聲驚醒。覺來恍惚心

不定。無端阻我陽臺興。鳳友鸞交化作塵。

〔前腔〕襄王夢仍又成。儼似當年楊太真。正歡娱再結同心。被譙樓又打三更。思思想想愁無盡。紗窗月轉移花影。把我二字姻緣不得成。

〔玉抱肚〕静中思省。這嬌人何方姓名。素不曾識面調情。平白地將人勾引。魂飛魄散。使我戰兢兢。覓盡天涯不見形。

〔滴溜子〕思量起。思量起。怎不動情。丹青手。丹青手。難描俊英。爲你。慇懃幫襯。雖然夢寐間。風流當盡。堪恨姻緣。兩字欠成。

〔餘文〕佳期不得同歡慶。夢兒裏和伊言甚。盼殺雞聲天又明。詞林白雪一

詞林白雪此套注高文秀作。詞既不佳。且爲南曲。殊可疑。姑輯之。○〔前腔〕花影原作花移。

詞林白雪卷四有一枝花芳姿膩膩嬌套數一套。注高文秀作。案此套見湯式筆花集。北宫詞紀彩筆情辭亦以之屬湯氏。兹不收。

鄭庭玉

庭玉彰德人。著雜劇二十三種。今僅存疎者下船。後庭花。金鳳釵。忍字記。看錢奴五種。餘佚。庭玉或作廷玉。

殘曲

〔商調〕失牌名

金山寺

〔高平煞〕本真心思慮轉猜疑。不覺的長吁嘆息。可知道雁杳魚沉。逐得人犬走雞飛。暢道急別了僧人。懷着那一天悶走到蘭舟內。駡你箇負心的雌李勉。大膽的女姜維。對着神祇。指着身己。説不盡磣可可山盟怎離得。北詞廣正譜

庾天錫

天錫字吉甫。大都人。中書省掾。除員外郎中山府判。著雜劇罵上元。琵琶怨。蘭昌宮等十五種。今俱不存。貫雲石序陽春白雪。品騭當代樂府。以吉甫與關漢卿並論。謂其造語妖嬌。却如小女臨杯。使人不忍對殢。案天一閣舊藏明藍格鈔本録鬼簿。謂吉甫名天福。兹據曹楝亭本作天錫。

小令

〔雙調〕蟾宫曲

環滁秀列諸峯。山有名泉。瀉出其中。泉上危亭。僧仙好事。締構成功。四景朝暮不同。宴酣之樂無窮。酒飲千鍾。能醉能文。太守歐翁。陽春白雪前集二　樂府羣珠三

樂府羣珠題作擬醉翁亭記。〇元刊陽春白雪締構作締樽。鈔本作搆搆。兹從徐本及羣珠。羣珠四景作四時。

滕王高閣江干。佩玉鳴鑾。歌舞闌珊。畫棟朱簾。朝雲暮雨。南浦西山。物换星移

幾番。閣中帝子應笑。獨倚危闌。檻外長江。東注無還。陽春白雪前集二　樂府羣珠三

樂府羣珠題作擬滕王閣記。○笑字失韻。似誤。

〔雙調〕雁兒落過得勝令

春風桃李繁。夏浦荷蓮間。秋霜黃菊殘。冬雪白梅綻。四季手輕翻。百歲指空彈。謾説周秦漢。徒誇孔孟顔。人間。幾度黃粱飯。狼山。金杯休放閑。陽春白雪前集四

名韁厮纏挽。利鎖相牽絆。孤舟亂石湍。羸馬連雲棧。宰相五更寒。將軍夜渡關。創業非容易。昇平守分難。長安。那箇是周公旦。狼山。風流訪謝安。陽春白雪前集四　梨園樂府下

梨園樂府不注撰人。下二首同。○元刊陽春白雪渡關作時還。茲從鈔本白雪及梨園樂府。元刊白雪是周公作似周公。茲從鈔本。梨園樂府纏挽作綰纏。牽作縈。石湍作□灘。守分作守亦。無是字。狼山上有對字。下二首同。訪作學。

韓侯一將壇。諸葛三分漢。功名紙半張。富貴十年限。行路古來難。古道近長安。緊把心猿繫。牢將意馬拴。塵寰。倒大無憂患。狼山。白雲相伴閑。陽春白雪前集四　梨園樂府下

元刊陽春白雪古道近作古官近。兹從鈔本。梨園樂府古道近作求官過。紙半張作一片紙。相伴作深處。

荒荒時務艱。急急光陰換。一局棋未終。腰斧柯先爛。百歲霎光間。莫惜此時閑。三兩知心友。鯨杯且吸乾。休彈。玉人齊聲嘆。狼山。興亡一笑間。陽春白雪前集四　梨園樂府下

鈔本陽春白雪未終作未殘。梨園樂府艱作難。換作趲。三句作局棋猶未了。霎光作霎時。莫惜此時作且惜此身。三兩作會幾個。且吸作吸要。休彈作吹彈。嘆作咀。

從他緑鬢斑。欹枕白石爛。回頭紅日晚。滿目青山矸。翠立數峯寒。碧鎖暮雲間。媚景春前賞。晴嵐雨後看。開顔。玉盞金波滿。狼山。人生相會難。陽春白雪前集四

元刊本鈔本矸俱作碎。兹從殘元本。鈔本緑鬢作絲髮。春前賞從徐本。他本俱作春前看。

套數

〔商角調〕黄鶯兒

懷古。懷古。廢興兩字。干戈幾度。問當時富貴誰家。陳宮後主。

〔踏莎行〕殘照底西風老樹。據秦淮終是帝王都。愛山圍水繞。龍蟠虎踞。依稀覩。六朝風物。

〔蓋天旗〕光陰迅速。多半晴天變雨。待揀搭溪山好處。吞一杯。嚎數曲。身有歡娛。事無榮辱。

〔應天長〕引一僕。着兩壺。謝老東山。黄花時好去。適意林泉遊未足。烟波暮。堪凝竚。謫仙詩句。

〔尾〕一線寄烏衣。二水分白鷺。臺上鳳凰遊。井口胭脂污。想玉樹後庭花。好金陵建康府。陽春白雪前集二　北詞廣正譜引踏莎行蓋天旗　九宫大成五九同

（蓋天旗）元刊本數曲之曲字模糊。鈔本與北詞廣正譜九宫大成俱作曲。大成搭作答。（應天長）牌名原作垂絲釣。誤。

〔踏莎行〕彩射龍光。雲埋鐵柱。迷津烟暗。渡水平湖。高士祠堂。旌陽殿宇。洪恩懷古。懷古。物换千年。星移幾度。想當時帝子元嬰。閻公都督。路。藕花無數。

〔蓋天旗〕殘碑淋雨。留得王郎佳句。信步攜筇。登臨閑竚。雁驚寒。衡陽浦。秋水長天。落霞孤鶩。

〔應天長〕東接吴。南甸楚。紺塢荒村。蒼烟古木。俯挹遥岑傷未足。夕陽暮。空無語。昔人何處。

〔尾〕孤塔插晴空。高閣臨江渚。棟飛南浦雲。簾捲西山雨。觀勝概壯江山。嘆鳴鑾罷歌舞。陽春白雪前集二　太和正音譜下引全套　北詞廣正譜引後四支　九宫大成五九同

（黄鶯兒）太和正音譜當時作當日。（應天長）元刊陽春白雪昔人作皆人。鈔本作背人。九宫大成甸作連。

別況

無語。無語。悶人怕到。江天日暮。大都來一種相思。柔腸萬縷。

〔么〕嫩玉。肌膚。會調絃理管。能歌妙舞。從別後有誰拘束。

〔垂絲釣〕求神問卜。道須有團圓一處。奈目下佳期。未得相逢愁最苦。正值着秋光暮天淒楚。

〔應天長〕愁成陣。更壓着宋玉。便是鐵石人。也今宵躭不去。早是恓惶能對付。難禁處。淒涼景。窗兒外眼撮聚。

〔隨煞〕起一陣菊花風。下幾點芭蕉雨。風送得菊花香。雨打得芭蕉絮。芭蕉雨敲庭

梧。菊花風戰檻竹。太平樂府七　雍熙樂府一六　北詞廣正譜引前三支

太平樂府此套牌名么原作踏莎行。垂絲釣原作么。應天長原作蓋天旗。雍熙樂府同。均誤。茲改正之。雍熙不注撰人。○(么)廣正譜有誰拘束四字叠。(垂絲釣)元刊太平樂府團圓二字作□□。茲從明大字本太平樂府及雍熙北詞廣正譜。(應天長)元刊八卷本太平樂府眼作眼前。

〔商調〕定風波

思情

迤逗秋來到。正露冷風寒。微雨初收。涼風兒透冽襟袖。自别來愁萬感。遣離情不堪回首。

〔金菊香〕到秋來還有許多憂。一寸心懷無限愁。離情鎮日如病酒。似這等懨懨。終不肯斷了風流。

〔鳳鸞吟〕題起來羞。這相思何日休。好姻緣不到頭。飲幾盞悶酒。醉了時罷手。則怕酒醒了時還依舊。我爲他使盡了心。他爲我添消瘦。都一般減了風流。

〔醋葫蘆〕人病久。何日休。恩情欲待罷無由。哎。你箇多情你可便怎下的辜負。子

我知伊主意。料應來倚仗着臉兒羞。

〔尾聲〕本待要棄捨了你箇寃家。别尋一箇玉人兒成配偶。你道是强似你那模樣兒的呵説道我也不能够。我道來勝似你心腸兒的呵到處裏有。盛世新聲申集　詞林摘艷七　雍熙樂府一六　彩筆情辭六　太和正音譜下引鳳鸞吟　北詞廣正譜引定風波鳳鸞吟尾聲　九宫大成五九同

盛世新聲重增本内府本詞林摘艷俱無題。與雍熙樂府皆不注撰人。雍熙題作離情。原刊本徽藩本詞林摘艷題作思情。彩筆情辭題作嘆悶。三書與北詞廣正譜俱注庚吉甫作。太和正音譜引鳳鸞吟注無名氏小令。○(定風波)盛世透洌作透烈。雍熙情辭九宫大成俱作透裂。雍熙大成愁萬感俱作情萬感。離情俱作離愁。廣正譜四句無洌字。五句作驀聽得殘蟬噪衰柳。(金菊香)盛世重增本摘艷心懷下俱有着我二字。離情俱作情懷。情辭離情作憾憾。末二句作。只恁般心上眉頭。終不肯斷綢繆。(鳳鸞吟)盛世重增本摘艷及雍熙俱無此曲。太和正音譜引此曲注無名氏小令。廣正譜亦引之。屬此套。正音譜時還作重還。内府本摘艷幾盞作一杯。六句作醒來時依然還又。我爲他與他爲我易位。消瘦作憔瘦。減作減盡。情辭六句作只怕酒醒時相思還似舊。大成盞作杯。盡了作盡。(醋葫蘆)盛世摘艷子我俱作了我。連上作一句。臉兒羞俱作臉兒好。盛世重增本摘艷料應下俱無來字。雍熙恩情作思情。多情你可便五字作寃家二字。情辭二句作怨日稠。末三句作。哎。你可怎下得便把人辜負。這意兒知否。料應來倚仗着臉嬌柔。(尾聲)盛世人兒成作人重。模樣兒作模樣。勝似你作尋一箇勝似你的。末句的呵作的敢。重增本摘艷俱

同。内府本摘艷説道我也作大古來。雍熙寃家作多情。一箇作箇。成配作重配。三句作强似你的模樣兒的呵便做道我不能够。我道來勝似你作勝似你的。末句呵下有敢字。情辭一箇作箇。三句無那字。説道我作可。道來作道是。末句呵下有敢字。廣正譜九宮大成人兒成作人重。末句的呵作的敢。

馬致遠

致遠號東籬。大都人。任江浙行省務官。與關漢卿。鄭光祖。白樸四人以雜劇並稱。謂之關馬鄭白。著雜劇十五種。今存漢宫秋。薦福碑。岳陽樓。黄粱夢。青衫泪。陳摶高臥。任風子七種。散曲亦富。涵虚子論曲。謂其詞如朝陽鳴鳳。又謂其詞典雅清麗。可與靈光景福相頡頏。有振鬣長鳴。萬馬皆瘖之意。又若神鳳飛鳴于九霄。豈可與凡鳥共語哉。宜列羣英之上。

小令

〔仙吕〕青哥兒

十二月

正月

春城春宵無價。照星橋火樹銀花。妙舞清歌最是他。翡翠坡前那人家。鰲山下。梨園

樂府下　太和正音譜下　北詞廣正譜　九宫大成五　元明小令鈔

二月

前村梅花開盡。看東風桃李争春。寶馬香車陌上塵。兩兩三三見遊人。清明近。梨園樂府下

三月

風流城南修禊。曲江頭麗人天氣。紅雪飄香翠霧迷。御柳宫花幾曾知。春歸未。梨園樂府下

四月

東風園林昨暮。被啼鶯唤將春去。煮酒青梅盡醉渠。留下西樓美人圖。閑情賦。梨園樂府下

五月

榴花葵花争笑。先生醉讀離騷。卧看風簷燕壘巢。忽聽得江津戲蘭橈。船兒鬧。梨園樂府下

六月

冰壺瑶臺天遠。逃炎蒸莫要逃禪。約下新秋數日前。閑與仙人醉秋蓮。凌波殿。梨園樂府下

七月

梧桐初彫金井。月纖妍人自娉婷。獨對青娥翠畫屏。閑只管銀河問雙星。無蹊徑。梨園樂府下

八月

銅壺半分更漏。散秋香桂娥將就。天遠雲歸月滿樓。這清興誰教庾江州。能消受。梨園樂府下

九月

前年維舟寒瀨。對篷窗叢菊花開。陳迹猶存戲馬臺。説道丹陽寄奴來。愁無奈。梨園樂府下

十月

玄冥偷傳春信。只多爲臘蕊冰痕。山遠樓高雪意新。錦帳佳人會温存。添風韻。梨園樂府下

十一月

當年東君生意。在重泉一陽機會。與物無心總不知。律管兒女漫吹灰。閑遊戲。梨園樂府下

十二月

隆冬寒嚴時節。歲功來待將遷謝。愛惜梅花積下雪。分付與東君略添些。豐年也。梨園樂府下

梨園樂府青哥兒十二首失注撰人。題作十二月。太和正音譜北詞廣正譜並徵引正月一首。注馬致遠小令。元明小令鈔從之。如正音譜等所注不誤。則以下十一首皆應屬東籬。兹全輯之。

〔南吕〕四塊玉

恬退

緑鬢衰。朱顔改。羞把塵容畫麟臺。故園風景依然在。三頃田。五畝宅。歸去來。太平樂府五　樂府羣珠二

緑水邊。青山側。二頃良田一區宅。閑身跳出紅塵外。紫蟹肥。黄菊開。歸去來。太平樂府五　樂府羣珠二　樂府羣珠改作敗。

翠竹邊。青松側。竹影松聲兩茅齋。太平幸得閑身在。三徑修。五柳栽。歸去來。太平樂府五　樂府羣珠二

明大字本太平樂府閑身作身閑。

酒旋沽。魚新買。滿眼雲山畫圖開。清風明月還詩債。本是箇懶散人。又無甚經濟才。歸去來。太平樂府五　樂府羣珠二

天台路

採藥童。乘鸞客。怨感劉郎下天台。春風再到人何在。桃花又不見開。命薄的窮秀才。誰教你回去來。梨園樂府下　樂府羣珠二

紫芝路

雁北飛。人北望。抛閃煞明妃也漢君王。小單于把盞呀剌剌唱。青草畔有收酪牛。黑河邊有扇尾羊。他只是思故鄉。梨園樂府下　樂府羣珠二

梨園樂府河邊作河遠。樂府羣珠於遠字旁注一邊字。兹從之。

潯陽江

送客時。秋江冷。商女琵琶斷腸聲。可知道司馬和愁聽。月又明。酒又醒。客乍醒。

梨園樂府下　樂府羣珠二

樂府羣珠酒又醒作酒又醒。

馬嵬坡

睡海棠。春將晚。恨不得明皇掌中看。霓裳便是中原患。不因這玉環。引起那禄山。怎知蜀道難。梨園樂府下　樂府羣珠二

鳳凰坡

百尺臺。堆黄壤。弄玉吹簫送蕭郎。送蕭郎共上青霄上。到如今國已亡。想當初事可傷。再幾時有鳳凰。梨園樂府下　樂府羣珠二

樂府羣珠臺作樓。

藍橋驛

玉杵閑。玄霜盡。何敢藍橋望行雲。裴航自有神仙分。原是箇竊玉人。做了箇賞月人。成就了折桂人。梨園樂府下　樂府羣珠二

洞庭湖

畫不成。西施女。他本傾城却傾吴。高哉范蠡乘舟去。那裏是泛五湖。若綸竿不釣魚。便索他學楚大夫。梨園樂府下　樂府羣珠二

臨筇市

美貌才。名家子。自駕着箇私奔坐車兒。漢相如便做文章士。愛他那一操兒琴。共他那兩句兒詩。也有改嫁時。梨園樂府下　樂府羣珠二

梨園樂府美貌下脱才字。兹從樂府羣珠。

巫山廟

暮雨迎。朝雲送。暮雨朝雲去無踪。襄王謾説陽臺夢。雲來也是空。雨來也是空。怎捱十二峯。梨園樂府下　樂府羣珠二

海神廟

彩扇歌。青樓飲。自是知音惜知音。桂英你怨王魁甚。但見一箇傅粉郎。早救了買笑金。知他是誰負心。梨園樂府下　樂府羣珠二

救疑應作收。

嘆世

兩鬢皤。中年過。圖甚區區苦張羅。人間寵辱都參破。種春風二頃田。遠紅塵千丈波。倒大來閑快活。梨園樂府下　樂府羣珠二

子孝順。妻賢惠。使碎心機爲他誰。到頭來難免無常日。争利名。奪富貴。都是癡。梨園樂府下　樂府羣珠二

妻賢惠原作妻賢會。茲改正。梨園樂府無常日作無常目。茲從樂府羣珠。

帶野花。攜村酒。煩惱如何到心頭。誰能躍馬常食肉。二頃田。一具牛。飽後休。鈔本陽春白雪後集一　梨園樂府下　樂府羣珠二　雍熙樂府一八

此首及次首據鈔本陽春白雪及樂府羣珠則爲劉時中作。雍熙樂府亦以此首爲時中作。羣珠據梨

園樂府録馬致遠四塊玉。逕删此二曲。兹姑據梨園樂府重出於此。參閱劉曲校記。

佐國心。拿雲手。命里無時莫剛求。隨時過遣休生受。幾葉綿。一片紬。暖後休。鈔本陽春白雪後集一　梨園樂府下　樂府羣珠二　雍熙樂府一八

帶月行。披星走。孤館寒食故鄉秋。妻兒胖了咱消瘦。枕上憂。馬上愁。死後休。梨園樂府下　樂府羣珠二

白玉堆。黄金垛。一日無常果如何。良辰媚景休空過。琉璃鍾琥珀濃。細腰舞皓齒歌。倒大來閑快活。梨園樂府下　樂府羣珠二

風内燈。石中火。從結靈胎便南柯。福田休種兒孫禍。結三生清浄緣。住一區安樂窩。倒大來閑快活。梨園樂府下　樂府羣珠二

月滿輪。花成朶。信馬攜僕到鳴珂。選一間巖嵌房兒坐。淺斟着金曲巵。低謳着白雪歌。倒大來閑快活。梨園樂府下　樂府羣珠二

樂府羣珠四句無選字。

甑有塵。門無鎖。人海從教鬭張羅。共詩朋閑訪相酬和。儘場兒喫悶酒。即席間發淡科。倒大來閑快活。梨園樂府下　樂府羣珠二

樂府羣珠次句無作空。六句無間字。

〔南吕〕金字經

絮飛飄白雪。鮓香荷葉風。且向江頭作釣翁。窮。男兒未濟中。風波夢。一場幻化中。陽春白雪後集一　梨園樂府下　樂府羣珠二　雍熙樂府一九

梨園樂府此三首失注撰人。與吴仁卿及無名氏金字經雜列。吴曲亦不注撰人。雍熙樂府則併於吴仁卿金字經之後。誤。樂府羣珠題作漁隱。○梨園樂府此曲作。絮添蘆花雪。鮓香荷葉風。我待江湖作釣翁。窮。也屬畫圖中。風波夢。一聲烟寺鍾。樂府羣珠首句同梨園樂府。

擔頭擔明月。斧磨石上苔。且做樵夫隱去來。柴。買臣安在哉。空巖外。老了棟梁材。陽春白雪後集一　梨園樂府下　樂府羣珠二　雍熙樂府一九

樂府羣珠題作樵隱。○元刊陽春白雪棟梁作梁棟。兹從鈔本白雪及梨園樂府樂府羣珠等。梨園首句作擔挑山頭月。且做作做箇。老了下有也字。羣珠首句同梨園。

夜來西風裏。九天鵰鶚飛。困煞中原一布衣。悲。故人知未知。登樓意。恨無天上梯。陽春白雪後集一　梨園樂府下　樂府羣珠二　雍熙樂府一九

樂府羣珠題作未遂。○陽春白雪鵰作鵬。梨園樂府西風裏作秋風力。羣珠首句裏作動。雍熙樂府天上作上天。

〔中吕〕喜春來

六藝

禮

一九 夙興夜寐尊師行。動止渾絶浮浪名。身潛詩禮且陶情。柳溪中。人世小蓬瀛。雍熙樂府

樂

一九 宫商律吕隨時奏。散慮焚香理素琴。人和神悦在佳音。不關心。玉漏滴殘淋。雍熙樂府

射

一九 古來射席觀其德。今向樽前自樂心。醉横壺矢臥蓑陰。且閑身。醒踏月明吟。雍熙樂府

御

昔馳鐵騎經燕趙。往復奔騰穩似船。今朝兩鬢已成斑。機自參。牛背得身安。雍熙樂府

一九　書

筆尖落紙生雲霧。掃出龍蛇驚四筵。蠻書寫畢動君顏。酒中仙。一恁醉長安。雍熙樂府

一九　數

盈虛妙自胸中蓄。萬事幽傳一掌間。不如長醉酒壚邊。是非潛。終日樂堯年。雍熙樂府

一九

〔越調〕小桃紅

四公子宅賦

春

畫堂春暖綉幃重。寶篆香微動。此外虛名要何用。醉鄉中。東風喚醒梨花夢。主人愛客。尋常迎送。鸚鵡在金籠。陽春白雪前集五

夏

映簾十二掛珍珠。燕子時來去。午夢薰風在何處。問青奴。冰敲寶鑑玎璫玉。兀的

不勝如。石家争富。擊破紫珊瑚。陽春白雪前集五

秋

碧紗人歇翠紈閑。覺後微生汗。乞巧樓空夜筵散。襪生寒。青苔砌上觀銀漢。流螢幾點。井梧一葉。新月曲闌干。陽春白雪前集五

冬

兩軒修竹鳳凰樓。雪壓玲瓏翠。慣得閑人日高睡。賴花醫。扶頭枕上多風味。門前怪得。狂風無力。家有辟寒犀。陽春白雪前集五

〔越調〕天净沙

秋思

枯藤老樹昏鴉。小橋流水人家。古道西風瘦馬。夕陽西下。斷腸人在天涯。梨園樂府中

中原音韻　庶齋老學叢談　詞林摘艷一　堯山堂外紀六八　詞綜三〇　歷代詩餘一一九

梨園樂府無題。中原音韻詞林摘艷堯山堂外紀題目俱作秋思。庶齋老學叢談於曲前書云。北方士友傳沙漠小詞三闋。餘二闋本書輯於無名氏曲中。外紀屬馬致遠。餘書不注撰人或作無名氏。

○老學叢談枯作瘦。小橋作遠山。夕陽作斜陽。人在作人去。歷代詩餘及詞綜引別本老學叢談。人家作平沙。西風作淒風。

［雙調］蟾宫曲

嘆世

東籬半世蹉跎。竹裏遊亭。小宇婆娑。有箇池塘。醒時漁笛。醉後漁歌。嚴子陵他應笑我。孟光臺我待學他。笑我如何。倒大江湖。也避風波。太平樂府一　樂府羣珠三　樂府羣珠失注撰人。次首同。○羣珠竹裏作竹宇。

咸陽百二山河。兩字功名。幾陣干戈。項廢東吴。劉興西蜀。夢説南柯。韓信功兀的般證果。蒯通言那裏是風魔。成也蕭何。敗也蕭何。醉了由他。太平樂府一　樂府羣珠三

［雙調］清江引

野興

樵夫覺來山月底。釣叟來尋覓。你把柴斧抛。我把魚船棄。尋取箇穩便處閑坐地。太平樂府二

緑蓑衣紫羅袍誰是主。兩件兒都無濟。便作釣魚人。也在風波裏。則不如尋箇穩便處閑坐地。太平樂府二

山禽曉來窗外啼。喚起山翁睡。恰道不如歸。又叫行不得。則不如尋箇穩便處閑坐地。太平樂府二

天之美禄誰不喜。偏則説劉伶醉。畢卓縛甕邊。李白沉江底。則不如尋箇穩便處閑坐地。太平樂府二

楚霸王火燒了秦宫室。蓋世英雄氣。陰陵迷路時。船渡烏江際。則不如尋箇穩便處閑坐地。太平樂府二

林泉隱居誰到此。有客清風至。會作山中相。不管人間事。争甚麽半張名利紙。太平樂府二　梨園樂府下

梨園樂府此首及下二首俱失注撰人。〇梨園會作作欲作。

西村日長人事少。一箇新蟬噪。恰待葵花開。又早蜂兒鬧。高枕上夢隨蝶去了。太平樂府二　梨園樂府下

明大字本太平樂府又早作又遭。梨園樂府花開作花放。

東籬本是風月主。晚節園林趣。一枕葫蘆架。幾行垂楊樹。是搭兒快活閑住處。太平樂府二　梨園樂府下

明大字本太平樂府本是作本是箇。梨園樂府二句作晚咸圓成聚。幾行作兩行。搭兒作一搭。

〔雙調〕壽陽曲

山市晴嵐

花村外。草店西。晚霞明雨收天霽。四圍山一竿殘照裏。錦屏風又添鋪翠。陽春白雪前集三　梨園樂府中

梨園樂府亦收此八景小令八首。惟排列次序不同。並失注撰人。○梨園外作畔。草店作柳岸。三句作晚風涼雨晴天氣。氣應爲霽之譌。一竿作兩竿。

遠浦帆歸

夕陽下。酒旆閑。兩三航未曾着岸。落花水香茅舍晚。斷橋頭賣魚人散。陽春白雪前集三　梨園樂府中

梨園樂府作。垂楊岸。紅蓼灘。一帆風送船着岸。孤村滿林鴉噪晚。末句同。

平沙落雁

南傳信。北寄書。半栖近岸花汀樹。似鴛鴦失羣迷伴侶。兩三行海門斜去。陽春白雪前集三　梨園樂府中

梨園樂府作。征鴻度。落日晡。正秋江野人争渡。若西風不留灘上宿。末句同。

瀟湘夜雨

漁燈暗。客夢回。一聲聲滴人心碎。孤舟五更家萬里。是離人幾行情泪。陽春白雪前集三　梨園樂府中

鈔本陽春白雪漁燈作漁燭。梨園樂府曲文全異。作。瀟湘夜。雨未歇。響蕭蕭滿川紅葉。細聽

來那些兒情最切。小如螢一燈茅舍。

烟寺晚鐘

寒烟細。古寺清。近黄昏禮佛人静。順西風晚鐘三四聲。怎生教老僧禪定。陽春白雪前集三　梨園樂府中

梨園樂府寒作炊。清作晴。三句作山堂月明人静。順西風作報黄昏。末句作怕驚回夜深禪定。

漁村夕照

嗚榔罷。閃暮光。緑楊隄數聲漁唱。掛柴門幾家閑曬網。都撮在捕魚圖上。陽春白雪前集三　梨園樂府中

梨園樂府作。夕陽外。古渡傍。兩三家不成圈巷。一簇兒聚船人曬網。末句同。

江天暮雪

天將暮。雪亂舞。半梅花半飄柳絮。江上晚來堪畫處。釣魚人一蓑歸去。陽春白雪前集三　梨園樂府中

梨園樂府曲文全異。作。彤雲布。瑞雪飄。愛垂釣老翁堪笑。子猷凍將回去了。寒江怎生獨釣。

洞庭秋月

蘆花謝。客乍別。泛蟾光小舟一葉。豫章城故人來也。結末了洞庭秋月。陽春白雪前集三　梨園樂府中

梨園樂府作。茶船近。野店歇。辜負了好天良夜。豫章城故人來到了也。末句同。

春將暮。花漸無。春催得落花無數。春歸時寂寞景物疎。武陵人恨春歸去。陽春白雪前集三

一陣風。一陣雨。滿城中落花飛絮。紗窗外驀然聞杜宇。一聲聲喚回春去。陽春白雪前集三

雲籠月。風弄鐵。兩般兒助人淒切。剔銀燈欲將心事寫。長吁氣一聲欲滅。陽春白雪前集三　雍熙樂府二〇　彩筆情辭一二

雍熙樂府題作夜憶。不注撰人。彩筆情辭以此首爲盧摯作。不知何據。參閱盧曲。○元刊本及鈔本陽春白雪弄鐵俱作弄雨。茲從殘元本。雍熙前三句作。窗間月。簷外鐵。這淒涼對誰分說。末四字作把燈吹滅。

磨龍墨。染兔毫。倩花箋欲傳音耗。真寫到半張却帶草。叙寒温不知箇顛倒。陽春白雪前集三

從別後。音信絶。薄情種害煞人也。逢一箇見一箇因話説。不信你耳輪兒不熱。陽春白雪前集三

元刊本末句脱信字。不熱作頭熱。茲從鈔本。

從別後。音信杳。夢兒裏也曾來到。問人知行到一萬遭。不信你眼皮兒不跳。陽春白雪前集三

元刊本問人作間人。茲從鈔本。

心間事。説與他。動不動早言兩罷。罷字兒磣可可你道是耍。我心裏怕那不怕。陽春白雪前集三

人初静。月正明。紗窗外玉梅斜映。梅花笑人休弄影。月沉時一般孤另。陽春白雪前集三

人千里。愁萬縷。望不斷野烟汀樹。一會價上心來没是處。恨不得待跨鸞歸去。陽春白雪前集三

價原作加。茲從任校。鈔本上心作心上。

研香汁。展素紙。蘸霜毫略傳心事。和泪謹封斷腸詞。小書生再三傳示。陽春白雪前

集三

汁原作汗。兹從任校。

實心兒待。休做謊話兒猜。不信道爲伊曾害。害時節有誰曾見來。瞞不過主腰胸帶。陽春白雪前集三

元刊本休做作休佐。兹從殘元本及鈔本。鈔本爲伊作爲誰。

江梅態。桃杏腮。嬌滴滴海棠顏色。金蓮肯分迭半折。瘦厭厭柳腰一捻。陽春白雪前集三

思今日。想去年。依舊緑楊庭院。桃花嫣然三月天。只不見去年人面。陽春白雪前集三　雍熙樂府二〇

雍熙樂府題作相思。不注撰人。〇雍熙依舊下有在字。庭作深。嫣然作艷色。只作却。

蝶慵戲。鶯倦啼。方是困人天氣。莫怪落花吹不起。珠簾外晚風無力。陽春白雪前集三

他心罷。咱便捨。空擔着這場風月。一鍋滾水冷定也。再攛紅幾時得熱。陽春白雪前集三

元刊本罷作罪。兹從鈔本。

相思病。怎地醫。只除是有情人調理。相偎相抱診脈息。不服藥自然圓備。陽春白雪前集三

心窩兒興。奶隴兒情。低低的啀聲相應。舌尖抵着牙縫冷。半晌兒使的成病。陽春白雪前集三

香羅帶。玉鏡臺。對粧奩懶施眉黛。落紅滿階愁似海。問東君故人安在。陽春白雪前集三

元刊本半晌作半合。茲從鈔本。

青紗帳。白象床。晚涼生月輪初上。誰家玉簫吹鳳凰。教斷腸人越添惆悵。陽春白雪前集三

如年夜。人乍別。角聲寒玉梅驚謝。夢迴酒醒燈盡也。對着冷清清半窗殘月。陽春白雪前集三

薔薇露。荷葉雨。菊花霜冷香庭户。梅梢月斜人影孤。恨薄情四時辜負。陽春白雪前集三

元刊本霜冷作開紅。茲從殘元本鈔本及徐本。

琴愁操。香倦燒。盼春來不知春到。日長也小窗前睡着。賣花聲把人驚覺。陽春白雪前集三

元刊本殘元本小窗前俱作小窗前〱。〱示重一字。徐本刻作小窗前一。茲從鈔本。

因他害。染病疾。相識每勸咱是好意。相識若知咱就里。和相識也一般憔悴。陽春白雪

〔雙調〕湘妃怨

和盧疎齋西湖

春風驕馬五陵兒。暖日西湖三月時。管絃觸水鶯花市。不知音不到此。宜歌宜酒宜詩。山過雨顰眉黛。柳拖烟堆鬢絲。可喜殺睡足的西施。陽春白雪前集二

喜原作戲。元刊本舊校云。戲疑作喜。兹從之。

採蓮湖上畫船兒。垂釣灘頭白鷺鷥。雨中樓閣烟中寺。笑王維作畫師。蓬萊倒影參差。薫風來至。荷香浄時。清潔煞避暑的西施。陽春白雪前集二

金巵滿勸莫推辭。已是黄柑紫蟹時。鴛鴦不管傷心事。便白頭湖上死。愛園林一抹胭脂。霜落在丹楓上。水飄着紅葉兒。風流煞帶酒的西施。陽春白雪前集二

人家籬落酒旗兒。雪壓寒梅老樹枝。吟詩未穩推敲字。爲西湖撚斷髭。恨東坡對雪無詩。休道是蘇學士。韓退之。難粧煞傅粉的西施。陽春白雪前集二

元刊本殘元本末句俱無煞字。兹從鈔本。

〔雙調〕慶東原

嘆世

拔山力。舉鼎威。喑嗚叱咤千人廢。陰陵道北。烏江岸西。休了衣錦東歸。不如醉還醒。醒而醉。太平樂府二

明月閑旌旆。秋風助鼓鼙。帳前滴盡英雄泪。楚歌四起。烏騅漫嘶。虞美人兮。不如醉還醒。醒而醉。太平樂府二　明大字本不如作倒不如。

三顧茅廬問。高才天下知。笑當時諸葛成何計。出師未回。長星墜地。蜀國空悲。不如醉還醒。醒而醉。太平樂府二

誇才智。曹孟德。分香賣履純狐媚。奸雄那裏。平生落的。只兩字征西。不如醉還醒。醒而醉。太平樂府二　賣履元刊本作買履。元刊八卷本及瞿本作買履。茲改正。明大字本落的作落得。無只字。

畫籌計。墮泪碑。兩賢才德誰相配。一箇力扶漢基。一箇恢張晉室。可惜都壽與心

違。不如醉還醒。醒而醉。太平樂府二

珊瑚樹。高數尺。珍奇合在誰家内。便認做我的。豈不知財多害己。直到東市方知。則不如醉還醒。醒而醉。太平樂府二

元刊本財多作才多。兹從明大字本。

〔雙調〕撥不斷

九重天。二十年。龍樓鳳閣都曾見。緑水青山任自然。舊時王謝堂前燕。再不復海棠庭院。陽春白雪前集三

嘆寒儒。謾讀書。讀書須索題橋柱。題柱雖乘駟馬車。乘車誰買長門賦。且看了長安回去。陽春白雪前集三

路傍碑。不知誰。春苔緑滿無人祭。畢卓生前酒一杯。曹公身後墳三尺。不如醉了還醉。陽春白雪前集三

怨離别。恨離别。君知君恨君休惹。紅日如奔過隙駒。白頭漸滿楊花雪。一日一箇渭城客舍。陽春白雪前集三

一箇之一原脱。兹從任校。

孟襄陽。興何狂。凍騎驢灞陵橋上。便縱有些梅花入夢香。到不如風雪銷金帳。慢慢的淺斟低唱。陽春白雪前集三

笑陶家。雪烹茶。就鵝毛瑞雪初成臘。見蝶翅寒梅正有花。怕羊羔美醞新添價。拖得人冷齋裏閑話。陽春白雪前集三

鈔本美醞作美酒。

菊花開。正歸來。伴虎溪僧鶴林友龍山客。似杜工部陶淵明李太白。洞庭柑東陽酒西湖蟹。哎。楚三閭休怪。陽春白雪前集三　樂府羣玉三

樂府羣玉菊作梅。正作笑。伴虎溪僧作做伴的虎溪僧。洞庭上有有字。蟹下無哎字。楚上有道與二字。

浙江亭。看潮生。潮來潮去原無定。惟有西山萬古青。子陵一釣多高興。鬧中取靜。

陽春白雪前集三

酒杯深。故人心。相逢且莫推辭飲。君若歌時我慢斟。屈原清死由他恁。醉和醒爭甚。陽春白雪前集三

鈔本且莫作只莫。清死作沉死。

瘦形骸。悶情懷。丹楓醉倒秋山色。黃菊彫殘戲馬臺。白衣盼殺東籬客。你莫不子

猷訪戴。陽春白雪前集三

元刊本醉下無字。格中作〇。兹從鈔本作倒。徐刻本作映。係臆補。

布衣中。問英雄。王圖霸業成何用。禾黍高低六代宫。楸梧遠近千官塚。一場惡夢。太平樂府二

元刊太平樂府王圖作圖王。兹從元刊八卷本瞿本。

競江山。爲長安。張良放火連雲棧。韓信獨登拜將壇。霸王自刎烏江岸。再誰分楚漢。太平樂府二

子房鞋。買臣柴。屠沽乞食爲僚宰。版築躬耕有將才。古人尚自把天時待。只不如且酩子裹胡捱。太平樂府二

莫獨狂。禍難防。尋思樂毅非良將。直待齊邦掃地亡。火牛一戰幾乎喪。趕人休趕上。太平樂府二

立峯巒。脱簪冠。夕陽倒影松陰亂。太液澄虚月影寬。海風汗漫雲霞斷。醉眠時小童休唤。樂府羣玉二　北詞廣正譜

樂府羣玉屬李致遠。北詞廣正譜屬馬致遠。疑廣正譜誤。兹互見兩家曲中。

套數

〔仙吕〕賞花時

長江風送客

馮客蘇卿先配成。愁殺風流雙縣令。撲簌簌泪如傾。凄涼愁損。相伴着短檠燈。

〔么〕愁恨厭厭魂夢驚。兩處相思一樣情。風送片帆輕。天涯隱隱。船去似馭雲行。

〔賺煞〕碧波清。江天静。既解纜如何住程。滅燭掀簾風越緊。轉回頭又到山城。過沙汀。烟水澄澄。千里洪波良夜永。蛾眉月明。恰才風定。猛擡頭覷見豫章城。太平樂府六

孤館雨留人

鞍馬區區山路遥。月暗星稀天欲曉。雲氣布荒郊。前途店少。僅此避風雹。

〔么〕客舍鬆鬆過幾朝。雨哨紗窗魂欲消。離故國路途遥。柴門静悄。無意飲香醪。

〔賺煞〕聽林間。寒鴉噪。野店江村未曉。風刮得關山葉亂飄。料前村冷落漁樵。悶無聊。心內如燒。昏慘慘孤燈不住挑。濃雲漸消。月明斜照。送清香梅綻灞陵橋。太平樂府六

〔賞花時〕元刊本僅此作僅北。茲從明大字本及瞿本舊校。

掬水月在手

古鏡當天秋正磨。玉露瀼瀼寒漸多。星斗燦銀河。泉澄潦盡。仙桂影婆娑。

〔么〕不覺樓頭二鼓過。慢撒金蓮鳴玉珂。離香閣近花科。丫鬟喚我。渴睡也去來呵。

〔賺煞〕緊相催。閑篤磨。快道與茶茶嬷嬷。寶鑑粧奩準備着。就這月華明乘興梳裹。喜無那。非是咱風魔。伸玉指盆池內蘸緑波。剛綽起半撮。小梅香也歇和。分明掌上見嫦娥。太平樂府六

〔賞花時〕元刊本潦作源。茲從元刊八卷本及瞿本。〔么〕明大字本渴睡作瞌睡。

弄花香滿衣

麗日遲遲簾影篩。燕子來時花正開。閑綉閣冷粧臺。兜鞋信步。後園裏遣悶懷。

〔么〕萬紫千紅妖弄色。嬌態難禁風力擺。時亂點塵埃。見秋千掛起。芳草上層階。

〔賺煞〕猛觀絶。宜簪帶。行不顧香泥緑苔。曉露未晞移綉鞋。愛尋香頻把身挨。喜盈腮。折得向懷揣。就手内遊蜂鬭争採。不離人左側。風流可愛。貼春衫又引得箇粉蝶兒來。太平樂府六

（賞花時）元刊本悶懷作閨懷。兹從何鈔本。（賺煞）何鈔本帶作戴。元刊本綉鞋作綉襪。兹從何鈔本及明大字本。

〔南吕〕一枝花

惜春

奪殘造化功。占斷繁華富。芳名喧上苑。和氣滿皇都。論春秀誰如。一任教浪蕊閑花塢。正是斷人腸三月初。本待學煮海張生。生扭做遊春杜甫。

〔梁州〕齊臻臻珠圍翠繞。冷清清緑暗紅疎。但合眼夢裏尋春去。春光堪畫。春景堪圖。春心狂蕩。春夢何如。消春愁不曾兩葉眉舒。殢春嬌一點心酥。感春情來來往往蜂媒。動春意哀哀怨怨杜宇。亂春心喬喬怯怯鶯雛。春光。怎如。緑窗猶唱留春

住。怎肯把春負。長要春風醉後扶。春夢似華胥。雲窗月户。
〔隔尾〕休躭閣一天柳絮如綿舞。滿地殘花似錦鋪。九十日春光等閑負。狂風驟雨。休没亂殺東君做不得主。太平樂府八　雍熙樂府一〇　北宫詞紀六

雍熙樂府不注撰人。〇〔一枝花〕太平樂府誰如作誰知。北宫詞紀春秀作春興。〔梁州〕雍熙詞紀留春住俱作留春曲。詞紀春心狂蕩二句作。春山秀麗。春野蘼蕪。一點心酥上有常子是三字。〔隔尾〕詞紀末句無休字。

咏莊宗行樂

寵教坊荷葉杯。踏金頂蓮花爨。常忘了治國心。背記了謁食酸。鏡新磨無端。把李天下題名兒唤。但傳喧聲嚹裏喘。教得些年小的宫娥。都唱喜春來和風漸暖。
〔梁州〕聽得那静鞭響燋燋聒聒。聽得杖鼓鳴恰早喜喜歡歡。近着那獨楊宫創蓋一座宜春館。則這是治梨園的周武。掌樂府的齊桓。向三垂崗左右。湖柳坡周遭。則見沙場上白骨漫漫。別人見心似錐剜。那裏也石敬瑭全部先鋒。周德威行營的總管。那裏也二皇兄樂樂停鑾。這社稷則是覆盆磽梁江山。生紐做宋天下。結髦兒是狗家。撞投至剎了朱温。壞了黄巢。占得汴梁。剛得那半載兒惚寬。

〔隔尾三煞〕不肯省刑法。薄税斂。新條款。每每殢酒色。戀俳優。恣淫亂。國政民脩心無叛。可惜英君十三。上石門寺裏保駕。朱節兒鎮謀十五載。朝屬梁。暮屬晉。剛掙揣得個散樂伶官。

〔二〕内藏院本三千段。抹上搽炭數百般。願求在坐一席歡。天子龍袍扇面兒也待團欒。貫金線細沿伴。他那裏顫顫巍巍帶着一頂襆巾。知它是何代衣冠。

〔尾〕遲和疾。内藏庫内無了歪鏝。早晚尚書省散了些火伴。守下次的官家等交攙。做雜劇那院酸。拴些艷段。我則怕長朝殿裏勾欄兒做不滿。羅本陽春白雪後集卷二

〔中吕〕粉蝶兒

寰海清夷。扇祥風太平朝世。贊堯仁洪福天齊。樂時豐。逢歲稔。天開祥瑞。萬世皇基。股肱良廟堂之器。

〔迎仙客〕壽星捧玉杯。王母下瑶池。樂聲齊衆仙來慶喜。六合清。八輔美。九五龍飛。四海昇平日。

〔喜春來〕鳳凰池暖風光麗。日月袍新扇影低。雕闌玉砌彩雲飛。才萬里。錦綉簇

華夷。

〔滿庭芳〕皇封酒美。簾開紫霧。香噴金猊。望楓宸八拜丹墀内。衮龍衣垂拱無爲。龍蛇動旌旗影裏。燕雀高宫殿風微。道德天地。堯天舜日。看文武兩班齊。

〔尾〕祝吾皇萬萬年。鎮家邦萬萬里。八方齊賀當今帝。穩坐盤龍亢金椅。鈔本陽春白雪後集四　北詞廣正譜引尾

北詞廣正譜以此套爲無名氏作。○〔喜春來〕簇原作族。兹改。

〔大石調〕青杏子

姻緣

天賦兩風流。須知是福惠雙修。驂鸞仙子騎鯨友。瓊姬子高。巫娥宋玉。織女牽牛。

〔憨郭郎〕當壚心既有。題柱志須酬。莫向風塵内。久淹留。

〔還京樂〕標格江梅清秀。腰肢宫柳輕柔。宜止蘭心蕙性。不進皓齒明眸。芳名美譽。鎮平康冠金斗。壓盡滹陽十醜。體面妖嬈。精神抖擻。作來酒令詩籌。坐間解使并州客。緑鬢先秋。飛燕體翩翩舞袖。回鸞態飄飄翠袂。遏雲聲嚠喨歌喉。情何似情何

在。恐隨彩雲易收。丁香枝上。荳蔻梢頭。

〔浄瓶兒〕莫効臨岐柳。折入時人手。許持箕箒。願結綢繆。嬌羞。試窮究。博箇天長和地久。從今後。莫教恩愛等閑休。

〔隨煞〕休道姻緣難成就。好處要人消受。終須是配偶。偏甚先教沈郎瘦。太平樂府七

雍熙樂府一五　北宮詞紀五　詞林白雪四　北詞廣正譜引浄瓶兒　九宮大成二〇引憨郭郎至隨煞

雍熙樂府不注撰人。詞林白雪屬美麗類。〇（青杏子）雍熙樂府北宮詞紀福惠俱作福慧。（憨郭郎）雍熙九宮大成題柱俱作題橋。雍熙風作東風。（還京樂）瞿本太平樂府舊校宜止作豈止。雍熙翩翻作翩翩。飄颻作飄飄。北宮詞紀詞林白雪體面俱作容貌。何似俱作何在。詞林白雪不進作不數。九宮大成翩翻作翩翩。飄颻作飄飄。何似作何在。任訥校輯元四家散曲。改不進作不惟。（浄瓶兒）雍熙博箇作撥箇。九宮大成同。

悟迷

世事飽諳多。二十年漂泊生涯。天公放我平生假。剪裁冰雪。追陪風月。管領鶯花。

〔歸塞北〕當日事。到此豈堪誇。氣概自來詩酒客。風流平昔富豪家。兩鬢與生華。

〔初問口〕雲雨行爲。雷霆聲價。怪名兒到處裏喧馳的大。没期程。無時霎。不如一

筆都勾罷。

〔怨别離〕再不教魂夢反巫峽。莫燃香休剪髮。柳户花門從瀟灑。不再踏。一任教人道情分寡。

〔擂鼓體〕也不怕薄母放訝掐。諳知得性格兒從來織下。顛不剌的相知不綣他。被莽壯兒的哥哥截替了咱。

〔賺煞〕休更道咱身邊没㨮剥。便有後半毛也不拔。活繢兒從他套共榻。沾泥絮怕甚狂風刮。唱道塵慮俱絶。興來詩吟罷酒醒時茶。兀的不快活煞。喬公事心頭再不罣。

太平樂府七　盛世新聲寅集　雍熙樂府一五　北詞廣正譜引擂鼓體賺煞　九宫大成二〇引擂鼓體

此套盛世新聲不注撰人。無題。無賺煞一支。曲文校勘從略。雍熙樂府不注撰人。〇（青杏子）元刊太平樂府平生假作平生暇。兹從明大字本何鈔本太平樂府及雍熙。（怨别離）雍熙魂夢作夢魂。何鈔本太平樂府再踏作曾踏。（擂鼓體）元刊太平樂府不綣作不倦。莽壯兒的哥哥作莽注兒的歌歌。兹從雍熙及九宫大成。明大字本太平樂府亦作不綣。元刊八卷本瞿本及何鈔本太平樂府歌亦俱作哥。北詞廣正譜無也不二字。莽壯作莽性。哥字不疊。九宫大成薄母作鴇母。性格兒作性格。（賺煞）太平樂府榻作搨。雍熙三句無活字。

〔般涉調〕哨遍

張玉嵓草書

自唐晉傾亡之後。草書掃地無踪跡。天再産玉嵓翁。卓然獨立根基。甚綱紀。胸懷灑落。意氣聰明。才德相兼濟。當日先生沉醉。脱巾露頂。裸袖揎衣。霜毫歷歷蘸寒泉。麝墨濃濃浸端溪。卷展霜縑。管握銅龍。賦歌赤壁。

〔么〕仔細看六書八法皆完備。舞鳳戲翔鸞韻美。寫長空兩脚墨淋漓。灑東窗燕子銜泥。甚雄勢。斬釘截鐵。纏葛垂絲。似有風雲氣。據此清新絶妙。堪爲家寶。可上金石。二王古法夢中存。懷素遺風盡真習。料想方今。寰宇四海。應無賽敵。

〔五煞〕儘一軸。十數尺。從頭一掃無凝滯。聲清恰似蠶食葉。氣勇渾同猊抉石。超先輩。消翰林一贊。高士留題。

〔四〕寫的來狂又古。顛又實。出乎其類拔乎萃。軟如楊柳和風舞。硬似長空霹靂摧。真堪惜。沉沉着着。曲曲直直。

〔三〕畫一畫如陣雲。點一點似怪石。撇一撇如展鵾鵬翼。彎環怒偃乖龍骨。峻峭横拖巨蟒皮。特殊異。似神符堪咒。蚯蚓蟠泥。

〔二〕寫的來嬌又嗔。怒又喜。千般醜惡十分媚。惡如山鬼拔枯樹。媚似楊妃按羽衣。誰堪比。寫黃庭換取。道士鵝歸。

〔一〕顏真卿蘇子瞻。米元章黃魯直。先賢墨跡君都得。滿箱拍塞數千卷。文錦編挑滿四圍。通三昧。磨崖的本。畫贊初碑。

〔尾〕據劃畫難。字樣奇。就中渾穿諸家體。四海縱橫第一管筆。太平樂府九 雍熙樂府七

九宮大成七三引哨遍

雍熙樂府不注撰人。題作贈張玉嵓。○（么）元刊太平樂府完備作兒備。玆從何鈔本太平及雍熙九宮大成。（五煞）雍熙牌名作耍孩兒。誤。太平樂府高士作高上。雍熙翰林上無消字。（三）瞿本太平樂府橫拖作橫斜。雍熙末句蚯蚓上有如字。（一）雍熙顏真卿上有更有那三字。（尾）雍熙首句作據着這劃畫難。

半世逢場作戲。險些兒誤了終焉計。白髮勸東籬。西村最好幽棲。老正宜。茅廬竹徑。藥井蔬畦。自減風雲氣。嚼蠟光陰無味。傍觀世態。靜掩柴扉。雖無諸葛臥龍岡。原有嚴陵釣魚磯。成趣南園。對榻青山。繞門緑水。

〔耍孩兒〕窮則窮落覺囫圇睡。消甚奴耕婢織。荷花二畝養魚池。百泉通一道清溪。

安排老子留風月。準備閑人洗是非。樂亦在其中矣。僧來筍蕨。客至琴棋。

〔二〕青門幸有栽瓜地。誰羡封侯百里。桔槔一水韭苗肥。快活煞學圃樊遲。梨花樹底三杯酒。楊柳陰中一片席。倒大來無拘繫。先生家淡粥。措大家黄虀。

〔三〕有一片凍不死衣。有一口餓不死食。貧無煩惱知閑貴。譬如風浪乘舟去。争似田園拂袖歸。本不愛争名利。嫌貧汙耳。與鳥忘機。

〔尾〕喜天陰唤錦鳩。愛花香哨畫眉。伴露荷中烟柳外風蒲内。緑頭鴨黄鶯兒啅七七。

梨園樂府上　詞謔

（哨遍）梨園樂府臥龍岡作臥重崗。（耍孩兒）詞謔五六句作。有餘豪興嘲風月。無復閒言講是非。下句無亦字。（三）梨園譬原作匹。茲改。詞謔一片作一身。譬如作驚看。不愛作不會。嫌貧汙耳作野猿作主。與鳥作海鳥。（尾）詞謔三句無伴字。末句作更有那緑頭鴨黄口鵪金衣公子聲韻美。

〔般涉調〕耍孩兒

借馬

近來時買得匹蒲梢騎。氣命兒般看承愛惜。逐宵上草料數十番。喂飼得膘息胖肥。

但有些穢污却早忙刷洗。微有些辛勤便下騎。有那等無知輩。出言要借。對面難推。

〔七煞〕懶設設牽下槽。意遲遲背後隨。氣忿忿懶把鞍來鞴。我沉吟了半晌語不語。不曉事頹人知不知。他又不是不精細。道不得他人弓莫挽。他人馬休騎。

〔六〕不騎呵西棚下涼處拴。騎時節揀地皮平處騎。將青青嫩草頻頻的喂。歇時節肚帶鬆鬆放。怕坐的困尻包兒款款移。勤覷着鞍和轡。牢踏着寶鐙。前口兒休提。

〔五〕飢時節喂些草。渴時節飲些水。着皮膚休使麄氈屈。三山骨休使鞭來打。磚瓦上休教穩着蹄。有口話你明明的記。飽時休走。飲了休馳。

〔四〕抛糞時教乾處抛。尿綽時教淨處尿。拴時節揀箇牢固椿橛上繫。路途上休要踏磚塊。過水處不教踐起泥。這馬知人義。似雲長赤兔。如益德烏騅。

〔三〕有汗時休去簷下拴。渲時休教侵着頹。軟煮料草鍘底細。上坡時款把身來聳。下坡時休教走得疾。休道人忒寒碎。休教鞭颩着馬眼。休教鞭擦損毛衣。

〔二〕不借時惡了弟兄。不借時反了面皮。馬兒行囑付叮嚀記。鞍心馬户將伊打。刷子去刀莫作疑。則嘆的一聲長吁氣。哀哀怨怨。切切悲悲。

〔一〕早晨間借與他。日平西盼望你。倚門專等來家内。柔腸寸寸因他斷。側耳頻頻聽你嘶。道一聲好去。早兩泪雙垂。

〔尾〕没道理没道理。忒下的忒下的。恰才説來的話君專記。一口氣不違借與了你。太平樂府九　雍熙樂府七

雍熙樂府不注撰人。○（七煞）太平樂府三句鞴作背。（六）太平西作面。雍熙怕作性。（五）太平穩作隱。元刊太平及雍熙麄俱作麈。茲從瞿本。（四）太平尿綽作綽。益德作翊德。雍熙不教作休教。又與瞿本太平義俱作意。（三）元刊太平鍘底細作前底細。茲從何鈔本。雍熙作鍘細。太平馬眼作馬。雍熙首句休去作休在。末二句俱無教字。末句損作損了。（二）瞿本太平將伊作將衣。雍熙缺首句。反了作歹了（尾）雍熙君專作若專。

〔商調〕集賢賓

思情

天涯自他爲去客。黄犬信音乖。日日凌波襪冷。濕透青苔。向東風不倚朱扉。傍斜陽也立閑階。撲通地石沉大海。人更在青山外。倦題宫葉字。羞見海棠開。

〔么〕春光有錢容易買。秋景最傷懷。他便似無根蓬草。任飄零不厭塵埃。假饒是線

斷風箏。落誰家也要箇明白。近來自知浮世窄。少負他惹多苦債。别離期限數。占卜卦錢排。

〔金菊香〕敢投了招壻相公宅。多就了除名烟月牌。迷留没亂處猜。柳葉眉兒好。等你過章臺。

〔浪來裏〕更漏永。怎地捱。砧聲才住角聲哀。有燈光恨殺無月色。是何相待。姮娥影占了看書齋。

〔尾〕聽夜雨無情。哨紗窗緊慢有三千解。韻欺蛩入耳。點共泪盈腮。疎竹響。晚風篩。剗地將芭蕉葉兒擺。意中人何在。猛隨風雨上心來。太平樂府七　太和正音譜下引浪來裏　北詞廣正譜引集賢賓浪來裏　九宫大成五九引浪來裏

（集賢賓）元刊太平樂府濕透作沉透。倦題宫葉字作倦顔宫華。兹俱從何鈔本太平樂府及北詞廣正譜。（浪來裏）九宫大成才住作才動。燈光作燈花。姮娥作嫦娥。（尾）太平樂府哨作悄。何校改作哨。兹從之。

〔雙調〕新水令

題西湖

四時湖水鏡無瑕。布江山自然如畫。雄宴賞。聚奢華。人不奢華。山景本無價。

〔慶東原〕暖日宜乘轎。春風堪信馬。恰寒食有二百處秋千架。向人嬌杏花。撲人衣柳花。迎人笑桃花。來往畫船遊。招颭青旗掛。

〔棗鄉詞〕納涼時。波漲沙。滿湖香芰荷蒹葭。瑩玉杯。青玉斝。恁般樓臺正宜夏。都輸他沉李浮瓜。

〔掛玉鈎〕曲岸經霜落葉滑。誰道是秋瀟灑。最好西湖賣酒家。黄菊綻東籬下。自立冬。將殘臘。雪片似江梅。血點般山茶。

〔石竹子〕錦綉錢塘富貴家。簪纓畫戟官宦衙。百歲能歡幾時價。可惜韶華過了他。

〔山石榴〕櫓摇摇。聲嗟呀。繁華一夢天來大。風物逐人化。虚名争甚那。孤舟駕。功名已在漁樵話。更飲三杯罷。

〔醉娘子〕真箇醉也麽沙。真箇醉也麽沙。笑指南峯。却道西樓。真箇醉也麽沙。

〔一錠銀〕欲賦終焉力不加。囊篋更俱乏。自賽了兒婚女嫁。却歸來林下。

〔駙馬還朝〕想像間神仙宮類館娃。俯仰間飛來峯勝巫峽。葛仙翁郭璞家。幾點林櫻似丹砂。

〔胡十八〕雲外塔。日邊霞。橋上客。樹頭鴉。水亭山閣日西斜。哎。老子。醉麽。宜閬苑泛浮槎。

〔阿納忽〕山上栽桑麻。湖内尋生涯。枕頭上鼓吹鳴蛙。江上聽甚琵琶。

〔尾〕漁村偏喜多鵝鴨。柴門一任絶車馬。竹引山泉。鼎試雷芽。但得孤山尋梅處。苫間草廈。有林和靖是鄰家。喝口水西湖上快活煞。梨園樂府上　盛世新聲午集　詞林摘艷五　雍熙樂府一一　北詞廣正譜引棗鄉詞山石榴醉娘子駙馬還朝　九宫大成六五引慶東原六六引棗鄉詞石竹子至尾

盛世新聲重增本内府本詞林摘艷俱無題。與雍熙樂府皆不注撰人。雍熙題作西湖。原刊本徽藩本詞林摘艷題作感懷。與北詞廣正譜皆注王伯成作。茲從梨園樂府。〇（新水令）梨園次句首字模糊。似不字。盛世摘艷俱作不。茲從雍熙作布。内府本摘艷雄作堆。雍熙聚作足。山景作山共水。（慶東原）此曲陽春白雪前集卷三列爲白仁甫小令。堪信馬作宜訊馬。向人作對人。撲人衣作撲人飛。遊作邊。盛世摘艷三句俱無有字。七句俱無遊字。雍熙堪信馬作堪馭馬。有作早有。杏花。柳花。桃花。上均有的是二字。九宫大成同雍熙。（棗鄉詞）雍熙香作中。瑩玉杯作用金杯。青作斟。正宜作最宜。都輸他作也子索輸與他。北詞廣正譜四五句作。倒金杯。斟玉

畢。大成同雍熙。（掛玉鈎）梨園盛世摘艷牌名俱誤作掛打沽。內府本摘艷及雍熙不誤。雍熙葉滑作翠華。次句無是字。最好作最好是。將作交。末二句雪片上有有字。似字般字俱作也似。（石竹子）梨園盛世摘艷俱以此曲作山石榴。以下曲作石竹子。兹從內府本摘艷雍熙及大成改正。雍熙富貴家作十萬家。簪纓畫戟作畫戟簪纓。衙作家。能歡幾時價作能熬得幾多暇。大成同雍熙。惟次句末字仍作衙。（山石榴）廣正譜大成俱析第五句以下爲么篇。內府本摘艷及雍熙嗟呀俱作咿啞。雍熙逐人化作遂人心。大成嗟呀作咿啞。（醉娘子）雍熙首尾兩句真箇俱作真箇是。首句不叠。南峯作南山。廣正譜麼沙作摩挲。大成俱同雍熙。惟麼沙亦作摩挲。（一錠銀）梨園樂府卷下小令一錠銀中。亦有此支。賦作卜。無更字。自賽作等賽。內府本摘艷賦終焉作向中原。次句作我可便囊篋消乏。末二句作。直等的男婚女嫁。恁時節却歸林下。雍熙此支在胡十八之後。曲文同內府本摘艷。惟無我可便三字。大成同雍熙。（駙馬還朝）梨園盛世摘艷類俱作內。內府本摘艷及雍熙葛仙句俱作恰道仙翁葛氏家。雍熙末句作數點林鶯勝丹砂。大成同雍熙。惟仍作林櫻。（胡十八）內府本摘艷老子醉麼叠一句。宜作疑。泛作勝。雍熙日邊作岸邊。五句作水村山館日斜掛。下無哎字。宜作疑。泛作勝。大成俱同雍熙。（阿納忽）盛世摘艷末句俱無甚字。雍熙栽作種些。湖內尋作湖上覓些。枕頭上作枕上聽些。大成末句聽甚作聽些。餘同雍熙。（尾）盛世摘艷喜多下俱衍一喜字。內府本摘艷不衍。內府本末句無西字。雍熙多作添。一任作鎮掩。山泉作清泉。但得上有唱道二字。苫間草廈作苫幾間茅廈。有作靠着。西湖上作在西湖。大成俱同雍熙。

〔雙調〕喬牌兒

世途人易老。幻化自空鬧。蜂衙蟻陣黄粱覺。人間歸去好。

〔錦上花〕選甚誰低誰高。誰强誰弱。則不如閑放柴扉。打下濁醪。山展屏風。列一周遭。花不知名。分外□嬌。

〔么〕磁甌喜瀲灩。聽水任低高。偃仰在藤床上。醉魂漂渺。啼鳥驚回。嘰嘰淘淘。窗外三竿。紅日未高。

〔清江引〕都想着吃登登馬頭前挑着照道。鬧炒炒昏鴉噪。點點銅壺催。澹澹殘星落。立在紫微垣天未曉。

〔碧玉簫〕便有敕牒官誥。則是銀漢鵲成橋。便有鈔堆金窖。似梁間燕營巢。爲甚石崇睡不着。陳摶常睡着。被那轉世寶。隔斷長生道。恁若肯抄。擺着手先來到。

〔歇指煞〕千鍾苟竊人之好。一瓢知足天之道。有那等愚濁儘教。儘教向愚海内鑽。紅塵中驟。白身裏跳。争如俺拂袖歸。掀髯笑。恁頭見三徑邊。淵明醉倒。怕不恁北闕利名多。我道俺東籬下是非少。羅本陽春白雪後集卷二北詞廣正譜徵引以上錦上花。么篇。碧玉簫三曲。注馬致遠世途人易老套。案以世途人易老五字領起。則首曲當爲喬牌兒。太和正音譜有杜善夫散套喬牌兒一支。首句即此五字。疑兩譜中之曲。原爲一套。而作者或有馬杜二説。或有一譜偶誤。正音譜喬牌兒世途人易老一支。見本書杜氏曲中。兹從略。

〔雙調〕夜行船

酒病花愁何日徹。劣冤家省可里隨斜。見氣順的心疼。脾和的眼熱。休没前程外人行言説。

〔么〕但有半米兒虧伊天覷者。圖箇甚意斷恩絶。你既不棄舊憐新。休想我等閑心趄。合受這場抛撇。

〔鴛鴦煞〕據他有魂靈宜賽多情社。俺心合受這相思業。牽惹情懷。愁恨千叠。唱道但得半米兒有擔擎底九千紙教天赦。怕有半米兒心别。教不出的房門化做血。鈔本陽春白雪後集四

（鴛鴦煞）教天赦原作交天赦。兹改交爲教。

百歲光陰一夢蝶。重回首往事堪嗟。今日春來。明朝花謝。急罰盞夜闌燈滅。

〔喬木查〕想秦宮漢闕。都做了衰草牛羊野。不恁麼漁樵没話説。縱荒墳横斷碑。不辨龍蛇。

〔慶宣和〕投至狐踪與兔穴。多少豪傑。鼎足雖堅半腰裏折。魏耶。晉耶。

〔落梅風〕天教你富。莫太奢。没多時好天良夜。富家兒更做道你心似鐵。争辜負了錦堂風月。

〔風入松〕眼前紅日又西斜。疾似下坡車。不争鏡裏添白雪。上牀與鞋履相別。休笑巢鳩計拙。葫蘆提一向裝呆。

〔撥不斷〕利名竭。是非絶。紅塵不向門前惹。緑樹偏宜屋角遮。青山正補牆頭缺。更那堪竹籬茅舍。

〔離亭宴煞〕蛩吟罷一覺才寧貼。雞鳴時萬事無休歇。何年是徹。看密匝匝蟻排兵。亂紛紛蜂釀蜜。急攘攘蠅争血。裴公緑野堂。陶令白蓮社。愛秋來時那些。和露摘黄花。帶霜分紫蟹。煮酒燒紅葉。想人生有限杯。渾幾箇重陽節。人問我頑童記者。便北海探吾來。道東籬醉了也。梨園樂府上　中原音韻　盛世新聲午集　詞林摘艷五　詞謔　雍熙樂府一二　堯山堂外紀六八　南北詞廣韻選一四　北宫詞紀一　詞林白雪五　太平清調迦陵音　太和正音譜下引夜行船風入松離亭宴煞　九宫大成六七引全套梨園樂府盛世新聲詞謔雍熙樂府俱無題。盛世不注撰人。中原音韻堯山堂外紀題目俱作秋思。原刊本徽藩本詞林摘艷及北宮詞紀俱作秋興。重增本内府本詞林摘艷不注撰人。無題。南北詞廣韻選題作警世。詞林白雪屬譏賞類。太平清調迦陵音不注撰人。題作閒情。○（夜行船）中原音韻一作如。今日作昨日。明朝作今朝。闌作筵。太和正音譜同音韻。惟仍作夜闌。詞謔廣韻選迦陵音今日俱作昨日。明朝俱作今朝。外紀詞紀詞林白雪俱同音韻。惟仍作一夢。九宫大成闌作筵。（喬木查）音韻無想字。都做了作做。無麽字。没作無。盛世及各本摘艷麽俱作的。内府本摘艷作般。詞謔無想字。無麽字。外紀没作無。餘同詞謔。雍熙廣韻選詞紀詞林白雪大成不恁麽俱作一恁。廣韻選無想字。迦陵音同外紀。（慶宣和）梨園踪作縱。音韻詞謔外紀廣韻選迦陵音三句俱作鼎足三分半腰折。盛世摘艷三句俱無裏字。内府本摘艷雖堅作三分。雍熙投至作投至得。雖堅作三分。魏耶上有知他是三字。詞紀詞林白雪大成三句同音韻。末句同雍熙。（落梅風）音韻首句無你字。莫太作不待。没多作無多。四句作看錢奴硬將心似鐵。末句争作空。無了字。盛世一四句俱無你字。兒作郎。末句無了字。摘艷俱同盛世。内府本摘艷良夜作涼夜。末句争作休。詞謔廣韻選詞紀俱同音韻。惟錢俱作財。詞紀無多作没多。詞林白雪俱同詞紀。雍熙莫太作莫待。争作休。餘同音韻。惟錢作財。外紀同音韻。惟不待作莫太。迦陵音同外紀。大成同詞紀。惟看財奴作富家郎。（風入松）音韻不争鏡裏作曉來清鏡。與作和。休笑巢鳩作莫笑鳩巢。一向作一就。正音譜不争作曉來。一向作且自。盛世摘艷一向俱作一樣。内府本摘艷不争作曉來。詞謔不争作曉來。與作和。一向作一樣。雍熙不争作曉來。外紀同音韻。惟一向作一恁。廣韻選同詞謔。詞紀大成不争鏡裏俱作曉來青鏡。與俱作和。詞紀休笑下有我字。迦陵音同外紀。惟和作與。一向作一恁。詞林白雪俱同詞紀。（撥不斷）音韻屋角作屋上。末句與詞謔外紀廣韻選詞紀詞林白雪迦陵音大成俱無更那堪三字。（離亭宴煞）梨園攘攘上無急字。那些下有箇字。音韻首句無罷字。次句無時字。三句作争名利何年是徹。四句無看字。急攘攘作鬧穰穰。秋來下無時字。分作烹。人生上無想字。下句作幾箇登高節。人問我作囑付俺。正音譜鳴作唱。何年上有争名利三字。亂紛紛作鬧吵吵。争血作競血。九句作其實愛秋來那些。分作烹。人問我作囑付你箇。便作恐。盛世四句無看字。争血作競血。愛秋來時作到秋來。分作烹。渾作能。重陽作登高。問我下有時字。便作恐。摘艷俱同盛世。内府本摘艷人問我作囑咐你箇。詞謔外紀廣韻選迦陵音俱同音韻。惟詞謔廣韻選俱仍作急攘攘。迦陵音何下無年字。廣韻選争名利作争名奪利。囑付俺作囑付。雍熙詞紀俱有争名利三字。無看字。無時字。分作烹。重陽作登高。雍熙渾作能。人問我作分付。便作恐。詞紀人生上無想字。幾箇上無渾字。人問我作分付俺。詞林白雪大成俱同詞紀。惟大成便作恐。

天地之間人寄居。來生去死嗟吁。就裏榮枯。暗中貧富。人力不能除取。

〔喬牌兒〕自然天付與。强得來也不堅固。有人參透其中趣。何須巧對付。

〔錦上花〕富貴無驕。貧窮何辱。貧不憂愁。富莫貪圖。富依公。天能祐護。貧富人生。各人命福。富呵享富來。貧呵樂貧去。就裏無錢。尚良歡娱。袖有黄金。到有嗟吁。一日勾來。如何做做主。

〔江兒水〕人生百年如過駒。暗裏流年度。似曉露紅蓮香。落日夕陽暮。没可裏使心乾受苦。

〔碧玉簫〕春滿皇都。快興到金壺。涼意入郊墟。何可憶鱸魚。量有無。好光陰不可辜。携着良友生。覓着閑游處。四景又俱。羡甚功勞部。

〔離亭宴帶歇指煞〕公卿自有公卿禄。兒孫自有兒孫福。神心自語。恁麒麟閣上圖。鳳凰池中立。不如俺鸚鵡州邊住。黄紙上名。不如俺軟甌中物。誰知野夫。列翠圍四屏山。引寨練一溪水。蓋蝸舍三椽屋。我頭低氣不低。身屈心難屈。一任教風雲卷舒。飯飽一身安。心閒萬事足。羅本陽春白雪後集卷二　北詞廣正譜　九宫大成六六

九宫大成北詞廣正譜引碧玉簫。〇（碧玉簫）九宫大成涼意作涼。部作簿。（離亭宴帶歇指煞）軟疑爲飲之誤。寨疑爲寒之誤。

簾外西風飄落葉。撲簌簌落滿階砌。晚景消疏。秋聲嗚噎。又是斷腸時節。

〔喬牌兒〕寸心愁萬疊。業眼怎交睫。孤幃難捱半夜。淒涼何日徹。

〔風入松〕劣冤家真個負心别。徒恁的隨邪。好姻緣取次磨滅。謾交人感嘆傷嘆。楚

岫被雲遮。祆廟火燒絶。〔鴛鴦煞〕誰承望半路裏他心起。待剛來自家寃業。寶鑒分開。玉簪掂折。唱道薄幸虧人。神天覷者。到如今着堅心兒捱。不消分别。負德辜恩見去也。

又

一片花飛春意減。休直到緑愁紅慘。夜擁鴛衾。曉鸞鏡。病懨懨粉憔胭淡。〔風入松〕再休將風月檐兒擔。就裏尷尬。付能捱得離坑陷。又鑚入虎窟蛟潭。使不着狂心怪膽。恁却甚飽輕諳。〔阿忽令〕才見了明暗。且做些撋滲。倘忽間被他啜賺。那一場羞慘。〔鴛鴦煞〕有魂靈曉事伊台鑒。没尋思休惹人嚼啖。恁便坐守行監。少不得個面北眉南。唱道小可何堪。他親怎敢。恁那鬼廝撲恩情忺。得時暫委實受過吃苦難甘。恁時節寃家信得俺。羅本陽春白雪後集卷二

夜行船

不合青樓酒半酣。據些呵小生該斬。楚岫雲迷。藍橋水渰。没氣性休交人啜賺。

〔風入松〕對人前排得話兒岩。就裏尷尬。誆破風流膽。這一場吃苦難甘。相知每無些店三。般得人面北眉南。

〔阿忽令〕覷了他行賺。聽了它言談。動不動口兒潑憸。道的人羞慘。

〔鴛鴦煞〕盡教他統鏝的姨夫喊。豈無曉事相知鑒。俺不是曾花裏鑽延。酒樓上貪婪。唱道俺氣般看他。他心肝般看俺。想這場聚散别離尋思好淡。若是奶奶肯權耽。俺這合死的敲才再不敢。羅本陽春白雪後集卷二

〔雙調〕行香子

無也閑愁。有也閑愁。有無間愁得白頭。花能助喜。酒解忘憂。對東籬。思北海。憶南樓。

〔慶宣和〕過了重陽九月九。葉落歸秋。殘菊胡蝶强風流。勸酒。勸酒。

〔錦上花〕莫莫休休。浮生參透。能得朱顔。幾回白晝。野鶴孤雲。倒大自由。去雁來鴻。催人皓首。位至八府中。誰説百年後。則落得莊周。嘆打骷髏。愛煞當年。魯連乘舟。那箇如今。陶潛種柳。

〔清江引〕青雲興盡王子猷。半路裏乾生受。馬踏街頭月。耳聽宫前漏。知他恁羨甚麽關内侯。

〔碧玉簫〕鶯也似歌喉。佳節若爲酬。傀儡棚頭。題甚麽抱官囚。自也羞。則不如一筆勾。錦瑟左右。紅粧前後。朦朧醉眸。覷只頭黄花瘦。

〔離亭宴帶歇指煞〕花開但願人長久。人閑難得花依舊。夕陽暫留。酒中仙。塵外客。林間友。黄橙帶露時。紫蟹迎霜候。香醪羨窮。酒和花。人共我。無何有。細杖藜。寬袍袖。斷送了西風罷手。常待做快活頭。永休開是非口。梨園樂府上　北詞廣正譜引行香子錦上花碧玉簫離亭宴帶歇指煞　九宫大成六六引碧玉簫

梨園樂府馬致遠行香子無也閑愁套數之後。尚有錦上花清江引碧玉簫三支。案此三支原爲關漢卿喬牌兒世情推物理套數中之曲。見鈔本陽春白雪。兹輯入關氏曲中。○〔碧玉簫〕末句只字疑誤。廣正譜只頭作只先。九宫大成從之。任輯四家散曲作白頭。皆臆改。〔離亭宴帶歇指煞〕梨園曲牌作歇指煞。兹從廣正譜。廣正譜羨窮作旅窮。旅應作旋。

殘曲

〔黄鍾〕女冠子

枉了閑愁。細尋思自古名流。都曾志未酬。韓信乞飯。傅説版築。子牙垂鈎。桑間靈輒困。伍相吹簫。沈古歌謳。陳平宰社。買臣負薪。相如沽酒。

〔么篇〕上蒼不與功名候。更强更會也爲林下叟。時乖莫强求。若論才藝。仲尼年少。便合封侯。窮通皆命也。得又何歡。失又何愁。恰似南柯一夢。季倫錦帳。袁公甕牖。

〔出隊子〕若朝金殿。時人輕馬周。李斯豈解血沾裘。亞父争如饑喪冈。到老來終不將秦印收。

〔么篇〕聖賢尚不脱陰陽彀。都輸與范蠡舟。周生丹鳳道祥禽。魯長麒麟言怪獸。時與不時都總休。

〔黄鍾尾〕且念鯫生自年幼。寫詩曾獻上龍樓。都不迭半紙來大功名一旦休。便似陸賈隨何。且須緘口。著領布袍雖故舊。仍存兩枚寬袖。且遮藏著釣鰲攀桂手。北詞廣北詞廣正譜黄鍾宫套數分題内。以女冠子起者僅一式。計曲四支。即女冠子。出隊子。么。黄鍾尾。今於譜中所輯出者。以上各調俱全。故此套大約完整。

〔中吕〕粉蝶兒

至治華夷。正堂堂大元朝世。應乾元九五龍飛。萬斯年。平天下。古燕雄地。日月光輝。喜氤氲一團和氣。〔醉春風〕小國土盡來朝。大福蔭護助裏。賢賢文武宰堯天。喜。喜。五穀豐登。萬民樂業。四方寧治。〔啄木兒煞〕善教他。歸厚德。太平時龍虎風雲會。聖明皇帝。大元洪福與天齊。北詞廣正譜

〔商調〕集賢賓 馬致遠

金山寺可觀東大海。遊客鎮常齋。恰恨他來看玩。殿閣齊開。誰知是金斗郡蘇卿。嫁得箇江洪茶員外。便似洛伽山觀自在。行行裏道娘狠毒害。眼流江上水。裙拂徑

中荅。北詞廣正譜

〔么篇〕玉容上帶著些寂寞色。隨喜罷無可安排。俗子先登旅岸。佳人尚立僧街。向椒紅壁上題詩。去伽藍廟裏述懷。更俄延又恐怕他左猜。那村漢多時孤待。酷吟得詩句穩。忙寫得字兒歪。北詞廣正譜　九宫大成五九

〔隨調煞〕出山門長老行啼哭著拜。僧歸藜杖懶。風送畫船開。留後語。寄多才。也做了長江販茶客。若到豫章城相見。抵多少月明千里故人來。太和正音譜下　北詞廣正譜　九宫大成五九

〔隨調煞〕太和正音譜山門作三門。北詞廣正譜寄多才作盼多才。

〔商調〕水仙子

暑光催。鎮日不將簾幕垂。噴火榴花紅如茜。近水亭軒槐影低。燕鶯不語空來往。搧著那粉翅兒困蝶飛。

〔么篇〕怨恨自己。鎮日傷懷思向日。受了多少閑煩惱。喫了親娘些廝央及。傍人冷咕熱綴尚古自癡心兒不改移。姻緣事不退。重相見學取本情意。

〔金菊香〕況兼瀟灑忒孤悽。悶悶懨懨把珊枕攲。迷留没亂千百起。空頓著紗幮獨自

箇怎存濟。

〔尾聲〕眼前不見風流壻。痛思量只辨得箇垂珠泪。哭的來困也意如癡。空抱定一箇春羅扇兒睡。北詞廣正譜　九宫大成五九

任訥輯東籬樂府云。廣正譜目録套數分題内。雖無以水仙子領起之式。但譜内自首至尾。四調相聯。其爲原文如此無疑。故亦認爲完備之套。今案廣正譜徵引套數。其曲如爲第一支。則於套數二字之下。僅注撰人。其曲如非第一支。則於套數二字之下。既注撰人。復注此套之首句。今譜中於商調水仙子套數二字之下。僅注撰人。則此支應爲領起此套之首曲。此亦可爲此套大約完整之一證。

清人李調元雨村曲話。自周德清中原音韻定格中摘取小令曲句十餘則。極稱其命意造語之妙。並指爲馬致遠作。案此十餘首小令。猶見陽春白雪太平樂府等書。作者姓氏。幾皆可考。全非馬致遠作。玆不詳辨。

李文蔚

文蔚真定人。江州路瑞昌縣尹。著雜劇十二種。今存圯橋進履。燕青博魚二種。

詞林摘艷卷五有新水令一簾飛絮滾風團套。原刊本徽藩本並注李文蔚作。案此套見湯式筆花集。疑摘艷誤注撰人。

侯克中

克中字正卿。號艮齋。真定人。幼喪明。聆羣兒誦書。不終日悉能記其所授。稍長習詞章。自謂不學可造詣。既而悔之。以爲刊華食實。莫首於理。原易以求。乃爲得之。於是精意讀易。著書名大易通義。嘗與曲家徐琰。胡祇遹。白樸等遊。年九十餘卒。有艮齋詩集十四卷。其詩多涉理路。頗近擊壤一派。著雜劇春風燕子樓。今不存。

套數

〔黄鍾〕醉花陰

涼夜厭厭露華冷。天淡淡銀河耿耿。秋月浸閑亭。雨過新涼。梧葉彫金井。

〔喜遷鶯〕困騰騰鬢嚲鸞釵不欲整。正是更闌人静。强披衣出户閑行。傷情處。故人别後。黯黯愁雲鎖鳳城。心緒哽。新愁易積。舊約難憑。

〔出隊子〕闌干斜憑。强將玉漏聽。十分煩惱恰三停。一夜恓惶纔二更。暗屈春纖緊數定。

〔刮地風〕短嘆長吁千萬聲。幾時到得天明。被賓鴻喚回離愁興。雨淚盈盈。天如懸磬。月如明鏡。桂影浮。素魄輝。玉盤光靜。澄澄萬里晴。一縷雲生。

〔四門子〕恰遮了北斗杓兒柄。這淒涼有四星。望鴛鴦盡老無孤另。乍分飛可慣經。日日疎。迤邐生。逐朝盼望逐日候等。行裏焦。夢裏驚。心不暫停。

〔水仙子〕甚識曾。半霎兒他行不至誠。氣命兒般看成。心肝般欽敬。倒將人草芥般輕。瞞不過天地神明。說來的呪誓終朝應。虧心神鬼還靈聖。腸欲斷淚如傾。

〔塞雁兒〕牢成。牢成。一句句罵得心疼。據踪跡疎狂似浮萍。山般誓。海樣盟。半句兒何曾應。

〔神仗兒〕他待做臨川縣令。俺不做廬州小卿。學亞仙元和。王魁桂英。心腸兒可憐。模樣兒堪憎。往常時所事依憑。雖愚濫。可慣經。

〔節節高犯〕近新來特改的心腸硬。全不問人綉幃帳羅衾剩。接雙棲鴛枕共誰並。你縱寶馬。跳金鞍。翫玉京。迷戀着良辰媚景。

〔掛金索〕懵懂心腸。捱不過風流病。短命冤家。斷不了疎狂性。第一才郎。俺行失信行。第二佳人。自古多薄倖。

〔柳葉兒〕冷落了綠苔芳徑。寂寞了霧帳雲屏。消疎了象板鸞笙。生疎了錦瑟銀箏。

〔黄鍾〕錦幃綉幕冷清清。銀臺畫燭碧熒熒。金風亂吹黄葉聲。沉煙潛消白玉鼎。檻竹篩酒又醒。塞雁歸愁越添。簷馬劣夢難成。早是可慣孤眠。則這些最難打挣。

〔尾〕痛恨西風太薄倖。透窗紗吹滅殘燈。倒少了箇伴人清瘦影。梨園樂府上　盛世新聲丑集　詞林摘艷九　雍熙樂府一　南北詞廣韻選一五引尾　北詞廣正譜引喜遷鶯刮地風四門子節節高犯柳葉兒　九宮大成七三引醉花陰喜遷鶯刮地風四門子水仙子塞雁兒神仗兒節節高犯尾

盛世新聲不注撰人。原刊本詞林摘艷題作秋夜。注明耿子良作。誤。重增本内府本摘艷無題。與雍熙樂府俱不注撰人。雍熙題作離恨。南北詞廣韻選注元詞。○〔醉花陰〕盛世厭厭作懨懨。閑亭作閑庭。摘艷俱同。雍熙涼夜作良夜。梧葉作梧葉兒。北詞廣正譜引首句厭厭作迢迢。九宮大成同雍熙。〔喜遷鶯〕盛世困騰騰下有瘦了身形四字。並以此句及鬢嚲鸞釵不欲整。屬醉花陰作尾。更闌上無正是二字。傷情處故人別後作。傷情。越添了孤另。我則見。哽作鸞。摘艷俱同。雍熙無困騰騰至正是十二字。前曲醉花陰多對景謾傷情。鬢嚲鸞釵不欲整兩句作尾。傷情處故人別後作。那能。恨咱孤另。愁雲作愁人。心緒哽作心不定。廣正譜亦無困騰騰至正是十二字。傷情下無處字。黯黯下有的字。大成同雍熙。惟愁人仍作愁雲。〔出隊子〕盛世强將下有那字。恓惶作淒涼。緊數定作十數程。摘艷俱同。重增本摘艷闌干斜憑作衡桿斜兒。雍熙强將下有那字。纔二更作恰二更。暗屈作暗曲。緊數定作數去程。〔刮地風〕盛世幾時到得作怎能

够捱到。喚回作喚醒。天如至雲生作。不覺的玉露零零。銀漢澄澄。桂影横。素魄輝。月明如鏡。恰長空萬里晴。又被那一縷雲生。摘艷俱同。雍熙幾時到得作怎能够得到。月如作月似。浮作横。輝作鮮。晴作清。廣正譜短歎上有則我這三字。到得作得到。喚回作喚起。雨泪作兩泪。月如作月似。静作浄。大成俱同雍熙。（四門子）盛世這淒涼上有呀敢二字。鴛鴦作天涯。無孤另作成孤另。可慣作不慣。迤邐作漸漸。逐朝下有家字。候等作等。焦作又憔。驚作又驚。摘艷俱同。内府本摘艷焦作憔。不作又憔。雍熙無孤另作成孤另。可慣作誰慣。迤邐作漸漸。逐朝作終朝。候等作等。焦上驚上俱有又字。廣正譜以首二句屬刮地風作尾。這淒涼上有敢字。望作盼。無孤另作成孤另。可慣作不慣。日日作日月又。迤邐作迤邐又。候等作等。行作行坐。夢作夢寐。心不上有莫不是三字。大成俱同雍熙。（水仙子）倒原作到。兹改。梨園樂府瞞不過作慢不過。盛世摘艷雍熙曲牌俱作古水仙子。盛世及摘艷全曲作。我我我有信行。是是是半霎兒他行不志誠。我我我氣命兒般看承。敢敢敢心肝兒般欽敬。他他他將人似草芥輕。瞞不過天地神明。説來誓盟都要應。將將將虧心的神鬼施靈聖。腸欲斷。泪如傾。内府本摘艷氣命下無兒字。雍熙首二句作。並不曾。半霎兒不志誠。看成作看承。心肝句作心肝兒般看敬。草芥般作做草芥。説來下無的字。終朝作終着。神鬼還作的神鬼須。欲斷作如斷。九宫大成俱同雍熙。（塞雁兒）盛世及摘艷此下各曲全闕。惟内府本摘艷僅有尾聲一支。此曲曲牌據梨園。大成謂應作古寨兒令。雍熙曲牌作賽兒令。疎狂作狂。海樣作海般。（神仗兒）雍熙不做作似不的。學亞仙元和作李亞仙和。所事下有兒字。愚濫作漁濫。（節節高犯）梨園曲牌作接接高。茲據廣正譜改正。大成作塊玉節節高。雍熙無此支。梨園剩作盛。廣正譜問人作問我。幃帳作幃空。縱作只管縱。跳作跨。媚作美。大成俱同廣正譜。（掛金索）梨園懵懂作業重。茲從雍熙。俺行作淹行。茲據雍熙改淹作俺。雍熙病作應。俺行作先與俺。自古下有來字。（柳葉兒）雍熙三句作鸞簫鳳笙無人聽。下多自孤另泪珠傾六字。廣正譜三句作空間了鸞笙象板。（黃鍾）雍熙闕。（尾）倒原作到。茲改。梨園殘燈上衍一燈字。茲從內府本摘艷及雍熙。內府本摘艷雍熙南北詞廣韻選清瘦影俱作愁瘦身軀憔悴影。廣韻選殘燈作銀燈。大成同雍熙。

〔正宮〕菩薩蠻

客中寄情

鏡中兩鬢皤然矣。心頭一點愁而已。清瘦仗誰醫。羈情只自知。

〔月照庭〕半紙功名。斷送關山。雲渺渺。草萋萋。小樓風。重門月。應盼人歸。歸心急。去路迷。

〔喜春來〕家書端可驅邪祟。鄉夢真堪療客飢。眼前百事與心違。不投機。除賴酒支持。

〔高過金盞兒〕舉金杯。倒金杯。金杯未倒心先醉。酒醒時候更凄凄。情似織。招攬下相思無盡期。告他誰。

〔牡丹春〕忽聽樓頭更漏催。别鳳又孤栖。暫朦朧枕上重歡會。夢驚回。又是一别離。

〔醉高歌〕客窗夜永岑寂。有多少孤眠況味。欲修錦字憑誰寄。報與些凄涼事實。

〔尾〕披衣强拈紙與筆。奈心緒煩多書萬一。欲向芳卿行訴些憔悴。筆尖頭陶寫哀情。紙面上敷陳怨氣。待寫箇平安字樣。都是俺虚脾拍塞。一封愁信息。向銀臺畔讀不去也傷悲。蠟炬行明知人情意。也垂下數行紅泪。太平樂府八　太和正音譜引菩薩蠻高過金盞兒牡丹春　北詞廣正譜引菩薩蠻牡丹春尾　九宫大成三三引菩薩蠻五引高過金盞兒五九引牡丹春三三引尾

〔尾〕北詞廣正譜拍塞作拍惜。九宫大成同。

殘曲

失宫調牌名

授鞍和袖挽絲韁。録鬼簿

詞林摘艷卷五有風入松暮雲樓閣景消疏套。注侯正卿作。案此套詞據南北詞廣韻選及北宮詞紀俱屬商政叔。兹列商氏曲中。

趙孟頫

孟頫字子昂。號松雪道人。宋秦王德芳之後。四世祖秀王子偁。實生孝宗。賜第湖州。故孟頫爲湖州人。宋末爲真州司户參軍。宋亡家居。益自力於學。至元中。以程鉅夫薦。授兵部郎中。遷集賢直學士。出同知濟南路總管府事。歷江浙等處儒學提舉。延祐中。累擢翰林學士承旨。榮禄大夫。得請南歸。至治二年卒。年六十九。追封魏國公。謚文敏。所著有尚書注。有琴原。樂原。得律吕不傳之妙。又有松雪齋集。孟頫詩文清邃奇逸。篆籀分隸真行草書。無不冠絶古今。遂以書名天下。畫山水木石竹花人馬尤精緻。

小令

〔黄鍾〕人月圓

一枝仙桂香生玉。消得唤卿卿。緩歌金縷。輕敲象板。傾國傾城。幾時不見。紅裙翠袖。多少閑情。想應如舊。春山澹澹。秋水盈盈。松雪齋樂府　歷代詩餘一八

〔仙呂〕後庭花

清溪一葉舟。芙蓉兩岸秋。採菱誰家女。歌聲起暮鷗。亂雲愁。滿頭風雨。戴荷葉歸去休。松雪齋樂府　詞綜二七　歷代詩餘二

松雪齋樂府及詞綜末句戴俱作帶。

張怡雲

怡雲元初倡優。能詩詞。善談笑。趙松雪商正叔高房山皆爲寫怡雲圖以贈。姚牧庵閻静軒亦與之善。怡雲嘗佐貴人樽俎。姚閻二公在焉。姚偶言暮秋時三字。閻曰。怡雲續而歌之。張應聲作小婦孩兒。曰暮秋時云云。貴人曰且止。遂不成章。見青樓集。

殘曲

〔雙調〕小婦孩兒

暮秋時。菊殘猶有傲霜枝。西風了却黄花事。青樓集　堯山堂外紀六九　宸垣識餘

阿里耀卿

生平不詳。子阿里西瑛亦能曲。

小令

〔正宮〕醉太平

寒生玉壺。香燼金爐。晚來庭院景消疎。閑愁萬縷。胡蝶歸夢迷溪路。子規叫月啼芳樹。玉人垂泪滴珍珠。似梨花暮雨。太平樂府五

吴昌齡

昌齡西京人。著雜劇十一種。今存張天師。東坡夢二種。今本西遊記雜劇。題吴昌齡撰。據今人孫楷第考證。爲楊景賢作。

套數

〔正宫〕端正好

美妓

墨點柳眉新。酒暈桃腮嫩。破春嬌半顆朱唇。海棠顔色紅霞韻。宫額芙蓉印。

〔滚綉毬〕藕絲裳翡翠裙。芭蕉扇竹葉樽。襯緗裙玉鈎三寸。露春葱十指如銀。秋波兩點真。春山八字分。顫巍巍霧鬟雲鬢。胭脂頸玉軟香温。輕拈翠靨花生暈。斜插犀梳月破雲。誤落風塵。

〔倘秀才〕莫不是麗春園蘇卿的後身。多應是西廂下鶯鶯的影神。便有丹青畫不真。

粧梳諸樣巧。笑語暗生春。他有那千般兒可人。

〔脱布衫〕常記的五言詩暗寄回文。千金夜占斷青春。厮陪奉嬌香膩粉。喜相逢柳營花陣。

〔醉太平〕這些時春寒綉裀。月暗重門。梨花暮雨近黄昏。把香衾自温。金杯不洗心頭悶。青鸞不寄雲邊信。玉容不見意中人。空教人害損。

〔隨煞〕想當日一宵歡會成秦晉。翻做了千里關山勞夢魂。漏永更長燭影昏。柳暗花遮曙色分。酒釅花濃錦帳新。倚玉偎紅翠被温。有一日重會菱花鏡裏人。將我這受過凄涼正了本。 詞林摘艷六　雍熙樂府二　北宫詞紀六　詞林白雪一　北詞廣正譜引醉太平

雍熙樂府題作憶美妓。北宫詞紀同。詞林白雪屬閨情類。雍熙不注撰人。〇（端正好）内府本詞林摘艷顔色作嬌色。雍熙眉新作眉顰。紅霞作江梅。詞紀詞林白雪俱同雍熙。（滚綉毬）重增本摘艷翠靨作翠鈿。雍熙露作剥。點真作眼明。誤落風塵作世上絶倫。又與詞紀詞林白雪橱俱作樽。緗裙俱作凌波。胭脂俱作槎圓。（倘秀才）内府本摘艷後身作俊身。雍熙多應作多管。不真作不成。粧梳作梳粧。末句作有千般可人。又與詞紀詞林白雪便有俱作使有那。笑語俱作語笑。（醉太平）雍熙香衾上無把字。悶作恨。（隨煞）雍熙柳暗作柳映。偎紅作偎香。詞紀俱同。雍熙末句作再不索搭伏着鮫綃枕頭兒盹。詞紀更長作更深。末句這受過作受過的。詞林白雪俱同詞紀。

王德信

德信字實甫。大都人。約與關漢卿同時。著雜劇十四種。今存西廂記。麗春園。破窑記三種。西廂記尤膾炙人口。涵虚子論曲。謂實甫之詞如花間美人。又曰。鋪叙委婉。深得騷人之趣。極有佳句。若玉環之出浴華清。緑珠之採蓮洛浦。

小令

〔中吕〕十二月過堯民歌

別情

自别後遥山隱隱。更那堪遠水粼粼。見楊柳飛綿滚滚。對桃花醉臉醺醺。透内閣香風陣陣。掩重門暮雨紛紛。怕黄昏忽地又黄昏。不銷魂怎地不銷魂。新啼痕壓舊啼痕。斷腸人憶斷腸人。今春。香肌瘦幾分。摟帶寬三寸。中原音韻　堯山堂外紀六八

中原音韻不注撰人。〇堯山堂外紀忽地作不覺。

套數

〔商調〕集賢賓

退隱

撚蒼髯笑擎冬夜酒。人事遠老懷幽。志難酬知機的王粲。夢無憑見景的莊周。抱孫孫兒成願足。引甥甥女嫁心休。百年期六分甘到手。數支干週遍又從頭。笑頻因酒醉。獨換爲詩留。

〔逍遥樂〕江梅並瘦。檻竹同清。巖松共久。無願何求。笑時人鶴背揚州。明月清風老致優。對緑水青山依舊。曲肱北牖。舒嘯東皋。放眼西樓。

〔金菊香〕想着那紅塵黄閣昔年羞。到如今白髮青衫此地遊。樂桑榆酬詩共酒。酒侶詩儔。詩潦倒酒風流。

〔醋葫蘆〕到春來日遲遲庭館春。暖溶溶紅緑稠。鬧春光鶯燕語啾啾。自焚香下簾清坐久。閑把那絲桐一奏。滌塵襟消盡了古今愁。

〔么〕到夏來鎖松陰竹塢亭。載荷香柳岸舟。有鮮魚鮮藕客堪留。放白鶴遠邀雲外叟。展楸枰消磨長晝。較虧成一笑兩奩收。

〔么〕到秋來醉丹霞樹飽霜。綻金錢籬菊秋。半山殘照掛城頭。老菱香蟹肥堪佐酒。正值着登高時候。染霜毫乘醉賦歸休。

〔么〕到冬來攪清酣雞語繁。漾茅簷日影稠。壓梅梢晴雪帶花留。倚蒲團喚童重盪酒。看萬里冰綃染就。有王維妙手總難酬。

〔梧葉兒〕退一步乾坤大。饒一着萬慮休。怕狼虎惡圖謀。遇事休開口。逢人只點頭。見香餌莫吞鈎。高抄起經綸大手。

〔後庭花〕住一間蔽風霜茅草丘。穿一領臥苔莎粗布裘。捏幾首寫懷抱歪詩句。喫幾杯放心胸村醪酒。這瀟灑傲王侯。且喜的身登身登中壽。有微資堪贍賙。有亭園堪縱遊。保天和自養修。放形骸任自由。把塵緣一筆勾。再休題名利友。

〔青哥兒〕呀。閑處嘆蜂喧蜂喧蟻鬬。静中笑蝶訕蝶訕鶯羞。你便有快馬難熬我這鈍炕頭。見如今蔬果初熟。濁酒新篘。豆粥香浮。大叫高謳。睁着眼張着口儘胡謅。這快活誰能够。

〔尾聲〕醉時節盤陀石上眠。飽時節婆娑松下走。困時節布衲裏睡齁齁。偶乘閑細將玄奥剖。把至理一星星參透。却原來括乾坤物我總浮漚。雍熙樂府一四　北宫詞紀三　詞林白雪六　九宫大成六〇引全套

雍熙樂府不注撰人。詞林白雪屬棲逸類。○（集賢賓）詞紀詞林白雪五六句俱作。免飢寒桑麻願足。畢婚嫁兒女心休。（逍遥樂）雍熙詞紀詞林白雪舒嘯俱作舒笑。詞紀詞林白雪無願俱作身外。（醋葫蘆）詞紀詞林白雪庭館春俱作蘭蕙芳。紅緑俱作桃杏。（么）詞紀詞林白雪雲外叟俱作雲外友。（么）詞紀詞林白雪籬菊秋俱作菊弄秋。（後庭花）詞紀詞林白雪亭園俱作園亭。

〔南吕〕四塊玉北

信物存。情詞在。想着他美貌端莊。錦綉文才。好教我病懨懨愁冗冗看看害。害的我頭懶擡。頭懶擡眼倦開。錦繁花無心戴。

〔金索掛梧桐南〕繁花滿目開。錦被空閑在。劣性寃家誤得人忒毒害。前生少欠他今世裏相思債。失寐忘餐。倚定着這門兒待。房櫳静悄如何捱。

〔罵玉郎北〕冷清清房櫳静悄如何捱。獨自把圍屏倚。知他是甚情懷。想當初同行同坐同歡愛。到如今孤另另怎刣劃。愁慼慼酒倦釃。羞慘慘花慵戴。

〔東甌令南〕花慵戴。酒慵釃。如今燕約鶯期不見來。多應他在那裏那裏貪歡愛。物在人何在。空勞魂夢到陽臺。則落得泪盈腮。

〔感皇恩北〕呀。則落得雨泪盈腮。多應是命裏合該。莫不是你緣薄。咱分淺。都一般運拙時乖。怎禁那攙閑人是非。施巧計栽排。撕摔碎合歡帶。硬分開鸞鳳釵。水渰塌楚陽臺。

〔針線箱南〕把一牀絃索塵埋。兩眉峯不展開。香肌瘦損愁無奈。懶刺綉。傍粧臺。舊恨新愁教我如何捱。我則怕蝶使蜂媒不再來。臨鸞鏡也問道朱顔未改。他早先改。

〔採茶歌北〕改朱顔瘦了形骸。冷清清怎生捱。我則怕粱山伯不戀我這祝英臺。他若是背義忘恩尋罪責。我將這盟山誓海説的明白。

〔解三酲南〕頓忘了誓山盟海。頓忘了音書不寄來。頓忘了枕邊許多恩和愛。頓忘了素體相挨。頓忘了神前設下千千拜。頓忘了表記香羅紅綉鞋。説將起傍人見了珠泪盈腮。

〔烏夜啼北〕俺如今相離了三月如隔數載。要相逢甚日何年再。則我這瘦伶仃形體如柴。甚時節還徹了相思債。又不見青鳥書來。黄犬音乖。每日家病懨懨懶去傍粧臺。

得團圓便把神羊賽。意廝投。心相愛。早成了鸞交鳳友。省的着蝶笑蜂猜。

〔尾聲南〕把局兒牢鋪擺。情人終久再歸來。美滿夫妻百歲諧。盛世新聲巳集　詞林摘艷八

雍熙樂府九　北宮詞紀六　九宮大成五二引四塊玉罵玉郎感皇恩

盛世新聲重增本詞林摘艷雍熙樂府俱不注撰人。原刊本摘艷注明王子安作。北宮詞紀注王實甫作。殊可疑。茲姑輯之。盛世重增摘艷俱無題。原刊摘艷題作閨情。雍熙題作牽掛。北宮詞紀題作題情。○（四塊玉）雍熙想着他作看了他。頭懶擡三字不疊。詞紀九宮大成俱同。（金索掛梧桐）雍熙失寐作廢寢。下句無着這二字。詞紀曲牌作梧桐樹。誤。曲文同雍熙。（東甌令）詞紀四句無他字。（感皇恩）雍熙詞紀分淺俱作命蹇。詞紀運拙作運。大成同雍熙。（針線箱）雍熙詞紀我則怕俱作只怕。（採茶歌）雍熙詞紀三句我這俱作你箇。（解三酲）雍熙香羅作香囊。說將起作說將起來。詞紀俱同。（烏夜啼）雍熙詞紀如隔俱作恰便似隔了。詞紀成了作成就了。

殘曲

〔雙調〕失牌名

得又如何。北詞廣正譜

〔攪箏琶〕人間世。一目飽經過。日月雙輪。乾坤六合。麟閣將。玉堂臣。總被消磨。

人生幻化待則甚麽。便似一夢南柯。北詞廣正譜

〔離亭宴煞〕閑來膝上横琴坐。醉時節林下和衣卧。暢好快活。樂天知命隨緣過。爲伴侣唯三箇。明月清風共我。再不把利名侵。且須將是非趓。北詞廣正譜　九宫大成六六

（離亭宴煞）九宫大成注謂據雍熙樂府。惟雍熙無此曲。大成膝上作膝下。二句無節字。

堯山堂外紀卷六十八有王賓甫山坡羊雲鬆螺髻一首。案此曲太平樂府屬張小山。且見張小山北曲聯樂府。兹列小山曲中。

李壽卿

壽卿太原人。將仕郎除縣丞。著雜劇十種。今存度柳翠。伍員吹簫二種。

小令

〔雙調〕壽陽曲

金刀利。錦鯉肥。更那堪玉葱纖細。添得醋來風韻美。試嘗道甚生滋味。陽春白雪前集

三　中原音韻　録鬼簿續編

中原音韻題作切鱠。不注撰人。録鬼簿續編蘭楚芳條。謂此曲係蘭楚芳與劉婆惜合作。云。時有名姬劉婆惜。筵間切鱠。公因隨口歌落梅風云。金刀細。錦鯉肥。更那堪玉葱纖細。劉接云。得些醋成風味美。誠當俺這家滋味。才子佳人。誠不多見也。案蘭楚芳時代較晚。續編説似未可信。○音韻添得作若得。道甚作着這。續編兩細字復見。試嘗誤作誠當。應從陽春白雪。

滕斌

斌一名賓。字玉霄。黄岡人。或云睢陽人。風流篤厚。往往狂嬉狎酒。韻致可人。其談笑筆墨。爲人傳誦。寶愛不替。其謝徐承旨啓有云。賈誼方肆於文才。諸老或忌其少。阮生稍寬於禮法。衆人已謂之狂。至大間。任翰林學士。出爲江西儒學提舉。後棄家入天台爲道士。有玉霄集。

小令

〔中吕〕普天樂

酒

謫仙强。劉伶繆。笑豪來鯨吸。有甚風流。聊復爾。無何有。醖釀潮紅春風透。興來時付與觥籌。頻頻到口。輕輕咂啖。少過咽喉。梨園樂府下　樂府羣珠四

爾原作耳。玆改。

色

百年身。千年債。嘆愚夫癡絶。雲雨陽臺。人易老。心猶在。獨倚闌干春風外。算人間少甚花開。春光過也。風僝雨僽。一葉秋來。梨園樂府下　樂府羣珠四

財

一瓢貧。千鍾富。是天生分定。何必枉圖。錦步障。黄金塢。狗苟蠅營貪不足。爲妻兒口體區區。君家飽暖。他人凍餒。於汝安乎。梨園樂府下　樂府羣珠四

枉原作狂。兹改。

氣

少年時。風雲志。記篇詩杯酒。顛倒羣兒。吾善養。今方是。唾面來時休教拭。看英雄自古如癡。前程萬里。饒人一步。却是便宜。梨園樂府下　樂府羣珠四

柳絲柔。莎茵細。數枝紅杏。鬧出牆圍。院宇深。秋千繫。好雨初晴東郊媚。看兒孫月下扶犁。黄塵意外。青山眼裏。歸去來兮。梨園樂府下　樂府羣珠四　雍熙樂府一八

此首連下三首樂府羣珠題作歸去來。雍熙樂府不注撰人。題作歸去來兮四時詞。

晝偏長。人貪睡。新蟬高樹。乳燕低飛。荷蕩中。湖光内。款棹蘭舟閑遊戲。任無情日月東西。釣頭錦鯉。杯中美醞。歸去來兮。梨園樂府下　樂府羣珠四　雍熙樂府一八

雍熙樂府荷蕩中作荷蕩漾。

翠荷殘。蒼梧墜。千山應瘦。萬木皆稀。蝸角名。蠅頭利。輸與淵明陶陶醉。儘黄菊圍繞東籬。良田數頃。黄牛二隻。歸去來兮。梨園樂府下　樂府羣珠四　雍熙樂府一八

梨園樂府殘作錢。兹從羣珠。羣珠二隻作一隻。雍熙首二句作。桂花殘。梧桐墜。圍繞作遍繞。

朔風寒。彤雲密。雪花飛處。落盡江梅。快意杯。蒙頭被。一枕無何安然睡。嘆邙山壞墓折碑。狐狼滿眼。英雄袖手。歸去來兮。梨園樂府下　樂府羣珠四　雍熙樂府一八

梨園樂府無何作無可。雍熙壞墓作敗塚。羣珠此句作嘆邙山壞據折碑。據應爲塚之譌。

日遲遲。江山麗。秋千影裏。手握肩依。鬧管絃。紛羅綺。我愛青山共流水。遊一和困在苔磯。落花啼鳥。一般春意。歸去來兮。梨園樂府下　樂府羣珠四　雍熙樂府一八

此首連下三首樂府羣珠題作四季道情。雍熙樂府不注撰人。題作賡和四時詞。○八句從梨園樂府。似有誤字。但未敢臆改。羣珠作遊遊和困坐苔磯。雍熙四句作握手肩低。流水作緑水。八九句作。遊春興坐立合機。花落鳥啼。

晚天涼。薰風細。浮雲黯淡。遠水茫微。江水清。遥山碧。喜駕孤舟瀟湘内。伴綸竿箬笠蓑衣。垂楊樹底。蘆花影裏。歸去來兮。梨園樂府下 樂府羣珠四 雍熙樂府一八

梨園樹底作樹低。雍熙首句作日炎炎。水清作水青。蘆花作長蘆。

淡烟迷。遥山翠。秋天雁唳。夜月猿啼。小徑幽。茅簷僻。秋色南山獨相對。傲西風菊綻東籬。疎林鳥栖。殘霞散綺。歸去來兮。梨園樂府下 樂府羣珠四 雍熙樂府一八

羣珠遥山作遠山。小徑作小庭。

暮霞收。彤雲密。朔風凜冽。瑞雪紛飛。酒力微。茶烟濕。暖炕明窗綿綢被。儘前村開徹江梅。日高未起。黑甜睡足。歸去來兮。梨園樂府下 樂府羣珠四 雍熙樂府一八

梨園四句作暮雨紛霏。羣珠作瑞雪紛霏。茲從雍熙。雍熙黑甜作黑齁。

嘆光陰。如流水。區區終日。枉用心機。辭是非。絶名利。筆硯詩書爲活計。樂虀鹽稚子山妻。茅舍數間。田園二頃。歸去來兮。梨園樂府下 樂府羣珠四 雍熙樂府一八

樂府羣珠有滕玉霄普天樂三首。題作勸世。於梨園樂府所收之此首及次首外。尚有以下樂生涯一首。雍熙樂府有普天樂四首。不注撰人。題作賡和嘆世。前二首同梨園及羣珠。第四首即羣珠之樂生涯一首。雍熙之第三首疑亦滕玉霄作。茲附於以下第二曲校語。○雍熙樂虀鹽作調虀鹽。二頃作數畝。

仗權豪。施威勢。倚强壓弱。亂作胡爲。我勸你。休窒閉。此等癡愚兒曹輩。利名場多少便宜。尋飢得飢。憑實得實。歸去來兮。梨園樂府下　樂府羣珠四　雍熙樂府一八

羣珠威勢作豪勢。窒閉作熱鬧。此等癡愚作一弄癡迷。雍熙首二句作。仗豪貴。施豪勢。壓作凌。五句起作。我笑恁。生能計。這等癡迷兒曹輩。貪名利那得便宜。使機受飢。以實得食。歸去來兮。

樂生涯。拋活計。麻條草履。淡飯黃虀。遇酒歌。逢場戲。落落魄魄無縈繫。那裏管閑是閑非。遊山玩水。埋名隱迹。歸去來兮。樂府羣珠四　雍熙樂府一八

雍熙樂府賡和嘆世之第三首作。避青樓。辭丹陛。幞頭象簡。金帶羅衣。投幽谷。離廛市。無是無非那伶俐。得身閑多少便宜。梅溪柳溪。優游自適。歸去來兮。

鄧玉賓

玉賓官同知。

小令

〔正宫〕叨叨令

道情

想這堆金積玉平生害。男婚女嫁風流債。鬢邊霜頭上雪是閻王怪。求功名貪富貴今何在。您省的也麽哥。您省的也麽哥。尋箇主人翁早把茅庵蓋。太平樂府一

一箇空皮囊包裹着千重氣。一箇乾骷髏頂戴着十分罪。爲兒女使盡些拖刀計。爲家私費盡些擔山力。您省的也麽哥。您省的也麽哥。這一箇長生道理何人會。太平樂府一

北宫詞紀外集六

您原作恁。兹據前後各首改您。瞿本使盡些作使盡些箇。

天堂地獄由人造。古人不肯分明道。到頭來善惡終須報。只爭箇早到和遲到。您省的也麽哥。您省的也麽哥。休向輪回路上隨他鬧。太平樂府一

白雲深處青山下。茅庵草舍無冬夏。閑來幾句漁樵話。困來一枕葫蘆架。您省的也麽哥。您省的也麽哥。煞强如風波千丈擔驚怕。太平樂府一　太和正音譜上　北宫詞紀外集六　北詞廣正譜

套數

〔正宫〕端正好

俺便似畫圖中。幃屏上。雲遊遍林影湖光。閑中氣味三千丈。抵多少歸去來的陶元亮。

〔滚綉毬〕想這皇帝王。至秦始皇。霸圖相尚。前後兩漢興亡。魏許昌。晉建康。六朝隋煬。鬧紛紛五代殘唐。看這名標青史人千古。只是睡足黄粱夢一場。兀的回首斜陽。

〔倘秀才〕將着兩裹兒三神二黄。幾卷兒丹經藥方。草履藤冠布懶長。棕毛扇。鹿皮

囊。拖一條落藜拄杖。

〔呆骨朵〕常隨着鶯兒燕子閑遊蕩。春風柳絮顛狂。問甚木椀椰瓢。村醪桂香。乘興隨緣化。好酒無深巷。醉歸天地窄。高歌不問腔。

〔伴讀書〕誰羨他登金馬上玉堂。碧油幕蓮花帳。白鹿坡前元戎將。五更鼓角聲悲壯。比及到凌烟閣上功臣像。經了些闊劍長槍。

〔笑和尚〕不如俺悠悠悠一溪雲竹筍香。厭厭厭三月火桃花浪。紛紛紛千頃雪松花放。拾拾拾瑶草芳。採採採靈芝旺。來來來長生藥都無恙。

〔叨叨令〕更有這風鬟霧鬢毛女飄飄飄飄樣。春花秋草獐鹿呆呆癡癡相。青天白日藤葛籠籠葱葱障。朝雲暮雨山水崎崎嶇嶇當。好樂陶陶也麽哥。笑欣欣也麽哥。兀的是俺信白田茅舍境界裏的優優游游況。

〔朝元七煞〕養的這西山白虎精神爽。東海青龍不可當。一氣初生。兩爻復姤。四象相交。三姓中央。西南月偃。一笑是吾鄉。

〔二〕甲庚會處真無妄。戊巳門開迸電光。金鼎烹鉛。玉爐抽汞。媒合是黄婆。匹配在丹房。向那朝元路上。巡甲子玩陰陽。

〔三〕穩乘着三更月底鸞聲往。高馭着萬里風頭鶴背霜。五嶽十洲。洞天福地。方丈蓬萊。簫鼓笙簧。動着俺這仙人家的樂音。朝玉闕拜虚皇。

〔四〕兀的天門日射黄金榜。紫府烟籠白玉牆。有五鳳朱樓。九龍丹陛。玉磬金鍾。鼓奏雞唱。天一和太一。分七政布魁罡。

〔五〕静鞭三下如雷響。階下時直報日光。左有青龍。右分白虎。後委玄冥。朱雀在南方。鳳凰池上。依八卦擺班行。

〔六〕三十六天賢聖分着君長。二十八宿星辰列着隊仗。更有七十二座諸天。二十四位官福。五嶽靈祇。四海龍王。天蓬黑煞。持斧鉞鎮在階傍。

〔七〕旌幢旗幟金儀仗。劍戟冠纓玉佩璫。却更日暖風微。雲舒霞散。玉女金童。侍立成雙。珠簾半捲。通明殿幌金光。

〔收尾〕九天帝敕從中降。雲冕齊低玉簡長。銘心聽。敢窺仰。轉詔罷。復兩相。有刑罰。有恩賞。承天符。散四方。與仙班。怎比量。戴金冠。衣鶴氅。宴佳賓。飲玉漿。造化論。劫運講。歸來時袖滿天香。又把這西王母蟠桃會上訪。梨園樂府上　北詞廣正譜引滾綉毬呆骨朵朝元七煞收尾　九宫大成三三引呆骨朵

（滾綉毬）梨園樂府兀的原作元的。兹改。北詞廣正譜首句作這皇帝三王。末句無兀的二字。

（呆骨朵）梨園常隨作長隨。廣正譜問甚作問甚麼。醉歸作醉嫌。九宮大成俱同廣正譜。（笑和尚）恙原作羔。失韻。兹改。（叨叨令）嶇原作嘔。兀原作兒。兹改。（朝元七煞）梨園樂府東海作東山。

〔仙吕〕村裏迓古

仕女圓社氣毬雙關

包藏着一團兒和氣。踢弄出百般可妙。共子弟每輕膁痛膝。海將來懷兒中摟抱。你看那裏勾外膁。虚挑實躡。亞股剪刀。他來的你論道兒真。尋的你查頭兒是。安排的科範兒牢。子弟呵知他踢疼了你多多少少。

〔元和令〕露金蓮些娘大小。掉膁强搶砲。嚲雲肩輕擺動小蠻腰。海棠花風外裊。那踪換步。做弄出𡠩人嬌。巧丹青難畫描。

〔上馬嬌〕身段兒直。掖樣兒嬌。挺拖更妖嬈。你看他拐兒搧尖兒挑舌兒哨。子弟敲。騰的將範兒挑。

〔勝葫蘆〕却便似孤鳳求凰下九霄。膁兒靠手兒招。撇演的箇龐兒慌張了。他剗地穿膁抹膝。摩肩擦背。偷入步暗勾挑。

〔么篇〕抵多少對舞霓裳按六么。慣摇擺會軀勞。支打猜拏直恁般巧。你看他行鍼走線。拈花摘葉。即世裏帶着虚囂。

〔後庭花〕你看他打搊拾雲外飄。蹬圓光當面繞。玉女雙飛鬢。仙人大過橋。那丰標。勤將水哨。把閑家扎墊的飽。六老兒睃趁的早。脚步兒趕趁的巧。只休教細褪了。永團圓直到老。

〔青歌兒〕呀。六踢兒收拾收拾的穩到。科範兒掣盪掣盪的堅牢。步步相隨節節高。場户兒寬綽。步驟兒虚囂。聲譽兒蓬勃。解數兒崎嶢。一會家脚䠱鯨鰲。背掣猿猱。亂下風雹。浪滚波濤。直踢的腮兒紅臉兒熱。眼兒涎腰兒軟。那裏管汗濕酥胸。香消粉臉。塵拂蛾眉。由古自抖搜着精神倒拖鞭。三跳澗。滴溜溜瑶臺上。鶯落架燕歸巢。他剗地加觔節乘歡笑。

〔寄生草〕迴避着鴛鴦拐。隄防着左右抄。蹻跟兒掩映着真圈套。裏勾兒藏掖着深窟窽。過肩兒撒放下虚籠罩。挑尖兒快似點鋼槍。鑿膝兒緊似連珠砲。

〔么篇〕本是座風流社。翻做了鶯燕巢。扳摟兒摟定肩兒靠。鎖腰兒鎖住膝兒掉。折跋兒跋住膁兒蹫。俊龐兒壓盡滿園春。刀麻兒踢倒寰中俏。

〔尾聲〕解卸了一團兒嬌。稍偏起渾身兒俏。似這般女校尉從來較少。隨圓社常將蹴踘抱拋。占場兒陪伴了些英豪。那丰標。體態妖嬈。錯認範的郎君他跟前入一脚。點着範輕輕的過了。打重他微微含笑。那姐姐見毬來忙把脚兒蹫。雍熙樂府四　北宫詞紀

五　九宫大成六引全套

雍熙樂府不注撰人。北宫詞紀題作仕女圓社。○(村裏迓古)雍熙子弟呵作子弟它。大成首句無兒字。百般作百般百般的。你看那句叠。他來的句叠。(勝葫蘆)雍熙曲牌誤作油葫蘆。(後庭花)大成雲外作雲臥。(青歌兒)詞紀大成由古自俱作猶兀自。(尾聲)詞紀蹴踘抱拋作蹴踘拋。陪伴下無了字。微微下有的字。大成俱同詞紀。

〔南吕〕一枝花

連雲棧上馬去了銜。亂石灘裏舟絶了纜。取驪龍頦下珠。飲鴆鳥酒中酣。闊論高談。是一箇無斤兩的風雲怛。蝻蝂蟲般捨命的貪。此事都諳。從今日爲頭罷參。

〔梁州第七〕俺只待學聖人問禮於老聃。遇鍾離度脱淮南。就虚無養箇真恬淡。一任教春花秋月。暮四朝三。蜂衙蟻陣。虎窟龍潭。鬧紛紛的盡入包涵。只是這箇舞東

風的寬袖藍衫。兩輪日月是俺這長明朗不滅的燈龕。萬里山川是俺這無盡藏長生藥籃。一合乾坤是俺這養全真的無漏仙庵。可堪。這些兒鈍憨。比英雄回首心無憾。没是待雷破柱落奸膽。不如將萬古烟霞赴一簪。俯仰無慚。〔隨煞〕七顛八倒人誰敢。把這坎位離宮對勘的嵓。火候抽添有時暫。修行的好味甘。更把這談玄口緘。甚麼細雨斜風哨得着俺。梨園樂府上

（梁州第七）恬淡原作甜淡。

〔中吕〕粉蝶兒

丫髻環縧。急流中棄官修道。鹿皮囊草履麻袍。翠巖前。青松下。把箇茅庵兒圍抱。除了猿鶴。等閒間世無人到。〔醉春風〕直睡到日齋高。白雲無意掃。一盂白粥半瓢虀。飽。飽。飽。檢箇仙方。弄般仙草。試些丹竈。〔迎仙客〕看時節尋道友。伴漁樵。從這堯舜禹湯周滅了。漢三分。晉六朝。五代相交。都則是一話閒談笑。〔石榴花〕想這荔枝金帶紫羅袍。刑法用蕭曹。鼎鑊斧鉞斬身刀。輕輕地犯着。便是

天條。金珠寶貝休挨靠。天符帝敕難逃。頂門上飛下箇雷霆砲。不似恁那初及第時節綉毬兒抛。

〔鬬鵪鶉〕往常怕樹葉兒遮着。到如今和根兒背倒。鍾鼎山林。那一箇較好。命不快除是他砍柴的擾。索甚計較。只消得半椀虀湯。那廝早歡喜將去了。

〔紅綉鞋〕比着他有使命向門前呼召。諕的早吃丕丕的膽顫心摇。則道是快上馬容不得他半分毫。陪着笑頻哀告。鎮着色下風雹。比這砍柴的形勢惡。

〔普天樂〕若是更損賢良。欺忠孝。羊羹雖美。衆口難調。只争箇遲共早。終須報。正直無私依公道。任天公較與不較。紛紛擾擾。惺惺了了。天理昭昭。

〔上小樓〕寢食處珠圍翠繞。行踏處白牙高纛。五花官誥。若一朝。犯制條。凶星來照。一霎兒早不知消耗。

〔么〕俺只會春來種草。秋間跑藥。挽下藤花。班下竹筍。採下茶苗。化下道糧。儹下菜蔬。蒲團閒靠。則待倚南窗和世人相傲。

〔滿庭芳〕三閭枉了。衆人都醉倒。你也餔啜些醨糟。朝中待獨自要箇醒醒號。怎當他衆口嗷嗷。一箇陽臺上襄王睡着。一箇巫山下宋玉神交。休道你向漁夫行告。遮莫論天寫來。誰肯問離騷。
〔六么序〕不如俺閒樂。陶陶。木椀椰瓢。乞化村醪。醉得來前合後倒。又帶糟隨下隨高。都是教酒胡蘆相與酬酢。歸來醉也藜杖挑。過清風皓月溪橋。柴門掩上無鎖鑰。自顛狂自歌自笑。天地如我這草團標。
〔快活三〕一箇韓昌黎貶在水潮。一箇蘇東坡置在白鶴。一箇柳宗元萬里竄三苗。一箇張九齡行西嶽。
〔鮑老兒〕芙蓉國裏瓊姬伴着子高。他穩跨着青鸞到。月明吹笙對碧桃。煞强如西日長安道。您待凌烟閣上。麒麟畫裏。有甚功勞。春風錦江。秋雲洞天。倒大逍遥。
〔么〕揀擇下藥苗。玄霜玉杵和露搗。虎龍自交。金烏玉兔依卦爻。嬰兒弱。姹女嬌。親懷抱。自調和不數朝。早覩他那玄珠形兆。這的是出世間實功效。
〔後庭花〕閒吟嘯嫌喧鬧。曾不掛許由瓢。存機要閒玄妙。調二氣走三焦。天星曜。地海潮。人山嶽。對銀蟾徹絳霄。則這的便是玄關一竅。了性命的修真道。
〔隨煞尾聲〕十五六歲有甚奇。百二十年不是老。則着這鉛鼎長温三花竈。七顛八倒。向這玉簫聲裏醉蟠桃。 梨園樂府上

（紅綉鞋）顫原作膻。兹改。（普天樂）惺惺了了原作惺惺了。兹改。（鮑老兒）待原作持。兹改。

（後庭花）梨園樂府牌名僅一後字。廣正譜吟嘯作吟笑。

于伯淵

伯淵平陽人。著雜劇六種。復奪珍珠旗。斬吕布。鬼風月。餓劉友。小秦王。武三思。今俱不存。

套數

〔仙吕〕點絳唇

漏盡銅龍。香消金鳳。花梢弄。斜月簾櫳。唤醒相思夢。

〔混江龍〕綉幃春重。趁東風培養出牡丹叢。流蘇斗帳。龜甲屏風。七寶粧奩明彩鈿。一簾香霧裊薰籠。慢捲起金花孔雀。錦屏開緑水芙蓉。鴉翅袒金蟬半妥。翠雲偏朱鳳斜鬆。眉兒掃楊柳雙彎淺碧。口兒點櫻桃一顆嬌紅。眼如珠光摇秋水。臉如蓮花笑春風。鸞釵插花枝蹀躞。鳳翹懸珠翠玲瓏。胭脂蠟紅膩錦犀盒。薔薇露滴注玻璃甕。端詳了艷質。出落着春工。

〔油葫蘆〕鸞鏡光函百煉銅。端詳了這玉容。似嫦娥出現廣寒宫。襯桃腮巧注鉛華瑩。

啓朱唇呵暖蘭膏凍。着粉呵則太白。施朱呵則太紅。鬢蟬低嬌怯香雲重。端的是占斷綺羅叢。

〔天下樂〕半點兒花鈿笑靨中。嬌紅。酒暈濃。天生下没褒彈的可意種。翰林才詠不成。丹青筆畫不同。可知道漢宮畫愛寵。

〔那吒令〕露春纖玉葱。掃眉尖翠峯。清香含玉容。整花枝翠叢。插金釵玉蟲。褪羅衣翠絨。縷金粧七寶環。玉簪挑雙珠鳳。比西施宜淡宜濃。

〔鵲踏枝〕你是看翠玲瓏。玉玎璫。一步一金蓮。一笑一春風。梳洗罷風流有萬種。殢人嬌玉軟香融。

〔寄生草〕他生的傾城貌。絶代容。弄春情漏泄的秋波送。秋波送搬鬬的春山縱。春山縱勾引的芳心動。鬢花腮粉可人憐。翠衾鴛枕和誰共。

〔么〕情尤重。意轉濃。恰相逢似晉劉晨誤入桃源洞。乍相逢似楚巫娥暫赴陽臺夢。害相思似庾蘭成愁賦香奩詠。你這般玉精神花模樣賽過玉天仙。我待要錦纏頭珠絡索蓋下一座花衚衕。

〔金盞兒〕臉霞紅。眼波横。見人羞推整雙頭鳳。柳情花意媚東風。鈿窩兒裏粘曉翠。

腮斗兒上暈春紅。包藏着風月約。出落着雨雲蹤。

〔後庭花〕綉牀鋪綠剪絨。花房深紅守宮。荳蔻蕊梢頭嫩。絳紗香臂上封。恨匆匆。尋些兒閒空。美甘甘兩意通。喜孜孜一笑中。

〔六幺序〕幾時得鴛幃裏錦帳中。願心兒折桂乘龍。怎能够魚水相逢。琴瑟和同。五百年姻眷交通。順毛兒撲撒上丹山鳳。點春羅一點香嬌。鶯雛燕乳歡寵。鶯花爛熳。雲雨溟濛。

〔幺篇〕雲鬟鬅鬆。星眼朦朧。錦被重重。羅襪弓弓。粉汗溶溶。那些兒風流受用。兀的不兩意濃。言行功容。四德三從。孟光合配梁鴻。怎教他齊眉舉案勞尊重。俏書生別有家風。金荷燒盡良宵永。憐香惜玉。倚翠偎紅。

〔賺煞〕花月巧梳粧。脂粉嬌調弄。没亂殺看花的眼睛。更那堪心有靈犀一點通。惱春光爛熳嬌慵。莫不是蕊珠宮天上飛瓊。走向瑤臺月下逢。比及他彩燈照夢。且看咱隔牆兒窺宋。俊龐兒嬌怯海棠風。盛世新聲卯集 詞林摘艷四 詞謔 雍熙樂府五 南北詞廣韻選

一 北宮詞紀六 詞林白雪二 九宮大成五引鵲踏枝

盛世新聲重增本內府本詞林摘艷及雍熙樂府俱無題。不注撰人。原刊本徽藩本詞林摘艷題作美麗。注明唐以初作。詞謔南北詞廣韻選俱謂元套。兹從北宮詞紀詞林白雪屬于伯淵。詞紀

題作憶美人。詞林白雪屬閨情類。○（點絳唇）詞紀詞林白雪喚醒俱作喚起。（混江龍）幃從内府本摘艷。盛世及他本摘艷幃俱作圍。盛世及重增本摘艷鳳翹作鳳翅。雍熙龜甲作龜背。薰籠作薰蒸。又詞謔雍熙南北詞廣韻選詞紀詞林白雪慢捲起四句俱作翠雲半嚲。朱鳳斜鬆二句八字。廣韻選眉兒作眉字。末句着作的。詞紀詞林白雪臉如俱作臉似。（油葫蘆）詞謔次句無這字。出現作出落。無襯桃腮二句。着粉作傅粉。雍熙次句無這字。着粉作傅粉。廣韻選同詞謔。惟有襯桃腮二句。詞紀光函作出函。出現作光落。朱下無呵字。斷下有了字。餘同雍熙。詞林白雪俱同詞紀。（天下樂）詞謔雍熙詞紀褒彈下俱無的字。詞謔筆作手。末句畫作最。廣韻選詞紀並同。詞紀漢宮下有中字。詞林白雪俱同詞紀。（鵲踏枝）内府本摘艷是看作試看。詞謔廣韻選詞紀詞林白雪俱同。雍熙香融作香温。九宮大成作香濃。（寄生草）詞謔雍熙廣韻選詞紀詞林白雪首句俱無他生的三字。（么）盛世摘艷情尤俱作情由。詞謔乍相逢作乍相交。待要作則待。蓋下作蓋。廣韻選詞紀俱同詞謔。詞紀暫赴作登赴。雍熙蓋下作蓋。衚衕作胡洞。盛世摘艷雍熙詞紀庾並誤作瘦。詞林白雪俱同詞紀。（金盞兒）廣韻選詞紀詞林白雪末句着俱作的。（後庭花）内府本摘艷末句疊。詞謔雍熙廣韻選詞紀詞林白雪尋些下俱無兒字。廣韻選詞紀詞林白雪意通俱作意濃。（六么序）内府本摘艷香嬌作嬌紅。歡上有得字。詞謔雍熙詞紀詞林白雪嬌下俱有嫩字。歡上俱有共字。廣韻選無怎能够三字。嬌下有进字。歡上有共字。（么篇）内府本摘艷功容作容功。廣韻選雲鬢作雲髻。（賺煞）内府本摘艷及雍熙窺宋俱作窺送。詞譃牆下無兒字。廣韻選詞紀詞林白雪看花下俱無的字。牆下俱無兒字。詞紀詞林白雪彩燈俱作粉燈。

王廷秀

廷秀山東益都人。淘金千户。著雜劇四種。細柳營。坑儒焚典。草庵歌。三告狀。今俱不存。廷秀或作庭秀。

套數

〔中吕〕粉蝶兒

怨別

銀燭高燒。畫樓中月兒纔照。綉簾前花影輕摇。翠屏閑。鴛衾剩。夢魂初覺。覺來時香汗初消。更那堪綉幃中冷落。

〔醉春風〕珠簾上玉玎璫。金爐中香縹緲。彩雲聲斷紫鸞簫。那其間惱。惱。萬種凄涼。幾番愁悶。一齊都到。

〔普天樂〕露浥的海棠肥。霜壓的梧桐落。金風淅淅。玉露消消。雲中白雁飛。砌畔寒蛩叫。夜静離人添寂寥。越教人意穰心勞。眼横秋水。雲埋楚岫。浪起藍橋。

〔十二月〕夜沉沉明河皎皎。昏慘慘暮景消消。低矮矮幃屏静悄。冷清清良夜迢迢。悶懨懨把情人去了。急煎煎心痒難揉。

〔堯民歌〕呀。愁的是雨聲兒淅零零落滴滴點點碧碧卜卜灑芭蕉。則見那梧葉兒滴溜溜飄悠悠蕩蕩紛紛揚揚下溪橋。見一箇宿鳥兒忒楞楞騰出出律律忽忽閃閃串過花梢。不覺的淚珠兒浸淋淋漉漉撲撲簌簌揾濕鮫綃。今宵。今宵睡不着。輾轉傷懷抱。

〔耍孩兒〕銀燭淡淡光先照。瘦影孤燈對着。教人怎不自量度。急煎煎業眼難交。虚飄飄魂迷了枕上胡蝶夢。笑吟吟喜喜歡歡鸞鳳交。相思病難醫療。雲收雨歇。魄散魂消。

〔尾聲〕怕的是玷玎璫鐵馬敲。病懨懨精神即漸消。從來好事多顛倒。好着我短嘆長吁到不的曉。盛世新聲辰集　詞林摘艷三　雍熙樂府六

盛世新聲重增本内府本摘艷俱無題。與雍熙樂府皆不注撰人。雍熙題作秋夜傷情。原刊本徽藩本詞林摘艷題作怨别。注王廷秀作。〇〔粉蝶兒〕原刊本徽藩本内府本摘艷更那堪俱作捱不的。〔十二月〕雍熙首句作淡氤氲爐烟縹渺。情人作郎君。難揉作難撓。〔堯民歌〕盛世摘艷落俱作窗。内府本摘艷落作淙。兹從雍熙。雍熙卜卜作剥剥。梧作梧桐。串過作冲過。漉漉作瀝瀝。

輾轉作轉轉。（耍孩兒）盛世及原刊本摘艷等業眼俱作夜眼。兹從内府本摘艷及雍熙。雍熙影作影兒。難交作難熬。

姚守中

守中洛陽人。牧庵學士之從子。平江路吏。著雜劇三種。立中宗。逢萌掛冠。漢太守郝廉留錢。今俱不存。

套數

〔中呂〕粉蝶兒　牛訴寃

性魯心愚。住烟村飽諳農務。醜則醜堪畫堪圖。杏花村。桃林野。春風幾度。疎林外紅日西晡。載吹笛牧童歸去。

〔醉春風〕緑野喜春耕。一犂江上雨。力田扶耙受驅馳。因爲主甘分受苦。苦。苦。經了些橫雨斜風。酷寒盛暑。暮烟曉霧。

〔紅綉鞋〕牧放在芳草岸白蘋古渡。嬉遊於緑楊隄紅蓼平湖。畫工描我在遠山圖。助田單英勇陣。駕老子驀山居。古今人吟未足。

〔石榴花〕朝耕暮㙆費工夫。辛苦爲誰乎。一朝染患倒在官衢。見一箇宰輔。借問農夫。氣喘因何故。聽説罷感嘆長吁。那官人勸課還朝去。題着咱名字奏鑾輿。

〔鬬鵪鶉〕他道我潤國於民。受千辛萬苦。每日向堰口拖船。渡頭拽車。一勇性天生膽氣麄。從來不怕虎。爲伍的是伴哥王留。受用的是村歌社鼓。

〔上小樓〕感謝中書部。符行移諸處。所在官司。禁治嚴明。遍下鄉都。里正行。社長行。叮嚀省諭。宰耕牛的捕獲申路。

〔么〕食我者肌膚未肥。賣我者家私不富。若是老病殘疾。卒中身亡。不堪耕鋤。告本官。送本都。從公發付。閃得我醜屍不着墳墓。

〔滿庭芳〕銜寃負屈。春工辦足。却待閑居。圈門前見兩箇人來覷。多應是將我窺圖。一箇曾受戒南莊上的忻都。一箇是累經斷北疃王屠。好教我心驚慮。若是將咱賣與。一命在須臾。

〔十二月〕心中畏懼。意下躊躇。莫不待將我釁鍾。不忍其觳觫。那思想耕牛爲主。他則是嗜利而圖。被這廝添錢買我離桑樞。不覩是牽咱過前途。一聲頻嘆氣長吁。

兩眼恓惶泪如珠。凶徒。凶徒。貪財性狠毒。綁我在將軍柱。

〔耍孩兒〕只見他手持刀器將咱覷。諕得我戰撲速魂歸地府。登時間滿地血模糊。碎分張骨肉皮膚。尖刀兒割下薄刀兒切。官秤稱來私秤上估。應捕人在傍邊覷。張彈壓先擡了膞項。李弓兵强要了胸脯。

〔二〕却不道聞其聲不忍食其肉。剗地加料物寬鍋中爛煮。煮得美甘甘香噴噴軟如酥。把從前的主雇招呼。他則道三分爲本十分利。那裏問一失人身萬劫無。有一等貪餔啜的喬人物。就本店隨機兒索唤。買歸家取意兒庖廚。

〔三〕或是包饅頭待上賓。或是裹餛飩請伴侶。向磁罐中軟火兒葱椒熓。勝如黄犬能醫冷。賽過胡羊善補虛。添幾盞椒花露。你裝的肚皮飽旺。我的性命何辜。

〔四〕我本是時苗留下犢。田單用過牯。勤耕苦戰功無補。他比那圖財害命情尤重。我比那展草垂韁義有餘。我是一箇直錢底物。有我時田園開闢。無我時倉廩空虛。

〔五〕泥牛能報春。石牛能致雨。耕牛運土遭誅戮。從今後草坡邊野鹿無朋友。麥壠上山羊失了伴侶。那的是我傷情處。再不見柳梢殘月。再不見古木昏烏。

〔六〕觔兒鋪了弓。皮兒輓做鼓。骨頭兒賣與釵環鋪。黑角兒做就烏犀帶。花蹄兒開成玳瑁梳。無一件抛殘物。好材兒賣與了靴匠。碎皮兒回與田夫。

〔尾〕我元陽壽未終。死得真箇屈苦。告你箇閻羅王正直無私曲。訴不盡平生受過苦。

太平樂府八　雍熙樂府六

雍熙樂府不注撰人。○（粉蝶兒）瞿本太平樂府桃林作桃李。（醉春風）雍熙力田作力農。只疊一苦字。（紅綉鞋）瞿本太平及雍熙驀山居俱作驀山車。（鬬鵪鶉）何鈔本太平於民作裕民。雍熙爲伍作爲侶。（上小樓）明大字本太平申路作申露。雍熙申路作懲戮。（么）雍熙本都作本部。醜屍作醜屍骸。（滿庭芳）太平雍熙辦俱作辨。茲從明大字本太平。明大字本溜作港。雍熙溜作彊。（十二月）雍熙頻嘆作嗟嘆。（耍孩兒）元刊八卷本太平撲速作篤速。雍熙撲速作都速。（三）雍熙磁罐作磁瓶。（四）元刊太平田單作田丹。脱去比那圖財害命情尤重我共十字。茲從元刊八卷本及瞿本。雍熙改他比作還比。蓋因不知有脱文也。（五）元刊太平運土作運上。元刊八卷本瞿本及雍熙俱作運土。（六）明大字本太平賣與了作賣與。雍熙輓做作輓了。賣與了作賣與。（尾）雍熙受過作受過的。

李好古

好古保定人。或云西平人。東平人。著雜劇三種。鎮凶宅。劈華嶽。張生煮海。後一種今存。餘佚。

套數

〔雙調〕新水令

落紅滿地暮春天。

原刊本徽藩本詞林摘艷卷五有新水令落紅滿地暮春天套。注李好古作。北詞廣正譜引其駐馬聽小小亭軒一支。亦注李好古作。北宮詞紀注程景初作。茲已輯於程氏曲中。復識異説於此。

王伯成

伯成涿州人。爲馬致遠忘年友。有天寶遺事諸宮調見稱於世。今殘。著雜劇三種。貶夜郎。泛浮槎。興項滅劉。前一種今存。

小令

〔中呂〕陽春曲

別情

多情去後香留枕。好夢回時冷透衾。悶愁山重海來深。獨自寢。夜雨百年心。太平樂府

四　樂府羣珠一

〔仙呂〕春從天上來

閨怨

巡官算我。道我命運乖。教奴鎮日無精彩。爲想佳期不敢傍粧臺。又恐怕爹娘做猜。把容顏只恁改。漏永更長。不由人泪滿腮。他情是歹。咱心且捱。終須也要還滿了相思債。詞林摘艶一　雍熙樂府一六　舊編南九宮譜　南九宮十三調譜　南詞新譜　九宮譜定　九宮正始　九宮大成二

詞林摘艶題作閨怨。注明王伯成小令。或據此疑明代亦有一王伯成。此曲爲明人作。案摘艶別有王伯成鬬鵪鶉酒力禁持套。原刊本於姓氏上亦冠皇明二字。而其曲固見元刊陽春白雪。其爲元人作。毫無可疑。以彼例此。似爲摘艶編者之誤。玆輯之。雍熙樂府此曲不注撰人。舊編南九宮譜此曲失注。南九宮十三調譜南詞新譜九宮譜定九宮大成俱注散曲。九宮正始注未詳。雍熙樂府此曲下接鎖南枝同心帶一支。此鎖南枝亦見詞林摘艶。注無名氏小令。或係另一曲。○內府本摘艶不敢作何曾。雍熙命運作運。教奴作教人。不敢作不敢道是。做猜作左猜。容顏及相思上俱有這字。各譜爲想作只想。不敢作更不想去。做猜作左猜。容顏及相思上俱有這字。漏永作夜永。惟九宮正始爲想作則想。不敢作不教。恐怕上無又字。做猜作又猜。容顏上有這字。漏永作夜永。

套數

〔般涉調〕哨遍

項羽自刎

虎視鯨吞相併。滅强秦已换炎劉姓。數年逐鹿走中原。創圖基祚隆興。各馳騁。布衣學劍。隴畝興師。霸業特昌盛。今日悉皆掃蕩。上合天統。下應民情。睢河岸外勇難施。廣武山前血猶腥。恨錯放高皇。懊失追韓信。悔不從范增。

〔么〕行走行迎。故然怒激剛强性。迤逗向垓心。預埋伏掩映山形。猛圍定。凋溪溝壑。列介胄寒光瑩。晝夜攻催劫掠。爪牙脱落。羽翼彫零。一箇向五雲鄉裏賀昇平。一箇向八卦圖中競殘生。更那堪時月嚴凝。

〔麻婆子〕漢祖勝乘威勢。上蒼助顯號令。四野布層陰重。六花飛萬片輕。不添和氣報豐年。特呈凶兆害生靈。手拘束難施展。足滑擦豈暫停。

〔么〕自清曉徹終日。從黄昏睚五更。趁水澤身難到。奪樵路力不能。旋消冰雪潤枯腸。凍燒器械焰荒荆。馬無草人無飯。立不安坐不寧。

〔牆頭花〕軍收雪霽。起凜冽嚴風勁。汗濕征衣背似冰。戰欣欣火滅烟消。乾剥剥天寒地冷。

〔么〕征夫夢寐清。深夜疆埸静。四面悲歌忍泪聽。便不思敗國亡家。皆子想離鄉背井。

〔急曲子〕帳周回立故壁。陣東南破去程。衆兒郎已杳然。總安眠睡未驚。忽聞嘶困乏征騅。猛唤回淒凉夢境。

〔耍孩兒〕唯除箇楦楚懷忠政。錯認做奸人暗等。誤截一臂不任疼。猛魂飄已赴幽冥。碧澄澄萬里天如水。明朗朗十分月滿營。馬首立虞姬氏。翠蛾低斂。粉泪雙擎。

〔么〕絶疑的寶劍揮圓頸。不二色的剛腸痛。怎教暴露在郊墟。惜香肌難入山陵。望碧雲芳草封高塚。對黄土寒沙赴淺坑。傷情興。須臾天曉。彷彿平明。

〔三煞〕衡路九條。山垓九層。區區縱塹奔荒徑。開基創業時皆盡。争帝圖王勢已傾。軍逐。因尋江路。誤入陰陵。

〔二〕付能歸船路開。却懶將踏板登。喪八千子弟無踪影。羞歸西楚親求救。恥向東吴再起兵。辭了鎗騎。伏霜鋒閃爍。從二足奔騰。

〔一〕殺五侯雖懼怯。奈隻身枉戰争。自知此地絶天命。壯懷已喪英雄氣。巨口全無叱咤聲。尋思到一場長嘆。百戰衰形。

〔尾〕解委領把頓項推。舉太阿將咽頸稱。子見紅飄飄光的的絳纓先偏側了金盔頂。磣可可濕浸浸鮮血早淋漓了戰袍領。　太平樂府九　雍熙樂府七　太和正音譜下引麻婆子　北詞廣正譜引麻婆子牆頭花及么急曲子　九宫大成七三引麻婆子及么

雍熙樂府不注撰人。〇(哨遍)太平樂府睢河作濉河。瞿本太平樂府皆下有除字。(麻婆子)雍熙蒼作天。太和正音譜不添作故添。末三句作。特呈祥瑞應時登。冰凍結船難進。馬足滑路怎行。九宫大成同雍熙及正音譜。(么)太平樂府等原無冰字。兹從九宫大成。雍熙難到作到到。大成難到作剛到。(牆頭花)雍熙濕作温。欣欣作欽欽。(急曲子)太平雍熙帳俱作悵。廣正譜回作圍。又以此支爲牆頭花之末章。吴梅南北詞簡譜亦謂牆頭花實是三疊。(么)瞿本太平怎教作怎忍教。(三煞)太平山垓作出垓。軍逐句疑有脱字。雍熙因作困。以軍逐困爲一句。(二)雍熙從作徒。(一)元刊太平五作吾。衰作袁。兹俱從瞿本。陶刻本衰作哀。雍熙已喪作已散。衰作裝。五侯不誤。(尾)太平咽作胭。盔作魁。雍熙的的作灼灼。

贈長春宮雪庵學士

過隙駒難留時暫。百年幾度聰明暗。塵事飽經諳。嘆狙公暮四朝三。抵自慚。遠投蒼海。平步風波。空擘驪龍頷。謾贏得此身良苦。家私分外。活計尷尬。寢食玉鎖緊牽連。行坐金枷自披擔。世累相縈。陰行難修。業緣未減。

〔么〕因見無常。謾勞供養看經懺。雖有六親人。誰能替入棺函。勸省喒。從今白甚。則管教人。喫粉羹餐酸餡。皮骨這回絶却。三年乳哺。十月懷躭。長春有景閑時遊。大道無極静中參。出凡籠再不争攙。

〔耍孩兒〕捹衣妻子情傷感。一任紅愁緑慘。頓然摘脱便遳騰。不居土洞石龕。四時風月雙鄰友。萬里乾坤一草庵。鬅鬆鬖。不分髻角。焉用冠簪。

〔么〕浮雲世態將人賺。識破也誠何以堪。布袍獨駕九天風。翫無窮緑水青嵐。東遊瀛海思徐福。西度流沙慕老聃。拋持盡雀巢燕壘。虎窟龍潭。

〔一煞〕從釋縛。自脱監。紙鳶無線舟無纜。風寒暑濕非吾患。味色聲香莫我貪。休只待。船中滿載。水低俱渰。

〔二煞〕莫苦求。休强攬。莫教邂逅遭坑陷。恐哉笞杖徒流絞。慎矣公侯伯子男。争誇衒。千鍾美禄。一品高銜。

〔三煞〕衣錦裘。乘駿驂。與朋共敝雖無憾。簞瓢自樂顔回巷。版築誰親傅説巖。君不見。花飛樹底。日轉天南。

〔四煞〕手欲翻。眼未眨。鏡中華髮霜匀糝。生來忙似塵中蟻。老去空如繭内蠶。明圖甚。形骸傴僂。涕唾腤臢。

〔五煞〕飯已熟。睡正酣。儘他世味無如淡。詩囊經卷隨藜杖。蒼木黄菁滿藥籃。回頭笑。青錢拍板。烏帽藍衫。

〔六煞〕耳若聾。口似緘。有人來問佯粧憨。胡蘆提了全無悶。皮袋肥來最不憨。漁樵伴。山聲野調。闊論高談。

〔七煞〕不動心。已喪膽。丹田飽養難摇撼。身欺古柏衰中旺。味勝青瓜苦後甘。功成處。臉同蓮萼。頭類松杉。

〔收尾〕甲配了庚。離應了坎。是非不在天公鑑。那道輪迴近得俺。梨園樂府上　北詞廣正譜引耍孩兒么及一煞

（么）梨園樂府曲牌原作耍孩兒。茲據譜改正。（耍孩兒）梨園曲牌原作二煞。茲據北詞廣正譜改

正。廣正譜冠簪作簪冠。（么）梨園曲牌原作三煞。兹據廣正譜改正。梨園誠作成。廣正譜西度作西涉。雀作鵲。（一煞）梨園此支原作四煞。蓋因以上牌名錯誤而致誤。兹改爲一煞。以下二煞至七煞。均依次改正。又煞之次序。倒書者多。惟梨園此套原係順書。故仍之。梨園紙鳶作紙鸞。廣正譜水低作水底。（四煞）繭原作蚕。應爲蚕之譌。兹改。

〔越調〕鬬鵪鶉

酒力禁持。詩魔喚起。紫燕喧喧。黄鶯嚦嚦。紅杏香中。緑楊影裏。麗日遲。節序催。柳線摇金。桃花泛水。

〔紫花兒序〕香馥馥花開滿路。碧粼粼水繞孤村。緑茸茸芳草烟迷。揚鞭指處。堪畫堪題。更那堪竹塢人家傍小溪。綵繩高繫。春色飄零。花事狼藉。

〔小桃紅〕一簾紅雨落花飛。醞釀蜂兒蜜。跨蹇攜壺醒還醉。草萋萋。融融沙暖鴛鴦睡。韶光景美。和風暖日。惹起杜鵑啼。

〔禿廝兒〕凝眸處黄鶯子規。動情的緑暗紅稀。鶯慵燕懶蝶倦飛。冷落了芳菲。春歸。

〔聖藥王〕醉似泥。僕從隨。見小橋流水隔花溪。柳岸西。近古隄。數枝紅杏出疎籬。牆外舞青旗。

〔尾〕四圍錦綉繁華地。車馬喧天鬧起。看了這紅紫翠鄉中。堪寫在丹青畫圖裏。陽春白雪後集四　盛世新聲未集　詞林摘艷一〇　雍熙樂府一三　太和正音譜下引鬬鵪鶉紫花兒序尾　九宮大成二七引鬬鵪鶉紫花兒序禿廝兒尾

盛世新聲目録及原刊本徽藩本詞林摘艷俱題作春遊。注明王伯成作。重增本内府本摘艷無題。不注撰人。雍熙樂府題作春遊。不注撰人。案此套既見陽春白雪。注王伯成作。則以伯成爲明人。顯然錯誤。〇（鬬鵪鶉）盛世香作鄉。摇作懸。水作蕊。摘艷俱同。雍熙香作鄉。摇作拖。泛水作放蕊。九宮大成俱同雍熙。（紫花兒序）盛世路作目。二句作緑茸茸的芳草萋萋。更那堪作相宜。飄零作芬芳。花事作花市。摘艷俱同。太和正音譜更那堪作依稀見。末二句作。春色繁華。草木光輝。雍熙路作目。更那堪上有端的二字。綵繩句作你將這綵繩來高繫。花事作花已。大成更那堪作相宜。綵繩上有你將這三字。花事作花市。（小桃紅）盛世及摘艷景美俱作明媚。又與雍熙惹起上俱有因此上三字。雍熙韶光上有我則見三字。（禿廝兒）盛世二句的作處。末二句作。冷落盡這芳菲。又早春歸。摘艷俱同。雍熙此支作。凝醉眼黄鸝子規。動詩情緑暗紅稀。我則見鶯慵燕懶蝶倦飛。冷落了這芳菲。早春歸。大成同雍熙。（聖藥王）盛世首句作我則見醉似泥。三句無見字。近作趁。牆外上有兀良則見那五字。摘艷俱同。雍熙首句作我則道醉似泥。三句無見字。末二句作。我則見數枝紅杏出牆籬。兀良又則見牆外舞青旗。（尾）盛世首句起襯看了這三字。喧天鬧起作遊人輳集。翠鄉作醉鄉。末句在作入。摘艷俱同。雍熙首句

末句俱同盛世。二句作我則見車馬人烟輳集。紅紫作紅錦。大成二句及紅錦同雍熙。畫圖作圖畫。

詞林摘艷卷十有新水令十年無夢到京師套。原刊本徽藩本俱注王伯成作。案此套北宮詞紀及彩筆情辭俱屬湯舜民。兹從詞紀情辭。鈔本筆花集新水令有缺頁。或適佚此套。摘艶此卷又有新水令四時湖水鏡無瑕套。原刊本及徽藩本俱注王伯成作。北詞廣正譜徵引套中各曲。亦屬伯成。惟梨園樂府以此套屬馬致遠。兹從梨園。此不重出。

據鈔本陽春白雪目録。陽春白雪後集卷四鬭鵪鶉套數緑柳彫殘。半世飄蓬。媚媚姿姿。雪艶霜姿。雨意雲情。玉笛愁聞六套。皆王伯成作。兹因書内曲前未明注撰人。仍輯入無名氏曲中。

趙明道

明道大都人。著雜劇三種。牡丹亭。范蠡歸湖。韓退之雪擁藍關記。范蠡歸湖今僅存第四折。餘二種皆佚。案太和正音譜重增本詞林摘艷詞諕明道俱作明遠。此據録鬼簿。太平樂府原刊本詞林摘艷亦作明道。

套數

〔越調〕鬬鵪鶉

題情

燕燕鶯鶯。花花草草。穰穰勞勞。多多少少。媚媚嬌嬌。亭亭嬝嬝。鸞鳳交。没下梢。空躭了些是是非非。受了些煩煩惱惱。

〔紫花兒〕困騰騰頭昏腦悶。急煎煎意穰心勞。虚飄飄魄散魂消。他風風韻韻。艷艷夭夭。日日朝朝。雨雨雲雲漸縹渺。那堪暮秋天道。似這般爽氣清高。那堪夜雨蕭蕭。

〔禿廝兒〕悶厭厭愁心怎熬。昏沉沉夢斷魂勞。秋聲和轆轤砧韻敲。淅零零細雨灑芭蕉。初彫。

〔小桃紅〕枕寒衾冷夜迢迢。旖旎人兒俏。往往難成夢驚覺。好心焦。悲悲切切雁兒呀呀的叫。透户牖金風淅淅。滴更長銅壺點點。更那堪蛩韻絮叨叨。

〔天浄沙〕厭厭鬼病難消。凄凄心癢難揉。漸漸神魂散却。好教人没顛没倒。意遲遲業眼難交。

〔尾〕想當日焰騰騰烈火燒祆廟。翻滚滚洪波浸畫橋。明熀熀火燒此時休。白茫茫水渰殺未成就的夫妻每到是了。太平樂府七　詞林摘艷一〇　詞謔　雍熙樂府一三

重增本詞林摘艷詞謔俱注趙明遠作。原刊本摘艷注趙明道。雍熙樂府不注撰人。〇(鬭鵪鶉)明大字本太平樂府亭亭作婷婷。無空字。(紫花兒)摘艷末句那堪上有更字。詞謔夭夭作妖妖。日日作暮暮。末二句作。爽氣清高。夜雨瀟瀟。雍熙雲雲作風風。摘艷詞謔雍熙風風俱作丰丰。(禿廝兒)各書曲牌多誤作調笑令。兹據内府本摘艷改正。太平摘艷詞謔細雨俱作細細。兹從雍熙及内府本摘艷。摘艷詞謔三句俱無和字。詞謔四句無灑字。(小桃紅)重增本摘艷詞謔呀呀下俱無的字。詞謔俏作杳。七句作照紗廚銀蟾皓皓。(天浄沙)詞謔没顛没倒作没顛倒。業眼作雙

眼。(尾)元刊太平明焜焜作明焜。明大字本太平作明焜焜。兹從後者。摘艷浸作侵。焜焜作晃晃。末句無每字。詞謔尾聲只一句作。騰騰了他害相思洛陽年少。譌誤甚多。一笑散尾聲全。首句無想當日三字。焜焜作晃晃。末句無的字。

名姬

樂府梨園。先賢老郎。上殿伶倫。前輩色長。承應俳優。後進教坊。有伎倆。盡誇張。燕趙馳名。京師作場。

〔紫花兒〕雷聲聲梁苑。禾惜惜都城。蘇小小錢塘。三人聲價。四海名揚。紅粧。忒旖旎忒風流忒四行。堪寫在宣和圖上。有百倍兒風標。無半米兒踈狂。

〔調笑令〕省郎。是你舊班行。他訴真是咱斷腸。不知音枉了和他講。有德行政事文章。取功名自來踏着省堂。焕然有出衆英昂。

〔秃廝兒〕爲媒的涿郡仲襄。保親的蘇君丘祥。青春二八年正芳。配一對錦鴛鴦。成雙。

〔聖藥王〕我豈謊。您誠想。蘇小卿到底嫁雙郎。因爲和樂章。動官長。柳耆卿娶了謝天香。他知音律解宫商。

〔尾〕郝大使王玉帶皆稱賞。焦治中天然秀小樣。勸你箇聰明姝麗俏吴姬。就取這蘊藉風流俊張敞。太平樂府七　雍熙樂府一三

（紫花兒）何鈔本太平樂府禾惜惜作朱惜惜。（聖藥王）瞿本太平樂府舊校改誠想爲試想。

〔雙調〕夜行船

寄香羅帕

多緒多情意似癡。閑愁悶禁持。心緒熬煎。形容憔悴。又添這場縈繫。

〔步步嬌〕一幅香羅他親寄。寄與咱别無意。他教咱行坐里。行坐里和他不相離。若是恁還知。淹了多少關山泪。

〔沉醉東風〕鹿頂盒兒最喜。羊脂玉納子偏宜。挑成祝壽詞。織成蟠桃會。吴綾蜀錦難及。幅尺闊全無半縷紕。密實十分奈洗。

〔撥不斷〕舊痕積。泪淋漓。越點污越香氣。沉醉後堪將口上吸。更忙呵休向腰間繫。怕顯出這場恩義。

〔離亭煞〕用工夫度線金針刺。無包彈撚鍬銀絲細。氣命兒般敬重看承。心肝兒般愛

憐收拾。止不過包膽茶朧羅笠。説不盡千般旖旎。忙揣在手兒中。荒籠在袖兒裏。太平樂府六　北宮詞紀六　彩筆情辭七

彩筆情辭題作得寄羅帕。○(夜行船)北宮詞紀閑作等閑。情辭同。(步步嬌)情辭四句無行坐里三字。(沉醉東風)元刊太平樂府挑成作桃成。瞿本明大字本俱作挑成。詞紀鹿頂下有空格。缺一字。情辭作金字。詞紀密實下有處字。情辭同。情辭織成作織就。(撥不斷)情辭香氣上有覺生二字。(離亭煞)元刊八卷本瞿本太平樂府朧俱作朦。明大字本太平朧作籠。揣作捧。情辭鍬作捎。荒作慌。

殘曲

〔大石調〕失牌名

趙明道

〔隨煞〕露冷霜寒秋已歸。蜂怨蝶愁春未知。獨立西風共誰。相伴寒香菊花醉。北詞廣正譜　丹臉暈。

首調疑爲玉翼蟬。

阿里西瑛

阿里耀卿之子。善吹篳篥。所居懶雲窩在吴城東北隅。嘗爲殿前歡小令以自述。貫酸齋喬夢符衛立中吴西逸皆有和曲。

小令

〔商調〕涼亭樂

嘆世

金烏玉兔走如梭。看看的老了人呵。有那等不識事的癡呆待怎麽。急回頭遲了些兒箇。你試看凌烟閣上。功名不在我。則不如對酒當歌對酒當歌且快活。無憂愁。安樂窩。詞林摘艷一　九宫大成五九

〔雙調〕殿前歡

懶雲窩

西瑛有居號懶雲窩。以殿前歡調歌此以自述。

懶雲窩。醒時詩酒醉時歌。瑤琴不理抛書臥。無夢南柯。得清閑儘快活。日月似擸梭過。富貴比花開落。青春去也。不樂如何。太平樂府一　堯山堂外紀七一　厲刻喬夢符小令

太平樂府序文在曲後。末句原作酸齋等和見後。茲以酸齋等曲末列一處。删去末句。

懶雲窩。醒時詩酒醉時歌。瑤琴不理抛書臥。儘自磨陀。想人生待則麽。富貴比花開落。日月似擸梭過。呵呵笑我。我笑呵呵。殘元本陽春白雪二　鈔本陽春白雪前集三

殘元本比作似。日月似擸梭過作不落如何。此從鈔本。鈔本開作間。擸作獵。茲改。〇此曲與前曲首三句全同。後又有兩句文字同而次序顛倒。似即一曲。

懶雲窩。客至待如何。懶雲窩裏和衣臥。儘自婆娑。想人生待則麽。貴比我高些箇。富比我惗些箇。呵呵笑我。我笑呵呵。殘元本陽春白雪二　鈔本陽春白雪前集三　太平樂府一

此首太平樂府注喬夢符作。茲互見兩家曲。校記從略。

馮子振

子振字海粟。自號怪怪道人。又號瀛洲客。攸州人。仕爲承事郎集賢待制。於書無所不記。爲文常據案疾書。隨紙數多寡。頃刻輒盡。事料醲郁。美如簇錦。嘗著居庸賦。首尾幾五千言。閎衍鉅麗。與天台陳孚友善。孚極敬畏之。自以爲不可及。金華宋景濂曰。海粟馮公以博學英詞名於時。當其酒酣氣豪。横厲奮發。一揮萬餘言。少亦不下數千。真一世之雄哉。貫雲石序陽春白雪。謂海粟之詞豪辣灝爛。不斷古今。

小令

〔正宮〕鸚鵡曲

序云。白無咎有鸚鵡曲云。儂家鸚鵡洲邊住。是箇不識字漁父。浪花中一葉扁舟。睡煞江南烟雨。覺來時滿眼青山。抖擻緑蓑歸去。算從前錯怨天公。甚也有安排我處。余壬寅歲留上京。有北京伶婦御園秀之屬。相從風雪中。恨此曲無續之者。且謂前後多親炙士大夫。拘於韻度。如第一箇父字。便難下語。又甚也有安排我處。甚字必須去聲字。我字必須上聲字。

音律始諧。不然不可歌。此一節又難下語。諸公舉酒。索余和之。以汴吳上都天京風景試續之。

雍熙樂府卷二十誤以是序所引白無咎鸚鵡曲爲馮海粟作。此曲異文見白曲校記。兹從略。

山亭逸興

嵯峨峯頂移家住。是箇不唧嚠樵父。爛柯時樹老無花。葉葉枝枝風雨。〔幺〕故人曾喚我歸來。却道不如休去。指門前萬疊雲山。是不費青蚨買處。太平樂府一　詞綜三三　歷代詩餘二六　詞律拾遺二

詞綜歷代詩餘詞律拾遺俱無題。○詞綜歷代詩餘詞律拾遺嵯峨俱作巍峨。二句俱作旦暮見上下樵父。雲山俱作青山。拾遺喚作笑。

榮華短夢

朱門空宅無人住。村院快活煞耕父。霎時間富貴虛花。落葉西風殘雨。〔幺〕總不如水北相逢。一棹木蘭舟去。待霜前雪後梅開。傍幾曲寒潭淺處。太平樂府一

愚翁放浪

東家西舍隨緣住。是箇忒老實愚父。賞花時暖薄寒輕。徹夜無風無雨。〔么〕占長紅小白園亭。爛醉不教人去。笑長安利鎖名韁。定没箇身心穩處。太平樂府一　堯山堂外紀七〇

農夫渴雨

年年牛背扶犂住。近日最懊惱殺農父。稻苗肥恰待抽花。渴煞青天雷雨。〔么〕恨殘霞不近人情。截斷玉虹南去。望人間三尺甘霖。看一片閑雲起處。太平樂府一

元刊八卷本瞿本題目農夫俱作農家。○元刊本甘霖作甘霜。兹從元刊八卷本及瞿本。

燕南百五

東風留得輕寒住。百五鬧蝶母蜂父。好花枝半出牆頭。幾點清明微雨。〔么〕綉彎彎濕透羅鞋。綺陌踏青回去。約明朝後日重來。靠淺紫深紅暖處。太平樂府一

元刊八卷本鬧作閙。

故園歸計

重來京國多時住。恰做了白髮傖父。十年枕上家山。負我湘烟瀟雨。〔么〕斷回腸一首陽關。早晚馬頭南去。對吴山結箇茅庵。畫不盡西湖巧處。太平樂府一

瞿本白髮作白頭。

野渡新晴

孤村三兩人家住。終日對野叟田父。説今朝緑水平橋。昨日溪南新雨。〔么〕碧天邊雲歸巖穴。白鷺一行飛去。便芒鞋竹杖行春。問底是青帘舞處。太平樂府一

元刊本瞿本么篇首句俱作碧天邊歸雲。兹從明大字本。

漁父

沙鷗灘鷺褵依住。鎮日坐釣叟綸父。趁斜陽曬網收竿。又是南風催雨。〔么〕緑楊隄忘繫孤樁。白浪打將船去。想明朝月落潮平。在掩映蘆花淺處。太平樂府一

元刊本褵依作離依。兹從元刊八卷本。瞿本褵依作傍依。潮平作湖平。

市朝歸興

山林朝市都曾住。忠孝兩字報君父。利名場反覆如雲。又要商量陰雨。〔么〕便天公有眼難開。袖手不如家去。更蛾眉强學時粧。是老子平生懶處。太平樂府一

陸羽風流

兒啼漂向波心住。捨得陸羽唤誰父。杜司空席上從容。點出茶甌花雨。〔么〕散蓬萊兩腋清風。未便玉川仙去。待中泠一滴分時。看滿注黄金鼎處。太平樂府一

顧渚紫筍

春風陽羨微喧住。顧渚問茗叟吴父。一槍旗紫筍靈芽。摘得和烟和雨。〔么〕焙香時碾落雲飛。紙上鳳鸞銜去。玉皇前寶鼎親嘗。味恰到才情寫處。太平樂府一

園父

柴門雞犬山前住。笑語聽傴背園父。轆轤邊抱甕澆畦。點點陽春膏雨。〔么〕菜花間蝶也飛來。又趁暖風雙去。杏梢紅韭嫩泉香。是老瓦盆邊飲處。太平樂府一

野客

春歸不戀風光住。向老拙問訊槎父。嘆匡山李白漂零。寂寞長安花雨。〔么〕指滄溟鐵綱珊瑚。袖捲釣竿西去。錦袍空醉墨淋漓。是萬古聲名響處。太平樂府一

元刊本匡山作荏山。兹從元刊八卷本及瞿本。

城南秋思

新涼時節城南住。燈火誦魯國尼父。到秋來宋玉生悲。不賦高唐雲雨。〔么〕一聲聲只在芭蕉。斷送別離人去。甚河橋柳樹全疎。恨正在長亭短處。太平樂府一

赤壁懷古

茅廬諸葛親曾住。早賺出抱膝梁父。笑談間漢鼎三分。不記得南陽耕雨。〔幺〕嘆西風捲盡豪華。往事大江東去。徹如今話説漁樵。算也是英雄了處。太平樂府一

元刊本捲盡作抱盡。兹從瞿本。元刊八卷本捲作倦。偏旁譌誤。

處士虚名

高人誰戀朝中住。自古便有箇巢父。子陵灘釣得虚名。幾度桐江春雨。〔幺〕睡神仙別有陳摶。拂袖華山歸去。漫紛紛少室終南。怎不是神仙隱處。太平樂府一

洞庭釣客

年光流水何曾住。早忘却姓吕巖父。記蓬萊閬苑相逢。一別風流如雨。〔幺〕算人間碧海桑田。只似燕鴻來去。岳陽樓劍氣淩雲。度老樹神仙此處。太平樂府一

各本只似俱作只作。兹從瞿本。

黄閣清風

箕尾傅説商巖住。空桑子伊尹無父。漢蕭何昴宿分英。李靖唐時行雨。〔么〕出山來濟了蒼生。却捲白雲閑去。一千年黄閣清風。是萬古聲名響處。太平樂府一

各本箕尾俱作箕裘。茲從明大字本。

夷門懷古

人生只合梁園住。快活煞幾箇白頭父。指他家五輩風流。睡足胭脂坡雨。〔么〕説宣和錦片繁華。輦路看元宵去。馬行街直轉州橋。相國寺燈樓幾處。太平樂府一

都門感舊

都門花月蹉跎住。恰做了白髮傖父。酒微醒曲榭回廊。忘却天街酥雨。〔么〕曉鍾殘紅被留温。又逐馬蹄聲去。恨無題亭影樓心。畫不就愁城慘處。太平樂府一

磻溪故事

非熊無夢淹留住。吕望八十釣魚父。白頭翁晚遇文王。閑煞磻溪蓑雨。〔么〕運來時表海封齊。放下一鈎絲去。至今人想像笠簹。靠蘚石苔磯穩處。太平樂府一

元刊八卷本一鈎作一釣。明大字本閑煞作閑煞了。

泣江婦

曹娥江主婆娑住。五月五水面迎父。蔡中郎幼婦碑陰。古刻荒雲深雨。〔么〕夏侯瞞智肖楊修。强説不多來去。怕文章泄漏風光。謎語到難開口處。太平樂府一

瞿本舊校改江主爲江上。

蘭亭手卷

蘭亭不肯昭陵住。老逸少是獻之父。過江來定武殘碑。剥落刓烟剜雨。〔么〕縱新新繭紙臨摹。樂事賞心俱去。永和年小草斜行。到野鶩家雞窘處。太平樂府一

龐隱圖

團欒話裏禪龕住。靈昭女對老龐父。利名心不掛絲毫。更肯沾風粘雨。〔么〕嘆黃金散盡還家。逝水看流年去。只尋常賣簞籬休。這眷屬今無討處。太平樂府一

拔宅冲昇圖

淮南仙客蓬萊住。髮漆黑變雪髯父。八公山九轉丹成。洗盡腥風醎雨。〔么〕想雲霄犬吠雞鳴。拔宅向青霄去。勸長安熱客回頭。鏡影到流年老處。太平樂府一

憶西湖

吴儂生長西湖住。艤畫舫聽棹歌父。蘇隄萬柳春殘。麯院風荷番雨。〔么〕草萋萋一道腰裙。軟緑斷橋斜去。判興亡説向林逋。醉梅屋梅梢偃處。太平樂府一

感事

黄金難買朱顔住。驅馬客羨跨牛父。石將軍百斛明珠。幾日歡雲娱雨。〔么〕趁春歸一瞬流鶯。萬事夕陽西去。舊嬋娟落在誰家。箇裏是高人省處。太平樂府一

贈園父

春光濃艷城南住。一葉價百倍園父。牡丹臺國色天香。錦幄無風無雨。〔么〕惜花人不惜千金。一任蝶來蜂去。酒醒時月上三竿。是不是雞聲管處。太平樂府一
明大字本月上作日上。

感事

江湖難比山林住。種果父勝刺船父。看春花又看秋花。不管顛風狂雨。〔么〕盡人間白浪滔天。我自醉歌眠去。到中流手脚忙時。則靠着柴扉深處。太平樂府一
元刊八卷本瞿本盡俱作儘。

買臣負薪手卷

赭肩腰斧登山住。耐得苦是採薪父。亂雲升急澍飛來。拗青松遮風雨。〔么〕記年時雪斷溪橋。脱度前灣歸去。買臣妻富貴休休。氣燄到寒灰舞處。太平樂府一　鈔本陽春白雪後集一　雍熙樂府二〇

鈔本陽春白雪無題。○元刊八卷本瞿本太平樂府四句作拗折青松遮雨。鈔本陽春白雪四句亦作拗折青松遮雨。脱度作曉渡。休休作來尋。舞處作冷處。雍熙樂府俱同。

燕南八景

蘆溝清絶霜晨住。步落月問倚闌父。薊門東直下金臺。仰看樓臺飛雨。〔么〕道陵前夕照蒼茫。疊翠望居庸去。玉泉邊一派西山。太液畔秋風緊處。太平樂府一

元刊本問作門。兹從元刊八卷本及瞿本。

松林

山圍行殿周遭住。萬里客看牧羊父。聽神榆樹北車聲。滿載松林寒雨。〔么〕應昌南

舊日長城。帶取上京愁去。又秋風落雁歸鴻。怎説到無言語處。太平樂府一

至上京

灃河西北征鞍住。古道上不見耕父。白茫茫細草平沙。日日金蓮川雨。〔么〕李陵臺往事休休。萬里漢長城去。趁燕南落葉歸來。怕迤逦飛狐冷處。太平樂府一

憶雞鳴山舊遊

雞鳴山下荒丘住。客弔古問驛亭父。幾何年野屋叢祠。滅没犂烟鋤雨。〔么〕默尋思半晌無言。逆旅又催人去。指峯前代好磨笄。是血泪當時灑處。太平樂府一

元刊本客作各。兹從元刊八卷本瞿本明大字本。

南城贈丹砂道伴

長松蒼鶴相依住。骨老健稱褐衣父。坐燒丹忘記春秋。自在溪風山雨。〔么〕有人來不問親疎。淡飯一杯茶去。要茅簷臥看閑雲。梅影轉幽窗雅處。太平樂府一

別意

花驄嘶斷留儂住。滿酌酒勸據鞍父。柳青青萬里初程。點染陽關朝雨。〔么〕怨春風雁不回頭。一箇箇背人飛去。望河橋斂袵頻啼。早驀到長亭短處。太平樂府一

嘶原作斯。

錢塘初夏

錢塘江上親曾住。司馬槱不是村父。縷金衣唱徹流年。幾陣紗窗梅雨。〔么〕夢回時不見犀梳。燕子又銜春去。便人間月缺花殘。是小小香魂斷處。陽春白雪後集一　雍熙樂府二〇

溪山小景

長繩短繫虛名住。傾濁酒勸鄰父。草亭前矮樹當門。畫出輕烟疎雨。〔么〕看燕南陌上紅塵。馬耳北風吹去。一年年月夜花朝。自占取溪山好處。陽春白雪後集一　雍熙樂府二〇

詞綜三三　歷代詩餘二六

雍熙樹上無矮字。馬耳作馬首。詞綜二句酒與勸之間留一空格。歷代詩餘短繫作難繫。勸上有好字。

四皓屏

張良更姓圯橋住。夜待旦遇箇師父。一編書不爲封留。字字咸陽膏雨。〔么〕借箸籌滅項興劉。到底學神仙去。待商山四皓還山。再不戀人間險處。陽春白雪後集一　雍熙樂府二〇

元刊陽春白雪商山作商家。茲從鈔本陽春白雪及雍熙。雍熙二句作半夜裏遇師父。學作託。險處作好處。

逃吴辭楚無家住。解寶劍贈津父。十年間隸越鞭荆。怒捲秋江潮雨。〔么〕想空城組練三千。白馬素車回去。又逡巡月上波平。暮色在烟光紫處。鈔本陽春白雪後集一　雍熙樂府二〇

鈔本陽春白雪寶作空。鞭作報。雍熙吴作回。贈作曾問。空城上無想字。

青衫司馬江州住。月夜笛厭聽村父。甚有傳舊譜琵琶。切切嘈嘈簷雨。〔么〕薄情郎又泛茶船。近日又浮梁去。説相逢總是天涯。訴不盡柔腸苦處。鈔本陽春白雪後集一　雍熙

樂府二〇

雍熙聽作竹。泛作販。

才郎于祐咸陽住。是箇不識字的田父。御溝西緑水東流。乍歇長安秋雨。〔么〕恨匆匆一片題情。紅葉爲誰流去。恰殷勤離得深宮。便得到人間好處。鈔本陽春白雪後集一　雍熙樂府二〇

〔中吕〕紅綉鞋

題小山蘇隄漁唱

東里先生酒興。南州高士文聲。玉龍嘶斷綵鸞鳴。水空秋月冷。山小暮天青。蘇公隄上景。太平樂府四　張小山北曲聯樂府　樂府羣珠四

張小山北曲聯樂府之題目作奉題蘇隄漁唱。

〔雙調〕沉醉東風

緣結來生浄果。從他半世蹉跎。冷淡交。唯三箇。除此外更誰插㕸。減着呵少添着

馮子振

呵便覺多。明月清風共我。陽春白雪前集三

鈔本陽春白雪唦作破。減着呵作減着些。

珠簾秀

珠簾秀姓朱氏。女伶。雜劇獨步一時。駕頭花旦軟末泥等。悉造其妙。名公文士頗推重之。胡紫山嘗贈以沉醉東風。馮海粟贈以鷓鴣天。王秋澗贈以浣溪沙。後輩多以朱娘娘稱之。

小令

〔雙調〕壽陽曲

答盧疎齋

山無數。烟萬縷。憔悴煞玉堂人物。倚篷窗一身兒活受苦。恨不得隨大江東去。太平樂府二　堯山堂外紀六九

太平樂府此曲之前爲盧疎齋壽陽曲别珠簾秀。此曲題目原作答前曲。兹改爲答盧疎齋。

套數

〔正宮〕醉西施

檢點舊風流。近日來漸覺小蠻腰瘦。想當初萬種恩情。到如今反做了一場僝僽。害得我柳眉顰秋波水溜。泪滴春衫袖。似桃花帶雨胭脂透。緑肥紅瘦。正是愁時候。

〔並頭蓮〕風柔。簾垂玉鉤。怕雙雙燕子。兩兩鶯儔。對對時相守。薄情在何處秦樓。贏得舊病加新病。新愁擁舊愁。雲山滿目。羞上晚粧樓。

〔賽觀音〕花含笑。柳帶羞。舞場何處繫離愁。欲傳尺素仗誰修。把相思一筆都勾。見淒涼芳草增上萬千愁。休休。腸斷湘江欲盡頭。

〔玉芙蓉〕寂寞幾時休。盼音書天際頭。加人病黄鳥枝頭。助人愁渭城衰柳。滿眼春江都是泪。也流不盡許多愁。若得歸來後。同行共止。便是牡丹花下死。做鬼也風流。

〔餘文〕東風一夜輕寒透。報道桃花逐水流。莫學東君不轉頭。詞林白雪二

此套爲南曲。僅見詞林白雪。注珠簾秀作。殊可疑。兹姑輯之。○（醉西施）春衫原作春山。

貫雲石

雲石本名小雲石海涯。畏吾兒人。阿里海涯之孫。父名貫只哥。雲石遂以貫爲氏。號酸齋。又號蘆花道人。生而神彩秀異。年十三。膂力絶人。使健兒驅三惡馬疾馳。持槊立而待。馬至。騰上之。越二而跨三。運槊生風。觀者辟易。或挽彊射生逐猛獸。上下峻阪如飛。諸將咸服其趫捷。稍長。折節讀書。目五行下。吐辭爲文。不蹈襲故常。初襲父官。爲兩淮萬户府達魯花赤。鎮永州。尋以宦情素薄。一日。解所綰黄金虎符。讓弟忽都海涯佩之。北從姚燧學。燧見其古文峭厲有法。及歌行古樂府慷慨激烈。大奇之。俄選爲英宗潛邸説書秀才。仁宗即位。拜翰林侍讀學士中奉大夫知制誥同修國史。後稱疾辭還江南。泰定元年卒。年三十九。贈集賢學士中奉大夫護軍。追封京兆郡公。謚文靖。雲石晚年爲文日邃。詩亦沖澹。草隸等書。變化古人。自成一家。休官辭禄後。或隱屠沽。或侶樵牧。一日錢唐數衣冠士人。游虎跑泉。飲間賦詩。以泉字爲韻。中一人但哦泉泉泉。久不能就。忽一人曳杖而至。應聲曰。泉泉泉。亂迸珍珠箇箇圓。玉斧斫開頑石髓。金鈎搭出老龍涎。衆驚問曰。公非貫酸齋乎。曰。然然然。遂邀同飲。盡醉而去。雲石與海鹽楊梓交善。無論所製樂府散套駿逸爲當行之冠。即歌聲高引。可徹雲漢。而梓獨得其傳。時有徐再思。號甜齋。亦以樂府擅場。世以酸齋甜齋並稱。謂酸甜樂府。

小令

〔正宫〕塞鴻秋

代人作

戰西風幾點賓鴻至。感起我南朝千古傷心事。展花箋欲寫幾句知心事。空教我停霜毫半晌無才思。往常得興時。一掃無瑕玼。今日箇病厭厭剛寫下兩箇相思字。太平樂府一

起初兒相見十分忺。心肝兒般敬重將他占。數年間來往何曾厭。這些時陡恁的恩情儉。推道是板障柳青嚴。統鏝姨夫欠。只被這俏蘇卿抛閃煞窮雙漸。太平樂府一

板障原作板脹。元刊本陡恁作陟恁。他本俱作陡恁。瞿本明大字本起初兒俱作起初時。瞿本恩情儉作恩情險。

〔正宫〕小梁州

朱颜绿鬓少年郎。都變做白髮蒼蒼。儘教他花柳自芬芳。無心賞。不趁燕鶯忙。〔幺〕東家醉了東家唱。西家再醉何妨。醉的强。醒的强。百年渾是醉。三萬六千場。

鈔本陽春白雪後集一　雍熙樂府二〇

雍熙樂府三句無他字。東家唱作西家唱。西家再醉作唱一會再醉。渾是下無醉字。

桃花如面柳如腰。他生的且自妖嬈。醉闌乘興會今宵。低低道。無語眼兒瞧。〔幺〕揣着箇羞臉兒娘行告。百般的撒吞粧夭。氣的我心下焦。空懆懆。莫不姻緣簿上。前世暗勾消。鈔本陽春白雪後集一　雍熙樂府二〇　彩筆情辭六

彩筆情辭題作阻歡。○鈔本陽春白雪二句無的字。雍熙且自作且是。揣着個羞臉兒作揣着羞臉。撒吞作撒逡。無氣的我三字。無莫不二字。情辭撒吞作撒褪。

相偎相抱正情濃。争忍西東。相逢争似不相逢。愁添重。我則怕畫樓空。〔幺〕垂楊渡口人相送。拜深深暗祝東風。他去的高掛起帆。則願休吹動。剛留一宿。天意肯相容。鈔本陽春白雪後集一　雍熙樂府二〇

雍熙樂府我則怕作只怕。八九兩句作。高掛帆。休吹動。剛作只。○雍熙所收酸齋小梁州共四

首。末首晚粧窗下醉離觴見筆花集。茲以之屬湯式。

春

春風花草滿園香。馬繫在垂楊。桃紅柳緑映池塘。堪遊賞。沙暖睡鴛鴦。〔么〕宜晴宜雨宜陰暘。比西施淡抹濃粧。玉女彈。佳人唱。湖山堂上。直喫醉何妨。梨園樂府中

瓠里子筆談　詞林摘艷一　雍熙樂府一六　元明小令鈔

詞林摘艷雍熙樂府俱不注撰人。次首同。雍熙樂府此首及次首皆在河西六娘子套數內。元明小令鈔作無名氏。次首同。〇瓠里子筆談陰暘作陰涼。直喫作直喫得。詞林摘艷么篇作。雪兒對舞雲娥唱。百年有幾箇春光。一壁廂仕女彈。佳人唱。採蓮人和。齊和着採蓮腔。雍熙睡作宿。陰暘作歌唱。以下作。笑吟吟滿捧瓊漿。這其間歸棹晚。清波漲。湖山堂上。沉醉礙何妨。元明小令鈔同詞林摘艷。

夏

畫船撐入柳陰涼。一派笙簧。採蓮人和採蓮腔。聲嘹喨。驚起宿鴛鴦。〔么〕佳人才子遊船上。醉醺醺笑飲瓊漿。歸棹晚。湖光蕩。一鈎新月。十里芰荷香。梨園樂府中

瓠里子筆談　詞林摘艷一　雍熙樂府一六　元明小令鈔

梨園樂府笙簧作笙篁。瓠里子筆談一派上有聽字。醉醺醺笑飲作笑吟吟滿飲。蕩作漾。詞林摘艷雍熙樂府船俱作船兒。歸棹上俱有這其間三字。湖光俱作清波。摘艷撐入作撐入在。醉醺醺笑飲作笑吟吟滿捧。元明小令鈔么篇同詞林摘艷。

秋

芙蓉映水菊花黃。滿目秋光。枯荷葉底鷺鷥藏。金風蕩。飄動桂枝香。〔么〕雷峯塔畔登高望。見錢塘一派長江。湖水清。江潮漾。天邊斜月。新雁兩三行。梨園樂府中

瓠里子筆談

梨園樂府長江作長空。筆談塔畔作塔上。漾作漲。

冬

彤雲密布鎖高峯。凜冽寒風。銀河片片灑長空。梅梢凍。雪壓路難通。〔么〕六橋頃刻如銀洞。粉粧成九里寒松。酒滿斟。笙歌送。玉船銀棹。人在水晶宮。梨園樂府中

瓠里子筆談

筆談銀河作瓊花。

巴到黄昏禱告天。焚起香烟。自從他去泪漣漣。關山遠。抛閃的奴家孤枕獨眠。〔么〕盼才郎早早成姻眷。知他是甚日何年。何年見可憐。可憐見俺成姻眷。天地下團圓。帶累的俺團圓。梨園樂府中　詞林摘艷一　元明小令鈔

梨園樂府此曲與貫酸齋四景銜接。應亦爲酸齋作。詞林摘艷不注撰人。元明小令鈔屬無名氏。〇梨園樂府泪漣漣下脱三字句。兹據詞林摘艷補。詞林摘艷此曲作。巴的到黄昏禱告天。寶爐香燃。自從他去泪漣漣。關山遠。他無分俺也無緣。〔么〕告青天早早重相見。知他是甚日何年。則願的天可憐。天與人行些方便。普天下團圓。帶累的俺也團圓。元明小令鈔同摘艷。惟巴的作巴。爐作鼎。

〔正宫〕醉太平

失題

長街上告人。破窰裏安身。捱的是一年春盡一年春。誰承望眷姻。紅鸞來照孤辰運。白身合有姻緣分。綉毬落處便成親。因此上忍著疼撞門。樂府羣玉四

鈔本盡一年春下。復有盡一年春四字。

〔南呂〕金字經

曉來春勻透。西園第一枝。香暖朱簾酒滿巵。思。休歌腸斷詞。闌心事。夜闌人静時。陽春白雪後集一　樂府羣珠二　雍熙樂府一九

樂府羣珠題作傷春。

金芽薰曉日。碧風度小溪。香暖金爐酒滿杯。奇。夜來香透幃。人初睡。玉堂春夢回。陽春白雪後集一　樂府羣珠二　雍熙樂府一九

樂府羣珠題作春閨。○元刊陽春白雪金作今。兹從鈔本及羣珠。各本白雪爐俱作簺。兹從雍熙樂府。羣珠簺旁校注一爐字。雍熙首句作金簾重曉日。

蛾眉能自惜。別離泪似傾。休唱陽關第四聲。情。夜深愁寐醒。人孤另。蕭蕭月二更。陽春白雪後集一　樂府羣珠二　雍熙樂府一九

羣珠題作閨情。下四首均注又字。示同屬一題。○雍熙泪似作泪眼。

泪濺描金袖。不知心爲誰。芳草萋萋人未歸。期。一春魚雁稀。人憔悴。愁堆八字眉。陽春白雪後集一　樂府羣珠二　雍熙樂府一九

雍熙描金作衣衫。

紫簫聲初散。玉爐香正濃。涼月溶溶小院中。從。別來衾枕空。遊仙夢。一簾梅雪風。陽春白雪後集一　樂府羣珠二　雍熙樂府一九

輕寒堆翠被。東風暖玉纖。香冷金猊月轉簾。添。蛾眉新淡尖。香收燄。倚窗愁未忺。陽春白雪後集一　樂府羣珠二　雍熙樂府一九

羣珠轉簾作滿簾。雍熙香冷作香盡。收燄作消罷。失韻。

楚臺雲歸去。待都來三二朝。閑煞東風碧玉簫。簫。寶釵金鳳翹。風流貌。把人來憔悴了。陽春白雪後集一　樂府羣珠二　雍熙樂府一九

元刊陽春白雪貌作他。茲從鈔本。羣珠雍熙貌俱作俏。雍熙次句無待字。二作兩。末句無來字。○雍熙樂府將以上七曲列於張小山金字經後。然皆不見張小山北曲聯樂府。自應以陽春白雪所注撰人爲確。雍熙此七首後。復有金字經天上皇華使等四首。係誤併張養浩曲。

〔中呂〕上小樓

贈伶婦

覷着你十分艷姿。千年心事。若不就着青春。擇箇良姻。更待何時。等箇悾伺。尋

箇掙四。成就了這翰林學士。太平樂府四

何鈔本悾侗作倥同。

〔中吕〕紅綉鞋

東村醉西村依舊。今日醒來日扶頭。直喫得海枯石爛恁時休。將屠龍劍。釣鰲鈎。遇知音都去做酒。殘元本陽春白雪二　樂府羣珠四

羣珠題作痛飲。○殘元本陽春白雪鰲作魚。羣珠做酒作當酒。

返舊約十年心事。動新愁半夜相思。常記得小窗人静夜深時。正西風閑時水。秋興淺不禁詩。彫零了紅葉兒。殘元本陽春白雪二　樂府羣珠四

羣珠題作秋懷。○羣珠返作近。任校陽春白雪謂應係泝之訛。

雪香蘭高侵雲鬢。玉靈芝斜捧烏雲。輪鬅裏包藏著些粉霜痕。耳垂兒冰雪捏。小孔兒裏都是玉酥湮。只被這業環兒把他拖逗損。殘元本陽春白雪二　樂府羣珠四

挨着靠着雲窗同坐。偎着抱着月枕雙歌。聽着數着愁着怕着早四更過。四更過情未足。情未足夜如梭。天哪。更閏一更兒妨甚麽。殘元本陽春白雪二　樂府羣珠四

殘元本陽春白雪捏作揑。

羣珠題作歡情。○殘元本陽春白雪愁着怕着作怕着愁着。一更下無兒字。

［中呂］陽春曲

金蓮

金蓮早自些娘大。着意收拾越逞過。如今相識眼皮兒薄。休顯豁。越遮護着越情多。

太平樂府四　樂府羣珠一

元刊太平樂府末句着作看。此從元刊八卷本及瞿本。羣珠無此字。

［中呂］醉高歌過紅綉鞋

看別人鞍馬上胡顏。嘆自己如塵世污眼。英雄誰識男兒漢。豈肯向人行訴難。陽氣盛冰消北岸。暮雲遮日落西山。四時天氣尚輪還。秦甘羅疾發禄。姜呂望晚登壇。遲和疾時運裏攢。陽春白雪前集四

陽春白雪牌調誤作雙調醉高歌帶過殿前歡。兹改正。

〔中吕〕醉高歌過喜春來

題情

自然體態温柔。可意龐兒奈羞。看時節偷眼將人溜。送與人些風流證候。　蜂媒蝶使空迆逗。燕子鶯兒不自由。恰便似一枝紅杏出牆頭。不能够折入手。空教人風雨替花羞。太平樂府四

何鈔本太平樂府二句奈作耐。

〔越調〕凭闌人

題情

花債縈牽酒病魔。誰唱相思腸斷歌。舊愁没奈何。更添新恨多。太平樂府三

瞿本腸斷作斷腸。

昨日歡娱今日别。滿腹離愁何處説。一聲長嘆嗟。凭闌人去也。太平樂府三

冷落桃花扇影歌。羞對青銅掃翠蛾。風流情減多。未知是若何。太平樂府三

情泪新痕壓舊痕。心事相關誰共論。黄昏深閉門。被兒獨自温。太平樂府三

懶對菱花不欲拈。愁理晨粧不甚忺。玉纖春筍尖。倦將脂粉添。太平樂府三

紅葉傳情着意拈。書遍相思若未忺。訴愁斑管尖。旋將心事添。太平樂府三

夢裏相逢情倍加。夢斷香閨愁恨多。夢他憔悴他。争如休夢他。太平樂府三

明大字本倍加作倍多。

〔雙調〕蟾宫曲

竹風過雨新香。錦瑟朱絃。亂錯宫商。樵管驚秋。漁歌唱晚。淡月疎篁。準備了今宵樂章。怎行雲不住高唐。目外秋江。意外風光。環佩空歸。分付下淒涼。陽春白雪前集二　樂府羣珠三

樂府羣珠題作秋閨。○元刊陽春白雪疎篁作疎望。兹從殘元本鈔本白雪及羣珠。殘元本白雪風光作嵐光。羣珠怎行雲作惹行雲。意外風光作江外嵐光。

相逢忘却余咱。夢隔行雲。儘好詩誇。江上人歸。宫中粉淡。明月無涯。從别却西湖酒家。遇逋翁便屬仙葩。襪重霜華。春色交加。夜半相思。香透窗紗。陽春白雪前集

二　樂府羣珠三

羣珠題作詠紙帳梅花。○元刊陽春白雪儘作盡。茲從殘元本鈔本白雪及羣珠。

問胸中誰有西湖。算詩酒東坡。清淡林逋。月枕冰痕。露凝荷泪。夢斷雲裾。桂子冷香仍月古。是嫦娥厭倦粧梳。春景扶疎。秋色模糊。若比西施。西子何如。陽春白雪前集二　樂府羣珠三　雍熙樂府一七

羣珠題作翫西湖。次首注一又字。雍熙樂府不注撰人。共六首爲一篇。題作西湖四景。次首爲第一首。此首爲第二首。餘四首詠春夏秋冬四景。不知何人作。○元刊本鈔本陽春白雪厭俱作壓。茲從徐本白雪及羣珠雍熙。雍熙問胸中作門前。無算字。凝作盈。八句作嫦娥厭倦整粧梳。

淩波晚步晴烟。太華雲高。天外無天。翠羽搖風。寒珠泣露。總解留連。明月冷亭亭玉蓮。蕩輕香散滿湖船。人已如仙。花正堪憐。酒滿金樽。詩滿鸞箋。陽春白雪前集二　樂府羣珠三　雍熙樂府一七

雍熙翠羽作翠雨。輕香作天香。

送春

問東君何處天涯。落日啼鵑。流水桃花。淡淡遥山。萋萋芳草。隱隱殘霞。隨柳絮

吹歸那答。趁遊絲惹在誰家。倦理琵琶。人倚秋千。月照窗紗。樂府羣玉四　樂府羣珠三

羣珠月照作明月。

贈曹綉蓮

薰風吹醒橫塘。一派波光。掩映紅粧。嬌態盈盈。香風冉冉。翠蓋昂昂。一任遊人競賞。儘教鷗鷺埋藏。世態炎涼。只恐秋涼。冷落空房。樂府羣玉四　樂府羣珠三

〔雙調〕清江引

棄微名去來心快哉。一笑白雲外。知音三五人。痛飲何妨礙。醉袍袖舞嫌天地窄。陽春白雪前集三　太和正音譜下　九宮大成六六　元明小令鈔

太和正音譜九宮大成元明小令鈔末句俱無袖字。大成小令鈔醉袍作醉飽。

競功名有如車下坡。驚險誰參破。昨日玉堂臣。今日遭殘禍。爭如我避風波走在安樂窩。陽春白雪前集三

避風波走入安樂窩。就裏乾坤大。醒了醉還醒。臥了重還臥。似這般得清閑的誰似我。陽春白雪前集三

元刊陽春白雪還臥作還坐。茲從鈔本。鈔本走入作走在。

詠梅

南枝夜來先破蕊。泄漏春消息。偏宜雪月交。不惹蜂蝶戲。有時節暗香來夢裏。太平樂府二

冰姿迥然天賦奇。獨占陽和地。未曾着子時。先釀調羹味。休教畫樓三弄笛。太平樂府二

芳心對人嬌欲説。不忍輕輕折。溪橋淡淡烟。茅舍澄澄月。包藏幾多春意也。太平樂府二

玉肌素潔香自生。休説精神瑩。風來小院時。月華人初靜。橫窗好看清瘦影。太平樂府二

惜別

玉人泣別聲漸杳。無語傷懷抱。寂寞武陵源。細雨連芳草。都被他帶將春去了。太平樂府二

知足

畫堂不如安樂窩。儘了吾儕坐。閑來偃仰歌。醉後蹲跧臥。儘教利名人笑我。太平樂府二

榮枯自天休覬圖。且進杯中物。莫言李白仙。休説劉伶墓。酒不到他墳上土。太平樂府二

元刊本等休説俱作醉説。兹從明大字本。

燒香掃地門半掩。幾册閑書卷。識破幻泡身。絶却功名念。高竿上再不看人弄險。太平樂府二

野花滿園春晝永。客來相陪奉。草堂書千卷。月下琴三弄。子落得這些兒閑受用。太平樂府二

明大字本客來作客至。

惜別

窗間月娥風韻煞。良夜千金價。一掬可憐情。幾句臨明話。小書生這歇兒難立馬。太

平樂府二

明大字本臨明作臨期。

玉人泣別聲漸啞。久立涼生襪。無處托春心。背立秋千下。被梨花月兒迮逗煞。太平樂府二

湘雲楚雨歸路杳。總是傷懷抱。江聲攪暮濤。樹影留殘照。蘭舟把愁都載了。太平樂府二

若還與他相見時。道個真傳示。不是不修書。不是無才思。繞清江買不得天樣紙。太平樂府二

元刊八卷本若還作君還。

閑來唱會清江引。解放愁和悶。富貴在於天。生死由乎命。且開懷與知音談笑飲。雍熙樂府一九

且開懷與知音談笑飲。一曲瑤琴弄。彈出許多聲。不與時人共。倚幃屏靜中心自省。雍熙樂府一九

倚幃屏靜中心自省。萬事皆前定。窮通各有時。聚散非驕吝。立忠誠步步前程穩。雍熙樂府一九

立忠誠步步前程穩。勉勵勤和慎。勸君且耐心。緩緩相隨順。好消息到頭端的準。雍

熙樂府一九

立春限金木水火土五字冠於每句之首。句各用春字。

金釵影摇春燕斜。木杪生春葉。水塘春始波。火候春初熱。土牛兒載將春到也。静齋

至正直記一　堯山堂外紀七一　元明事類鈔三

〔雙調〕壽陽曲

擔春盛。問酒家。緑楊陰似開圖畫。下秋千玉容强似花。汗溶溶透入羅帕。陽春白雪前集三

張小山北曲聯樂府亦有此曲。參閲本書小山曲。校記從略。〇元刊白雪透入作溶人。兹從鈔本。

徐本盛作盎。

松杉翠。茉莉香。步回廊老仙策杖。月明中晚風寶殿涼。玉池深藕花千丈。陽春白雪前集三

魚吹浪。雁落沙。倚吴山翠屏高掛。看江潮鼓聲千萬家。捲朱簾玉人如畫。陽春白雪前集三

元刊本千萬作十萬。兹從殘元本及鈔本。

新詩句。濁酒壺。野人閑不知春去。家童柳邊閑釣魚。趁殘紅滿江鷗鷺。陽春白雪前集三

新秋至。人乍别。順長江水流殘月。悠悠畫船東去也。這思量起頭兒一夜。陽春白雪前集三

〔雙調〕水仙子

田家

緑陰茅屋兩三間。院後溪流門外山。山桃野杏開無限。怕春光虚過眼。得浮生半日清閑。邀鄰翁爲伴。使家僮過盞。直喫的老瓦盆乾。太平樂府二

滿林紅葉亂翩翻。醉盡秋霜錦樹殘。蒼苔静拂題詩看。酒微温石鼎寒。瓦杯深洗盡愁煩。衣寬解。事不關。直喫的老瓦盆乾。太平樂府二

瞿本滿林作疎林。

田翁無夢到長安。婢織奴耕儘我閑。蠶收稻熟今秋辦。可無飢不受寒。樂豐年暢飲

開顔。喚稚子篘新釀。靠篷窗對客彈。直喫的老瓦盆乾。太平樂府二
元刊本的作得。無老字。茲從元刊八卷本及瞿本。後二本對客彈俱作對客禪。

布袍草履耐風寒。茅舍疎齋三兩間。榮華富貴皆虚幻。覷功名如等閑。任逍遥緑水青山。尋幾箇知心伴。釀村醪飲數碗。直喫的老瓦盆乾。太平樂府二
元刊本耐作奈。茲從元刊八卷本瞿本何鈔本。疎齋從元刊八卷本。他本俱作疎籬。

〔雙調〕殿前歡

暢幽哉。春風無處不樓臺。一時懷抱俱無奈。總對天開。就淵明歸去來。怕鶴怨山禽怪。問甚功名在。酸齋是我。我是酸齋。殘元本陽春白雪二　鈔本陽春白雪前集三　雍熙樂府一九
雍熙樂府以此首及下三首爲一篇。題作道情。不注撰人。一二兩首次序互易。○雍熙七句作爲甚不功名在。

楚懷王。忠臣跳入汨羅江。離騷讀罷空惆悵。日月同光。傷心來笑一場。笑你箇三閭强。爲甚不身心放。滄浪污你。你污滄浪。殘元本陽春白雪二　鈔本陽春白雪前集三　雍熙樂府一九

覺來評。求名求利不多爭。西風吹起山林興。便了餘生。白雲邊創草亭。便留下尋芳徑。消日月存天性。功名戲我。我戲功名。

殘元本陽春白雪二　鈔本陽春白雪前集三　雍熙樂府一九

鈔本陽春白雪八句作知他功名戲我。殘元本陽春白雪邊作還。雍熙創作構。便作但。

怕西風。晚來吹上廣寒宮。玉臺不放香奩夢。正要情濃。此時心造物同。聽甚霓裳弄。酒後黃鶴送。山翁醉我。我醉山翁。

殘元本陽春白雪二　鈔本陽春白雪前集三　雍熙樂府一九

雍熙酒後作酒醒後。

怕相逢。怕相逢歌罷酒樽空。醉歸來縱有陽臺夢。雲雨無踪。樓心月扇底風。情緣重。恨不似釵頭鳳。東陽瘦損。羞對青銅。

殘元本陽春白雪二　鈔本陽春白雪前集三　梨園樂府中

梨園樂府不注撰人。○陽春白雪扇底作扇影。梨園次句無怕字。樓心作梅心。羞對作愁對。

怕秋來。怕秋來秋緒感秋懷。掃空階落葉西風外。獨立蒼苔。看黃花謾自開。人安在。還不徹相思債。朝雲暮雨。都變了夢裏陽臺。

殘元本陽春白雪二　鈔本陽春白雪前集三　梨園樂府中

梨園樂府不注撰人。○梨園次句無怕字。秋緒作情緒。秋懷作愁懷。掃空階作步閑庭。看作恨。安在作何在。無都變了三字。

隔簾聽。幾番風送賣花聲。夜來微雨天階浄。小院閑庭。輕寒翠袖生。穿芳徑。十二闌干憑。杏花踈影。楊柳新晴。殘元本陽春白雪二　鈔本陽春白雪前集三

殘元本浄作争。晴作情。

數歸期。緑苔牆劃損短金篦。裙刀兒刻得闌干碎。都爲別離。西樓上雁過稀。無消息。空滴盡相思泪。山長水遠。何日回歸。殘元本陽春白雪二　鈔本陽春白雪前集三　梨園樂府中

梨園樂府不注撰人。○梨園樂府首句作不來兮。都作只。西作南。末三句作。閃人在羅幃裏。想着他山長水遠。甚日是回歸。

夜啼烏。柳枝和月翠扶踈。綉鞋香染莓苔路。搔首踟躕。燈殘瘦影孤。花落流年度。春去佳期誤。離鸞有恨。過雁無書。殘元本陽春白雪二

和阿里西瑛懶雲窩

懶雲窩。陽臺誰與送巫娥。蟾光一任來穿破。遁迹由他。蔽一天星斗多。分半榻蒲團坐。儘萬里鵬程挫。向烟霞笑傲。任世事蹉跎。太平樂府一　堯山堂外紀七一　厲刻喬夢符小令

厲刻喬夢符小令送作從。分作少。笑作嘯。

套數

〔仙吕〕點絳唇

閨愁

花落黄昏。暮雲將盡。專盼青鸞信。寶獸香焚。又到愁時分。

〔混江龍〕相思慰悶。綉屏斜倚正銷魂。帶圍寬盡。消减精神。翠被任薰終不暖。玉杯慵舉幾番温。鸞釵半彈恖蟬鬢。長吁短嘆。頻揾啼痕。

〔寄生草〕瓊簪折。寶鑑分。今春又惹前春恨。泪珠兒滴盡愁難盡。瘦龐兒不似當時俊。思量幾度甚時休。相思滿腹何年盡。

〔金盞兒〕風逼透綉羅衾。風刮散楚臺雲。簷間鐵馬風敲韻。風摇閑階翠竹不堪聞。風篩簾影動。風傳漏聲頻。風熏花氣爽。風弄月華昏。

〔後庭花〕獸爐中香倦焚。銀臺上燈漸昏。羅幃裏和衣睡。紗窗外曙色分。想情人。起來時分。蹀金蓮搓玉筍。

〔賺煞〕捱的到天明。却有誰偢問。昨夜和衣睡把羅裙皺損。一面殘粧空淚痕。日高也深院無人。掩重門。煩惱向誰論。獨對菱花整亂雲。恰待向瘦龐兒上傅粉。欲梳粧却心困。氣長吁呵的鏡兒昏。太平樂府六　雍熙樂府四　九宫大成五引金盞兒

雍熙樂府不注撰人〇〔寄生草〕雍熙何年作何時。〔金盞兒〕九宫大成無閑階二字。風傳作風轉。月華作月黄。〔後庭花〕雍熙幃裏作幃内。〔賺煞〕牌名原脱。兹增補。

〔南吕〕一枝花

離悶

柳垂翡翠條。花落胭脂瓣。綠窗絨縷淡。粉臉淚珠彈。瀟竹成斑。寶釧鬆冰腕。蛾眉淡遠山。常言道好事多慳。陡恁的千難萬難。

〔梁州〕卜龜卦銅腥玉筍。盼鴻書目斷雲山。别離情緒誰曾慣。這些時銀箏懶按。錦瑟慵彈。玉簫倦品。寶鑑羞觀。病懨懨瘦損容顔。悶昏昏多少愁煩。花鈿墜懶貼香腮。衫袖濕鎮淹淚眼。玉簪斜倦整雲鬟。近間。坐間。用工夫修下封鴛鴦緘。無處倩魚雁。有萬種淒涼不可堪。何日回還。

〔罵玉郎〕楊花滿院東風散。恰纔這微雨過燕鶯閑。羅幃寂寞空長嘆。春色昏。情意懶。芳心憚。

〔感皇恩〕呀。則我這春意闌珊。鶯老花殘。一簾風。三月雨。五更寒。悶的我鸞孤鳳單。枕剩衾寒。梨花院。採茶歌。憑闌干。

〔採茶歌〕望長安。盼雕鞍。夕陽花草樹遮山。疊翠堆嵐凝望眼。則我這薄情何處走雲山。

〔尾聲〕半簾紅日愁天晚。一盞孤燈照夜闌。全不似當時舊風範。綉牀又倦攀。梳粧又意懶。瘦怯怯裙腰兒旋旋的攢。 雍熙樂府九　北詞廣正譜引梁州感皇恩　九宮大成五二引感皇恩採茶歌

雍熙樂府不注撰人。北詞廣正譜於梁州一支下失注。於感皇恩下則注酸齋撰。玆從之。〇（梁州）雍熙情緒作情性。廣正譜腥作腥了。鴻書作魚封。無這些時三字。慵彈作誰彈。下句作鳳簫慵品。鑑作劍。病懨懨作悶懨懨。悶昏昏作病岩岩。鎮淹作煩淹。玉簪作玉梳。倦整作慵整。近間坐間作每日坐間夢間。工夫作功。緘作簡。萬種上無有字。（感皇恩）廣正譜無首四字。鳳單作鳳隻。末四句作。好教我枕剩衾單。楊柳樓。梨花院。寸心間。九宮大成無首四字。無悶的我三字。（採茶歌）大成雲山作雲烟。

〔中吕〕粉蝶兒北

描不上小扇輕羅。你便是真蓬萊賽他不過。雖然是比不的百二山河。一壁廂嵌平隄連緑野端的有亭臺百座。暗想東坡。逋仙詩有誰酬和。

〔好事近南〕謾説鳳凰坡。怎比繁華江左。無窮千古。真箇是勝跡極多。烟籠霧鎖。繞六橋翠障如螺座。青靄靄山抹柔藍。碧澄澄水泛金波。

〔石榴花北〕我則見採蓮人和採蓮歌。端的是勝景勝其他。則他那遠峯倒影蘸清波。晴嵐翠鎖。怪石嵯峨。我則見沙鷗數點湖光破。咿咿啞啞櫓聲吹過。我則見這女嬌羞倚定着雕欄坐。恰便似寶鑑對嫦娥。

〔料峭東風南〕緣何。樂事賞心多。詩朋酒侶吟哦。花濃酒艷。破除萬事無過。嬉遊翫賞。對清風明月安然坐。任春夏秋月冬天。適興四時皆可。

〔鬬鵪鶉北〕鬧穰穰的急管繁絃。齊臻臻的蘭舟畫舸。嬌滴滴粉黛相連。顫巍巍翠雲翠雲萬朵。端的是洗古磨今錦綉窩。你不信試覷波。緑依依楊柳千株。紅馥馥芙渠萬朵。

〔撲燈蛾南〕清風送蕙香。月穿岫雲破。清湛湛水光浮嵐碧。響瑲瑲曉鐘敲破。烏噎噎猿啼在古嶺。見對對鴛鴦戲清波。迢迢似漁舟釣艇。碧澄澄滿船雨笠共烟蓑。

〔上小樓北〕密匝匝那一坨。疎刺刺這幾窩。我這裏對着晴嵐。倚着青山。湛着清波。微雨初收。微烟初散。微風初過。却正是再休題淡粧濃抹。

〔撲燈蛾南〕疊疊層樓畫閣。簇簇奇花異果。遠遠的緑莎茵。茸茸的芳草坡。圪蹬的馬蹄踏破。隱隱似長橋跨波。細裊裊緑緑金波。迢迢似漁舟釣艇。碧澄澄滿船雨笠共烟蓑。

〔尾聲〕陰晴晝永皆行樂。古往今來題詠多。雪月風花事事可。盛世新聲辰集　詞林摘艷三　雍熙樂府六　南北詞廣韻選一二　北宫詞紀一　詞林白雪五　詞林逸響花券　樂府珊珊集怡春錦　九宫大成一三

盛世新聲重增本内府本詞林摘艷雍熙樂府俱不注撰人。原刊本詞林摘艷注元貫石屏作。南北詞廣韻選注元。北宫詞紀詞林白雪俱注貫酸齋作。兹據以輯之。盛世無題。原刊摘艷題作錢塘湖景。雍熙題作西湖十景。廣韻選題作西湖。詞紀題作西湖遊賞。詞林白雪屬讌賞類。詞林逸響注李日華作。題作詠西湖景。曲文校勘從略。樂府珊珊集題作湖景。注唐伯虎作。怡春錦題作詠景。注李日華作。〇〔粉蝶兒北〕雍熙樂府怡春錦次句你作恰。廣韻選你便是作恰便似。暗想

引粉蝶兒石榴花鬬鵪鶉上小樓

作自羽化。酬作賡。珊珊集怡春錦九宮大成起處多小扇輕羅四字。珊珊集怡春錦賽作也賽。下句作怎比着百二山河。無一壁廂三字。端的作端的是。珊珊集你便是作恁便有。暗想作白羽化了。酬作賡。（好事近南）雍熙廣韻選詞紀詞林白雪螺座作螺挫。詞林白雪澄澄作沉沉。珊珊集怡春錦千古作風景。真箇作端的。螺座作螺挫。澄澄作沉沉。（石榴花北）盛世摘艷晴嵐作清嵐。雍熙他那作他這。蘸作湛着。吹過作搖過。下句無這字。無着字。廣韻選我則俱作俺則。勝其他作賽其他。則他那作則這。蘸作蘸着。這女嬌羞倚定着作女嬌羞倚定。鑑作鏡。詞紀人和作人唱。蘸作蘸着。以下同雍熙。詞林白雪俱同詞紀。珊珊集首句我作俺。人和作人唱。勝景作景物。則他那作俺只見。蘸作蘸着。翠瑣上嵯峨上俱有似字。嵯峨以下作。俺只見忒楞楞俺只見忒楞楞沙鷗兒點得湖光破。咿咿啞啞櫓聲經過。見幾箇女妖嬈見幾箇女妖嬈閒恁着雕欄坐。好一似寶鏡對嫦娥。怡春錦首句我作俺。人和作人唱。則他那作則他這。蘸作湛着。嵯峨以下同珊珊集。惟經過作搖過。大成首句我作俺。則他那作俺則見。蘸作蘸着。翠鎖上有搖字。嵯峨上有鬱字。下句我則見三字作。俺則見忒楞楞俺則見忒楞楞。吹過作搖過。我則見這女嬌羞作見幾箇女妖嬈見幾箇女妖嬈。（料峭東風南）盛世摘艷曲牌俱作好事近。雍熙酒侶作酒友。酒艷作酒釅。廣韻選任作任他。月冬天作冬。餘同雍熙。珊珊集怡春錦吟哦上有曾費二字。下作花釀酒釀。嬉作追。安然作安閒。下作任他是春夏秋冬。（鬪鵪鶉北）雍熙首二句俱無的字。翠雲二字不疊。廣韻選詞紀詞林白雪並同。雍熙試作是。蕖作蓉。廣韻選舟作橈。試作是。珊珊集首句叠。無的字。二句亦無的字。舟作橈。翠雲翠雲萬朵作翠雲半朵。端的作這的。你不信句作你可不信試觀他。下句叠。怡春錦同珊珊集。惟不信試作也不信是。蕖作蓉。大成首句叠。三句叠。翠雲萬朵作翠雲半嚲。不信作可不信。覷作觀。下句叠。（撲燈蛾南）盛世摘艷岫雲作綉雲。烟蓑作披蓑。雍熙廣韻選曉鐘作晚鐘。啼下無在字。雍熙戲作戲着。詞紀曉鐘作曉鐘兒。以下同雍熙。詞林白雪俱同詞紀。珊珊集首二句作。静陰陰溝平蓮蕊香。明皎皎月穿岫雲破。四句作響潺潺曉鐘敲過。啼下無在字。末二句作。高聳聳雷峯蘸影。碧澄澄水中魚戲動新荷。怡春錦同珊珊集。惟曉鐘作晚鐘。高聳聳作青湛湛。（上小樓北）盛世摘艷詞紀晴嵐作青嵐。雍熙詞紀詞林白雪大成一坨作一窩。幾窩作幾夥。雍熙疏作束。廣韻選坨作窩。窩作顆。我作俺。無却正是三字。大成三句叠。微雨初收作俺則見微雨初收俺則見微雨初收。珊珊集匝匝作稠稠。坨作搭。窩作夥。我這裏對着晴嵐作俺只見映着青天俺只見映着青天。微雨初收作掩只見微雨初收俺只見微雨初收。無却正是三字。怡春錦俱同珊珊集。惟濃抹作一似濃抹。（撲燈蛾南）盛世摘艷緑莎作芳草。烟蓑作披蓑。雍熙廣韻選詞紀蹬的作蹬蹬。雍熙廣韻選跨波作跨坡。廣韻選無畫閣二字。遠遠的作遠遠。緑緑作緑柳。詞紀跨波作臥波。緑緑金波作緑柳金拖。詞林白雪俱同詞紀。珊珊集畫閣作峻閣。遠遠作軟軟。芳草坡作緑草鋪。下句作跎的跎蹬馬蹄兒踏破。隱隱似作隱隱見。此七字句叠。以下作。裊裊似緑柳金拖。飄飄洋洋漁舟釣艇。點點見滿船雨笠共烟蓑。怡春錦圪蹬的作跎的跎蹬。細裊裊句作裊裊似緑柳金拖。迢迢似作飄飄漾漾。碧澄澄作點點見。（尾聲）雍熙廣韻選詞紀題詠俱作吟詠。廣韻選晝永作昏晝。詞紀晝永作晝夜。詞林白雪怡春錦俱同詞紀。珊珊集晝永皆作昏晝堪。事事作皆。

〔大石調〕好觀音

怨恨

先自相逢同歡偶。無妨礙燕侶鶯儔。並坐同肩共攜手。恩情厚。夫婦般相看的好。

〔么〕打聽的新來迷歌酒。風聞的別染着箇嬌羞。棄舊憐新自來有。鐵心腸全不想些兒舊。

〔尾〕薄倖虧人難禁受。想着那樽席上捻色風流。不良殺教人下不得呪。太平樂府七　雍熙樂府一五　九宫大成二一引全套

雍熙樂府不注撰人。○（好觀音）各書無俱作天。當係无之譌。瞿本太平樂府舊校作無。茲從之。雍熙九宫大成三句俱無坐字。（尾）雍熙大成樽俱作樽前。

〔越調〕鬭鵪鶉

憶別

良友曾題。佳人所爲。嬝嬝婷婷。姿姿媚媚。體態温柔。心腸老實。件件習。事事知。妙舞偏宜。清歌更美。

〔紫花兒〕一頭相見。兩意相投。百步相隨。去秋同會。重午别離。傷悲。和泪和愁飲酒杯。後約何期。舉目長亭。執手臨岐。

〔金蕉葉〕一曲陽關未已。兩字功名去急。四海離愁去國。半霎兒難忘恩德。

〔調笑令〕柳七。樂章集。把臂雙歌真先味。幽歡美愛成佳配。效連理鶼鶼比翼。雲窗共寢聞子規。似繁華曉夢驚回。

〔禿厮兒〕出郡城愁臨浙水。寓錢塘閱度朝夕。匆匆一鞭行色催。灑梨花。雨霏霏。寒食。

〔聖藥王〕風物熙。麗日遲。連天芳草正萋萋。客萬里。人九嶷。遥岑十二遠烟迷。生隔斷武陵溪。

〔尾〕玉人別後空相憶。古猶今之視昔。暮雨楚臺雲。桃花洞天水。太平樂府七　詞林摘艷一〇　雍熙樂府一三　彩筆情辭七　九宮大成二七引金蕉葉

彩筆情辭題作別情。雍熙樂府不注撰人。〇（紫花兒）情辭一頭作一時。酒杯作數杯。（金蕉葉）詞林摘艷難忘作誰忘。情辭去急作意急。（調笑令）何鈔太平樂府真先味作真無味。重增本摘艷作真美味。雍熙作真仙味。情辭作蘭臭味。（尾聲）雍熙情辭古猶俱作憶古猶。

佳偶

國色天香。冰肌玉骨。燕語鶯吟。鸞歌鳳舞。夜月春風。朝雲暮雨。美眷愛。俏伴侶。葉落歸秋。花生滿路。

〔金蕉葉〕見他眉來眼去。俺早心滿願足。他道是拋磚引玉。俺却道因禍致福。

〔天淨沙〕雖然似水如魚。甚世曾少實多虛。更有閑言剩語。若將他辜負。待古里不信神佛。

〔小桃紅〕志誠惠性壓其餘。無半米兒虧人處。覓便尋芳廝照覷。要歡娛。看時相見偷圓聚。知心可腹。牽腸割肚。不枉了用工夫。

〔尾〕錦紋封寄情緣簿。羅帕留香信物。常想着相見時話兒甜。早忘了星前月下苦。太

平樂府七　雍熙樂府一三

雍熙樂府不注撰人。○（鬬鵪鶉）雍熙鶯吟作鶯啼。（金蕉葉）雍熙願足作意足。（小桃紅）何鈔本太平樂府惠作德。雍熙覓下無便字。

〔雙調〕新水令

皇都元日

鬱葱佳氣藹寰區。慶豐年太平時序。民有感。國無虞。瞻仰皇都。聖天子有百靈助。

〔攪箏琶〕江山富。天下總欣伏。忠孝寬仁。雄文壯武。功業振乾坤。軍盡歡娛。民亦安居。軍民都托賴着我天子福。同樂蓬壺。

〔殿前歡〕賽唐虞。大元至大古今無。架海梁對着檠天柱。玉帶金符。慶風雲會龍虎。萬户侯千鍾禄。播四海光千古。三陽交泰。五穀時熟。

〔鴛鴦煞〕梅花枝上春光露。椒盤杯裏香風度。帳設鮫綃。簾捲蝦鬚。唱道天賜長生。人皆讚祝。道德巍巍。衆臣等蒙恩露。拜舞嵩呼。萬萬歲當今聖明主。太平樂府七　盛世新聲午集　重刊增益詞林摘艷戊集　雍熙樂府一一　太和正音譜引鴛鴦煞　北詞廣正譜引攪箏琶　九宮大成六五盛世新聲重增本詞林摘艷雍熙樂府俱不注撰人。盛世摘艷俱無題。○（新水令）元刊八卷本瞿本太平樂府末句俱無聖字。盛世摘艷末句俱無有字。此下皆有凌波仙一支。曲云。天開金闕慶皇都。九五龍飛顯聖謨。星圍電繞黄金户。肅朝班。萬歲呼。祝君王永固皇圖。和氣融仙島。歡聲動玉府。就金鑾滿飲醽醁。案此曲頗似孫周卿凌波仙日邊。疑爲明人改孫作而成。（攪箏琶）盛世摘艷俱無此支。元刊太平樂府福上有三圓圈。瞿本太平樂府福上圓圈作皇都。明大字本太平樂府作天子。何鈔本太平樂府作皇洪。雍熙作聖主。北詞廣正譜九宫大成俱作天子。茲從明大字本太平樂府等。（殿前歡）明大字本太平樂府賽作賡。盛世次句改作大明聖治古今無。金符作金魚。時熟作成熟。摘艷俱同盛世。雍熙大元改作大明。（鴛鴦煞）摘艷嵩作高。九宫大成杯裹作堆裹。聖明作明聖。

〔雙調〕醉春風

羞畫遠山眉。不忺宫樣粧。平白地招攬這場愁。枉了那舊日恩情。舊時風韻。直恁麽改模奪樣。

〔間金四塊玉〕寃家早是没膽量。遭逢着很毒爹娘。赤緊地家私十分快。生紐做水遠山長。

〔減字木蘭花〕早是愁懷百倍傷。那更值秋光。逐朝倚定門兒望。怯昏黄。怕的是塞角韻悠揚。

〔高過金盞兒〕入蘭堂。斷人腸。塞鴻相和蛩吟響。燒殘沉麝。滅了銀釭。却欲待剛睡些。隔紗窗涼月兒轉回廊。

〔賣花聲煞〕簌朱簾猛然離了綉幌。攜手相將入洞房。欲訴相思曉雞唱。好夢驚回泪萬行。都滴在枕頭兒上。陽春白雪後集五　太和正音譜下引醉春風間金四塊玉減字木蘭花　北詞廣正譜引同　九宫大成一三及六六引同

〔醉春風〕太和正音譜四句七字分作枉了想。那日恩情兩句。北詞廣正譜同。正音譜末句無直恁麽三字。廣正譜不忺作不欣。九宫大成同正音譜。惟想字叠一字。〔間金四塊玉〕陽春白雪十分快作十分快。廣正譜同。正音譜等爹俱作爺。〔減字木蘭花〕陽春白雪昏黄作黄昏。茲從各譜。

雍熙樂府卷十九有清江引小令十二首。注酸齋作。案此十二首中之前七首見誠齋樂府。最末一首見雲莊樂府。皆非酸齋作。中間四首亦可疑。茲姑輯之。

詞林摘艷卷八有一枝花銀杏葉彫零鴨脚黄套數一套。注貫酸齋作。惟録鬼簿續編以之屬詹時雨。

詞譜及南北詞廣韻選卷三引其尾聲一支又屬劉庭信。兹列爲詹氏曲。此不重出。

北宫詞紀外集卷四有點絳唇酒興綢繆套數一套。注貫酸齋作。案此套爲朱有燉孟浩然踏雪尋梅雜劇第一折。兹不收。

貫石屏

此名僅見詞林摘艷。或即貫雲石。參閲校勘記。

套數

〔仙吕〕村裏迓鼓

隱逸

我向這水邊林下。蓋一座竹籬茅舍。閑時節觀山玩水。悶來和漁樵閑話。我將這緑柳栽。黄菊種。山林如畫。悶來時看翠山。觀緑水。指落花。呀。鎖住我這心猿意馬。

〔元和令〕將柴門掩落霞。明月向杖頭掛。我則見青山影裏釣魚槎。慢騰騰間瀟灑。悶來獨自對天涯。盪村醪飲興加。

〔上馬嬌〕魚旋拿。柴旋打。無事掩荆笆。醉時節卧在葫蘆架。咱。睡起時節旋去烹茶。

〔遊四門〕藥爐經卷作生涯。學種邵平瓜。淵明賞菊在東籬下。終日飲流霞。咱。向爐內煉丹砂。

〔勝葫蘆〕我則待散誕逍遥閑笑耍。左右種桑麻。閑看園林噪晚鴉。心無牽掛。蹇驢閑跨。遊玩野人家。

〔後庭花〕我將這嫩蔓菁帶葉煎。細芋糕油內煠。白酒磁杯嚥。野花頭上插。興來時笑呷呷。村醪飲罷。繞柴扉水一洼。近山村看落花。是蓬萊天地家。

〔青哥兒〕呀。看一帶雲山雲山如畫。端的是景物景物堪誇。剩水殘山向那答。心無牽掛。樹林之下。椰瓢高掛。冷清清無是無非誦南華。就裏乾坤大。盛世新聲卯集　詞林摘艷四　雍熙樂府四

盛世新聲重增本內府本詞林摘艷與雍熙樂府俱無題。不注撰人。原刊本徽藩本詞林摘艷題作隱逸。注貫石屏作。案詞林摘艷卷三有中吕粉蝶兒描不上小扇輕羅套數一套。原刊本亦注貫石屏作。而北宫詞紀詞林白雪俱注貫酸齋。該套已輯於酸齋曲中。石屏或即酸齋。亦未可定。

〇〔村裏迓鼓〕盛世摘艷曲牌俱作節節高。兹從雍熙。雍熙我向這水作向水。閑時節至看翠山作。誰想高車駟馬。擺頭答。名揚天下。富貴心功名事從今都罷。不如我翫翠峯。末句無呀字。

無這字。(元和令)雍熙首句無將字。二句無向字。三句作清江凝目釣魚槎。騰騰作騰。獨自作時獨坐。(上馬嬌)原刊摘艷睡起作睡足。雍熙醉時節作醉時仰。下二句作。髮亂抓。睡醒一甌茶。(遊四門)盛世及原刊摘艷牌名誤作勝葫蘆。雍熙無在字。無咱字。(勝葫蘆)盛世及原刊摘艷牌名誤作遊四門。雍熙閑看園林作静聽前林。閑跨作斜跨。(後庭花)内府本摘艷一洼作一涯。末句叠。雍熙三句作白酒杯中灔。野花作山花。村醪作一樽。一洼作一窪。近山村看作步桃溪數。末句是作樂。(青哥兒)盛世摘艷一帶俱作一黛。雍熙心無二句作。自少喧譁。柳陰之下。無冷清清三字。就裏作静裏。

鮮于必仁

必仁字去矜。號苦齋。漁陽郡人。太常寺典簿樞之子。以樂府擅場。與海鹽楊梓之二子國材少中交善。楊氏家僮千指。無有不善南北歌調者。由是州人往往得其家法。以能歌名於浙右。有海鹽腔之名。見樂郊私語。

小令

〔南吕〕閱金經

春遊

飛絮粘蜂蜜。落花香燕泥。膩葉蟠雲護錦機。宜。笙歌一派隨。遊人醉。半竿紅日低。太和正音譜下　樂府羣珠二　北詞廣正譜

題目據羣珠。

〔中吕〕普天樂

洞庭秋月 瀟湘八景

水無痕。秋無際。光涵贔屭。影浸玻璃。龍嘶貝闕珠。兔走蟾宮桂。萬頃滄波浮天地。爛銀盤寒褪雲衣。洞簫謾吹。篷窗静倚。良夜何其。樂府羣珠四

烟寺晚鐘

樹藏山。山藏寺。藤陰杳杳。雲影差差。疎鍾送落暉。倦鳥催歸翅。一抹烟嵐寒光漬。問胡僧月下何之。逐朝夜時。扶笻到此。散步尋詩。樂府羣珠四

江天暮雪

晚天昏。寒江暗。雪花黤黤。雲葉毵毵。漁翁倦欲歸。久客愁多憾。浩浩汀洲船着纜。玉蓑衣不換青衫。閑情飽[illegible]。高眠醉酣。世事休參。樂府羣珠四

瀟湘夜雨

白蘋洲。黄蘆岸。密雲堆冷。亂雨飛寒。漁人罷釣歸。客子推篷看。濁浪排空孤燈燦。想黿鼉出没其間。魂消悶顔。愁舒倦眼。何處家山。樂府羣珠四

平沙落雁

稻粱收。菰蒲秀。山光凝暮。江影涵秋。潮平遠水寬。天闊孤帆瘦。雁陣驚寒埋雲岫。下長空飛滿滄洲。西風渡頭。斜陽岸口。不盡詩愁。樂府羣珠四

遠浦帆歸

水雲鄉。烟波蕩。平洲古岸。遠樹孤莊。輕帆走蜃風。柔櫓閑鯨浪。隱隱牙檣如屏障。了吾生占斷漁邦。船頭酒香。盤中蟹黄。爛醉何妨。樂府羣珠四

山市晴嵐

似屏圍。如圖畫。依依村市。簇簇人家。小橋流水間。古木疎烟下。霧斂晴峯銅鉦掛。鬧腥風争買魚蝦。塵飛亂沙。雲開斷霞。網曬枯槎。樂府羣珠四

漁村落照

楚雲寒。湘天暮。斜陽影裏。幾個漁夫。柴門紅樹村。釣艇青山渡。鷩起沙鷗飛無數。倒晴光金縷扶疎。魚穿短蒲。酒盈小壺。飲盡重沽。樂府羣珠四

〔越調〕寨兒令

漢子陵。晉淵明。二人到今香汗青。釣叟誰稱。農父誰名。去就一般輕。五柳莊月朗風清。七里灘浪穩潮平。折腰時心已愧。伸脚處夢先驚。聽。千萬古聖賢評。太和正音譜下　堯山堂外紀七〇

〔雙調〕折桂令

嚴客星

傲中興百二山河。拂袖歸來。稅駕巖阿。物外閑身。雲邊老樹。烟際滄波。犯帝座星明鳳閣。釣桐江月冷漁蓑。富貴如何。萬古清風。豈易消磨。樂府羣珠三

諸葛武侯

草廬當日樓桑。任虎戰中原。龍臥南陽。八陣圖成。三分國峙。萬古鷹揚。出師表謀謨廟堂。梁甫吟感嘆巖廊。成敗難量。五丈秋風。落日蒼茫。樂府羣珠三

杜拾遺

倦騎驢萬里初歸。可嘆飄零。誰念棲遲。飯顆山頭。錦官城外。典盡春衣。草堂裏閑中布韋。曲江邊醉後珠璣。難受塵羈。黄四娘家。幾度斜暉。樂府羣珠三

李翰林

醉吟詩誤入平康。百代風流。一餉徜徉。玉雪丰姿。珠璣咳唾。錦綉心腸。五花馬三春帝鄉。千金裘萬丈文光。才壓班揚。草詔歸來。兩袖天香。樂府羣珠三

韓吏部

羨當年吏部文章。還孔傳軻。斥老排莊。秦嶺雲横。藍關雪擁。萬里潮陽。龍虎榜聲名播揚。鳳凰池翰墨流芳。此興難量。巷柳園桃。惱亂春光。樂府羣珠三

任校樂府羣玉附録改還孔爲追孔。

晉處士

羨柴桑處士高哉。緑柳新栽。黄菊初開。稚子牽衣。山妻舉案。喜動蒿萊。審容膝清幽故宅。倍怡顔瀟灑書齋。隔斷塵埃。五斗微官。一笑歸來。樂府羣珠三

蘇學士

嘆坡仙奎宿煌煌。俊賞蘇杭。談笑瓊黄。月冷烏臺。風清赤壁。榮辱俱忘。侍玉皇金蓮夜光。醉朝雲翠袖春香。半世疎狂。一筆龍蛇。千古文章。樂府羣珠三

太液秋風　燕山八景

護涼雲萬頃玻璃。寒射鑾元。香潤龍漦。風瀲金波。天閑銀漢。烟遠瑶池。汎蓮葉仙人未歸。賞芙蓉帝子初回。翠繞珠圍。鳳舞麟翔。魚躍鳶飛。樂府羣珠三

瓊島春陰

駕東風龍馭天來。百仞烟霄。十二樓臺。瓊草雲封。瓊林露暖。玉樹花開。呼萬歲塵清九垓。擁千官星列三台。鸞鳳音諧。仙仗香中。人在蓬萊。樂府羣珠三

居庸疊翠

聳顛崖萬仞秋容。氣共雲分。勢與天雄。玉潤玻璃。翠開松檜。金削芙蓉。破山影低回去鴻。蘸嵐光驚起游龍。往滅狐踪。塵冷邊烽。海宇魢生。願上東封。樂府羣珠三

蘆溝曉月

出都門鞭影摇紅。山色空濛。林景玲瓏。橋俯危波。車通遠塞。欄倚長空。起宿靄千尋臥龍。掣流雲萬丈垂虹。路杳疎鍾。似蟻行人。如步蟾宫。樂府羣珠三

薊門飛雨

阿香車推下晴雲。早海捲江懸。電掣雷奔。幾點翻飄。數聲引鼓。一霎傾盆。啓蟄户龍飛地間。望蟾宫魚躍天門。到處通津。頭角崢嶸。溥渥殊恩。樂府羣珠三

西山晴雪

玉嵯峨高聳神京。峭壁排銀。疊石飛瓊。地展雄藩。天開圖畫。户判圍屏。分曙色流雲有影。凍晴光老樹無聲。醉眼空驚。樵子歸來。蓑笠青青。樂府羣珠三

末句原作蓑笠青。脱一字。

玉泉垂虹

跨寒流低吸長川。截斷生綃。界破蒼烟。噀壁瓊珠。懸空素練。瀉月金箋。驚翠嶂分開玉田。似銀河飛下瑶天。振鷺騰猿。來往遊人。氣宇凌仙。樂府羣珠三

金臺夕照

渺青霄十二雲梯。誰曳長裾。擁拜丹墀。萬古羅賢。千年宗社。名與天齊。望老樹斜陽影裏。慨西風衰草荒基。壯志何奇。倚劍空吟。歸去來兮。樂府羣珠三

琴

拂瑶琴彈到鶴鳴。自謂防心。誰識高情。夜月當徽。秋泉應指。晚籟潛聲。廣陵散嵇康醉醒。越江吟易簡詞成。千古清名。一去鍾期。無復能聽。樂府羣珠三

棋

爛樵柯石室忘歸。足智神謀。妙理仙機。險似隋唐。勝如楚漢。敗若梁齊。消日月閑中是非。傲乾坤忙裏輕肥。不曳旌旗。寸紙關河。萬里安危。樂府羣珠三

書

送朝昏雪案螢燈。三絶韋編。萬古羣經。亥豕訛傳。魯魚誤辨。帝虎移形。横錙軸牙籤整整。綴仙芸竹簡層層。匡壁韓檠。孔思周情。爲日孳孳。盡老求成。樂府羣珠三

畫

輞川圖十幅生綃。老檜森森。古樹蕭蕭。雲抹林眉。烟藏水口。雨斷山腰。韋偃去丹青自少。郭熙亡紫翠誰描。手掛掌坳。得意忘形。眼興迢遥。樂府羣珠三

幅原作輻。手字原模糊。似半字。

史驟兒

驟。燕人。善琵琶。至治間侍英宗。英宗使酒縱威福。無敢諫者。一日。御紫檀殿飲。命驟弦而歌之。驟以殿前歡曲應制。有酒神仙之句。英宗怒。叱左右殺之。王逢原吉爲傳其事。賦詩一解。見梧溪集。

殘曲

〔雙調〕殿前歡

酒神仙。梧溪集

鄧玉賓子

名里不詳。

小令

〔雙調〕雁兒落過得勝令

閑適

窮通一日恩。好弱十年運。身閑道義尊。心遠山林近。塵世不同羣。惟與道相親。一鉢千家飯。雙鳧萬里雲。經綸。斗許黄金印。逡巡。回頭不見人。太平樂府三

乾坤一轉丸。日月雙飛箭。浮生夢一場。世事雲千變。萬里玉門關。七里釣魚灘。曉日長安近。秋風蜀道難。休干。誤殺英雄漢。看看。星星兩鬢斑。太平樂府三　太和正音譜下引雁兒落　北詞廣正譜引全首　九宫大成六五引雁兒落

晴風雨氣收。滿眼山光秀。尋苗枸杞香。曳杖桄榔瘦。識破抱官囚。誰更事王侯。

甲子無拘繫。乾坤只自由。無憂。醉了還依舊。歸休。湖天風月秋。太平樂府三

瞿本山光秀作山花秀。

太平樂府所注此三曲之撰人爲鄧玉賓子。太和正音譜徵引第二首雁兒落一支。北詞廣正譜徵引第二首全曲。俱只注鄧玉賓三字。似誤。太平樂府卷一所收殿前歡。於里西瑛姓名下注云。里耀卿學士之子。此處當爲鄧玉賓之子之意。

張養浩

養浩字希孟。别號雲莊。濟南人。以省薦爲東平學正。拜監察御史。疏時政萬餘言。累官翰林直學士禮部尚書。關中大旱。民饑。特拜陝西行臺中丞。夜則禱天。晝則出賑饑民。終日無少怠。政成歸隱。卒封濱國公。謚文忠。有三事忠告。牧民忠告。歸田類稿等。散曲集有雲莊休居自適小樂府。多爲歸隱後寄傲林泉時所作。艾俊謂其曲言真理到。和而不流。依腔按歌。使人名利之心都盡。

小令

〔雙調〕沽美酒兼太平令

在官時只説閑。得閑也又思官。直到教人做樣看。從前的試觀。那一箇不遇災難。楚大夫行吟澤畔。伍將軍血污衣冠。烏江岸消磨了好漢。咸陽市乾休了丞相。這幾箇百般。要安。不安。怎如俺五柳莊逍遥散誕。

張養浩散曲集雲莊休居自適小樂府今存。本書於雲莊曲即依原書次序排列。惟原書套數雜列小令中。茲移小令之後。彩筆情辭收有不見雲莊樂府之曲。茲列小令之末。作爲補遺。○雲莊樂府曲牌原作沽美酒。茲從雍熙樂府卷二十。雍熙題作嘆世。不注撰人。○雲莊樂府伍作仵。茲從雍熙。雍熙直到作只道。覷作看。

〔雙調〕胡十八

正妙年。不覺的老來到。思往常。似昨朝。好光陰流水不相饒。都不如醉了。睡着。任金烏搬廢興。我只推不知道。

胡十八諸曲。雍熙樂府卷二十依次全收之。題作嘆世。不注撰人。最末復有結茅屋一首。不知是否亦雲莊作。○雍熙流水下有般字。廢興作興廢。

從退閑。遇生日。不似今。忒稀奇。正值花明柳媚大寒食。齊歌着壽詞。滿斟着玉杯。願合堂諸貴賓。都一般滿千歲。

雍熙正值下有着字。玉杯作玉巵。貴賓作貴戚。

客可人。景如意。檀板敲。玉簫吹。滿堂香靄瑞雲飛。左壁廂唱的。右壁廂舞的。這其間辭酒杯。大管是不通濟。

雍熙敲作輕敲。辭酒杯作傳酒杯。

試算春。九十日。屈指間。去如飛。三分中却早二分歸。便醉的似泥。渾都有幾時。把金杯休放閑。須臾間日西墜。

雲莊樂府屈指作箇指。兹從雍熙。

人會合。不容易。但少别。早相離。幸然有酒有相識。對着這般景致。動着這般樂器。主人家又海量寬。勸諸公莫辭醉。

雍熙三四句作。但少見。早别離。又海量寬作海量寬洪。醉作辭。

人笑余。類狂夫。我道渠。似囚拘。爲些兒名利損了身軀。不是他樂處。好教我嘆吁。唤蛾眉酒再斟。把春光且邀住。

雍熙余作我。渠作他。

自隱居。謝塵俗。雲共烟。也驢虞。萬山青繞一茅廬。恰便似畫圖中間裏着老夫。對着這無限景。怎下的又做官去。

雍熙中間裏作中安。景作的景致。又做官作爲官。

〔雙調〕慶東原

海來闊風波内。山般高塵土中。整做了三箇十年夢。被黄花數叢。白雲幾峯。驚覺周公夢。辭却鳳凰池。跳出醯雞甕。

人羨麒麟畫。知他誰是誰。想這虛名聲到底原無益。用了無窮的氣力。使了無窮的見識。費了無限的心機。幾箇得全身。都不如醉了重還醉。

晁錯原無罪。和衣東市中。利和名愛把人般弄。付能刓刻成些事功。却又早遭逢著禍凶。不見了形踪。因此上向鵲華莊把白雲種。

鶴立花邊玉。鶯啼樹杪絃。喜沙鷗也解相留戀。一箇衝開錦川。一箇啼殘翠烟。一箇飛上青天。詩句欲成時。滿地雲撩亂。

太平樂府卷二鶯啼作鶯鳴。

〔雙調〕慶宣和

參議隨朝天意可。又受奔波。綽然誰更笑呵呵。倒大來快活。倒大來快活。

大小清河諸錦波。華鵲山坡。牧童齊唱採蓮歌。倒大來快活。倒大來快活。

〔中吕〕最高歌兼喜春來

詠玉簪

想人間是有花開。誰似他幽閒潔白。亭亭玉立幽軒外。别是箇清涼境界。　裁冰剪雪應難賽。一段香雲壓緑苔。空惹得暮雲生。越顯的秋容淡。常引得月華來。和露摘。端的壓盡鳳頭釵。

雲莊樂府曲牌原作最高歌。茲從雍熙卷二十及北宫詞紀外集卷五。雍熙題作玉簪。不注撰人。詞紀外集題作詠玉簪花。注元人。○雍熙詞紀外集首句俱作禁苑中試看花開。詞紀外集幽軒作瑂軒。壓緑苔作護緑苔。

詩磨的剔透玲瓏。酒灌的癡呆懵懂。高車大纛成何用。一部笙歌斷送。　金波瀲灔浮銀甕。翠袖殷勤捧玉鍾。對一縷緑楊烟。看一彎梨花月。臥一枕海棠風。似這般閒受用。再誰想丞相府帝王宫。

雍熙題作詩酒歡娱。不注撰人。○雍熙笙歌作歌笙。瀲灔作灔瀲。

〔雙調〕雁兒落兼清江引

喜山林眼界高。嫌市井人烟鬧。過中年便退官。再不想長安道。　綽然一亭塵世表。

不許俗人到。四面桑麻深。一帶雲山妙。這一塔兒快活直到老。

雍熙卷二十題作野興。不注撰人。

〔雙調〕殿前歡

對菊自嘆

可憐秋。一簾疎雨暗西樓。黄花零落重陽後。減盡風流。對黄花人自羞。花依舊。人比黄花瘦。問花不語。花替人愁。

雲莊樂府無題。兹據雍熙卷十九補。雍熙不注撰人。○雍熙花依舊作花開卸還依舊。人比下有這字。

登會波樓

四圍山。會波樓上倚闌干。大明湖鋪翠描金間。華鵲中間。愛江心六月寒。荷花綻。十里香風散。被沙頭啼鳥。唤醒這夢裏微官。

雍熙華鵲作華島。誤。

玉香毬花

玉香毬。花中無物比風流。芳姿奪盡人間秀。冰雪堪羞。翠幃中分外幽。開時候。把風月都熏透。神仙在此。何必揚州。

雍熙何必作何覓。

村居

會尋思。過中年便賦去來詞。爲甚等閑間不肯來城市。只怕俗卻新詩。對着這落花村。流水隄。柴門閉柳外山横翠。便有些斜風細雨。也近不得這蒲笠蓑衣。

雍熙便有些作任。

〔雙調〕雁兒落兼得勝令

往常時爲功名惹是非。如今對山水忘名利。往常時趁雞聲赴早朝。如今近晌午猶然睡。往常時秉笏立丹墀。如今把菊向東籬。往常時俯仰承權貴。如今逍遥謁故知。往常時狂癡。險犯着笞杖徒流罪。如今便宜。課會風花雪月題。

雁兒落兼得勝令諸曲。太平樂府卷三收以下雲來山更佳。自高懸神武冠二首。題作退隱。雍熙卷二十此六首全收。惟次序異。題作知機。不注撰人。○雍熙如今上俱有到字。雞聲作雞鳴。

把菊作把酒。

雲來山更佳。雲去山如畫。山因雲晦明。雲共山高下。倚杖立雲沙。回首見山家。野鹿眠山草。山猿戲野花。雲霞。我愛山無價。看時行踏。雲山也愛咱。

雍熙行踏上無看時二字。

抖擻了元亮塵。分付了蘇卿印。喜西風范蠡舟。任雪滿潘安鬢。乞得自由身。且作太平民。酒吸華峯月。詩吟灤水春。而今。識破東華夢。紅裙。休歌南浦雲。

雍熙喜西風作泛西風。

三十年一夢驚。財與氣消磨盡。把當年花月心。都變做了今日山林興。早是不能行。那更鬢星星。鏡裏常嗟嘆。人前强打撑。歌聲。積漸的無心聽。多情。你頻來待怎生。

雍熙盡作罄。變做了作變做。鏡裏作照菱花。人前作會賓朋。積漸的作即漸。末句無你字。

自高懸神武冠。身無事心無患。對風花雪月吟。有筆硯琴書伴。夢境兒也清安。俗勢利不相關。由他傀儡棚頭鬧。且向崑崙頂上看。雲山。隔斷紅塵岸。游觀。壺中天地寬。

太平樂府夢境下無兒字。勢力上無俗字。傀儡上無由他二字。崑崙上無且向二字。雍熙棚頭作棚中。

也不學嚴子陵七里灘。也不學姜太公磻溪岸。也不學賀知章乞鑑湖。也不學柳子厚遊南澗。俺住雲水屋三間。風月竹千竿。一任傀儡棚中鬧。且向崑崙頂上看。身安。倒大來無憂患。游觀。壺中天地寬。

雍熙一任作由他。倒大下無來字。

〔雙調〕清江引

詠秋日海棠

一歲兩回春到來。花也多成敗。只爲雲莊秋。不避東君怪。因此上向西風特地開。

清江引前十首雍熙卷十九依次收之。題作秋意十闋。不注撰人。

前日彩雲飛上天。又向深秋見。翠淡遥山眉。紅慘春風面。恨燕鶯期天樣遠。

雍熙期上有歸字。

霜重物華摇落秋。驚見春如舊。一笑疎籬邊。更比黄花瘦。剗地殢西風猶帶酒。

宋玉每逢秋嘆嗟。見此應歡悦。恰被風吹開。莫遣霜摧謝。有他那惜花人來到也。

雍熙有他那作恐他。

亭下拒霜花數叢。不與渠同夢。嬌倚秋陰薄。瘦怯霜華重。幾時盼得日遲遲春晝永。

雍熙秋陰作秋雲。得下有箇字。

見一日繞觀十數回。只恐花憔悴。錦帳遮寒威。銀燭添春意。端的是太真妃初睡起。

雍熙首句無見字。末句無是字。

寂寞一枝三四花。弄色書窗下。爲着沉香迷。夢見嵬坡怕。且潛身在居士家。

雍熙在上有住字。

花竹滿亭高士居。常把春留住。賞罷芙蓉秋。又見胭脂露。這的是綽然亭絶妙處。

雍熙這作筵。絶妙上有世間二字。

睡起不禁霜月苦。籬菊休相妒。恰與東君别。又被西風誤。教他這粉蝶兒無是處。

香滿竹籬花正嬌。開徹胭脂萼。不幸遭風霜。葉兒都零落。暢好是有上梢無下梢。

雍熙暢好是作果然。

昭君路迷關塞雪。蔡琰胡笳月。往事惟心知。新恨憑誰説。只恐怕夢回時春去也。

雍熙以此首爲酸齋作。疑誤。○雍熙末句無時字。

〔雙調〕水仙子

六十相近老形骸。安樂窩中且避乖。高竿上伎倆休爭賽。早回頭家去來。對華山翠壁丹崖。將小闊闊書房蓋。緑巍巍松樹栽。倒大來悠哉。

雍熙卷十八收水仙子前三首及梁園輕露一首。題作隱逸。不注撰人。梁園輕露一首乃朱有燉作。見誠齋樂府。○雍熙悠哉作多少幽哉。

平生原自喜山林。一自歸來直到今。向紅塵奔走白圖甚。怎如俺醉時歌醒後吟。出門來猿鶴相尋。山隱隱烟霞潤。水潺潺金玉音。因此上留住身心。

雲莊樂府怎如作怎知。茲從雍熙。雍熙直到今作宜到今。四句作怎如俺醉後吟。山隱隱上有玩字。

中年才過便休官。合共神仙一樣看。出門來山水相留戀。倒大來耳根清眼界寬。細尋思這的是真歡。黄金帶纏着憂患。紫羅襴裹着禍端。怎如俺藜杖藤冠。

雍熙才過便作已過且。合共作合訪。無倒大來三字。這的是真歡作無量忻歡。黄金上有那字。纏下裹下俱無着字。

詠江南

一江烟水照晴嵐。兩岸人家接畫簷。芰荷叢一段秋光淡。看沙鷗舞再三。捲香風十里珠簾。畫船兒天邊至。酒旗兒風外颭。愛殺江南。

雍熙題作江南景。不注撰人。○雍熙一段作並。愛殺下有人景致三字。

詠遂閒堂

綽然亭後遂閒堂。更比仙家日月長。高情千古羲皇上。北窗風特地涼。客來時樽酒淋浪。花與竹無俗氣。水和山有異香。委實會受用也雲莊。

雍熙題作遂閒堂。不注撰人。○雍熙北窗以下五句作。北窗開趁晚涼。適情懷閑理琴囊。風和月多清味。水和山有異香。受用殺獨樂雲莊。

〔雙調〕落梅引

門外山無數。亭中春有餘。但沉吟早成詩句。笑九皋禽也能相媚嫵。駕白雲半空飛去。

落梅引諸曲。雍熙卷二十依次全收之。不注撰人。○雍熙媢嫉作嫉妒。

野鶴才鳴罷。山猿又復啼。壓松梢月輪將墜。響金鐘洞天人睡起。拂不散滿衣雲氣。

山隔紅塵斷。雲隨白鳥飛。只這的便是老夫心事。休誇子房並范蠡。肯回頭古人也容易。

雍熙只這的作這。

野水明於月。沙鷗閒似雲。喜村深地偏人静。帶烟霞半山斜照影。都變做滿川詩興。

雍熙三句作喜村居地幽人静。

流水高低澗。斷雲遠近山。愛園林翠紅相間。對詩人怎不教天破慳。四周圍水雲無限。入室琴書伴。出門山水圍。別人不能够盡皆如意。每日樂陶陶輞川圖畫裏。與安期羨門何異。

雍熙別人不能够作誰人得。無每日二字。

〔雙調〕得勝令

四月一日喜雨

萬象欲焦枯。一雨足沾濡。天地迴生意。風雲起壯圖。農夫。舞破蓑衣綠。和余。

歡喜的無是處。

〔中吕〕喜春來

親登華嶽悲哀雨。自捨資財拯救民。滿城都道好官人。還自哂。比顔御史費精神。

喜春來諸曲。雍熙卷十九收親登。十年。路逢三首及鄉村良善一首。題作贈廉能。不注撰人。案鄉村良善一首不見雲莊樂府。惟其三四兩句。與前三首文字全同。必爲雲莊作。兹輯之。雍熙復收無窮以下四首。題作隱逸。不注撰人。又收翻騰一首及不見雲莊樂府之掛冠。功名。攞身三首。題作警世。疑後三首亦爲雲莊作。〇雍熙二句作自布囊金拯世民。比顔御史作朝夕。

十年不作南柯夢。一旦還爲西土臣。空教人道好官人。還自哂。閒殺欒湖春。

雍熙空教人作滿城都。欒湖作樂湖。

路逢餓殍須親問。道遇流民必細詢。滿城都道好官人。還自哂。只落的白髮滿頭新。

鄉村良善全生命。廛市兇頑破膽心。滿城都道好官人。還自哂。未戮亂朝臣。

雍熙末句作鬢邊白絲新。

無窮名利無窮恨。有限光陰有限身。也曾附鳳與攀鱗。今日省。花鳥一般春。

一場惡夢風吹覺。依舊壺天日月高。白雲深處結團茅。山更好。嵐翠滴林梢。

雍熙吹覺作驚覺。團茅作團瓢。

一溪烟水奩開鏡。四面雲山錦簇屏。客來沉醉綽然亭。對着這無限景。因此上不肯就功名。

雍熙四面作四野。末二句無對着這及因此上六字。

拖條藜杖山林下。無是無非快活煞。王侯卿相不如咱。興來時斟玉斝。看天上碧桃花。

雍熙無興來時三字。看天上作獨賞。

翻騰禍患千鍾禄。搬載憂愁四馬車。浮名浮利待何如。枉乾受苦。都不如三徑菊四圍書。

雍熙浮利作薄利。乾上無枉字。不如上無都字。四圍作滿牀。

探春

梅花已有飄零意。楊柳將垂嬝娜枝。杏桃彷彿露胭脂。殘照底。青出的草芽齊。

雍熙卷十九題作傷春。不注撰人。○雍熙杏桃作杏花。末句無的字。

〔雙調〕沉醉東風

蔬圃蓮池藥闌。石田茅屋柴關。俺這裏花發的疾。溪流的慢。綽然亭别是人間。對着這萬頃風烟四面山。因此上功名意懶。

沉醉東風前七首雍熙卷十七依次全收之。題作隱居嘆。○雍熙蔬圃上有愛字。石田上有喜字。花發下無的字。四句作他那裏溪流慢。萬頃上無對着這三字。

班定遠飄零玉關。楚靈均憔悴江干。李斯有黄犬悲。陸機有華亭嘆。張柬之老來遭難。把箇蘇子瞻長流了四五番。因此上功名意懶。

雍熙六句無把箇二字。無了字。

昨日顔如渥丹。今朝鬢髮斑斑。恰才桃李春。又早桑榆晚。斷送了古人何限。只爲天地無情樂事慳。因此上功名意懶。

雍熙古人上有今字。只爲上有都字。

郭子儀功威吐蕃。李太白書駭南蠻。房玄齡經濟才。尉敬德英雄漢。魏徵般敢言直諫。這的每都不滿高人一笑看。因此上功名意懶。

雍熙六句無這的每都四字。

苫茅屋白雲數間。睡芸窗紅日三竿。遠近村。高低澗。把人我是非遮斷。閬苑蓬萊咫尺間。因此上功名意懶。

雲莊樂府苫作占。兹從雍熙。雍熙三四句作。依稀遠近村。崎嶇高低澗。遮斷上有都字。咫尺上有在字。

萬言策長沙不還。六韜書雲夢空嘆。只爲他進身的疾。收心的晚。終不免有許多憂患。見了些無下梢從前玉筍班。因此上功名意懶。

雍熙三四句作。因他進身疾。只爲收心晚。不免下無有字。見了些作這。

筆硯琴書座間。松筠梅菊江干。歡有餘。春無限。綽然亭只疑在天上。萬事無心一釣竿。因此上功名意懶。

雍熙三四句作。終朝歡有餘。每日春無限。五句無只字。六句作似老儂萬事無心這一釣竿。雲莊樂府五句末字作上。雍熙同。失韻。上字疑衍。

寄閱世道人侯和卿

披一領敖日月耐風霜道袍。繫一條鎖心猿拴意馬環絛。穿一對聖僧鞋。帶一頂温公帽。一心敬奉三教。休指望做神仙上九霄。只落得無是非清閒到老。

〔中吕〕朱履曲

休只愛誇强説會。少不得直做的貼骨黏皮。一旦待相離怎相離。愛他的着他的。得便宜是落便宜。休着這眼皮兒謾到底。

朱履曲諸曲。太平樂府卷四收下列正膠漆。才上馬二首。無題。樂府羣珠卷四依次九首全收。前六首題作警世。後三首題一又字。雍熙卷十八收休只愛。鸂鶒杯。那的是。弄世界四首。題作悟世。不注撰人。收正膠漆。蕭牆外。才上馬。六十歲四首。題作警世。注張雲莊作。客位裏一首雜列他曲中。不注撰人。○羣珠末句謾作瞞。雍熙少不得直做作直落。着他的作着他手。得便宜是作討便宜。休着作你休。

鸂鶒杯從來有味。鳳凰池再也休提。憂與辱常常不曾離。掛冠歸山也喜。擡手舞月相隨。却原來好光景都在這裏。

雍熙三句作榮與辱展轉不相離。都在這裏作在那裏。

那的是爲官榮貴。止不過多喫些筵席。更不呵安插些舊相知。家庭中添些蓋作。囊篋裏攢些東西。教好人每看做甚的。

雍熙那的作那裏。多喫些筵席作宴在丹墀。三句作怎能够常會舊相識。家庭中作家底。篋下無裏字。末句作教好人看透他值甚的。

客位裏賓朋等候。記事兒撞滿枕頭。不了的平白地結爲仇讎。裏頭教同伴絮。外面教歹人擞。到命衰時齊下手。

羣珠結下無爲字。雍熙兒作的。不了的作不了呵。仇讎作讎。擞作愁。

六十歲逡巡輪過。便到者稀年應也無多。暗想人生待如何。古和今都是夢。長與短任從他。只不如向雲莊閑快活。

羣珠者稀作老稀。雍熙無便到二字。者稀作古稀。人生作這食禄千鍾。與作共。只不如向作不如我在。

弄世界機關識破。叩天門意氣消磨。人潦倒青山慢嵯峨。前面有千古遠。後頭有萬年多。量半炊時成得甚麽。

雲莊樂府潦倒作隙倒。兹從雍熙。雍熙時成得作成就敗做。羣珠後頭有以下闕。

正膠漆當思勇退。到參商才説歸期。只恐范蠡張良笑人癡。抶着胸登要路。睁着眼履危機。直到那其間誰救你。

雲莊樂府正作政。太平樂府同。兹從羣珠雍熙。元刊太平樂府抶作㩤。何鈔本太平樂府及雍熙俱作腆。雍熙恐下有怕字。直到作直捱到。

蕭牆外擁來搶去。筵席上似有如無。奏事處連忙的退了身軀。付能都堂中粧樣子。却早怯烈司裏畫招伏。知他那駝兒是榮貴處。

羣珠那駝兒作那答兒。雍熙三句無的字。身軀上多業字。付能都堂中作恰公堂。却早怯烈司裏作早司獄。那駝兒是作是那陀兒。

才上馬齊聲兒喝道。只這的便是送了人的根苗。直引到深坑裏恰心焦。禍來也何處躲。天怒也怎生饒。把舊來時威風不見了。

太平樂府便是作便是那。羣珠首句無兒字。雍熙首二句作。上的馬頭前喝道。分明是送死根苗。深坑作陷人坑。恰心焦作始心焦。饒作逃。舊來時作一箇逞。

〔中吕〕十二月兼堯民歌

從跳出功名火坑。來到這花月蓬瀛。守着這良田數頃。看一會雨種烟耕。倒大來心頭不驚。每日家直睡到天明。　見斜川雞犬樂昇平。繞屋桑麻翠烟生。杖藜無處不堪行。滿目雲山畫難成。泉聲。響時仔細聽。轉覺柴門静。

十二月兼堯民歌四曲。樂府羣珠卷一依次全收。第一首題作歸田樂。第四首失題。雍熙卷二十亦依次全收。不注撰人。第一首無題。第四首題作秋池散慮。中二首之題。三書全同。

寒食道中

清明禁烟。雨過郊原。三四株溪邊杏桃。一兩處牆裏秋千。隱隱的如聞管絃。却原來是流水濺濺。人家渾似武陵源。烟靄濛濛淡春天。遊人馬上裊金鞭。野老田間話豐年。山川。都來杖屨邊。早子稱了閒居願。

雲莊樂府濛濛作朦朦。兹從羣珠雍熙。雍熙牆裏作牆内。原來上無却字。末句作稱了平生願。

遂閒堂即事

堂名遂閒。偃息其間。對着這青編四圍。翠玉千竿。壁上關仝范寬。枕上陳摶。古銅圍座錦斕斑。瑪瑙杯斟水晶寒。靈石相間玉潺湲。筆硯窗前雨聲乾。倒大來清安。柴門勢不關。一任雲飛散。

雍熙勢不關作世不關。

秋池散慮

池亭草苫。書架牙籤。對着這烟波綠慘。霜葉紅酣。太湖石神剜鬼劖。掩映着這松杉。　恰便似蛟龍飛繞玉巉巖。惜的些野鹿山猿半癡憨。呼童忙爲捲疎簾。老子無語但掀髯。遥瞻。雲山露半尖。越顯的秋光淡。

題目據雍熙。雲莊樂府失題。○雍熙惜作合。半作伴。

〔中吕〕普天樂

水挼藍。山横黛。水光山色。掩映書齋。圖畫中。囂塵外。暮醉朝吟妨何礙。正黄花三徑齊開。家山在眼。田園稱意。其樂無涯。

普天樂前九首。羣珠卷四依次全收。題作隱居謾興。雍熙卷十八有樂無涯十詠。不注撰人。除收此九首外。篇末復多洞壺中一首。據題目及其樂無涯句證之。末首應亦爲雲莊作。兹輯之。

樹連村。山爲界。分開烟水。隔斷塵埃。桑柘田。相襟帶。錦里風光春常在。看循環四季花開。香風拂面。彩雲隨步。其樂無涯。

折腰慚。迎塵拜。槐根夢覺。苦盡甘來。花也喜歡。山也相愛。萬古東籬天留在。做高人輪到吾儕。山妻稚子。團欒笑語。其樂無涯。

雍熙花也喜歡作花歡喜。下句無也字。團欒作團圓。

看了些榮枯。經了些成敗。子猷興盡。元亮歸來。把翠竹栽。黄茅蓋。你便占盡白雲無人怪。早子收心波竹杖芒鞋。遊山玩水。吟風弄月。其樂無涯。

雲莊樂府收心波作收心撥。羣珠同。茲從雍熙。羣珠榮枯作枯榮。收心上有早字。無子字。子字似被删去。雍熙首二句皆無了些二字。翠竹作翠松。上無把字。占盡上無你便二字。人作些。收心上無早子二字。弄月作詠月。

只爲愛山的別。躭書的煞。輕輕搽下。黄閣烏臺。整八年。江村外。償却從前鶯花債。但客至玳瑁筵開。金瓢勸酒。玉人同坐。其樂無涯。

雍熙首二句作。愛山別。躭書嗽。搽作擦。玳瑁筵開作村酒頻釃。金瓢兩句作。興亡不管。陰晴不管。

芰荷衣。松箹蓋。風流儘勝。畫戟門排。看時節採藥苗。挑芹菜。捕得金鱗船頭賣。怎肯直搶入千丈塵埃。片帆烟雨。一竿風月。其樂無涯。

雍熙脱挑芹菜三字。入上無直搶二字。

楚離騷。誰能解。就中之意。日月明白。恨尚存。人何在。空快活了湘江魚蝦蟹。這先生暢好是胡來。怎如向青山影裏。狂歌痛飲。其樂無涯。

雍熙空快活了作快活。是胡來作歸來。無怎如向三字。

莫剛直。休豪邁。於身無益。惹禍招災。放的這眼界高。胸襟大。問甚幾度江南浮雲壞。且對青山適意忘懷。子真谷口。元龍樓上。其樂無涯。

雍熙無放的這三字。無幾度二字。無且字。

布袍穿。綸巾戴。傍人休做。隱士疑猜。鬢髮皤。心神怠。拱出無邊功名賽。我直待要步走上蓬萊。神遊八表。眼高四海。其樂無涯。

雍熙怠作泰。無我字走字。

洞壺中。紅塵外。友從江上。載得春來。烟水間。乾坤大。緩步雲山無遮礙。勝王家舞榭歌臺。酒斟色艷。詩吟破膽。其樂無涯。

雲莊樂府闕。茲據雍熙輯録。參閱首曲校語。

辭參議還家

昨日尚書。今朝參議。榮華休戀。歸去來兮。遠是非。絶名利。蓋座團茅松陰內。更穩似新築沙隄。有青山勸酒。白雲伴睡。明月催詩。

雍熙首二句無日字朝字。青山上無有字。

閒居

好田園。佳山水。閒中真樂。幾箇人知。自在身。從吟醉。一片閒雲無拘繫。說神仙恰是真的。任雞蟲失得。夔蚿多寡。鵬鷃高低。

雍熙從吟醉作從容醉。恰是作吾是。雞蟲上無任字。

秋日

喜歸休。中年後。放懷詩酒。到處追遊。羅綺圍。笙歌奏。正值黃花開時候。把陶淵明生紐得風流。霜林簇錦。雲山展翠。烟水横秋。

雍熙陶淵明生紐作淵明扭。

大明湖泛舟

畫船開。紅塵外。人從天上。載得春來。烟水閒。乾坤大。四面雲山無遮礙。影搖動城郭樓臺。杯斟的金波灔灔。詩吟的青霄慘慘。人驚的白鳥皚皚。

雍熙遮礙作妨礙。搖動上無影字。皚皚作喈喈。

〔雙調〕折桂令

想爲官枉了貪圖。正直清廉。自有亨衢。暗室虧心。縱然致富。天意何如。白圖甚身心受苦。急回頭暮景桑榆。婢妾妻孥。玉帛珍珠。都是過眼的風光。總是空虛。

折桂令諸曲。羣珠卷三依次全收之。前三首題作歸田漫述。惟第三首書端又注嘆世二字。餘題與雲莊樂府同。雍熙卷十七亦諸曲全收。前三首及夢不到玉砌金鑾一首。題作警宦。不注撰人。夢不到一首。不知是否爲雲莊作。○雍熙枉了作枉子。都是作這的是。過眼下無的字。總是上有細度量三字。

功名事一筆都勾。千里歸來。兩鬢驚秋。我自無能。誰言有道。勇退中流。柴門外春風五柳。竹籬邊野水孤舟。綠蟻新蒭。瓦鉢磁甌。直共青山。醉倒方休。

雲莊樂府五句作誰言道。茲從羣珠。雍熙驚秋作經秋。五句作誰言執道。春風作風光。直共作笑吟吟坐對。醉倒上有樂陶陶三字。

功名百尺竿頭。自古及今。有幾箇乾休。一箇懸首城門。一箇和衣東市。一箇抱恨湘流。一箇十大功親戚不留。一箇萬言策貶竄忠州。一箇無罪監收。一箇自抹咽喉。仔細尋思。都不如一葉扁舟。

雍熙功名上有付字。幾箇上無有字。四至十句句首皆無一箇二字。而於仔細上有這幾箇三字。

過金山寺

長江浩浩西來。水面雲山。山上樓臺。山水相連。樓臺相對。天與安排。詩句成風烟動色。酒杯傾天地忘懷。醉眼睁開。遥望蓬萊。一半兒雲遮。一半兒烟霾。

陽春白雪前集卷二題作題金山寺。注趙天錫作。中原音韻不注撰人。雲莊樂府似誤收。校記參閱趙禹圭曲。

中秋

一輪飛鏡誰磨。照徹乾坤。印透山河。玉露泠泠。洗秋空銀漢無波。比常夜清光更多。儘無礙桂影婆娑。老子高歌。爲問嫦娥。良夜懨懨。不醉如何。

雍熙收中秋以下五首。惟次序與雲莊樂府異。均不注撰人。題同。〇羣珠洗秋空作秋空洗净。絶句。雍熙泠泠作零零。

鑿池

殷勤鑿破蒼苔。把湖濼風烟。中半分開。滿意清香。盡都是千葉蓮栽。看鏡裏紅粧弄色。引沙頭白鳥飛來。老子方才。陶寫吟懷。忽見波光。摇動亭臺。

詠胡琴

八音中最妙惟絃。塞上新聲。字字清圓。錦樹啼鶯。朝陽鳴鳳。空谷流泉。引玉杖輕籠慢撚。賽歌喉傾倒賓筵。常記當年。香案之前。一曲春生。四海名傳。

羣珠玉杖作玉指。籠慢作攏謾。雍熙首句無中字。

通州泝舟

呼童解纜開船。見緑樹青天。兩岸回旋。欹枕篷窗。覺風波只在頭邊。桂櫂舉摇開翠烟。竹彈斜界破平川。老子狂顛。高詠詩篇。行過沙頭。驚的些白鳥翩翩。

羣珠題目泝作巡。雍熙作辶。疑爲巡之俗字。○雍熙彈作繟。末句作驚鳥翩翩。

白蓮隱括木蘭花慢

幽花帶露池塘。恨太華峯高。身世相妨。脈脈盈盈。何須解語。已斷柔腸。羨公子風標異常。儘一生何限清香。華髮滄浪。夜月壺觴。明日新聲。付與秋娘。

〔正宮〕塞鴻秋

春來時綽然亭香雪梨花會。夏來時綽然亭雲錦荷花會。秋來時綽然亭霜露黃花會。冬來時綽然亭風月梅花會。春夏與秋冬。四季皆佳會。主人此意誰能會。

太平樂府卷一無題。雍熙卷二十題作綽然亭。不注撰人。○太平首四句均無綽然亭三字。雍熙主人上有問字。意作意趣。九宮大成卷三十三同雍熙。

〔中呂〕朝天曲

掛冠。棄官。偷走下連雲棧。湖山佳處屋兩間。掩映垂楊岸。滿地白雲。東風吹散。却遮了一半山。嚴子陵釣灘。韓元帥將壇。那一箇無憂患。

朝天曲前九首。雍熙卷十八收掛冠。柳隄。自劾。翠微四首。題作退隱。收玉田。牧笛及他二首。題作村樂。收日居。恰陰。錦屏及他一首。題作逸興。均不注撰人。○雍熙屋兩作草萊。

嚴子陵作子陵。元帥作侯。

柳隄。竹溪。日影篩金翠。杖藜徐步近釣磯。看鷗鷺閑遊戲。農父漁翁。貪營活計。不知他在圖畫裏。對着這般景致。坐的。便無酒也令人醉。

雍熙釣磯作漁磯。八句以下作。似王維畫圖裏。幽幽景致。清清興趣。無酒也令人醉。

自劾。退歸。用不着風雲氣。疎狂迂闊拙又癡。今日才回味。玩水遊山。身無拘繫。這的是三十年落的。翠微。更奇。知道我閑居意。

雍熙八句作三十載落下的。翠微更奇兩二字句作。翠微更奇。滄浪更奇。

玉田。翠烟。鸞鶴聲相喚。青山摇動水底天。把沙鳥都驚散。物外風光。同誰遊玩。有蓬萊海上仙。綽然。四邊。滾滾雲撩亂。

雍熙水底作水中。沙鳥上無把字。綽然四邊兩二字句作。綽然四邊。雲烟滿眼。末句作助我騷人願。

牧笛。酒旗。社鼓喧天擂。田翁對客喜可知。醉舞頭巾墜。老子年來。逢場作戲。趁歡娱飲數杯。醉歸。月黑。盡踏得雲烟碎。

雍熙對客喜可知作漁父喜投機。老子年來作吾放疎狂。趁歡娱作樂陶陶。醉歸月黑兩二字句作。

江怙月黑。雨過醉歸。末句無盡字。

翠微。四圍。無一點塵俗氣。水聲不解説是非。到處相尋覓。想爲吾儂。心灰名利。他也要相陪閒坐的。寢食。不離。倒殢得人先醉。

雍熙不解説是非作不管是和非。相陪閒坐的作隨咱閑坐地。末句人作吾。

日居。月諸。斷送了人無數。自從開闢君試數。那箇不到邙山路。何況吾儂。些兒名譽。向電光中誰做主。據着這老夫。志趣。把烏兔常拴住。

雍熙君作你。那箇作誰。電光上無向字。老夫上無據着這三字。

恰陰。却晴。來往雲無定。湖光山色晦復明。會把人調弄。一段幽奇。將何酬應。吐新詩字字清。錦鶯。數聲。又喚起遊山興。

雲莊樂府字字清作字字聲。兹從雍熙。雍熙三句作來和往何曾定。會把上有能字。

錦屏。翠屏。極目山無盡。白雲忽向樹杪生。似林影波光定。故把清風。遮映摇動。水和山俱有聲。興清。半晴。天意也還相應。

雍熙無盡作無罄。樹杪作樹梢。遮映摇動作動摇遮映。興清作半陰。

詠四景

春

遠村。近村。煙靄都遮盡。陰陰林樹曉未分。時聽黄鸝韻。竹杖芒鞋。行穿花徑。約漁樵共賞春。日新。又新。是老子山林興。

雍熙卷十八題作四季隱樂。注張雲莊作。無春夏秋冬及就詠水仙粧白菊花等小題。○雍熙未分作難分。花徑作花陣。末字興作運。

夏

自酌。自歌。自把新詩和。人間甲子一任他。壺裏乾坤大。流水當門。青山圍座。每日家叫三十聲閑快活。就着這緑蓑。醉呵。向雲錦香中臥。

雲莊樂府末句向作白。兹從雍熙。雍熙一任他作任由他。每日家叫三十聲作樂陶陶。緑蓑上無就着這三字。

秋 就詠水仙粧白菊花

此花。甚佳。淡秋色東籬下。人間凡卉不似他。倒傲得風霜怕。玉蕊瓏葱。瓊枝低壓。雪香春何足誇。羨煞。愛煞。端的是覷一覷千金價。

雍熙淡秋色作壯秋色。不似作不如。傲得上無倒字。末句無端的是三字。

冬

此杯。莫推。雪片兒雲間墜。火爐頭上酒自煨。直喫的醺醺醉。不避風寒。將詩尋覓。笑襄陽老子癡。近着這剡溪。夜黑。險凍的來不得。

雲莊樂府夜黑作淡㪅。茲從雍熙。雍熙雪片下無兒字。自煨作頻煨。直喫的作喫得。剡溪上無這字。凍的作凍殺。

〔越調〕寨兒令

春

水繞門。樹圍村。雨初晴滿川花草新。雞犬欣欣。鷗鷺紛紛。占斷玉溪春。愛龐公不入城闉。喜陳摶高臥烟雲。陸龜蒙長散誕。陶元亮自耕耘。這幾君。都不是等閑人。

太平樂府卷三收寨兒令首四曲。題作閑適。並分標春夏秋冬四小題於每首之前。雍熙卷十八亦收之。題作四時景。無小題。○何鈔本太平樂府闉作闥。雍熙同。雍熙占斷上有平字。長作常。幾君作幾箇。失韻。

夏

愛綽然。靠林泉。正當門滿池千葉蓮。一帶山川。萬頃風烟。都在几席邊。壓枝低金杏如拳。客來時樽酒留連。按新聲歌樂府。分險韻賦詩篇。見胎仙。飛下九重天。

太平樂府胎仙作雲仙。雍熙都在作都只在。飛下作飛落下。

秋

水影寒。藕花殘。被西風有人獨倚闌。醉眼遥觀。北渚南山。照映錦斕斑。利名塵不到柴關。綽然亭倒大幽閑。共三間歌楚些。同四皓訪商顔。笑人間。無處不邯鄲。

雍熙被作背。照映作照映映。

冬 白戰體

天欲明。覺寒生。打書窗只聞風有聲。步出柴荆。遥望郊坰。滾滾勢如傾。四圍山巖壑都平。道途間無箇人行。愛園林春浩蕩。喜天地氣澄清。巧丹青。怎畫綽然亭。

太平樂府滾滾作瀼瀼。雍熙風有聲作風雪聲。怎畫下有出字。

赴詹事丞 召至通州感疾還家

乾送行。謾長亭。被恩書挽回雲水情。才到燕京。便要回程。你好自在也老先生。帶行人所望無成。管伴使飲氣吞聲。水和山應也恨。來與去不曾停。幾曾經。不覩是的晉淵明。

雍熙此首題作送官回病。無召至通州感疾還家八字。次首題作辭歸隱逸。皆不注撰人。○雍熙自在也上無你好二字。末句是的作世。

自掛冠。歷長安。共白雲往來山水間。名不相干。利不相關。天地一身閑。綠楊隄黄鳥綿蠻。紅蓼灘白鷺翩翻。儘紅塵千萬丈。飛不到釣魚灘。只一竿。釣出水中仙。

雍熙歷作離。釣魚灘下有一字句天字。只一竿作這一竿。連下五字成一句。

綽然亭獨坐

白日遲。錦鳩啼。看兒童汲泉澆菜畦。楊柳風微。苗稼雲齊。桑柘翠烟迷。映青山茅舍疎籬。繞孤村流水花隄。看蜂蝶高下舞。任鷗鷺往來飛。笑嘻嘻。不覺日平西。

雍熙題目無獨字。○雍熙花隄作花溪。不覺下有的字。

壽日燕飲

一雨晴。百花明。謝諸公不辭郊外行。盡是簪纓。充塞門庭。車馬鬧縱橫。遞香羅争祝長生。捧金杯鬬和歌聲。徹青霄仙樂響。扶翠袖玉山傾。眼睜睜。險踏碎綽然亭。

雍熙争祝作祝慶。鬬和作和唱。玉山傾下有一字句聽字。眼睜睜連下六字作一句。綽然作樂天。

辭參議還家連次鄉會十餘日故賦此

離省堂。到家鄉。正荷花爛開雲錦香。遊翫秋光。朋友相將。日日大筵張。會波樓醉墨淋浪。歷下亭金縷悠揚。大明湖摇畫舫。華不注倒壺觴。這幾場。忙殺柘枝娘。

雍熙題作辭歸會飲四字。○雍熙大筵作玳筵。忙殺下有那字。

〔中吕〕山坡羊

人生於世。休行非義。謾過人也謾不過天公意。便儹些東西。得些衣食。他時終作兒孫累。本分世間爲第一。休使見識。乾圖甚的。

羣珠卷一依次收山坡羊前十首。題作述懷。雍熙卷十五同。題作懷嘆。不注撰人。○羣珠行作生。謾俱作瞞。過人作人過。雍熙三句作瞞過人瞞不過天和地。儹些上無便字。得些作覓些。無他時二字。

休圖官禄。休求金玉。隨緣得過休多欲。富何如。貴何如。没來由惹得人嫉妒。回首百年都做了土。人。皆笑汝。渠。乾受苦。

雍熙都做了土作人做土。

如何是良貴。如何是珍味。所行所做依仁義。淡黄虀。也似堂食。必能如此方無愧。萬事莫教差半米。天。成就你。人。欽敬你。

雍熙所做作所爲。也似作勝。

無官何患。無錢何憚。休教無德人輕慢。你便列朝班。鑄銅山。止不過只爲衣和飯。腹内不飢身上暖。官。君莫想。錢。君莫想。

雍熙無你便二字。不過上無止字。

於人誠信。於官清正。居於鄉里宜和順。莫虧心。莫貪名。人生萬事皆前定。行歹暗中天照臨。疾。也報應。遲。也報應。

休學諂佞。休學奔競。休學説謊言無信。貌相迎。不實誠。縱然富貴皆僥倖。神惡鬼嫌人又憎。官。待怎生。錢。待怎生。

雍熙言無信作無忠信。貌相迎作笑相逢。

與人方便。救人危患。休趨富漢欺窮漢。惡非難。善爲難。細推物理皆虛幻。但得箇美名兒留在世間。心。也得安。身。也得安。

雍熙惡非難二句作。爲惡易。爲善難。七句以下作。但得芳名留世間。生。也心安。死。也心安。

真實常在。虛脾終敗。過河休把橋梁壞。你便有文才。有錢財。一時間怕不人躭待。半空裏若差將箇打算的來。强。難挣揣。乖。難挣揣。

雍熙四句無你便二字。六句無一字。七句作天公若還打算來。挣揣俱作趟眦。

金銀盈溢。於身無益。争如長把人周濟。落便宜。是得便宜。世人豈解天公意。毒害到頭傷了自己。金。也笑你。銀。也笑你。

雍熙無益作何益。長把作常把。周濟作周急。落便宜二句作。得便宜。是便宜。傷了自己作傷己時。

天機參破。人情識破。歸來閑枕白雲臥。向巖阿。且婆娑。琴書筆硯爲功課。軒裳倘來何用躲。行。也在我。藏。也在我。

驪山懷古

驪山四顧。阿房一炬。當時奢侈今何處。只見草蕭疎。水縈紆。至今遺恨迷烟樹。列國周齊秦漢楚。嬴。都變做了土。輸。都變做了土。

太平樂府卷四及羣珠題同。惟皆僅收前一首。雍熙依次收驪山四顧至秦王强暴四首及後之城池俱壞一首。題作懷古。無小題。不注撰人。○太平齊秦作秦齊。兩了字均無。羣珠俱同。雍熙無只見二字。都變做了土兩句皆作也做土。

驪山屏翠。湯泉鼎沸。説瓊樓玉宇今俱廢。漢唐碑。半爲灰。荊榛長滿繁華地。堯舜土階君莫鄙。生。人贊美。亡。人贊美。

雍熙瓊樓上無説字。半爲灰作化做灰。

沔池懷古

秦如狼虎。趙如豚鼠。秦强趙弱非虚語。笑相如。大矗疎。欲憑血氣爲伊吕。萬一座間誅戮汝。君也。誰做主。民也。誰做主。

太平羣珠皆僅收此首。無次首。羣珠題同。太平題作澠池。○雍熙末二句俱無也字。

秦王强暴。趙王懦弱。相如何以爲懷抱。不量度。賸麤豪。酒席間便欲伐無道。倘若祖龍心内惱。君。乾送了。民。乾送了。

雍熙席上無酒字。

北邙山懷古

悲風成陣。荒烟埋恨。碑銘殘缺應難認。知他是漢朝君。晉朝臣。把風雲慶會消磨盡。都做了北邙山下塵。便是君。也喚不應。便是臣。也喚不應。

雍熙題作北邙山。下三首題作洛陽城。潼關道。未央宫。不注撰人。○太平樂府無了字。羣珠同。羣珠無把字。雍熙同。雍熙知他二句作是漢君。是晉臣六字。都做了作化做。君字臣字上俱無便是二字。

洛陽懷古

天津橋上。憑闌遥望。舂陵王氣都彫喪。樹蒼蒼。水茫茫。雲臺不見中興將。千古轉頭歸滅亡。功。也不久長。名。也不久長。

太平樂府題作洛陽。

潼關懷古

峯巒如聚。波濤如怒。山河表裏潼關路。望西都。意躊躕。傷心秦漢經行處。宮闕萬間都做了土。興。百姓苦。亡。百姓苦。

太平樂府題作潼關。○太平躊躕作踟躕。雍熙作躕躇。雍熙七句作宮闕巍巍化做土。興字亡字下均有也字。

未央懷古

三傑當日。俱曾此地。殷勤納諫論興廢。見遺基。怎不傷悲。山河猶帶英雄氣。試上最高處閑坐地。東。也在圖畫裏。西。也在圖畫裏。

雍熙俱曾作曾經。怎不傷悲作感傷悲。最高下無處字。圖畫俱作畫。

咸陽懷古

城池俱壞。英雄安在。雲龍幾度相交代。想興衰。若爲懷。唐家才起隋家敗。世態有如雲變改。疾。也是天地差。遲。也是天地差。

太平樂府題作咸陽。○雍熙想興衰二句作。興共衰。廝感懷。末二句作。陰。也天差。晴。也天差。

〔越調〕天净沙

昨朝楊柳依依。今朝雨雪霏霏。社燕秋鴻忒疾。若不是濁醪有味。怎消磨這日月東西。

太平樂府卷三收天净沙第一首。題作閑居。雍熙卷二十依次收三首。不注撰人。亦無題。○太平末句無這字。雍熙末二句作。濁醪有味。消磨日月東西。

年時尚覺平安。今年陡恁衰殘。更着十年試看。烟消雲散。一杯誰共歌歡。

休言咱是誰非。只宜似醉如癡。便得功名待怎的。無窮天地。那駝兒用你精細。

雍熙三句作待得功名甚的。末句作算來不用精細。

〔南吕〕西番經

天上皇華使。來回三四番。便是巢由請下山。取索檀。略别華鵲山。無多慚。此心非爲官。

西番經四首羣珠卷二全收。題作樂隱。雍熙卷十九亦全收。惟誤列爲張小山曲。〇雍熙三四番作一四番。當係字畫漫滅。影印本尚有形跡可尋。

屈指歸來後。山中八九年。七見徵書下日邊。私自憐。又爲塵事纏。鶴休怨。行當還綽然。

雍熙怨作戀。

累次徵書至。教人去往難。豈是無心作大官。君試看。蕭蕭雙鬢斑。休嗟嘆。只不如山水間。

雍熙書至作書下。末句無只字。

說着功名事。滿懷都是愁。何似青山歸去休。休。從今身自由。誰能够。一蓑烟雨秋。

小令補遺

〔中吕〕朝天子

攤美姬湖上

遠山。近山。兩意冰絃散。行雲十二擁翠鬟。攙不定春風幔。錦帳琵琶。司空聽慣。險教人喚小蠻。粉殘。黛減。正好向燈前看。雍熙樂府一八　彩筆情辭五

朝天子前四首雍熙題作題情。不注撰人。彩筆情辭題作攤美姬湖上。注張雲莊作。未必可信。

錦箏。玉笙。落日平湖浄。寶花解語不勝情。翠袖金波瑩。蘇小隄邊。東風一另。怕羞殺林外鶯。方酒醒。夢驚。正好向燈前聽。雍熙樂府一八　彩筆情辭五

玉舟。漸收。淡淡雙蛾皺。鴛鴦羅帶幾多愁。繫不定春風瘦。二八芳年。花開時候。酒添嬌月帶羞。醉休。睡休。正好向燈前候。雍熙樂府一八　彩筆情辭五

情辭末三字作燈前姤。

美哉。美哉。忙解闌胸帶。鴛鴦枕上口揾腮。直恁麽腰肢擺。朦朧笑臉。由他搶白。且寬心權寧耐。姐姐。妳妳。正好向燈前快。雍熙樂府一八　彩筆情辭五

情辭首二句作。美哉。愛哉。

詠美

翠梳。淺鋪。粉汗香塵素。畫闌誰與月同孤。試聽高唐賦。雲堆玉梳。多情眉宇。有離人愁萬縷。若還。寄取。羅帕上題詩去。雍熙樂府一八 彩筆情辭一二

柳腰。翠裙。不似昨宵困。輕風吹散曉窗雲。花落佳人鬢。璧月多情。黄昏誰近。素盈盈羅帕塵。淚痕。尚存。須寄與東風信。雍熙樂府一八 彩筆情辭一二

以上二首雍熙樂府題作詠美。不注撰人。彩筆情辭注張雲莊作。○雍熙輕風作碧風。多情作多清。

〔中吕〕紅綉鞋

贈美妓

手掌兒血噴粉哨。指甲兒玉碾瓊雕。子見他杯擎瑪瑙泛香醪。眼睛兒冷丢溜。話頭兒熱剔挑。把一箇李謫仙險醉倒。雍熙樂府一八 彩筆情辭二

荼蘼院風香雪霽。海棠軒緑繞紅圍。他便似碧桃花映粉牆西。梨花雲春淡蕩。楊柳

霧曉淒迷。把一箇陶學士險愛死。雍熙樂府一八　彩筆情辭二

彩筆情辭此二首題作贈美妓。注張雲莊作。雍熙不注撰人。題作遇美。案雲莊寄傲林泉。縱情詩酒。其散曲多嘆世悟世之作。風情之什。集中無一。彩筆情辭所收諸曲。是否果爲雲莊作。不無可疑。兹姑輯之。

套數

〔雙調〕新水令

辭官

急流中勇退不争多。厭喧煩静中閑坐。利名場説著逆耳。烟霞疾做了沉痾。若不是天意相合。這清福怎能箇。

〔川撥棹〕每日家笑呵呵。陶淵明不似我。跳出天羅。占斷烟波。竹塢松坡。到處婆娑。倒大來清閑快活。看時節醉了呵。

〔七弟兄〕唱歌。彈歌。似風魔。把功名富貴都參破。有花有酒有行窩。無煩無惱無

災禍。

〔梅花酒〕年紀又半百過。壯志消磨。暮景蹉跎。鬢髮渾皤。想人生能幾何。嘆日月似攛梭。自相度。圖箇甚。謾張羅。得磨駝且磨駝。共鄰叟兩三箇。無拘束即脾和。

〔收江南〕向花前莫惜醉顔酡。古和今都是一南柯。紫羅襴未必勝漁蓑。休只管戀他。急回頭好景亦無多。

〔離亭宴煞〕高竿上本事從邏邏。委實的賽他不過。非是俺全身遠害。免教人信口開喝。我把這勢利絶。農桑不能理會莊家過活。青史内不標名。紅塵外便是我。

雲莊樂府原有梅花酒兼七弟兄一首。在小令帶過沽美酒兼太平令後。而實屬新水令套。全套見太平樂府卷七。雍熙卷十一既收新水令套。卷二十復重收梅花酒兼七弟兄。兩處皆不注撰人。此套太平雍熙兩本除字句有異同外。雍熙復於新水令後多駐馬聽甜水令雁兒落得勝令四曲。缺離亭宴煞一曲。雲莊樂府及雍熙卷二十所收之梅花酒兼七弟兄。據太平卷七雍熙卷十一太和正音譜北詞廣正譜等。實爲川撥棹七弟兄梅花酒收江南。此曲既爲套數。故列於此。小令内不重出帶過之曲。曲文從太平樂府。雍熙卷十一題目辭官作辭退。雍熙卷二十題作嘆世。○〔新水令〕雍熙十一厭喧煩作辭官廳。逆耳作險。烟霞二句作。無是非自閑樂。若是天意如何。於川撥棹前多駐馬聽等四曲。曲文作。〔駐馬聽〕韓信功多。劍下身亡無計躲。霸王心大。烏江自刎盡消磨。今日箇辭官罷職恁嫌波。如今我頓開愁悶眉間鎖。盡猶他十二時中休閑過。〔甜水令〕閑時彈波。悶時唱波。無憂處有幾箇快活。便那有彭祖延年。石崇豪富。公卿職大。帶朱顏去了來麽。〔雁兒落〕世間往事我盡脱。也不戀那公卿做。亦不講那閑是非。亦不説那人之過。〔得勝令〕呀。撞出那地網共天羅。紫羅襴我願脱。我則待和衣臥。寬朝靴自在可。醉時節歡抹。飽時節重又餓。快活哥哥。你臨危時無處躲。（川撥棹）雲莊樂府每日家作他每日。陶淵明作他道淵明。不似作不如。看時節上多更字。正音譜醉了呵作醉顏酡。雍熙十一竹塢松坡。到處婆娑。作無甚奔波一句。雍熙二十陶淵明作道淵明。餘同雲莊樂府。九宫大成六十五同雍熙十一。（七弟兄）何鈔本太平樂府彈歌作彈曲。雲莊樂府首二句作。休怪他笑歌。詠歌。把上多他字。都作皆。雍熙十一首二句作。舞波。唱波。富貴作世事。雍熙二十首二句作。休怪他。唱箇。彈箇。都作皆。北詞廣正譜首二句作唱歌。唱歌。九宫大成同雍熙十一。（梅花酒）明大字本太平樂府圖箇甚作圖甚。雲莊樂府壯志。暮景。鬢髮下俱有也字。渾皤作都皤。能幾作有幾。嘆日月作恨日月。自相度至即脾和作得魔駝處且魔駝一句。雍熙十一首句年紀上有呀字格。又作兒。過作多。壯志作一日。暮景八字作白髮漸添多五字。幾何作有幾。日月作光陰。自相度至即脾和作。正值四景過。得磨跎且磨跎。無拘繫且快活。雍熙二十渾皤作斑皤。似攛梭作疾如梭。餘同雲莊樂府。廣正譜嘆日月作日月。餘同雲莊樂府。（收江南）雲莊樂府花前作樽前。莫惜作休惜。亦無作已無。正音譜花前作樽前。雍熙十一異文甚多。全曲作。呀。古今都是一南柯。紫羅襴不戀你穿波。急回頭遲了些兒箇。休則管戀波。凌烟閣不載我和他。雍熙二十古和今作古今。餘同雲莊樂府。惟休惜作莫惜。嘯餘譜廣正譜醉顔俱作酒顔。嘯餘譜回頭作回首。（離亭宴煞）元刊八卷本及瞿本太平樂府邏邏俱作來邏。明大字本太平樂府開喝作開合。何鈔本太平樂府無桑不能三字。且批云疑衍。

〔南吕〕一枝花

詠喜雨

用盡我爲民爲國心。祈下些值玉值金雨。數年空盼望。一旦遂沾濡。唤省焦枯。喜萬象春如故。恨流民尚在途。留不住都棄業抛家。當不的也離鄉背土。

〔梁州〕恨不的把野草翻騰做菽粟。澄河沙都變化做金珠。直使千門萬户家豪富。我也不枉了受天禄。眼覷着災傷教我没是處。只落的雪滿頭顱。

〔尾聲〕青天多謝相扶助。赤子從今罷嘆吁。只願的三日霖霪不停住。便下當街上似五湖。都渰了九衢。猶自洗不盡從前受過的苦。

雲莊樂府此套列於小令落梅引後。兹移於此。雍熙卷十題作喜雨。不注撰人。◎（一枝花）雍熙如故上無春字。棄業上無都字。當不的也作擋不住。（梁州）雲莊樂府脱曲牌。雍熙未脱。（尾聲）雍熙霖霪作霖霖。便下當街上作下的來當街。滲了九衢作潤徹隴衢。洗作古。

北宫詞紀外集卷五有水仙子陷人阬土窨般暗開掘一首。彩筆情辭卷五有水仙子龍涎香㬠紫銅爐一首。卷九有水仙子海棠魂脱化俏形骸一首。俱注張雲莊作。案此三首皆見筆花集。當屬湯式。兹不收。

廖毅

毅字弘道。建康人。泰定間以周仲彬介。與鍾嗣成游。嗣成謂毅時出一二舊作。皆不凡俗。如越調一點靈光。借燈爲喻。仙吕賺煞曰。因王魁淺情云云。發越新奇。皆非蹈襲。天曆二年。抱疾喪於友人江漢卿家。毅能書。善行文。不幸早卒。題伍王廟壁有折桂令一曲。爲人稱賞。及有絶句云。浩浩凌雲志。巍巍報國心。忠魂與潮汐。萬古不消沉。極爲感慨激烈。案明藍格鈔本録鬼簿廖毅作康毅。太和正音譜有廖弘道。疑鈔本以廖康二字形近致誤。

殘曲

〔仙吕〕

〔賺煞〕……因王魁淺情。將桂英薄倖。致令得潑烟花不重俺俏書生。録鬼簿下

明藍格鈔本録鬼簿無得字。無俺字。兹從曹楝亭本。

〔越調〕失牌名

一點靈光。録鬼簿下

明藍格鈔本無。兹從曹楝亭本。

白賁

賁號無咎。錢塘人。祖籍太原文水。至治間爲温州路平陽州教授。後爲文林郎南安路總管府經歷。父珽。長於詩文。所居西湖。有泉自天竺來。及門而匯。珽榜之曰湛淵。因以自號。無咎能畫。珽有題子賁碧桃折枝詩。清人姚際恒見其畫。謂作花古雅。可追徐(熙)黄(筌)。錢舜舉不能過也。所作小令鸚鵡曲極有名。後多和之者。

小令

〔正宮〕鸚鵡曲

儂家鸚鵡洲邊住。是箇不識字漁父。浪花中一葉扁舟。睡煞江南烟雨。〔么〕覺來時滿眼青山。抖擻緑蓑歸去。算從前錯怨天公。甚也有安排我處。陽春白雪後集一　太平樂府一　静齋至正直記二　鳴鶴餘音一　太和正音譜上　雍熙樂府二〇　堯山堂外紀七〇　北詞廣正譜　九宫大成三三

陽春白雪作無名氏撰。太平樂府馮海粟鸚鵡曲序云白無咎作。至正直記太和正音譜等皆從之。

嗚鶴餘音以此曲屬邱處機。誤。鄧子晉序太平樂府誤以白無咎爲白仁甫。曲文校勘從略。雍熙樂府誤以此曲屬馮海粟。○白雪是箇作是一箇。青山下有暮字。抖擻下有着字。太和正音譜是箇作是一箇。算作想。雍熙浪花作閬苑。覺來下無時字。餘同白雪。九宮大成是箇作是一箇。

〔雙調〕百字折桂令

弊裘塵土壓征鞍鞭倦裊蘆花。弓劍蕭蕭。一逕入烟霞。動羈懷西風木葉秋水兼葭。千點萬點老樹昏鴉。三行兩行寫長空啞啞雁落平沙。曲岸西邊近水灣魚網綸竿釣槎。斷橋東壁傍溪山竹籬茅舍人家。滿山滿谷。紅葉黃花。止是傷感凄涼時候。離人又在天涯。陽春白雪前集二　樂府羣玉三　詞綜三三　北詞廣正譜　九宮大成六五　詞律拾遺四　元明小令鈔

樂府羣玉屬鄭德輝。玆互見兩家曲中。○羣玉一逕作一竟。木葉作禾黍。昏鴉作寒鴉。長空作高寒。啞啞作呀呀。水灣作水渦。東壁作東下。溪山作溪沙。竹籬作疎籬。滿山上有見字。又與詞綜北詞廣正譜俱無傷感二字。詞綜鞭作鞭絲。北詞廣正譜弊作敝。一逕作一境。木葉作禾黍。啞啞作嚦嚦。滿山上有見字。九宮大成元明小令鈔同廣正譜。

套數

〔黄鍾〕醉花陰

獨倚屏山把玉纖屈。並鴛枕將歸期算徹。一自玉人别。瘦骨巖巖。趲過裙腰摺。

〔出隊子〕粉香一捻。不思量難棄捨。語憐檀口口咨嗟。情怨芳心心哽噎。愁壓蛾眉眉暗結。

〔么〕秦歡晉愛成吳越。料今生緣分拙。四時飲饍强捱些。千種恩情有間隔。海樣相思無處説。

〔神仗兒煞〕菱花半缺。合歡帶絶。楚岫雲迷。藍橋月缺。銀瓶沉墜。瓊簪碎折。錦箏應折絃難接。驂鸞夢寧貼。修鴛簡更悲切。紫硯飛香。墨浮蘭麝。蘸秋毫撇代喉舌。訴離情粉箋和泪寫。鈔本陽春白雪後集四　北詞廣正譜引醉花陰出隊子么

（醉花陰）鈔本陽春白雪玉纖屈作玉山撅。此從北詞廣正譜。廣正譜瘦骨作骨瘦。（神仗兒煞）折絃原作拆絃。兹改。秋毫撇下疑脱筆字。

〔仙吕〕袄神急

緑陰籠小院。紅雨點蒼苔。誰想東君也是人間客。縱分連理枝。謾解合歡帶。傷春

早是心地窄。愁山和悶海。暢會裁排。

〔六幺遍〕更別離怨。風流債。雲歸楚岫。月冷秦臺。當時眷愛。如今阻隔。準備從今因他害。傷懷。冷清清日月怎生捱。

〔元和令〕鸞交何日重。鴛夢幾時再。清明前後約歸期。到如今牡丹開。空等待翠屏香裏掩東風。鋪陳下愁境界。

〔賺尾〕無情子規聲更哀。暢好明白。既道不如歸去。看你幾聲兒攛掇得那人來。陽春白雪後集二　北詞廣正譜引賺尾

（袄神急）元刊陽春白雪東君作來君。兹從鈔本。鈔本傷春作陽春。元刊本鈔本末二字俱作栽桃。失韻。徐本改爲桃栽。亦不可通。桃應爲排之譌。兹改正。（賺尾）陽春白雪曲牌作後庭花煞。兹據北詞廣正譜改正。

〔雙調〕新水令

離情不奈子規啼。更那堪困人天氣。紅玉軟。緑雲低。春晝遲遲。東風恨兩眉繫。

〔風入松〕玉鈎閑控綉簾垂。半掩朱扉。寶鑑鸞臺盡塵昧。鳳凰簫誰品誰吹。綉榻空閑枕犀。篆烟消香冷金猊。

〔不拜門〕冷清清寂寞在香閨。悶懨懨瀟灑在羅幃。畫苔牆劃短金釵。尚未得回歸。

〔阿那胡〕常記得當時那況味。堪詠堪題。取次釵分瓶墜。上心來傷悲。

〔胡十八〕往常時星月底。雨雲期。到如今成間闊。受孤棲。奈何楚岫冷烟迷。當初時想伊。爲伊。消玉體減香肌。

〔步步嬌〕憶盼了蕭郎無歸計。悶把牙兒抵。空嘆息。驀聽得中門外玉驄嘶。轉疑惑。却原來是鳥啼得琅玕碎。

〔離帶歇拍煞〕急煎煎愁滴相思泪。意懸懸慵擁鮫綃被。攬衣兒倦起。恨綿綿。情脈脈。人千里。非是俺。貪春睡。勉强將鴛鴦枕欹。薄倖可憎才。只怕相逢在夢兒裏。

梨園樂府上　太和正音譜下引步步嬌　北詞廣正譜引不拜門胡十八　九宫大成六六引不拜門

（不拜門）梨園樂府曲牌原作阿那胡。兹據北詞廣正譜及九宫大成改正。廣正譜大成劃下俱有損字。（阿那胡）曲牌原作不拜門。兹改正。（胡十八）廣正譜當初作起初。（步步嬌）梨園樂府抵作低。惑作回。兹從太和正音譜。正音譜無驀字。

殘曲

〔黄鍾〕醉花陰

良夜懨懨北詞廣正譜

〔喜遷鶯〕

〔六么令〕愚濫飄蓬趁鳴珂。戀酒迷歌。狂朋怪友出門多。是他無明夜縱心兒宴樂。有誰人尋他。閑相知少甚麽。是他。更磨拖。真箇那裏每閑快活。北詞廣正譜　九宫大成七三

〔九條龍〕正歡娱誰想便離合。白日且由閑。到晚來冷清清獨臥。他。抛持殺人也呵。太和正音譜上　北詞廣正譜　九宫大成七三

〔尾聲〕

北詞廣正譜黄鍾宫套數分題載有白無咎此套曲牌名稱。以是知今闕醉花陰喜遷鶯尾聲三支。

○〔九條龍〕九宫大成由閑作猶可。抛持作抛撇。注云依曲譜大成改正。

趙雍

雍字仲穆。孟頫仲子。以廕守昌國。海寧二州。歷遷至翰林院待制。以書畫知名。

小令

〔黄鍾〕人月圓

人生能幾渾如夢。夢裏奈愁何。別時猶記。眸盈秋水。泪溼春羅。　緑楊臺榭。梨花院宇。重想經過。水遥山遠。魚沉雁渺。分外情多。趙待制詞　詞綜三二

詞綜雁渺作雁杳。

相思何日重相見。山遠水偏長。鳳絃雖斷。鸞膠難接。愁滿離腸。　最傷情處。鮫綃遺恨。翠靨留香。故人何在。濃陰深院。斜月幽窗。趙待制詞　詞綜三二

李子中

子中大都人。知事。遷縣尹。著雜劇二種。崔子弑齊君。韓壽偷香。今俱不存。

套數

〔仙吕〕賞花時

情泪流香淡臉桃。高髻鬆雲鬅鳳翹。鴛被冷鮫綃。收拾煩惱。準備下捱今宵。

〔煞尾〕篆烟消。銀釭照。和箇瘦影兒無言對着。一自陽臺雲路杳。玉簪折難覓鸞膠。最難熬。更漏迢迢。線帖兒翻騰耳邊搔。愁的是斷腸人病倒。盼煞那負心賊不到。將封寄來書乘恨一時燒。陽春白雪後集二　雍熙樂府五　北宫詞紀六

陽春白雪不注撰人。雍熙樂府同。北宫詞紀題作怨别。屬李子中。兹從之。○〔煞尾〕鈔本陽春白雪和箇作和人。兹從元刊本。元刊陽春白雪騰作腹。鈔本不誤。雍熙和箇作和這。賊作人。封作一封。詞紀封作一紙。餘同雍熙。

康進之

進之棣州人。一云陳進之。生平事蹟不詳。著雜劇二種。黑旋風老收心。李逵負荆。後劇今存。

套數

〔雙調〕新水令　武陵春

當年曾避虎狼秦。是仙家幻來風韻。景因人得譽。人爲景摹真。佳趣平分。人景共評論。

〔駐馬聽〕花片紛紛。過雨猶如彈泪粉。溪流滚滚。迎風還似皺湘裙。桃源路近與楚臺鄰。麗春園未許漁舟問。兩般兒情廝隱。濃粧淡抹包籠盡。

〔喬牌兒〕風流人常透引。塵凡客不相認。地形高更比天台峻。洞門兒關閉緊。

〔沉醉東風〕瑶草細分明舞裀。翠鬟鬆彷彿溪雲。蜂蝶莫浪猜。魚雁難傳信。好風光自有東君。管領紅霞萬樹春。説甚麼河陽縣尹。

〔甜水令〕難描難畫。難題難詠。難親難近。無意混囂塵。若不是夢裏相逢。年時得見。生前有分。等閑間誰敢温存。

〔折桂令〕美名兒比並清新。比不的他能舞能謳。宜喜宜嗔。惑不動他疎勢利的心腸。老不了他永長生的鬢髮。瘦不的他無病患的腰身。另巍巍居世外天然異品。香馥馥產人間别樣靈根。最喜騷人。寓意超羣。把一段蓬萊境粧點入梁園。將半篇錦綉詞互换出韓文。

〔隨煞〕説清高不比那尋常賺客的烟花陣。追訪的須教自忖。先辨下無差錯的意兒誠。後問的他許成合的話兒準。雍熙樂府十一　北宫詞紀五　詞林白雪四　彩筆情辭二

雍熙樂府不注撰人。北宫詞紀彩筆情辭俱題作贈妓武陵春。詞林白雪屬美麗類。○〔新水令〕雍熙樂府評論作平論。〔折桂令〕詞紀詞林白雪情辭瘦不的他俱作瘦不損他。詞林白雪最喜作最苦。情辭梁園作梨園。〔隨煞〕詞紀詞林白雪情辭問的他俱作問他。

詞林白雪卷四有一枝花花間杜宇啼套數。注康進之作。北宫詞紀以之屬高文秀。兹從詞紀。原刊本詞林摘艷又以之屬明人王舜耕。未知孰是。

石子章

子章大都人。録鬼簿續編賈仲明挽詞。謂其人疎狂放浪無拘禁。著雜劇二種。竹窗雨。今殘。竹塢聽琴。今存。

套數

〔仙吕〕八聲甘州

天涯覉旅。記斷腸南陌。回首西樓。許多時節。冷落了酒令詩籌。腰圍似沈不耐春。鬢髮如潘那更秋。無語細沉吟。心緒悠悠。

〔混江龍〕十年往事。也曾一夢到揚州。黄金買笑。紅錦纏頭。跨鳳吹簫三島客。抱琴攜劍五陵遊。風流。羅幃畫燭。綵扇銀鈎。

〔六么遍〕爲他迤逗。咱摑就。更兩情厮愛。同病相憂。前時唧嚁。今番抹颩。急料子心腸天生透。追求。没誠實誰道不自由。

〔元和令〕外頭花木瓜。裏面鐵豌豆。横琴彈徹鳳凰聲。兩厭難上手。當初説盡海山盟。一星星不應口。

〔賺尾〕洛陽花。宜城酒。那説與狂朋怪友。水遠山長憔悴也。滿青衫兩泪交流。唱道事到如今。收了孛籃罷了斗。那些兒自羞。二年三歲。不承望空溜溜了會眼兒休。

陽春白雪後集二　雍熙樂府五　彩筆情辭九　北詞廣正譜引元和令　九宮大成五引八聲甘州混江龍六么遍

雍熙樂府不注撰人。彩筆情辭題作客懷。注元人辭。○（八聲甘州）雍熙九宮大成時下俱無節字。情辭時節作時候。冷落下無了字。（混江龍）雍熙情辭九宮大成五陵俱作五湖。（六么遍）元刊陽春白雪誠實作實誠。兹從鈔本陽春白雪及雍熙情辭。陽春白雪颩作風。雍熙情辭大成攔俱作揣。情辭無更字。誰道作誰云。（元和令）元刊本鈔本白雪當初俱作當元。北詞廣正譜同。徐本白雪作當先。雍熙裏面作裏頭。海山盟作海誓山盟。情辭裏面作裏邊。兩厭作兩厭厭。（賺尾）元刊白雪説作兑。兹從鈔本白雪。鈔本白雪斗作手。雍熙那説作那裏。末二句作。二三年逞受。誰承望空溜了會眼兒休。情辭俱同雍熙。惟逞受作消受。

狄君厚

君厚平陽人。著雜劇火燒介子推。今存。

套數

〔雙調〕夜行船

揚州憶舊

憶昔揚州廿四橋。玉人何處也吹簫。絳燭燒春。金船吞月。良夜幾番歡笑。

〔風入松〕東風楊柳舞長條。猶似學纖腰。牙檣錦纜無消耗。繁華去也難招。古渡漁歌隱隱。行宫烟草蕭蕭。

〔喬牌兒〕悲時空懊惱。撫景慢行樂。江山風物宜年少。散千金常醉倒。

〔新水令〕别來雙鬢已刁騷。綺羅叢夢中頻到。思前日。值今宵。絡緯芭蕉。偏恁感懷抱。

〔甘水令〕世態浮沉。年光迅速。人情顛倒。無計覓黄鶴。有一日舊跡重尋。蘭舟再買。吴姬還約。安排着十萬纏腰。

〔離亭宴煞〕珠簾十里春光早。梁塵滿座歌聲繞。形勝地須教懿飽。斜日汴隄行。暖風花市飲。細雨蕪城眺。不拘束越錦袍。無言責烏紗帽。到處裏疎狂落魄。知時務有誰如。攬風情似咱少。雍熙樂府一二　北宫詞紀六　九宫大成六六引夜行船風入松離亭宴煞

雍熙樂府不注撰人。題作憶舊。兹從北宫詞紀。○（夜行船）九宫大成二句無也字。（離亭宴煞）詞紀汴隄作柳隄。

劉唐卿

唐卿太原人。皮貨所提舉。著雜劇二種。李三孃。蔡順摘椹養母。後一種存。

小令

〔雙調〕蟾宮曲

博山銅細裊香風。兩行紗籠。燭影摇紅。翠袖殷勤捧金鍾。半露春葱。唱好是會受用文章巨公。綺羅叢醉眼朦朧。夜宴將終。十二簾櫳。月轉梧桐。陽春白雪前集二　樂府羣珠三

録鬼簿謂此曲乃唐卿在王彦博左丞席上所賦。陽春白雪以此曲屬姚燧。樂府羣珠從之。未知孰是。兹互見兩家曲中。羣珠題作夜宴。

鄭光祖

光祖字德輝。平陽襄陵人。以儒補杭州路吏。爲人方直。不妄與人交。故諸公多鄙之。久則見其情厚。而他人莫之及也。病卒。火葬於西湖之靈芝寺。光祖名聞天下。聲振閨閣。伶倫輩稱鄭老先生。皆知其爲德輝也。著雜劇十七種。今存七種。伊尹扶湯。王粲登樓。周公攝政。翰林風月。倩女離魂。三戰吕布。無鹽破環。涵虚子論曲。謂其詞如九天珠玉。又曰。其詞出語不凡。若咳唾落乎九天。臨風而生珠玉。誠傑作也。

小令

〔正宫〕塞鴻秋

門前五柳侵江路。莊兒緊靠白蘋渡。除彭澤縣令無心做。淵明老子達時務。頻將濁酒沽。識破興亡數。醉時節笑撚着黄花去。鈔本陽春白雪後集

雨餘梨雪開香玉。風和柳線摇新緑。日融桃錦堆紅樹。烟迷苔色鋪青褥。王維舊畫圖。杜甫新詩句。怎相逢不飲空歸去。鈔本陽春白雪後集一

金谷園那得三生富。鐵門限枉作千年妬。汨羅江空把三閭污。北邙山誰是千鍾祿。想應陶令杯。不到劉伶墓。怎相逢不飲空歸去。鈔本陽春白雪後集一

〔雙調〕蟾宮曲

夢中作

半窗幽夢微茫。歌罷錢塘。賦罷高唐。風入羅幃。爽入疎櫺。月照紗窗。縹緲見梨花淡粧。依稀聞蘭麝餘香。喚起思量。待不思量。怎不思量。陽春白雪前集二　樂府羣珠三　北詞廣正譜　九宮大成六五

鈔本陽春白雪北詞廣正譜九宮大成俱無待不思量句。樂府羣珠賦罷作唱罷。

飄飄泊泊船纜定沙汀。悄悄冥冥。江樹碧熒熒。半明不滅一點漁燈。冷冷清清瀟湘景晚風生。淅留淅零暮雨初晴。皎皎潔潔照櫓篷剔留團欒月明。正瀟瀟颯颯和銀箏失留疎刺秋聲。見希颩胡都茶客微醒。細尋尋思思雙生雙生。你可閃下蘇卿。樂府羣玉三

瀟瀟上原空一格。玆據吴梅校本補正字。

弊裘塵土壓征鞍鞭倦裊蘆花。弓劍蕭蕭。一竟入烟霞。動羈懷西風禾黍秋水蒹葭。千點萬點老樹寒鴉。三行兩行寫高寒呀呀雁落平沙。曲岸西邊近水渦魚網綸竿釣艖。斷橋東下傍溪沙疎籬茅舍人家。見滿山滿谷。紅葉黃花。正是淒涼時候。離人又在天涯。陽春白雪前集二　樂府羣玉三　詞綜三三　北詞廣正譜　九宫大成六五　詞律拾遺四　元明小令鈔

此曲陽春白雪北詞廣正譜等俱屬白無咎。樂府羣玉屬鄭德輝。兹互見。校記參閲白曲。

套數

〔南呂〕梧桐樹南

題情

相思借酒消。酒醒相思到。月夕花朝。容易傷懷抱。懨懨病轉深。未否他知道。要得重生。除是他醫療。他行自有靈丹藥。

〔罵玉郎北〕無端掘下相思窖。那裏是蜂蝶陣。燕鶯巢。癡心枉做千年調。不札實似風竹摇。無投奔似風絮飄。没出活似風花落。

〔東甌令南〕情山遠。意波遥。咫尺粧樓天樣高。月圓苦被陰雲罩。偏不把離愁照。玉人何處教吹簫。辜負了這良宵。

〔感皇恩北〕呀。那些箇投以木桃。報以瓊瑶。我便似日影内捕金烏。月輪中擒玉兔。雲端裏覓黄鶴。心腸枉費。伎倆徒勞。也是我恩情盡。時運乖。分緣薄。

〔浣溪沙南〕我自招。隨人笑。自古來好物難牢。我做了謁漿崔護違前約。採藥劉郎没下梢。心懊惱。再休想畫堂中。綺筵前。夜將紅燭高燒。

〔採茶歌北〕疼熱話向誰學。機密事把誰托。那裏是潯陽江上不通潮。有一日相逢酬舊好。我把這相思兩字細推敲。

〔尾聲南〕我青春。他年少。玉簫終久遇韋臯。萬苦千辛休忘了。雍熙樂府九　新編南九宮詞　北宫詞紀六

雍熙樂府題作惜别。不注撰人。南九宫詞不注撰人與雍熙樂府同。撰人據北宫詞紀。○南九宫詞無北曲。梧桐樹否作審。東甌令山作人。

〔雙調〕駐馬聽近

秋閨

敗葉將殘。雨霽風高摧木杪。江鄉瀟灑。數株衰柳罩平橋。露寒波冷翠荷凋。霧濃霜重丹楓老。暮雲收。晴虹散。落霞飄。

〔么〕雨過池塘肥水面。雲歸巖谷瘦山腰。橫空幾行塞鴻高。茂林千點昏鴉噪。日銜山。船艤岸。鳥尋巢。

〔駐馬聽〕悶入孤幃。静掩重門情似燒。文窗寂静。畫屏冷落暗魂消。倦聞近砌竹相敲。忍聽鄰院砧聲擣。景無聊。閑階落葉從風掃。

〔么〕玉漏遲遲。銀漢澄澄涼月高。金爐烟燼。錦衾寬剩越難熬。强睚夜永把燈挑。欲求歡夢和衣倒。眼才交。惱人促織叨叨鬧。

〔尾〕一點來不够身軀小。響喉嚨針眼裏應難到。煎聒的離人。鬬來合噪。草虫之中無你般薄劣把人焦。急睡着。急驚覺。緊截定陽臺路兒叫。 太平樂府六 太和正音譜下引駐馬聽近 北詞廣正譜引駐馬聽近尾 九宫大成六五引駐馬聽近

（駐馬聽近）明大字本太平樂府霧濃作露濃。北詞廣正譜江鄉作江干。（駐馬聽）元刊太平樂府忍聽作思聽。元刊八卷本瞿本明大字本俱作忍聽。（么）元刊太平樂府叨叨作刀刀。兹從瞿本。

（尾）何鈔本太平樂府鬬來作聞來。

詞林摘艷卷六有端正好曉珊珊琪樹蕩靈風套數一套。注鄭德輝作。案此套北宮詞紀卷四注睢玄明作。一笑散舊校又云見湯舜民筆花集。兹已輯入湯曲。參閲該曲校記。

范康

康字子安。杭州人。明性理。善講解。能詞章。通音律。因王伯成有李太白貶夜郎雜劇。乃編杜子美遊曲江。一下筆即新奇。蓋天資卓異。人不可及也。惟此劇已佚。又有雜劇竹葉舟。今存。

小令

〔仙吕〕寄生草

酒色財氣

常醉後方何礙。不醉時有甚思。糟醃兩箇功名字。醅渰千古興亡事。麯埋萬丈虹蜺志。不達時皆笑屈原非。但知音盡説陶潛是。中原音韻　雍熙樂府一九　堯山堂外紀六八　北宫詞紀外集六　天籟集摭遺

花尚有重開日。人決無再少年。恰情歡春晝紅粧面。正情濃夏日雙飛燕。早情疎秋

暮合歡扇。武陵溪引入鬼門關。楚陽臺駕到森羅殿。雍熙樂府一九　北宮詞紀外集六

緑珠嬌人無比。石崇富禍有餘。全家兒老幼遭誅戮。半合兒帑藏無金玉。兩般兒景物傷情緒。暗塵埋錦步障邊花。亂蟬鳴金谷園中樹。雍熙樂府一九　北宮詞紀外集六

形骸隨紅塵化。功名向青史標。七英雄事業真堪笑。六豪王踪跡平如掃。兩下裏争戰圖前鬧。一壁廂淡烟衰草霸王城。一壁廂西風落日高皇廟。雍熙樂府一九　北宮詞紀外集六

雍熙樂府此四首題作道情。不注撰人。中原音韻定格選第一首。題作飲。未言誰作。堯山堂外紀以第一首爲白樸作。北宮詞紀外集此四首題作酒色財氣。注范子安。似有所據。第一首校記參閲白曲。

套數

〔雙調〕新水令

樂道

老來方知幼時非。急省悟半途之際。明明的添壽算。暗暗的減容儀。白髮相催。全

不似少年日。

〔駐馬聽〕日月如飛。急急光陰如逝水。去年今日。看看故友眼前稀。想藏鬮打馬總成非。思包商吟詠成何濟。何所宜。都不如保全一點元陽氣。

〔喬牌兒〕嘆光陰如過隙。百年人旅中寄。被宿生寃債將身累。今日還了他方利己。

〔沉醉東風〕從教師詩書頗習。參釋道性命根基。杏林中作生涯。橘井内爲活計。煉玄元象帝幽微。有一日三島十洲將名姓題。抵多少一官半職。

〔雁兒落〕一心待悟真常修物理。縈方寸絶名利。離塵寰遠世交。遊閬苑達仙契。

〔得勝令〕呀。我如今參透静中奇。識破動中機。人我山爲平地。是非海波浪息。莫待要呆癡。將意馬心猿繫。休縱放奔馳。現一輪皓月輝。

〔折桂令〕現一輪皓月光輝。朗朗圓明。無缺無虧。恰一氣纔分。二儀初判。早三姓支離。生共死有幾人悟得。死與生何處歸依。奥妙玄微。不索猜疑。若吞却一粒金丹。怕甚麽六道輪迴。

〔離亭宴煞〕誦南華講道德。談周易見天心。察地利明人事。須持心煉己。分賓主。定浮沉。辨疎親。識老嫩。通造化。別真僞。曉屯蒙否泰交。知消長盈虛意。甚的

是先天至極。打破了太虛空。便是那出世超凡大道理。盛世新聲午集　詞林摘艷五　雍熙樂府

二

盛世新聲重增本内府本詞林摘艷俱無題。不注撰人。原刊本徽藩本詞林摘艷題作樂道。注范子安作。雍熙樂府題作醫道得悟。不注撰人。○（新水令）雍熙方知作方覺。（駐馬聽）雍熙去年作昔年。故友作故舊。包商吟詠作吟風詠月。（喬牌兒）原刊摘艷及雍熙今日俱作今日箇。雍熙旅中作客中。還了他作還了。（沉醉東風）雍熙首句作從儒林將詩書講習。釋道作道教了。井内作井畔。三島十洲作紫府丹臺。抵多少作不弱似你那。（雁兒落）雍熙修物理作明道德。（折桂令）雍熙無缺作無欠。早三姓支離作八卦方齊。幾人作何人。與生作和生向。（離亭宴煞）盛世人事作人世。持心作特心。通作達。摘艷俱同。雍熙須持上有也字。太虛空作太虛。

曾瑞

瑞字瑞卿。大興人。自北來南。喜江浙人才之多。羨錢唐景物之盛。因而家焉。神彩卓異。衣冠整肅。優游於市井。洒然如神仙中人。志不屈物。故不願仕。因號褐夫。江淮之達者。歲時餽送不絶。遂得以徜徉卒歲。臨終之日。詣門弔者以千數。善丹青。能隱語。著雜劇才子佳人誤元宵。今存。有散曲集詩酒餘音。今佚。

小令

〔正宫〕醉太平

相邀士夫。笑引奚奴。湧金門外過西湖。寫新詩弔古。蘇隄隄上尋芳樹。斷橋橋畔沽醽醁。孤山山下醉林逋。灑梨花暮雨。太平樂府五

湧原作擁。玆改。瞿本醉作酬。可從。

〔南吕〕四塊玉

述懷

冠世才。安邦策。無用空懷土中埋。有人跳出紅塵外。七里灘。五柳宅。名萬載。樂府羣珠二　雍熙樂府一八

雍熙樂府有四塊玉辭官二首。此其第二首。第一首諟英豪亦見下列曲中。雍熙所收曾瑞小令。全未注撰人。○雍熙三句作死後空陪黃壤埋。有人作吾今。外作海。

白酒篘。黄柑扭。樽俎臨溪枕清流。醉時歌罷黄花嗅。香已殘。蝶也愁。飲甚酒。樂府羣珠二　雍熙樂府一八

雍熙有四塊玉隱逸四首。此其第三首。餘春色殘。雞恰啼。雪滿簪三首。並見下列曲中。○雍熙也愁作已羞。

雞恰啼。人忙起。利逼名煎苦相催。争如我夢胡蝶睡。由你好。笑我癡。强似你。樂府羣珠二　雍熙樂府一八

雍熙好作奸。末句作召不起。

雪滿簪。霜垂頷。老拙隨緣苦無貪。狂圖多被風波渰。享大財。得重銜。休笑俺。樂府羣珠二　雍熙樂府一八

雍熙狂作枉。大財作重禄。得重作居大。

衣紫袍。居黃閣。九鼎沉如許由瓢。調羹無味教人笑。棄了官。辭了朝。歸去好。鈔本陽春白雪後集一　樂府羣珠二　雍熙樂府一八

陽春白雪無題。注劉時中作。曲文同雍熙。雍熙有四塊玉陶朱四首。此其第二首。第三首萬丈潭。第四首官況甜。並見下列曲中。○雍熙沉如作沉似。調羹作甘美。

閨情

孤雁悲。寒蛩泣。恰待團圓夢驚回。淒涼物感愁心碎。翠黛顰。珠淚滴。衫袖濕。樂府羣珠二　雍熙樂府一八

雍熙有四塊玉恩愛四首。曲牌誤作寨兒令。此其第三首。餘地錦踏。髻亂窩。玉簮折三首。並見下列曲中。○雍熙蛩作蛬。

感懷

春色殘。鶯聲懶。百歲韶光夢槐安。功名縱得成虛幻。一跳身。百尺竿。難轉眼。樂府羣珠二　雍熙樂府一八　九宮大成五二

雍熙縱得成作算來皆。九宮大成同。

嘆世

萬丈潭。千尋埳。一線風濤隔仙凡。勸君莫被虛名賺。無厭心。呆大膽。誰再敢。鈔本陽春白雪後集一　樂府羣珠二　雍熙樂府一八

陽春白雪無題。注劉時中作。曲文同雍熙。樂府羣珠尋作潯。雍熙埳作坎。四句作識破休被功名賺。

嘲俗子

買笑金。纏頭錦。得遇知音可人心。倦逢狂客天生沁。扭死鶴。劈碎琴。不害磣。中原音韻　樂府羣珠二　雍熙樂府一八　堯山堂外紀七一

中原音韻不注撰人。堯山堂外紀同。雍熙樂府有四塊玉妓情四首。曲牌誤作寨兒令。此其第三首。餘黄肇村。狗探湯。和曲詞三首。並見下列曲中。○中原音韻倦逢作怕逢。堯山堂外紀同。雍熙可人心作可心人。扭作摔。

閨情

簪玉折。菱花缺。舊恨新愁亂山疊。思君凝望臨臺榭。魚雁無。音信絶。何處也。樂

府羣珠二　雍熙樂府一八

雍熙簪玉作玉簪。無作沓。

酷吏

官況甜。公途險。虎豹重關整威嚴。讎多恩少人皆厭。業貫盈。橫禍添。無處閃。鈔本陽春白雪後集一　樂府羣珠二　雍熙樂府一八

陽春白雪無題。注劉時中作。曲文同雍熙。雍熙人皆厭作皆堪嘆。添作滿。

嘆世

羅網施。權豪使。石火光陰不多時。劫活若比吴蠶似。皮作錦。繭做絲。蛹盪死。樂府羣珠二

閨情

髻亂寙。釵橫墮。饍減愁添怎存活。抽籖擺卦爲工課。花貌衰。鬼病磨。何日可。樂府羣珠二　雍熙樂府一八

雍熙鐥作貌。擺作打。五六句作。形兒衰。病兒魔。

美足小

地錦踏。香風颯。款步金蓮蹴裙紗。纖柔嬌襯凌波韈。軟玉鈎。新月牙。可喜殺。樂府羣珠二　雍熙樂府一八

雍熙裙紗作湘紗。可喜作可妒。

嘲妓家

黄肇村。馮魁蠢。雖有通神鈔和銀。奴非不愛雙生俊。孛老嚴。坡撇狠。錢上緊。樂府羣珠二　雍熙樂府一八

樂府羣珠狠作哏。雍熙村作利。雖作惟。孛老作鴇兒。

樂飲

紫蟹肥。白醪美。萬事無心且銜杯。醉鄉忘盡人間世。定夜鐘。報曉雞。魂夢裏。樂府羣珠二

鹿煮肥。魚煎鮓。白酒初熟菊方花。醅渾巾漉何須榨。酒越添。量不加。生灌殺。樂府羣珠二

負心

和曲詞。調琴瑟。謊我燃香剪青絲。忘恩剁斷鴛鴦翅。俺左科。喬到兒。休再使。樂府羣珠二　雍熙樂府一八

雍熙瑟作指。謊作偕。燃作撚。俺作唵。休再使作再休提。

警世

狗探湯。魚着網。急走沿身痛着傷。柳腰花貌斜魔旺。柳弄嬌。花艷粧。君莫賞。樂府羣珠二　雍熙樂府一八

雍熙沿作緣。柳腰作價要。柳弄嬌作價弄柔。

村夫走院

逞富豪。沾花草。遍體村筋不曾挑。入門着幾連珠炮。骨髓剜。腦子掏。可早覺。樂

府羣珠二　雍熙樂府一八

雍熙富作英。二三句作。身早朝。亡身滅族誰知道。入門着幾作八門陣上。可早作方纔。

〔南吕〕罵玉郎過感皇恩採茶歌

四時閨怨

春

花飛春去愁偏甚。情緣惡夢難禁。分釵破鑑别離讖。泪滿襟。鸞拆衾。鴛分枕。絃斷瑶琴。髻墜瓊簪。玉消香。裙退錦。釧憁金。郎歡娱未審。妾煩惱特深。慵針指。懶梳掠。倦登臨。悶相侵。恨相尋。閑愁閑悶緑成陰。念想逐宵渾廢寢。相思無日不傷心。太平樂府五　樂府羣珠二

元刊八卷本瞿本太平樂府夢難俱作悶難。樂府羣珠鑑作鏡。

夏

紗廚烟淡波紋簟。驚午夢恨厭厭。别離情緒難絶念。悶轉添。恨轉添。愁無厭。問卜求籤。有苦無甜。痛無心。調錦瑟。對粧奩。淚淹殘杏臉。愁壓損眉尖。歡娱

斂。愁檢束。悶拘鉗。近雕簷。簌朱簾。困人天氣扇慵拈。雲髻鬅鬆愁病染。緗
裙寬掩舞腰纖。太平樂府五　樂府羣珠二

秋

斜陽萬點昏鴉亂。閑樓閣映林巒。漫天愁悶爲奴伴。眉黛攢。秋水漫。柔腸斷。
刀攪錐剜。情苦心酸。晚簾櫳。籠雙鳳。鎖孤鸞。病身屬恨管。暮景序愁端。雲初
判。月正圓。夜漫漫。景難觀。悶難搬。流蘇空掩枕衾寬。暗想有緣添恨滿。料
應無夢繼情歡。太平樂府五　樂府羣珠二

冬

同雲黯黯冰花放。梅撲簌絮顛狂。嚴凝寒透紅綃帳。情感傷。難抵當。愁魔障。
風竹敲窗。雪月侵廊。暮寒生。歡夢少。漏聲長。漫魂勞意攘。空腹熱腸荒。何曾
忘。愁萬縷。泪千行。掩空堂。鎖餘香。消疎景物助淒涼。梅竹無言成悶黨。心
情懷恨入愁鄉。太平樂府五　樂府羣珠二

漁父

長天遠水秋光淡。天連水影相涵。澄波萬頃漁舟泛。月滿潭。魚滿籃。船着纜。

紫蟹黄柑。白酒紅蚶。醉魂酣。杯量減。酒空罈。賴江湖壯膽。仗魚鱉供饞。睚時暫。同苦甘。共妻男。暮雲曇。曉山嵐。六合爲我一茅庵。富貴榮華難强攬。衣食飽暖更無貪。太平樂府五　梨園樂府下　樂府羣珠二

梨園樂府無題。失注撰人。

風情

酸丁詞客人多儳。歌白苧泪青衫。風流歇豁着坑陷。冷句兒詀。好話兒鴿。踏科兒䫲。風月貪婪。雲雨尷尬。你粧憨。咱㛐渰。影羞慚。惜花心旋減。噀玉口牢緘。情絶濫。意莫貪。眼休饞。出深潭。上高巖。方知色界海中渰。美女花嬌休去覽。老婆禪奥莫來參。太平樂府五　樂府羣珠二

元刊太平樂府渰作弇。兹從瞿本明大字本等。羣珠詀作呫。

惜花春起早

春雞夢斷雲屏夜。銀燭短篆烟斜。朱簾卷起梨花月。酒暈頰。人乍怯。風兒劣。綠映紅遮。似錦障周折。金沙軟睡鴛鴦。楊柳晴啼杜宇。牡丹暖宿胡蝶。花枝蹀躞。

花影重疊。木香洞薰蘭麝。荼蘼架飄玉雪。蒼苔徑繡紋纈。秋千外月兒斜。西樓畔鳥聲歇。海棠絲穿透露珠兒趄。宿酒禁持人困也。東風寒似夜來些。太平樂府五　太和正音譜下　樂府羣珠二　九宫大成五二

元刊太平樂府樂府羣珠海棠俱作海海。太和正音譜錦障作錦綉。

閨情

才郎遠送秋江岸。斟别酒唱陽關。臨岐無語空長嘆。酒已闌。曲未殘。人初散。月缺花殘。枕剩衾寒。臉消香。眉蹙黛。髻鬆鬟。心長懷去後。信不寄平安。拆鸞鳳。分鶯燕。杳魚雁。對遥山。倚闌干。當時無計鎖雕鞍。去後思量悔應晚。别時容易見時難。太平樂府五　梨園樂府下　樂府羣珠二

梨園樂府無題。失注撰人。○梨園懷去後作懷去程。無計作議謾。

閨中聞杜鵑

無情杜宇閑淘氣。頭直上耳根底。聲聲聒得人心碎。你怎知。我就里。愁無際。簾幕低垂。重門深閉。曲闌邊。雕簷外。畫樓西。把春酲唤起。將曉夢驚回。無明

夜。閑聒噪。廝禁持。我幾曾離。這綉羅幃。没來由勸我道不如歸。狂客江南正着迷。這聲兒好去對俺那人啼。太平樂府五　梨園樂府下　樂府羣珠二　詞謔引採茶歌

瞿本太平樂府狂客作征客。

〔中吕〕迎仙客

風情

施計策。硬栽排。把明皇没攔地揣過來。假承塌。休闒闟。借債我做着傍牌。可敢別燒上風流怪。樂府羣珠四

成密寵。正情濃。休聽外人冷句兒噥。劣寃家。小業種。情我做着屏風。可休別鑿透桃源洞。樂府羣珠四

我共你。莫相離。肉鐵索更粘如膠共漆。繫着眉毛。結着鬏髻。硬頂着頭皮。熬一箇心先退。樂府羣珠四

〔中吕〕紅綉鞋

風情

值暮景烟花領袖。點秋霜風月班頭。少年狂翻作老來羞。有人處把些禮數。無人處結遍綢繆。任誰問休道喒共你有。樂府羣珠四　雍熙樂府一八　彩筆情辭五

雍熙樂府此十曲題作十有。彩筆情辭收暮春景。祆廟火。會雲雨。談叙間四首。題作風情。又收題橋志一首。題同。俱注元人辭。○雍熙值暮景作暮春景。結遍作結會。末句無喒共你三字。情辭俱同。

假認義做哥哥般親厚。行人情似妹妹般追逐。着小局斷兒包藏着鬼胡由。明講着昆仲禮。暗結了燕鶯儔。似恁般誰猜疑我共你有。樂府羣珠四　雍熙樂府一八

雍熙首三句作。假認做哥哥親厚。往和來妹妹追遊。人情裹包藏鬼胡由。禮作禮貌。了燕作下燕侶。末句作任誰問休道有。

祆廟火既燒着皮肉。藍橋水已渰過咽喉。緊按捺風聲滿南州。便畢罷了終是點污。若成合了到敢風流。不恁麽呵也道是有。梨園樂府下　樂府羣珠四　雍熙樂府一八　彩筆情辭五

梨園樂府不注撰人。○梨園首句無既字。水已滲過作下水滲到。下二句作。按納着風聲兒幾時休。彼罷了終須是點污。末句作不恁的也人道有。雍熙首二句無既字。無已字。按捺作按納。四句無便字。點污作染污。五句無若字。到敢作到是。末句作不恁麽也道有。情辭俱同雍熙。惟仍作按捺。

會雲雨風也教休透。閑是非屁也似休偢。去那無縫鎖上十字兒紐一箇封頭。由那快掄鍬的閃着手腕。散楚的叫破咽喉。俺兩箇痛關心的情越有。樂府羣珠四　雍熙樂府一八　彩筆情辭五

羣珠末句情作清。雍熙首句作會雲雨風般疎透。也似作似。去那作那。十字兒作十字。無一箇封頭由那快七字。掄作輪。閃着作閃了。末句作咱關心情越有。情辭俱同。

期白晝家前院後。約黄昏雨歇雲收。知他是你賣風他負德我胡搊。由你義秧兒栽箇强證。草本兒指箇牽頭。見如今他共我有。樂府羣珠四　雍熙樂府一八

雍熙雨歇作雨散。自三句起作。你賣風負得我搜搊。由你意幾箇强證。草木兒揹箇牽頭。我和他見今有。

題橋志文章錦綉。駕車心體態温柔。女貌郎才忒風流。語言間情暗許。眼色内意相投。兩箇委實無人道做有。樂府羣珠四　雍熙樂府一八　彩筆情辭五

雍熙女貌上有更字。情作情思。内作裏。兩箇委實作實。情辭俱同。雍熙意作意兒。情辭作意緒。

口兒快特婪侃嗽。脚兒勤推戀俳優。每日家弄子裏茶坊中緊相逐。爲俺待的厚。也惼氣快要的惡也忒情熟。因此上外人觀恰便似有。樂府羣珠四　雍熙樂府一八

雍熙特作時。侃作倪。推作誰。自三句起作。茶坊裏每日緊相逐。他待我情懷忒厚。耍笑間心緒忒熟。因此上人道有。

閑談笑踏科兒尋鬬。但離别覓縫兒承頭。好一會弱一會廝奚酬。着廝拾啜爲了題目。閑打罵做了開頭。兩箇虚難當又真箇有。樂府羣珠四　雍熙樂府一八　彩筆情辭五

雍熙此曲作。談叙間插科尋鬬。舉止處覓縫承頭。好一會忽又歹一譸。廝拾掇爲了題目。閑打駡做了開頭。明無情暗裏有。情辭同。惟譸作籌。

喬斷案村倈雜嗽。望梅花子弟單兜。側脚里姨夫做了寃讎。蘇小小棄了舞榭。許盼盼閉上歌樓。似恁麽難廝着怎做得有。樂府羣珠四　雍熙樂府一八

樂府羣珠棄了作秦了。茲從雍熙。雍熙此首作。喬斷事撅倈雜嗽。望梅花子夷單兜。閔子裏姨夫做寃讎。蘇小小棄了舞榭。許盼盼閑上歌樓。恁難調怎道有。

實鏝的剮皮割肉。虚恩情撇閃提齁。乾遇訕喬敷演幾時休。粧砌末招人謗。哮孛郎

見人羞。强折證剛道他有。樂府羣珠四　雍熙樂府一八

雍熙此首作。實鏝的剮皮割肉。虛恩情做有將没。遇仙娃心愛是敵頭。咱兩箇休忒粧做。見人時提起也羞。强折證剛道有。

〔中吕〕喜春來

遣興

春

雲鬟霧鬢秋千院。翠袖緗裙鼓吹船。錦屏花帳六橋邊。真閬苑。人醉杏花天。樂府羣珠　一　雍熙樂府一九

雍熙樂府有喜春來遣興四首。此爲第二首。其第一首湖山遣興。第四首金杯滿酌。並見下列曲中。

夏

金杯冷酌瓊花釀。玉筍冰調茘子漿。洛神西子鬭濃粧。移畫舫。來趁芰荷香。樂府羣珠　一　雍熙樂府一九

雍熙冷作滿。瓊作桃。次句作玉斝重斟桂蕊漿。洛神作湘妃。鬭作淡。〇雍熙又有喜春來一首。

題作小酌。亦似此曲。冷酌作頻勸。筍作單。荔子作荔枝。末二句作。推窗望。月色轉回廊。

秋

青霄霜降楓林醉。白雁風來木葉飛。登臨歡酌菊花杯。圖畫裏。何必醉東籬。樂府羣珠

一 雍熙樂府一九

雍熙有喜春來春遊芳草地等四首。此爲第三首。題作秋飲黄花酒。其末首冬吟白雪詩。亦見下列曲中。○雍熙風來木葉作南騰樹葉。三句作望遠登高飲村杯。何必醉作沈醉臥。

離情

雲慳雨澁歡娛儉。雁杳魚沉鬱悶添。舊愁新恨上眉尖。淹泪臉。誰問苦懨懨。樂府羣珠

一 雍熙樂府一九

雍熙有喜春來離思四首。此其末首。○雍熙上眉尖作兩眉攢。淹泪臉作掩泪眼。苦作病。

秋夜閨思

悽惶泪濕鴛鴦枕。慘淡香消翡翠衾。惱人休自悵蛩吟。驚夜寢。鄰院搗寒砧。樂府羣珠

一 雍熙樂府一九

雍熙有喜春來盼望四首。此其第二首。第一首鴛鴦失配。第三首庭槐破夢。並見下列曲中。○雍熙慘淡作慘愴。休自悵蛩作砌畔促織。

秋閨思

庭槐破夢秋風撼。妾泪聯珠夜雨攙。朝雲無計出湘潭。休問俺。司馬泪青衫。樂府羣珠一　雍熙樂府一九

春閨思

蜂蝶困欹梨花夢。鶯燕飛迎柳絮風。强移蓮步出簾櫳。心緒冗。羞見落花紅。樂府羣珠一　雍熙樂府一九

雍熙有喜春來憶美四首。此其末首。

相思

你殘花態那衣叩。咱減腰圍儹帶鈎。這般情緒幾時休。思配偶。争奈不自由。樂府羣珠一

又

鴛鴦作對關前世。翡翠成雙約後期。無緣難得做夫妻。除夢裏。驚覺各東西。樂府羣珠

一 雍熙樂府一九

雍熙題作言盟。○雍熙後期作有期。難得做作若罷美。驚覺作驚散。

妓家

無錢難解雙生悶。有鈔能驅倩女魂。粉營花寨緊關門。咱受窘。披撇見錢親。樂府羣珠

一 雍熙樂府一九

雍熙有喜春來妓情四首。此其第一首。○雍熙首句作無錢難買蘇卿俏。披撇作坡撇。

又

沾花惹草沙中俏。傅粉施朱笑裏刀。勸君莫惜野花嬌。零落了。結果許由瓢。樂府羣珠

一 雍熙樂府一九

雍熙有喜春來隱居四首。此其第三首。第四首牧羊枉嘆亦見下列曲中。○雍熙三四句作。從今

參破遠花嬌。都罷却。

閨情

鴛鴦失配誰驚散。燕子無雙飛興闌。粧樓便當望夫山。凝泪眼。無語憑欄干。樂府羣珠一　雍熙樂府一九

樂府羣珠失配作夫配。飛興作你興。兹俱從雍熙。雍熙粧樓便當作粧頭倚做。

閨怨

當時歡喜言盟誓。今日斕珊説是非。世間你是負心賊。休賣嘴。暗有鬼神知。樂府羣珠一

尋樂

湖山遺興還詩債。杖屨尋芳釋悶懷。村醪滿酌勸吾儕。杯莫側。聽唱喜春來。樂府羣珠一　雍熙樂府一九

雍熙聽唱作聽和。

詠雪梅

魂來紙帳香先到。花放冰梢雪未消。浩然驢背霸陵橋。風勢惡。休笑子猷喬。樂府羣珠

一　雍熙樂府一九

雍熙題作冬吟白雪詩。○雍熙魂來紙帳作纔臨溪畔。浩然驢背作騎驢吟過。

未遂

功名希望何時就。書劍飄零甚日休。算來著甚可消愁。除是酒。醉倚仲宣樓。樂府羣珠

一　雍熙樂府一九

雍熙有喜春來詩酒四首。此其末首。第二首佳章軟語亦見下列曲中。○樂府羣珠消愁作清愁。茲據雍熙改。雍熙此曲作。功名再不將身就。書劍爲朋怎肯休。算來兩件可消愁。詩共酒。醉倚仲宣樓。

隱居

牧牛枉嘆白石爛。垂釣休嗟渭水寒。雲深虎豹九重關。非是懶。無意近長安。樂府羣珠

一　雍熙樂府一九

雍熙牧牛作牧羊。

江村即事

女兒收網臨江哆。稚子垂鈎靠岸沙。笛聲驚雁出蒹葭。清淡煞。衰柳纜魚槎。樂府羣珠一

閱世

佳章軟語醒時和。白雪陽春醉後歌。簪花飲酒且婆娑。開悶鎖。閑看惡風波。樂府羣珠一　雍熙樂府一九

雍熙飲酒作泛酒。閑看作看破。

賞春

桃花扇影香風軟。楊柳樓心夜月圓。繁絃急管送歌筵。杯量淺。爛醉玉人邊。樂府羣珠一

感懷

溪邊倦客停蘭棹。樓上何人品玉簫。哀聲幽怨滿江皋。聲漸悄。遣我悶無聊。樂府羣珠一　雍熙樂府一九

雍熙有喜春來盼望四首。此其第三首。○樂府羣珠江皋作紅皋。雍熙作江潮。兹改紅爲江。雍熙聲漸悄作他命薄。

離愁

奴因寄恨招災禍。他爲尋芳中網羅。柳嫌花妒百千合。成間闊。教俺怎存活。樂府羣珠一

〔中吕〕山坡羊

自嘆

南山空燦。白石空爛。星移物换愁無限。隔重關。困塵寰。幾番眉鎖空長嘆。百事

不成羞又赧。閑。一夢殘。干。兩鬢斑。樂府羣珠一

嘆世

雞鳴爲利。鴉栖收計。幾曾得覺囫圇睡。使心機。昧神祇。區區造下彌天罪。富貴一場春夢裏。財。漚泛水。人。泉下鬼。樂府羣珠一　雍熙樂府二〇

雍熙題作警戒。除此五首外尚有三首。○樂府羣珠祇作祈。茲從雍熙。雍熙首二句作。雞鳴早去。鴉噪未歸。漚泛作源沫。

榮華休傲。貧窮休笑。循環世態多顛倒。恰春朝。早秋宵。花開花謝都知道。今歲孟春花更早。花。依舊好。人。空謾老。樂府羣珠一　雍熙樂府二〇

虛名休就。眉頭休皺。終身更不遭機彀。抱官囚。爲誰愁。功名半紙難能彀。爭如漆園蝶夢叟。常。緊閉口。閑。且袖手。樂府羣珠一　雍熙樂府二〇

雍熙都知作誰知。

花逢春到。人逢時到。花開人旺多歡笑。看英豪。賞花嬌。樂極悲至非人樂。花正發時風又惡。花。零落了。人。憔悴了。樂府羣珠一　雍熙樂府二〇

雍熙緊閉作且閉。

雍熙悲至作悲生。

財帛争競。田園吞併。得來未必成嘉慶。幹虛名。捨殘生。歸來笑殺彭澤令。孤雲野鶴爲伴等。鶴。飛過境。雲。行過嶺。樂府羣珠一　雍熙樂府二〇

雍熙成嘉慶作兒孫慶。飛過境作飛過嶺。

題情

青鸞舞鏡。紅鴛交頸。夢回依舊成孤另。凍雲晴。月華明。香消燭滅人初靜。窗外朔風梅萼冷。風。寒夜景。橫。梅瘦影。樂府羣珠一

譏時

繁花春盡。窮途人困。太平分的清閑運。整乾坤。會經綸。奈何不遂風雷信。朝市得安爲大隱。咱。粧做蠢。民。何受窘。樂府羣珠一

閨怨

孤幃獨臥。良宵空過。付能有夢還驚破。病成魔。泪如梭。淒涼無數來着末。憑誰

頓開眉上鎖。咱。無奈何。愁。無處躲。樂府羣珠一　雍熙樂府二〇

雍熙有山坡羊思情四首。此其末首。○雍熙首句作綉幃孤臥。付能作甫能够。無數作景百般樣。誰頓開作誰人頓開咱。咱作愁。愁作病。

妓怨

春花秋月。歌臺舞榭。悲歡聚散花開謝。恰和協。又離別。被娘間阻郎心趄。離恨滿懷何處説。娘。毒似蝎。郎。心似鐵。樂府羣珠一

〔中吕〕快活三過朝天子

警世

有見識越大夫。無轉理楚三閭。正當權肯覓個脱身術。那的是高才處。老孤。麵糊。休直待虚名誤。全身遠害倒大福。駕一葉扁舟去。烟水雲林。皆無租賦。捸溪山好處居。相府。帥府。那與他别人住。樂府羣珠一

肉撑翻鼎鑊餮。土蝕損劍鏌鎁。諸公榮貴不曾絶。偏我如鳩拙。命耶。運耶。窮

通内分優劣。蜂衙蟻陣且略別。伴四季閑風月。老瓦盆邊。無明無夜。盆乾時酒再賒。醉也。睡也。一任教花開謝。樂府羣珠一

受官廳暮雨殘。待漏院曉霜寒。耽耽九虎隔重關。更險似連雲棧。左難。右難。牢着脚周公旦。功成名遂不退閑。真箇是癡呆漢。夢裏浮華。渾無多限。覺來時兩鬢斑。試看。這番。又是箇新公案。樂府羣珠一

老風情

鶯花寨不受敵。雨雲鄉納降旗。簪花人老不相宜。枉惹的人牙戲。懺悔。罪累。要絶了鸞鳳配。人心争奈不是木石。長感動思凡意。得遇知心。私情機密。有風聲我怕誰。你任誰。問伊。硬抵着頭皮諱。樂府羣珠一

自誤

肉肥甘酒韻美。多一口便傷食。家傳一甕淡黄虀。喫過後須回味。恁地。老實。尚不可漁樵意。時乎命也我自知。無半點閑縈繫。枕石眠雲。蘧廬天地。正胡蝶魂

夢裏。曉鷄。亂啼。又驚覺陳摶睡。樂府羣珠一

蘧廬原作蘧蘆。莊子天運篇仁義先王之蘧廬。兹據改。

勸唱

花刷子拽大權。俏勤兒受熬煎。又待趁風流成就了好姻緣。又待認没幸看錢面。愛賢。愛錢。兩件兒都從伊便。愛賢後誰强如李亞仙。愛錢把馮魁纏。敬富嫌貧。賢愚不辨。想蘇卿也識見淺。當時你眼前。若選。誰俊似雙知縣。樂府羣珠一

〔中吕〕山坡羊過青哥兒

過分水關

山如佛髻。人登鰲背。穿雲石磴盤松檜。一關圍。萬山齊。龍蟠虎踞東南地。嶺頭兩分了銀漢水。高。天外倚。低。雲澗底。行人驅馳不易。更那堪暮秋天氣。拂面西風透客衣。山雨霏微。草蟲啾唧。身上淋漓。脚底沾泥。痛恨殺傷情鷓鴣啼。行不得。樂府羣珠一

雲山疊翠。楓林如醉。瀟瀟景物添秋意。過山圍。渡山溪。揚鞭舉棹非容易。區區祇因名利逼。思。家萬里。愁。何日歸。　飄零飄零客寄。困長途塵滿征衣。泣露秋蟲助客悲。泪眼昏迷。病體尩羸。無甚親戚。誰肯扶持。行不動哥哥鷓鴣啼。人心碎。樂府羣珠一

〔商調〕梧葉兒

贈喜温柔

蟾宫閉。花貌羞。鶯嚦嚦囀歌謳。樽前立。席上有。喜温柔。都壓盡牆花路柳。雍熙樂府一七　彩筆情辭二

雍熙樂府題作贈喜温柔。連下共十首。不注撰人。彩筆情辭題作贈妓喜温柔。亦十首。注元人辭。案明鈔説集本青樓集喜温柔條云。曾瑞卿以梧葉兒數首贈之。其半皆寓其名。梓行於世。此十首皆寓喜温柔或温柔。應即爲曾瑞卿作。○情辭歌謳作歌喉。

朝雲退。暮雨收。悲秋客泪空流。傷情思。非病酒。見温柔。便痊可相思證候。雍熙樂府一七　彩筆情辭二

歌金縷。捧玉甌。杯巡後越風流。心腸拽。模樣兜。喜温柔。偏能會將没作有。雍熙樂府一七 彩筆情辭二

雲歸岫。月轉樓。芳景去最難留。蝶尋對。鶯唤友。勸温柔。且飲徹閑茶浪酒。雍熙樂府一七 彩筆情辭二

鴛鴦帳。燕子樓。孤枕怯夜涼秋。啼痕揾。羅帕溲。想温柔。捱不得天長地久。雍熙樂府一七 彩筆情辭二

秋波溜。眉黛愁。施展會鬼胡由。踏科耨。吟句謳。喜温柔。迤逗殺狂朋怪友。雍熙樂府一七 彩筆情辭二

情辭胡由作狐猶。

尋破綻。覓優頭。將恩愛變爲讎。去呵呪。來呵瞅。逞温柔。省可裹扭頭拗手。雍熙樂府一七 彩筆情辭二

春歸後。花謝休。尋春客慵追遊。癡心候。堅意守。喜温柔。休徯蹬風流配偶。雍熙樂府一七 彩筆情辭二

情辭慵作倦。

他垂釣。誰上鈎。休粧頼幾曾有。得你意。平生够。喜温柔。怎禁你行監坐守。雍熙樂府一七 彩筆情辭二

閑尋鬭。不肯休。折證倒看誰羞。人難啾。你撒彪。怨温柔。自落得出乖弄醜。雍熙樂府一七　彩筆情辭二情辭難作雜。

〔雙調〕折桂令

閨怨

秋霄淡淡輕陰。暮景蕭條。疎雨霪霖。林外烏啼。天邊雁叫。砌下蛩吟。更漏永聲來綉枕。篆烟消寒透羅衾。恨殺鄰砧。驚散離魂。搗碎人心。樂府羣珠三

秦城望斷簫聲。時物供愁。夜景傷情。鶴唳松庭。風摇檻竹。雨滴簷楹。銀燭暗雕盤篆冷。綉幃孤翠被寒增。數盡殘更。天也難明。夢也難成。樂府羣珠三

套數

〔黄鍾〕醉花陰

元宵憶舊

凍雪才消臘梅謝。却早擊碎泥牛應節。柳眼吐些些。時序相催。鬬把鰲山結。

〔喜遷鶯〕暢豪奢。聽鼓吹喧天那歡悦。好教我心如刀切。泪珠兒揾不迭。哭的似癡呆。自從別後。這滿腹相思何處説。流痛血。瑶琴怎續。玉簪難接。

〔出隊子〕想當初時節。那濃歡怎棄捨。新愁裝滿太平車。舊恨常堆幾萬疊。若負德辜恩天地折。

〔神仗兒〕這些時情詩倦寫。和音書斷絶。斜月籠明。殘燈半滅。恨簷馬玎當。怨塞鴻悽切。猛然間想起多嬌。那愁悶。怎攔截。

〔掛金索〕業緣心腸。那煩惱何時徹。對景傷情。怎捱如年夜。燈火闌珊。似萬朵金蓮謝。車馬闐闐。賽一火鴛鴦社。

〔隨尾〕見他人兩口兒家攜着手看燈夜。教俺怎生不感嘆傷嗟。尚想俺去年的那人何處也。太平樂府八　雍熙樂府一　北詞廣正譜引醉花陰喜遷鶯　九宮大成七三引醉花陰神仗兒

雍熙樂府不注撰人。○（醉花陰）雍熙次句無却字。九宮大成同。（喜遷鶯）雍熙三句無心字。北詞廣正譜痛血作泪血。（掛金索）雍熙闐闐作鬬闐。（隨尾）明大字本太平樂府末句無那字。雍熙

首句無家字。

懷離

行色匆匆易傷感。陡恁般香消玉減。無暇理金簪。雲鬢髦鬖。比是情凄慘。避不得這羞慚。準備遮藏手半掩。

〔喜遷鶯〕想才郎丰鑑。貌堂堂闊論高談。那堪。並不愚濫。一見了春愁獨自攬。常好是忒大膽。怕不你心心兒裏待貪。又則怕意意兒裏相攙。

〔出隊子〕想人生時暫。在綉房中把歲月躭。描不成映花梢孔雀翠相攙。剪不出撲柳絮胡蝶粉亂糝。刺不就啄穀穗鵪鶉嘴細嗛。

〔刮地風〕則被這幾對兒家毛團迤逗俺。馬兒送的人地北天南。待私奔至死心無憾。我則見四野巉巉。不聽的衆口喃喃。明滴溜參兒相攙。剔團圞月兒初淡。柳色濃。桃花謝。紅稀緑暗。想才郎常好是做得嚴。跳出這虎窟龍潭。

〔四門子〕要相逢怕甚牙兒⿰占彡。呀。敢我緊粧着一半憨。過關津怕的是人虛站。又道我恰離家初二三。膽兒又虛。色兒又慘。百忙裏躧行馬兒不住叫喊。脚兒又疾。口兒又喃。我見他頭低眼瞅。

〔古水仙子〕將將將紫絲韁緊兜攬。是是是春纖長勒不住碧玉銜。颼颼颼摔風過長亭。出出出方行過短站。見見見三家店忽的向南。淹淹淹映香塵曉日紅含。我我我軟兀剌綉鞍身半探。看看看曲彎彎兩葉蛾眉淡。瘦怯怯六幅翠裙攙。

〔寨兒令〕尷尬。尷尬。做的來所事忒嚴。想當初才貌兩相堪。一箇是嬌仕女。一箇俊兒男。他自把那婚姻勘。

〔神仗兒〕祆廟鎖跎塔的對岩。藍橋下忽剌剌的水渰。將一對小小夫妻送的來他羞我慘。嬌嬌媚媚。甜甜也那紺紺。半路裏被人坑陷。我我我則落的眼兒饞。

〔尾聲〕一擔相思自摇撼。我和你兩家擔由自難擔。將一箇擔不起擔兒却怎生分付俺。

盛世新聲丑集　詞林摘艷九　雍熙樂府一　北詞廣正譜引醉花陰刮地風寨兒令　九宮大成七三引寨兒令神仗兒

盛世新聲重增本詞林摘艷俱無題。與雍熙樂府皆不注撰人。雍熙題作懷離。原刊本詞林摘艷題作鴛鴦塚雜劇。注無名氏撰。北詞廣正譜引醉花陰刮地風寨兒令三支。俱注曾瑞卿套數。茲從之。○〔醉花陰〕雍熙易作意。五句作抵事情懷慘。遮藏作着羞慚。廣正譜陡恁般作陡恁的。五句同雍熙。惟抵作底。末句掩作揞。〔喜遷鶯〕雍熙並不愚作更不漁。常好是作暢好事。末二句作。既的你心心兒中待貪。更那堪所所事兒偏諳。〔出隊子〕雍熙次句無在字把字。成映作就杏。不出作不成。末句作畫不成啄穀穗的鵪鶉嘴細咍。〔刮地風〕雍熙首句無家字。四句作喜的是四野相攙。六句相攙作將陷。想才郎二句屬四門子。廣正譜首句無家字。俺作喒。我則見作喜的是。相攙作正黯。柳色上有則見那三字。跳出這作跳。（四門子）雍熙彭作吵。吵不見字書。無呀敢我三字。三句作過關津怕甚麼人虛賺。無又道我三字。色作心。七句作馬兒百忙裏攛行不住喊。無我見他三字。（古水仙子）雍熙兜作繫。過作過了。方行作楔的。三淹字並作俺。紅含作紅紺。兩葉作兩道。瘦上有呀呀呀三字。翠作綉。（寨兒令）雍熙嚴作腌臢。五句無是字。末句無他字那字。廣正譜改曲牌名爲塞雁兒。忒嚴作腌臢。四句起作。從前往事盡包含。嬌仕女。俊兒男。自把婚姻勘。九宫大成俱同雍熙。惟曲牌作占寨兒令。並謂廣正譜作塞雁兒誤。（神仗兒）雍熙跲塔作磕搭。對岩作閉岩。忽刺刺作忽刺。也那紺紺作甘甘。無我我我三字。則落作空落。大成俱同。（尾聲）雍熙一擔作一擔兒。自摇撼作是摇撼。無我和你三字。兩家作兩條。末句作恁將這擔不動的擔兒分付與俺。

〔黄鍾〕願成雙

贈老妓

嬌鸞態。雛鳳姿。正生紅鬧簇枯枝。含香蓓蕾未開時。没亂殺鶯兒燕子。

〔么〕恰初春又早殘春至。只愁吹破胭脂。忽驚風雨夜來時。零落了千紅萬紫。

〔出隊子〕闌珊春事。恨題絶羅扇詩。玉容香散粉慵施。錦樹花殘蝶倦時。正緑葉成陰子滿枝。

〔么〕暮年間剗地知公事。所爲兒都敬持。縱千般打駡是好言詞。無半點虚脾謊話兒。衠一派真誠好意思。

〔尾〕得扶侍容顔越伶俐。舊風流不減動些兒。一個鞋樣兒到慳了多半指。太平樂府八

北宫詞紀五　詞林白雪一　彩筆情辭一

詞林白雪屬美麗類。○(出隊子么)太平樂府誠作成。明大字本太平樂府縱作縱有。(尾)瞿本太平樂府扶侍作扶持的。

〔正宫〕端正好

自序

一枕夢魂驚。千載風雲過。將古來英俊評跋。誰才能誰霸道誰王佐。只落得高塚麒麟臥。

〔么〕百年身隙外白駒過。事無成潘鬢雙皤。既生來命與時相挫。去狼虎叢服低捋。

〔滚綉毬〕時與命道不合。我和他氣不和。皆前定並無差錯。雖聖賢胸次包羅。待據六合。要併一鍋。其中有千萬人我。各有天時地利人和。氣難吞吴魏亡了諸葛。道不行齊梁喪了孟軻。天數難那。

〔倘秀才〕舉伊尹有湯王倚託。微管仲無桓公不可。相公子糾偏如何不九合。失時也亡了家國。得意後霸了山河。也是君臣每會合。

〔脱布衫〕時不遇版築爲活。時不遇荆南落魄。時不遇踰垣而躲。時不遇在陳忍餓。

〔小梁州〕男兒貧困果如何。擊缶謳歌。甘貧守分淡消磨。顔回樂。知足後一瓢多。

〔么〕既功名不入凌烟閣。放踈狂落落陀陀。就着老瓦盆。浮香糯。直喫的徹。未醒後又如何。

〔滚綉毬〕學劉伶般酒裏酡。倣坡仙般詩裏魔。樂閑身有何不可。説幾句不傷時信口開合。折莫待憤悱啓發平科。見破綻呵閑槍。教人道我豪放風魔。由他似斗筲之器般看得微末。似糞土之牆般覷得小可。一任由他。

〔醉太平〕看别人揮鞭登劍閣。舉棹泛滄波。争如我得磨跎處且磨跎。無名韁利鎖。攜壺策杖穿林落。臨風對月閑吟課。有花有酒且高歌。居村落快活。

〔叨叨令〕聽樵歌牧唱依腔和。整絲綸獨釣垂鈎坐。鋪苔茵展緑張雲幕。披漁蓑帶雨和烟臥。快活也麽哥。快活也麽哥。且潛居抱道隨緣過。

〔一煞〕也不學採薇自潔埋幽壑。不學舉國獨醒葬汨羅。也不學墨子回車。巢由洗耳。河老騰雲。許子衣褐。也不仰天長嘆。也不待相宣言。也不扣角爲歌。却回光照我。圖甚苦張羅。

〔二〕忘飡智士齊君果。不吐嫌兄仲子鵝。飽養雞豚。廣栽桃李。多植桑麻。賸種粳禾。蓋數椽茅屋。買四角黃牛。租百畝莊窠。時不遇也恁麽。且耕種置箇家活。

〔三〕甕頭白酒新醅潑。盌內黃虀坌醬和。詩裏乾坤。杯中日月。醉醒由己。清濁從他。我量寬似海。杯吸長鯨。酒泛洪波。醉鄉寬闊。不飲待如何。

〔四〕忘憂陋巷於咱可。樂道窮途奈我何。右抱琴書。左攜妻子。無半紙功名。躲萬丈風波。看別人日邊牢落。天際驅馳。雲外蹉跎。咱圖箇甚莫。末轉首總南柯。

〔尾〕既無那抱關擊柝名煎聒。且守這養氣收心安樂窩。用時行。舍時躲。居山村。離城郭。對樽罍。遠鼎鑊。黃菊東籬栽數科。野菜西山鋤幾陀。聽一笛斜陽下遠坡。看幾縷殘霞蘸淺波。醉袖乘風鵬翼拖。蹇箇臨溪鰲背馱。杲杲秋陽曝已過。淘淘清江濯幾合。骨角成形我切磋。玉石爲珪自琢磨。華畫干將劍不磨。唾噀經綸手不搓。養拙潛身躲災禍。由恁是非滿乾坤也近不得我。太平樂府六　詞林摘豔六　雍熙樂府二　北詞廣正譜引三煞　九宫大成三三引叨叨令

雍熙樂府不注撰人。○（端正好）詞林摘豔古來作古今。（么）摘豔闕此支。（滚綉毬）摘豔千萬作萬千。各有作各有箇。天數上有皆因二字。内府本摘豔待據作我則待據。要併作必須要併。（倘秀才）摘豔三句作想公子如何不糾合。末句無也字。（脱布衫）摘豔落魄下有消磨二字。躲作走。（小梁州）摘豔首二句作。男子貧窮如禮何。暴虎憑河。淡消磨作恁蹉跎。末句無後字。（么）太平雍熙俱未分么篇。兹據摘豔補正。摘豔陀陀作魄魄。就着下有這字。徹作日輪西墮。無末字。（滚綉毬）摘豔闕此支。太平折莫待作折莫時。兹從雍熙。（醉太平）摘豔劍閣作殿閣。五句作攜壺載酒穿林樂。吟課作吟和。村落作村莊。（叨叨令）摘豔苔茵作苔陰。展緑作展緑草。漁蓑作樵蓑。帶雨作帶雨笠。快活二句並作。兀的不快活殺人也麽歌。抱道作甘分。内府本摘豔兀的句不叠。（一煞）太平樂府曲牌作二。兹據摘豔改爲一煞。以下三支。太平樂府作三。四。五。明大字本太平及摘豔次句句首俱襯也字。摘豔脱洗耳至扣角二十六字。照我作返照我。内府本摘豔脱河老騰雲至仰天長嘆十四字。（二）摘豔闕此支。雍熙首四字作忌食智士。（三）摘豔盌作盤。杯作壺。由己作由。從他作任。無寬闊二字。内府本摘豔仍作由己。從他作由他。（四）摘豔右左易位。看別人三句作。看別人争頭活腦。不如我雲外蹉跎。少一句。末轉

首作回首。內府本摘艷活腦作鼓腦。圖箇作圖。（尾）元刊八卷本瞿本太平潛身俱作潛凶。明大字本太平呆呆作皜皜。淘淘作滔滔。摘艷養氣作養性。用時作用之。舍時作舍則。下脱躲字。無離城郭。對樽疊二句。幾陀作幾鍋。淺波作碧波。此下作。揀答臨溪鰲背馭。骨角成形我切蹉。玉石爲瑶自琢磨。唾笑不綸手不搓。養拙容身自潛躲。縱然是非滿乾坤端的近不的我。惟重增本摘艷捨則作捨之。內府本摘艷捨則下有躲字。馭作駁。瑶作珪。唾作垂。雍熙數科作幾科。華畫作華謚。餘同明大字本太平。

〔南吕〕一枝花

買笑

銀筝暗麝塵。錦瑟空檀架。青鸞臨寶鏡。丹鳳隔烟霞。同是天涯。休辜負春無價。可憎他誰不誇。明出着月夜花朝。空寂寞鴛幃綉榻。

〔梁州〕無人暖羅衾易冷。漬啼痕珊枕偏多。夢回酒醒添瀟灑。昏慘慘孤燈羅幌。淡濛濛斜月窗紗。却想美甘甘尤雲殢雨。喜孜孜倒鳳顛鸞。便是鐵石人也感嘆嗟呀。休道是俏心腸所事兒通達。見别人有破綻着冷句兒填扎。見别人生科泛着笑話兒逼匝。見別人乾廝研着假意兒承塌。放奸。放耍。我則待儘田園都准做千金價。一見了漾不下。據旖旎風流俊雅。所爲更有誰如他。

〔三煞〕憑溫柔舉止特如法。論恩愛疎薄却有差。你則待這回雲雨匿巫峽。一任教眉淡了春山。也不要張京兆輕盈巧畫。陡恁地變了卦。陽臺路新來下了面閘。要戀那談笑生涯。

〔二〕能清歌妙舞捱時霎。會受諢承科度歲華。就着這其間覷看你的甚參雜。揀一箇可意的寃家。酩子裏由伊驅駕。更有行志不謊詐。肯的你舒心兒便許俺。我古自未敢道真假。

〔尾〕怕你肯不肯回與我句真實話。可休是不是空教人指點咱。細尋思再想咱。好前程不是耍。由你徹骨的娘透了的滑。你那疑惑心則有半米兒争差。可敢錯繫了緑楊門外馬。　太平樂府八　雍熙樂府一〇　彩筆情辭六

雍熙樂府不注撰人。彩筆情辭題作訕思。注元人辭。〇(梁州)太平樂府俊下無雅字。明大字本何鈔本太平樂府承塌俱作承答。雍熙感嘆作感。承塌作承答。末句無所爲二字。情辭偏多作偏加。倒鳳顛鸞作鸞歡鳳狎。承塌作承答。末句作更有誰得如他。(三煞)雍熙情辭特俱作忒。匿俱作殢。情辭疎薄作疎狂。(二)雍熙情辭行志俱作行止。肯的你俱作肯的。俺俱作咱。情辭覷

看你的作覷你。更有作更。古自作兀自。（尾）雍熙回與我作回我。情辭同。雍熙二句末無咱字。連下句爲一句。五六句無滑你二字。至那疑惑心句斷。則有作那有。情辭二三句咱細尋思再想作尋思。兩句合爲一句。無滑你那三字。至疑惑心句斷。下句作那有半米爭差。

〔中呂〕醉春風

清高

七國謀臣諂。三閭賢相貶。官極將相位雙兼。險。險。險。衆口難箝。您也久占。俺咱常嚴。

〔么〕狼虎途中慊。山村酒興染。引開醉眼舞青帘。颭。颭。颭。金橘香甜。玉蛆浮酤。緑醅醇釅。

〔最高歌〕醒時長嘯掀髯。醉後高歌入崦。竹溪花塢山莊掩。門映遥岑數點。

〔喜春來〕客來椀鏇巡山店。鶴去松陰轉屋簷。野塘消遣酒頻添。杯瀲灩。不顧老妻嫌。

〔普天樂〕無拘鈐。絶憂念。山嵐湖瀲。浪静風恬。籬菊纖。風雲儉。隱跡埋名隨時漸。任當途誰污誰廉。田租自斂。餱糧不歉。世事休呥。

〔賣花聲煞〕懸河口緊閉山水間潛。經綸手忙抄塵世上閃。書萬卷撑腸穩支詀。有感幽懷露光焰。吐虹霓作歌揮劍。太平樂府八　雍熙樂府七　北詞廣正譜引醉春風　九宫大成一三同　元明小令鈔收醉春風

雍熙樂府不注撰人。○（醉春風）太平樂府謀臣作厶臣。何鈔本太平作倖臣。茲從雍熙。疑太平省謀爲某。又省某爲厶。明大字本太平及北詞廣正譜俱作么臣。元明小令鈔從之。雍熙四句作暢好是險。險。又與九宫大成您也俱作恁也。（么）雍熙少一颩字。醇醲作醇醽。（最高歌）雍熙掀髯作掀鬚。（喜春來）元刊太平簷作笇。他本俱作簷。（普天樂）太平呥作㖠。惟字書無此字。茲從雍熙。（賣花聲煞）雍熙懸河上有試看咱三字。抄作叉。閃作閑。支詀作支疊。

〔大石調〕青杏子

騁懷

花月酒家樓。可追歡亦可悲秋。悲歡聚散爲常事。明眸皓齒。歌鶯舞燕。各逞温柔。

〔么〕人俊惜風流。欠前生酒病花愁。尚還不徹相思債。攜雲挈雨。批風切月。到處

綢繆。

〔催拍子〕愛共寢花間錦鳩。恨孤眠水上白鷗。月宵花晝。大筵排回雪韋娘。小酌會竊香韓壽。舉觴紅袖。玉纖橫管。銀甲調箏。酒令詩籌。曲成詩就。韻協聲律。情動魂消。腹稿冥搜。宿恩當受。水仙山鬼。月妹花妖。如還得遇。不許干休。會埋伏未嘗泄漏。

〔幺〕羣芳會首。繁英故友。夢回時緑肥紅瘦。榮華過可見疎薄。財物廣始知親厚。慕新思舊。簪遺佩解。鏡破釵分。蜂妒蝶羞。惡緣難救。痼疾長發。業貫將盈。努力呈頭。冷湌重餡。口摇舌劍。吻搠脣槍。獨攻決勝。混戰無憂。不到得落人奸彀。

〔尾〕展放征旗任誰走。廟算神機必應口。一管筆在手。敢搦孫吴女兵鬬。　太平樂府七

雍熙樂府一五　彩筆情辭五　太和正音譜上引催拍子幺尾　北詞廣正譜引催拍子幺　九宫大成二〇引催拍子幺尾

雍熙樂府不注撰人。彩筆情辭以此曲屬關漢卿。疑非。作者有異説。蓋因太平樂府此曲之前爲漢卿青杏子殘月下西樓套。而此曲首句爲花月酒家樓。因相似致誤。○〔催拍子〕元刊太平恨作悵。遇作過。兹從元刊八卷本瞿本太平及雍熙等。太平雍熙九宫大成詩籌俱作詩酬。太平雍熙宿恩俱作伯恩。何鈔太平作旧恩。旧當是舊。太和正音譜調箏作彈箏。月妹作月姝。情辭韻協作韻諧。宿恩作美恩。北詞廣正譜無遇字。〔幺〕元刊太平始知作始如。兹從明大字本太平及雍

熙等。何鈔太平作始加。正音譜奸轂作機彀。雍熙情辭口摇俱作口刀。搠俱作𢱢。末句俱無得字。廣正譜重餡作重餾。謂沈彦方校正。大成口摇作口刀。搠作𢱢。奸轂作機彀。（尾）正音譜廟作廣。雍熙情辭神機俱作神謨。末句俱無女字。大成神機作神謨。

〔般涉調〕哨遍

秋扇

合歡製時人皆悦。斫湘川翠竹挑成篾。量分寸短長截。充直性見火隨斜。便屈節。盤圈攢柄。下漆投膠。按素練如秋月。龜背羅色同沉麝。柄分開白璧。圈圚定烏蛇。綫纏着萬縷黑龍鬚。囊鼓雙飛玉胡蝶。様製孤高。停分無偏。圓成不缺。

〔么〕自謂奇絶。要和時輩争優劣。得架大人權。比蒲葵白羽特别。識破也。其中隱漆。就裹藏金。徒誇外面如冰雪。除一身外餘陰難藉。力難撑大廈。聲不震驚蟄。中途見棄莫傷心。誤世清談謾争舌。幾曾將溺庶攜挈。

〔耍孩兒〕果然是弄巧番成拙。挽造化非同苟且。要移寒暑不由天。奈四時正氣無邪。當胸卷地兵塵避。舉手謾天日色遮。風雲隔。本人間器物。粧世上英傑。

〔么〕最難甘遞互相擡貼。賣弄他風流醞藉。只能驅一握掌中風。幾曾將煩暑除絶。偏宜皓齒歌金縷。不爲生靈奏玉牒。臨臺榭。引歌聲蕩漾。牽情思和協。

〔三煞〕寫天涯咫尺間。畫雲山千萬疊。縱浮花粧飾皆虚設。見胚胎破綻難藏攧。有點污唵嗜强打迭。無光攝。匹頭上面闊。半路裏腰折。

〔二〕苗稼枯木葉焦。湧泉涸井脈竭。晒曝得田畝龜紋裂。猶隨酷吏臨軒閣。不播仁風到窟穴。民災孽。障虚名有牋。慰殘喘無些。

〔尾〕汗沾襟似沸湯。地烘爐如煉鐵。比及盼得到白露中秋節。把四海蒼生熱殺也。太平樂府九

〔要孩兒〕元刊本造化上一字筆畫模糊。陶刻本空格。兹從瞿本作挽。

廛腰

千古風流旖旎。束纖腰偏稱襄王意。翠盤中妃后逞妖嬈。舞春風楊柳依依。喜則喜。深兜玉腹。淺露酥胸。拘束得宫腰細。一幅錦或挑或綉。金粧錦砌。翠繞珠圍。臥鋪綉褥釀春光。睡展香衾暗花溪。粉汗香襲。被底無雙。懷中第一。

〔要孩兒〕帳中偏惹情郎殢。特遣人勞心費力。選二色青紅相配。揀四時錦綉希奇。

剪行時蜀錦分花蕚。針過處吴綾聚綉堆。倒鈎着金針刺。刺得絲絲密密。裁得那整整齊齊。

〔六煞〕裓痕兒似剪雲。針脚兒如布蟣。縫成倒鳳顛鸞翼。穿花鸂鶒偏斜落。出水鴛鴦顛倒飛。渾綉得繁華異。高低中不剩。寬窄裏元肥。

〔五〕青連紅晚霞照楚山。紅連青春雲射渭水。玉纖款款當胸繫。帶兒絓十二白蝶舞。牙子對一雙碧翠飛。望得些風流意。拘鈐寂寞。抑勒孤悽。

〔四〕常常得靠柳腰。緊緊得貼素體。同行同坐同鴛被。本待遮藏秋水冰肌瘦。包弄春風玉一圍。先泄漏春消息。縱不是你惚開羅叩。多應是我瘦損香肌。

〔三〕你不肯遮蓋咱。咱須當遮蓋你。剗地裩酥胸落着相思諱。不堪錦帳懷君子。好向嵬坡襯馬蹄。你不比別衣被。有法度針線。無那儹輕衣。

〔二〕也不索托香腮轉轉猜。伸纖腰細細比。不索覷摟帶裓衫兒褙裙兒褉。則這紅羅鞋寬掩過多三指。翠當頭橫攙了少年圍。若見俺風流壻。便知消減。不索先題。

〔尾〕爲你知心腹倚仗着伊。可便半腰裏無主戚。似這般無恩情不管人憔悴。我則向心坎上單單繫着你。太平樂府九　雍熙樂府七雍熙樂府題作楊妃肚腰。不注撰人。○（哨遍）雍熙襄王作君王。妃后作妃子。錦砌作寶砌。粉汗香襲作粧汗香溶。（耍孩兒）太平樂府費作廢。雍熙遺人作遺人。鈎着作鈎。末句無那字。（六煞）元刊太平顛倒作落倒。兹從瞿本太平及雍熙。雍熙裎痕作恁看那摺經。顛鸞翼作翻鸞勢。穿花上有見字。渾綉作絡綉。高低下無中字。末句無裹字。元肥作伏肌。（五）太平樂府首句連原作蓮。兹據下句改。雍熙青連紅作紅蓮紅。紅連青作青蓮青。晚霞上有似字。青春上有如字。玉纖作玉纖手。帶兒絟作帶頭拴。白蝶作胡蝶。碧翠作翡翠。拘鈐抑勒下俱有的字。（四）雍熙首二句得俱作的。靠貼下俱有着字。鴛被作衾被。冰肌作肌膚。包弄句作顛倒包弄出春光玉一團。泄漏作泄了。縱不下無是你二字。末句作管瘦損了香肌。（三）雍熙三句作不索褪香肌出落着相思諱。不堪作最宜。好向作可惜。衣被作衣袂。有法度上有都是二字。末句作不比無納攢情衣。（二）雍熙首句作不索揾香肌轉轉裁。不索覷摟帶裎作不離了按帶經。四句作紅羅沿寬掩過三兩指。攙了少年作攙過少半。消減作清減。（尾）雍熙首二句作。知心腹倚仗伊。誰承望半腰裏不得齊。似這般無恩情作早知你無情。我則向作俺怎肯。心坎下有兒字。

古鏡

起製軒轅始建。物來則應堪人羡。以此後人傳。本形少規多圓。想在先。銅鎔開金汁。泥固定沙模。傾寫飛虹電。那的是良工絶妙。厚薄相稱。周旋無偏。照臨人世待時光。暗浥香塵度流年。紐滿青埃。背漬朱斑。面生緑蘚。

〔么〕靠椽侵邊。漬斑塞滿龍蛇篆。八卦土勻填。緑雲闕定寒泉。意信遣。着衣不覩。取火難通。空結愁雲怨。一區光容沉匿。霞光皆杳。惠眼常禪。鄙哉無智不矜衒。仁者存心可哀憐。同心結羅帶深穿。

〔耍孩兒〕香塵花暈銀波淺。浮罩長庚甚遠。濛濛皓月墜深淵。玉紈輕覆雲牋。内明雲暗無光闡。裹潔烟籠不朗然。塵内蟠龍漸。霧昏暗結。雲翳相聯。

〔么〕青衣布滿如藍澱。爍爍寒光未轉。可憐内潔幾曾知。鸞臺無用空懸。桃腮怎對施朱粉。宫額難臨貼翠鈿。不稱風流願。香奩寶砌。綉袋金圈。

〔五煞〕照妖鎮釋壇。護心保命全。分開後對成姻眷。樂昌暗結風流配。魯肅深謀斬斫權。憔悴佳人倦。愁覩衰貌。喜照芳妍。

〔四〕圓光浄更清。菱花明更堅。可憐世事雲千變。玉盤本潔蒙塵垢。皓月雖明障霧烟。雲暗青霄掩。世情有分。物態無緣。

〔三〕古銅時下收。菱花何處選。今來特許良工見。氣吹黯霧飛天外。手撫殘雲離月邊。光彩如銀練。高低善辨。貌陋能傳。

〔二〕就中硬勝剛。外面軟似綿。冰盆初破如刀剪。逢人射影停身分。覩物遺形在眼前。分明現。秋天朗朗。風露涓涓。

〔一〕分毫無縷瑕。光瑩浄玉宣。殘雲刮地西風捲。寒光皎潔明盈室。素魄團圓照滿天。似銀漢冰盤轉。鑑窺星斗。照耀山川。

〔尾〕據堅平明正清。非爲俺自專。若回光返照仁人面。廉潔分明自然顯。太平樂府九　雍熙樂府七

雍熙樂府不注撰人。○(哨遍)元刊太平樂府及雍熙鎔開俱作溶開。茲從瞿本太平樂府。元刊太平樂府沙模作少模。當爲字畫漫漶。太平樂府朱斑作朱班。雍熙瀇作罋。(么)元刊太平樂府及雍熙空結俱作結。茲從瞿本太平樂府。太平漬斑作漬班。雍熙椓作椽。八卦土作八卦上。杳作查。惠眼作慧眼。(耍孩兒)雍熙濛濛作瑩瑩。(么)太平幾曾作幾幾。雍熙綉袋作綉帶。(五煞)雍熙照妖作臨妖。(三)元刊太平樂府見作着。疑應作看。茲從瞿本太平及雍熙作見。瞿本太平月邊作月遠。雍熙手撫作手拂。(二)瞿本太平縷瑕作縷霞。雍熙玉宣作玉瑄。(尾)雍熙非爲俺作非俺敢。

思鄉

輦轂下人生有幸。樂太平歌舞同歡慶。金綺陌玉娉婷。間笙簧歌轉流鶯。鬭馳騁。

粉濃蘭麝。肌瑩瓊酥。花解語嬌相並。旦暮花魔酒病。詩酬酢好句。詞賡和新聲。櫻唇月下品玉簫。春筍花前按銀箏。正宴樂皇都。忽憶吴山。頓思越景。

〔么〕書劍南行。或征或止無定。飄泊若雲萍。駕孤舟一葉帆輕。似脱穎。辭九重鳳闕。快萬里鵬程。無名利徒奔競。自願瞰東南形勝。湖山留客醉。花柳繫人情。梯航海嶠暮雲黄。轎馬烟嵐亂山青。屢曾經。蓮渚蘆汀。

〔耍孩兒〕山屏錦幛繁花盛。雪霽風和雨晴。良工着色畫難成。竹疎梅淡輕盈。竹穿壞壁涼陰淺。梅枕寒流瘦影清。貪幽凈。懶趨權勢。不就功名。

〔么〕蹉跎到處閑蹭蹬。不覺秋霜鬢冷。客窗幾度夢朝京。憶松楸敗境荒荆。見新人百倍增千倍。問故友十停無九停。咱微倖。尚天涯流落。海角飄零。

〔三煞〕涎乾沿壁蝸。翅殭守凍蠅。羈縻人舟纜樁橛釘。遲留荆楚悲王粲。久困長沙嘆賈生。思薄命。錢未嘗滿貫。糧不足空缾。

〔二〕雖然動的脚根。何曾轉的眼睛。杜鵑啼感動歸家興。羡孤雲易舉離南浦。無雙翼高飛過渭城。行裝併。載滿船風月。十里旗亭。

〔尾〕剡溪水半合。山陰雪欲平。還鄉子安道無踪影。不迴棹先生望誰請。太平樂府九

雍熙樂府七　太和正音譜下引哨遍　九宮大成七三引哨遍尾

雍熙樂府不注撰人。〇（哨遍）太平樂府雍熙笙簧俱作笙篁。花解語俱作花鮮語。茲從太和正音譜及九宮大成。太平雍熙及大成流鶯俱作閒鶯。茲從正音譜。雍熙末三句作。富貴皇都。風光上國。繁華盛景。正音譜大成同。惟大成景作京。（么）太平孤舟作孤帆。茲從大成。瞿本太平此句作駕孤帆一葉輕。（耍孩兒）雍熙錦幃作錦幢。（么）元刊太平新上原空一字。雍熙作見字。茲從之。瞿本太平作道。雍熙無九停作少九停。海角作海嶠。（二）雍熙十里上有邀字。（尾）太平還鄉子作還鄉了。雍熙大成迴棹下俱有的字。

羊訴寃

十二宮分了巳未。稟乾坤二氣成形質。顔色異種多般。本性善羣獸難及。向塞北。李陵臺畔。蘇武坡前。嚼臥夕陽外。趁滿目無窮草地。散一川平野。走四塞荒陂。駛車善致晉侯歡。拂石能逃左慈危。捨命於家。就死成仁。殺身報國。

［么］告朔何疑。代釁鍾偏稱宣王意。享天地濟民飢。據雲山水陸無敵。盡之矣。䮗蹄熊掌。鹿脯獐犯。比我都無滋味。折莫烹炮煮煎燂蒸炙。便鹽淹將卮。醋拌糟焙。肉糜肌鮓可爲珍。蓴菜鱸魚有何奇。於四時中無不相宜。

〔耍孩兒〕從黑河邊趕我到東吴内。我也則望前程萬里。想道是物離鄉貴有些峥嶸。撞着箇主人翁少東没西。無料喂把腸胃都抛做糞。無水飲將脂膏盡化做尿。便似養虎豹牢監繫。從朝至暮。坐守行隨。

〔么〕見一日八十番覷我膘脂。除我柯杖外别有甚的。許下浙江等處惡神祇。又請過在城新舊相知。待賃與老火者殘歲裏呈高戲。要雇與小子弟新年中扮社直。窮養的無巴避。待准折舞裙歌扇。要打摸暖帽春衣。

〔一煞〕把我蹄指甲要舒做晃窗。頭上角要鋸做解錐。瞅着頷下鬚緊要絟撾筆。待生撏我毛裔鋪氈襪。待活剥我監兒踏碑皮。眼見的難回避。多應早晚。不保朝夕。

〔二〕火裏赤磨了快刀。忙古歹燒下熱水。若客都來抵九千鴻門會。先許下神鬼颩了前膊。再請下相知揣了後腿。圍我在垓心内。便休想一刀兩段。必然是萬剮凌遲。

〔尾〕我如今刺搭着兩箇蔫耳朵。滴溜着一條籠硬腿。我便似蝙蝠臀内精精地。要祭賽的窮神下的呵喫。太平樂府九　雍熙樂府七

雍熙樂府不注撰人。○(哨遍)元刊太平樂府嚼作爵。兹從瞿本及雍熙。雍熙畔作伴。(么)元刊太平樂府何奇作何部。兹從瞿本。雍熙颱作馱。折莫作折草。熛作煠。淹作醃。何奇作何尚。(耍孩兒)元刊太平撞着作撞有。做尿上衍一作字。兹俱從雍熙。瞿本太平亦作撞着。(么)元刊

太平賃與作任與。雍熙同。兹從瞿本太平。雍熙柯杖作柯枝。呈作乘。巴避作巴壁。（一煞）元刊太平舒做作舒心。雍熙同。兹從瞿本。雍熙毛裔作毛衣。（二）元刊太平遲作持。兹從瞿本及雍熙。雍熙圖我作圖我。（尾）雍熙我如今作我這裏。蔫作淹。三句作我渾身恰便似簷蝙蝠模樣精精的。的窮神作那窮神。

村居

人性善皆由天命。氣清濁列等爲賢聖。萬物内最爲靈。又幸爲男子峥嶸。要自省。妍媸貴賤。壽夭窮通。這幾事皆前定。使不着吾强我性。嘆時乖運拙。隨坎止流行。既知鍾鼎果無緣。好向林泉且埋名。除去浮花。修養殘軀。安排暮景。

〔么〕量力經營。數間茅屋臨人境。車馬少得安寧。有書堂藥室茶亭。甚齊整。魚池内菱芡。溪岸上雞鵝。壯觀我乘高興。繅車響蟬聲相應。妻蠶女繭。婢織奴耕。隴頭殘月荷鋤歌。牛背夕陽短笛横。聽農家野調山聲。

〔要孩兒〕雖然蔬圃衡畦徑。攙造化奪時發生。也和治世一般平。桔槔便當權衡。隄防着雨澇開溝洫。準備着天晴澮水坑。栽排定。生涯要久遠。養子望聰明。

〔么〕把閑花野草都鋤浄。尚又怕稊稗交生。桑榆高接暮雲平。筍黄菜緑瓜青。葫蘆花發香風細。楊柳陰濃暑氣清。閑心鏡。靜觀消長。閑考虧盈。

〔五煞〕菜老便枯。菜嫩便榮。榮枯消長教人爲證。菜因澆灌多榮旺。人爲功名苦戰争。徒然競。百年身世。數度陰晴。

〔四〕興來畫片山。閑來看卷經。推敲訪友鍼詩病。消磨世態杯中酒。聚散人情水上萍。心方定。但緣有酒。與世忘形。

〔三〕無愁心自安。高眠夢不驚。不乏衣食爲僥倖。身閑才見公途險。累少方知擔子輕。成家慶。頑童前引。稚子隨行。

〔二〕樵夫叉了柴。漁翁扳了罾。故來下訪相欽敬。盤中熟筍和生菜。甕裏新醅潑酤清。行歪令。飲竭正盞。斟滿罰觥。

〔尾〕漁説他强。樵説他能。我攢頦抱膝可寧聽。閑看會漁樵壯廝挺。太平樂府九　雍熙樂府七　太和正音譜下引要孩兒三煞　九宫大成七三引要孩兒至尾

雍熙樂府不注撰人。○（哨遍）元刊太平樂府峥嶸作浄嶸。兹從瞿本及雍熙。雍熙不着作不得。（么）雍熙茅屋作茅居。聽作吹。（耍孩兒）太和正音譜也和作也和那。權衡作拳衡。望作要。（么）雍熙高接作接。九宫大成作相接。（五煞）大成首二句俱無便字。三句無教字。（四）元刊太平但緣之緣似緑字。瞿本校改爲須。正音譜六七句作。心安定。但緣一醉。（二）雍熙叉了作束

了。下訪相作相訪咸。大成俱同。(尾)太平抱下原闕一字。雍熙大成俱作膝。兹從之。二書可寧俱作寧可。

〔商調〕集賢賓

宫詞

悶登樓倚闌干看暮景。天闊水雲平。浸池面樓臺倒影。書雲箋雁字斜横。衰柳拂月户雲窗。殘荷臨水閣涼亭。景淒涼助人愁越逞。下粧樓步月空庭。鳥驚環珮響。鶴吹鐸鈴鳴。

〔逍遥樂〕對景如青鸞舞鏡。天隔羊車。人囚鳳城。好姻緣辜負了今生。痛傷悲雨泪如傾。心如醉滿懷何日醒。西風傳玉漏丁寧。恰過半夜。勝似三秋。才交四更。

〔金菊香〕秋蟲夜語不堪聽。啼樹宫鴉不住聲。入孤幃强眠尋夢境。被相思鬼綽了魂靈。縱有夢也難成。

〔醋葫蘆〕睡不着。坐不寧。又不疼不痛病縈縈。待不思量霎兒心未肯。没亂到更闌人静。

〔高平煞〕照愁人殘蠟碧熒熒。沉水烟消金獸鼎。敗葉走庭除。修竹掃蒼楹。唱道是人和悶可難争。則我瘦身軀怎敢共愁腸競。傷心情脈脈。病體困騰騰。畫屋風輕。翠被寒增。也温不過早來襪兒冷。

〔尾〕睡魔盼不來。丫鬟叫不應。香消燭滅冷清清。唯嫦娥與人無世情。可憐咱孤另。透疎簾斜照月偏明。　太平樂府七　北宮詞紀六　太和正音譜下引高平煞　北詞廣正譜引醋葫蘆高平煞　九宮大成五九引集賢賓逍遥樂高平煞尾

(逍遥樂)北宮詞紀首句作塵蒙鸞鏡。辜負下無了字。雨泪如作泪雨常。六句作似醉如癡何日醒。大成俱同詞紀。(金菊香)元刊太平樂府魂靈作魂陵。兹從瞿本何鈔本太平樂府及詞紀。(醋葫蘆)詞紀闕此支。北詞廣正譜雯兒作雯時。(高平煞)元刊太平樂府詞紀太和正音譜及九宮大成照愁人殘蠟碧熒熒俱屬高平煞首句。惟明大字本太平樂府廣正譜以之作醋葫蘆末句。太平翠作翏。兹從何鈔本及詞紀等。瞿本太平蒼楹作簷楹。早來作早起。正音譜烟消作香消。蒼楹作簷楹。情脈脈作愁脈脈。畫屋作畫堂。詞紀俱同。正音譜唱道是作唱道。無則我二字。詞紀襪兒作被兒。廣正譜蒼楹作簷楹。則我作則我這。大成同正音譜。惟仍作畫屋。(尾)瞿本明大字本太平樂府常俱作姮。明大字本無疎字。

〔越調〕鬭鵪鶉

風情

連夜銀蟾。逐朝媚臉。休再情添。淹漸病染。殢雨初霑。尤雲乍斂。他不嫌。俺正忺。不顧傷廉。何曾記點。

〔紫花兒〕雙歌月枕。攜手虛簷。傅粉粧奩。歡娛忒釅。收管特嚴。如鰜。如鰜。載何曾有半句兒諂。無一星所欠。浪靜風恬。落花泥粘。

〔么〕無嫌。大排場俺占。喬風月咱兼。閑是非人呫。强做科撒坫。硬熱戀白沾。相簽。掄的柄銅鍬分外裏險。撅坑撅塹。潘岳花撏。韓壽香苫。

〔小桃紅〕小姨夫統鏝緊沾粘。新人物寃家忺。早起無錢晚夕厭。怎拘鈐。蘇卿不嫁窮雙漸。敗旗兒莫颭。俏懃兒絶念。魚雁各伏潛。

〔尾〕假真誠好話兒親曾驗。鼻凹裏沙糖怎餂。貪顧戀眼前甜。不隄防背後閃。太平樂府七　雍熙樂府一三　北詞廣正譜引紫花兒么　九宮大成二七引鬭鵪鶉紫花兒么

雍熙樂府不注撰人。〇(鬭鵪鶉)元刊太平樂府逐朝作遂朝。兹從瞿本明大字本何鈔本太平樂府

等。元刊太平雍熙休再俱作体再。兹從瞿本何鈔本太平。九宫大成作體薾。元刊太平等顧作雇。兹從雍熙大成。（紫花兒）太平雍熙曾有俱作會有。兹從廣正譜。明大字本何鈔本太平雙歌俱作雙欹。雍熙同。雍熙廣正譜特嚴俱作忒嚴。雍熙如鰜如鰜作如魪如鶼。載何作再合。所欠作兒欠。粘作沾。大成俱同雍熙。（么）太平雍熙排俱作俳。兹從廣正譜。元刊太平撅塹作撅軭。元刊八卷本瞿本同。兹從雍熙及廣正譜。明大字本太平作撅棧。大成俱同雍熙。（尾）太平尾誤作么。雍熙怎作怎去。戀作戀着。背後作那背後。

〔雙調〕行香子

嘆世

名利相籤。禍福相兼。使得人白髮蒼髯。殘花雨過。落絮泥沾。似夢中身。石中火。水中鹽。

〔么〕跳下竿尖。擺脱鈎鉗。樂天真休問人嫌。顧前盼後。識恥知廉。是漢張良。越范蠡。晉陶潛。

〔喬木查〕儘秋霜鬢染。老去紅塵厭。名利爲心無半點。莊周蝶夢甜。疎散威嚴。

〔攪箏琶〕君休欠。何故苦厭厭。月滿還虧。杯盈自灔。榮貴路景稠粘。沾惹情忺。把穿絶業貫休再添。徒爾趨炎。

〔撥不斷〕棄雕簷。隱閭閻。灰心打滅燒身焰。袖手擘開鎖頂鉗。柔舌砍鈍吹毛劍。舊由絶念。

〔離亭宴帶歇指煞〕無錢粧富剛爲僭。有財合散休從儉。狂夫不厭。爲口腹遥天外置網羅。貪賄賂滿肚裹生荆棘。争人我平地上撅坑塹。六印多你尚貪。一瓢足咱無欠。君子退謙。把兩字利名勾。向百歲光陰裏。將一味清閑占。供庖廚野虀香。忘寵辱村醪釅。無客至柴荆晝掩。臥松菊北窗涼。趓風波世途險。太平樂府六　太和正音譜引攪箏琶　九宫大成六五同

〔攪箏琶〕太和正音譜榮貴作榮華。九宫大成同。〔撥不斷〕瞿本太平樂府灰心作放心。〔離亭宴帶歇指煞〕元刊太平樂府地上作地土。他本不誤。

〔雙調〕蝶戀花

閨怨

夜月樓頭横玉管。霧帳雲屏。常恨春宵短。别後身屬新恨管。泥金翠袖啼痕滿。

〔喬牌兒〕舊衣服陡恁寬。好茶飯減多半。添鹽添醋人攛斷。剛捱了少半椀。

〔神曲纏〕似這般。我怎謾。招處女鄰姬相玩。雲堆髻盤。釵横鳳冠。這憔悴除他來緩。我怎觀。樵爨。殘荷颭荒涼池畔。衰柳拂斜陽樓觀。秋草比人情一般。粧點就閑愁一段。

〔么〕悶如何。倒斷。音塵杳歸期難算。斷久戀花衢妓館。想難忘嬌艷濃歡。恨題遍班姬素紈。筆書乏蒙氏毫端。鸞腸斷。翠槃。恨無箇地縫鑽。一會没亂。一會心酸。都撮來眉上攢。無甚病疸。釧鬆冰腕。腹中愁堆垛滿。

〔離亭帶歇指煞〕頓不開眉上連環貫。續不上腹内柔腸斷。悽惶業債。風流堉魂夢中少團圓。淹漸病晝夜家廝纏繳。相思鬼行坐裏常陪伴。暮寒生燈漸昏。微雨歇雲初判。添愁釁端。風引漏聲來。月移花影去。物感愁心亂。强解開悶套頭。硬剁斷愁羈絆。先擗掠淒涼兩般。懷抱的枕兒温。香熏的被兒暖。太平樂府六 太和正音譜下引神曲纏 九宫大成六六同

（蝶戀花）何鈔本太平樂府屬作離。（神曲纏）明大字本太平樂府緩作莫緩。太和正音譜處女作侍女。颭作颭。九宫大成處女作侍女。來緩作來换。怎觀作怎生。（么）元刊太平樂府釧作釵。滿作濍。兹並從太和正音譜及九宫大成。瞿本太平樂府亦作釧。太和正音譜斷久作許久。衢作門。

鸞作寫。九宮大成撮來作撮在。無甚作無任。餘俱同正音譜。（離亭帶歇指煞）明大字本太平樂府孿端作孌端。

北宮詞紀卷六彩筆情辭卷十二皆有一枝花春風眼底思套數一套。注曾褐夫作。惟鈔本陽春白雪及詞謔南北詞廣韻選皆以此套屬亢文苑。兹列亢氏曲中。

孔文卿

文卿平陽人。著雜劇東窗事犯。惟或云楊駒兒作。又金人傑亦有同名之劇。古今雜劇三十種所收之東窗事犯。似爲文卿作。

套數

〔南吕〕一枝花

禄山謀反

蒼烟擁劍門。老樹屯雲棧。西風吹渭水。落葉滿長安。近帝都景物彫殘。傷感起人愁嘆。只合在邊塞間。則見那白茫茫莎草連天。甚的是嬌滴滴鶯花過眼。

〔梁州〕不幸遣東歸薊北。更勝如西出陽關。看幾時捱徹相思限。怕的是孤燈熒暗。殘月弓彎。戍樓人静。梅帳更闌。思量玉砌雕闌。消磨盡緑鬢朱顔。再幾時染濃香翡翠衾温。迷醉魂芙蓉帳暖。解餘酲荔枝漿寒。這近間。敢病番。舊時的衣褙頻頻儹。瘦證候何經慣。那的是從來最稀罕。單出落着廢寢忘餐。

〔三煞〕動無喘息行無汗。坐也昏沉睡不安。兩行淚道漬成斑。每日家做伴的胡友胡兒。胡舞胡歌。胡吹胡彈。知他是甚風範。偏恁一曲霓裳寵玉環。羯鼓聲乾。

〔二煞〕拚了教匆匆行色催征雁。止不過拍拍離愁滿戰鞍。驅兵早晚到驪山。若奪了娘娘。教唐天子登時兩分散。休想再能够看一看。四件事分明緊調犯。勢到也怎擿攔。

〔尾聲〕把六宮心事分明的慢。將半紙音書黨閉的慳。教千里途程阻隔的難。我因此上一點春心醖釀的反。雍熙樂府一〇　北宮詞紀六

雍熙樂府不注撰人。或疑爲王伯成天寶遺事諸宮調佚曲。北宮詞紀注孔文卿作。兹從詞紀。

○〔一枝花〕詞紀五句無近帝都三字。傷感作越感。只合作不合。〔梁州〕雍熙綠鬢朱顏下誤標曲牌名煞。首句遺作遺。餘醒作餘醒。詞紀孤燈熒暗作朔風箭急。梅帳作紙帳。思量下有殺字。這近間作近間。敢病番作瘦減。舊時句作業身軀不似當年胖。瘦作這。何作誰。那的是句作都只爲百媚千嬌在翠盤。單出落作出落。〔三煞〕詞紀首二句作。意中但把宮闈盼。病裏何曾坐臥安。〔二煞〕詞紀首句教作做。末句擿作遮。

沈和

和字和甫。錢塘人。能辭翰。善談謔。天性風流。兼明音律。相傳以南北調合腔自和甫始。如瀟湘八景。歡喜寃家等曲。極爲工巧。後居江州卒。江西稱爲蠻子關漢卿。著雜劇五種。朱蛇記。樂昌分鏡。燕山逢故人。歡喜寃家。鬧法場郭興何楊。今皆不存。

套數

〔仙呂〕賞花時北

瀟湘八景

休説功名。皆是浪語。得失榮枯總是虛。便做道三公位待何如。如今得時務。盡荆棘是迷途。便是握霧拏雲志已疎。詠月嘲風心願足。我則待離塵世訪江湖。尋幾箇知音伴侶。我則待林泉下共樵夫。

〔排歌南〕遠害全身。清風萬古。堪羨范蠡歸湖。不求玉帶掛金魚。甘分向烟波做釣徒。絶塵世。遠世俗。扁舟獨駕水雲居。嗟塵世。人鬭取。蝸名蠅利待何如。

〔那吒令北〕棄朝中俸禄。避風波仕途。身邊引着小僕。翫雲山景物。杖頭挑酒壺。訪烟霞伴侣。近着紅蓼灘。靠着白蘋渡。潛身向草舍。得這茅廬。

〔排歌南〕我則將這小舟撑。蘭棹舉。蓑笠爲活計。一任他紫朝服。我不願畫堂居。往來交遊。逍遥散誕。幾年無事傍江湖。旋篘新酒釣鮮魚。終日醄醄樂有餘。杯中淺。瓶内無。鄰家有酒也宜沽。吟魂醉。飲興足。滿身花影倩人扶。

〔鵲踏枝北〕見芳草映萍蕪。聽松風響寒蘆。我則見落照漁村。水接天隅。見一簇帆歸遠浦。他每都是些不識字的慵懶漁夫。

〔桂枝香南〕扁舟灣住在垂楊深處。齁齁似鼻息如雷。睡足了江南烟雨。聽山寺晚鐘。聲聲凄楚。西沉玉兔夢回初。本待要扶頭去。清閑倒大福。

〔寄生草北〕春景看山色晴嵐翠。夏天聽瀟湘夜雨疎。九秋翫洞庭明月生南浦。見平沙落雁迷芳渚。三冬賞江天暮雪飄飛絮。一任教亂紛紛柳絮舞空中。争如俺儂家鸚鵡洲邊住。

〔樂安神南〕閑來思慮。自從那日賦歸歟。山河日月幾盈虚。風光漸覺催寒暑。欲求生富貴。須下死工夫。且常教兩眉舒。

〔六么序北〕園塘外三坵地。篷窗下幾卷書。他每傲人間駟馬高車。每日家相伴陶朱。弔問三閭。我將這離騷和這楚辭。來便收續。覺來時滿眼青山暮。抖擻着緑蓑歸去。看花開花落流年度。一任教春風桃李。更和這暮景桑榆。

〔尾聲南〕悟乾坤清幽趣。但將無事老村夫。寫入在瀟湘八景圖。盛世新聲卯集　詞林摘艷

四　雍熙樂府四　九宫正始三引樂安神　九宫大成二同

盛世新聲内府本重增本詞林摘艷雍熙樂府俱無題。不注撰人。原刊本徽藩本詞林摘艷題作瀟湘八景。注沈和甫作。九宫正始引樂安神一支。注元南北散套。案録鬼簿云。和甫有南北調瀟湘八景。所指當即爲此套。太和正音譜羣英所編雜劇。沈和甫名下有瀟湘八景。疑因録鬼簿所云而致誤。〇（賞花時北）盛世及原刊本重增本摘艷握霧上皆空一字。徽藩本摘艷作是。兹從之。内府本摘艷此字作做。盛世及重增本摘艷末句共俱作一。兹從原刊本及徽藩本摘艷作共。内府本摘艷此字作作。便做道作便做到。我則待作我則要。雍熙五句作赤緊的如今這等時務。便是作便有那。共作作。（排歌南）盛世及原刊本摘艷等獨駕俱作獨架。兹從内府本摘艷及雍熙。（那吒令北）各本摘艷末句無得這二字。兹從盛世及重增本摘艷與雍熙。雍熙挑下有着字。烟霞作烟波。草舍上有這字。（排歌南）雍熙交遊作交友。瓶作壺。（鵲踏枝北）重增本内府本摘艷及

雍熙末句俱無的字。雍熙映作襯。（桂枝香南）雍熙垂楊作蘆花。齁齁下無似字。（寄生草北）盛世摘艷芳渚俱作芳路。兹從雍熙。雍熙末句無俺字。（樂安神南）雍熙及九宫大成曲牌俱作安樂神。（六么序北）内府本摘艷及雍熙園塘俱作圍塘。内府本收續作收足。雍熙坵作丘。相伴下有着字。緑蓑上有這字。（尾聲南）盛世及原刊本摘艷等悟俱作悮。兹從内府本摘艷及雍熙。雍熙無事作無用。寫入下無在字。

范居中

居中字子正。號冰壺。杭州人。父玉壺。名儒。遠近皆知父子之名。居中精神秀爽。學問該博。善操琴。能書法。其妹亦有文名。大德間被召赴都。居中亦偕行。以才高不見遇。卒於家。有樂府及南北腔行於世。嘗與施君美。黄德潤。沈珙之合著雜劇鷫鸘裘。今不存。

套數

〔正宫〕金殿喜重重南

秋思

風雨秋堂。孤枕無眠。愁聽雁南翔。風也淒涼。雨也淒涼。節序已過重陽。盼歸期何期何事歸未得。料天教暫爾參商。晝思鄉夜思鄉。此情常是悒怏。

〔賽鴻秋北〕想那人妒青山愁蹙在眉峯上。泣丹楓泪滴在香腮上。拔金釵劃損在雕闌上。託瑶琴哀訴在冰絃上。無事不思量。總爲咱身上。争知我懶貪書。羞對酒。也只爲他身上。

〔金殿喜重重南〕悽愴。望美人兮天一方。謾想像賦高唐。夢到他行。身到他行。甫能得一雯成雙。是誰將好夢都驚破。被西風吹起啼螿。惱劉郎害潘郎。折倒盡舊日豪放。

〔貨郎兒北〕想着和他相偎廝傍。知他是千場萬場。我怎比司空見慣當尋常。纔離了一時半刻。恰便似三暑十霜。

〔醉太平北〕恨程途渺茫。更風波零瀼。我這裏千回百轉自徬徨。撇不下多情數椿。半真半假喬模樣。宜嗔宜喜嬌情況。知疼知熱俏心腸。

〔尾聲〕往事後期空記省。我正是桃葉桃根各盡傷。

〔賺南〕終日懸望。恰原來擣虛撇抗。誤我一向。到此纔知言是謊。把當初花前宴樂。星前誓約。真箇崔張不讓。命該彫喪。險些病染膏肓。此言非妄。

〔怕春歸北〕白髮陡然千丈。非關明鏡無情。緣愁似箇長。相別時多。相見時難。天公自主張。若能够相見。我和他對着燈兒深講。

〔春歸犯南〕自想。但只愁年華老。容顏改。添惆悵。驀然平地。反生波浪。最莫把青春棄擲。他時難算風流帳。怎辜負銀屏綉褥朱幌。才色相當。兩情契合非强。怎割捨眉南面北成撇漾。

〔尾聲南〕動止幸然俱無恙。晝堂内別是風光。散却離憂重歡暢。雍熙樂府四　北宮詞紀六　詞林白雪二　彩筆情辭九

雍熙樂府不注撰人。詞林白雪屬閨情類。彩筆情辭題作秋懷。○（金殿喜重重南）情辭無何期二字。（賽鴻秋北）北宮詞紀詞林白雪情辭貪書俱作看書。（醉太平北）詞紀詞林白雪情辭此曲之末俱有但提來暗傷五字。字句與譜合。以下皆無尾聲往事云云二句。（賺南）情辭曲牌作太平賺。把當初作記當初。

施惠

惠字君美。杭州人。一云姓沈。居吴山城隍廟前。以坐賈爲業。巨目美髯。好談笑。鍾嗣成嘗與趙君卿。陳彦實。顔君常等至其家。每承接款。多有高論。詩酒之暇。惟以填詞和曲爲事。有古今砌話。亦成一集。著南戲幽閨記。見稱於世。

套數

〔南吕〕一枝花

詠劍

離匣牛斗寒。到手風雲助。插腰奸膽破。出袖鬼神伏。正直規模。香檀杷虎口雙吞玉。沙魚鞘龍鱗密砌珠。掛三尺壁上飛泉。響半夜牀頭驟雨。

〔梁州〕金錯落盤花扣掛。碧玲瓏鏤玉粧束。美名兒今古人争慕。彈魚空館。斷蟒長途。逢賢把贈。遇寇即除。比鏌鋣端的全殊。縱干將未必能如。曾遭遇諍朝讒烈士朱雲。能回避嘆蒼穹雄夫項羽。怕追陪報私讎俠客專諸。價孤。世無。數十年是俺家藏物。嚇人魂。射人目。相伴着萬卷圖書酒一壺。遍歷江湖。〔尾聲〕笑提常向尊前舞。醉解多從醒後贖。則爲俺未遂封侯把他久擔誤。有一日修文用武。驅蠻靜虜。好與清時定邊土。雍熙樂府一〇　北宮詞紀四

雍熙樂府不注撰人。〇（一枝花）北宮詞紀奸膽作肝膽。（梁州）雍熙樂府雄夫項羽作雄天亡羽。專諸作專珠。兹從詞紀。

孛羅御史

新元史拖雷傳云。乃剌忽不花子孛羅。大德六年以誣告濟南王。謫於四川八剌軍中自效。七年。以破賊有功。徵詣京師。十年。封鎮寧王。賜金印。延祐四年。進封冀王。未知是否即此人。

套數

〔南吕〕一枝花

辭官

懶簪獬豸冠。不入麒麟畫。旋栽陶令菊。學種邵平瓜。覷不的鬧穰穰蟻陣蜂衙。賣了青驄馬。換耕牛度歲華。利名場再不行踏。風波海其實怕他。

〔梁州〕儘燕雀喧簷聒耳。任豺狼當道磨牙。無官守無言責相牽掛。春風桃李。夏月桑麻。秋天禾黍。冬月梅茶。四時景物清佳。一門和氣歡洽。嘆子牙渭水垂釣。勝潘岳河陽種花。笑張騫河漢乘槎。這家。那家。黄雞白酒安排下。撒會頑放會耍。拚着老瓦盆邊醉後扶。一任他風落了烏紗。

〔牧羊關〕王大户相邀請。趙鄉司扶下馬。則聽得撲冬冬社鼓頻撾。有幾箇不求仕的官員。東莊措大。他每都拍手歌豐稔。俺再不想巡案去奸猾。御史臺開除我。堯民圖添上咱。

〔賀新郎〕奴耕婢織足生涯。隨分村疃人情。賽强如憲臺風化。趁一溪流水浮鷗鴨。小橋掩映蒹葭。蘆花千頃雪。紅樹一川霞。長江落日牛羊下。山中閑宰相。林外野人家。

〔隔尾〕誦詩書稚子無閑暇。奉甘旨萱堂到白髪。伴轆轤村翁説一會挺膊子話。閑時節笑咱。醉時節睡咱。今日裏無是無非快活煞。太平樂府八　盛世新聲巳集　詞林摘艷八　雍熙樂府九　北宫詞紀三　九宫大成五二引賀新郎

盛世新聲無題。不注撰人。重增本内府本詞林摘艷同。原刊本徽藩本詞林摘艷題同太平樂府。雍熙樂府題作棄職。北宫詞紀題作歸隱。○（一枝花）盛世無鬧穰穰三字。賣了下有我字。换上有則待要三字。摘艷俱同。雍熙賣了作賣了我這。行踏上有去字。其實下有的字。詞紀俱同雍熙。（梁州）明大字本太平樂府末句無了字。盛世燕雀喧簷作燕鵲喧塵。相牽作無牽。春風作有

春風。梅茶作梅花。八句作四時中景物堪誇。一門作一門兒。嘆子牙上有我我我三字。種花作種瓜。河漢乘槎作誤泛浮槎。頑作狂。拚着作我直喫的。他風落了作教風落。摘艷俱同。惟内府本摘艷夏月作夏日。雍熙冬月作冬景。八句作四時節賞玩堪誇。一門作一門兒。老瓦盆作我老盆。餘作燕鵲。無牽。有春風。梅花。我我我。教風落。雍熙詞紀俱同盛世。又詞紀夏月作夏日。秋天作秋來。拚着句作但得醉老瓦盆邊興轉加。（牧羊關）盛世不求仕作不求事。東莊措大作更有那東莊裏措大。拍手作攔着手。七句以下作。再不去巡按裏弄奸猾。是非場除了我。則向那堯民圖添上咱。摘艷俱同。雍熙亦同盛世。惟鄉司作鄉思。六句無都字。末句無則向那三字。詞紀東莊措大作更有那東莊裏措大。拍手作攔着手。再不上無俺字。奸猾上有弄字。（賀新郎）盛世摘艷雍熙俱無此支。明大字本及何鈔本太平樂府人情作人家。（隔尾）瞿本太平樂府稚子作教子。盛世誦詩書作誦詩。説一會作講一會。膊作錋。笑咱作笑耍。今日裏作到大來。摘艷俱同。惟内府本摘艷仍作誦詩書。膊作脯。雍熙閑暇作牽掛。膊作脯。今日裏作到大來。詞紀膊作脯。今日裏作今日箇。

睢景臣

景臣字景賢。或作嘉賢。大德七年自維揚至杭州。與鍾嗣成識。自幼讀書以水沃面。雙眸紅赤。不能遠視。心性聰明。酷嗜音律。維揚諸公俱作高祖還鄉套數。惟景臣哨遍製作新奇。諸公皆出其下。有睢景臣詞及雜劇鶯鶯牡丹記。千里投人。屈原投江三種。今俱不存。太平樂府收有睢玄明散套。或疑景臣與玄明爲一人。

套數

〔大石調〕六國朝

收心

長江浪險。平地風恬。恨世態柳顰眉。順人情花笑靨。烏兔東西急。白髮重添。寒暑往來侵。朱顏退染。穿花蝶愁扃綠鎖。營巢燕恨簌朱簾。蝶入夢魂潛。燕經秋社閃。

〔催拍子〕拜辭了桃腮杏臉。追逐回雪鬢霜髯。死灰絶焰。腹難容囊日杯盤。身怎跳而今坑塹。去奢從儉。六橋雲錦。十里風花。慶賞無厭。四時獨占。花溪信馬。蓮浦乘舟。菊綻霜嚴。雪殘梅塹。鳥呼人至。鶴送猿迎。酒殺隨分。費用從廉。就清流洗痕濯玷。

〔么〕烟花簿斂。風塵户掩。再誰曾掣鬪抽店。儘亞仙嫁了元和。由蘇氏放番雙漸。罷思絶念。忘却舊遊。魔女魂香。野狐涎甜。覺來有驗。抽箱羅帕。倒袋香囊。將俺拘鉗。做科撒阽。浮花浪蕊。賸馥殘膏。你能搽抹。誰敢粘沾。倒榻鬼賴人支甆。

〔歸塞北〕呆嬌艷。自要苦厭厭。覓見銀山無採取。尋着錢樹不揪撏。典賣盡粧奩。

〔尾〕零替了家私怕搜檢。缺少了些人情我應點。情瞞兒出尖。誰負債拏着我還欠。太平樂府七　雍熙樂府一五　北詞廣正譜引六國朝　九宮大成二一引全套

雍熙樂府不注撰人。〇〔催拍子〕瞿本太平樂府腹作腸。明大字本太平樂府塹作綻。雍熙從儉作就儉。九宮大成同。〔么〕元刊太平樂府簿作薄。茲從明大字本。元刊太平樂府倒榻作到榻。茲從元刊八卷本瞿本何鈔本。太平樂府舊遊上無忘卻二字。茲從雍熙。雍熙撒阽作撒犯。大成俱同雍熙。〔尾〕明大字本太平樂府點作典。雍熙三句作倩瞞兒出尖。大成同。

〔般涉調〕哨遍

高祖還鄉

社長排門告示。但有的差使無推故。這差使不尋俗。一壁廂納草也根。一邊又要差夫。索應付。又言是車駕。都説是鑾輿。今日還鄉故。王鄉老執定瓦臺盤。趙忙郎抱着酒胡蘆。新刷來的頭巾。恰糨來的綢衫。暢好是粧么大户。

〔耍孩兒〕瞎王留引定火喬男女。胡踢蹬吹笛擂鼓。見一颩人馬到莊門。匹頭裏幾面旗舒。一面旗白胡闌套住箇迎霜兔。一面旗紅曲連打着箇畢月烏。一面旗鷄學舞。一面旗狗生雙翅。一面旗蛇纏胡蘆。

〔五煞〕紅漆了叉。銀錚了斧。甜瓜苦瓜黄金鍍。明晃晃馬鐙鎗尖上挑。白雪雪鵝毛扇上鋪。這幾箇喬人物。拿着些不曾見的器仗。穿着些大作怪衣服。

〔四〕轅條上都是馬。套頂上不見驢。黄羅傘柄天生曲。車前八箇天曹判。車後若干遞送夫。更幾箇多嬌女。一般穿着。一樣粧梳。

〔三〕那大漢下的車。衆人施禮數。那大漢覷得人如無物。衆鄉老展脚舒腰拜。那大漢那身着手扶。猛可裏擡頭覷。覷多時認得。險氣破我胸脯。

〔二〕你須身姓劉。您妻須姓吕。把你兩家兒根脚從頭數。你本身做亭長躭幾盞酒。你丈人教村學讀幾卷書。曾在俺莊東住。也曾與我喂牛切草。拽埧扶鋤。

〔一〕春採了桑。冬借了俺粟。零支了米麥無重數。換田契强秤了麻三秤。還酒債偷量了豆幾斛。有甚胡突處。明標着册曆。見放着文書。

〔尾〕少我的錢差發内旋撥還。欠我的粟税糧中私准除。只道劉三誰肯把你揪捽住。白甚麽改了姓更了名唤做漢高祖。太平樂府九　雍熙樂府七

雍熙樂府不注撰人。〇(哨遍)雍熙但有的作但有。也根作除根。(五煞)元刊太平樂府穿着作穿差。兹從陶刻本及雍熙。雍熙首二句俱無了字。(三)雍熙那身作伸。(二)雍熙從頭數作從數。末句作拽杷扶鋤。(一)雍熙俺粟作我粟。米麥上麻上豆上並有我字。(尾)雍熙差發作差罰。揪捽作揪採。

〔商角調〕黄鶯兒

寓僧舍

秋色。秋色。幾聲悲愴。孤鴻出塞。滿園林野火烘霞。荷枯柳敗。

〔踏莎行〕水館烟中。暮山雲外。泊孤舟古渡側。息風霾。浄塵埃。寶刹清涼境界。僧相待。借眠何礙。

〔垂絲釣〕風清月白。有感心酸不耐。更觸目淒涼。景物供將愁悶來。月被雲埋。風鳴天籟。

〔應天長〕僧舍窄。蚊帳矮。獨擁單衾。一宵如半載。舊恨新愁深似海。情緣在。人無奈。幾般兒可怪。

〔隨煞〕促織絮惱情懷。砧杵韻無聊賴。簷馬奢殿鐸鳴。疎雨滴西風煞。能斷送楚臺雲。會禁持異鄉客。 太平樂府七 雍熙樂府一六 北宮詞紀六 太和正音譜下引垂絲釣 北詞廣正譜引踏莎行 九宮大成五九引全套

雍熙樂府題作僧舍秋懷。不注撰人。○（黃鶯兒）北宮詞紀此支作。秋色。秋色。野火烘霞。孤鴻出塞。俺則見寂寞園林。荷枯柳敗。九宮大成同。（垂絲釣）明大字本太平樂府無更字。（應天長）太平樂府原作蓋天旗。茲據大成改正。（隨煞）雍熙臺雲作雲臺。大成同。並注叶韻。大成奢作和。煞作灑。

〔南吕〕一枝花

題情

人間燕子樓。被冷鴛鴦錦。酒空鸚鵡盞。釵折鳳凰金。録鬼簿下

此據曹楝亭本。明藍格鈔本人間作人歸。被冷作帳冷。盞作枝。枝疑杯之譌。折作斷。

睢玄明

生平不詳。或云即睢景臣。

套數

〔般涉調〕耍孩兒

詠鼓

樂官行徑咱參破。全仗着聲名過活。且圖時下養皮囊。隱居在安樂之窩。鼕鼕的打得我難存濟。緊緊的棚杌的我没奈何。習下這等喬功課。搬得人賞心樂事。我正是鼓腹謳歌。

〔五煞〕開山時掛些紙錢。慶棚時得些賞賀。争构闌把我來粧標垜。有我時滿棚和氣登時起。一分提錢分外多。若有閑些兒箇了。除是撲煞點砌。按住開呵。

〔四〕專覷着古弄的説出了。村末的收外科。但有些決撒我早隨聲和。做院本把我拾掇盡。赴村戲將咱來擂一和。五音内咱須大。我教人人喜悦。箇箇脾和。

〔三〕迎宣詔將我身上掩。接高官回把我背上馱。棚角頭軟索是我隨身禍。一聲聲怨氣都言盡。一棒棒寃讎即漸多。肚皮裏常飢餓。論着您腔新譜舊。顯我恨滿言多。

〔二〕這廝則嫌樂器低。却不道本事捋。曾聽的子弟每街頭上有幾篇新曲相攛。不是兩片頑皮喫甚麽。但唆着招子都赸過。排場上表子偷睛望。恨不得街上行人將手拖。但場户闌珊了些兒箇。恨不得添五千串拍板。一萬面銅鑼。

〔尾〕把我似救月般響起來打蝗虫似鬨不合。不信那看官每不耳喧鄰家每不惱聒。從早晨間直點到齋時㪷。子被這淡廝全家擂煞我。太平樂府九

（四）瞿本古弄的説出了作舌弄的比方。（尾）瞿本鬨作鬧。兹從陶刻本。元刊本此字模糊。

詠西湖

錢唐自古繁華地。有百處天生景致。幽微盡在浙江西。惟西湖山水希奇。水澄清玻瓈萬頃欺蓬島。山峻峭藍翠千層勝武夷。山水共誰相類。山旖旎妖妍如西子。水回環嫵媚似楊妃。

〔九煞〕遇清明賞禁烟。艷陽天麗日遲。傾城士庶同遊戲。綉簾綵結香車穩。玉勒金

鞍寶馬嘶。驕豪富誇榮貴。恣艷冶王孫士女。逞風流翠繞珠圍。

〔八〕閑嬉遊父老每多。恐韶光暗裏催。怕春歸又怕相尋覓。坐兜轎的共訪歐陽井。騎蹇驢的來尋和靖碑。悶選勝閑拾翠。凝翠靄亭臺樓閣。瑣晴嵐茅舍疎籬。

〔七〕見胡蝶兒覓小英。遊蜂兒採嫩蕊。鶯聲嬌轉藏花卉。白蘋洲沙暖鴛鴦睡。紅蓼岸泥融燕子飛。小魚兒成羣隊。翻碧浪雙雙鷗鷺。戲清波隊隊鸂鶒。

〔六〕見些踏青的薄媚娘。穿着輕羅錦綉衣。翠冠梳玉項牌金霞珮。乍步行恨殺金蓮小。淺印香塵款款移。粉汗溶浸浸濕。蘭麝香凄迷葛嶺。綺羅叢盈滿蘇隄。

〔五〕緑垂楊拂畫橋。紅夭桃簇錦溪。夭桃間柳争紅翠。尋芳載酒從心賞。遣興行春岐路迷。殢春景遊人醉。粉牆映秋千庭院。杏花梢招颭青旗。

〔四〕步芳茵近柳洲。選湖船覓總宜。綉鋪陳更有金粧飾。紫金罌滿注瓊花釀。碧玉瓶偏宜琥珀杯。排菓桌隨時置。有百十等異名按酒。數千般官樣茶食。

〔三〕列兵廚比光禄寺更佳。論珍羞尚食局造不及。動簫韶比仙音院大樂猶爲最。雲山水陸烹炮盡。歌舞吹彈腔韻齊。更那堪東風軟春光媚。藉着喜人心的山明水秀。又恐怕送殘春緑暗紅稀。

〔二〕遊春客誤走到丹青彩畫圖。尋芳人錯行入蜀川錦繡堆。向武陵溪攢砌就花圈圚。看了這佳人宴賞西湖景。勝如仙子嬉遊太液池。似王母蟠桃會。靈芝港揭席人散。趁着海棠風賞翫忘歸。

〔尾〕看方今宇宙間。遍寰區爲第一。論中吳形勝真佳麗。除了天上天堂再無比。太平樂府九　雍熙樂府七

雍熙樂府題作西湖。不注撰人。○（耍孩兒）雍熙六句作山岐晴嵐千層勝武夷。（九煞）太平樂府牌名誤作九么。（七）雍熙花卉作花内。睡作臥。（四）太平樂府覓字似覺字。茲從陶刻本及雍熙。雍熙末句千作十。（三）雍熙軟作軟弱。藉着作藉着些。

北宮詞紀卷四有端正好曉珊珊奇樹藹靈風套數一套。注睢玄明作。詞林摘艷卷六注鄭德輝作。一笑散舊校云此詞見筆花集。案今本筆花集有缺頁。或適佚此套。茲以之屬湯式。

詞林白雪卷四有一枝花眼舒隨意花套數一套。注睢玄明作。案此套亦見筆花集。北宮詞紀彩筆情辭等並注湯舜民作。茲不重出。

周文質

文質字仲彬。其先建德人。後居杭州。因而家焉。體貌清癯。學問該博。資性工巧。文筆新奇。家世業儒。俯就路吏。善丹青。能歌舞。明曲調。諧音律。性尚豪俠。好事愛客。與鍾嗣成交二十餘年。未嘗跬步離也。元統二年病卒。年僅中壽。嗣成編録鬼簿。文質及見之。著雜劇四種。蘇武還朝。春風杜韋娘。孫武子教女兵。戲諫唐莊宗。蘇武還朝今殘。餘不存。散曲輯入樂府羣玉。應爲大家。

小令

〔正宫〕叨叨令

自嘆

築牆的曾入高宗夢。釣魚的也應飛熊夢。受貧的是箇淒涼夢。做官的是箇榮華夢。笑煞人也末哥。笑煞人也末哥。夢中又説人間夢。樂府羣玉三

去年今日題詩處。佳人才子相逢處。世間多少傷心處。人面不知歸何處。望不見也末哥。望不見也末哥。緑窗空對花深處。樂府羣玉三

四景

春尋芳竹塢花溪邊醉。夏乘舟柳岸蓮塘上醉。秋登高菊徑楓林下醉。冬藏鉤暖閣紅爐前醉。快活也末哥。快活也末哥。四時風月皆宜醉。樂府羣玉三

首句原無花字。兹從任校。

桃花開院宇中歡歡喜喜醉。芰荷香池沼邊朝朝日日醉。金菊濃籬落畔醺醺沉沉醉。蠟梅芳庾嶺前來來往往醉。醉來也末哥。醉來也末哥。醉兒醒醒兒醉。樂府羣玉三

失題

嗚呀呀塞雁空中叫。撲鼕鼕禁鼓樓頭報。淅零零疎雨窗間哨。吉丁當鐵馬簷前鬧。睡不著也末哥。睡不著也末哥。縱然有夢還驚覺。樂府羣玉三

悲秋

叮叮噹噹鐵馬兒乞留玎琅鬧。啾啾唧唧促織兒依柔依然叫。滴滴點點細雨兒淅留淅零哨。瀟瀟灑灑梧葉兒失流疎剌落。睡不著也末哥。睡不著也末哥。孤孤另另單枕上迷颩模登靠。樂府羣玉三

〔仙呂〕一半兒

多承蘇氏肯憐才。終是雙生不在□。羞禁孄娘掩面色。耍開懷。一半兒殃及一半兒買。樂府羣玉三

寫愁詞賦自傷悲。傳恨琵琶人共知。司馬哭痛如商婦泣。泪沾衣。一半兒纔乾一半兒濕。樂府羣玉三

〔中呂〕朝天子

褪咱。亹咱。擬不定真和假。韓香剛待探手拿。小膽兒還驚怕。柳外風前。花間月

下。斷腸人敢道麽。演撒。夢撒。告一句知心話。樂府羣玉三

二句從任校。鈔本原作疊咱。

〔越調〕小桃紅

當時羅帕寫宮商。曾寄風流況。今日樽前且休唱。斷人腸。有花有酒應難忘。香消夜涼。月明枕上。不信不思量。樂府羣玉三

彩箋滴滿淚珠兒。心坎如刀刺。明月清風兩獨自。暗嗟咨。愁懷寫出龍蛇字。吳姬見時。知咱心事。不信不相思。樂府羣玉三

詠碧桃

東風有恨致玄都。吹破枝頭玉。夜月梨花也相妒。不尋俗。嬌鸞彩鳳風流處。劉郎去也。武陵溪上。仙子淡粧梳。樂府羣玉三

羣芳争艷鬬開時。公子王孫至。邀我名園賞春思。探花枝。任君各自簪紅紫。諸公肯許。老夫頭上。插朵粉團兒。樂府羣玉三

偏嫌桃杏染胭脂。我愛丁香□。恨殺薔薇有多刺。怨垂絲。梨花帶雨傷春思。海棠

過了。荼蘼開遍。都不似粉團兒。樂府羣玉三

香下原脱一字。兹補爲空格。三句有下吴梅校新過録本校補多字。兹從之。

〔越調〕寨兒令

分鳳鞋。剖鸞釵。薄情自來年少客。義斷恩乖。雨冷雲埋。癡意尚憐才。風不定花落閑階。雲不蔽月滿樓臺。燕歸也人未歸。雁來也信慳來。才。不得休約到海棠開。樂府羣玉三

鈔本樂府羣玉此曲之前有題目佳人送别。並於首句分鳳鞋以上有鴛鴦共棲。鸞鳳相配等二十二字。案此二十二字爲吴弘道上小樓小令之前半。佳人送别乃其題目。全文見樂府羣珠。本書已輯於吴曲中。此處删去。

彈玉指。覷腰肢。想前生欠他憔悴死。錦帳琴瑟。羅帕胭脂。則落得害相思。曾約在桃李開時。到今日楊柳垂絲。假題情絶句詩。虚寫恨斷腸詞。嗤。都扯做紙條兒。樂府羣玉三

鸞枕孤。鳳衾餘。愁心碎時窗外雨。漏斷銅壺。香冷金爐。寶帳暗流蘇。情不已心在天隅。魂欲離夢不華胥。西風征雁遠。湘水錦鱗無。吁。誰寄斷腸書。樂府羣玉三

蟾影邊。鳳臺前。簫聲爲誰天外遠。欹枕情牽。倚檻無言。血泪灑寒烟。自薄情別後經年。想嫦娥不念孤眠。葡萄架梧葉井。楊柳院海棠軒。天。陡恁月兒圓。樂府羣玉三

斟玉波。對金荷。新來自覺酒尚可。帶解金羅。眉淡雙蛾。月枕共誰歌。從別後必定情薄。待歸來說甚愁多。枕邊憔悴我。燈下可憎他。睃。腰柳瘦因何。樂府羣玉三

鶯燕友。鳳鸞儔。盡今生猛可裏不到頭。被底温柔。枕上風流。一筆盡都勾。明知道潑水難收。爭忍說和味合休。沈腰偏看醜。潘貌不藏羞。愁。人問瘦因由。樂府羣玉三

挑短檠。倚雲屏。傷心伴人清瘦影。薄酒初醒。好夢難成。斜月爲誰明。悶懨懨聽徹殘更。意遲遲盼殺多情。西風穿户冷。簷馬隔簾鳴。叮。疑是珮環聲。樂府羣玉三

踏草茵。步苔痕。憶宫粧懶觀蝶翅粉。桃臉香新。柳黛愁顰。誰道不銷魂。海棠臺榭清晨。梨花院落黄昏。捲簾邀皓月。把酒問東君。春。偏惱少年人。樂府羣玉三

清景幽。水痕收。瀟瀟幾株霜後柳。往日追游。此際還羞。新恨上眉頭。丹楓不返金溝。碧雲深鎖朱樓。風涼梧翠減。露冷菊香浮。秋。粧點許多愁。樂府羣玉三

徹骨杓。滿懷學。只因愛錢心辨不得歹共好。楊柳妖嬈。蘭蕙丰標。禁不過爛鋃鍬。

舊人物不采分毫。新女壻直恁風騷。攀不得龍虎榜。品不得鳳鸞簫。貓。不信不斂兒哮。樂府羣玉三

歹原作反。兹從任校。

〔雙調〕折桂令

過多景樓

滔滔春水東流。天闊雲閑。樹渺禽幽。山遠横眉。波平消雪。月缺沉鈎。桃蕊紅粧渡口。梨花白點江頭。何處離愁。人別層樓。我宿孤舟。樂府羣玉三　樂府羣珠三

詠蟠梅

梨雲旋繞東風。誰屈冰梢。怪壓蒼松。緑萼含香。枯根層結。春信重封。清味遠嫌蝶妒蜂。老枝寒舞鳳蟠龍。夜月朦朧。疏蕊縱横。瘦影交加。碎玉玲瓏。樂府羣玉三

樂府羣珠三

二色鞋兒

輕搖環珮丁東。半露新荷。半掩芙蓉。花柳些些。霞綃點點。錦翠弓弓。緑綾扇輕沾落紅。茜蘿尖微印苔蹤。心恨難通。裙底鴛鴦。出落雌雄。樂府羣玉三　樂府羣珠三

〔雙調〕清江引

詠笑靨兒

一窩粉香堪愛惜。近眼花將墜。添他百媚生。動我千金費。春風小桃初破蕊。樂府羣玉三

〔雙調〕落梅風

眉間恨。心上苦。口難言把脚尖兒分付。烏靴上半痕鞋下土。忍輕將袖□兒挪去。樂府羣玉三

任校樂府羣玉脚尖作脚根。

樓臺小。風味佳。動新愁雨初風乍。知不知對春思念他。倚闌干海棠花下。樂府羣玉三

新秋夜。微醉時。月明中倚闌獨自。吟成幾聯腸斷詩。説不盡滿懷心事。樂府羣玉三

鸞凰配。鶯燕約。感蕭娘肯憐才貌。除琴劍又別無珍共寶。則一片至誠心要也不要。樂府羣玉三

風流士。年少客。花無名帽簷羞帶。新來頗覺略分外。相思病等閑不害。樂府羣玉三

覺原作學。茲從任校。

乾坤内。山共水。論風流古杭爲最。北高峯離不得三二里。回頭看鏤金鋪翠。樂府羣玉三

鏤原作縷。茲從任校。

〔雙調〕水仙子

賦婦人染紅指甲

鳳華香染水晶寒。碎繫珊瑚玉筍間。想別離拄齒應長嘆。污檀脂數點斑。記歸期刻損朱闌。錦瑟絃重按。楊家花未殘。爲何人血泪偷彈。樂府羣玉三

柔荑春筍蘸丹砂。膩骨凝脂貼絳紗。多應泣血淹羅帕。灑篔簹顀素甲。抹胭脂誤染冰楂。横象管跳紅玉。理箏絃點落花。輕掐碎殘霞。樂府羣玉三

丹楓軟玉筍梢扶。猩血春葱指上塗。偷研點易朱砂露。蘸冰痕書絳符。摘蟾宫丹桂扶疎。潮醉甲霞生暈。碾秋磦瓊素舉。夾竹桃香浮。樂府羣玉三

任校羣玉云。以上三首聯列。據調名下有周仲彬之名。三首宜皆爲周作。但據第一首詞後又注周仲彬三字。而次首三首不注。則次首三首。又似非周作。特三首以下。原鈔本適闕半頁。後詞有無别注姓名者。不得而知。是次首三首。究屬誰作。尚待校訂也。今按吴梅手校新過録本。周仲彬三字在調名水仙子之前一行。

〔雙調〕慶東原

閑評論。猛三思。想海神廟錯斷了喬公事。則合賺他每燒錢裂紙。則合任他每焚香扣齒。不合信他每插狀稱詞。人都説桂英癡。則我道王魁是。樂府羣玉三

〔不知宫調〕時新樂

千里獨行關大王。私下三關楊六郎。張飛忒煞强。諸葛軍師賽張良。暗想。這場。

張飛莽撞。大鬧臥龍岡。大鬧臥龍岡。樂府羣玉三

金粧寶劍藏龍口。玉帶紅絨皇宣授。男兒得志秋。旌旗影裏驟驊騮。滿斟。玉甌。笙歌齊奏。喧滿鳳凰樓。喧滿凰鳳樓。樂府羣玉三

人活百歲七十稀。百歲光陰能幾日。光陰積漸催。穿了喫了是便宜。唱著。舞著。終日沉醉。不飲是呆癡。不飲是呆癡。樂府羣玉三

迓鼓童童笆篷下。數箇神翁年高大。糍糕著手拿。磁甌瓦帶渾滓。鋪下。板踏。蘿蔔兩把。鹽醬蘸梢瓜。鹽醬蘸梢瓜。樂府羣玉三

霎時相見便留戀。俊俏龐兒少曾見。一朵白玉蓮。端端正正在湖邊。細看。可憐。香風拂面。真乃是前緣。樂府羣玉三

套數

〔大石調〕青杏子

元宵

明月鏡無瑕。三五夜人物喧譁。水晶臺榭燒銀爉。笙歌杳杳。金珠簇簇。燈火家家。

〔么〕命文友步京華。看天涯往來車馬。對景傷情訴説别離話。一番提起。數年往事。幾度嗟呀。

〔好觀音〕見一簇神仙香風颯。春娥舞絳燭籠紗。一箇多俊多嬌好似他。堪描畫。笑吟吟重把金釵插。

〔么〕行至侵雲鰲峯下。却原來正是俺那嬌娃。怕不待根前動問咱。人奸詐。拘鈐得無半點兒風流暇。

〔尾〕剛道了箇安置都别無話。意遲遲手撚梅花。比夢中只爭在明月下。太平樂府七　雍熙樂府一五

雍熙樂府不注撰人。〇（青杏子么）太平樂府對景傷情作景傷情。雍熙作對景情。兹改。（好觀音么）明大字本太平樂府暇作假。雍熙鈐作鉗。暇作假。

〔越調〕鬬鵪鶉

詠小卿

釋卷挑燈。攀今覽古。妒日嫌風。埋雲怨雨。因觀金斗遺文。故造緑窗新語。自忖度。有窨腹。好做得是也有鈔茶商。好行得差也能文士夫。

〔紫花兒〕蘇娘娘本貪也欲也。馮員外既與之求之。雙解元怎羨乎嗟乎。但常見酬歌買笑。誰再覩沽酒當壚。哎。青蚨。壓碎那茶藥琴棋筆硯書。今日小生做箇盟甫。改正那村紂的馮魁。疎駁那俊雅的通叔。

〔小桃紅〕當時去底遇嬌姝。嫩蕊曾分付。便合和根儘掘去。自情疎。直教他連愁嫁作商人婦。剗的進功名仕途。直趕到風波深處。雙漸你可甚君子斷其初。

〔金蕉葉〕微雨洗丹楓秀谷。薄霧鎖白蘋斷滸。零露濕蒼苔淺渚。明月冷黄蘆遠浦。

〔調笑令〕那其間美女。摟着村夫。怎做得賢愚不並居。便休提書中有女顔如玉。偏那雙通叔不者也之乎。他也曾懸頭刺股將經史讀。他幾曾尋得箇落雁沉魚。

〔禿廝兒〕雙漸正瑶琴自撫。馮魁正紅袖雙扶。雙漸正彈成滿江腸斷曲。馮魁正倒金壺。飲芳醑。

〔聖藥王〕雙漸正眉不踈。馮魁正興未足。雙漸正悶隨江水恨吞吳。馮魁正樂有餘。雙漸正愁怎除。馮魁正寫成今世不休書。雙漸正嫌殺影兒孤。

〔尾〕尋思兩箇閑人物。判風月才人記取。將俊名兒雙漸行且權除。把俏字兒馮魁行暫時與。太平樂府七　雍熙樂府一三

雍熙樂府不注撰人。○〔鬬鵪鶉〕元刊太平樂府怨作寃。兹從何鈔本及雍熙。雍熙腹作服。〔紫花兒〕雍熙娘娘作娘子。常見作常。〔小桃紅〕元刊太平樂府可甚作可愛。兹從元刊八卷本瞿本。元刊本及元刊八卷本末句俱叠一初字。兹從瞿本及雍熙。元刊本雙漸作雙泪。雍熙作雙泪。兹從元刊八卷本及瞿本。明大字本太平樂府君子作君子也。雍熙去底作去的。合作和葉。儘作盡。〔調笑令〕元刊八卷本瞿本太平樂府尋得俱作尋得出。

自悟

棄職休官。張良范蠡。拜辭了紫綬金章。待看青山綠水。跳出狼虎叢中。不入麒麟畫裏。想爵祿高。性命危。一箇箇捨死忘生。爭宣競敕。

〔紫花兒序〕您都待重裀而臥。列鼎而食。不如我拂袖而歸。急流中勇退。見賢思齊。

當日箇甯武子左丘明孔仲尼。邦有道則仕。邦無道則廢。齊魏裏使煞箇孫龐。殷商中餓殺了夷齊。

〔鬼三臺〕看了些英雄休争閑氣。爲功名將命虧。笑豫讓。嘆鉏麑。待圖箇甚的。論功勞勝似燕樂毅。論才學不如晉李儀。常言道才廣妨身。官高害己。

〔聖藥王〕我如今近七十。恰才得。方知道老而不死是爲賊。指鹿做馬。唤鳳做雞。葫蘆今後大家提。想誰别辨箇是和非。

〔調笑令〕爲甚每日醉如泥。除睡人間總不知。戒之在得因何意。老不必争名奪利。黄金垛到北斗齊。也跳不出是處輪迴。

〔聖藥王〕赤緊的烏緊飛。兔緊催。暫時相賞莫相違。菊滿籬。酒滿杯。當喫得席前花影坐間移。白髮故人稀。

〔尾〕想當日子房公會覓全身計。一箇識空便抽頭的范蠡。歸山去的待看翠巍巍千丈嶺頭雲。歸湖的待看緑湛湛長江萬頃水。陽春白雪後集四　太平樂府七　詞謔　雍熙樂府一三

元刊本鈔本陽春白雪曲前皆無題。並失注撰人。鈔本目録以此曲屬吴仁卿。惟太平樂府則以之屬周仲彬。楊氏兩種曲選。太平樂府後出。疑屬周仲彬爲確。故輯於此。題目從太平樂府。曲文從陽春白雪。詞謔以此曲屬吴仁卿。蓋據陽春白雪。雍熙樂府不注撰人。○〔鬭鵪鶉〕太平樂

府休官作張良。張良作歸湖。拜辭作拜納。待看作訪一道。跳出作離了。不入作再不入。想作你看承的。下二句作。覷的您性命低。捨死忘生。詞謔首二句作棄職張良。休官范蠡。待看作可喜煞。雍熙待看作待去看。跳出作跳出了。不入作再不入。無想字。無一箇箇三字。(紫花兒序)陽春白雪孔仲尼作我仲尼。兹從太平樂府等。太平樂府您都待作指不過。不如我作那一箇。思齊下有誰及二字。無當日箇三字。邦有道句以下作。這三人邦有道則智。齊國中智殺孫龐。首陽山餓死夷齊。雍熙急流下無中字。殷商中作殷周間。了作箇。(鬼三臺)鈔本白雪論功勞作論功名。太平樂府此支作。您那等英雄輩。待争名利。爲功名命虧。笑豫讓。嘆鉏麑。都是些於家爲國。論才能壓着晉李離。論功勳勝似燕樂毅。才廣傷身。官高害己。詞謔才廣作財廣。雍熙英雄休作英雄輩。將命作將性命。笑作嘆。勝似。不如。並作誰如。(聖藥王)元刊白雪想誰別作想別。舊校增誰字。鈔本作想誰那。鈔本方知道作方知。太平樂府無如今二字。才得作省的。無方知道三字。下二句作。問甚鹿道做馬。鳳喚做雞。想誰別辨箇作別辨。詞謔恰才得方知道作纔曉的。指鹿二句作。管甚麽鹿道做馬。鳳喚做雞。想誰別辨作別辨。雍熙恰才得作得知。方知道作須信道。末四句作。鹿喚做馬。鳳喚做雞。從今葫蘆大家提。再不辨是和非。(調笑令)太平樂府爲甚每日作我每日只喫的。得因作鬭緣。老不必作是不與他。黄金作問甚麽金銀。下句作難逃生死輪迴。詞謔老不必作老不。末句無是處二字。雍熙每日作終日。是處作這。(聖藥王)太平樂府脱曲牌。前五句作。一任兔走的疾。烏緊飛。相隨莫得却相違。酒滿斟。菊滿籬。當喫得作只喫的。白髮上有嘆字。雍熙緊飛作又飛。緊催作又催。當喫作只喫。

〔尾〕鈔本白雪識空作識藏弓。太平樂府前二句作。子房公會納歸山計。暢好是識進退歸湖范蠡。待看作伴着。末句的待看作去的趁着那。詞謔歸山下無去字。末句待看作伴着。雍熙一箇作好一箇。無去字。兩看字下俱有那字。緑作青。

〔雙調〕新水令

思憶

落紅風裏不聞聲。嘆東君漸成薄倖。却艷冶。又飄零。葉底殘英。剛留住惜花性。

〔喬牌兒〕對景愁倍增。追思舊行徑。蘇卿偏識臨川令。俏心腸忒志誠。

〔風入松〕笑將風月好前程。輕付與俊書生。奈春情庭院關不定。被東風吹滿宸京。隱隱仙姬去也。悠悠環佩無聲。

〔撥不斷〕柳青青。竹亭亭。觀絶樓頭瀟灑景。想盡花間怯怯情。添沉心上厭厭病。都只爲剖釵分鏡。

〔一錠銀〕寂寂黄昏户半扃。獨立閑庭。誰道下一言爲定。俺執手到數千回。剗地孤令。

〔離亭歇指煞〕相逢常約西廂等。到來不奉東牆命。無言暗省。秦樓何夕彩雲回。瑤琴昨日冰絃斷。碧天今夜孤星耿。露寒衣袂輕。風定簾櫳靜。偏覺更長漏永。香消不暖夢蝶魂。月明應攪幽禽宿。燈青偏照離鸞影。誰將才子情。說與佳人聽。今夜裏休來俺夢境。從知道枕兒單。也填不得被兒冷。太平樂府七　盛世新聲午集　詞林摘艷五　雍熙樂府一　北宮詞紀六　北詞廣正譜引一錠銀　九宮大成六六同

盛世新聲重增本內府本詞林摘艷俱無題。不注撰人。雍熙樂府此套前後重出。皆在卷十一。前者題作春思。後者無題。俱不注撰人。北宮詞紀題作春思。○〔新水令〕盛世却作方。殘英作流鶯。摘艷俱同。內府本摘艷落紅作落花。雍熙後殘英作殘紅。〔喬牌兒〕雍熙前心腸作心兒。〔風入松〕元刊太平樂府春情作春清。茲從明大字本及盛世等。盛世摘艷俱無輕字。去也俱作到也。雍熙前俊書生作張生。雍熙後無輕字。春情作青春。〔撥不斷〕何鈔本太平樂府添沉作添成。盛世摘艷鏡俱作定。雍熙前怯怯作怏怏。雍熙後都作却。剖作斷。〔一錠銀〕瞿本及何鈔本太平樂府孤令俱作孤另。盛世摘艷同。雍熙前與詞紀寂寂俱作寂寞。雍熙後下一言作一言永。孤上有又字。〔離亭歇指煞〕盛世三句作曾言誓盟。夕日二字移位。絃斷作絃掙。香消作香肌。幽禽作幽衾。燈青作爐香。誰將作誰持。說與作誰與。摘艷俱同。雍熙前覺作不覺。應攪作應

教。又與詞紀被上俱有這字。雍熙後常約作常要。命作令。香消作香肌。幽禽作幽衾。燈青作清燈。説與作訴與。枕作枕頭。

〔雙調〕蝶戀花

悟迷

楊柳樓臺春蕭索。庭院深沉。不把相思鎖。睡去猶然有夢合。愁來無處容身躱。

〔喬牌兒〕想秦樓金縷歌。風流恁共歡樂。和香折得花一朵。記當時他付托。

〔神曲纏〕咱彼各。休生間闊。便死也同其棺槨。雖然未可。妻夫過活。且遥受心愛的哥哥。

〔二〕猛可。折剉。藍橋路千里烟波。桃源洞百結藤蘿。細尋思冰人頗可。好前程等閑差錯。

〔三〕鼓盆歌。寂寞。天差我從新賡和。盼芳容同棲綉幄。奈儒風難立鳴珂。嘆書生輕别素娥。看佳人輸與拔禾。

〔四〕分薄。連枝樹柯。斫來燒袄廟火。病魔。心如刀剉。對青銅知鬢皤。畫閣。更蘭房深羅幕。伴燈花珠泪落。朱門深閉賈充香。如之奈何。〔離亭宴尾〕着迷本是伊之禍。辜恩非是咱之過。强揣鄭生玉。青樓空擲潘安果。壺中籌掣做籤。盤内棋排成課。待卜箇他心怎麽。也寫不界殘粧枕上哭。扣皓齒神前呪。啓檀口人行唾。紙如海樣闊。字比針關大。盡衷腸許多。和恨染至誠他。連愁書負心我。太平樂府六　北詞廣正譜引蝶戀花

〔喬牌兒〕二句恁原作恠。恠爲怪之異體字。不可通。兹改爲恁。疑恠爲恁之譌。恁恁爲一字之異體。〔二〕原脱牌名。兹補正。以下三原作二。四原作三。

趙禹圭

禹圭字天錫。汴梁人。承直郎。至順間官鎮江府判。著雜劇二種。何郎傅粉。金釵剪燭。今皆不存。

小令

〔雙調〕蟾宮曲

題金山寺

長江浩浩西來。水面雲山。山上樓臺。山水相輝。樓臺相映。天與安排。詩句就雲山動色。酒杯傾天地忘懷。醉眼睁開。遥望蓬萊。一半烟遮。一半雲埋。陽春白雪前集二　雲莊樂府　中原音韻　樂府羣珠三　雍熙樂府一七

陽春白雪題作題金山寺。注趙天錫作。中原音韻題作金山寺。雍熙樂府失題。俱不注撰人。張養浩雲莊樂府亦收此曲。題作過金山寺。樂府羣珠從之。兹互見趙張兩家曲中。○雲莊樂府相輝作相連。相映作相對。就雲山作成風烟。末二句作。一半兒雲遮。一半兒烟霾。中原音韻相

輝作相連。相映作上下。天與作天地。動色作失色。傾作寬。遥望作回首。末一句烟雲易位。音韻又謂歌者每歌天地爲天巧。失色爲用色。羣珠同雲莊樂府。惟末字作埋。雍熙長江上有泛字。遥望作遥見。末二句作。一半兒雨隔雲遮。一半兒風蔽烟埋。餘同雲莊樂府。

〔雙調〕雁兒落過清江引碧玉簫

美河南王

厭市朝車馬多。羡淩烟閣功勞大。葢村居緑野堂。賽蘭省紅蓮幕。濁酒一壺天地闊。世態都參閲。悶攜藜杖行。醉向花陰臥。老官人閑快活。北鎮沙陀。千里暮雲合。南接黄河。一線衮金波。賽淵明五柳莊。勝堯夫安樂窩。紅粉歌。笙簫齊和。他。訪謝安在東山臥。太平樂府三

元刊本賽蘭省作闌省。兹從元刊八卷本及瞿本。

秉乾坤秀氣清。凜冰雪丹心正。奉朝中天子宣。領閫外將軍令。戰馬遠嘶邊月冷。捲地旌旗影。風生虎帳寒。筆掃狼烟静。咫尺間領三公判内省。滿腹才能。幕府夜談兵。唾手功名。麟閣要圖形。諸葛亮八陣圖。周亞夫細柳營。羡此行。南蠻平

定。聽。和凱歌回敲金鐙。太平樂府三

〔雙調〕風入松

憶舊

怨東風不到小窗紗。枉辜負荏苒韶華。泪痕湮透香羅帕。憑闌干望夕陽西下。惱人情愁聞杜宇。凝眸處數歸鴉。詞林摘艷一　雍熙樂府二〇

雍熙樂府此四首題作思情。不注撰人。○雍熙怨東風作春風。二句作辜負了韶華。湮作濕。闌干作闌。數作仰數。

唤丫鬟休買小桃花。一任教雲鬢堆鴉。眉兒淡了不堪畫。愁和悶將人禁加。咫尺間那人在家。渾一似阻天涯。詞林摘艷一　雍熙樂府二〇

雍熙首句無唤字。一任教作任。自四句起作。悶和愁將人來禁加。咫尺間粉郎何在。小渾家如阻天涯。

記前日席上泛流霞。正遇着宿世寃家。自從見了心牽掛。心兒裏撇他不下。夢兒裏常常見他。説不的半星兒話。詞林摘艷一　舊編南九宫譜　雍熙樂府九。一六。二〇　彩筆情辭九

此曲在雍熙樂府中凡三見。一在卷二十。爲小令。一題四首。即本書所列者。一在卷九。爲青衲襖幾時得這煩惱絶套數之一支。一在卷十六。爲番馬舞西風百媚千嬌套數之一支。皆不注撰人。蔣孝舊編南九宫譜亦收此支。據舊譜注知爲南戲董秀英之逸曲。百媚千嬌套似爲南戲董秀英之一套。此曲蓋亦摘調小令也。兹姑收之於此。〇舊編南九宫譜首句無記字。遇著下有箇字。常常下有的字。不的作不盡。雍熙二十首句無記字。次句作遇着俺寃家。見他作相見。不的作不及。雍熙九正遇著作遇著一箇。心牽掛作情牽掛。雍熙十六正遇着作遇着箇。

憶劉郎當日到仙苑。使自家心緒懸懸。眼兒裏見了心兒裏戀。口兒裏不敢胡言。朝夕裏只得告天。何時得再團圓。詞林摘艷一　雍熙樂府二〇

雍熙首二句作。劉郎前日到桃源。使人心懸懸。三句兩兒字下俱無裏字。末二句作。但朝夕只將天告。甚時節再得團圓。

喬吉

吉一作吉甫。吉字夢符。號笙鶴翁。又號惺惺道人。太原人。美容儀。能詞章。以威嚴自飭。人敬畏之。居杭州太乙宫前。有題西湖梧葉兒百篇。名公爲之序。江湖間四十年。欲刊行所作。竟無成事者。至正五年。病卒於家。著雜劇十一種。認玉釵。黄金臺。荆公遣妾。托妻寄子。馬光祖勘風塵。節婦牌。九龍廟。賢孝婦。揚州夢。兩世姻緣。金錢記。後三種今存。曲品謂夢符尚有金縢記傳奇。夢符嘗謂作樂府亦有法。鳳頭猪肚豹尾是也。大概起要美麗。中要浩蕩。結要響亮。尤貴在首尾貫串。意思清新。能若是。斯可以言樂府矣。明李開先輯其所作。爲喬夢符小令一卷。與張小山小令並刊。又有無名氏輯其小令爲文湖州集詞。涵虚子論曲。謂其詞如神鰲鼓浪。又云。若天吴跨神鰲。噀沫於大洋。波濤洶湧。截斷衆流之勢。

小令

〔正宫〕醉太平

題情

離情廝禁。舊約難尋。落紅堆徑雨沉沉。鎖梨花院深。瘦來裙掩鴛鴦錦。愁多夢冷芙蓉枕。髻鬆釵落鳳凰金。險掂折玉簪。太平樂府五　喬夢符小令

元刊本太平樂府鬆作斑。何鈔本作環。此從瞿本太平樂府及喬夢符小令。

樂閒

錬秋霞汞鼎。煮晴雪茶鐺。落花流水護茅亭。似春風武陵。喚樵青椰瓢傾雲淺松醪剩。倚圍屏洞仙酣露冷石牀凈。掛枯藤野猿啼月淡紙窗明。老先生睡醒。文湖州集詞　喬夢符小令

文湖州集詞無題。○又。末句老作者。

漁樵閑話

柳穿魚旋煮。柴換酒新沽。鬬牛兒乘興老樵漁。論閑言倀語。燥頭顱束雲擔雪躭辛苦。坐蒲團攀風詠月窮活路。按葫蘆談天説地醉模糊。入江山畫圖。文湖州集詞　喬夢符

文湖州集詞仮語作仗語。躭辛苦作晻辛苦。攀風詠月作扳風釣月。

〔正宮〕緑幺遍

自述

不占龍頭選。不入名賢傳。時時酒聖。處處詩禪。烟霞狀元。江湖醉仙。笑談便是編修院。留連。批風抹月四十年。樂府羣玉二　喬夢符小令

〔南呂〕四塊玉

詠手

紘上看。花間把。握雨攜雲那清嘉。春風滿袖拈羅帕。擎玉斝。微蘸甲。風韻煞。樂府羣玉二　喬夢符小令　樂府羣珠二

羣玉攜雲作移雲。

玉掌温。瓊枝嫩。閑弄閑拈暗生春。爲纖柔長惹風流恨。掠翠鬟。整髻雲。可喜損。

樂府羣玉二　喬夢符小令　樂府羣珠二

〔南吕〕玉交枝

閑適二曲

山間林下。有草舍蓬窗幽雅。蒼松翠竹堪圖畫。近烟村三四家。飄飄好夢隨落花。紛紛世味如嚼蠟。一任他蒼頭皓髮。莫徒勞心猿意馬。自種瓜。自採茶。爐内鍊丹砂。看一卷道德經。講一會漁樵話。閉上槿樹籬。醉臥在葫蘆架。儘清閑自在煞。文湖州集詞　喬夢符小令

文湖州集詞無題。〇丁本文湖州集詞徒勞作蓦頓。何本文湖州集詞作勞傾。疑皆係勞頓之譌。兩本集詞道德經俱作道經。漁樵話俱作漁話。

無災無難。受用會桑榆日晚。英雄事業何時辦。空熬煎兩鬢斑。陳摶睡足西華山。文王不到磻溪岸。不是我心灰意懶。怎陪伴愚眉肉眼。雪滿山。水繞灘。静愛野鷗閑。使見識偃月堂。受驚怕連雲棧。想起來滿面看。通身汗。慘煞人也蜀道難。文湖州集詞　喬夢符小令

文湖州集詞滿面看作滿面着。丁本集詞野鷗作野漚。茲從何本。小令斑字疊。野鷗作野漚。

失題

青春空過。早兩鬢秋霜漸多。運籌帷幄簪筆坐。費心如安樂窩。黃塵黑海萬丈波。綠袍槐簡千家貨。算世人難蹬脱。脱這金枷玉鎖。問小哥。你省麽。拍手笑呵呵。穿袖衫調傀儡。搭套項推沉磨。我如今得空便都參破。得清閑纔是我。文湖州集詞

簪筆原作簪簪。黑海原作里海。茲俱從任校。丁本集詞省麽作着麽。茲從何本。

溪山一派。接松徑寒雲綠苔。蕭蕭五柳疎籬寨。撒金錢菊正開。先生拂袖歸去來。將軍戰馬今何在。急跳出風波大海。作箇烟霞逸客。翠竹齋。薜荔階。强似五侯宅。這一條青穗縧。傲煞你黃金帶。再不著父母憂。再不還兒孫債。險也啊拜將臺。文湖州集詞

青穗原作走穗。茲從任校。何本薜荔作薜蘿。

〔南呂〕閱金經

閨情

玉減梅花瘦。翠顰粧鏡羞。雨念雲思何日休。休。休。休登江上樓。紅鸞袖。泪痕都是愁。太平樂府五　喬夢符小令　樂府羣珠二

硏金紅鸞紙。染香丹鳳詞。情繫人心秋藕絲。思。擲梭雙泪時。回文字。織成腸斷詩。太平樂府五　喬夢符小令　樂府羣珠二

明大字本太平樂府泪痕作啼痕。

瞿本太平樂府及羣珠思俱作絲。小令丹鳳詞作丹鳳池。腸斷詩作腸斷詞。

〔中呂〕朝天子

歌者簪山橘

錦囊。未黃。宜薦秋風釀。何須一夜洞庭霜。好先試銷金帳。荳蔻梢頭。丁香枝上。蘸吳姬指甲涼。剖將。試嘗。止愛些酸模樣。太平樂府四　喬夢符小令

元刊太平樂府先試作光試。指甲作指里。兹從小令。瞿本太平亦作先試。元刊八卷本太平止愛

作正愛。

賦所感

翠衫。玉簪。脂唇小櫻桃淡。多情多緒眼腦饞。誰敢去胡摇撼。冷諢先嘶。呆科先探。小心兒真箇敢。爲俺。大膽。我倒有三分慘。太平樂府四 喬夢符小令

元刊太平樂府先嘶作先漸。元刊八卷本作先斬。兹從小令。

小娃琵琶

暖烘。醉容。逼匝的芳心動。雛鶯聲在小簾櫳。唤醒花前夢。指甲纖柔。眉兒輕縱。和相思曲未終。玉葱。翠峯。嬌怯煞琵琶重。太平樂府四 喬夢符小令

〔中吕〕滿庭芳

鐵馬兒

虚簷月明。穿簾得失。注月前程。只聞閫外將軍令。肅肅宵征。歌舞鬧難踏錦營。

雨雲閑偏戰愁城。嘶不定。鋼腸人厭聽。風入四蹄輕。樂府羣玉二　喬夢符小令

羣玉穿簾作穿聯。

漁父詞

瀟湘畫中。雪翻秋浪。玉削晴峯。蓴鱸高興西風動。掛起風篷。夢不到青雲九重。祿不求皇閣千鍾。浮蛆甕。活魚自烹。濁酒旋篘紅。樂府羣玉二　喬夢符小令

小令風篷作長篷。皇閣作黄閣。

湘江漢江。山川第一。景物無雙。呼兒盞洗生珠蚌。有酒盈缸。争人我心都納降。和伊吾歌不成腔。船初樁。芙蓉對港。和月倚篷窗。樂府羣玉二　喬夢符小令

吴頭楚尾。江山入夢。海鳥忘機。閑來得覺胡倫睡。枕著蓑衣。釣臺下風雲慶會。綸竿上日月交蝕。知滋味。桃花浪裏。春水鱖魚肥。樂府羣玉二　喬夢符小令

小令胡倫作囫圇。

江湖隱居。既學范蠡。問甚三閭。終身休惹閑題目。裝箇葫蘆。行雨罷龍歸遠浦。送秋來雁落平湖。摇船去。濁醪換取。一串柳穿魚。樂府羣玉二　喬夢符小令

山妻稚子。薄批鱸膾。細切蓴絲。葫蘆盛酒江頭市。琖用青瓷。笑吕望風雲古史。

愛玄真江海新詩。心無事。尋思那時。悔殺進西施。樂府羣玉二　喬夢符小令

疎狂逸客。一樽酒盡。百尺帆開。劃然長嘯西風快。海上潮來。入萬頃玻璃世界。望三山翡翠樓臺。綸竿外。江湖水窄。回首是蓬萊。樂府羣玉二　喬夢符小令

湖平棹穩。桃花泛暖。柳絮吹春。蔞蒿香脆蘆芽嫩。爛煮河豚。閑日月熬了些酒樽。惡風波飛不上絲綸。芳村近。田原隱隱。疑是避秦人。樂府羣玉二　喬夢符小令

扁舟棹短。名休掛齒。身不屬官。船頭酒醒妻兒喚。笑語團圞。錦畫圖芹香水暖。玉圍屏雪急風酸。清江畔。閑愁不管。天地一壺寬。樂府羣玉二　喬夢符小令

沙隄纜船。樵夫問訊。溪友留連。笑談便是編修院。誰貴誰賢。不應舉江湖狀元。不思凡蓑笠神仙。魚成串。垂楊岸邊。還却酒家錢。樂府羣玉一　喬夢符小令

小令誰貴作誰否。

扁舟最小。綸巾蒲扇。酒甕詩瓢。樵青拍手漁童笑。回首金焦。箬笠底風雲縹緲。釣竿頭活計蕭條。船輕棹。一江夜潮。明月臥吹簫。樂府羣玉二　喬夢符小令

綸竿送老。酒篘緑蟻。蟹擘紅膏。興來自把船兒棹。萬頃雲濤。風月養吾生老饕。江湖歌楚客離騷。溪童道。蓑衣是草。不換錦宮袍。樂府羣玉二　喬夢符小令

漁家過活。雪篷雲棹。雨笠烟蓑。一聲欸乃無人和。妻子呵呵。包古今不宜時短褐。

泛江湖無定處行窩。休扶舵。輕將棹撥。江上月明多。樂府羣玉二　喬夢符小令

活魚旋打。沽些村酒。問那人家。江山萬里天然畫。落日烟霞。垂袖舞風生鬢髮。扣舷歌聲撼漁槎。初更罷。波明淺沙。明月浸蘆花。樂府羣玉二　喬夢符小令

漁翁醉也。任橫棹楫。不纜樁橛。晚來隔浦燈明滅。船閣沙斜。蘆花夢西風睡徹。松茅烟夜火燒絶。秋江月。林梢半缺。潮信早來些。樂府羣玉二　喬夢符小令

小令松茅作松明。

江天晚涼。一灘蓼沙。十里蓮塘。酒缸盛酒船頭上。有幾箇漁郎。雲錦機織作成醉鄉。綺羅叢排辦出滄浪。杯盤放。鱸魚味長。甜似大官羊。樂府羣玉二　喬夢符小令

小令蓼沙作紅蓼。織作成作作成了。

秋江暮景。胭脂林障。翡翠山屏。幾年罷却青雲興。直泛滄溟。臥御榻彎的腿疼。坐羊皮慣得身輕。風初定。絲綸慢整。牽動一潭星。樂府羣玉二　喬夢符小令

小令林障作休障。

擕魚换酒。魚鮮可口。酒熱扶頭。盤中不是鯨鯢肉。鱘鮓初熟。太湖水光摇酒甌。洞庭山影落魚舟。歸來後。一竿釣鉤。不掛古今愁。樂府羣玉二　喬夢符小令

江聲撼枕。一川殘月。滿目遥岑。白雲流水無人禁。勝似山林。釣晚霞寒波濯錦。

看秋潮夜海鎔金。村醪窨。何人共飲。鷗鷺是知心。樂府羣玉二　喬夢符小令

輕鷗數點。寒蒲獵獵。秋水厭厭。五湖烟景由人占。有甚防嫌。是非海天鷩地險。

水雲鄉浪静風恬。村醪釃。歌聲冉冉。明月在山尖。樂府羣玉二　喬夢符小令

篷窗半龕。掛晴帆飽。照夜燈饞。一竿界破江雲淡。蝦蟹盈籃。未放我杯中量減。

儘教他鬢影秋攙。船休纜。中流半酣。擊楫下湘潭。樂府羣玉二　喬夢符小令

〔中吕〕紅綉鞋

竹衫兒

并刀剪龍鬚爲寸。玉絲穿龜背成文。襟袖清涼不沾塵。汗香晴帶雨。肩瘦冷搜雲。

是玲瓏剔透人。太平樂府四　樂府羣玉二　喬夢符小令　樂府羣珠四　堯山堂外紀七一

樂府羣玉題作竹涼衫。○羣玉襟袖作骨格。搜作披。是作是一箇。小令襟袖作骨格。羣珠搜作披。

浹背全無暑汗。曲肱時印新瘢。襯荷花落魄壯懷寬。挹風香雙袖細。披野色一襟團。

滿身兒窺豹管。樂府羣玉二　喬夢符小令　樂府羣珠四

書所見

臉兒嫩難藏酒暈。扇兒薄不隔歌塵。佯整金釵暗窺人。涼風醒醉眼。明月破詩魂。料今宵怎睡得穩。太平樂府四　喬夢符小令　樂府羣珠四

泊皋亭山下

石骨瘦金珠窟嵌。樹身駞瓔珞襤縿。秋影秋聲繞蓬龕。青山黃鶴樓。白水黑龍潭。野猿啼碎膽。文湖州集詞

〔中呂〕喜春來

秋望

千山落葉巖巖瘦。百尺危闌寸寸愁。有人獨倚晚粧樓。樓外柳。眉暗不禁秋。文湖州集詞

曲牌原作惜芳春。○何本集詞有人作偏有。茲從丁本。

〔中呂〕山坡羊

寓興

鵬摶九萬。腰纏十萬。揚州鶴背騎來慣。事間關。景闌珊。黄金不富英雄漢。一片世情天地間。白。也是眼。青。也是眼。太平樂府四　喬夢符小令　樂府羣珠一

冬日寫懷

離家一月。閑居客舍。孟嘗君不費黄虀社。世情別。故交絶。牀頭金盡誰行借。今日又逢冬至節。酒。何處賒。梅。何處折。太平樂府四　喬夢符小令　樂府羣珠一

朝三暮四。昨非今是。癡兒不解榮枯事。儹家私。寵花枝。黄金壯起荒淫志。千百錠買張招狀紙。身。已至此。心。猶未死。太平樂府四　文湖州集詞　喬夢符小令　樂府羣珠一

錠原作定。太平及羣珠荒淫俱作荒涼。元刊八卷本瞿本太平招狀俱作招伏。集詞不解作不識。至此作在此。

冬寒前後。雪晴時候。誰人相伴梅花瘦。釣鰲舟。纜汀洲。緑蓑不耐風霜透。投至

有魚來上鈎。風。吹破頭。霜。皴破手。太平樂府四　喬夢符小令　樂府羣珠一

羣珠題作寒江獨釣。

自警

清風閑坐。白雲高卧。面皮不受時人唾。樂跎跎。笑呵呵。看別人搭套項推沉磨。蓋下一枚安樂窩。東。也在我。西。也在我。文湖州集詞　喬夢符小令

文湖州集詞無題。○又。跎跎作陁陁。

失題

雲濃雲淡。窗明窗暗。等閑休擘驪龍頷。正尷尬。莫貪婪。惡風波喫閃的都着滲。流則盈科止則坎。行。也在俺。藏。也在俺。文湖州集詞

丁本着滲作自滲。

粧呆粧俫。粧聾粧唔。人生一世剛圖甚。句閑吟。酒頻斟。白雲夢繞青山枕。看遍洛陽花似錦。榮。也在恁。枯。也在恁。文湖州集詞

〔商調〕梧葉兒

出金陵

塵暗埋金地。雲寒樹玉宫。歸去也老仙翁。東北朝宗水。西南解慍風。船急似飛龍。到鐵甕城邊喜落篷。文湖州集詞

曲牌原作碧梧秋。

〔越調〕小桃紅

贈劉牙兒

瓠犀微露玉參差。偏稱烏金漬。斜抵春纖記前事。試尋思。風流漫惹閑唇齒。含宫泛徵。咬文嚼字。誰敢嗑牙兒。太平樂府三　樂府羣玉二　喬夢符小令

羣玉泛徵作嚼徵。嚼字作啖字。

立春遣興

土牛泥軟潤滋滋。香寫宜春字。散作芳塵滿街市。灑吟髭。老天也管閑公事。春風告示。梅花資次。攢到北邊枝。太平樂府三　喬夢符小令

紙雁兒

漢宮秋信落雲箋。行斷鴛鴦剪。寫不成書寄幽怨。鏡臺邊。補粧羞對雙金鈿。清愁一點。有誰曾見。和影過遠山前。太平樂府三　文湖州集詞　喬夢符小令

文湖州集詞題作紙孤雁。○又。有誰曾見作多情誰見。

扇兒

一聲誰剪楚江雲。秋色輕羅襯。休寫班姬六宮恨。泪成痕。半枝汗濕香生暈。蒲葵策勳。桃花風韻。涼滲小烏巾。太平樂府三　文湖州集詞　喬夢符小令

文湖州集詞題作湘竹扇。○又。一聲作一方。

贈郭蓮兒

錦幢羅蓋水晶宫。一曲菱歌動。太液雲香露華瑩。醉芙蓉。鴛鴦不識凌波夢。秋房怨空。藕絲情重。粉瘦怯西風。樂府羣玉二　喬夢符小令

花籃髻

小鬟新樣鬬奇絶。學綰同心結。翠織香穿逞嬌劣。巧堆疊。錦筐露濕瓊梳月。盛春倦也。和雲低遏。忙煞夢中蝶。樂府羣玉二　文湖州集詞　喬夢符小令

羣玉與小令遏俱作𨓜。何本文湖州集詞遏作逷。又改作退。兹從丁本。

效聯珠格

落花飛絮隔朱簾。簾静重門掩。掩鏡羞看臉兒嬱。嬱眉尖。尖尖指屈將歸期念。念他拋閃。閃咱少欠。欠你病厭厭。樂府羣玉二　喬夢符小令

贈朱阿嬌

鬱金香染海棠絲。雲膩宫鴉翅。翠靨眉兒畫心字。喜孜孜。司空休作尋常事。樽前但得。身邊伏侍。誰敢想那些兒。樂府羣玉二　喬夢符小令

閨思

日高猶自睡沉沉。夢繞鴛鴦枕。不成閑愁厮拘禁。戀香衾。東風落盡西園錦。知他爲甚。情懷陡恁。懶却惜花心。樂府羣玉二　喬夢符小令

小令不成作不是。

春閨怨

玉樓風颭杏花衫。嬌怯春寒賺。酒病十朝九朝嵌。瘦巖巖。愁濃難補眉兒淡。香消翠減。雨昏烟暗。芳草遍江南。樂府羣玉二　喬夢符小令

中秋懷約

桂花風雨較涼些。愁字兒難藏擪。一片秋聲戰梧葉。苦離別。幸然不見團圓月。多應那人。相思今夜。明日敢來也。樂府羣玉二　喬夢符小令

楚儀來因戲贈之

碧梧月冷鳳凰枝。空守風流志。楚雨湘雲總心事。許多時。口兒裏不道箇胡倫字。慇懃謝伊。雖無傳示。來探了兩遭兒。樂府羣玉二　喬夢符小令

小令胡倫作囫圇。

別楚儀

一樽別酒斷腸詞。難說心間事。行李匆匆怎酬志。自尋思。從今別却文章士。至如小子。十分不是。好處也想些兒。樂府羣玉二　喬夢符小令

紹興于侯索賦

晝長無事簿書閑。未午衙先散。一郡居民二十萬。報平安。秋糧夏税咄嗟兒辦。執花紋象簡。凭琴堂書案。日日看青山。樂府羣玉二　喬夢符小令

孫氏壁間畫竹

月分雲影過鄰東。半壁秋聲動。露粟枝柔怯棲鳳。玉玲瓏。不堪歲暮關情重。空谷乍寒。美人無夢。翠袖倚西風。樂府羣玉二　文湖州集詞　喬夢符小令

文湖州集詞題作題孫氏壁間墨竹。○又。玲瓏作瓏璁。

點鞋枝

研臺香蘸翠條尖。圈落玄花點。雲鳳吴綾粉生䭾。配霜縑。月牙脱出宫蓮瓣。雖然草木。不堪憔悴。陪伴玉纖纖。樂府羣玉二　文湖州集詞　喬夢符小令

羣玉丁本文湖州集詞及小令題目俱作點鞋枝。玆從何本集詞。○集詞不堪作不嫌。

曉妝

紺雲分翠攏香絲。玉線界宫鴉翅。露冷薔薇曉初試。淡匀脂。金篦膩點蘭烟紙。含嬌意思。殢人須是。親手畫眉兒。樂府羣玉二　喬夢符小令

桂花

一枝丹桂倚西風。扇影天香動。醉裏清虚廣寒夢。月明中。紫金粟鍊硃砂汞。綠衣襯榜。黄麻供奉。不似狀元紅。樂府羣玉二　喬夢符小令

指鐲

紫金銖鈿巧鐲兒。慳稱無名指。花信今春幾番至。見郎時。窗前攜手知心事。行雲拘束。暖香消瘦。璁褪玉愁枝。文湖州集詞

僧房以太湖石支足

海棠花影月明前。約那人相見。掩雨遮雲忒方便。最堪憐。階前堆垛從踏踐。央及楊翦。急差軍健。運入麗春園。文湖州集詞

何本文湖州集詞最作景。兹從丁本。

〔越調〕天浄沙

即事

筆尖掃盡癡雲。歌聲喚醒芳春。花擔安排酒樽。海棠風信。明朝陌上吹塵。太平樂府三

喬夢符小令

一從鞍馬西東。幾番衾枕朦朧。薄倖雖來夢中。争如無夢。那時真箇相逢。太平樂府三

喬夢符小令　詞綜三三　歷代詩餘一　詞律補遺

隔窗誰愛聽琴。倚簾人是知音。一句話當時至今。今番推甚。酬勞鳳枕鴛衾。太平樂府三

喬夢符小令

鶯鶯燕燕春春。花花柳柳真真。事事風風韻韻。嬌嬌嫩嫩。停停當當人人。太平樂府

三　喬夢符小令　堯山堂外紀七一

〔越調〕酒旗兒

陪雅齋萬户遊仙都洞天

千古藏真洞。一柱立晴空。石筍參差似太華峯。醉入天台夢。綠樹溪邊晚風。碧雲不動。粉香吹下芙蓉。文湖州集詞

任校云。此調與碧梧秋仿佛。與越調酒旗兒本調不盡合。

〔越調〕柳營曲

有感

薄命妾。重離別。長吁一聲腸斷也。悶弓兒難拽。愁窨兒新掘。花擔兒怕擔折。蘭舟夢水繞雲結。香閨恨燭滅烟絕。鳳凰衾人哽咽。鴛鴦枕泪重疊。啷。寒似夜來些。

太平樂府三　喬夢符小令

〔越調〕凭闌人

香篆

一點雕盤螢度秋。半縷宮奩雲弄愁。情緣不到頭。寸心灰未休。太平樂府三　樂府羣玉二

文湖州集詞　喬夢符小令

羣玉以此首列爲下列香梓之第二首。

金陵道中

瘦馬馱詩天一涯。倦鳥呼愁村數家。撲頭飛柳花。與人添鬢華。太平樂府三　喬夢符小令

春思

淡月梨花曲檻傍。清露蒼苔羅襪涼。恨他愁斷腸。爲他燒夜香。太平樂府三　喬夢符小令

小姬

手撚紅牙花滿頭。愛唱春詞不解愁。一聲出畫樓。曉鶯無奈羞。太平樂府三　喬夢符小令

香栟

暖蜕龍團香骨塵。細裊雲衣古篆文。寶奩餘燼温。小池明月昏。樂府羣玉二　喬夢符小令

樂府羣玉香栟原共三首。其中間一首即前列之香篆。

心火蟠燒九曲腸。鼻觀薰修三昧香。劫灰書幾場。猶存延寸光。樂府羣玉二　喬夢符小令

〔雙調〕沉醉東風

倩人扶觀璚華

珠滴瀝寒凝碧粉。玉瓏璁暖簇香雲。仙裙翡翠薄。宫額鵝黄嫩。牡丹也不敢稱尊。倚杖來觀海上春。比錦纜龍舟較穩。文湖州集詞　喬夢符小令

何本文湖州集詞倩人扶爲大字。在行中。觀璚華爲小字。側書。疑倩人扶爲曲牌。即沈醉東風

之别名。○文湖州集詞滴瀝作的歷。

泛湖寫景

斡辦出蒼松翠竹。界畫成寶殿珠樓。明玉船。描金柳。碧玲瓏鳳凰山後。一片晴雲雪色秋。白羅襯丹青扇頭。文湖州集詞　喬夢符小令

文湖州集詞辦作淡。

題扇頭隱括古詩

萬樹枯林凍折。千山高鳥飛絶。兔徑迷。人踪滅。載梨雲小舟一葉。蓑笠漁翁耐冷的别。獨釣寒江暮雪。文湖州集詞　喬夢符小令

丁本文湖州集詞六句無别字。何本有。小令凍作棟。

〔雙調〕折桂令

上巳遊嘉禾南湖歌者爲豪奪扣舷自歌鄰舟皆笑

三月三天霽吹晴。見麟鳳滄洲。鴛鷺沙汀。華鼓清簫。紅雲蘭棹。青紵旗亭。細看

來春風世情。都分在流水歌聲。劣燕嬌鶯。冷笑詩仙。擊楫揚舲。樂府羣玉二　文湖州集詞　喬夢符小令　樂府羣珠三　浙江通志二七八　詞律拾遺二

文湖州集詞浙江通志題作遊嘉禾南湖。浙江通志詞律拾遺俱誤注文同作。○丁本文湖州集詞天霽作花霧。何本文湖州集詞劣燕作剪燕。小令天霽作花霧。華鼓作畫鼓。羣珠天霽作花霽。浙江通志詞律拾遺天霽俱作花霧。劣燕俱作剪燕。

客窗清明

風風雨雨梨花。窄索簾櫳。巧小窗紗。甚情緒燈前。客懷枕畔。心事天涯。三千丈清愁鬢髮。五十年春夢繁華。驀見人家。楊柳分烟。扶上簷牙。樂府羣玉二　喬夢符小令　樂府羣珠三

雨窗寄劉夢鸞赴讌以侑樽云

妒韶華風雨瀟瀟。管月犯南箕。水漏天瓢。濕金縷鶯裳。紅膏燕嘴。黃粉蜂腰。梨花夢龍綃泪今春瘦了。海棠魂羯鼓聲昨夜驚著。極目江皋。錦澀行雲。香暗歸潮。樂府羣玉二　喬夢符小令　樂府羣珠三

小令題目末六字作赴讌侑樽四字。

贈張氏天香善填曲時在陽羨莫侯席上

月明一片緗雲。揉做清芬。吹下崑崙。勝淺淺蘭烟。霏霏花霧。淡淡梅魂。這氣味温柔可人。那風流旖旎生春。聲迹相聞。多少餘芳。散在乾坤。樂府羣玉二　喬夢符小令　樂府羣珠三

自述

華陽巾鶴氅蹁躚。鐵笛吹雲。竹杖撑天。伴柳怪花妖。麟祥鳳瑞。酒聖詩禪。不應舉江湖狀元。不思凡風月神仙。斷簡殘編。翰墨雲烟。香滿山川。太平樂府一　樂府羣玉二　喬夢符小令　樂府羣珠三

羣玉四五句作。伴柳尋花。妖麟祥鳳。小令麟祥作麟翔。羣珠詩禪作詩仙。

張謙齋左轄席上索賦

卷鯨川吸盡春雲。曲妙重歌。酒冷還温。裁甚烏紗。儘他白髮。醉箇紅裙。想獻玉

遭刑費本。算揮金買笑何村。俯仰乾坤。多少英雄。不到麒麟。樂府羣玉二　喬夢符小令　樂府羣珠三

寄遠

怎生來寬掩了裙兒。爲玉削肌膚。香褪腰肢。飯不沾匙。睡如翻餅。氣若遊絲。得受用遮莫害死。果實誠有甚推辭。乾鬧了若干時。草本兒歡娛。書徹貨兒相思。太平樂府一　樂府羣玉二　喬夢符小令　樂府羣珠三　雍熙樂府一七

羣玉羣珠題俱作春怨。雍熙樂府題作相思。不注撰人。〇羣玉次句無爲字。受用下有呵字。實誠作實成。下亦有呵字。末三句作。乾鬧了多時。本是結髮的歡娛。倒做了徹骨兒相思。羣珠末三句作。乾鬧了若時。草本歡娛。徹貨兒相思。餘全同羣玉。小令實誠作誠實。末三句同羣玉。雍熙掩了作褪。爲玉削作玉減。香褪作香瘦。沾作粘。遮莫害死作者末便死。實誠作實成。末三句作。自歡娛又不多時。都做了貨兒恩情。害了些樣子相思。

雲雨期一枕南柯。破鏡分釵。對酒當歌。想驛路風烟。馬頭星月。雁底關河。往日箇殷勤訪我。近新來憔悴因他。淡却雙蛾。哭損秋波。台候如何。忘了人呵。太平樂府一　樂府羣玉二　喬夢符小令　樂府羣珠三

羣玉此首題作寄遠。○太平樂府哭損作笑損。元刊八卷本太平樂府及羣玉雲雨俱作雨雲。羣玉破鏡作破鑑。訪我作待我。台候上有問字。忘作敢忘。羣珠俱同羣玉。

越樓見姬梳洗已倚立嬌困若不勝情因記

隔朱樓楊柳青青。烟鎖窗紗。風動簾旌。愛鏡覩嬋娟。粉吹旖旎。玉立娉婷。翹鳳頭金釵整整。朵松花雲髻亭亭。箇樣心情。困托香腮。斜倚銀屏。樂府羣玉二　文湖州集詞　喬夢符小令　樂府羣珠三

小令題目已作已罷。記作記之。文湖州集詞題作越樓所見四字。○文湖州集詞朱樓作朱簾。窗紗作紗窗。小令朵作插。

登澄江君山有平原君墓并手植檜至絶頂甚壯人氣宇

芙蓉城古意山川。葬玉當時。植檜何年。江樹陰陰。江帆隱隱。江草芊芊。蘸海瀆東南半天。望金焦西北雙拳。巾袂蹁躚。不索浮蓮。挾取飛仙。樂府羣玉二　文湖州集詞　喬夢符小令　樂府羣珠三

文湖州集詞題作登澄江君山。○又。植檜作植桂。

紅梅徐德可索賦類卷

從來不假鉛華。試耍學宫粧。醉笑吴娃。返老還童。脱胎换骨。飽養烟霞。羅浮夢休猜做杏花。萼緑仙曾服甚丹砂。春在天涯。紫蠟封香。寄與詩家。樂府羣玉二　喬夢符小令　樂府羣珠三

小令詩家作誰家。

簾内佳人瞿子成索賦

鮫綃不卷閑情。翠織玲瓏。玉立娉婷。倚動銀鈎。耍吹羅帶。笑振金鈴。迷楚雲花昏柳暝。隔湘烟水秀山明。樓外人行。休放春愁。難掩風聲。樂府羣玉二　喬夢符小令　樂府羣珠三

小令末句作誰掩風聲。

西湖憶黄氏所居

多時不到兒家。想繩掛秋千。絃斷琵琶。眉淡蘭烟。釵横梭玉。粉褪鉛華。軟龍綃

塵蒙寶鴨。爛臙脂雨過金沙。隔箇窗紗。夢斷東風。門外啼鴉。樂府羣玉二 喬夢符小令 樂府羣珠三

小令粉褪作粉退。

賈侯席上贈李楚儀

洗粧明雪色芙蓉。默默情懷。楚楚儀容。甚烟雨江頭。移根何在。桃李場中。儘劣燕嬌鶯宂宂。笑落花飛絮濛濛。湘水西東。悵望蹇衣。玉立秋風。樂府羣玉二 喬夢符小令 樂府羣珠三

登姑蘇臺

百花洲上新臺。簷吻雲平。圖畫天開。鵬俯滄溟。蜃横城市。鼇駕蓬萊。學捧心山顰翠色。悵懸頭土濺腥苔。悼古興懷。休近闌干。萬丈塵埃。樂府羣玉二 文湖州集詞 喬夢符小令 樂府羣珠三

羣珠簷吻作澹吻。

會州判文從周自維揚來道楚儀李氏意

文章杜牧風流。照夜花燈。載月蘭舟。老我江湖。少年談笑。薄倖名留。贈楊柳人初病酒。采芙蓉客已驚秋。醉夢悠悠。雁到南樓。寄點新愁。樂府羣玉二　喬夢符小令　樂府羣珠三

贈羅真真

羅浮夢裏真仙。雙鎖螺鬟。九暈珠鈿。晴柳纖柔。春葱細膩。秋藕匀圓。酒盞兒裏殃及出些腼腆。畫帡兒上換下來的嬋娟。試問尊前。月落參横。今夕何年。太平樂府一　樂府羣玉二　喬夢符小令　樂府羣珠三

羣玉題作贈羅真真高敬臣胡善甫席上賦。羣珠同。〇元刊八卷本及瞿本太平樂府九暈俱作無暈。瞿本太平樂府帡作幃。羣玉羣珠殃及俱作央及。帡俱作幀。換下俱作唤下。

富子明壽

梨花院羯鼓撾晴。恰暮雨黄昏。新火清明。歌倚緱笙。香温漢鼎。酒暖吴橙。賀緑

鬢朱顏壽星。是輕衫矮帽書生。趁取鵬程。快意風雲。唾手功名。樂府羣玉二　喬夢符小令　樂府羣珠三

小令風雲作風流。

丙子遊越懷古

蓬萊老樹蒼雲。禾黍高低。狐兔紛紜。半折殘碑。空餘故址。總是黄塵。東晉亡也再難尋箇右軍。西施去也絕不見甚佳人。海氣長昏。啼鴂聲乾。天地無春。樂府羣玉二　喬夢符小令　樂府羣珠三

小令西施句無甚字。

隔樓所見對望終日其媪若厭者遂下簾以蔽之

纖湘江一片波紋。窣下閑愁。隔斷詩魂。非霧非烟。影娥池上。香夢無痕。拍畫闌纖舒玉筍。啓紗窗推曬羅裙。飽看嬌春。倩得南薰。捲起梨雲。樂府羣玉二　喬夢符小令　樂府羣珠三

七夕贈歌者

崔徽休寫丹青。雨弱雲嬌。水秀山明。箸點歌唇。葱枝纖手。好箇卿卿。水灑不著春粧整整。風吹的倒玉立亭亭。淺醉微醒。誰伴雲屏。今夜新涼。臥看雙星。太平樂府一　樂府羣玉二　喬夢符小令　樂府羣珠三

羣玉題作苕溪七夕飲會贈崔秀卿李總管索賦。羣珠同。惟無末五字。兩書俱僅有首曲。○羣玉羣珠休寫俱作休羨。的倒俱作得倒。

黄四娘沽酒當壚。一片青旗。一曲驪珠。滴露和雲。添花補柳。梳洗工夫。無半點閑愁去處。問三生醉夢何如。笑倩誰扶。又被春纖。攪住吟鬚。太平樂府一　喬夢符小令　樂府羣珠三

秋日湖山偕白子瑞輩燕集賦以俾歌者赴拍侑樽

秋聲一片蘆花。正落日山川。過雨人家。羨歌舞風流。太平時世。詩酒生涯。待楊柳晴春風躍馬。且桂華涼夜月乘槎。一曲吴娃。笑煞江州。泪滿琵琶。樂府羣玉二　文湖州集詞　喬夢符小令　樂府羣珠三

羣珠題作秋日湖上。但此四字之下及次行皆空白。似留作寫餘字者。文湖州集詞題作秋日偕白子泛湖。○集詞過雨作疏雨。小令且桂華作更桂華。

感興

謝安江左優游。夢覺東山。聲動南州。覆雨翻雲。憐花寵柳。未肯回頭。成時節衣冠冕旒。敗時節笞杖徒流。問甚麽恩讎。山塌虚名。海闊春愁。樂府羣玉二 喬夢符小令 樂府羣珠三 小令問甚下無麽字。羣珠同。

秋思

紅梨葉染胭脂。吹起霞綃。絆住霜枝。正萬里西風。一天暮雨。兩地相思。恨薄命佳人在此。問雕鞍遊子何之。雁未來時。流水無情。莫寫新詩。樂府羣玉二 喬夢符小令 樂府羣珠三

秋日與高敬臣胡善甫輩飲湖樓即事

疎簾外暮雨西山。喚起詩仙。共倚闌干。杯影涵秋。歌聲送晚。鬢脚生寒。添風韻

春纖象板。減恩情羅扇龍檀。紅藕花殘。茉莉雙鬟。油壁吹香。催上歸鞍。樂府羣玉二

喬夢符小令　樂府羣珠三

勸求妓者

溺盆兒刷煞終臊。待立草爲標。現世生苗。時下收心。眼前改志。怎換皮毛。厭禳死花枝般老小。踢騰盡銅斗般窠巢。日夜煎熬。要撧斷琴絃。別覓鸞膠。樂府羣玉二

喬夢符小令　樂府羣珠三

羣玉盆作盃。羣珠同。玆從小令。小令撧作絕。

問春

東君去也如何。風皺纖鱗。烟抹羞蛾。恨白眼相看。青春不管。黑髮無多。香絮引魚吞緑波。落花驚蝶夢南柯。隨處行窩。載酒吳船。擊筑秦歌。樂府羣玉二　喬夢符小令

樂府羣珠三

毗陵張師明席上贈歌妓周士宜者

宜歌宜舞宜粧。道是風流。果不尋常。粉靨堆春。金盤捧露。翠袖籠香。此際相逢蕊娘。箇中誰是周郎。愁近清觴。泥醉歸來。燈影昏黄。樂府羣玉二　喬夢符小令　樂府羣珠三

小令題目周士宜作周氏宜。〇羣玉蕊娘作蕊浪。小令同。玆從羣珠。小令羣珠泥醉俱作沉醉。

詠紅蕉

紅蕉分種天涯。换葉移根。灌水壅沙。嬌耐秋風。清宜夜雨。艷若春華。翠袖捧銀臺絳蠟。緑雲封玉竈丹霞。富貴人家。粧點湖山。喫喜窗紗。樂府羣玉二　喬夢符小令　樂府羣珠三

仲明同知坦然齋集蘇老琵琶吴國良簫歌者王玉蓮

坦然對客高軒。爛醉梅邊。占得春先。簫阮鸞聲。琵琶鳳尾。寶鼎龍涎。金錯落三分酒淺。玉玲瓏一串珠圓。誰似尊前。談笑風流。富貴神仙。樂府羣玉二　喬夢符小令　樂

荆溪即事

問荆溪溪上人家。爲甚人家。不種梅花。老樹支門。荒蒲繞岸。苦竹圈笆。廟不靈狐狸樣瓦。官無事烏鼠當衙。白水黄沙。倚遍闌干。數盡啼鴉。樂府羣玉二　喬夢符小令

樂府羣珠三

小令七句作寺無僧狐狸弄瓦。官無事作官省事。

高敬臣病

賦高唐何事悲秋。山在書屏。雲在簾鈎。儘汗漫羈情。炎涼世態。萬象蜉蝣。楊柳陰吴船載酒。藕花涼楚客登樓。賓主相留。且對清江。抖擻詩愁。樂府羣玉二　喬夢符小令　樂府羣珠三

晉雲山中奇遇

賺劉郎不是桃花。偶宿山溪。誤到仙家。膩雪香肌。碧螺高髻。緑暈宮鴉。搠秋水

珠彈玉甲。笑春風雲襯鉛華。酒醒流霞。飯飽胡麻。人上籃輿。夢隔天涯。太平樂府一　喬夢符小令　樂府羣珠三

羣珠掬作搊。夢隔作夢斷。

愛秋娘弄月無痕。冰雪凝粧。風露爲魂。歌顫鸞釵。塵隨鴛襪。酒汙猩裙。巧畫柳雙眉淺顰。笑生花滿眼嬌春。好客東君。特與新詩。留取香雲。太平樂府一　喬夢符小令　樂府羣珠三

羣珠鴛襪作鳳襪。

西嵓所見

西嵓樓外東風。曲曲闌干。小小簾櫳。甚午困懵騰。髻鬟鬖髾。星眼朦朧。正落絮飛花冗冗。又夕陽流水溶溶。金縷香絨。倦綉屏牀。誤却春工。文湖州集詞　喬夢符小令

文湖州集詞題目嵓作泠。○何本文湖州集詞五句作髻鬟髽鬌。夕陽下有斜字。

登毗陵永慶閣所見

忽飛來南浦嬌雲。背影藏羞。忍笑含顰。繞鬢蘭烟。沾衣花氣。惱夢梅魂。似湘水

行春洛神。遇天台採藥劉晨。愁縷成痕。一枕餘香。半醉黄昏。文湖州集詞　喬夢符小令

宴支園桂軒

碧雲窗户推開。便敲竹催茶。掃葉供柴。如此風流。許多標致。無點塵埃。堆金粟西方世界。散天香夜月亭臺。酒令詩牌。爛醉高秋。宋玉多才。文湖州集詞　喬夢符小令

風雨登虎丘

半天風雨如秋。怪石於菟。老樹鈎婁。苔綉禪階。塵粘詩壁。雲濕經樓。琴調冷聲閑虎丘。劍光寒影動龍湫。醉眼悠悠。千古恩讎。浪捲胥魂。山鎖吴愁。文湖州集詞　喬夢符小令

文湖州集詞鈎婁作鈎䡎。何本集詞詩壁作畫壁。

遊琴川

海虞雄踞山州。水瀨絲桐。路列文楸。鋪翠峯巒。染雲林障。推月潮溝。有第四科賢哲子游。是幾百年忠孝何侯。舞榭歌樓。酒令詩籌。官府公勤。人物風流。文湖州集

詞　喬夢符小令

重九後一日遊蓬萊山

重陽雨冷風清。阻却王宏。淡了淵明。昨日寒英。今朝香味。未必多争。蜂與蝶從他世情。酒和花快我平生。縱步蓬瀛。會此同盟。醉眼青青。文湖州集詞　喬夢符小令

何本文湖州集詞從他作隨他。

拜和靖祠雙聲叠韻

至當時處士山祠。漸次南枝。春事些兒。楓漬殷脂。蕉撕故紙。柳死荒絲。目寒澀雄雌鷺鷥。翅參差母子鸕鷀。再四嗟咨。撚此吟髭。彈指歌詩。文湖州集詞　喬夢符小令

浙江通志二七八

浙江通志題作拜和靖祠。誤注文同作。○文湖州集詞漸次作漸以。目作自。雄雌作雌雄。小令殷脂作胭脂。通志俱同文湖州集詞。

安溪半江亭陪雅齋元帥飲

半江亭上憑闌。撾鼓樓船。弭節江灣。金虎懸符。玉龍立槊。竹樹生寒。緑波轉秋

回俊眼。翠雲堆晚列歌鬟。樽酒開顏。如此江山。人在蓬壺。圖畫中間。文湖州集詞　喬夢符小令

泊青田縣

白鶴飛下青田。嘆物換星移。谷變陵遷。山瘦披雲。溪虛流月。今夕何年。夢已到石門洞天。眼休驚遼海人烟。誰與周旋。虎節元臣。烏帽詩仙。文湖州集詞　喬夢符小令

自敘

斗牛邊纜住仙槎。酒甕詩瓢。小隱烟霞。厭行李程途。虛花世態。潦草生涯。酒腸渴柳陰中揀雲頭剖瓜。詩句香梅梢上掃雪片烹茶。萬事從他。雖是無田。勝似無家。文湖州集詞　喬夢符小令

文湖州集詞無題。〇丁本文湖州集詞次句作辦酒甕詩瓢。又與小令潦草俱作老草。

毗陵晚眺

江南倦客登臨。多少豪雄。幾許消沉。今日何堪。買田陽羡。掛劍長林。霞縷爛誰

家晝錦。月鉤橫故國丹心。窗影燈深。燐火青青。山鬼喑喑。文湖州集詞

〔雙調〕清江引

笑靨兒

盈盈嬃瘢嬌艷滿。偏稱燈前玩。歌喉夜正闌。酒力春將半。喜入臉窩紅玉暖。樂府羣玉二　喬夢符小令

小令臉窩作腮窩。

破花顏粉窩兒深更小。助喜洽添容貌。生成臉上嬌。點出腮邊俏。休著翠鈿遮罩了。樂府羣玉二　喬夢符小令

鳳酥不將腮斗兒勻。巧倩含嬌俊。紅鐫玉有痕。暖嵌花生暈。旋窩兒粉香都是春。太平樂府二　樂府羣玉二　喬夢符小令

羣玉首句無兒字。巧倩作巧笑。旋窩兒下有裏字。都作教。

一團可人衠是嬌。粧點如花貌。擡疊起臉上愁。出落腮邊俏。千金這窩兒裏消費了。樂府羣玉二。四　喬夢符小令

羣玉卷四此支又屬王仲元。茲互見王曲。〇羣玉卷四愁作秋。窩兒作窠。小令擡疊起作打疊。

消費作消盡。

有感

相思瘦因人間阻。只隔牆兒住。筆尖和露珠。花瓣題詩句。倩銜泥燕兒將過去。太平樂府二　喬夢符小令

佳人病酒

羅帕粉香宮額上掩。宿酒春初散。被窩兒甘露漿。腮斗兒珍珠汗。朦朣着對似開不開嬌睡眼。太平樂府二　喬夢符小令

元刊太平樂府三句無兒字。茲從元刊八卷本瞿本。明大字本太平對作一對。小令三四句俱無兒字。朣作朧。

即景

垂楊翠絲千萬縷。惹住閑情緒。和泪送春歸。倩水將愁去。是溪邊落紅昨夜雨。太平樂府二　喬夢符小令

〔雙調〕水仙子

廉香林南園即事

山中富貴相公衙。江左風流學士家。壁間水墨名人畫。六一泉陽羡茶。書齋打簇得繁華。玉龍筆架。銅雀硯瓦。金鳳箋花。樂府羣玉二　喬夢符小令

小令題目南園作南閣。

贈江雲

白蘋吹練洗閑愁。粉絮成衣怯素秋。高情不管青山瘦。伴潯陽一派流。寄相思日暮東州。有意能收放。無心儘去留。梨花夢湘水悠悠。樂府羣玉二　喬夢符小令

贈柔卿王氏

暖紅無力海棠絲。春緑多情楊柳枝。紺雲不動宮鴉翅。肉臺盤纖玉指。胭脂粉搽成的孩兒。眼角頭傳芳事。樽前席上歌艷詞。俵散相思。樂府羣玉二　喬夢符小令

羣玉絲作枝。小令揺作揑。樽前席上作樽席上。

贈姑蘇朱阿嬌會玉真李氏樓

合歡髻子楚雲鬆。鬬巧眉兒翠黛濃。柔荑指怯金杯重。玉亭亭鞵半弓。聽驪珠一串玲瓏。歌觸的心情動。酒潮的臉暈紅。笑堆著滿面春風。樂府羣玉二 喬夢符小令

釘鞵兒

底兒鑽釘紫丁香。幫側微粘蜜臘黄。宜行雲行雨陽臺上。步蒼苔磚甃兒響。襯凌波羅襪生涼。驚回銜泥乳燕。濺濕穿花鳳凰。羞煞戲水鴛鴦。樂府羣玉二 文湖州集詞 喬夢符小令

花箭兒

玲瓏高插楚雲岑。輕巧全勝碧玉簪。紅綿水暖春香沁。是惜花人一寸心。净瓶兒般手撚著沉吟。滴點點薔薇露。裊絲絲楊柳金。是箇畫出來的觀音。樂府羣玉二 文湖州集詞 喬夢符小令

文湖州集詞四句無是字。末句無是箇二字。

傷春

鶯花笑我病三春。香玉知他瘦幾分。屏牀獨自懷孤悶。那些兒喫喜人。界微紅斜印腮痕。山枕淺啼晴露。洞簫寒吹夢雲。風雨黃昏。樂府羣玉二 喬夢符小令

席上賦李楚儀歌以酒送維揚賈侯

鴛鴦一世不知愁。何事年來白盡頭。芙蓉水冷胭脂瘦。占西塘曉鏡秋。菱花漫替人羞。擎架著十分病。包籠著百倍憂。老死也風流。樂府羣玉二 喬夢符小令

羣玉題目侯下有席字。此從小令。小令歌下有一曲二字。

憶情

紅粘緑惹泥風流。雨念雲思何日休。玉憔花悴今番瘦。擔著天來大一擔愁。説相思難撥回頭。夜月雞兒巷。春風燕子樓。一日三秋。樂府羣玉二 喬夢符小令

紅指甲贈孫蓮哥時客吴江

冰藍袖捲翠紋紗。春笋纖舒紅玉甲。水晶寒濃染胭脂蠟。剖吴橙喫喜煞。錦魚鱗冷漬硃砂。數歸期闌干上畫。印開元宫額上搯。托香腮似幾瓣桃花。樂府羣玉二　文湖州集詞　喬夢符小令

文湖州集詞題作紅指甲。〇文湖州集詞宫額作錢背。何本集詞似幾瓣作幾片兒。丁本作幾瓣兒。小令末句無似字。

贈常鳳哥

紫金釵影落芳樽。白玉簫聲隔暮雲。碧梧枝冷驚秋信。倩緱仙暖夢魂。喜相逢青鳥紅巾。都不索瑶琴寫恨。秦臺憶君。粧鏡悲春。樂府羣玉二　喬夢符小令

客樓即事石氏所居

石崇已去玉樓空。王愷重來金谷窮。緑珠不作朝雲夢。似陽臺十二峯。隔愁痕龜背簾櫳。花鈿小金毛褪。柳腰纖羅帶鬆。寂寞春風。樂府羣玉二　喬夢符小令

手帕呈賈伯堅

對裁湘水縠波紋。挼皺梨花雪片雲。束纖腰舞得春風困。襯瓊杯蒙玉筍。殢人嬌笑揾脂唇。宮額上勻香汗。銀箏上拂暗塵。休染上啼痕。樂府羣玉二　文湖州集詞　喬夢符小令

文湖州集詞題作手帕。○文湖州集詞春風作東風。宮額上作宮額潤。銀箏上作銀箏閑。

楚儀贈香囊賦以報之

玉絲寒皺雪紗囊。金剪裁成冰筍涼。梅魂不許春摇蕩。和清愁一處裝。芳心偷付檀郎。懷兒裏放。枕袋裏藏。夢繞龍香。樂府羣玉二　喬夢符小令

嘲楚儀

順毛兒撲撒翠鸞雛。暖水兒温存比目魚。碎磚兒壘就陽臺路。望朝雲思暮雨。楚巫娥偷取些工夫。殢酒人歸未。停歌月上初。今夜何如。太平樂府二　樂府羣玉二　喬夢符小令

羣玉四句作暮雲行暮雨。偷取些作那取。

嘲人愛姬爲人所奪

豫章城錦片鳳凰交。臨川縣花枝翡翠巢。販茶船鐵板鴉青鈔。問婆婆那件高。柴鏵鍬一下掘著。村馮魁沾的上。俏蘇卿隨順了。雙漸毷氉。太平樂府二　樂府羣玉二　喬夢符小令

題目從元刊太平樂府。何鈔太平樂府嘲人作嘲友。羣玉題目只作嘲友人三字。小令同元刊太平。惟人上有友字。○羣玉鳳凰作鳳鸞。販作泛。鐵板作牌板。高作好。柴鏵鍬作紙糊鍬。沾作拈。隨順作將去。毷氉作氉氉。小令高作好。柴鏵鍬作紙糊鍬。沾作佔。

習隱

拖條藜杖裹枚巾。蓋座團標容箇身。五行不帶功名分。卧芙蓉頂上雲。濯清泉兩足游塵。生不願黄金印。死不離老瓦盆。俯仰乾坤。樂府羣玉二　文湖州集詞　喬夢符小令

文湖州集詞無題。

夢覺

喚回春夢一雙蝶。忙煞黄塵兩隻靴。三十年幾度花開謝。熬煎成頭上雪。海漫漫誰

是龍蛇。魯子敬能施惠。周公瑾會打麾。千古豪傑。樂府羣玉二　喬夢符小令

歌者脾睨潦倒故賦此答焉

綉屏春暖茜氍毹。羅袖香番錦鷓鴣。銀盆笑擊珊瑚樹。捹明珠换緑珠。見書生如此頭顱。昇仙橋曾題柱。卓文君不駕車。誰識相如。樂府羣玉二　喬夢符小令

小令氍毹作氈毹。銀盆作銀盤。

遊越福王府

笙歌夢斷蒺藜沙。羅綺香餘野菜花。亂雲老樹夕陽下。燕休尋王謝家。恨興亡怒煞些嗚蛙。鋪錦池埋荒甃。流杯亭堆破瓦。何處也繁華。樂府羣玉二　喬夢符小令

小令笙歌作笑歌。五句無些字。

賦李仁仲懶慢齋

鬧排場經過樂回閑。勤政堂辭别撒會懶。急喉嚨倒换學些慢。掇梯兒休上竿。夢魂中識破邯鄲。昨日强如今日。這番險似那番。君不見鳥倦知還。樂府羣玉二　喬夢符小令

吴江垂虹橋

飛來千丈玉蜈蚣。橫駕三天白螮蝀。鑿開萬窽黄雲洞。看星低落鏡中。月華明秋影玲瓏。贔屭金環重。狻猊石柱雄。鐵鎖囚龍。樂府羣玉二　文湖州集詞　喬夢符小令

文湖州集詞星低作星辰。小令黄雲洞作黄金洞。鐵鎖作鐵鎮。

若川秋夕聞砧

誰家練杵動秋庭。那岸窗紗閃夜燈。異鄉絲鬢明朝鏡。又多添幾處星。露華零梧葉無聲。金谷園中夢。玉門關外情。涼月三更。樂府羣玉二　喬夢符小令

玉壺園題水亭贈國公十一公子

人來圖畫幀間行。船在琉璃影内撐。歌從絃管聲中聽。水邊鷗花外鶯。翠玲瓏小院閑庭。夜月泥金扇。春風暖玉屏。賞四時雨雪陰晴。樂府羣玉二　喬夢符小令

小令畫幀作畫幔。

嘲少年

紙糊鍬輕吉列枉折尖。肉膘膠乾支刺有甚粘。醋葫蘆嘴古邦佯妝欠。接梢兒雖是諂。抱麄腿只怕傷廉。性兒神羊也似善。口兒蜜鉢也似甜。火塊兒也似情忺。樂府羣玉二

喬夢符小令

小令麄腿作牛腰。

李琬卿

一篇詞意思便隨斜。千金價恩情莽判賒。五花文官誥權教借。高仙兒來到也。人間天上離别。滹沱河澶了府判。柳花亭留下大姐。李琬也也。樂府羣玉二

老當益壯

風流受苦果何甘。落拓垂涎待拉饞。等閑設福難摇憾。那孩兒情願敢。休欺負詩骨巉巉。玉鑰絛玲瓏擔。翠鋪對萬勝籃。風月都擔。樂府羣玉二　喬夢符小令

小令玉鑰作玉鐫。設福作小見。

展轉秋思京門賦

瑣窗風雨古今情。夢繞雲山十二層。香銷燭暗人初定。酒醒時愁未醒。三般兒捱不到天明。蟣地羅幃靜。森地鴛被冷。忽地心疼。樂府羣玉二　喬夢符小令

羣玉四句作酒醒人未醒。

涼夜清興

雲綃蒙影鏡誰呵。露粟吹香金碎挼。醉來起我成三箇。是清風明月我。問桂花良夜如何。飲不辭玻璃盞大。睡不厭琉璃簟闊。夢不到螻蟻南柯。樂府羣玉二　喬夢符小令

尋梅

冬前冬後幾村莊。溪北溪南兩履霜。樹頭樹底孤山上。冷風來何處香。忽相逢縞袂綃裳。酒醒寒驚夢。笛淒春斷腸。淡月昏黃。樂府羣玉二　喬夢符小令

暮春即事

風吹絲雨噀窗紗。苔和酥泥葬落花。捲雲鈎月簾初掛。玉釵香徑滑。燕藏春銜向誰家。鶯老羞尋伴。蜂寒懶報衙。啼煞饑鴉。樂府羣玉二　喬夢符小令

客中春晚

昔年歌舞醉嬌春。今日衣冠逐後塵。歸舟欲向南湖問。恐沙鷗也傲人。榆錢兒不救詩貧。眇小了花風信。闌珊了蝶夢魂。冷笑東君。樂府羣玉二　喬夢符小令

瑞安東安寺夏日清思

新蟬風斷子絃琴。古鴨烟消午篆沉。孤鶴夢覺三山枕。翠濛濛窗户陰。煮茶芽旋撮黄金。俗事天來大。紅塵海樣深。都不到一片雲心。樂府羣玉二　喬夢符小令

樂清簫臺

枕蒼龍雲臥品清簫。跨白鹿春酣醉碧桃。喚青猿夜拆燒丹竈。二千年瓊樹老。飛來海上仙鶴。紗巾岸天風細。玉笙吹山月高。誰識王喬。太平樂府二　樂府羣玉二　喬夢符小令

太平樂府春酣作春配。明大字本太平樂府雲臥作臥雲。青猿作玄猿。羣玉喚作换。二千年作三千年。飛來上有再字。

樂清白鶴寺瀑布

紫簫聲入九華天。翠壁花飛雙玉泉。瑶臺鶴去人曾見。煉白雲丹竈邊。問山靈今夕何年。龍鬚水硃砂膩。虎睛丸金汞圓。海上尋仙。樂府羣玉二　喬夢符小令

爲友人作

滿腔子苦恨病相兼。一肚皮離情沉點點。豫章城開了座相思店。悶勾肆兒逐日添。愁行貨頓塌在眉尖。税錢比茶船上欠。斤兩去等秤上掂。喫緊的曆册般拘鈐。樂府羣玉二　喬夢符小令

小令首二句作。攬柔腸離恨病相兼。重聚首佳期卦怎占。曆册作歷册。

贈朱翠英

吹笙慣醉碧桃花。把酒曾聽蕚緑華。金毛秀靨春無價。折將來烏帽上插。五百年歡喜寃家。正好星前月下。恐怕風吹雨打。喫惜了零落天涯。樂府羣玉二　喬夢符小令

小令秀靨作秀壓。喫惜作可惜。

怨風情

眼中花怎得接連枝。眉上鎖新教配鑰匙。描筆兒勾銷了傷春事。悶葫蘆剗斷線兒。錦鴛鴦别對了箇雄雌。野蜂兒難尋覓。蠍虎兒乾害死。蠶蛹兒畢罷了相思。樂府羣玉二

喬夢符小令

小令畢罷作别罷。

贈顧觀音

盈盈羅襪藕初簪。楚楚宫腰柳半金。小名兒且是妖嬈甚。落迦山何處尋。紫旃檀風

月叢林。説緣法三生夢。捨慈悲一片心。不枉了喚做箇觀音。樂府羣玉二　喬夢符小令

吴姬

罣罳分月小藤牀。茉莉堆雲懶髻粧。薔薇灑水輕綃上。染一天風露香。看星河笑語昏黄。白雪雞頭肉。紅冰荔子漿。道今夜微涼。樂府羣玉二　喬夢符小令

重觀瀑布

天機織罷月梭閑。石壁高垂雪練寒。冰絲帶雨懸霄漢。幾千年曬未乾。露華涼人怯衣單。似白虹飲澗。玉龍下山。晴雪飛灘。樂府羣玉二　喬夢符小令

雨窗即事

客懷寥落雨聲中。春事商量花信風。燭光摇蕩江南夢。寸心灰雙泪紅。和更籌滴損銅龍。酒醒紗窗静。詩慳錦袋空。催老仙翁。樂府羣玉二　喬夢符小令

中秋後一日山亭賞桂花時雨稍晴

海雲衣濕鶺鴒寒。窗雨絲收絡緯閑。邊風信動征鴻限。稻粱秋有甚慳。儘尊前楚水吴山。坐金色三千界。倚天香十二闌。不是人間。樂府羣玉二　喬夢符小令

詠雪

冷無香柳絮撲將來。凍成片梨花拂不開。大灰泥漫了三千界。銀稜了東大海。探梅的心噤難捱。麫甕兒裏袁安舍。鹽堆兒裏党尉宅。粉缸兒裏舞榭歌臺。樂府羣玉二　喬夢符小令　小令漫了作漫不了。鹽堆作鹽罐。

贈孫梅哥

壽陽宮額試新粧。蓴緑仙音整舊腔。怕尊前夢覺參兒上。粉留痕襟袖香。揀垧兒可喜昏黃。白雲紙帳。清風玉堂。淡月紗窗。樂府羣玉二　喬夢符小令

德清長橋

青天白日見樓臺。赤蜃浮光海市開。崖崩岸坼長虹在。龕鱗生感壯懷。臥蒼龍鱗甲生苔。橫生風籟。玲瓏月色。玉琢蓬萊。文湖州集詞　喬夢符小令

文湖州集詞三四句作。仙人欲度星河外。向暗虹背上來。橫生作橫陳。月色作花月色。

菊舟

寒英和雨結船頭。翠葉鋪烟起舵樓。霜枝立月牙檣瘦。泛清香滿棹秋。比浮花浪蕊優游。駕銀漢星槎夢。載金莖玉露酒。江湖上陶令風流。文湖州集詞　喬夢符小令

丁朝卿西齋半間雲

碧窗秋窄玉玲瓏。古鼎春慳香鬖鬆。矮屏分得梨花夢。小可可十二峯。浩然氣於此從容。無垢無塵處。非烟非霧中。等當著天上從龍。文湖州集詞　喬夢符小令

文湖州集詞題目末字作雪。○何本集詞非烟非霧作飛烟飛霧。

和化成甫番馬扇頭

渥洼秋淺水生寒。苜蓿霜輕草漸斑。鸞弧不射雙飛雁。臂鞲鷹玉轡間。醉醺醺來自樓闌。狐帽西風袒。穹廬紅日晚。滿眼青山。文湖州集詞　喬夢符小令

文湖州集詞鸞作彎。五句作醉醺朝樓闌。小令狐作孤。兹從集詞。

〔雙調〕慶東原

青田九樓山舟中作

渺渺山頭路。鱗鱗山上田。繞篷窗六曲屏風面。似丹青輞川。是神仙洞天。隔雲樹人烟。試看玉溪邊。恐有桃花片。文湖州集詞

曲牌原作鄆城春。

〔雙調〕錢絲泫

避豪傑。隱巖穴。煮茶香掃梅梢雪。中酒酣迷紙帳蝶。枕書睡足松窗月。一燈蝸舍。

何本曲牌泫作沅。茲從丁本。任校云。錢絲泫疑是續斷絃之訛。○丁本四句作中間酣迷低帳蝶。茲從何本。

〔雙調〕春閨怨

雪月風花收拾够也。用心用力這時節。擔兒上一擔擔風月。途路賒。步步些些。樂府羣玉二

不繫雕鞍門前柳。玉容寂寞見花羞。冷風兒吹雨黄昏後。簾控鈎。掩上毬樓。風雨替花愁。樂府羣玉二

黑海春愁渾無處躲。嫩香膩玉漸消磨。瘦呵也不似今春箇。無奈何。自畫雙蛾。添得越愁多。樂府羣玉二

薄命兒心腸較軟。道聲去也泪漣漣。這些時攢下春閨怨。離恨天。幾度前。羞見月兒圓。樂府羣玉二

〔雙調〕殿前歡

里西瑛號懶雲窩自叙有作奉和

懶雲窩。石牀苔翠暖相和。不施霖雨爲良佐。遯迹巖阿。林泉夢引合。風月詩分破。富貴塵沾涴。歌殘楚些。閑損巫娥。樂府羣玉二　喬夢符小令

小令題末尚有六曲二字。〇小令苔翠作滴翠。

懶雲窩。雲邊日月儘如梭。槐根夢覺興亡破。依舊南柯。休聽甯戚歌。學會陳摶臥。不管伯夷餓。無何浩飲。浩飲無何。樂府羣玉二　喬夢符小令

小令伯夷作靈輒。

懶雲窩。静看松影掛長蘿。半間僧舍平分破。塵慮消磨。聽不厭隱士歌。夢不喜高軒過。聘不起東山臥。疎慵在我。奔競從他。樂府羣玉二　喬夢符小令

懶雲窩。懶雲窩裏避風波。無榮無辱無災禍。儘我婆娑。閑謳樂道歌。打會清閑坐。放浪形骸臥。人多笑我。我笑人多。樂府羣玉二　喬夢符小令

懶雲窩。雲窩客至欲如何。懶雲窩裏和雲臥。打會磨跎。想人生待怎麽。貴比我爭

些大。富比我爭些箇。呵呵笑我。我笑呵呵。殘元本陽春白雪二　鈔本陽春白雪前集三　太平樂府一　喬夢符小令　堯山堂外紀七一

此首殘元本陽春白雪及鈔本陽春白雪又謂里西瑛作。校記從略。參閱里西瑛曲。

懶神仙。懶窩中打坐幾多年。夢魂不到青雲殿。酒興詩顛。輕便如宰相權。冷淡如名賢傳。自在如彭澤縣。蒼天負我。我負蒼天。太平樂府一　喬夢符小令

厲鶚刻喬夢符小令六曲後記云。西瑛善吹篳篥。所居懶雲窩。在吴城東北隅。去天如禪師惟則獅子林半里許。天如作篳篥引贈之。

登鳳凰臺

鳳凰臺。金龍玉虎帝王宅。猿鶴只欠山人債。千古興懷。梧桐枯鳳不來。風雷死龍何在。林泉老猿休怪。銷魂楚甸。洗恨秦淮。文湖州集詞　喬夢符小令

小令林泉作石泉。

登江山第一樓

拍闌干。霧花吹鬢海風寒。浩歌驚得浮雲散。細數青山。指蓬萊一望間。紗巾岸。

鶴背騎來慣。舉頭長嘯。直上天壇。文湖州集詞

〔雙調〕賣花聲

悟世

肝腸百鍊爐間鐵。富貴三更枕上蝶。功名兩字酒中蛇。尖風薄雪。殘杯冷炙。掩清燈竹籬茅舍。樂府羣玉二　文湖州集詞　喬夢符小令　樂府羣珠一

文湖州集詞無題。○又。薄雪作薄雲。

太平吴氏樓會集

桃花扇底窺春笑。楊柳簾前按舞嬌。海棠夢裏醉魂銷。香團嬌小。歌頭水調。斷腸也五陵年少。樂府羣玉二　喬夢符小令　樂府羣珠一

任校羣玉舞嬌作舞腰。

香雲簾幕風流燕。花月樓臺富貴仙。新調駿馬紫藤鞭。能歌小妾。輕羅團扇。醉歸來牡丹亭院。樂府羣玉二　喬夢符小令　樂府羣珠一

任校羣玉團扇作檀扇。

香茶

細研片腦梅花粉。新剥珍珠荳蔻仁。依方修合鳳團春。醉魂清爽。舌尖香嫩。這孩兒那些風韻。太平樂府二　樂府羣玉二　中原音韻　文湖州集詞　喬夢符小令　樂府羣珠一　堯山堂外紀

七一

中原音韻不注撰人。太平樂府等題目俱作香茶。文湖州集詞曲牌作秋雲冷。題作孩兒香茶。○羣玉中原音韻珍珠俱作真珠。羣玉那些作那道。

〔雙調〕雁兒落過得勝令

自適

黄花開數朵。翠竹栽些箇。農桑事上熟。名利場中捋。禾黍小莊科。籬落棱雞鵝。五畝清閑地。一枚安樂窩。行呵。官大憂愁大。藏呵。田多差役多。太平樂府三　喬夢符小令

小令棱作放。

小令

憶別

慇懃紅葉詩。冷淡黄花市。清江天水箋。白雁雲烟字。遊子去何之。無處寄新詞。酒醒燈昏夜。窗寒夢覺時。尋思。談笑十年事。嗟咨。風流兩鬢絲。太平樂府三　喬夢符

小令

戲題

喜蛛絲漫占。靈鵲聲難驗。秋奩粧不忺。夜燭花無艷。愁月淡窺簷。泪雨冷侵簾。冉冉香消漸。纖纖玉減尖。呫呫。念念心常玷。厭厭。漸漸病越添。太平樂府三　喬夢符

元刊太平樂府等不忺俱作不炊。兹從明大字本太平樂府及小令。

回省

身離丹鳳闕。夢入黄鷄社。桔槔地面寬。傀儡排場熱。名利酒吞蛇。富貴夢迷蝶。

蟻陣攻城破。蜂衙報日斜。豪傑。幾度花開謝。癡呆。三分春去也。太平樂府三　喬夢符

小令　太和正音譜下引得勝令

〔不知宮調〕豐年樂

世路艱難鬢毛斑。占奸退閑。白雲歸山鳥知還。想起來連雲棧。不如磻溪岸垂釣竿。

文湖州集詞

套數

〔仙呂〕賞花時

風情

春透天台醉碧桃。月滿雲窗聽紫簫。鶯燕友鳳鸞交。幽期密約。不許外人瞧。

〔幺〕打不覺頭毒如睡馬杓。粘隨風絮沾如肉膘膠。藤纏葛數千遭。把麗春園纏倒。諕的那販茶客五魂消。

〔賺煞〕我是箇鍛鍊成的鐵連環。不比您捻合就的泥圈套。掙麼快的鋒芒怎敢犯着。小廝撲如何敢和我換交。伏唇鎗舌劍吹毛。不是我騁麄豪。强霸着月夜花朝。圍你在垓心裏怎地逃。若不納降旗受縛。肯舒心伏弱。敢教點鋼鍬劈碎紙糊鍬。太平樂府

六　喬夢符小令　詞謔　北宮詞紀五　彩筆情辭五

彩筆情辭題作占風情。〇〔么〕明大字本太平樂府無粘字。情辭無毒字。無粘字。詞謔無如字。〔賺煞〕何鈔本太平樂府伏作仗。小令首句無的字。伏作仗。敢教。劈碎下俱有那字。詞謔鍛鍊作火鍊。連環作環。掙麼作掙磨。圍你作圍恁。敢教下有那字。詞紀掙麼作掙磨。圍你作圍住。舒心作輸心。情辭同詞紀。

睡鞋兒

雙鳳銜花宮樣彎。窄玉圈金三寸慳。緑窗靜翠簾閑。似錦鴛日晚。並宿向雕闌。

〔么〕多管是露冷蒼苔夜氣寒。暖透凌波羅襪單。聽寶釧響珊珊。藕璉兒般冰腕。用纖指將綉幫兒彈。

〔賺煞〕髻綰倚風鬟。臉襯秋蓮瓣。險花暈了懵騰醉眼。見非霧非烟簾影間。映秋波兩葉春山。幾時配玉連環。看他些緑慘紅孱。殢煞春嬌夜未闌。投至香消燭殘。比

及雨收雲散。我向懷兒中直揣得那對底兒乾。太平樂府六　喬夢符小令　北宮詞紀五　詞林白雪

四　彩筆情辭七　詞譴引賺煞

太平樂府題作哂鞋兒。哂當係唾之譌。兹改正。喬夢符小令同太平樂府。北宮詞紀作美人睡鞋。詞林白雪屬美麗類。彩筆情辭作美姬睡鞋。○(賞花時)情辭宫様作弓様。(么)明大字本太平樂府及小令藕㻰俱作藕節。(賺煞)詞譴末句那對作這對。

〔南吕〕一枝花

合箏

酒酣春色濃。簾捲花陰静。佳人嬌和曲。豪客醉彈箏。心與手調停。斂袂待弦初定。雁行斜江月影。搊銀甲指撥輕清。按金縷歌喉數聲。

〔梁州第七〕歌應指似林鶯嚦嚦。指隨歌似山溜泠泠。同聲相應的涼州令。滴銀盤秋雨。敲玉樹春冰。恰壯懷慷慨。又私語丁寧。迸瓊珠萬顆瑽琤。間驪珠一串分明。恰便似卓文君答撫琴相如。黄念奴伴開元壽寧。小單于學鼓瑟湘靈。繹如也以成。遲疾纖巧隨搵掐無些兒病。腔兒穩字兒正。一對兒合得着綢繆有情。效鸞鳳和鳴。

〔尾〕煞强如泣琵琶泪濕青衫上冷。彷彿似鸚鵡聲訛錦罩内聽。洗得平生耳根浄。風流這生。乞戲可憎。我便有陶學士的鼻凹也下不得綁。太平樂府八　喬夢符小令　雍熙樂府一

○北宫詞紀五

雍熙樂府不注撰人。○〔一枝花〕雍熙斂袂待作斂袂帶。歌喉作歌謳。北宫詞紀作斂袂帶。末二句作。搊銀甲指法偏高。按金縷歌喉慢逞。〔梁州第七〕明大字本太平樂府應的作應。便似作便是。雍熙的涼州作梁州。繹如下無也字。些兒作些。詞紀俱同。詞紀間驪珠作驟驪珠。無隨摳掐三字。着綢繆有情作綢繆忒有情。〔尾〕元刊八卷本及瞿本太平樂府乞戲俱作吃戲。小令訛錦作紅錦。乞戲作喫戲。雍熙末句無的字。詞紀次句作彷彿似調鸚鵡聲嬌錦罩内聽。乞戲作相諧。

私情

雲髻金雀翹。山隱青鸞鑑。藕絲輕織粉。湘水細揉藍。性子兒巖嵌。小可底難摇撼。起初兒着莫嚕。假撇清面北眉南。實怕儹紅愁緑慘。

〔梁州第七〕不顯豁意頭兒甚好。不尋常眼腦兒偏饞。酒席間閑話兒將他來探。都笑科兒承答。冷諢兒包含。不能够空便。因此上雲雨尷尬。老婆婆坐守行監。狠撅丁暮四朝三。不能够偷工夫恰喜喜歡歡。怕蹶撒也却忑忑忐忐。知消息早噥噥喃喃。

儹科。鬭喊。風聲兒惹起如何揞。從那遍再誰敢。有等乾噷唓的杓倸死嘴嘶。委實難躭。

〔尾〕從今將鳳凰巢鴛鴦殿遮籠教暗。將金縫鎖玉連環對勘的嚴。錦片也似前程做的來不愚濫。非是咱不甘。不是你不堪。只被這受驚怕的恩情都唬破我膽。太平樂府八

喬夢符小令　雍熙樂府一〇　彩筆情辭四

雍熙樂府不注撰人。彩筆情辭注元人辭。〇（一枝花）雍熙七句作起初早着摸嗒。情辭同。情雲髻作雲盤。（梁州第七）元刊太平樂府從那遍作徒那遊。嘴嘶作嘴澌。小令雍熙同。茲從元刊八卷本瞿本太平樂府。明大字本太平他來作他。撅作獗。撒也作撒。揞作按。雍熙情辭蹶撒俱作厥撒。揞俱作按。情辭他來作他。不能够作難尋。婆婆作虔婆。偷工夫作破工夫。也却作也。噥噥作篤篤。從那遍作待潛窺。杓倸作初倸。（尾）元刊八卷本太平樂府金縫作金丱。太平雍熙二句嚴俱作岩。雍熙情辭從今俱作從今後。教暗作的暗。只被作只被你。恩情下有到如今三字。情辭首句無將字。將金縫鎖作把金鑰鎖。愚濫作餘濫。

雜情

粉雲香臉試搽。翠烟膩眉學畫。紅酥潤冰笥手。烏金漬玉粳牙。鬢攏宮鴉。改樣兒

新鞋襪。挑粉垢修指甲。收拾得所事兒温柔。粧點得諸餘裏顆恰。

〔梁州〕堪笑這没分曉的媽媽。則抱得不啼哭娃娃。小心兒一見了相牽掛。腿廝捺着說話。手廝把着行踏。額廝撈着作耍。腮廝揾着温存。肩廝挨着曲和琵琶。尋題目頂真續麻。常子是笑没盈弄盞傳杯。好喫闌同牀共榻。熱兀羅過飯供茶。那些。喜呷。天來大怪膽兒無些怕。這些時變了話。小則小心腸兒到狡猾。顯出些情雜。

〔罵玉郎〕但些兒頭疼眼熱我早心驚訝。着疼熱只除咱。尋方裏藥占龜卦。直到喫得粥食。離了臥榻。恰撇得心兒下。

〔感皇恩〕看承似美玉無瑕。誰敢做野草閑花。曹大家賣杏虎。裴小蠻學撒撇。温太真索粧鰕。麗春園扎撒。鳴珂巷南衙。現而今如嚼蠟。似咬瓦。若摶沙。

〔採茶歌〕喜時節臉烘霞。笑時節眼生花。一霎時一天風雪冷鼻凹。本待做曲吕木頭車兒隨性打。原來是滑出律水晶毬子怎生拿。太平樂府八　喬夢符小令　雍熙樂府一〇

雍熙樂府題作情雜。不注撰人。〇（一枝花）太平樂府雍熙牙俱作芽。明大字本何鈔本太平諸餘裏俱作諸般兒。元刊太平樂府漬作潰。茲從他本太平樂府喬夢符小令及雍熙。雍熙所事兒作所事。末五字作諸餘顯恰。（梁州）元刊太平樂府熱兀羅作熱尤羅。茲從元刊八卷本瞿本何鈔本及小令。瞿本舊校没盈作盈盈。明大字本及小令變了話俱作變了卦。雍熙廝捺下無着字。廝把着

作廝着。曲和作和曲。兀羅作魔羅。（罵玉郎）雍熙些兒作着些。眼熱作腦熱。粥食作粥時。離了作纔離。（感皇恩）小令大家作大姑。撒撇作撒鼈。扎撒作北撒。（採茶歌）明大字本太平樂府木頭作木。雍熙曲吕木頭作曲律木的。

〔南吕〕梁州第七

射雁

魚尾紅殘霞隱隱。鴨頭緑秋水涓涓。芙蓉燦爛摇波面。見沉浮鷗伴。來往魚船。平沙衰草。古木蒼烟。江鄉景堪愛堪憐。有丹青巧筆難傳。揉藍靛緑水溪頭。鋪膩粉白蘋岸邊。抹胭脂紅葉林前。將笠簷兒慢捲。迎頭。仰面。偷睛兒覷見碧天外雁行現。寫破祥雲一片箋。頭直上慢慢盤旋。

〔一枝花〕忙拈鵲畫弓。急取鵰翎箭。端直了燕尾鈚。搭上虎筋弦。秋月弓圓。箭發如飛電。覷高低無側偏。正中賓鴻。落在蒹葭不見。

〔尾〕轉過紫荆坡白草塚黄蘆堰。驚起些紅脚鴨金頭鵝錦背鴛。諕得這鸂鶒兒連忙向敗荷裏串。血模糊翅搧。撲剌剌可憐。十二枝梢翎向地皮上剪。太平樂府八　雍熙樂府八及

九　北宫詞紀四　九宫大成五四引全套

此套見太平樂府。注夢簡撰。北宫詞紀從之。雍熙樂府卷八卷九並收之。俱不注撰人。卷八無題。案太平樂府作者姓氏表中。並無夢簡其人。簡當係符之譌。茲以之屬喬吉。又此套太平及詞紀皆梁州第七在前。一枝花在後。雍熙卷九所收者同。惟雍熙卷八所收者。則一枝花在前。九宫大成從北宫詞紀。○（梁州第七）元刊太平慢捲作㨰捲。茲從明大字本太平及雍熙九。雍熙八燦爛作爛熳。四句作見浮鷗畔。將笠簷句作看笠簾謾捲。覷見作見。詞紀九句作丹青筆難畫難傳。笠簷下無兒字。句斷。覷見作見。大成俱同詞紀。（一枝花）太平樂府側偏作俱偏。茲從雍熙八。雍熙八三句無了字。飛電作雷電。末二句作。紫金鈚正中賓鴻。撲落在丹霞汀遠。雍熙九鵲畫作鵲樺。三句無了字。側偏作倚偏。詞紀大成弓圓俱作方圓。餘同雍熙九。（尾）太平瀲鵝作瀲鴉。雍熙八轉過下有這字。堰作岸。無諕得這瀲鵝兒六字。撲剌剌作剌剌的。末句作十二枝頭翎地上剪。雍熙九諕得這作諕的那。下句無血字。詞紀大成俱同雍熙九。

〔商調〕集賢賓

詠柳憶別

恨青青畫橋東畔柳。曾祖送少年遊。散晴雪楊花清晝。又一場心事悠悠。翠絲長不繫雕鞍。碧雲寒空掩朱樓。揎羅袖試將纖玉手。綰東風摇損輕柔。同心方勝結。纓絡綉文毬。

〔逍遥樂〕綰不成鴛鴦雙叩。空驚散梢頭。一雙錦鳩。何處忘憂。聽枝上數聲黄栗留。怕不弄春嬌巧轉歌喉。驚回好夢。題起離情。唤醒閑愁。

〔醋葫蘆〕雨晴珠泪收。烟顰翠黛羞。殢風流還自怨風流。病多不奈秋。未秋來早先消瘦。曉風殘月在簾鈎。

〔浪裏來煞〕不要你護雕闌花甃香。蔭蒼苔石徑幽。只要你盼行人終日替我凝眸。只要你重温灞陵别後酒。如今時候。只要向緑陰深處纜歸舟。太平樂府七 盛世新聲申集 詞林摘艷七 喬夢符小令 雍熙樂府一四 北宫詞紀六

盛世新聲重增本内府本詞林摘艷俱無題。不注撰人。原刊本徽藩本詞林摘艷題作贈别。注喬夢符作。雍熙樂府不注撰人。題作懸望。○(集賢賓)元刊太平樂府摇損作援損。兹從元刊八卷本太平及盛世摘艷。盛世畫橋作畫樓。祖送作發送。文毬作香毬。摘艷俱同。喬夢符小令纖作纖纖。摇損作援損。雍熙摇損作按損。餘同盛世。(逍遥樂)盛世摘艷五六句俱作。聽枝上啼鳥聲幽。你怕不弄春巧轉歌喉。内府本摘艷梢頭作緑影梢頭。一雙作一雙的尋巢雉。小令一雙作一對。雍熙綰作結。梢頭作樹梢頭。五六句作。聽枝上杜宇聲幽。你怕不調弄春聲巧囀喉。(醋

葫蘆〕元刊太平末秋作去秋。茲從元刊八卷本瞿本何鈔本太平及小令。何鈔本奈秋作奈愁。盛世首句作兩情珠泪垂。羞作收。末三句作。病多看來不奈秋。秋來先瘦。晚風殘月上簾鈎。摘艷俱同盛世。小令末句在作上。雍熙同盛世。惟秋來先瘦作因他消瘦。詞紀四五句作。多病不禁秋信陡。早先消瘦。〔浪裏來煞〕盛世及各本摘艷苔上俱脱蒼字。内府本摘艷不脱。雍熙花甃作花甍。二三句作。蔭苔痕燦石幽。則要盼情人終日我凝眸。緑陰作緑楊。纜作棹。

〔越調〕鬭鵪鶉

歌姬

教坊馳名。梨園上班。院本詼諧。宫粧樣範。膚若凝脂。顔如渥丹。香肩憑玉樓。湘雲擁翠鬟。羅帕分香。春纖换盞。

〔紫花兒〕扶咫煞東風桃李。吸留煞暮雨房櫳。喫喜煞夜月闌干。向尊席之上。談笑其間。意思相攀。且是娘剔透玲瓏不放閑。不枉了唤聲粧旦。儘可以霧幌雲屏。酒社詩壇。

〔天净沙〕眉兒初月彎彎。鞋兒瘦玉慳慳。臉兒孜孜耐看。琵琶絃慢。青衫泪點才乾。

〔尾〕麗春園門外是潯陽岸。最險是茶船上跳板。一句話悔時難。兩般兒愛處揀。太平樂府七　喬夢符小令　雍熙樂府一三

雍熙樂府不注撰人。〇〔鬬鵪鶉〕元刊太平樂府院本作院體。小令同。兹從瞿本太平及雍熙。〔紫花兒〕明大字本太平無向字。〔天净沙〕元刊太平三句臉作斂。看作着。兹俱從明大字本何鈔本太平及小令雍熙。

〔雙調〕新水令

閨麗

繡閨深培養出牡丹芽。控銀鈎繡簾不掛。鶯燕遊上苑。蝶夢繞東華。富貴人家。花陰内柳陰下。

〔喬木查〕忽地迎頭見咱。嬌小心兒裏怕。厭地回身攏鬢鴉。傍闌干行又羞。雙臉烘霞。

〔攪箏琶〕我凝眸罷。心内頑麻。可知曲江頭三次遺鞭。我粉牆外幾乎墜馬。人説觀自在活菩薩。堪誇。普陀山幾時曾到他。更隔着海角天涯。

〔甜水令〕他秋水回波。春山摇翠。芳心迎迓。彼此各承答。詩句傳情。琴聲寫恨。衷腸牽掛。許多時不得歡洽。

〔雁兒落〕鬬的滿街裏閑嗑牙。待罷呵如何罷。空揣着題詩玉版箋。織錦香羅帕。

〔得勝令〕我是箇爲客秀才家。你是箇未嫁女嬌娃。不是將海鶴兒相埋怨。休把這紙鷂兒廝調發。若是真麽。回與我句實成的話。天那。送了人呵不是耍。

〔離亭宴煞〕只因你贍不下解合的心腸兒叉。不是我口不嚴俵揚的風聲兒大。佇頭憑闌。一日三衙。唱道成時節準備着小意兒粧鰕。不成時怎肯呆心兒跳塔。吱。你箇喫戲寃家。來來來將人休量抹。我不是琉璃井底鳴蛙。我是箇花柳營中慣戰馬。太平樂府七　喬夢符小令　雍熙樂府一一　北詞廣正譜引甜水令　九宫大成六五引喬木査

雍熙樂府不注撰人。○〔新水令〕喬夢符小令銀鉤作金鉤。鶯燕遊作鶯聲聞。〔攪箏琶〕太平樂府普陀作補陀。雍熙樂府九宫大成幾時曾俱作幾曾。〔甜水令〕雍熙衷腸作衷情。〔雁兒落〕明大字本太平樂府鬬的作逗得。嗑作磕。〔得勝令〕元刊八卷本瞿本明大字本太平樂府真麽俱作真箇。雍熙同。兹從元刊本。明大字本無海字。又與小令雍熙實成俱作實誠。小令真麽作無差。雍熙天那作天呵。〔離亭宴煞〕元刊太平樂府無琉字。兹從瞿本明大字本及小令。何鈔本太平樂府贍作擔。頭作頸。小令俱同。雍熙贍作擔。無琉璃二字。

〔雙調〕喬牌兒

别情

鳳求凰琴慢彈。鶯求友曲休咀。楚陽臺更隔着連雲棧。桃源洞在蜀道難。

〔攪箏琶〕無邊岸。黑海也似那煎煩。愁萬結柔腸。泪雙垂業眼。泪眼與愁腸。直熬得燭滅香殘。更闌。望情人必然來夢間。争奈這枕冷衾寒。

〔落梅風〕粘金雁。嚲翠鬟。想不曾做心兒打扮。近新來爲咱情緒懶。不梳粧也自然好看。

〔沉醉東風〕風鈴響猛猜做珮環。柳烟顰只疑是眉攢。想犀梳似新月牙。憶宫額似芙蓉瓣。見桃花呵似見他容顔。覷得越女吴姬匹似閑。厭聽那銀箏象板。

〔本調煞〕相思成病何時慢。更拚得不茶不飯。直熬箇海枯石爛。太平樂府六　喬夢符小令

北宫詞紀六　彩筆情辭七　太和正音譜下引本調煞　北詞廣正譜同　九宫大成六六同

（攪箏琶）北宫詞紀也似那作似。泪眼與愁腸作愁和泪到更闌。香殘下無更闌二字。彩筆情辭俱同。（沉醉東風）小令匹似閑作莫等閑。詞紀情辭俱作似等閑。

〔雙調〕行香子

題情

燕懶鶯慵。鳳隻鸞單。無多時春事闌珊。東陽瘦體。潘岳蒼顔。我怕春歸。愁日永。睚更闌。

〔慶宣和〕紅粉香中慣撒頑。不似今番。軟玉温香忒希罕。只疑是夢間。夢間。

〔錦上花〕酒社詩壇。不茶不飯。夜雨愁腸。東風泪眼。海誓山盟。白玉連環。月約星期。泥金小簡。

〔小陽關〕次第明月食。容易彩雲散。咫尺巫山。頃刻陽關。地窄天寬。十番九番。雨澀雲慳。千難萬難。

〔江兒水〕西樓倚遍十二闌。望斷處空長嘆。不由人脚兒勤。更怕咱心兒憚。得空便對着他實掉訛。

〔碧玉簫〕忙裏偷閑。滿口兒訴愁煩。天上人間。對面兒隔關山。送春心眉影彎。悶無言雲鬟鬢。據風流樣範。尋常粧扮。腰肢小蠻。巧語嬌春鶯慢。

〔離亭宴歇指煞〕平生脱不了疎狂限。今年又撞着風流難。人瞧見些破綻。衾閑綉被鴛。釵擘金花鳳。弦斷瑶箏雁。柔腸愁暮秋。業眼巴清旦。誰知近間。花柳武陵迷。烟水藍橋潦。雲雨陽臺旱。恩深太華高。情朽松石爛。不是我將伊調販。早攛斷那倈儃。任從他外人儹。太平樂府六　喬夢符小令　詞謔　北宮詞紀六　彩筆情辭一〇　太和正音譜下引小陽關　北詞廣正譜引慶宣和

（行香子）何鈔本太平樂府睚作怯。（慶宣和）北宮詞紀香中作鄉中。北詞廣正譜同。（小陽關）大成改曲牌爲錦上花之又一體。即么篇。瞿本何鈔本太平樂府及詞紀情辭太和正音譜大成月食俱作月圓。（江兒水）明大字本太平樂府掉誽作掉侃。小令對着他作對他。（離亭宴歇指煞）詞謔詞紀情辭大成平生俱作平時。

蘇彥文

生平不詳。録鬼簿謂彥文有地冷天寒越調及諸樂府極佳。

套數

〔越調〕鬬鵪鶉

冬景

地冷天寒。陰風亂刮。歲久冬深。嚴霜遍撒。夜永更長。寒浸臥榻。夢不成。愁轉加。杳杳冥冥。瀟瀟灑灑。

〔紫花兒序〕早是我衣服破碎。鋪蓋單薄。凍的我手脚酸麻。冷彎做一塊。聽鼓打三撾。天那。幾時捱的鷄兒叫更兒盡點兒煞。曉鐘打罷。巴到天明。劃地波查。

〔禿廝兒〕這天晴不得一時半霎。寒凜冽走石飛沙。陰雲黯淡閉日華。布四野。滿長空。天涯。

〔聖藥王〕脚又滑。手又麻。亂紛紛瑞雪舞梨花。情緒雜。囊篋乏。若老天全不可憐咱。凍欽欽怎行踏。

〔紫花兒序〕這雪袁安難臥。蒙正回窰。買臣還家。退之不愛。浩然休誇。真佳。江上漁翁罷了釣槎。便休題晚來堪畫。休强呵映雪讀書。且免了這掃雪烹茶。

〔尾聲〕最怕的是簷前頭倒把冰錐掛。喜端午愁逢臘八。巧手匠雪獅兒一千般成。我盼的是泥牛兒四九裏打。雍熙樂府一三

録鬼簿云。彦文有地冷天寒越調及諸樂府。案雍熙樂府有越調鬬鵪鶉地冷天寒套數。不注撰人。當即彦文作。兹據以輯之。

劉時中

時中號逋齋。古洪人。與鍾嗣成同時。或以爲即劉致。惟劉致石州寧鄉人。待考。

小令

〔仙吕〕醉扶歸

賦粉團兒

色映金莖露。香膩玉盤酥。一段清冰出玉壺。不管胭脂妒。曉鏡青鸞影孤。正要何郎傅。樂府羣玉一

〔仙吕〕醉中天

花木相思樹。禽鳥折枝圖。水底雙雙比目魚。岸上鴛鴦户。一步步金廂翠鋪。世間好處。休没尋思。典賣了西湖。宋諺有典賣西湖之語。臺諫謂之賣了西湖。既賣則不可復。省院謂之

典了西湖。典猶可贖也。無官守言責。則無往不可。此古人所以輕視軒冕者歟。樂府羣玉一

〔南吕〕四塊玉

泛綵舟。攜紅袖。一曲新聲按伊州。樽前更有忘機友。波上鷗。花底鳩。湖畔柳。鈔

本陽春白雪後集一　樂府羣珠二　雍熙樂府一八

樂府羣珠題作遊賞。○雍熙樂府湖畔作河畔。

今日吴。明朝楚。吴楚交争幾榮枯。試將歷代從頭數。忠孝臣。賢明主。泉下土。鈔

本陽春白雪後集一　樂府羣珠二　雍熙樂府一八

羣珠題作嘆世。○雍熙今作昨。明作今。泉下作墳上。

看野花。攜村酒。煩惱如何到心頭。紅纓白馬難消受。二頃田。兩隻牛。飽時候。鈔

本陽春白雪後集一　梨園樂府下　樂府羣珠二　雍熙樂府一八

羣珠題作隱居。梨園樂府此首屬馬致遠。茲互見。○梨園看作帶。四句作誰能躍馬常食肉。兩隻作一具。時候作後休。羣珠四句作誰能躍馬能消受。隻作具。時候作後休。

佐國心。拿雲手。命裏無時莫强求。隨緣過得休生受。幾葉綿。幾匹綢。暖時候。鈔

本陽春白雪後集一　梨園樂府下　樂府羣珠二　雍熙樂府一八

羣珠題作嘆世。梨園樂府此首屬馬致遠。雍熙樂府此首及以下衣紫袍。萬丈潭。官況甜三首皆

不注撰人。○梨園强求作剛求。隨緣過得作隨時過遣。幾匹作一片。時候作後休。羣珠末二句作。萬縷綢。暖便休。

利儘收。名先有。得好休時便好休。閑中自有閑中友。門外山。湖上酒。林下叟。鈔本陽春白雪後集一　樂府羣珠二　雍熙樂府一八

羣珠題作隱居。○羣珠三句脱上一休字。湖上作壺内。

衣紫袍。居黄閣。九鼎沉似許由瓢。甘美無味教人笑。棄了官。辭了朝。歸去好。鈔本陽春白雪後集一　樂府羣珠二　雍熙樂府一八

萬丈潭。千尋坎。一線風濤隔仙凡。識破休被功名賺。無厭心。呆大膽。誰再敢。鈔本陽春白雪後集一　樂府羣珠二　雍熙樂府一八

官況甜。公途險。虎豹重關整威嚴。儲多恩少皆堪嘆。業貫盈。横禍滿。無處閃。鈔本陽春白雪後集一　樂府羣珠二　雍熙樂府一八

樂府羣珠以上列三首屬曾瑞。本書互見兩家曲中。校語見曾曲。

禄萬鍾。家千口。父子爲官弟封侯。畫堂不管銅壺漏。休費心。休過求。攧破頭。樂府羣珠二　雍熙樂府一八

雍熙樂府此首及次首曲牌誤作寨兒令。不注撰人。此首題作嘲烏衣巷。

詠鄭元和

風雪狂。衣衫破。凍損多情鄭元和。哩哩嗹嗹嗹哩囉學打蓮花落。不甫能逢着亞仙。肯分的撞着李婆。怎奈何。樂府羣珠二　雍熙樂府一八

雍熙題作乞兒郎。○羣珠三句哩字下空兩格。下爲學打蓮花落。此從雍熙。雍熙亞仙作李亞仙。肯作有。婆作婆婆。

〔南吕〕金字經

常氏稱心

少年情緣淺。老來歡愛深。費盡長門買賦金。酒滿斟。醉來花下吟。纏頭錦。願得常稱心。樂府羣玉一　樂府羣珠二

〔中吕〕朝天子

邸萬户席上

柳營。月明。聽傳過將軍令。高樓鼓角戒嚴更。臥護得邊聲静。横槊吟情。投壺歌興。有前人舊典型。戰争。慣經。草木也知名姓。樂府羣玉一

虎韜。豹韜。一覽胸中了。時時拂拭舊弓刀。却恨封侯早。夜月鐃歌。春風牙纛。看團花錦戰袍。鬢毛。未凋。誰便道馮唐老。樂府羣玉一

同文子方鄧永年泛洞庭湖宿鳳凰臺下

月明。浪平。看遠岸秋沙浄。輕舟漾漾水澄澄。天水明如鏡。范蠡歸舟。張騫遊興。在漁歌三四聲。耳清。體輕。漫不省乾坤剩。樂府羣玉一

舞者。唱者。滿酌金荷葉。珠圍翠繞儘豪奢。銀燭消殘夜。玉筯冰絲。金盤涼蔗。把平生幽憤寫。笑些。俏些。賽一道鴛鴦社。樂府羣玉一

銀燭下原闕一字。兹據吴梅校筆補。

有錢。有權。把斷風流選。朝來街子幾人傳。書記還平善。兔走如梭。烏飛如箭。早秋霜兩鬢邊。暮年。可憐。乞食在歌姬院。樂府羣玉一

耍些。笑些。休放瓊花謝。春風無與比奇絶。照眼明香雪。琪樹瑶林。寒光相射。争教人容易捨。醉也。去也。更得得捱今夜。樂府羣玉一

餞别。去也。泪滴滿金蕉葉。西風錦樹老了胡蝶。滿眼黄花謝。今日離筵。明朝客舍。把驪駒莫放徹。醉者。飽者。免孤負重陽節。樂府羣玉一

粉光。雪香。是水月觀音像。三生夢繞錦鴛鴦。一味風流况。坐上閑情。樽前清唱。是司空也斷腸。月涼。夜長。心事滿流蘇帳。樂府羣玉一

近來。越騃。能捻幫窮□怪。從人啅噪放狂乖。不似今番煞。海樣情緣。天來歡愛。罄山貲不當災。好懷。放開。大打算風魔債。樂府羣玉一

任校云。第三句闕字疑應在捻字下。

願天。可憐。乞箇身長健。花開似錦酒如川。日日西湖宴。楊柳宫眉。桃花人面。是平生未了緣。過船。醉眠。還不迭風流願。樂府羣玉一

畫船。綺筵。紅翠鄉中宴。荷花人面兩嬋娟。花不如人面。錦綉千堆。繁華一片。是西湖六月天。扣舷。采蓮。怕甚麽鴛鴦見。樂府羣玉一

瘦瓢。帶糟。將甕裏浮蛆舀。氤氳雙頰絳雲潮。春色添多少。稚子牽衣。山妻迎笑。急投牀脚健倒。醉了。睡好。醉鄉大人間小。樂府羣玉一

〔中吕〕满庭芳

自悟

花愁色膽。其中識破。就裏曾參。雨雲情到底皆虛泛。可暫休貪。撮艷處從今怕攬。閙籃中情願粧憨。這其間實心淡。一任傍人笑俺。再不將風月話兒談。太平樂府四

狂踪怪膽。索一奉十。暮四朝三。喜孜孜笑臉兒將人賺。就裏虛耽。白茫茫藍橋水渰。黑洞洞袄廟雲緘。赤緊地他愚濫。情疎意淡。再不將風月擔兒擔。太平樂府四

〔中吕〕紅綉鞋

鞋杯

幫兒瘦弓弓地嬌小。底兒尖恰恰地妖嬈。便有些汗浸平兒酒蒸做異香飄。瀲灔得些口兒潤。淋漉得拽根兒漕。更怕那口唵咱的展涴了。樂府羣玉一　樂府羣珠四

羣珠三句浸下作二。疑示浸字叠。

吳人以美女爲娃北俗小兒不論男女皆以娃呼之有名娃娃者戲贈

親不親心肝兒上摘下。惜不惜氣命兒似看他。打健健及擎著手心兒裏誇。閑則劇懷抱（音捕）兒裏引。嬌□可喜被窩兒裏爬。只是將箇磨合羅兒迤逗著耍。樂府羣玉一　樂府羣珠四

羣珠嬌下不闕字。

歌姬米氏小字耍耍

舉眉動眼般般兒通透。安手下脚色色兒風流。出胎胞蓐草上早會藏鬮。臥在被單學打令。坐着豆枕演提齁。刁天撅地所事兒有。樂府羣玉一　樂府羣珠四

羣珠臥在被單作披着臥單。

勸收心

不指望成家立計。則尋思賣笑求食。早巴得箇前程你便宜。雖然没花下子。也須是脚頭妻。立下箇婦名兒少甚的。樂府羣玉一　樂府羣珠四

〔中吕〕山坡羊

與邸明谷孤山遊飲

詩狂悲壯。杯深豪放。恍然醉眼千峯上。意悠揚。氣軒昂。天風鶴背三千丈。浮生大都空自忙。功。也是謊。名。也是謊。樂府羣玉一　樂府羣珠一

燕城述懷

雲山有意。軒裳無計。被西風吹斷功名淚。去來兮。便休提。青山儘解招人醉。得失到頭皆物理。得。他命裏。失。咱命裏。樂府羣玉一　樂府羣珠一

西湖醉歌次郭振卿韻

朝朝瓊樹。家家朱户。驕嘶過沽酒樓前路。貴何如。賤何如。六橋都是經行處。花落水流深院宇。閑。天定許。忙。人自取。樂府羣玉一　樂府羣珠一

懷長沙次郭振卿韻

西樓高處。東城佳處。夢魂長繞湘南路。錦鱗無。塞鴻疎。大都來只爲虚名誤。老未得閑心更苦。杯。誰共舉。花。誰共主。樂府羣玉一　樂府羣珠一

羣珠大都來作都來。

懷武昌次郭振卿韻

烟波漁父。扁舟歸去。移家鸚鵡洲邊住。任狂疎。恣癡愚。到頭也有安排處。青箬緑蓑爲伴侶。閑。也自取。忙。也自取。樂府羣玉一　樂府羣珠一

侍牧菴先生西湖夜飲

微風不定。幽香成徑。紅雲十里波千頃。綺羅馨。管絃清。蘭舟直入空明鏡。碧天夜涼秋月冷。天。湖外影。湖。天上景。樂府羣玉一　樂府羣珠一

羣珠十里作千里。

〔越調〕小桃紅

辛尚書座上贈合彈琵琶何氏

纖纖香玉插重蓮。猶似羞人見。斜抱琵琶半遮面。立當筵。分明微露黄金釧。鵾雞四絃。驪珠一串。箇箇一般圓。樂府羣玉一

武昌歌妓媿氏春卿色藝爲一時之冠友人文子方爲刑曹郎因公至武昌安子舉助教會間見之念念莫置代作此以贈之

春來苦欲伴春居。日日尋春去。無奈春雲不爲雨。爲春癯。緑窗誰唱留春住。買春不許。問春無語。春意定何如。樂府羣玉一

爲春憔悴要春醫。苦苦貪春睡。盼得春來共春醉。恨春遲。夜來得箇春消息。春心暗喜。春情偷寄。春事只春知。樂府羣玉一

幾年塵土被官囚。此日方參透。待別幹星娘小除授。緊營求。天還肯許便欣然地就。温柔鄉裏甲頭。無何鄉裏主首。便權一日也風流。樂府羣玉一

〔越調〕寨兒令

夜已闌。燈將滅。紗窗外昏擦剌月兒斜。越求和越把箇身子兒趄。耳輪兒做死的扯。喫敲才骿定也子怕你悔去也。鈔本陽春白雪後集一　雍熙樂府一八

雍熙題作喬風月。不注撰人。〇末句待校。雍熙擦剌作慘慘。四句無箇字。以下作。耳輪兒揪。膀背兒揑。駡道是喫喬才我怕你悔去也。

〔雙調〕折桂令

農

想田家作苦區區。有斗酒豚蹄。暢飲歌呼。瓦鉢瓷甌。村簫社鼓。落得粧愚。吾將種牽衣自舞。婦秦人擊缶相娱。兒女供廚。僕妾扶輿。無是無非。不樂何如。樂府羣玉一　樂府羣珠三

漁

鱖魚肥流水桃花。山雨溪風。漠漠平沙。蒻笠蓑衣。筆牀茶竈。小作音佐生涯。樵青採芳洲蓼牙。漁童薪別浦蒹葭。小小漁艖。泛宅浮家。一舸鴟夷。萬頃烟霞。樂府羣玉一　樂府羣珠三

樵

正山寒黃獨無苗。聽斤斧丁丁。空谷瀟瀟。有澗底荆薪。淮南叢桂。吾意堪樵。赤脚婢香粳旋搗。長鬚奴野菜時挑。雲暗山腰。水沍溪橋。日暮歸來。酒滿山瓢。樂府羣玉一　樂府羣珠三

羣珠黃獨作黃犢。吾意作儘意。

牧

被野猿山鳥相留。藥解延年。草解忘憂。土木形骸。烟霞活計。麋鹿交游。悶來訪箕山許由。閑時尋崧頂丹丘。莫莫休休。蕩蕩悠悠。挈子攜妻。老隱南州。樂府羣玉一

樂府羣珠三

羣珠題作隱。

疎齋同賦木犀

似娟娟日暮娥皇。翠袖天寒。静倚修篁。悵望夫君。低回掩抑。淡盡啼粧。貼體衫兒淡黄。掩胸訶子金裝。高潔幽芳。一片秋光。滿地清香。樂府羣玉一　樂府羣珠三

同文子方飲南城即事

鎖烟霞曲徑縈回。夢不到人間。舞榭歌臺。鉛鼎丹砂。玄霜玉杵。鍾乳金釵。記晝燭清樽夜來。映梨花淡月閑齋。翠壁丹崖。流水桃源。古木天台。樂府羣玉一　樂府羣珠三

送王叔能赴湘南廉使

正黄塵赤日長途。便雷奮天池。教雨隨車。把世外炎氛。人間熱惱。一洗無餘。展洙泗千年畫圖。納瀟湘一道冰壺。報政何如。風動三湘。霜滿重湖。樂府羣玉一　樂府羣

珠三

喜瀟湘一派澄清。覺松柏堅貞。蘭蕙芳馨。田里歌謠。官曹整暇。牒訴輕平。快野寺尋春酒醒。喜郵亭問俗詩成。傳語湘靈。又只恐東風。吹上瑤京。樂府羣玉一　樂府羣珠三

任校羣玉輕作清。

閑居自適

餉春晴小小籃輿。聊喚茅柴。試買溪魚。村北村南。山花山鳥。儘意相娛。與農父忘形爾汝。醉歸來不記誰扶。早賦歸歟。却恨紅塵。不到吾廬。樂府羣玉一　樂府羣珠三

張肖齋總管席間

小亭軒客散留髡。添酒回燈。草草盤飧。問甚花落花開。春來春去。覆雨翻雲。莫孤負田家瓦盆。且留連茅舍窪樽。還甚清渾。論甚朝昏。擗掉會閑裏光陰。醉裏乾坤。樂府羣玉一　樂府羣珠三

任校羣玉於擗掉會下補空格。云應脱一字。句絶。

再過村肆酒家

嬋雙丫十八鬟兒。春日當壚。嫋嫋腰肢。徙倚心招。依稀眉語。記得前時。探錦囊都無酒貲。恨郵亭不售新詩。可惜胭脂。轉首空枝。千里關山。一段相思。樂府羣玉一

吳梅校本及任校散曲叢刊本羣玉嬋作妥。曲文與心井盦鈔本未盡相合。校勘從略。兹從羣珠。樂府羣珠三

〔雙調〕清江引

春光荏苒如夢蝶。春去繁華歇。風雨兩無情。庭院三更夜。明日落紅多去也。太平樂府二

〔雙調〕水仙操 并引

若把西湖比西子。淡粧濃抹總相宜。玉局翁詩也。填詞者竊其意。演作世所傳唱水仙子四首。仍以西施二字爲斷章。盛行歌樓樂肆間。每恨其不能佳也。且意西湖西子。有秦無人之感。崧麓有樵者。聞而是之。即以春夏秋冬賦四章。命之曰西湖四時漁歌。其約。首句韻以

兒字。時字爲之次。西施二字爲句絶。然後一洗而空之。邀同賦。謹如約。

陽春白雪有曲無引。曲前注和前四段。謂和盧疎齋之西湖四段也。吴梅校本及任校散曲叢刊本樂府羣玉每恨原作每悔。曲文與心井盦鈔本未盡相合。校勘從略。兹從任校。

湖山堂下鬧竿兒。爛熳韶華三月時。朝來風雨催春事。把鶯花攛斷死。映蘇隄紅緑參差。淺絳雪緘桃蕚。嫩黄金搓柳絲。風流煞鬬草的西施。陽春白雪前集二 樂府羣玉一

陽春白雪堂作亭。熳作醉。朝作曉。緑作翠。四首末句俱無的字。

蝦鬚簾捲水亭兒。玉枕桃笙夢覺時。荷香勾引薰風至。掬清漣雪藕絲。嫩涼生璧月瓊枝。鸞刀切銀絲膾。蟻香浮碧玉巵。受用煞避暑的西施。陽春白雪前集二 樂府羣玉一

元刊陽春白雪桃笙作陶生。鈔本白雪與羣玉合。白雪薰作清。清漣作青蓮。璧月瓊枝作碧月瓊芝。

西風逗入耍窗兒。一扇新涼暑退時。白蘋紅蓼多情思。寫秋光無限詩。占平湖一抹胭脂。荷缺翠青摇柄。桂飄香金綴枝。快活煞玩月的西施。陽春白雪前集二 樂府羣玉一

陽春白雪逗作吹。綴作墜。

梅花初試膽瓶兒。正是逋郎得句時。彤雲把斷山中寺。軟香塵不到此。怯清寒林下風姿。侵素體添肌粟。妒雲鬟老鬢絲。清絶煞賞雪的西施。陽春白雪前集二 樂府羣玉一

陽春白雪香作紅。怯清寒句作玉模糊老樹參差。絶作浄。

寓意武昌元貞

楚天空闊楚山長。一度懷人一斷腸。此心不在肩輿上。倩東風過武昌。助離愁烟水茫茫。竹上雨湘妃泪。樹間禽蜀帝王。無限思量。陽春白雪前集二　樂府羣玉一

陽春白雪此首屬阿魯威。無題目。○白雪首句作楚天空闊楚天長。不在作只在。樹間作樹中。鈔本白雪倩東風作倩乘風。

人言不向武昌居。我欲年來食賤魚。那堪鸚鵡洲邊住。錦鴛鴦爲伴侣。是烟波江上漁夫。得一舸鴟夷去。載苧羅山下女。便改姓陶朱。樂府羣玉一

武昌官柳正青青。只與行人管送迎。等閑攀折渾無定。舞東風過此生。奈柔條繫絆人情。愛眉黛烟中翠。憶纖腰掌上輕。恨滿郵亭。樂府羣玉一

貞元舊曲日停歌。只恐青衫泪更多。等閑又見菱花破。玲瓏奈爾何。較些兒病了維摩。愁暗逐西飛翼。恨長隨東逝波。著甚消磨。樂府羣玉一

爲平章南谷公壽福樓賦

朱簾畫棟倚穹蒼。帶礪河山接四王。那堪輩輩爲丞相。是皇家真棟梁。看靈椿丹桂齊芳。壽域年年固。福源日日長。永坐都堂。樂府羣玉一

樓名壽福壓錢塘。中有高居異姓王。朝朝北闕頻瞻望。啓丹誠一瓣香。對西山遥祝吾皇。願基業隆三代。更烟塵淨四方。壽福無疆。樂府羣玉一

朱樓迢遞接長空。家世于今誰比隆。陰功雖是前王種。嗣聲華正在公。更門闌喜色重重。男已兆承家鳳。女欣逢擇婿龍。壽福無窮。樂府羣玉一

〔雙調〕慶東原

題情

雲輕散。月易殘。女蕭何成敗了些風流漢。馮魁硬鏟。雙漸緊趕。小姐先赸。今夜惜花心。明日傷春嘆。太平樂府二　梨園樂府中　張小山北曲聯樂府下

此曲又見張小山北曲聯樂府。梨園樂府不注撰人。○元刊八卷本瞿本太平樂府及梨園樂府張小

山北曲聯樂府雙漸俱作雙生。兹從元刊太平樂府。

〔雙調〕殿前歡

醉翁酡。醒來徐步杖藜拕。家童伴我池塘坐。鷗鷺清波。映水紅蓮五六科。秋光過。兩句新題破。秋霜殘菊。夜雨枯荷。殘元本陽春白雪二　鈔本陽春白雪前集三

醉顏酡。太翁莊上走如梭。門前幾個官人坐。有虎皮馱馱。呼王留喚伴哥。無一箇。空叫得喉嚨破。人踏了瓜果。馬踐了田禾。殘元本陽春白雪二　鈔本陽春白雪前集三

殘元本太翁作大翁。兩本伴哥原俱作伴可。

道情

醉顏酡。水邊林下且婆娑。醉時拍手隨腔和。一曲狂歌。除漁樵那兩箇。無災禍。此一着誰參破。南柯夢繞。夢繞南柯。太平樂府一

醉顏酡。前賢不醉我今何。古來已錯今猶錯。世事從他。楚三閭葬汨羅。名猶播。誰在高唐臥。巫娥夢我。我夢巫娥。太平樂府一

醉顏酡。雲娘行酒雪兒歌。醉時吟狂時舞醒時坐。不醉如何。得快活且快活。今日

箇。只得隨緣過。戀眼前富貴。看門外風波。太平樂府一

〔雙調〕雁兒落過得勝令

送別

和風鬧燕鶯。麗日明桃杏。長江一綫平。暮雨千山静。載酒送君行。折柳繫離情。夢裏思梁苑。花時別渭城。長亭。咫尺人孤另。愁聽。陽關第四聲。太平樂府三

東山仰謝安。秋水思張翰。長沙屈賈誼。落日悲王粲。坐上酒初殘。燈下劍空彈。馬援標銅柱。班超指玉關。遥看。明月錢塘岸。雲間。山頭更有山。太平樂府三

題和靖墓

西湖避世乖。東閣償詩債。遨遊天地間。放浪江湖外。讀易坐書齋。策杖步蒼苔。酒飲方拚醉。詩成且放懷。漸漸梅開。獨立黄昏待。暗暗香來。清閑處士宅。太平樂府三

元刊本世乖作世乘。瞿本作世塵。兹從明大字本。

套數

〔正宮〕端正好

上高監司

衆生靈遭磨障。正值着時歲飢荒。謝恩光拯濟皆無恙。編做本詞兒唱。

〔滚綉毬〕去年時正插秧。天反常。那裏取若時雨降。旱魃生四野災傷。穀不登。麥不長。因此萬民失望。一日日物價高漲。十分料鈔加三倒。一斗粗糧折四量。煞是凄凉。

〔倘秀才〕殷實户欺心不良。停塌户瞞天不當。吞象心腸歹伎倆。穀中添粃屑。米内插粗糠。怎指望他兒孫久長。

〔滚綉毬〕甑生塵老弱飢。米如珠少壯荒。有金銀那裏每典當。盡枵腹高臥斜陽。剥榆樹餐。挑野菜嘗。喫黄不老勝如熊掌。蕨根粉以代餱糧。鵝腸苦菜連根煮。荻筍蘆蒿帶葉哇。則留下杞柳株樟。

〔倘秀才〕或是捶麻柘稠調豆漿。或是煮麥麩稀和細糠。他每早合掌擎拳謝上蒼。一箇箇黄如經紙。一箇箇瘦似豺狼。填街臥巷。

〔滚綉毬〕偷宰了些闊角牛。盜斫了些大葉桑。遭時疫無棺活葬。賤賣了些家業田莊。嫡親兒共女。等閑參與商。痛分離是何情況。乳哺兒没人要撇入長江。那裏取廚中剩飯杯中酒。看了些河裏孩兒岸上娘。不由我不哽咽悲傷。

〔倘秀才〕私牙子船灣外港。行過河中宵月朗。則發跡了些無徒米麥行。牙錢加倍解。賣麵處兩般裝。昏鈔早先除了四兩。

〔滚綉毬〕江鄉相。有義倉。積年系税户掌。借貸數補答得十分停當。都侵用過將官府行唐。那近日勸糶到江鄉。按户口給月糧。富户都用錢買放。無實惠盡是虚樁。充飢畫餅誠堪笑。印信憑由却是謊。快活了些社長知房。

〔伴讀書〕磨滅盡諸豪壯。斷送了些閑浮浪。抱子攜男扶筇杖。尫羸傴僂如蝦樣。一絲好氣沿途創。閣泪汪汪。

〔貨郎〕見餓莩成行街上。乞出攔門鬬搶。便財主每也懷金鵠立待其亡。感謝這監司主張。似汲黯開倉。披星帶月熱中腸。濟與糶親臨發放。見孤孀疾病無皈向。差醫煮粥分廂巷。更把贓輸錢分例米多般兒區處的最優長。衆飢民共仰。似枯木逢春。萌芽再長。

〔叨叨令〕有錢的販米穀置田莊添生放。無錢的少過活分骨肉無承望。有錢的納寵妾買人口偏興旺。無錢的受飢餒填溝壑遭災障。小民好苦也麼哥。小民好苦也麼哥。便秋收鬻妻賣子家私喪。

〔三煞〕這相公愛民憂國無偏黨。發政施仁有激昂。恤老憐貧。視民如子。起死回生。扶弱摧强。萬萬人感恩知德。刻骨銘心。恨不得展草垂韁。覆盆之下。同受太陽光。

〔二〕天生社稷真卿相。才稱朝廷作棟梁。這相公主見宏深。秉心仁恕。治政公平。蒞事慈祥。可與蕭曹比並。伊傅齊肩。周召班行。紫泥宣詔。花襯馬蹄忙。

〔一〕願得早居玉筍朝班上。佇看金甌姓字香。入闕朝京。攀龍附鳳。和鼎調羹。論道興邦。受用取貂蟬濟楚。衮綉峥嶸。珂珮丁當。普天下萬民樂業。都知是前任綉衣郎。

〔尾聲〕相門出相前人獎。官上加官後代昌。活彼生靈恩不忘。粒我烝民德怎償。父老兒童細較量。樵叟漁夫曹論講。共説東湖柳岸旁。那裏清幽更舒暢。靠着雲卿蘇圖場。與徐孺子流芳挹清況。蓋一座祠堂人供養。立一統碑碣字數行。將德政因由都載上。使萬萬代官民見時節想。陽春白雪後集三　北詞廣正譜引第一支倘秀才貨郎

（倘秀才）元刊陽春白雪粃屑作粃有。北詞廣正譜同。兹從鈔本白雪。廣正譜末句無他字。（倘秀才二）元刊白雪細糠作細糖。兹從鈔本。（倘秀才三）元刊白雪行過作打過。米麥作米麸。兹從鈔本。（貨郎）白雪區處的作區處約。兹從廣正譜。廣正譜贓輸作贓罰。（三煞）元刊白雪展草作展革。兹從鈔本。（二）鈔本白雪菈事作愷悌。（一）鈔本白雪興邦作經邦。（尾聲）元刊白雪德怎償作得怎償。兹從鈔本。

既官府甚清明。采輿論聽分訴。據江西劇郡洪都。正該省憲親臨處。願英俊開言路。

〔滚綉毬〕庫藏中鈔本多。貼庫每弊怎除。縱關防任誰不顧。壞鈔法恣意强圖。都是無廉恥賣買人。有過犯駔儈徒。倚仗着幾文錢百般胡做。將官府覷得如無。則這素無行止喬男女。都整扮衣冠學士夫。一箇箇膽大心粗。

〔倘秀才〕堪笑這没見識街市匹夫。好打那好頑劣江湖伴侣。旋將表德官名相體呼。聲音多廝稱。字樣不尋俗。聽我一箇箇細數。

〔滚綉毬〕糶米的唤子良。賣肉的呼仲甫。做皮的是仲才邦輔。唤清之必定開沽。賣油的唤仲明。賣鹽的稱士魯。號從簡是采帛行鋪。字敬先是魚鮓之徒。開張賣飯的

呼君寶。磨麵登羅底叫德夫。何足云乎。

〔倘秀才〕都結義過如手足。但聚會分張耳目。探聽司縣何人可共處。那問他無根脚。只要肯出頭顱。扛扶着便補。

〔滾綉毬〕三二百錠費本錢。七八下裏去榦取。詐捏作曾編卷假如名目。偷俸錢表裏相符。這一箇圖小倒。那一箇苟俸禄。把官錢視同己物。更狠如盜跖之徒。官攢庫子均攤着要。弓手門軍那一箇無。試説這厮每貪污。

〔倘秀才〕提調官非無法度。争奈蠹國賊操心太毒。從出本處先將科鈔除。高低還分例。上下没言語。貼庫每他便做了鈔主。

〔滾綉毬〕且説一季中事例錢。開作時各自與。庫子每隨高低預先除去。軍百户十錠無虚。攢司五五拏。官人六六除。四牌頭每一名是兩封足數。更有合干人把門軍弓手殊途。那裏取官民兩便通行法。赤緊地賄賂單宜左道術。於汝安乎。

〔倘秀才〕爲甚但開庫諸人不伏。倒籌單先須計呪。苗子錢高低隨着鈔數。放小民三二百。報花户一千餘。將官錢陪出。

〔滾綉毬〕一任你叫得昏。等到午。佯呆着不瞅不覷。他却整塊價捲在包袱。着纖如晃庫門。興販的論百價數。都是真揚州武昌客旅。窩藏着家裏安居。排的文語呼爲綉。假鈔公然喚做殊。這等兒三七價明估。

〔倘秀才〕有揭字駝字襯數。有背心剜心異呼。有鈔脚頻成印上字模。半邊子兀自可。搥作鈔甚胡突。這等兒四六分價喚取。

〔滚綉毬〕赴解時弊更多。作下人就做夫。檢塊數幾曾詳數。止不過得南新吏貼相符。那問他料不齊。數不足。連櫃子一時扛去。怎教人心悦誠服。自古道人存政舉思他前輩。到今日法出姦生笑煞老夫。公道也私乎。

〔倘秀才〕比及燒昏鈔先行擺布。散夫錢僻静處俵與。暗號兒在燒餅中間覷有無。一名夫半錠。社長總收貯。燒得過便吹笛擂鼓。

〔塞鴻秋〕一家家傾銀注玉多豪富。一箇箇烹羊挾妓誇風度。撇摽手到處稱人物。粧旦色取去爲媳婦。朝朝寒食春。夜夜元宵暮。喫筵席喚做賽堂食。受用盡人間福。

〔呆骨朵〕這賊每也有難堪處。怎禁他强盗每追逐。要飯錢排日支持。索賫發無時横取。奈表裏通同做。有上下交徵去。真乃是源清流亦清。休今後人除弊不除。

〔脱布衫〕有聰明正直嘉謨。安得不剪其繁蕪。成就了閭閻小夫。壞盡了國家法度。

〔小梁州〕這廝每玩法欺公膽氣粗。恰便似餓虎當途。二十五等則例盡皆無。難着目。他道陪鈔待何如。

〔么〕一等無辜被害這羞辱。廝攀指一地裏胡突。自有他。通神物。見如今虛其府庫。好教他鞭背出蟲蛆。

〔十二月〕不是我論黃數黑。怎禁他惡紫奪朱。爭奈何人心不古。出落着馬牛襟裾。口將言而囁嚅。足欲進而趑趄。

〔堯民歌〕想商鞅徙木意何如。漢國蕭何斷其初。法則有準使民服。期于無刑佐皇圖。說與當途。無毒不丈夫。爲如如把平生誤。

〔耍孩兒十三煞〕天開地闢由盤古。人物才分下土。傳之三代幣方行。有刀圭泉布從初。九府圜法俱周制。三品堆金乃漢圖。止不過作貿易通財物。這的是黎民命脈。朝世權術。

〔十二〕蜀寇瑊交子行。宋真宗會子舉。都不如當今鈔法通商賈。配成五對爲官本。工墨三分任倒除。設制久無更故。民如按堵。法比通衢。

〔十一〕已自六十秋楮幣行。則這兩三年法度沮。被無知賊子爲姦蠹。私更徹鏝心無愧。那想官有嚴刑罪必誅。忒無忌憚無憂懼。你道是成家大寶。怎想是取命官符。

〔十〕窮漢每將綽號稱。把頭每表德呼。巴不得登時事了乾回付。向庫中鑽刺真强盜。却不財上分明大丈夫。壞盡今時務。怕不你人心姦巧。争念有造物乘除。

〔九〕覰乘孛模樣哏。扭蠻腰禮儀踈。不疼錢一地裏胡分付。宰頭羊日日羔兒會。没手盞朝朝仕女圖。怯薛回家去。一箇箇欺凌親戚。眇視鄉閭。

〔八〕没高低妾與妻。無分限兒共女。及時打扮銜珠玉。雞頭般珠子緣鞋口。火炭似真金裹腦梳。服色例休題取。打扮得怕不賽夫人樣子。脱不了市輩規模。

〔七〕他那想赴京師關本時。受官差在旅途。躭驚受怕過朝暮。受了五十四站風波苦。虧殺數百千程遞運夫。哏生受哏搭負。廣費了些首思分例。倒换了些沿路文書。

〔六〕到省庫中將官本收得無踈虞。朱鈔足那時才得安心緒。常想着半江春水翻風浪。愁得一夜秋霜染鬢鬚。歷重難博得箇根基固。少甚命不快遭逢賊寇。霎時間送了身軀。

〔五〕論宣差清如酌貪泉吴隱之。廉似還桑椹趙判府。則爲忒慈仁。反被相欺侮。每持大體諸人服。若説私心半點無。本棟梁材若早使居朝輔。肯甦民瘼。不事苞苴。

〔四〕急宜將法變更。但因循弊若初。嚴刑峻法休輕恕。則這二攢司過似蛇吞象。再差十大户猶如插翅虎。一半兒弓手先芟去。合干人同知數目。把門軍切禁科需。

〔三〕提調官免罪名。鈔法房選吏胥。攢典俸多的路吏差着做。廉能州吏從新點。貪濫軍官合減除。住倉庫無陞補。從今倒鈔。各分行鋪。明寫坊隅。

〔二〕逐户兒編褙成料例來。各分旬將勘合書。逐張兒背印拘鈐住。即時支料還原主。本日交昏入庫府。另有細説直至起解時才方取。免得他撑船小倒。提調官封鎖無虞。

〔一〕緊拘收在庫官。切關防起解夫。鈔面上與官攢俱各親標署。庫官但該一貫須點配。庫子折莫三錢便斷除。滿百錠皆抄估。搥鈔的揭剥的不怕他人心似鐵。小倒的興販的明放着官法如爐。

〔尾〕忽青天開眼覷。這紅巾合命殂。且舉其綱。若不怕傷時務。他日陳言終細數。陽春白雪後集三

（滚綉毬）鈔本縱作從。茲從元刊本。（倘秀才）表德原作表得。下同。（滚綉毬二）元刊本德夫作得夫。茲從鈔本。（倘秀才二）元刊本結義作結二。茲從鈔本。（滚綉毬三）錠原作定。茲從任校。下同。鈔本七八下裏作七八十里。（滚綉毬四）元刊本赤緊地作赤緊他。茲從鈔本。鈔本四牌作回牌。茲從元刊本。（倘秀才四）籌須計三字從鈔本及舊校。元刊本字跡模糊。（滚綉毬五）

元刊本鈔本明估俱作明正。兹從徐本。（倘秀才五）元刊本背心作赫心。兀自作尤自。胡突作胡笑。兹俱從鈔本。（滚綉毬六）元刊本做夫作似夫。鈔本南下空格無新字。（倘秀才六）鈔本昏鈔作紙鈔。（小梁州）元刊本何如作如何。兹從鈔本。（耍孩兒十三煞）元刊本從初作促初。權術之術字模糊。兹俱從鈔本。（十二）元刊本寇堿作冠城。兹從鈔本。（十一）元刊本賊子作賊了。姦蠹作撓蠹。怎想作怨想。兹俱從鈔本。（十）元刊本首句每作刀。鈔本作刃。兹從任校。（七）鈔本搭負作擔負。沿路作沿途。（五）元刊本清如作情如。兹從鈔本。（四）鈔本先下空格。（三）元刊本住作准。鈔本作住。兹改爲住。元刊本無作先。兹從鈔本。（二）原主原作元主。兹改。鈔本編褙作編楷。（一）元刊本黰配作點配。兹從鈔本。

〔南吕〕一枝花

羅帕傳情

偷傳袖裏情。暗表心間事。一方織恨錦。千縷斷腸絲。用殢色心兒。疊成箇齊臻臻合歡袨。女流中忒敬思。着小生怎生來有福消任。端的是無功受賜。

〔梁州〕絲縷細織造的匀如江紙。粉糨輕出製的膩似鵝脂。温柔玉璽無瑕疵。恰便似半江秋水。一片冰絲。還房可恰。尺素寬虞。並無些俗葉繁枝。翻騰的花樣宜時。

兩壁廂是那花開仙五字的詩章。中間是宴蟠桃十長生故事。四週圍那纏枝蓮八不犯的花兒。拜而。受之。看成做護身符的意思綬文字。誰敢道待的其須。争奈我書房無箇頓放處。兀的不費煞我這神思。

〔隔尾〕待書册中放呵倘或間沾污了非輕視。待帽盒裏收呵若有些疎虞甚意兒。待合包裹藏呵有那等俏相識開口着我怎推辭。我則索長近長親着皮肉。一家。無二。只除是護枕放呵又怕那揲被鋪牀小小妮子。覷的來因而。

〔又〕用一張助才情砑粉泥金紙。寫就那訴離情撥雲撩雨詞。和我這助吟懷貼肉汗衫兒。一答兒裏收拾。封裹的丁一確二。和包袱鎖入箱子。行坐裏隨帶着鑰匙。何日忘之。

〔尾聲〕成就了洞房中夜月花朝事。受用些緑窗前茶餘飯飽時。共賓朋廝陪侍。和鸞鳳效琴瑟。讀一會詩章講一會文字。掀騰開舊篋笥。物見主信有之。我見俺一針撚一絲。一針針不造次。一針針那真至。想俺那不容易的恩情怎敢道待的輕視。先選下箇不空忘的日子。後擇你箇不失脱的口詞。這手帕則好遮籠紗帽。撫拭瑶琴。花前換盞。袖內藏香。直等的稱了願隨了心恁時節使。盛世新聲戌集　雍熙樂府九　彩筆情辭七盛世新聲無題。題從雍熙樂府。兩書俱不注撰人。彩筆情辭題作收妓贈羅帕。注元人辭。案九宮正始黄鍾宫降黄龍曲後引著小生怎生來有福消任。謂係元劉時中北調一枝花曲。兹據以輯之。〇（一枝花）盛世齊臻臻作齊臻。雍熙女流上有他是箇三字。八句作教小生怎生般有福消恁。端的是作到大來。情辭無齊臻臻三字。女流上有他是二字。八句以下同雍熙。惟小生作我。（梁州）盛世首句作絲縷細纖作的勻吴江絶。鵝作鶻。受之作受今。雍熙出製作出赤。玉璽作比玉。恰便至詩章作。寬方可恰。寸尺寬餘。恰便似半灣秋水。一片冰絲。翻騰的花樣宜時。並無那俗葉繁枝。兩邊廂間花箋五字詩章。是宴作裹更有那慶。那纏枝蓮作纏枝藤。看成作看承。的意思綬作如意寶璽。誰敢道句以下作。怎敢道窺的輕視。又則怕書房中無一箇頓放處。費煞神思。情辭首句作絲縷細勻如江紙。無出製的三字。恰便至詩章同雍熙。惟寬方作方圓。恰便作却便。無那作無些。字詩作言詩一。是宴作有慶。以下俱同雍熙。惟犯的作犯。窺的輕作輕窺。一箇作箇。（隔尾）雍熙曲牌作二煞。與下曲位置互易。沾污了作展污。收呵作收來呵。若作倘。疎虞作疏失。意兒作意思。合包裹作荷包内。着我作教我。我則索作則不如。皮肉作肉皮。怕那揲作則怕叠。小小作小。的來作的。情辭梁州之後即結以尾聲。曲作。用一張助才情砑粉泥金紙。寫就那堆離恨朝雲暮雨詞。親近着貼肉汗衫兒收置。先擇箇不失脱的吉時。後選箇無空亡的日子。直等得稱了願遂了心恁時節使。（又）雍熙曲牌作三煞。在上曲隔尾之前。盛世砑作迓。雍熙次句作寫就那堆離恨朝雲暮雨詞。和我這助吟懷貼作親近着皮。兒裹作兒。確二作卯二。裏隨作處隨身。（尾聲）雍熙夜月作月夜。受用些作受用那。無共賓朋至那真至八句。想俺那不容易的作則他那撥不斷薄業。待的作覷的。先選下二句作。先擇一箇不失脱的吉時。後選箇無空亡的日子。無這手帕四句。末句隨作遂。

〔雙調〕新水令

代馬訴寃

世無伯樂怨他誰。乾送了挽鹽車騏驥。空懷伏櫪心。徒負化龍威。索甚傷悲。用之行捨之棄。

〔駐馬聽〕玉鬣銀蹄。再誰想三月襄陽緑草齊。雕鞍金轡。再誰收一鞭行色夕陽低。花間不聽紫騮嘶。帳前空嘆烏騅逝。命乖我自知。眼見的千金駿骨無人貴。

〔雁兒落〕誰知我汗血功。誰想我垂韁義。誰憐我千里才。誰識我千鈞力。

〔得勝令〕誰念我當日跳檀溪。救先主出重圍。誰念我單刀會隨着關羽。誰念我美良川扶持敬德。若論着今日。索輸與這驢羣隊。果必有征敵。這驢每怎用的。

〔甜水令〕爲這等乍富兒曹。無知小輩。一概地把人欺。一地裏快蹿輕跕。亂走胡奔。

緊先行不識尊卑。

〔折桂令〕致令得官府聞知。驗數目存留。分官品高低。準備着竹杖芒鞋。免不得奔走驅馳。再不敢鞭駿騎向街頭鬧起。則索扭蠻腰將足下殃及。爲此輩無知。將我連累。把我埋没在蓬蒿。失陷汙泥。

〔尾〕有一等逞雄心屠户貪微利。嗽饞涎豪客思佳味。一地把性命虧圖。百般地將刑法陵遲。唱道任意欺公。全無道理。從今去誰買誰騎。眼見得無客販無人喂。便休説站驛難爲。則怕你東討西征那時節悔。陽春白雪後集五　雍熙樂府一一

雍熙樂府無題。○（新水令）雍熙乾作枉。（駐馬聽）元刊陽春白雪誰收作誰敢。雍熙同。兹從鈔本白雪。雍熙命乖上有你字。（雁兒落）雍熙我字皆作你。想作念。（得勝令）雍熙我字皆作你。首句念作想。會作會上。美良川上無誰念我三字。若論著作誰想到。末三句作。輸與驢騾隊。有　日征敵。看你那驢騾怎赴敵。（甜水令）雍熙爲這等作只爲這。一概下無地字。一地作一迷。末二句作。胡奔亂走。無休無繫。不識尊卑。（折桂令）元刊白雪數目作數日。兹從鈔本白雪及雍熙。雍熙殃及作央及。將我作將我也。末句作坑陷在污泥。（尾）白雪性命作姓命。站驛作站赤。兹俱從雍熙。白雪陵遲作陵持。雍熙作凌遲。兹改。雍熙虧圖作圖虧。